"十三五"国家重点出版物出版规划项目

外国小说发展史系列丛书

美国小说发展史

毛信德 ——— 著

浙江工商大学出版社

ZHEJIANG GONGSHANG UNIVERSITY PRESS

·杭州·

图书在版编目(CIP)数据

美国小说发展史 / 毛信德著. — 杭州：浙江工商
大学出版社，2022.12
ISBN 978-7-5178-4811-0

Ⅰ．①美… Ⅱ．①毛… Ⅲ．①小说史－美国 Ⅳ.
①I712.074

中国版本图书馆 CIP 数据核字(2022)第 010060 号

美国小说发展史
MEIGUO XIAOSHUO FAZHAN SHI

毛信德 著

出 品 人	鲍观明
丛书策划	钟仲南
责任编辑	钟仲南　张　玲　徐　佳
责任校对	何小玲
封面设计	观止堂_未　氓
责任印制	包建辉
出版发行	浙江工商大学出版社
	（杭州市教工路 198 号　邮政编码 310012）
	（E-mail：zjgsupress@163.com）
	（网址：http://www.zjgsupress.com）
	电话：0571—88904980,88831806（传真）
排　　版	杭州朝曦图文设计有限公司
印　　刷	杭州高腾印务有限公司
开　　本	710mm×1000mm　1/16
印　　张	39
字　　数	743 千
版 印 次	2022 年 12 月第 1 版　2022 年 12 月第 1 次印刷
书　　号	ISBN 978-7-5178-4811-0
定　　价	198.00 元

毛信德

作者简介

　　毛信德，浙江奉化人，浙江工业大学人文学院教授，曾任浙江工业大学人文学院学术委员会副主任、比较文学与世界文学研究所所长，浙江省比较文学与外国文学学会副会长，浙江省老教授协会副会长，浙江省大学语文研究会常务副会长。主要研究方向为美国文学。主要学术著作有《美国小说史纲》《美国20世纪文坛之魂：十大著名作家史论》《20世纪世界文学：回眸与沉思》《郁达夫与劳伦斯比较研究》《世界文坛百年回望》《美国黑人文学的巨星：托尼·莫里森小说创作论》等10余部；主要译作有美国短篇小说集《经纪人的罗曼史》。在《外国文学研究》《北京师范大学学报》《上海师范大学学报》等刊物发表专业论文数十篇，论文多次被人大复印资料全文转载。获全国文学优秀著作奖2次，浙江省哲学社会科学优秀成果奖3次，浙江省优秀文学作品奖和浙江省教育厅社会科学优秀成果奖各1次。

总　　序

陆建德[*]

　　英国小说家简·奥斯丁说过,在小说里,心智最伟大的力量得以显现,"有关人性最透彻深刻的思想,对人性各种形态最精妙的描述,最生动丰富的机智和幽默,通过最恰当的语言向世人传达"。20世纪以来,小说在文学中的地位比奥斯丁所处的时代更突出,它确实是"一部生活的闪光之书"(戴·赫·劳伦斯语),为一种广义上的道德关怀所照亮。英国批评家弗兰克·克莫德在20世纪末指出:"即使是在当今的状况下,小说仍然可能是伦理探究的最佳工具。"但是这一说未必适用于中国古代小说。

　　"小说"一词在中文里历史久远,《汉书·艺文志》将"小说家"列为九流十家之末,他们的记录与历史相通,但不同于官方的正史,系"街谈巷语,道听途说者之所造也"。《殷芸小说》据说产生于南北朝时期的梁代,是我国最早以"小说"命名的著作,多为不经之谈。唐传奇的出现带来新气象,如鲁迅在《中国小说史略》中所说:"小说亦如诗,至唐代而一变,虽尚不离于搜奇记逸,然叙述宛转,文辞华艳,与六朝之粗陈梗概者较,演进之迹甚明,而尤显者乃在是时则始有意为小说。"

　　但是中国现代小说的产生有特殊的时代背景,离不开外来的影响。我国近现代文学的奠基人和杰出代表,往往也是翻译家。这种现象在世界文学史上是不多见的。晚清之前,传统文人重诗文,小说作为一种文学创作形式,地位不高,

---

　　[*]　陆建德:籍贯浙江海宁,生于杭州。中国社会科学院文学研究所研究员,博士生导师。研究方向为英美文学。曾任中国社会科学院外国文学研究所副所长、党委书记,研究生院外文系系主任、研究生院学位委员会副主席和教授委员会执行委员,中国社会科学院文学研究所所长兼文学系主任,《文学评论》主编、《中国文学年鉴》主编、《外国文学动态》主编(2002—2009)、《外国文学评论》主编(2010)。出版专著有《麻雀啁啾》《破碎思想体系的残编》《思想背后的利益》《潜行乌贼》等。

主要是供人消遣的。到了20世纪20年代中期,小说受重视的程度已不可同日而语。1899年初《巴黎茶花女遗事》出版,大受读书人欢迎,有严复诗句为证:"可怜一卷《茶花女》,断尽支那游子肠。"1924年10月9日,近代文学家、翻译家林纾在京病逝。一个月后,郑振铎在商务印书馆的《小说月报》上发表《林琴南先生》一文,从三方面总结这位福建先贤对中国文坛的贡献。首先,林译小说填平了中西文化之间的深沟,读者得以近距离观察西方社会,"了然地明白了他们的家庭情形,他们的社会的内部的情形,以及他们的国民性。且明白了'中'与'西'原不是两个截然相异的名词"。总之,"他们"与"我们"同样是人。其次,中国读书人以为中国传统文学至高无上,林译小说风行后,方知欧美不仅有物质文明上的成就,欧美作家也可与太史公比肩。再者,小说的翻译创作深受林纾译作影响,文人心目中小说的地位由此改观,自林纾以后,才有以小说家自命的文人。郑振铎这番话实际上暗含了这样一个结论:中国现代小说的发达,有赖于域外小说的引进。鲁迅也是在接触了外国文学之后,才不再相信小说的功能就是消磨时间。他在作于1933年春的《我怎么做起小说来》一文中写道:"说到'为什么'做小说罢,我仍抱着十多年前的'启蒙主义',以为必须是'为人生',而且要改良这人生。"

各国小说的演进史背后是不是存在"为人生"或"救世"的动机? 这个问题不容易回答。浙江工商大学出版社的"外国小说发展史系列丛书"充分展示了小说发展的多元性和复杂性。丛书共9册,主要分国别成书,如法国、英国、美国、俄国(含苏联)、日本、德国、澳大利亚和伊朗。其中,西班牙语小说为一特例。西班牙在拉丁美洲有漫长的殖民史,被殖民国家独立后依然使用西班牙语,在文学创作上也是互相影响,因此将西班牙语小说统一处理也是非常合理的。各卷执笔者多年浸淫于相关国别、语种文学的研究,卓然成家。丛书的最大特点,就在于此。我以为只有把这9册小说史比照阅读,才会收到最大的成效。当然,如何把各国小说发展史的故事讲得更好,还有待于读者的积极参与。我在阅读书稿的时候,也有很多想法,在此略说一二。首先是如何看待文学中的宗教因素。中国学者容易忽略文学中隐性的宗教呈现。其次,《美国小说发展史》最后部分(第十二章第八节)介绍的是"华裔小说",反映了中国学者的族裔关怀。国内图书市场和美国文学研究界特别关注华裔作家在美国取得的成就,学术期刊往往也乐意发表相关的论文。其实有的华裔作家完全融入了美国的主流文化,族裔背景对他们而言未必如我们想象中那么重要,美国华裔小说家任碧莲(Gish Jen)来华访问时就对笔者这样说过。再者,美国自从 20 世纪六七十年代以来,作家队伍中的少数族裔尤其是拉丁美洲人(即所谓的 Latinos)越来越多,他们中间不少人还从未进入过我们的视野。我特意提到这一点,是想借此机会追思《美国小说发展史》作者毛信德教授。

再回到克莫德"小说是伦理探究的最佳工具"一说。读者在阅读小说的时候总是参与其间的,如果幸运的话,也能收到痛苦的自我反思的功效。能激发读者思考的书都是好书,希望后辈学者多多关注这套丛书,写出比较小说史的大文章来。

2018 年 6 月 17 日

前　言

　　2012 年 11 月 18 日,我与妻子来到美国首都华盛顿白宫前的宾夕法尼亚大道,参观了华盛顿纪念碑、林肯纪念堂和越南战争阵亡将士纪念碑,理解了美国人民对于历史的认真态度。此前此后,我们还游览了夏威夷的珍珠港事件纪念地、好莱坞的星光大道和世界影视城、圣地亚哥的海洋风光、著名赌城拉斯维加斯夜晚的灿烂风光、令人惊叹的科罗拉多大峡谷、旧金山的金门大桥、费城的美国独立纪念堂、纽约的华尔街和自由女神像。领略了美国几个主要的历史景点和现代化建筑,虽然说不上全面系统,但在我的心目中,自认为已经对美国的过去和现在有了一定的了解。

　　对于这个 200 多年前才成为独立国家的现在世界上第一大发达国家,自 19 世纪以来,中国人民一直抱有向往、羡慕、好奇、探索的心态,所以数百万中国人,在百余年的历史过程中,移民北美大陆,在旧金山、纽约等城市建立了著名的唐人街,使华裔成为美国的主要少数民族之一,在这个国家的科学技术、社会生活、思想教育、文学艺术等领域占有了一定的地位。

　　由于政治历史原因,1949 年以后,中国人民与美国失去了交流的桥梁,30 年后,这座断裂的桥梁终于修复,在两国正式建立外交关系后,政府与政府之间、人民与人民之间,又有了正常的公务交流及商业贸易、学生留学、旅游探亲等方方面面的你来我往。去美国旅游购物成为许多中国人的休闲选择,本人数次在美国大型市场中见到成群结队的中国游客及其"一掷千金"的购物热忱。

　　21 世纪以来,特别是在 2010 年中国的 GDP 总量超过日本成为世界第二大经济体之后,作为世界最发达国家的美国和作为世界最大发展中国家的中国,必然成为平衡世界政治格局的最主要力量。2013 年 6 月,在美国加州安纳伯格庄园,习近平主席与奥巴马总统进行了"不打领带"的历史性会晤;2014 年 11 月 11 日晚,习近平主席与奥巴马总统又在北京中南海瀛台,以散步、夜宴和茶叙形式进行了长达 5 小时的深入会谈:这标志着中美两国已经进入了国家关系上最美好的时刻。因此,今天的中国人民对于美国的过去和现在更加应该做全方位的了解,包括科学技术、政治经济、文化历史和文学艺术。就文学范畴而言,在美国比较短暂的发展过程中,小说以它的记叙性、可读性、情节性、趣味性,从 18 世纪开始就成为最主要的文学形式,至今一直保持着重要的地位;200 多年来,为数众多的小说家和数量惊人的小说作品,成为构成美国文学大厦的主要建筑景观,在 20 世纪获得诺贝尔文学奖的 11 位美国作家中,小说家就有 8 位;每年的美国国家图书奖、普利策文学奖、海明威小说奖、福克纳小说奖等各种奖项,乃至《纽约时报》每月畅销书排行榜,其中主要的获奖作品和发行量最大的还是小说。

本人自 1979 年开始,在当时的杭州大学中文系和外语系开设面向高年级学生的美国小说史的选修课,期间自编教材和作品选读,并于 1988 年由北京出版社出版了 50 万字的《美国小说史纲》;2004 年,由浙江大学出版社出版了《美国小说发展史》;现在,在浙江工商大学出版社的邀请下,本书列入"外国小说发展史系列丛书",在保持原有体例、目录、结构不变的情况下,经过本人的部分修订,主要是增加了 2000 年至 2010 年美国小说发展的一些新的内容,将按计划出版。相信这对于希望了解美国文学尤其是美国小说发展历史的中国读者,会有一定的帮助。依照文学史(包括文体史)的编写原则,应该有一定的时间积淀,但考虑到 21 世纪的最初 10 年里,有几位美国重要小说家逝世的事实,故有选择地增加若干资料,这对于读者也许是有帮助的。

中国和美国,一个是拥有三四千年文学艺术历史的文明古国,一个是只有 200 多年发展历程的资本主义国家,两者之间的差别可想而知,然而现在它们作为世界上最主要的两个国家,承担着维护世界和平局面、平衡国际政治力量、保障世界经济发展的重要责任;所以,中美两国国家元首的每次会晤都成为世界的头等新闻。这是两国人民的大幸,也是世界人民的大幸,但愿永远如此……

26 年前,在北京出版社庄海泉先生的努力下,《美国小说史纲》顺利面世。殷企平教授、张德明教授、王福和教授在申报国家"十五"重点图书时提供了诸多支持和帮助。10 年前,在浙江大学出版社原社长兼总编辑蔡袁强先生的支持下,《美国小说发展史》正式出版。在此,谨向他们遥致谢意。在本次修订重版时,董衡巽先生、杨恒达教授、黄铁池教授、文楚安教授、刘海平教授、王守仁教授等关爱有加,或赠书、寄资料,或给予建设性的修改意见。此外,大洋彼岸的洛杉矶朋友 Mr. Joe Fon 与休斯敦大学维多利亚分校管理信息专业教授陆军女士,这些年来为本书提供了许多最新的外文资料,为考证美国小说家生平、作品、年表提供详实的历史依据。责任编辑钟仲南先生认真编校,为本书付出了极大的心血。浙江工商大学出版社社长鲍观明先生大力支持申报"十三五"国家重点出版物出版规划项目,召集诸位专家著书立说,终成正果。在此,一并向他们致以衷心的感谢。

自本书开始写作至今,我始终得到我的妻子那河儿的关心、支持和鼓励,她还参与了部分资料的检索与翻译,谨以此书献给她。

毛信德

2014 年 11 月 16 日

目　　录

绪　论　美国社会与美国小说

　　同世界上那些古老的、具有悠久历史的传统国家相比,美国可以说是一个崭新的或者几乎是崭新的国家。作为一个国家来说,它的历史仅仅是从 1776 年才开始正式谱写的,在此之前,北美大陆受欧洲人统治长达几个世纪。由于残酷的殖民统治,北美大陆既没有发达的经济,也没有发达的文化,文学和艺术绝大多数是来自欧洲的输入品。殖民地时期的美国,严格地说起来根本不存在自身的文化,仅有的几位诗人和民间作家,也由于历史条件的限制和他们自身的生活局限,没能写出具有美洲特色的作品来。

　　爆发于 18 世纪 70 年代的独立战争,是北美大陆人民反抗殖民统治、争取国家和民族独立的伟大行动。1776 年 7 月 4 日在费城举行了第二届殖民地大陆会议,会上通过的《独立宣言》,是美国正式独立的标志,它在人类历史上第一次以政治纲领的形式宣布资产阶级"民主共和"的建国原则,因而被马克思称为"第一个人权宣言"①。

　　美国的历史,说得具体一点,应该是美利坚合众国的历史,是从 1776 年 7 月 4 日开始谱写的。而美国文学发展史作为历史的一个不可分割的组成部分,也是从这一天开始谱写的。独立之后,虽然美国的文学还处于襁褓之中,但是它已经开始摆脱殖民文化的桎梏。在民族独立、国家独立的新的历史时刻,美国人民,特别是当时站在革命斗争最前列的资产阶级左翼分子逐渐认识到:要证明它是一个伟大的民族的话,那么建立一个伟大的文学是必不可少的。在民族感情空前高涨的时刻,一批年轻的诗人就曾预言美国的文学必将会有一个灿烂的未来,他们满怀信心地认为这个未来的灿烂的文学可以并且一定能够超过欧洲任何一个发达国家。

　　那些具有顽固思想意识的大不列颠王国臣民,对于这个敢于反抗英国人统治并且获得了独立的新兴国家,总是抱着一种不可名状的仇恨和敌视,他们鄙视美国的一切,当然也包括美国年轻幼稚的文学。在 1818 年 12 月的《爱丁堡评论》上,有一个名叫西德尼·史密斯的评论家发表了这样的见解:"所谓美国的文

---

　　①　马克思、恩格斯:《马克思恩格斯论美国内战》,人民出版社,1955 年,第 256 页。

学是不存在的——我们的意思是说这个文学还没有诞生。"①两年后,同样在这一份英国评论界的权威性刊物上,又是这个西德尼·史密斯先生写下更加放肆的一段话:

> 在整个地球上有谁能够读到一本美国人写的书?或者是戏剧?或者是一幅油画?一座雕塑?什么时候世界上才能出现美国的内科医生和外科医生呢?什么时候他们的化学家能够发现新的物质元素?或者是能够分析一种老的元素?什么时候能够有一颗新的星被美国的天文望远镜发现?什么时候他们能够在数学上取得一点研究成果?有谁看到过用美国玻璃盛装的饮料?或者用美国餐具盛装的食品?或者是美国生产的上衣和长袍?或者是美国生产的羊毛毯?②

面对来自大西洋彼岸原欧洲宗主国的一片嘲笑和挖苦声,已经赢得了独立的美国人决心使自己的国家在政治、经济、文化等各个方面都能够拥有充分的发言权,他们迫切需要有美国的工业、美国的农业、美国的科学和美国的文化。美国人开始认识到:要证明它是一个伟大的民族,建立一个伟大的文学是必不可少的。作为美国新兴文化的一个重要组成部分,美国式文学在独立以后的美国土地上由萌芽、生长到发展、壮大,终于在半个多世纪以后以它自己鲜明的民族个性和面目跻身于世界文学之林,崛起于地球之上。我们在这里所指的美国式文学,不论是在作品的题材内容上,还是在它的艺术形式上,都尽可能地摆脱了欧洲文学特别是英国文学的影响,逐渐形成具备美国本民族特点的文学风格。这一点尤其体现在作家们的创作思想和作品的主题上。通过文学作品来反映独立后美国人民的精神面貌和北美大陆的社会现状,从新兴的资产阶级立场出发去肯定生活中美好的、欣欣向荣的部分,去否定生活中丑恶的、腐朽没落的部分,这就是早期美国文学的功绩。当然,独立后的美国并不是一个歌舞升平的太平盛世,野蛮的奴隶制度的存在和资产阶级对劳动者的残酷剥削,使这个年轻的共和国从建立的第一天起,就存在着巨大的矛盾斗争——这一矛盾斗争终于在19世纪60年代酝酿成了大规模的南北战争——但这并不影响美国人民在发展本国、本民族文学中的巨大热忱,国家的独立和资产阶级新兴力量的进步作用,成了美国式文学茁壮成长的生命来源。

文学作为社会的上层建筑和意识形态的一个重要组成部分,它与经济基础有着密切的关联,但它又不等于经济基础的直观反映。换句话说,文学作品不可能脱离社会的经济制度而单独生存,同时它又有自己特殊的发展规律和存在形

---

①② 休柏尔:《美国文学的代表作家》,杜克大学出版社,1972年,第4页。

式。从美国来看，自 18 世纪 70 年代独立至 19 世纪 60 年代初，即南北战争前夕，它从一个只有四五百万人口的落后的殖民地，一跃成为拥有 3000 多万人口的经济发达的资本主义国家；经过南北战争之后，资本主义经济发展速度更是一日千里。到了 19 世纪末期，美国已成为拥有一亿人口的资本主义世界头号强国，它的工农业总产值占所有资本主义国家总产值的一半，小麦产量占全世界总产量的三分之一；它的社会制度的性质也由于侵略、好战、掠夺、垄断而从自由资本主义演变成垄断资本主义，即帝国主义。上面所说的是美国经济的发展概况，而它的文学，却和这种暴发户式的致富过程有很大的差异。按照多数美国文学史家的观点，美国文学一直是以它稳健的、有节奏的速度在向前发展着。它没有大起大落，而是循序渐进；它没有因为经济的恶性膨胀而虚脱，也没有因为经济危机的袭击而奄奄一息。在这中间出现过几个引人注目的高潮，这种高潮，是文坛上群星灿烂、杰作迭出的结果，事实上，它们就是某种文学现象在一个短时期内的闪光。这闪光的动力来源于多种因素的积聚，它的余热能够照耀子孙后代。

从 1776 年算起，至今不过 240 多年时间。但在这样短的一个历史时期中，美国文学却能够从一棵脆弱的幼苗长大成参天的大树，这不能不说是世界文学史上的奇迹，其他任何一个国家都不可能拿出可以与之媲美的历史事实。从建国初年的本杰明·富兰克林、托马斯·潘恩，到 20 世纪六七十年代的欧内斯特·海明威、索尔·贝娄，以至世纪末的库特·冯尼格特、托妮·莫里森……我们可以写出一长串杰出作家的名字，这每一个名字都包含着丰富的思想和伟大的创作。正是这些作家的不懈努力，不仅使美国人民，也使全世界人民收获了一笔如此丰厚的文学财富。在可以列举出的几十名乃至 100 多名美国文学史上杰出作家中，我们还可以发现占绝大多数的是小说家。假如我们把神话、诗歌、传说等形式的作品看成是文学史上的幼年阶段，那么可以将小说（包括长篇、中篇和短篇）当作是它的成熟阶段。事实上，任何一个国家，凡是文学发展到成熟期，它就必将产生一个小说创作的高潮。小说占据着文学史上最重要的位置，可以被认为是迄今为止文学中最主要的创作形式，这是一个明确的事实和普遍的规律。由此可以推论：在任何国家的文学发展史中，首先要研究的就是它的小说发展历史。这一点在美国表现得尤为突出，倒并不是因为美国文学有什么特殊的规律，而是由于资本主义经济的迅猛发展促使文学为了适应这种社会环境而出现了小说创作的空前繁荣。20 世纪 30 年代的文学高潮就是在这样的背景下产生的。读者在读到本书对这一文学现象进行分析的有关章节时，将可以更清楚地认识到这一点。

19 世纪末叶，杰出的美国自然主义作家法兰克·诺里斯曾经说过这样一段话：

今天是小说的时代,任何时期或是任何工具都没有能像今天的小说这样充分地表现时代的生活。22 世纪的批评家,在回顾我们的时代,尝试着重新建立我们的文明时,他们所注意到的将不会是画家、建筑家或者戏剧家,他们将从这些小说家着手以发掘我们的特点。[①]

从这里可以看出,早在 100 多年前,身为美国作家的诺里斯已经明确地认识到小说在当时的重大时代作用,而这种作用在 20 世纪确实已经得到了充分的体现。诺里斯的话既是对 19 世纪美国小说的总结,又是对 20 世纪美国小说的展望。分析 240 多年来的美国文学现象,可以说,自从华盛顿·欧文和詹姆斯·库珀诞生以来,小说一直占据着文学创作中的主导地位,因而小说家的队伍也始终成为文坛上的骨干。美国人民应该为有瓦尔特·惠特曼、亨利·朗费罗这样伟大的诗人和尤金·奥尼尔、亚瑟·米勒这样杰出的戏剧家而感到骄傲,但更应该为有纳撒尼尔·霍桑、皮丘·斯托、马克·吐温、欧·亨利、杰克·伦敦、西奥多·德莱塞、厄普顿·辛克莱、辛克莱·刘易斯、约翰·斯坦贝克、威廉·福克纳、多斯·帕索斯、艾萨克·辛格、约翰·厄普代克……这样一些成绩卓著的小说家而感到自豪。

上述这份名单绝不是美国小说家的全部,而仅仅只是它的一部分。譬如像赫尔曼·梅尔维尔、理查德·赖特、约瑟夫·海勒这样一些分别在 19 世纪 40 年代、20 世纪 40 年代和 60 年代具有重大影响的小说家,就没有被列进去。这倒不是由于疏忽和遗漏,而是说明美国 240 多年来小说家的队伍实在太庞大了,庞大到让你几乎无法列出一份完整的名单。

2 个多世纪以来,美国小说的发展也经历了一个丰富的、令人赞叹的过程。美国建国初期的 18 世纪最后二三十年是美国文学的初级阶段,也是美国小说产生的预备阶段。本杰明·富兰克林的《自传》、托马斯·潘恩的《美国危机》和托马斯·杰弗逊的《独立宣言》作为革命时期的伟大作品,可以列为美国散文创作的先驱,但正式以小说的形式出现于社会之中的则应推休·亨利·布雷肯里奇的《现代骑士》为最早。华盛顿·欧文是美国第一个获得世界声誉的作家,他和詹姆斯·库珀、爱伦·坡一起组成了 19 世纪前期浪漫主义文学创作的骨干力量,特别是他们的小说,可以说是开创了一代文风,成为奠定美国式小说从内容到形式、从主题到情节的楷模。这 3 位作家和稍后的浪漫主义小说家纳撒尼尔·霍桑、赫尔曼·梅尔维尔组成了美国 19 世纪文学的第一个高峰。这是美国浪漫主义小说的兴旺时期,也是作为高级文学形式的小说创作的定型时期。南北战争是美国文学从浪漫主义转入现实主义的社会基础,以反对奴隶制度为思

---

① 法兰克·诺里斯:《小说家的职责》,道勃莱兑出版公司,1928 年,第 4 页。

想核心的废奴文学则可以看作它们之间的过渡桥梁。南北战争后,资本主义经济高度发展,社会贫富悬殊,拜金主义猖獗,使一批有良知的作家起来揭露社会的罪恶。于是,批判现实主义成为19世纪下半叶的文学主流,一批杰出的现实主义小说家从文坛上涌现出来,马克·吐温便是他们中间的光荣代表。马克·吐温和比他稍晚的威廉·狄恩·豪威尔斯、亨利·詹姆斯、欧·亨利、法兰克·诺里斯、杰克·伦敦等小说家,成为继欧文之后美国文学崛起的第二个高峰。他们的出色创作标志着美国的文学已经成熟,美国的小说已经成熟。进入20世纪之后,美国小说中写实主义的光荣传统继续得到了发扬,辛克莱·刘易斯、厄普顿·辛克莱、约翰·斯坦贝克、西奥多·德莱塞和艾伯特·马尔兹这些作家以其锐利的剖析和淋漓尽致的描写,构成了具有更加鲜明批判色彩的新现实主义,这是美国建国以来文学史上的第三个高峰,它和当时30年代所出现的经济上的严重危机形成了强烈的对照。第二次世界大战促使美国小说横向发展,形成了多种艺术风格的流派小说。它们从20世纪30年代开始萌芽,到50年代发展成为高潮。这中间最有影响的当数以欧内斯特·海明威为代表的"迷惘的一代"文学和以威廉·福克纳为代表的"南方文学"。60年代之后,黑色幽默小说、黑人小说、犹太小说、战争小说、心理小说、政治小说、科幻小说、社会小说等形式的作品充斥于文坛,使早年的现实主义传统几乎濒于窒息。然而像索尔·贝娄、艾萨克·辛格、赫尔曼·沃克这样一些写作态度严肃的小说家并没有放弃现实主义。实际上他们的绝大多数作品都是按照这个原则创作出来的。社会的发展必然推动文学的发展,到20世纪70年代,美国小说的面貌已经与当年不可同日而语了。流派的众多,题材的丰富,艺术形式的千变万化,使美国小说的创作形成了空前热烈的局面。对这一文学现象和由此而产生的许多作品,我们现在还很难做出一个精确的评价。然而有一点是可以肯定的:它是美国小说240多年来发展的必然趋势,在这个潮流的身躯中还流着欧文、吐温、海明威的血液。

　　回顾20世纪前70年的美国小说发展历史,我们可以明确地发现:自19世纪末期由马克·吐温、威廉·狄恩·豪威尔斯开创的现实主义,经过杰克·伦敦、西奥多·德莱塞和辛克莱·刘易斯的继承弘扬,形成了具有强大生命力的新现实主义的文学体系,之后有欧内斯特·海明威、约翰·斯坦贝克、维拉·凯瑟等人的杰出表现,使美国的现实主义小说创作在三四十年代达到了空前的繁荣;与此同时,在欧洲现实主义文学思潮的强大影响下,以威廉·福克纳为代表的美国南方文学的意识流小说崛起于50年代末期,以弗拉基米尔·纳博科夫、约瑟夫·海勒为代表的黑色幽默小说占据了五六十年代美国文坛的半壁江山;加上流行于30年代的以迈克尔·高尔德、霍华德·法斯特为代表的无产阶级左翼文学,可以说,呈现出足以使整个美国小说繁荣昌盛的"三足鼎立"的局面。这一局面的出现,与20世纪世界文学的总体表现是一致的,它是19世纪末期以来,世界文学从单一走向多元的重要组成部分,证明了美国文学在世界文学发展过程中所起到的重要作用。①

文学家总是以描写社会与人生为己任,小说家尤其如此。丰富多彩的现实生活、日新月异的科技发展、资本主义社会中激烈的相互竞争和多种民族组成的群体,造成了美国社会的种种矛盾冲突,这些给不同的人带来了不同的喜怒哀乐、生死搏斗,也给小说家们带来了可贵的创作素材。20世纪七八十年代是各种文学流派相互融合的时期,文学的趋同性表明了它对自身责任的重新认识和文学本质意义的回归,以人物内心世界的刻画、人生矛盾冲突的描绘和现代主义意识技巧的广泛采用为特征的心理现实主义的盛行,成为迄今为止人类发展史上最激荡不安但又是最充满生存活力的20世纪末期的精彩表现。记得英国小说家 D. H. 劳伦斯曾说过一段话:

> 小说里的人物除了是活的以外什么也不能做。假如按照一定的形式,他们永远保持为善,为恶,甚至轻快可爱,那么他们就不再是活的人物了。这部小说也就失去生命力了。小说中的人物必须是活着的,否则就一无所是。②

小说依靠真实的、活着的人物而产生生命力量,而真实的、活着的人物又是小说家取材于真实的、活着的社会而形成的,综观美国小说240多年来的发展过程,它的源头无疑是美国社会。本书作为一部评述美国文学中小说发展历史的专著,不可能具体讲述在此期间美国社会的政治、经济、历史、科学等方面的各个事件、现象,但也不可能不涉及这些事件、现象,小说作品本身就是经过小说家的观察和思考之后,运用写作技巧表现出来的对社会本质面貌的反映。假如华盛顿·欧文今天还活着的话,一定会惊讶于他的后人的聪明才智及灿烂人生,也一定会对当今美国社会充满光怪陆离生死矛盾而发出一声无奈的叹息。

但美国文学尤其是美国小说确实是可以大书特书的,单就20世纪以来多达8名小说家获得了诺贝尔文学奖的事实来看③,几乎在整个20世纪的世界小说

---

① 关于20世纪世界文学在前70年间所出现的"三足鼎立"的现象,参见拙著《20世纪世界文学:回眸与沉思》的"绪论"部分及有关章节,百花洲文艺出版社,1998年。

② D. H. 劳伦斯:《小说为什么重要》,《英国作家论文学》,生活·读书·新知三联书店,1985年,第513页。

③ 他们是辛克莱·刘易斯(1930年获奖),珀尔·布克(中文笔名赛珍珠,1938年获奖),威廉·福克纳(1949年获奖),欧内斯特·海明威(1954年获奖),约翰·斯坦贝克(1962年获奖),索尔·贝娄(1976年获奖),艾萨克·巴什维斯·辛格(1978年获奖),托妮·莫里森(1993年获奖)。

发展过程中无人能望其项背。埃德加·爱伦·坡早在 170 多年前就曾经宣布过："我们终于到达了这个时代,我们的文学可以并且必须依靠自己的优点而存在,或者由于自己的缺点而覆亡。我们已经挣断英国老祖母的引带了。"①美国人民可以引为骄傲的爱伦·坡的预言已经得到了充分的实现。

---

① 　马库斯·坎利夫:《美国的文学》,企鹅图书公司,1975 年,第 35 页。

第一章　独立战争的胜利与美国小说的萌芽

第一节　殖民地时期的文学概貌

一　詹姆斯城与 13 个殖民地

1607 年,经过几个月艰苦航行的一伙英国人在现今美国弗吉尼亚州的詹姆斯河口登陆,并在这个地方定居下来,建立了大不列颠王国在美洲大陆上的第一个殖民地——詹姆斯城。此后,经历 100 多年的并吞和掠夺,到 1733 年,英国人已经赶走了所有在北美的其他欧洲国家的殖民主义者,在大西洋沿岸建立起 13 个殖民地,成为这一大块辽阔、肥沃、富饶的土地上的唯一宗主国。这 13 个殖民地便成为美国文明的摇篮,也是不久之后爆发的伟大的独立战争的发源地。

由于殖民地经济的不断发展,修筑了公路,出现了统一的市场,建立了邮政制度,英语成为各个殖民地的通用语言,至 17 世纪末期,一个以欧洲移民为主体的美利坚民族逐步形成。美利坚民族是在特殊的历史条件下产生和形成的一个特殊的民族,它的成员十分复杂,几乎来自欧洲所有国家。这些移民及他们的后裔,经过相当长一段时间的共同劳动和生活之后,才渐渐形成作为一个民族所应具备的统一的语言、统一的风俗、统一的经济和统一的文化。13 个殖民地的人口增长很快,1740 年仅为88.9万人,1750 年增加到120.7万人,到 1775 年独立战争爆发前夕增长至 260 万人。大量的欧洲移民——破产的农民、失业的工人和各种贫苦的劳动者——源源不断地涌向北美大陆,为美利坚民族的发展壮大增添了新鲜血液。

大英帝国殖民主义者对北美 13 个殖民地进行着残酷的剥削和掠夺。他们首先推行野蛮的奴隶制度,将非洲黑人贩卖或掳掠到北美(这是奴隶的主要来源),至 1775 年北美的非洲黑奴总人数已达 50 万之众,占当时 13 个殖民地总人口的 1/5;此外,还有来自欧洲的白种人奴隶和来自亚洲的黄种人奴隶,他们或因无法生存而卖身为奴,或因欠债和犯罪被判劳役,沦为"契约奴"。英国殖民当局为了便于控制和统治,还禁止殖民地人民向西部迁移,禁止殖民地直接与其他各国通商,制定了各种法令对殖民地的工、农、商业的发展加以限制。广大的北美人民愤怒反抗英国殖民当局的反动政策,开展了争取政治、经济权利的斗争。1676 年、1688 年、1741 年、1763 年先后爆发了人民起义,参加起义的主要是农民、手工业者、工人和白人"契约奴"。殖民地人民与殖民当局的这一矛盾冲突一旦发展到无法调和的地步,就必然产生武装斗争形式的最后较量。1776 年北美独立战争的爆发就是这一较量的具体表现。

二　美利坚民族文学的孕育

早在欧洲人闯入北美大陆之前,在那里世世代代居住的是过着原始公社生活的印第安人,他们本身并没有发达的文学。在受到殖民主义者的野蛮屠杀和驱赶之后,这个种族已濒于灭绝的境地,仅有的一点口头创作亦完全中断,因而更谈不上什么文化传统。我们在这里所说的美利坚民族文学,实际上是从欧洲传入的外来文化,特别是在英国的外来文化的基础上发展起来的。因此它刚出现的时候,就带有明显的殖民地色彩和欧洲移民文化的痕迹。

这两点正是美利坚民族文学刚刚开始孕育时期的显著特征。由于残酷的殖民统治,广大的平民阶层根本不可能得到文化教育,因此能够识字、写作,具有一定文化水准的,在当时只有来自英国的统治阶级和一部分传教士,以及当地的贵族。在 18 世纪之前,北美大陆基本上没有什么出版物和印刷品。第一家定期出刊的报纸,是 1704 年才创办起来的;第一个公共图书馆,更迟至 1731 年才建立开放。早先的印刷品,几乎全都是从英国印刷出版之后运到北美大陆来的。在这些来自英国的印刷品中,除英国作家创作的小说、诗歌和剧本之外,能够反映北美殖民地大陆境况的,主要是一些英国殖民地官员、冒险家和传教士写的关于这块新大陆的风土人情、自然景色和民间生活的作品,他们或者以日记的形式,或者以游记、随笔的形式来记录所见所闻。例如,根据 1978 年出版的《美国文学指南》记载,在北美殖民地最早出现的书本之一就是一个名叫约翰·史密斯(1580—1631)的英国冒险家在探索了北美新大陆之后写的,书名叫《自从殖民地开拓以来在弗吉尼亚所发生和出现的真实记录》,出版于 1608 年。在这本小册子里,作者以第一手资料对这个殖民者新拓居地的景况做了最早的文学上的描写,而那时正是英国入侵者对北美大陆开始进行大举开发的时候。[1] 大约到 17 世纪中期,北美殖民地才开始出现由居住在本大陆的人写的文学作品。当时最流行的文学形式是诗歌,其次是散文、随笔和游记,但无论从思想内容来说,还是从艺术形式来说,都还处于十分粗糙、幼稚的阶段。尽管如此,这毕竟是北美大陆本土诞生的文学,因此我们应该把它们看成是美利坚民族文学的最初孕育。

最早的著名诗歌作者有罗杰·威廉(约 1603—1683)和安妮·布雷兹特里

---

① 詹姆斯·哈特:《美国文学指南》,牛津大学出版社,1978 年,第 778、965 页。

特(1612—1672)。前者是出生于伦敦的进步的宗教思想家,他在《亚美利加语言的秘诀》(1643)等诗歌中揭露了英国侵略者杀害当地土著印第安人的罪行,并对马萨诸塞一带的印第安语言进行了忠实的记录,作者认为它们才是研究亚美利加语言的真正秘诀;后者是一名贵族妇女,于1650年在伦敦出版了北美人写的第一部诗集《在美洲大陆出现的第十位缪斯女神》,她一生诗作甚丰,在艺术上很有特色,成为殖民地时期最有成就的诗人之一。稍后出现的著名作品有进步诗人彼得·福尔杰(1617—1690)抨击殖民当局时政的长诗《时代的镜子》(1676)和无名氏的以北美第一位农民起义领袖纳撒尼尔·培根(1647—1676)的事迹为题材的诗作《培根墓志铭》(1676)。此外,保守主义宗教理论家约翰·科顿(1585—1652)、科顿·马瑟(1663—1728)、罗杰·威廉等人的进步思想的直接继承者约翰·伍尔曼(1720—1772)以及宗教诗人迈克尔·威杰斯华兹(1631—1705)、爱德华·泰勒(1642—1729)和贵族主义散文作家威廉·伯德(1674—1744),都是这一二百年间,在形成美利坚民族的思想、文化和文学过程中产生过一定影响的人物。不管他们在思想意识形态或宗教观念上抱有何种见解,他们的著作,包括文学的、历史学的、语言学的、哲学的或是宗教神学的,都成为奠定整个美利坚民族文化不可缺少的基础。

三 独立战争前夕高涨的民族情绪在文学上的反映

18世纪60年代,英国殖民当局同北美大陆人民之间的矛盾日益尖锐。从1763年起,13个殖民地先后爆发反英斗争,并建立了许多秘密的革命组织,其中最有影响的是1765年成立的"自由之子社",其骨干为工人、手工业者、农民和资产阶级左翼知识分子。1770年3月,在波士顿发生了英军同当地居民的流血冲突事件,加剧了矛盾的发展;1772年,在这个海港城市建立了规模更大的地下革命组织"通讯委员会";1773年12月16日,波士顿民众8000余人将价值18000英镑的茶叶投入大海;第二年年初殖民当局下令封闭了波士顿港。英国政府的高压政策使事态日益扩大,13个殖民地统一意志,于1774年9月5日,在费城召开了第一届殖民地大陆会议,除南方的佐治亚受阻外,其余12个殖民地都派代表参加。正当会议采纳了妥协方案,准备向英国国王呈交请愿书,希望以和平方式解决矛盾的时候,1775年4月19日,马萨诸塞的英国殖民军与当地"通讯委员会"的民兵发生了武装冲突,这场冲突揭开了美国独立战争的序幕。从1763年至1775年,是独立战争爆发的酝酿时期,在这12年左右的时间里,北美人民以英勇顽强的气概同英国殖民当局展开了针锋相对的斗争,为美利坚民族的独立自由写下了一页页光荣的历史。文学是反映时代面貌的镜子,当时的美利坚民族文学虽然还处于萌芽状态,但仍然能够把北美人民在反英斗争中所表现出来的进步思想和动人事迹,通过各种文学形式生动形象地反映出来。

北美独立战争前夕的革命文学包括两大部分:一是革命诗歌,二是革命理论和散文。革命诗歌中最有代表性的作品是资产阶级革命诗人菲利普·弗瑞诺(1752—1832)的早期诗作,他与大学同班同学休·亨利·布雷肯里奇在霍普金斯大学毕业典礼上的诗歌朗诵,引来了全场如雷的掌声,获得了一致的好评。此外,弗朗西斯·霍普金森(1737—1791)的《木桶战》(1778)和民间创作《扬基小调》(1780),都是在反抗英军的斗争中产生出来的名作,为广大人民所传诵。革命理论和散文以杰出的美国进步思想家、革命家、独立战争领袖之一本杰明·富兰克林(1706—1790)和独立战争的不屈战士托马斯·潘恩(1737—1809)的著作为代表。富兰克林的《格言历书》(1773—1758,直译应为《穷理查历书》,1774 年再版时改名为《致富之路》)及《自传》(1771—1790),潘恩的《常识》(1776)和《美国危机》(1776—1783),几乎成为独立战争爆发前后最重要的指导性作品。它们既是对英国殖民主义者的愤怒谴责,又是对美国人民革命斗志的热烈鼓舞。

上述作品,无论是论著、诗歌还是民间故事,在独立战争爆发前夕都作为革命的舆论对人民起到了极大的鼓动作用。

第二节　独立战争与民族文学的开端

一　殖民军在约克镇的投降与美利坚合众国的诞生

自从 1775 年 4 月 19 日打响了同英国殖民军冲突的第一枪之后,北美大陆人民革命热情迅速高涨。在随后举行的第二届大陆会议上,激进派战胜了温和派,做出了建立正式革命武装的决定,任命弗吉尼亚的庄园主乔治·华盛顿(1732—1799)为联邦军总司令;接着在 1776 年 7 月 4 日通过了由托马斯·杰弗逊(1743—1826)起草的《独立宣言》,宣布人人生而平等,13 个殖民地名正言顺地组成了自由、独立的合众国。宣言是本着资产阶级民主精神写成的,开创了美洲资产阶级革命的先河,具有重大的历史意义。《独立宣言》的颁布标志着美利坚合众国正式在北美大陆的土地上诞生,所以 7 月 4 日成为美国的国庆日。

经过 7 年的战争,1781 年 10 月 19 日,英国殖民军司令康华理在距离詹姆斯城不远的约克镇向联邦军总司令华盛顿无条件投降。从 1607 年第一批英国人来到北美大陆算起,总共经过了 174 年时间,现在在北美人民革命斗争力量的打击下,终于结束了一个半世纪以来罪恶的殖民统治。1783 年 9 月 3 日,英、美两国在巴黎签订了《凡尔赛和约》,英国承认美国独立。殖民地人民经过多年的艰苦斗争,终于获得了胜利,在美洲土地上建立了第一个独立的资产阶级共和国。

二 独立战争中的革命文学

革命文学在革命前是舆论的准备,在革命中是斗争的武器。独立战争爆发前夕,富兰克林、潘恩已经是民众中广有影响的散文作家了。战争爆发后,富兰克林进入联邦政府的领导核心,除在政治上更多地发挥重大作用外,在散文创作上,他继续发表具有鼓动性的政论文,同时撰写《自传》第二部。富兰克林后期注重政治和外交活动,他曾代表美国出使法国,回国后任宾夕法尼亚州州长,直到1790 年去世。富兰克林被称为"美国的奇才",他具有政治、科学、外交、文学、艺术等多方面的才华,一生成就卓著。从文学这一点来说,他的《格言历书》和《自传》,对美国民族文学的建立起了重大的作用。以言论尖锐的宣传家的姿态出现在社会上的潘恩,是在富兰克林的直接培养下成为一名散文作家的。1774 年 10月,他以"契约奴"的身份来到北美时,几乎病死在船上,后受到富兰克林的器重,担任《宾夕法尼亚》杂志编辑,开始了他的创作生涯。他所创办的《美国危机》是以不定期的丛刊形式出版的,从 1776 年 12 月开始出版第一期,到 1783 年出完最后一期,共有 16 期。潘恩在《美国危机》中密切结合时政,分析战争形势,宣传战争的正义性质,鼓励人民克服困难,将革命进行到底,在战争期间直接起到了革命喉舌的作用。独立战争胜利后,潘恩先后去法国和英国参加资产阶级大革命运动。在这期间,他发表了《人权论》(第一部 1791 年,第二部 1792 年)和《理性的时代》(第一部 1794 年,第二部 1795 年)等著作,继续宣传资产阶级民主主义思想。但是,潘恩的激进主张不为取得政权后的美国大庄园主和大资产阶级所容,1802 年,他受到英、法政府的迫害,回国后又遭到美国联邦政府的冷遇,晚年生活凄凉,贫病交迫,1809 年在纽约去世。这位生前为美国的独立奋斗了几十年的战士,据说死后连安葬的地方都没有,因为美国政府拒绝承认潘恩美国公民的身份。这就是大资产阶级政权对于一个具有一定进步倾向的知识分子的态度。以起草《独立宣言》而出名的托马斯·杰弗逊是美国独立战争期间又一位有成就的散文作家,他在宣言中所体现出来的文章风格朴实有力,笔调清新,字字具有无懈可击的力量。当然,杰弗逊是一位资产阶级的上层人物,他跟潘恩的地位、思想不大一样,就是贫苦出身的富兰克林与他相比,也有一定的差距。独立战争后,他作为有功之臣,先后担任了美国第一任国务卿、弗吉尼亚州州长和美国第三任总统。

杰出的革命民主主义诗人弗瑞诺在独立战争中勇敢投入战斗,并继续写下具有革命激情的诗篇。著名的宣传鼓动家帕特里克·亨利(1736—1799),在战斗最激烈的时候喊出了"不自由,毋宁死"的口号,起到了有力的宣传鼓动作用,给那些为民族独立与自由而战的人以力量。此外,还有被称为"艾伦上校"的伊桑·艾伦(1738—1789)的《艾伦上校被俘记》(1779)和霍普金森去世前选编出版的《霍普金森杂文集》(1792),都在当时产生过重大影响,是独立战争中革命文学的重要组成部分。

从上述内容中,可以明显地看出,在战争期间所产生的文学作品,包括政论文、诗歌、民谣,都具有鲜明的战斗性,它们都是在革命风暴刮得最猛烈的时候为着斗争的需要而产生的。它们虽然并不能说是完全的文学作品,但在美利坚民族文学尚在襁褓之中的时候,这些作品的出现,无疑具有开创性的意义。同时,这些作品的作者首先都是为独立而战斗的杰出战士,其次才是诗人、理论家,他们无论在当时写什么形式、什么体裁、什么内容的作品,绝不是出于个人兴趣或爱好,而是为了满足革命的需要。由此可见,美国真正的民族文学起源于伟大的独立战争,它的开端正是在革命风暴空前猛烈地席卷整个北美大陆之时,因此我们也完全可以说:没有独立战争就没有美国,没有独立战争也就没有美国的民族文学。

第三节 在散文基础上发展起来的早期小说

一 从革命散文到早期小说

独立之后的美利坚合众国在刚刚熄灭战火的北美大陆建立起来,急风暴雨的战争时代已经过去,以鼓动人民起来进行斗争为目的的革命散文也逐渐在社会上降低了影响。1790年,富兰克林去世,潘恩出走欧洲,杰弗逊就任政府要员,这似乎意味着他们过去所写的革命散文已不再是社会和人们注目的中心了;1787年制定了三权分立的联邦宪法,1789年华盛顿就任第一任总统,两党制的大资产阶级政权的确立和资本主义经济的逐步发展,使城市不断增多,市民阶层骤然膨胀。新的形势发展要求有一种能够与之相适应的新的文学作品,这就形成了美国早期小说产生的社会基础。

大约在1785年至1800年这十几年里,以男女之情为内容或以传说中的神怪、豪侠为主角,以道德训诫、因果报应、劝人为善或是神怪奇事为主要题材的作品开始在市镇中出现。这些作品是伴随着美国早期戏剧的产生而出现的。对于哪一部作品可以认定为美国本土的第一部小说,文学史家多有争议,目前公认的是威廉·布朗(1765—1793)所写的书信体小说《同情的力量》(1789),可以视为由美国本土居民创作的、以美国生活为题材的第一部美国小说。《同情的力量》以贵族妇女霍尔姆斯夫人的书信为形式,以规劝青年女子哈丽奥特如何不被男子的感情所诱惑为线索,写出了当时贵族与平民之间、男人与女人之间的爱情矛盾。此外,还值得一提的小说有汉娜·福斯特(1759—1840)的《风尘女子》(1797),描写了一名沦落风尘后因产后感染而死的无名女子的悲剧。她对当地富家子弟求爱的拒绝,表明了作品提出的男女平等、妇女尊严问题的意义。假如说,罗耶尔·泰勒(1757—1826)的世态喜剧《对比》(1787)的上演,开创了美国人写剧本进行演出的新历史,那么这些故事的诞生,则是开辟了美国小说创作的新纪元。它们往往是先有口头传说,而后出现文字脚本,并带有很大的模仿性。英国 14 世纪小说家乔叟的《坎特伯雷故事集》和 17 世纪小说家斯威夫特的《格利佛游记》以及《堂吉诃德》《十日谈》的英文译本等都成了仿效的范本。这是一种明显地带有封建主义和资本主义混合色彩的市民文学,主要的读者对象是城市中的手工业者、商人和居民。这些作品随着市镇经济的繁荣而不断扩展市场,成书的也好,不成书的也好,都以一种虚幻的、夸张的手法来迎合读者的口味,因而也杂糅着不少糟粕。从上述内容可以看出,这些作品具有以下特点:

第一,仍然带有明显的外来文化和封建意识影响的痕迹;

第二,艺术手法低劣;

第三,思想平庸。

但不管怎么说,它们是美国早期小说的雏形,是 19 世纪二三十年代资产阶级浪漫主义小说高潮产生的源泉。

在这一时期,最早进行小说创作并以自己的作品在社会上造成影响的作家是休·布雷肯里奇和查尔斯·布朗。

二 布雷肯里奇及其《现代骑士》(1792—1815)

休·亨利·布雷肯里奇(1748—1816),出生在英国苏格兰一个神职人员的家庭,5 岁时随父母移居到美国宾夕法尼亚州,1768 年进入普林斯顿大学读书,在那里他成为诗人弗瑞诺和后来当选为美国第四任总统的詹姆斯·麦迪逊(1751—1836)的同班同学。1772 年,由于在大学毕业典礼上朗诵了表达理想的、具有强烈民族意识的长诗《美洲光荣的升起》而闻名于社会。他在大学里学的是神学,1774 年他在母亲的启发下还写过一首诗,题为《一首神学革命的诗》。在独立战争期间,他担任了牧师职务,并在业余时间写了 2 部具有爱国主义情感的剧本:《高地堡垒上的战斗》(1776)和《蒙哥马利将军之死》(1777)。这 2 部作品虽然没有达到一流水平,但也表现了布雷肯里奇的爱国热忱和创作信念。后来他把这 2 个剧本连同 1778 年写的《六篇政治演讲》寄给了进步的《美国杂志》发表,并在 1779 年应邀担任该杂志的编辑。为了抵制政府的某些法令和社会上某些人对他激进思想的批评,1781 年,他放弃了牧师职务,到匹兹堡郊区的乡村里隐居起来。当然,在那里,他在政治上还是十分活跃的,处处显示出一个贵族民主主义者的思想风度。在著名的威士忌酒案起义①发生后,他充当过起义者

---

① 威士忌酒案起义是指 1795 年发生于宾夕法尼亚州西部的一次农民起义,起因是政府对私人酿制威士忌酒征以过高的税收。

与政府之间的调停人。这一经历,他在《宾夕法尼亚西部的造反事件》(1795)一书中有过详细的描写。后来布雷肯里奇就开始创作小说,他把自己的小说看成反映当时政治和社会思想状况的镜子。《现代骑士》(1792—1815)就是一部被作者视为时代镜子的作品。1799年,布雷肯里奇被委任为宾夕法尼亚州最高法院的法官,直至1816年6月25日去世。他在法律上的贡献,主要是写作了《法律杂集》(1814)一书。

《现代骑士》是布雷肯里奇的一部著名作品,也是美国最早出现的一部长篇小说。它以流浪汉的冒险事迹为主要题材,第一、二部出版于1792年,第三、四部分别出版于1793年和1797年。之后于1805年出版修订本,最后的增订本共分为6卷,出版于1815年。小说明显受到塞万提斯的《堂吉诃德》、斯威夫特的《格利佛游记》和菲尔丁的《大伟人江奈生·魏尔德传》的影响,是美国小说中第一次以广阔的乡村生活为背景进行描写的一部传奇小说。

作品描写约翰·法勒戈和他的仆人蒂格·奥莱根离开了自己在宾夕法尼亚西部的农庄,出发去游历。他们骑马穿过乡村和城镇,观察和体会了老百姓的生活方式。法勒戈是一个有主见的民主主义者、杰弗逊主义①和民族独立的拥护者,倾向于托马斯·潘恩的思想观念。而蒂格则是一个红头发、高个子的爱尔兰移民,有点傻乎乎,又有点流氓习气,同时出于自身的愚昧,还颇有点盲目的、无约束的自信心。他们主仆俩在旅行途中由于偶然的原因失散了,于是各自有了一段不平凡的经历。蒂格侥幸地遇上了一位总统,他居然靠自己胡说八道的诡辩成了一帮政治家、贵妇人和学者崇拜的偶像;接着他又被委任为税务官,成为一个上层人物。可是好景不长,由于蒂格不懂上层社会的规矩,更不懂当官的诀窍,结果在他前任的办公室里让别人浑身涂上柏油、粘上羽毛,受到了惩罚和羞辱。在那个社会里他像一头奇怪的动物,让别人指手画脚地评论、围观。后来他去了法国,又尝到了柏油和羽毛的滋味,逃离出境时仅仅穿了一套单衣,却还自以为是一个凯旋的英雄。在1815年出版的增订本里,布雷肯里奇描写法勒戈和他的朋友最终建立了一个模范的民主村社,实现了理想。但这部分明显缺乏作品前半部的喜剧因素和讽刺色彩,主要是为了宣扬作者自己的民主主义观念,而以说教的形式来唤起人们对他政治意图的注意。

法勒戈是一位正派的资产阶级代表人物,实质上就是作者思想的化身,他的言论、行动、政治立场几乎都是按照布雷肯里奇自身来写的。在这一点上,他不同于那位与风车作战的堂吉诃德先生。而蒂格倒真像塞万提斯笔下的人物,他有正直的一面,同时又是那样的自信、可笑。他能言善辩,有点小聪明,也在冒险

---

① 杰弗逊主义是指托马斯·杰弗逊就任总统后提出的施政原则,包括联邦政府减少对地方的管理、个人权利不可侵犯和发展乡村农业经济等。

的经历中靠自己的本领捞到一点好处,但最终在资产阶级社会里饱受别人欺侮、作弄,成为受侮辱和受压迫者。从他身上,我们似乎看到了堂吉诃德与桑丘·潘沙两个人重叠在一起的影子。

《现代骑士》的思想价值是显而易见的。作者试图通过约翰·法勒戈和蒂格·奥莱根这两个人物的各种经历来反映当时的社会面貌,同时表达他本人的政治观念。从这一点来说,小说具有一定的现实主义因素和进步意义,但作品的描写基调、情节安排都建立于虚构的、冒险的基础上,因而又削弱了它的主题深度和艺术力量。小说在方言的运用、讽刺性的夸张,以及对边疆风土人情的描写上取得了不可抹杀的成就。公正地来说,《现代骑士》开创了美国本土小说的历史,成为美国早期民族文学的重要组成部分,这正是布雷肯里奇在美国小说创作中的历史性贡献。

三　布朗的神怪小说

查尔斯·布罗克登·布朗(1771—1810),1771 年 1 月 17 日生于费城,1786 年读完中学后进入亚历山大·威尔考克斯学院学法律,1792 年毕业后曾做过一段时间的律师,不久迁居纽约,参与那里的社交活动并成为一名职业作家。在威廉·戈德温[①]的影响下,1789 年他写了一篇关于妇女地位的论文,后在戈德温的小说《考尔勃·威廉姆斯》的启发下,以狂热的激情在两年内写出四部对他来说最好的作品:《威兰》(1789)、《亚瑟·默文》(1799)、《奥蒙德》(1799)和《埃德加·亨特利》(1799)。接着又写了《克拉拉·霍华德》(1801)、《简·塔包特》(1801)和后来同时在伦敦出版的《菲利普·斯坦利》(1807)。这些哥特式小说体[②]作品,是作者在戈德温的直接影响下的产物,是他为了达到道德上的某些意图而精心编排出来的。从题材上来说,是属于纪实性的社会小说;从情节上看,则又是属于荒诞型的神怪小说。此外,塞缪尔·理查逊[③]的感伤主义和偏执狂的心理学也对布朗的创作造成了一定影响。

在爆发性创作上述作品的同时,布朗又参加了《美国评论月刊》的编辑工作,不久后返回费城进入他哥哥开设的贸易公司任职,接着又独立经商到 1806 年。在那段时间里,他又写了《威兰》的续篇《卡温传》,在 1803 年至 1805 年的《美国文学杂志》上连载。1807 年,布朗进入该杂志编辑部工作,度过了他生命的最后三年。

布朗原先认为,应该用高标准的要求来对待美国文学,相信利用有民族特色

---

① 　威廉·戈德温(1756—1836),英国哲学家兼小说家。

② 　哥特式小说体,是指专以恐怖、凄凉、衰败为特征的小说类型。

③ 　塞缪尔·理查逊(1689—1761),英国小说家。

的美国题材来写作小说将会激起广大读者的兴趣。尽管布朗当时曾得到英国名诗人雪莱、济慈和司各特的赞赏，甚至连他的老师戈德温也被其打动，但他最终还是放弃了企图达到预定目标的努力。由于他写作的仓促、作品的不成熟和语言上的做作，以及后期对病理学理论的过分迷恋，使得他无力去完成戈德温所提倡的"情节—结构"学说，更不可能成为美国小说创作史的奠基人物。布朗的主要缺陷在于忽视了如何把他这些哥特式小说体转变为以美国为背景、以美国人为描写对象的作品，所以就他的作品来说，善于表现一种强烈的、隐晦的感情这一艺术成就超过了他创作的历史意义。

布朗的代表作《威兰》又名《变形记》，是一部书信体的哥特式长篇小说，叙述了这样一个故事：老威兰是一个德国的神秘主义者，后移居到美国宾夕法尼亚州，在他自己的庄园里建立了一个神秘的教堂。一天晚上，庄园无故起火，把老威兰烧死了，不久他的妻子也死了。他们的儿子小威兰和女儿克拉拉，几年来一直与邻居家的少女凯塞琳·普耶尔保持着友谊。后来，小威兰就与凯塞琳结了婚，克拉拉也跟着爱上了凯塞琳的哥哥亨利·普耶尔，但亨利曾与一个女子在德国订过婚。这时，在他们幸福的小圈子里，突然闯进一个名叫卡温的神秘流浪汉。从此以后，他们几乎每夜都能听到一种连续发出的神秘的声音。这个声音能讲出各种过去的和未来的事情，就在亨利和克拉拉热烈相爱之际，这个声音说，亨利在德国的未婚妻已经死了，说他马上可以跟克拉拉结婚。但事态至此却发生了急剧的变化，一次偶然的机会让亨利误以为克拉拉与卡温之间已有了私情，他一气之下抛弃了克拉拉去寻找未婚妻，但未婚妻已与别人结了婚。在绝望之中，亨利出走了。与此同时，小威兰由于继承了他父亲狂热的神秘主义信念，又被这神秘的声音追得几乎发疯，他认为庄园中了邪，有妖精作祟，在疯狂中杀了妻子和孩子，被送进监狱关了起来。庄园里只剩下卡温和克拉拉了。有一天，小威兰从监狱里逃出来要杀克拉拉，又是那种神秘的声音指挥小威兰放弃这个企图，不幸的疯子终于自杀了。后来，在当地司法部门的追查下，卡温才供认他威胁、强暴了克拉拉，也供认了他在"有害的精灵"的引导下，为了试验他享受家庭幸福的勇气，用口技制造了这种神秘的声音。接着卡温就离开了宾夕法尼亚，到一个遥远的地方去了。亨利在前妻死后又回来与克拉拉团聚成婚。

从《威兰》的故事内容可以看出，布朗的哥特式小说，实际上也是社会小说、市民小说的一个组成部分。以恐怖、虚幻的故事情节来反映资本主义社会中人与人之间的关系是这类小说的特点，与后来的英国小说家艾米莉·勃朗特所著的《呼啸山庄》同属一类。布朗的小说固然思想境界不高，不过作为美国早期的小说家，他对美国小说的发展还是有一定功劳的，至少为 19 世纪初期浪漫主义小说的异军突起起到了探索前路的作用。

第二章 19 世纪浪漫主义小说

第一节 浪漫主义与美国式小说的诞生

一 浪漫主义产生的社会背景

从 19 世纪开始,美国由于资产阶级政权的不断巩固,资本主义经济发展也逐步开始走上正轨,从而进入了这个世纪前六十年的第一个大规模的经济腾飞时期。第一个十年可以看成是这一时期的预备阶段。1801 年,托马斯·杰弗逊就任第三任总统,标志着资产阶级民主派(即非联邦派)在美国的胜利,他在政治上执行了一条更符合国家、民族和民众利益的路线,使当地的资产阶级民主空气为之一振;在经济上强调发展包括广大农村在内的资本主义生产,开拓边疆,活跃市场,为以后全国范围内的大规模发展打下了基础。1814 年,第二次独立战争①的胜利,最后扫除了殖民主义势力在美国的残余,为确保这个年轻的资产阶级共和国走上一条独立自主、稳步发展的道路提供了主权上的保证。按照美国史学界的一般划分,自 1814 年第二次独立战争的胜利至 1861 年南北战争爆发前夕,是美国资本主义经济发展的第一时期。在这五十年左右的时间里,美国的工业总产值增长了 10 倍,跃居世界第四位;全国人口也从 1810 年的 723 万增加到 1860 年的 3144 万;对外贸易至 19 世纪 60 年代已占据了世界总额的 1/3。同时,多年来不断扩张领土,大规模地开发西部地区,广泛吸收外来投资,大批接纳移民,扩充国内外市场,建立商品粮基地等等,这些关键性的、行之有效的措施,为资本主义经济的飞跃发展开辟了广阔的道路。

北方资本主义工商业的高速自由发展与南方落后的庄园式奴隶主农业经济的并存,形成了美国自独立以来经济上最严重的畸形现象;野蛮的奴隶制度的存在和对印第安人灭绝性的屠杀,则成了 19 世纪上半叶资本主义的美国在政治上极大的耻辱。一方面是飞跃发展,另一方面是野蛮落后,所以美利坚合众国从它

---

① 美国独立后仍多次遭到英国的打击,如阻挠它与欧洲大陆的贸易往来等。1812 年,美国利用英国在反法战争中陷入困难之际向英宣战,1814 年两国代表在根特签订和约,史称第二次独立战争。

建立的第一天起就播下了工业资产阶级与庄园奴隶主之间尖锐对立的种子,这就成了后来爆发南北战争的主要根源。1820 年,针对联邦政府内部蓄奴州与非蓄奴州之间力量平衡的问题,美国参众两院通过了《密苏里协定》[①];1823 年,美国第五任总统詹姆斯·门罗(1758—1831)发布了将拉丁美洲和南美洲列入美国势力范围以抵制欧洲列强染指美洲的《门罗宣言》;1829 年,资产阶级民主派代表人物安德鲁·杰克逊(1767—1845)就任美国第七任总统,民主派又一次获得了胜利,为城市资本主义工商业经济的大规模发展提供了更可靠的保证。以上是 19 世纪 20 年代美国所发生的几件政治上的大事。它们的直接后果是限制了资产阶级对国家经济的垄断,经济重心由农村转向城市,暂时缓和了奴隶制上的矛盾与分歧,将南美洲作为美国的后方基地,使国内产品有了广阔的市场。这一切,使美国国内的和平建设进入了更为稳定的阶段。

总之,自美国独立以来,由于它没有封建社会的过渡,由于它的政权一直掌握在处于上升时期的资产阶级手中,他们中间的绝大部分人,尤其是中产阶级就以这个新兴的国家为依靠,用大力发展经济来开拓一个独立自主的新局面,使它成为资产阶级占绝对优势的乐园。恩格斯对此曾做过概括,他指出,19 世纪上半叶的美国是"一个富饶、辽阔、正在发展的国家,建立了没有封建残余或君主制传统的纯粹资产阶级的制度,没有固定的、血统的无产阶级……"[②]。

19 世纪上半叶,处于资本主义上升时期的美国,也就成了美国浪漫主义文学产生和发展的土壤。

二　浪漫主义在文学上的表现

假如我们把 18 世纪最后几年所出现的布雷肯里奇的小说《现代骑士》和泰勒的世态喜剧《对比》等作品看成是浪漫主义在文学上的最早表现,那么它的成熟时期则是在二十几年后的 19 世纪 20 年代,并在 30 年代至 50 年代达到了浪漫主义在文学创作上的高峰。

众所周知,欧洲的浪漫主义文学起源于 18 世纪末,盛行于 19 世纪的前三十年,这在当时的欧洲是一股十分强大的文学潮流。英国的拜伦、华兹华斯、雪莱、济慈的诗歌,司各特的历史小说,柯勒律治的文艺理论,法国启蒙主义四大思想

---

① 在 1818 年之前,美国共有 22 个州,其中蓄奴州与非蓄奴州各占一半。1818 年为新成立的密苏里州以什么州的身份参加联邦一事发生了尖锐的争议,1820 年通过妥协方案,即每有一个非蓄奴州(或蓄奴州)参加联邦时,就新成立一个蓄奴州(或非蓄奴州)同时加入联邦,以保持数量上的平衡,并规定以北纬 36°30′为两者之间的分界线。此方案即为《密苏里协定》,又称《密苏里妥协案》。

② 恩格斯:《致弗洛伦伦斯·凯利-威士涅威茨基夫人》,《马克思恩格斯全集》第 36 卷,人民出版社,1974 年,第 481 页。

家和早期浪漫主义理论家史达尔夫人、夏多布里昂的创作,以及稍后的雨果、缪塞、维尼等人的诗歌和戏剧,还有德国大诗人歌德、戏剧家席勒和另一位诗人海涅,都对美国文学的发展产生了极大的影响。美国独立初期,正赶上欧洲启蒙主义、浪漫主义席卷世界文坛,美国迎合了这个潮流,以一个新兵的姿态加入浪漫主义文学的伟大行列之中。同时,我们还不应忘记,美国在建国前,几乎是没有什么文学的,这就使得它从赢得独立自由的那天起,便以崭新的手法来反映上升时期的资本主义社会面貌,表达了资产阶级的热烈感情。所以,美国的浪漫主义文学的产生和发展,一是立足于本身的需要,二是顺应世界的潮流。当然,同欧洲英、法、德这些国家相比,美国的浪漫主义是到得迟一点,时间也延缓得长一点,这是由它本民族的政治、经济、地理、历史等条件所决定的,但丝毫不妨碍它取得伟大成就。

美国浪漫主义文学的发展经历了一个稳定的、健康的过程。首先是以笔记小说和历史传记闻名于世的华盛顿·欧文的崛起,为美国文学第一次赢得了世界声誉。他和稍后的詹姆斯·库珀开创了新一代的浪漫主义文风。他们扎根于18世纪末热烈高涨的民族主义感情,在艺术上前进了一大步。他们也是使欧洲人,特别是英国人再也不敢嘲笑美国人写不出文学作品来的第一代美国作家。威廉·考伦·布莱恩特(1794—1878)是第一位有名望的浪漫主义诗人,同时又是学者和编辑。他的作品不仅抒发了对祖国和大自然的诚挚感情,而且还以一个人道主义者的身份宣扬人应该如何保持精神上的"美"这一资产阶级民主思想。比布莱恩特晚出生十三年的亨利·华兹华斯·朗费罗(1807—1882),是公认的浪漫主义大诗人,他的诗作在美国几乎是家喻户晓。他出身贵族,任过多年大学教授,故被称为"婆罗门诗人""上流社会文学家"。与朗费罗属于同一上层作家圈子的还有著名散文家、学者詹姆斯·罗塞尔·罗威尔(1819—1891)和诗人、散文家奥列弗·温德尔·赫姆士(1809—1894)。而埃德加·爱伦·坡则是19世纪30年代开始出现在美国文坛上的一位奇才,他的诗歌和小说都是属于特殊风格的,作品中多是病态、荒诞、怪异的形象,而他的理论却被后来的法国象征主义诗派奉为经典,罗威尔则将坡称为"五分之三的天才,五分之二的一派胡言"。以"超验主义"①为旗帜的理论家、学者拉尔夫·华尔多·爱默生(1803—1882)和他的弟子亨利·大卫·索罗(1817—1862),是浪漫主义在理论上的杰出代表。"超验主义"强调"精神至上""精神高于一切",成为当时浪漫主义文学的思想基础和理论核心。与爱默生同时成为"新英格兰"作家集团一员的纳撒尼尔·霍桑,是继库珀之后又一位著名的浪漫主义小说家,是文学史家公认的美国

---

① "超验主义"又称"超验论",提倡超乎自然的精神意识,认为"人就是一切",自爱默生在《自然论》(1836)一文中提出后,在美国内外造成极大的影响。

浪漫主义文学在小说创作上的杰出代表。他后来同比他小5岁的赫尔曼·梅尔维尔成为挚友,后者则以"海洋小说家"闻名于文坛。浪漫主义最后一位伟大的旗手是杰出的资产阶级民主主义诗人瓦尔特·惠特曼(1819—1892),他的诗歌总集《草叶集》(1855—1892)标志着浪漫主义思想和艺术的最高成就。

回顾这五十年间的文学发展,可以看出,美国已经进入了它民族文化的灿烂时代,无论是诗歌、理论还是小说,都获得了巨大的成就。以19世纪30年代为高峰,以小说和诗歌为主要形式的浪漫主义文学掀起美国建国以来文学发展的第一个高潮。从此,美利坚民族屹立于世界民族之林的时期开始了。

三　美国式小说的诞生

我们这里所指的美国式小说,与前面提到过的美国式文学是同样的意思,它完全摒弃了外来文化影响的痕迹,没有任何殖民地色彩,也没有封建主义的残余。它是在民族生活、民族思想和民族题材的基础上,以民族的形式来进行描绘和叙述的,具有纯粹的美利坚民族的特色。一句话,就是美国小说家以美国社会为背景,以美国人民的生活为题材,用美国人民乐于接受的艺术手段而写出来的美国小说。这种美国式小说自欧文开创以来,经库珀的努力实践,至霍桑臻于完善。

19世纪上半叶的小说创作,是美国浪漫主义文学中与诗歌、理论相并列的三大收获之一。它诞生的历史很短,即使从布雷肯里奇发表《现代骑士》第一部的1792年算起,到19世纪30年代,总共不过四十余年时间;即使推算到1850年霍桑出版他杰出的代表作《红字》为止,也只有六十年左右。然而在这六十年中,美国小说却从幼稚、粗糙、模仿式的作品一跃成为浪漫主义文学的优秀代表,这不能不说是美国文学发展史上的奇迹。当然,这些奇迹的出现并不是凭空而来的,它是美国资本主义经济高度发展带给文学创作的一个主要成果。

如前所述,美国在18世纪的最后十几年时间里,经济加速发展,城市人口迅猛膨胀,形成了小说产生的社会基础。这种社会基础的不断扩大造成了对小说发展的刺激,而且这个基础扩大的速度,不是每年百分之几,而是百分之几十,甚至成倍成倍地增长,这就对文学提出了新的要求。因此,进入19世纪之后,开创新的一代民族文学的重任已经落在当时的美国作家身上。正如埃德加·爱伦·坡所说的,"我们终于到达了这个时代……",这个时代要求产生出无愧于美利坚民族的文学,要求产生出无愧于美利坚民族的优秀作家和优秀作品。由此我们可以理解:美国式小说的诞生和发展绝不是由于偶然的因素形成的,它是适应时代发展、社会需要应运而生并进而发达兴旺起来的一种文学现象,它的发展过程本身就是一部伟大的历史。

站在今天的高度来认识这一时期美国式小说诞生的意义,至少有以下几点值得一提：

第一，为表达美利坚民族的精神面貌和社会生活找到了一种完美的文学形式。

第二，为挣脱英国殖民地文学的桎梏、彻底消除外来影响提供了一个有利的发展途径。

第三，为美国文学赶上并最终超过发达的欧洲文学创造了一个良好的开端。

…… ……

美国文学的一个美好的时代即将开始，它的帷幕已经由美利坚民族的几位杰出的儿子拉开，美国文学将以崭新的面目出现于世界文坛，为这个新兴民族赢得应有的光荣；而欧文、库珀、坡、霍桑、梅尔维尔这些出色的名字也同他们那些令人赞叹的作品一起，成为美利坚民族文学光辉灿烂的组成部分。

第二节　华盛顿·欧文

一　奋斗的一生

华盛顿·欧文(1783—1859)，1783 年 4 月 3 日出生于纽约一个富裕的长老会教徒家庭。他的父亲是个政治上保守的商人，共有八个子女，华盛顿·欧文是他最小的儿子。欧文从小就表现出早熟、敏感、好与朋友交往的性格，由于受到两个哥哥威廉和彼得的影响，很早就对文学产生了浓厚的兴趣；但在父亲严命之下，1798 年，他被迫离开学校进入法律事务所工作。然而，法律对欧文没有一点吸引力，1804 年，他终于脱离了法律事务所前往欧洲。在这之前一年，欧文实际上已经放弃了这项职业。1803 年，他曾沿着美国边境做了一次旅行，还到过加拿大，并把沿途所见所闻写下来刊登在他哥哥彼得主办的《早晨纪事报》上，这是欧文最早的试笔。之后，他又写过以纽约社会为背景的长篇讽刺故事《奥尔德斯泰尔先生的信札》，在《早晨纪事报》上连载。从完整的创作来说，这部作品可算是欧文的处女作，很受当时读者的欢迎和好评。1804 年，欧文的欧洲之行，表面上看来是为了养病和求学，其实这是他寻求精神出路的一次努力。他在旅欧的三年期间，搜集了大量的素材，包括民间传奇、奇闻轶事、历史故事，以便为以后创作小说和撰写散文、随笔所用。显然，此时的欧文已经完全抛弃了法律职业而把他的精神和爱好全部投向文学，即使因违背父命而不能返家也在所不惜了。

1806 年，欧文回到美国。第二年，他与两个哥哥和姐夫波尔丁一起创办了《杂拌》杂志，人们在这份杂志上读到的一些主要文章大都出自欧文他们几个人的手笔。在这些早期写作的文章中，欧文已经充分地表达出自己的政治见解并显露个人创作风格，这使他成为崭露头角的青年文学家。杂志停刊之后，欧文就把精力转向文学创作。以住在纽约的荷兰后裔为描写对象的讽刺集《纽约外史》是他享有盛誉的第一部作品,完成于1809年。《纽约外史》被称为"美国文学第一部伟大的书"[①],尽管书中对荷兰人占领时期的纽约历史的描写曾受到当时杰弗逊政府的批评,同时书中也包含许多怪诞的、卖弄学问的内容,但它仍不失为美国建国以来的第一流文学作品。就在此书完成前夕,欧文遭到一次沉重的打击——他的未婚妻玛蒂尔达·霍夫曼——律师霍夫曼的女儿——不幸去世,此后,欧文虽也有过几次恋爱,但终身未娶,以示对死者的忠诚。

写完《纽约外史》之后,欧文有长达六年的时间放弃了文学创作。这一期间他与兄弟一起从事商业活动,同时搜集英国诗人托马斯·甘贝尔(1771—1844)的诗。1813年至1814年,他参与了《文选杂志》的编辑工作。这是一份大众化的综合性杂志,专门选登国外期刊上的文章,对纽约、费城和华盛顿这些大城市的社会、政治产生过一定影响。1812年爆发的第二次英美战争[②]快结束的时候,欧文曾一度在州政府里担任军事职务,但第二年就辞职了。

1815年对欧文来说是具有重要意义的一年。他原先打算去地中海旅行,但父亲命令他到英国利物浦去接管一家五金商行的业务。在以后的两年时间里,他勉强支撑着这家濒临破产的商行。1818年,店铺终于关了门。欧文在结束了债务清算和善后工作之后并没有回国,却对英国18世纪末19世纪初的浪漫主义诗人兼小说家司各特(1771—1832)的作品产生了强烈的兴趣;同时他又对美丽迷人的英国农村风光产生了迷恋,这也许就是他创作灵感的源泉。1819年至1820年,欧文蛰居于英国乡村,写出了他一生中最成功的作品——《见闻札记》。这部以英国的生活和欧洲广泛流传的民间故事为题材的随笔和短篇小说集,以"杰弗莱·克拉昂"的笔名在英国出版之后,欧文立即成为英、法上流社会的知名人物,与司各特、拜伦等著名作家成了密友。1822年,欧文又出版了另一部随笔散文集《布雷斯布里奇田庄》。从作品的意义和艺术价值来看,显然要比《见闻札记》差一些,但其中一些作品,如《闹鬼的房子》等也同样受到好评。

为了继续搜集创作素材,欧文于1822年至1823年去德国旅行,接着又在巴黎住了一年左右,返回英国后出版了《旅客谈》(1824)一书。然而,出人意料的是这本书遭到了许多非难和批评,这使欧文在文学界更进一步活动的愿望受到打击。后来他又到法国闲居两年,于1826年至1829年充任了美国驻西班牙大使馆的随员,寄住在马德里文献学家奥比代亚·里奇的家中。经过一阵繁忙的调查和写作之后,1828年他出版了一本通俗著作《哥伦布的航海和生活史》。这项

---

① 詹姆斯·哈特:《美国文学指南》,牛津大学出版社,1978年,第409页。

② 第二次英美战争,即第二次独立战争。

工作的完成,为他日后继续对西班牙那瓦尔特①地区的研究和考察打下了基础。此后,欧文又连续写了《柯兰那达征服史》(1829)和《阿尔罕伯拉》(1832),这两部散文、游记故事集都是欧文游历了柯兰那达古代摩尔人生活区域之后写成的。作者以抒情而优美的笔调描绘了具有异国情趣的西班牙古代摩尔人的传说,在《在摩尔人遗产的传说》等故事中,塑造了摩尔人美好的心灵。1829 年,欧文赴伦敦任美国驻英国大使馆的一等秘书,在任期中曾被牛津大学授予法学博士学位,英国皇家学会也向他颁发了勋章。1832 年任满回到阔别十七年的祖国,在纽约码头上,数万民众对美国这位首次获得国际声誉的著名作家的光荣归来给予了极其热烈的欢迎。

回国后,欧文并不安心于现成的舒适生活,为了在文学上再次追求别致、新鲜的经历,也为了满足广大读者对他创作上的新要求,他立即出发去美国西部边境地区游历。这段旅行生活被他记叙在《草原漫游记》(1835)之中。此书后来成为 1835 年出版的三卷集《彩色的画面》的一部分。在这次游历过程中,欧文还写了另外两本书:一本是与他的侄儿皮埃尔·欧文合写的,以皮货商阿斯托发财致富的经历为题材的《阿斯托里亚》(1836);另一本是《邦纳维尔队长历险记》(1835)。记载这次游历的《西游日记》,由于作者将手稿搁置于密室之中,直到一百多年后的 1944 年才问世。

这次旅行归来,欧文就定居在纽约哈德逊河畔的星纳锡特庄园。他谢绝了被提名为纽约市市长的好意和希望他去联邦海军部工作的邀请,只希望能够坐下来干一点自己所喜爱的工作。当时,他的计划是写一部反映美国与墨西哥之间历史纠纷的著作,定名为《征服墨西哥》。1842 年,欧文终于答应联邦政府的要求,担任了美国驻西班牙公使的职务。这是因为他喜爱西班牙,愿意再一次到那里去过充满愉快和诗意的生活。两年后,他卸任去伦敦,之后又回到星纳锡特庄园。在那里,他在心爱的侄女和许多朋友的陪伴下度过了一生中最后的十三年。

在这十三年里,欧文不顾精力的衰退,依然坚持写作,作品有:记述爱尔兰诗人兼小说家奥利弗·哥尔斯密(1728—1774)生平的传记《奥利弗·哥尔斯密传》(1840),《哈德逊事略》(1849),短篇小说和散文集《华夫特斯杂记》(1855),关于伊斯兰教创始人穆罕默德的传记《穆罕默德和他的继承者》(1849—1850),不朽的巨著五卷集《华盛顿传》(1855—1859)。最后这部著作是他早在 1825 年就开始酝酿的,但直至他生命的最后时刻方才完成。1859 年 11 月 28 日,欧文在写完《华盛顿传》之后不久在坦莱镇病逝,享年 76 岁。

---

① 那瓦尔特,位于西班牙北部的一个省。

二　第一部史诗小说:《纽约外史》(1809)

该书全名为《纽约外史,一部由狄德里希·尼克尔包克尔记录的从世界开端到荷兰王朝结束的历史》,初版于 1809 年,后来在 1812、1819 和 1848 年多次再版。作品以近代历史学家们所常用的讽刺性的描述方法,采取英雄史诗的叙述形式,把从人类开始出现到荷兰人统治北美大陆东部地区以来的重大事件一一记录下来,从而反映出新尼德兰地区①详尽的历史发展过程。更重要的是,它表达了作者反对奴役、屠杀和掠夺,抨击殖民主义者,同情广大民众和印第安土著的进步立场。正如欧文自己所言,写作此书的目的乃是"以逗趣的形式体现我们这个城市的传统,阐述本地人的脾性、风俗和特色,给本地的风光与场所以及熟悉的人物披上一层唤起想象力的怪念丛生的联想"。因此,它毫无疑问地成为美国建国以来比较全面地反映历史发展进程的第一部史诗小说。

《纽约外史》长达三十余万言,共分七卷:第一卷包括对宇宙的起源和整个世界面貌的叙述,同时还模仿近代史学家的笔法,滑稽地描写了那些首先发现美洲大陆的欧洲人。第二卷是描写早期荷兰殖民地开拓者航行于哈德逊河和发现新阿姆斯特丹的经过的一部编年史,生动地表现了殖民地各种类型的人物和事件。第三卷描写了呆头呆脑的统治者华特·丹·特勒"黄金般的盛期",以及早期的新阿姆斯特丹的环境。特勒是一个"身高五尺六寸,胸围宽六尺五寸"的矮胖子,他的脑袋犹如"一个完善的圆球体",在他统治下的新阿姆斯特丹与附近的康涅狄格的新英格兰人长期形成对立关系。为了对付他们,特勒建立了哥特·豪柏要塞。第四卷是关于一个传说中被称为"粗鲁的威廉"的荷兰殖民地统治者的故事。他一无是处,却任性好斗,后来与邻近的英国人多次发生争斗,为了战胜对方,他发布了许多莫名其妙的法令,最后弄巧成拙,自食其果。第五、六、七卷是写荷兰最后一任总督,那个被称为"顽固的统治者"的保特·斯蒂弗森特的历史,关于他在特拉华州②的政治改革和军事冒险,以及他在抵抗英国军队入侵新阿姆斯特丹中的失败。

这部笔调新颖、风格别致的历史传记小说,是欧文假托一个名叫狄德里希·尼克尔包克尔的人写的。据说此人热衷打听、探究当地的传说,是一个具有某种怪癖的老学究,同时还是旧宗教的鼓吹者。他为人善良,喜欢把道听途说的东西,尤其是过去的历史,编成一个个故事,于是《纽约外史》这部书就这样产生了。为了使广大读者真的以为有这么一位名叫狄德里希·尼克尔包克尔的老头子,

---

①　新尼德兰地区指 1613 至 1664 年间荷兰人在北美大陆东海岸建立的殖民地,位于哈德逊河和下特拉华河流域,行政中心名为新阿姆斯特丹,1664 年该地为英国人所占,更名纽约,1788 年建立纽约州。

②　特拉华州位于美国东部,为美国最初的十三州之一。

在欧文以后写的那部著名的《见闻札记》中的一些短篇小说里,还特地注明"狄德里希·尼克尔包克尔先生遗著"的字样,仿佛世界上真有过这么一个人似的。《纽约外史》以荷兰殖民地的行政中心新阿姆斯特丹即后来的纽约城的开发历史为主线,着重描述了特勒、威廉和斯蒂弗森特这三位殖民总督的统治经历。欧文笔下的这三位总督,不是呆头呆脑就是滑稽可笑,要不就是粗鲁、顽固或一无所长,而他们却被作者写成是"史诗式"的"英雄"。这些所谓"英雄"的伟大功绩,也不过是平时做些揪鼻子、敲脑袋的滑稽动作,到了真正打仗的紧要关头便目瞪口呆。夸张、幽默、讽刺、挖苦构成了这部作品闹剧式的气氛,情节荒唐,人物可笑,而这便是《纽约外史》受到当时读者欢迎的主要原因。通读全书七卷,除了前两卷是对远古时代的记叙之外,后五卷写的都是荷兰人开发纽约的历史。在这里,欧文虽然没有着重对荷兰殖民地时期的野蛮统治予以揭露,但作者"寓意于荒唐之中,反思于喷饭之际",通过隐喻、影射等手段,来反映荷兰殖民主义者政治上的独裁、法律上的愚昧和军事上的无能。当然,作者对这些瞪眼睛、吹胡子,然而又处处显示出敦厚和单纯的思想品格的荷兰人,还是有一定好感的;他更为仇视的,是接踵而来的英国殖民主义者,认为他们才是真正的强盗。

《纽约外史》以独特的艺术风格和思想情趣获得极大的成功,它是第一本由美国人写的受到全世界欢迎和好评的书。从美国文学,尤其是美国小说发展史来说,这是一部具有奠基意义的作品——《纽约外史》构成了美国小说最早的民族形式。

三 散文小说的精华:《见闻札记》(1820)

《见闻札记》是欧文写于旅欧期间的小说、散文、随笔集,1819—1820 年在美国报上连载,1820 年在英国以杰弗莱·克拉昂的笔名出版单行本。这是一部显示出欧文幽默的天才和优美的文学风格的杰作,发表和出版之后,在美国和国外取得了巨大的成功,被称为美国作家的伟大的杰作,从此也使美国作家在欧洲得到公认。拜伦和司各特曾当面向欧文赞许这部作品,欧文则谦逊地说:"我只想在全国协奏曲里吹长笛伴奏,而让别人来演奏小提琴和法国号。"历史已经证明,《见闻札记》在美国文学创作的协奏曲中不是一支伴奏的长笛,而是最引人注目、精彩动人的"华彩乐段"。

《见闻札记》是欧文在欧洲的所见所闻和他结合北美大陆历史进行创作的产物,包括"作者自述"在内,共有三十四篇。这里面有他纯粹以一个美国赴英国旅行者的身份写的旅游杂记,如《威斯敏斯特大教堂①》《圣诞节的宴会》《艾冯河畔

---

① 威斯敏斯特为英国议会所在地,那里的大教堂是为英国有名人物举行国葬之处。

的斯特拉特福①《约翰牛》和《公共马车》。另有六篇以美国为背景写的作品,它们中间的《瑞普·凡·温克尔》和《睡谷的传说》是作者根据他所听到的德国民间传说改编的,但他把故事发生的背景移到了最初定居于纽约地区的荷兰移民所生活的时代;《英国作家在美国》一文,针对来美国旅行的英国作家对美国的批评进行反驳,同时有意识地驳斥了不久前史密斯所发出的"在整个地球上有谁能够读到一本美国人写的书?"的谬论②,指出"……荣誉和声望并不单靠英国人的意见,广大的世界才能给一个国家的名誉做出公断",这是欧文为了捍卫祖国的声誉所展示的一次战斗性姿态;《波克纳克特的菲利普》,描写了菲利普国王的一生;《盎格鲁人》是作者倔强的民族情绪的自我流露,他认为美国人与其去读艾萨克·华尔顿③的作品,倒不如在艺术上去赶上盎格鲁民族;《印第安人的性格》则是为美国民族的浪漫主义进行辩护的作品。在所有这些作品中,最有艺术价值且最有影响的当推《瑞普·凡·温克尔》和《睡谷的传说》。

　　《瑞普·凡·温克尔》是一个充满着奇特的浪漫主义色彩的短篇小说,它以荷兰人统治末期的纽约州乡村为背景,叙述了这样一个神奇的故事:农民瑞普·凡·温克尔为人忠厚善良,热心于帮助别人,但很怕老婆。有一天因为回家迟了怕老婆责骂,就索性扛上猎枪带上猎狗"狼",跑去哈德逊河畔的卡兹吉尔丛山打猎。在山上他听见一个遥远的声音在叫他,后来又遇到一个背着酒桶的古怪的白胡子矮老头,瑞普好心地替那老头把酒桶背上了山顶,却见到一群形貌古怪的人在玩九柱游戏④。他们身穿马甲,面孔奇特,腰上还插着长刀,其中一个为首的头上戴着一顶插着羽毛的高帽子,脚上穿着红袜子和高跟皮鞋……朦朦胧胧的瑞普服侍这些人喝酒,他自己也偷偷地抽空喝了几口,结果迷迷糊糊地睡着了。一觉醒来,已是一个阳光明媚的早晨,瑞普环视周围,他的狗不见了,他的枪也锈得不像样了,而那伙玩九柱游戏的怪人们也全不见了。他好不容易辨认着路回到村子里,可一切全变了样,找到自己的家却见屋顶已经倒塌,窗户也破了,大门也脱落了。他赶到以前常去的那个乡村旅店,人们都把他当怪人看待,他也不认识四周的人。他们还在发什么传单、发表什么演说,嘴上讲的又是什么"共和"啊,"联邦"啊,瑞普根本听不懂。连旅店招牌上那熟悉的荷兰国王乔治的画像也换成了一个头戴三角帽、手握宝剑的将军,那上面用大写字母漆着一行字:华盛顿将军。经过一番惊愕和尖叫之后,瑞普才被一个老婆子认出来:原来他就是失踪了二十年的可怜的温克尔! 而一个站在他面前、活生生地像他年轻时一样的男子竟是他的儿子,一个怀抱婴儿的妇女就是他的女儿——昨天他去山上

---

① 艾冯河畔的斯特拉特福,指莎士比亚的故乡。

② 详见本书的"绪论"部分。

③ 艾萨克·华尔顿(1593—1683),英国作家、诗人。

④ 九柱游戏,一种类似现代保龄球的游戏方式。

打猎的时候,他们还都流着鼻涕呢!

　　欧文把这个听来的德国民间传说与美国独立前为荷兰殖民地的背景相结合,描写出具有美国风尚的人物性格,反映了早年北美大陆人民善良淳朴的精神美德,生动而形象地描述出独立战争给当地社会带来的影响。对于这篇小说,尽管有人指责作者是剽窃、抄袭,有的部分甚至几乎全盘照搬德国民间传说,然而谁也无法否定该作品的成就,以及欧文在创作类似《瑞普·凡·温克尔》的作品之后对整个美国文化的巨大影响和贡献。小说首先在题材选择上打破了欧洲外来文化对美国文学的束缚,作者固然采用了来自欧洲大陆日耳曼民族的民间传说,然而他将这个故事重新进行了加工,把神奇的传说与美国独立前后纽约州的社会形势结合起来,成为一篇既具有浓郁的浪漫主义色彩,又具有朴素的现实主义基础的作品。小说的主要人物是普通的农民,这也一反过去美国文学作品中以贵族、牧师、财主为主角的传统;而且作者笔下的瑞普显得如此的淳朴老实,他除了劳动以外没有享受别的权利;他乐于帮助别人,勤劳善良,在他身上所显示出来的是那种原始的、质朴的文明精神,这与当时美国资本主义社会中唯利是图、互相争夺的腐败风气形成了鲜明的对照。题材与人物的独创性,就决定了作品主题的意义,作者企图通过瑞普那看似荒唐的神奇遭遇来反映独立战争前后北美大陆的乡村和社会情状,同时以情节的隐喻指出了这场革命成功以后,广大民众并没有在生活上得到丝毫改善的现实。瑞普典型性格的成功刻画,为美国文学作品中劳动阶级形象的塑造开创了一个杰出的先例。小说以行云流水般的白描手法来进行叙述和铺排,成为欧文式散文风格的一个典范。

　　《睡谷的传说》的故事背景,几乎与《瑞普·凡·温克尔》相同,它以发生在哈德逊河附近乡村中一个穷教师伊卡包德·克莱恩追求富家女卡特琳娜·塞特尔却最终爱情破灭的故事,来揭示在贫富不均的社会里,现实和金钱对爱情的决定作用,同时也描写了当时当地的人情风俗,反映出 18 世纪初期殖民地人民的思想面貌。这篇小说也是根据德国民间传说改编的,充满着神秘、荒诞的气氛,从风格上看,与《瑞普·凡·温克尔》极为相似,不过以作品的主题而论,要显得逊色一些。

四　欧文对美国文学的贡献

　　作为第一个获得世界声誉的美国作家,欧文对美国文学发展的功绩是无可非议的。虽然在他一生所有的作品中,真正属于小说的作品并不多,但他仍可以一位先驱者的身份列入美国小说的发展历史中,占有重要的一席之地。他的出色创作使美国小说的发展进入了第一个兴旺发达时期。他的这些有限的短篇作品,成为以后几代美国作家创作短篇小说的典范。可以说,没有欧文就没有美国文学的最早声誉,也就没有以后小说创作伟大局面的产生和出现。归纳起来,欧

文对美国文学(包括美国小说)的贡献主要在于:

第一,开拓了美国文学广阔的创作领域,在创作思想的确立、主题的表达和题材的选择上,为美国民族文学的最终建立奠定了基础。

第二,形成了艺术上独树一帜的"欧文式"风格,清新隽永,流畅自如,为美国民族文学在艺术上不断走向成熟开辟了一条有效的途径。

第三,将短篇小说、历史传奇和人物评传作为新颖的创作形式固定下来。

欧文是一位幽默、风趣而有激情的散文大师。他很会讲故事,文笔精美,描写细腻。他的作品具有引人入胜的魅力,既是对人类伟大创造能力的歌颂和赞美,又是对资本主义社会腐败庸俗风气的讽刺和批判。他从人道主义立场出发,向一切被压迫、被奴役的人们表示同情,并以浓郁的浪漫主义情调来描写生活、自然和未来。欧文站在朴素的、宗法制的立场来谴责资产阶级的贪婪和残酷,赞美资本主义产生以前美国社会中传统的思想感情。他之所以塑造出像瑞普那样淳朴的、早期文明的典型,并把它看成是全人类的道德标准,其目的就是反对在当时资本主义社会中已经出现的人的精神的堕落和蜕变。欧文很少去写同时代人的生活,而以一种缅怀的情感去追忆过去年代的生活。虽然有时也流露出一些感伤的情绪,但总的说来,他的浪漫主义是立足于社会的、现实的。他并不因缅怀过去而否定社会的发展进步,他的幻想色彩是建立在使现实更加美好的基础上的,他的作品是一种美好愿望驱使下的产物,因而具有明显的进步意义。欧文身上体现了美利坚民族的伟大情操,他不愧为一个"伟大的美国人"。

第三节　詹姆斯·库珀

一　创作的一生

詹姆斯·库珀(1789—1851),1789年9月15日出生于新泽西州伯灵顿城,他是国会议员兼法官、当地富豪威廉·库珀的十三个子女中的第十一个。1790年,全家搬到纽约州奥尔巴尼以西62英里的奥茨高湖畔。在那里,威廉建立了一座规模宏大的公共村社式的市镇,取名为库珀镇,库珀的少年时代就是在这个镇上度过的。1803年,库珀从奥尔巴尼高级中学毕业后进入耶鲁大学深造,但在两年后未毕业就离开了学校。1806—1807年在一艘商船上当水手,1808年起又成为海军军官学校学员。1814年放弃上尉军衔,退役后与苏珊·奥古斯特·德-兰斯结婚。同一年起定居在库珀镇老家,过着乡村绅士的悠闲生活,并开始钻研农业、政治、财经和社会学方面一些让他感兴趣的问题,这为他日后的文学创作提供了不少有用的知识。

1817年,库珀把家搬到了萨克斯迪尔农庄。在度过一段悠闲的日子之后,在 30 岁那年,库珀突然心血来潮向家人宣布他立志要成为一位小说家。他的妻子对他这一决定的正确性表示极大的怀疑。她认为即使自己的丈夫有精力和信心,也很难写出比当时流行的英国小说更好的作品来。经过一个短时期的努力,库珀在 1820 年写出了第一部小说《警戒》并自费出版。这是一部以英国上流社会为题材,以传统的英国小说样式写成的消遣性作品,由于对生活不熟悉和带有极大的模仿性,小说失败了。库珀自我解嘲说,这不过是专为他的儿女们解闷而写的。当然,库珀并不甘心失败,他从《警戒》中总结教训,认为自己应该,而且必须写出一部以美国人的生活为题材的、反映美国人精神世界的"纯粹美国式"的小说。他的这一决心也得到了妻子的支持,于是,第二年,一部新的长篇小说《间谍》诞生了。这是一部以美国独立战争为背景,充满着强烈的爱国主义情感的作品。作者以巨大的热忱塑造了一个名叫哈维·柏契的爱国者的形象,取得了很大的成功。1823 年,库珀又出版了他的第三部长篇小说《拓荒者》。这是作者计划中的长篇系列小说"皮袜子故事集"①中的第一部,然而库珀并没有按计划接下去写这组系列小说的第二部。为了猎取新奇的题材,他转而去创作以他早期航海生活为素材的小说,同年出版的长篇小说《舵手》就是这一变化的产物。库珀写这部小说的动机,也许是想创作一部与司各特的同一题材小说《海盗》相媲美的作品。

连续出版了 4 部长篇小说的库珀,已成为美国闻名的小说家。不久,他从乡间庄园移居到美国文化中心纽约城,发起并组织了"面包与乳酪俱乐部"②,一跃成为美国文坛上居于领导地位的人物。他在长篇小说创作领域中连续开创了革命历史小说(《间谍》)、边疆小说(《拓荒者》)和海洋小说(《舵手》)三种不同类型的题材,这在美国文学史上是空前的,尤其是以开发北美大陆西部地区为中心内容的边疆小说,引起人们极大的兴趣。由于 19 世纪 20 年代正是美国西部不断开发的时期,所以《拓荒者》在社会上引起了特别强烈的反响。从 1826 年开始,库珀重新进入"皮袜子故事集"的创作。他进一步增长了研究西部边疆地区开发中文明与野性之间冲突的兴趣,在接着出版的 2 部小说《最后一个莫希干人》(1826)和《草原》(1827)中,描绘了曼笛·邦坡的漫长生活经历。前者是对 18 世纪 50 年代英法殖民主义者之间掠夺战争的生动叙述,后者则是邦坡晚年的生活记录,直至他在西部大草原平静地离开人世。

1826 至 1833 年间,库珀去欧洲旅行考察,先后去过英国、意大利等地,并在后期担任了美国驻法国里昂的领事职务。出国期间,这位不知疲倦、精力过人的

---

① "皮袜子故事集"共由 5 部长篇小说组成,主人翁就是外号为"皮袜子"的猎人曼笛·邦坡。

② "面包与乳酪俱乐部"为文艺界的同人团体,1822 年于纽约成立,成员 35 人,包括诗人布莱恩特等。

小说家依然勤奋创作,写出了 3 部描写美国人在海上冒险经历的、富有浪漫主义气息的长篇小说《红海盗》(1828)、《悲哀的希望》(1829)和《水妖》(1830),以及反映作者所见所闻的欧洲生活"三部曲":《刺客》(1831)、《教士》(1832)、《刽子手》(1833)。在此之前,库珀还写过一本政论性小册子《美国人的见解》(1828),用来反驳当时英国人对美国社会和生活的讽刺与批评,表明了他作为一个爱国主义者的应有立场。

回国以后,库珀面对美国社会风气的日益腐败,思想陷入了矛盾和苦闷:一方面他秉承了他父亲顽固的联邦派立场,反对杰弗逊所倡导的资产阶级民主革命;另一方面他又看不惯社会上相互争夺、相互勾结、金钱至上的陋习,尤其厌恶报界与政客之间吹捧利用的关系。针对社会道德的堕落、民主权利的滥用,库珀改变了创作方向,企图在自己的作品中描绘一个想象中的人类生活的理想境界,以唤起人们的良知,这些作品包括:《致同胞们的信》(1834)、讽刺小说《蒙纳丁斯》(1835)、四卷本随笔集《欧洲拾零》(1837—1838),以及充满贵族社会理想的政论著作《美国的民主》(1838)、《归途》(1838)和《重建家园》(1838)。在后两部内容相互衔接的姊妹篇中,库珀通过对纽约两个地主爱德华特和约翰·伊发哈姆赴欧旅行经历的描写,虚构了一幅美好、理想的社会道德景象,同时也讽刺了美国上层社会人物的虚伪和愚笨,因而受到某些人的攻讦。接着,又发生了库珀与一批辉格党①人论战的插曲,以致最后诉诸法律,结果是这位小说家胜利了,但这些无休无止的笔墨官司确实给库珀的精神带来了压力和痛苦。

1838 年,库珀终于又回到了库珀镇老家,在那里陪伴他的是他心爱的女儿苏珊,同时苏珊还成为他的打字员,女儿的存在使库珀的生活显得轻松愉快。在这期间,库珀写了一部博学的、内容丰富的著作——《美国海军史》(1839),这是由于库珀早年当过海军军官,才产生了这样的写作动机。接着,在 1840—1841 年,他又先后出版了《探路者》和《猎鹿者》,终于圆满地完成了规模宏大的"皮袜子故事集"系列小说的创作。到此为止,库珀从 1820 年投入文学创作开始,经历了 20 余年的艰苦过程,以爆发式的创作才能,写出了 16 部杰出的然而也引起争议的长篇小说,成为美国第一流的小说家和继欧文之后"在文坛上引人注目的人物"。在生命的最后 10 年里,库珀仍然不停地写作,作品有描写北美独立战争前英国海军故事的《两个舰队司令》(1842),描写地中海法国走私船故事的《飞啊,飞》(1842),一部传奇式的关于早年航海生活的回忆作品《内德·麦尔兹》(1843),带有自传性质的长篇小说《在水上和岸上》(1844),以纽约城市生活为题材的短篇小说集《手帕》(1843)和乌托邦幻想小说《火山口》(1848)等,其中最有意义的当推"利特尔倍齐手稿"三部曲(《塞地斯陀》,1845;《戴铐的人》,1845;《印

---

①　即美国共和党的前身自由党,成立于 1834 年,政治纲领模仿英国辉格党,故称。

第安佬》,1846)。在这组三部曲中,作者企图通过对利特尔倍齐家族三代人的描写,来探索纽约有产阶级与无产阶级之间日益增长的矛盾冲突的根源。他的最后一部作品是出版于1850年的描写社会道德堕落的小说《眼前的路》。

库珀的晚年几乎在隐居中度过,脱离了一生中同他关系最密切的海洋、边疆和社会评论三件大事,潜心于创作,1851年9月14日他在库珀镇家中病逝。

二 革命历史小说:《间谍》(1821)

长篇小说《间谍》的全名为《间谍:一个中立地带的故事》,它讲的是独立战争期间在中立地带发生的一个故事,可以视为美国小说史上第一部真正意义的革命历史小说。主人公哈维·柏契是一个流动小贩,独立战争爆发后,他伪装成一个亲英分子,在自己的家乡——被称为"中立地带"的纽约州威斯彻斯特县——进行秘密的侦探活动。他把侦察到的英国情报及时地报告给联邦军总司令乔治·华盛顿的谍报机构,对联邦军的军事行动帮助很大。柏契有一个邻居,名叫亨利·华顿,是一个亲英分子,却假装中立。他有两个女儿萨拉和弗朗西丝,还有一个在英国军队里当队长的儿子小亨利。1780年,正当独立战争进行得最激烈的时候,华盛顿命令柏契化名哈珀在华顿家中隐蔽起来,在那里他发现华顿的小女儿弗朗西丝实际上是同情联邦军的。一次,华顿的儿子小亨利潜回家中,联邦军队长杰克·劳顿率兵前来搜捕,他们误将柏契当作英军间谍抓了起来。接着,这个联邦军小分队在路上与英军发生了遭遇战,小亨利趁机逃脱;在劳顿队长生命危险的关键时刻,柏契挺身而出救了他,这时劳顿才知道这个名叫哈珀的人原来是自己人。柏契回到华顿的家,正赶上萨拉与一个叫韦勒米阿的亲英分子结婚,柏契认识这个人,他当场戳穿韦勒米阿是已经结过婚的,韦勒米阿被迫逃亡,半途被联邦军抓获。后来,华顿在一次战斗中被杀,弗朗西丝也知道了柏契的底细,终于听从柏契的劝说,去把她的兄弟小亨利追回来。柏契一直忠实地服务于华盛顿的联邦军,当战争结束,人们要对这位无名英雄进行报偿的时候,却被他拒绝了,他还是愿意继续做个流动小贩。

小说所描写的哈维·柏契,是一个普普通通的老百姓,但在他身上却蕴藏着一股巨大的力量。因为有这股力量,他才敢于冒着生命危险为革命军队搜集情报;而且在功成之后不图任何报酬继续去干小贩的职业。这股力量就是爱国主义。他无私、无畏、质朴、纯洁,在他身上,体现了美利坚民族最优秀的精神品质。这个形象是对一切正直、爱国的人民的赞美,也是对那些在当时社会中身居要职、一心谋私者的斥责,从中也可以看出作者的立场和态度。《间谍》一书的成就,还不仅仅在于哈维·柏契这个人物的成功塑造,主题的深刻、情节的生动,都使作品具有不同凡响的艺术魅力。更为可贵的是,作者通过作品中人物的语言所表现出来的坚定的废奴思想。《间谍》以它杰出的题材、朴素的艺术形式,成为美国革命历史小说的出色代表。小说出版后深受社会各个阶层人们的欢迎,连续重印,还被译成多种文字流传国外。第二年即由 C. P. 克林克改编成剧本搬上舞台,因而影响更为广泛。"哈维·柏契"这个名字,成为美国人民心目中"爱国者"的同义词。

三　海洋小说:《舵手》(1823)

与《间谍》相比,《舵手》属于另一种类型的作品,它是一部充满紧张情节和神秘、浪漫色彩的海洋冒险小说。

故事也发生在美国独立战争期间,"舵手"是一位别人不知其名的神秘人物。一次,美国海军的军舰"阿利尔"号前往英国海岸袭击霍华德上校的部队时,他驶着自己的快艇主动帮助"阿利尔"号的指挥官巴斯特勃海军上尉。"舵手"带领军舰穿过海峡的暗礁,并战胜骇人的风暴;但在企图抓俘霍华德的偷袭中,"舵手"和其他几个人被对方捕获。接着"阿利尔"号在海战中打败了英国船只,还俘虏了一名叫狄龙的英国人。英军提出双方交换俘虏,然而"舵手"不同意。他率领手下人从英军那里逃了出来,还巧妙地抓了霍华德本人。但在风暴的袭击下,"阿利尔"号触礁沉没,只有巴斯特勃和少数几个士兵幸免于难。"舵手"将霍华德关押在自己的快艇上,当他们通过暗礁区的时候与英军发生了激烈的战斗,霍华德受了重伤。这个从美国北卡罗来纳州逃到英国的贵族分子临死的时候,承认美国在这场战争中必将战胜英国。战斗终于胜利了,当巴斯特勃率队返回美国时,"舵手"把自己的快艇交给了他们,自己却去了荷兰。小说还穿插了巴斯特勃与霍华德的侄女恋爱的情节。原先,由于政治立场的对立,恋爱遭到上校的阻挠,但他临死时,终于表示了对这对青年人结合的许可。

在独立战争中,确有一位名叫约翰·保罗·琼斯的船长,他的传奇性事迹闻名全国,库珀就是根据他的经历写出《舵手》这部小说的。小说情节惊险,人物形象生动,为以后美国许多作家创作海洋小说提供了出色的范例。

四　英雄传奇:"皮袜子故事集"(1823—1841)

这是库珀5部长篇系列小说的总称,它们都是以美国早期边疆开发为描写背景。这个总称来源于贯穿全部小说的那个"英雄"曼笛·邦坡的外号。人们这样称呼他是由于他长年累月穿着鹿皮制成的护腿的缘故。这5部小说按创作年代顺序依次是:《拓荒者》(1823)、《最后一个莫希干人》(1826)、《草原》(1827)、《探路者》(1840)和《猎鹿者》(1841)。然而从故事的连续情节安排来看,它们的先后次序则应是《猎鹿者》《最后一个莫希干人》《探路者》《拓荒者》和《草原》。这位"英雄"的名字在5部小说中也有过各种变换,在《猎鹿者》中是"邦坡"或"猎鹿者",在《最后一个莫希干人》里被称为"霍克"(鹰眼的意思),《探路者》里他的名字又变成"帕斯菲尼特",《拓荒者》中叫"曼笛·邦坡"或"皮袜子",在《草原》中成了"用陷阱捕兽者"。尽管如此,曼笛·邦坡那种顽强而坚定的性格则始终如一地贯穿着整个系列小说。从年轻时代起直到老年甚至最后死亡,他的生活始终富有冒险精神,他是一个擅长森林生活的人,不喜欢受任何约束,反对别人来破坏他的开拓地;他了解和热爱森林,他的道德品质和他的理解能力一样是伟大的,甚至对敌人也是那样友好和慷慨大方;他具有朴素、坚定的美德,永远不变的机智和冷静的力量。显然,库珀把邦坡看成世界上具有最完美性格的文明人,一个没有受到资本主义世界任何污染的人类文明的标本,他似乎与欧文笔下的瑞普·凡·温克尔属于同一种类型的人物,所不同的是他长年孤独地在林中生活,是远离人间的遁世者。

"皮袜子故事集"以曼笛·邦坡的一生为中心线索,小说从《猎鹿者》开始,描写年轻时代的邦坡在纽约州尚未开发时在森林中狩猎的生活和他与印第安人结下的情谊;《最后一个莫希干人》和《探路者》描写他所经历的冒险生涯;在《拓荒者》中,邦坡由于过不惯新兴市镇纽约的生活又回到未开发的森林中去,直至《草原》一书,九十高龄的"皮袜子"在西部大草原最终结束他漫游的一生。此时,美国已经独立,资本主义开始发展,作为人类原始文明模式的"皮袜子",感到自由的时代已经过去了,于是他平静地死在被他当作忠实朋友的印第安人中间。

这5部小说中,公认为最有代表意义的是《最后一个莫希干人》。小说中的故事发生在18世纪五六十年代,英法七年战争的第二年,即1757年。英军司令威廉·亨利被法军围困在乔治湖,他的两个女儿科拉和艾丽丝,在艾丽丝的未婚夫——音乐教师大卫·高马特和年老的用人邓肯·海沃德的陪同下,企图冲破敌人的封锁与父亲会合,同他们走在一起的还有印第安人马格勒。其实马格勒此时已经背叛他们,成为法国人的密探,他打算把整个易洛魁族①出卖给法国人,但这一企图因被霍克(即曼笛·邦坡)揭穿而没有成功。可是莫希干族人却遭到法国人的屠杀,整个部族只逃出了酋长秦加茨固和他的儿子恩卡斯。后来马格勒在易洛魁族人的帮助下把科拉、艾丽丝姐妹抓到手,威逼科拉当他的老婆,说只有这样才能保证她们的生命安全,但被严词拒绝了。这时海沃德赶到并将她们营救出来送往蒙罗要塞,但在她们离开要塞的时候,又遭到了印第安人的攻击,姐妹俩再次被捕。此时,霍克前来追赶这批印第安人,并找到了科拉被关押的地点——特拉华州的野营地,又得知艾丽丝被关在休伦族②的营地里,于是他化装进入休伦人营地,先救出艾丽丝。但当他再赶到特拉华州时,科拉已被马格勒杀死,霍克愤怒地向马格勒开枪,马格勒从悬崖上跌下摔死。艾丽丝和其他

---

① 易洛魁族,北美印第安人的一个部族。
② 休伦族,易洛魁人的一个分支。

人回到英军营地,当他们返回现代文明社会后,霍克却走向边境,重新开始他的遨游生涯。

在库珀所有的小说中,除了早期的《间谍》表现出一种朴素的爱国主义外,从主题意义和社会影响来说,当然以"皮袜子故事集"为最佳。作者企图通过对曼笛·邦坡一生冒险经历的描写,反映出 18 世纪初期到七八十年代独立之后整个美国西部边境的社会实况。作品的内涵是多方面的,它既包括作者对印第安人在种族主义者挑拨下相互残杀的同情,也包括对原始人类文明的赞美,以及对白人殖民主义者的抨击。邦坡是个理想化的、仿佛生活在真空中的人物典型,他虽目不识丁、出身低微,却如此真正勇敢。与那些贪婪、凶恶的坏人(包括殖民主义者、印第安人中的叛徒)相比,他是多么的伟大!然而,仔细看来,库珀也有失之偏颇的地方:他把忠于英国人还是忠于法国人当作区别好坏的标准,把邦坡写成资产阶级谦卑的仆人,把印第安人写成基督教的忠实信奉者,等等。但这组小说毕竟以它曲折而虚幻的浪漫主义情节、丰富而形象的人物典型构成了美国第一代最有影响的长篇系列小说,它的地位是不可动摇的。

五　库珀对美国浪漫主义小说形成与发展的贡献

与差不多同时代的小说家巴尔扎克笔下的那个实实在在的世界相比,库珀的作品所表现的几乎是一个神奇的童话世界。假如我们把欧文看成是把美国文学这只船带进潮流的领港员,那么库珀就是推动这只船在广阔的潮流中破浪前进的舵手。是库珀将美国的浪漫主义小说发展到一个完整的、充分的、在艺术上无懈可击的程度,在他之前还没有哪一个美国作家能如此充分地发挥小说这一创作形式的重大优势,使之具有雄踞文坛、无可争辩的最重要的地位。尽管库珀在创作上的成就并不平衡,但他那些作品所取得的卓越艺术成就却是无可否认的事实。为了得到这些成果,库珀几乎经受了人生一系列乱哄哄的搏斗。而他的遍及全世界的名望终于证明他所具有的创造力和才能在他的小说中得到了充分的发挥。更重要的是那些题材多样、激动人心的作品,以及在作品的情节描绘中所反映出来的鲜明的、带有冒险性质的浪漫主义色彩受到了读者的普遍欢迎。

库珀的艺术力量还在于他丰富的想象能力和智慧,这来自作家本人对创作的长期探索;同时,一种坚定的民主主义思想赋予库珀对法律与真理的热爱、崇敬和信仰。尽管他的作品是严肃的,但他却能以浪漫主义为基础把他博学的历史知识理想化,并通过他生动的语言手段使其成为激发读者内心感情的作品。

由于库珀的一生努力,浪漫主义小说(尤其是长篇小说)成为美国民族文学中重要的创作形式。他在革命历史小说、海洋小说和边疆小说方面取得的成就为以后美国小说的创作开辟了广阔的领域,在整个 19 世纪一直成为美国作家们仿效的榜样。库珀的影响还不仅限于美国,包括巴尔扎克、别林斯基在内的欧洲名作家们对他的作品也极为推崇,高尔基曾说:"库珀的作品的教育意义,是毫无疑义的。近一百年来,它们深受世界各国青年读者的喜爱。例如,在我们读俄国革命家的回忆录时,我们经常发现,库珀的作品是培养人们具有荣誉感、进取心和勇敢精神的优秀导师。"

归纳起来,库珀的贡献主要在于:

第一,为美国民族文学长篇小说的创作开拓了新的广阔的领域。

第二,在艺术形式上树立了充满浪漫主义色彩的"库珀式"小说体。

第三,把长篇小说的创作与整个时代的发展紧密地结合在一起。

第四节 埃德加·爱伦·坡

一 坎坷的一生

埃德加·爱伦·坡(1809—1849),1809 年 1 月 19 日生于波士顿,是一对江湖艺人——小戴维·坡和伊丽莎白·阿诺德·坡的第二个孩子。埃德加出生不久,父母即分离,接着父亲病故,他只得随母亲流浪。1811 年伊丽莎白在弗吉尼亚首府里士满病逝,埃德加与他哥哥威廉·亨利·伦纳德·坡(1808—1831)和妹妹罗莎莉·坡(1810—1874)便成了孤儿,各自被人收养。埃德加的养父是他们家在里士满的一个亲戚——商人约翰·爱伦。虽然在法律上没有办理过正式的过继手续,但在相当长的时间里,埃德加一直在使用他养父的姓。1824 年起他把养父的姓放在中间,于是他的正式名字便成了埃德加·爱伦·坡。

1815 年至 1820 年,坡先在里士满,后随养父养母到英国上小学。这段时间的生活他是满意的。但从英国回来之后,爱伦由于获得了一大笔遗产而在生活上开始放荡起来,坡与爱伦发生了争执。爱伦对这个不听话的养子也不像从前那样喜爱了。后来,坡又怀疑他的妹妹罗莎莉是爱伦与他母亲的私生女。到 1826 年当坡进入弗吉尼亚大学读书时,这对养父养子之间的关系已接近于破裂。第二年因为选择职业的矛盾,他们终于发生了一场争吵:爱伦要坡去学法律,坡则执意要当作家。一气之下,坡便离家出走到了波士顿。

早在上小学时坡就喜爱写诗。1827 年他在波士顿自费匿名出版了第一部诗集《帖木儿及其他》,同年他虚报年龄和编造假名当了兵。几乎与此同时,他的养母病逝后,爱伦希望与坡和好,送给他一笔款子,并表示愿意帮助他进入著名的西点军校去读书。1830 年,坡考取了西点军校,但在第二年即因玩忽职守而被校方开除。坡流浪到纽约,在那里出版了包括译诗《以色拉夫》、抒情诗《致海伦》和《大海中的城市》三部分内容的《埃德加·爱伦·坡诗选》(1831)。不久他回到巴尔的摩同他姨妈克莱姆夫人和表妹弗吉尼娅同住,并开始为杂志创作短篇小说。他的第一个短篇小说《皮瓶子里发现的手稿》1832 年发表于费城的《星期六信使》杂志上。第二年他又以此作参加了《巴尔的摩星期六旅游》杂志的征文比赛,并获一等奖。这个作品的发表引起了社会的关注。1835 年,坡被一个姓肯尼迪的治安官员介绍到《南方文学使者》杂志担任编辑。也是这一年他与年方十四的表妹弗吉尼娅订婚,翌年他们在里士满正式举行了婚礼,并在那里定居。坡的养父死于 1834 年 3 月,虽然家道殷富,但坡未分得任何遗产。

1836 年,《南方文学使者》为坡出版了一部综合性的作品选集《波利希安:一个悲剧》,它包括评论 83 篇、诗 6 首、随笔 4 篇和短篇小说 3 篇,深受读者欢迎,十分畅销。但在第二年 1 月,由于任性和固执,他与该杂志社闹翻了,接着把家搬到纽约,依靠卖文为生。在那里他出版了中篇小说《阿瑟·戈登·皮姆的故事》(1838)。1839 年,坡来到费城,在《伯顿绅士杂志》当编辑,并编选了《述异集》(或译《怪诞故事集》),该书出版于 1840 年。这是坡的第一个短篇小说集,包括他这些年所写的全部作品。1841—1842 年,坡在《格雷厄姆斯杂志》任文学编辑,在那里他发表了小说集《莫格街谋杀案》(1841)。这部作品集乃是世界文学中推理小说的首创。1843 年,坡的小说《神秘的玛丽·罗瑞》获得费城的"金甲虫"奖。1844 年,坡又来到纽约,与当地的《纽约镜》杂志产生了联系,在那儿发表了诗作《强盗》,后来又在《百老汇评论》的帮助下出版了小说集《故事集》(1845)和诗选《强盗及其他》(1845)。在此期间,由于作品的所有权问题,坡曾与诗人朗费罗发生一场激烈的论战,还是《百老汇评论》出面调停方才平息下去。同时,坡还写了不少针对当时文学界的评论文章,主要有《纽约的文学界》等。他的自选集《文学界》(1845)包括了这方面的绝大部分文章,由哥德斯-莱代斯图书出版公司出版。这家公司还发表了坡的另一个短篇小说《酒桶的故事》(1846)。

由于坡长年没有固定的职业,生活穷困潦倒,1847 年 1 月,他的妻子弗吉尼娅死于肺病和饥饿。虽然当时刚出版了一部诗集《乌兰鲁姆》,他的精神还是遭到沉重的打击。接着他自己也病倒了,身体和精神都处于极端反常的状态,甚至还想自杀。即使在这种情况下,坡还写了诗《钟声》(1847)、《致安妮》(1848)、《安娜贝尔·李》(1849)和具有神秘浪漫主义色彩的散文《我找到了》(1848)。坡也一度想振作起来,他曾受到当时著名的天文学家尼克尔的影响,与女诗人惠特曼夫人也有过密切的交往。他一度在马萨诸塞州洛威尔等地任教,希望自己成为一个精力充沛的人,但酗酒和精神上的沉沦使他无法恢复往日的朝气。他在1849 年 7 月至 9 月回到里士满重游了童年的老家,在那里遇到了儿时的邻居谢利登夫人。后者当时已成为一个寡妇,他们两人迅速恋爱,并定下了结婚日期。坡于 9 月 27 日离开了里士满,据说是去巴尔的摩郊外的福特镇邀请他的岳母克莱姆夫人前来参加他的婚礼,然而 10 月 3 日这一天,有人却发现他倒在巴尔的摩一家小酒店里。当时那里正举行地方选举投票,人们对坡的昏迷不醒疑惑不解,也有人猜想可能是在他喝醉酒以后被某些政治上的对手指使歹徒殴打所致。他当即被送进了华盛顿大学医院,4 天后,即 10 月 7 日清晨去世,终年 40 岁。不久,坡被安葬在巴尔的摩费伊特公墓他妻子的墓旁,结束了他短暂而坎坷的一生。

二　坡的恐怖小说

坡的小说创作主要是短篇,中篇只有 1 部,先后出版小说集 3 部:《述异集》是坡的第一部短篇小说集,分 2 卷,共 25 篇,集子的标题乃是受到司各特散文作品的启发后取的,意为荒诞怪异的故事,其中的主要作品是《皮瓶子里发现的手稿》《幽会》《贝利奈斯》《莉盖娅》《摩拉》《厄舍古屋的倒塌》《威廉·威尔逊》《汉斯·帕费尔举世无双的冒险》等;后 2 部小说集即为《莫格街谋杀案》和《故事集》,这 2 个集子的主要作品有《莫格街谋杀案》《红色死亡假面舞会》《钟摆与陷阱》《黑猫》《失窃的信》《神秘的玛丽·罗瑞》和他唯一的中篇小说《阿瑟·戈登·皮姆的故事》。

坡一生共写了 70 多篇小说,按内容和风格可分为恐怖小说和推理小说两类。前者以荒诞可怕的故事为题材,着重刻画人物的变态心理;后者则以推理的方法来侦破案件。《阿瑟·戈登·皮姆的故事》属于前一类,由于它是坡发表的唯一的中篇小说,因此也格外引人注意。小说以第一人称的形式,通过一个名叫阿瑟·戈登·皮姆的偷渡者的自述,描写了一个旷日持久的惊险故事:1827 年 6 月,皮姆为了偷渡出国,悄悄地登上了一艘名叫"虎鲸"号的捕鲸船,从美国马萨诸塞州东南面的南塔克特岛驶向太平洋。不料途中水手们叛变,接着又遭到一场风暴,船上的人差不多都同归于尽,只剩下皮姆和另一个水手幸免于难。他俩划着一艘独木舟,穿过梦一般的境界,在南极海地区和太平洋群岛上无目的地航行着,一个庞大的白茫茫的世界展现在他们面前……小说以一个真实的事件为基础,而坡在作品中却显示出出色的虚构想象的才能,使人们似乎回到了那虚无缥缈的古老世界。与这个中篇小说同属于描写海上恐怖题材的还有 2 篇:一篇是坡的小说处女作《皮瓶子里发现的手稿》,写一个被迫离开家乡的游子在海上遇险后碰到一艘硕大无比的鬼船的故事;另一篇是描写一个水手被卷入挪威海西面梅尔斯特罗姆大旋涡后侥幸生还的《海底旋涡余生记》。

以坡的恐怖小说而论,最著名的当然是《厄舍古屋的倒塌》和《红色死亡假面舞会》。

《厄舍古屋的倒塌》讲的是行将没落的厄舍家族最后一代令人恐怖的命运。劳德立克·厄舍和他的妹妹玛德琳·厄舍都患有无可救药的癫痫病症,由于一种狂乱的病态心理,劳德立克在妹妹尚未咽气时就把她装进了棺材。不久之后的一个夜里,先是一阵微弱的挣扎声,而后是棺材的劈开声,古屋门链的摩擦声,紧接着是身裹寿衣、血迹斑斑的少女玛德琳像个幽灵立在劳德立克面前。她摇摇晃晃地跌进门内,倒在她哥哥身上,发出一阵垂死的呻吟,将他拉倒在地,劳德立克因极度惊吓而死,成了一具僵尸。就在此时,一阵旋风怒吼,古屋倒塌,响起了震天动地的回声。小说以奇特的文笔、令人毛骨悚然的气氛和耐人寻味的主题闻名于世,后来被列入世界短篇小说精华之林。

《红色死亡假面舞会》使人进入一个充满中世纪传奇色彩的恐怖时代,读者犹如做了一个可怕的噩梦:从前有一个国家,由于发生了名叫"红色死亡"的瘟疫而变得荒芜和衰败。一个王爷决定要保护自己和周围的人,就带领大家转移到远处一个城堡里隐蔽起来。这个城堡里,住着上千个骑士和小姐。他们在那里追求快乐和奢华生活,过了几个月幸福的时光。一次,王爷在庞大的客厅里举行假面舞会,许多寻欢作乐者戴着假面具、穿着稀奇古怪的服装前来参加。狂欢方酣,时入子夜,一个恐怖的、蒙面人的影子突然来到他们身边,外表就像"红色死亡"。王爷见影子向他逼近,就大叫一声拔出短剑刺去,可是被刺倒的竟是王爷自己。众人围上前去企图抓住影子,但抓到的竟是一件寿衣和一个僵尸面具,他们这才认识到王爷就是"红色死亡"本身。接着,这些寻欢作乐的人一个个倒在血流满地的大厅里,火光熄灭了,最后只有"红色的死亡成了控制一切的最高权力"。

坡的恐怖小说大多以第一人称讲述故事的形式出现,也许作者认为这样以目击者的所见所闻来描述此时此地的恐怖和怪异情景更能显得真实而有感染力;也许作者是从研究心理学的立场出发,用他的作品来测试读者离开现实的想象力和对各类恐怖事件描写的承受力。在这类作品中,坡以丰富的形象思维和高超的叙事能力,展现了一个个令人心惊不已和怪诞恐惧的场景,以竭力渲染他心目中业已构建完成的恐怖气氛。以《厄舍古屋的倒塌》为例,小说的末尾写到"我"——应主人邀请来此做客逗留的劳德立克·厄舍的童年好友——眼见幽灵似的玛德琳倒在她哥哥身旁并将他拉倒在地,成了一具僵尸时——

> 我吓得几乎没命,立即逃出那间屋子,逃出厄舍古屋。不知不觉中穿过倾颓的堤道,只见四下狂风大作呼啸而过,突然向路上射来一道奇怪的光亮。厄舍古屋和它黑黝的影子已经掉在我的身后,我企图看清这道怪光的来源,原来它来自天上一轮猩红的月亮,光从缝隙透视下来,呈现刺眼的白光。古屋的这道裂缝此前并不明显,如今竟清晰地从屋顶曲曲折折一直裂到墙脚。正在我呆呆地目视之际,在耳边一阵旋风怒吼之间,裂缝瞬间扩大,在猩红色月亮的窥视之下,平地响起震天动地的喊声,那喊声经久不息,似万马奔腾似波涛汹涌——就在此喊声中,古屋轰然塌下,令人心惊肉跳头晕目眩——此刻,脚下只有幽深的

山坳谷地和那阴森森的被淹没于一片瓦砾之中的厄舍古屋。

读者不难从这样的描述中体会到什么叫"恐怖"的感觉。

三　坡的推理小说

坡的第二类小说属于以推理侦破案件为主要情节的作品,所以他被后人奉为推理小说的鼻祖。1841 年发表的《莫格街谋杀案》是他这方面的第一篇作品。讲故事的人生活在巴黎,他有一个朋友名叫奥古斯特·杜宾。杜宾是个古怪的天才,拥有非凡的分析能力。有一次他们在报上见到一则关于埃凡勃纳夫人和她的女儿凯密尔在莫格街寓所四楼的房间里遭到谋杀的报道,警察当局对这个案子感到十分棘手。杀人的残忍方式表明,凶手拥有超人的力气和高度的灵活性。杜宾看见报道后,决心去解开这个案件的神秘内情。杜宾所运用的手法就是推理。他到杀人现场去访问调查,仔细察看那里的种种迹象,发现了新的线索。从这些线索中他推断出犯罪的不是人而是一只猩猩。于是杜宾登了一则广告。不久一个水手上门,前来供认自己曾从海外带回一只猩猩到巴黎,本打算出售,不料它半途逃脱,犯下了罪行。于是警察释放了嫌疑犯,那只猩猩也重新被抓获卖给了动物园。

与《莫格街谋杀案》同属一类的还有它的续篇《神秘的玛丽·罗瑞》以及《失窃的信》《金甲虫》等小说。虽然《神秘的玛丽·罗瑞》注明是《莫格街谋杀案》的续篇,但从情节上来说两者并无密切关系,只是其中侦破案件者同为奥古斯特·杜宾而已。假如说两篇小说之间有什么共同之处的话,那就是所写的同是主人公遭到谋杀的凶案。这篇小说以当时纽约一个名叫玛丽·西西莉亚·罗吉丝的少女遭到谋杀的事件为素材,因此案多年未破成为悬案。作者参照此案写成小说,但将发生案情的地点转移到法国巴黎,并以影射的手法,在作品中多次引用罗吉丝一案中出现的人物、地点、事件经过,可见坡在写这篇小说时的明确目的:

> 一年前,我在一篇题为"莫格街谋杀案"的小说中,竭力描述了我的朋友奥古斯特·杜宾爵士具有惊人的智力推论的特征,当时没想到后来还要谈论这个话题。我的目的就是通过一连串荒唐事件的描述,写出杜宾特殊的个性,现在看来这一目的已经达到。我还可以举出别的例子,但不想多说了。可是最近又发生了一些过程奇特的事情,使我大吃一惊,便又想到再做进一步的描述。这些描述看来带有剥茧抽丝的味道,但既然又风闻这些事件,按我的性格不可能对此保持沉默,否则便是奇怪的了。

这是作者开场白的一部分,接着便切入正题,开始讲述一名叫玛丽·罗瑞的青年女子,在她任商店营业员期间,由于年轻貌美遭到多个男子垂涎挑逗以致最后死于非命的案情经过。玛丽·罗瑞遇害后三天尸体才从塞纳河中被人发现,当地警察局对少有线索的凶案感到十分棘手,于是惯于以推理破案的杜宾又出场了,就像作者前面所言,杜宾以剥茧抽丝的方式排列疑点从中找出凶犯。小说的后半部篇幅主要是杜宾向"我"介绍案件、分析推理,一切都是在杜宾头脑中的"假定"。按作者的说法,只要根据杜宾的推理假定,凶犯一定能缉拿归案,而且他会自己浮出水面,"铁证加上铁证,凶犯自会手到擒来"。

《失窃的信》与《金甲虫》讲的也是杜宾推理破案的经过,前者讲述法国一名贵族妇女的一封情书失窃又复得的故事,后者讲述通过逻辑推理破译密码寻找宝藏的故事。《失窃的信》中窃走信件的部长将它随意夹在书架中,应验了"最不安全的地方正是最安全的地方"一说,杜宾凭此推断而用一张白纸调包,使窃信者的讹诈企图成为泡影。

坡虽只写了不多的几篇推理侦探小说,可是对后人的影响却是十分重大。他的作品推理细密,叙述完整,甚至对犯罪心理学方面的分析也成为经典之说,尤其是作者竭力塑造了一个有智有谋的业余侦探杜宾的生动形象,成为柯南·道尔笔下的福尔摩斯和柯林斯笔下的克夫的先辈。在杜宾身上体现了坡的自我理想和人类智慧与才能的结晶。

不仅如此,坡有许多小说对后人的创作都产生了重要影响:《泄密的心》和《黑猫》以对人物心理描写的细致入微开创了现代心理小说的先河,《椭圆形的画像》成为王尔德创作名作《朵连·葛雷的画像》的楷模,《威廉·威尔逊》也使史蒂文森在写作《化身博士》一书时受到很大的启发。

四　对坡的评价

在美国多数人的心目中,坡是一个怪才,罗威尔称他为"五分之三的天才,五分之二的一派胡言",就是最有代表性的评价。其他如惠特曼称坡的诗作为"想象文学的电光,光华耀目但缺少热力",而"超验主义"首创者爱默生则挖苦他为"叮当诗人"。坡生前文名寂寞,死后也不断遭到指责与诋毁,然而若干年后,他的作品、他的理论思想却在大西洋彼岸的法国大受推崇,以波特莱尔为首的法国象征主义诗派称他是"当代最强有力的作家",甚至被这个派别奉为精神上的领袖。随着这种褒奖和宣传,坡在欧洲的影响越来越大,在美国国内的地位也日益提高。许多诗人、小说家都承认自己的创作或多或少地受到过坡的启发,他们把坡看成是美国早期最有声望的代表作家。这种评价随着时间的推移越来越高,到19世纪末20世纪初,也就是在坡死后的50余年达到了顶峰。法国的兰坡,英国的斯文本恩、丁尼生、道生,西班牙的伊巴涅兹等人都奉坡为文学大师,甚至给他戴上了"精神与文学主义"的桂冠。

对于像坡这样一个历来争议甚大、毁誉不一的作家,应该以历史唯物主义的态度对他的身世、经历、思想、作品做一个全面的分析与探讨,然后才可能得出一个比较客观的、公允的结论。

首先,我们应该看到,在坡的作品中,既有出色的描写,也有神经质的狂叫;既有对人类美好情感的抒发,也有恐怖狂乱的、梦魇般的发泄:纯洁与邪恶杂糅,天使与魔鬼并存。

以小说创作而论,坡的成就虽然在他的诗名之下,但从开创推理小说这一新的形式和注重作品中人物心理世界的描写这两点来说,对后人的启发和影响是极大的,实际上我们完全可以从 20 世纪荒诞主义、心理主义、表现主义身上看到坡的影子。坡把自己的小说最早归类于《述异集》的总称之下,意在借用司各特的话来表示作品幽默的、怪诞的特征。他在对霍桑小说的评论中,提出了一个小说创作的理论,认为小说创作要求作品中的每一个部件(情节、环境、人物、细节等)都能产生作用并得出结果,必须从中显示出"意味深长的潜流"。贯穿于坡的小说中的是一种神秘的恐怖,他所描写的往往是荒凉的环境、破旧的古屋、堕落的后代和走向自我毁灭的不可抗拒的命运,杀人、犯罪和堕落几乎都是在一种可怕的变态心理驱使下做出来的行为,进而使读者在阅读这类恐怖小说的过程中产生一种心理"震颤"的后果。

我们应该把坡的思想意识和作品看成是 19 世纪三四十年代美国早期资本主义社会的产物。由于出身和生活经历的坎坷不平,他身上产生了不少没落、消极的情绪,一种畸形的心理状态一直在支配着他,一生贫困潦倒,以致最后死于意外事件,这正是社会对坡毒害的结果。但他也绝非一个甘心堕落的人。从小失去母亲,他希望获得人间的关爱和温暖,希望自己做一个振作的人,然而个性、环境、遭遇等原因,终使他无法自拔。坡一生的为人当可另作别论,但他的文学作品,尤其是他的小说在世界上的地位和影响是不容否定的。我们不能把坡的创作看成是美国文学的"逆流"。历史已经证明,他身上存在着一种值得后代人深思的气质,他的诗歌、他的小说、他的理论都已成为全世界最珍贵的文学宝库中不可缺少的一个组成部分。

第五节　纳撒尼尔·霍桑

一　成功的一生

纳撒尼尔·霍桑(1804—1864),1804 年 7 月 4 日出生在马萨诸塞州塞勒姆镇,本姓哈桑,父亲纳撒尼尔·哈桑原为商船船长。霍桑 4 岁时,父亲在英属圭亚那得了黄疸病突然去世,母亲伊丽莎白·曼宁·哈桑就领着霍桑和他的一个姐姐、一个妹妹回到外祖父家中,长期过着隐居生活。父亲的去世和母亲的寡居给霍桑童年时代的生活带来了很大影响,他几乎很少到野外活动,在母亲和姐妹中间过着封闭式生活,因而变得沉默、忧郁,当然这些跟他内向的天性也不无关系。霍桑的祖上是来自英格兰地区的望族,1692年塞勒姆镇著名的"驱巫案"中那个卖力的法官威廉·哈桑就是他的叔祖。霍桑从小勤于读书,对哈桑家族的整个历史尤感兴趣。早在中学时代,他就把他的祖先在17世纪30年代从英格兰来到北美殖民地大陆以及后来的发家过程做了研究和考证,这使他比较全面地了解这个家族的发展历史和17、18世纪新英格兰地区的社会状况,这些知识的获得对他以后写作小说产生了决定性的影响。

14岁那年霍桑随母去缅因州乡村居住。1821年,在舅父的帮助下霍桑进入博多因学院读书。在他的同班同学中,有后来成为美国第十四任总统的富兰克林·皮尔斯和大诗人亨利·朗费罗。后世的文学史家往往把霍桑与朗费罗、爱默生、索罗等人统称为"新英格兰作家集团",这也是一个原因。1825年,霍桑大学毕业后返回塞勒姆镇家中,开始了12年的写作生活。他写历史小说,也写寓言故事,内容包括北美殖民地时期新英格兰地区的社会生活和人们在精神上的相互冲突。由于霍桑从小生活在清教徒中间,所以对他们思想和性格的分析与描写尤其透彻。霍桑把这些小说、故事和散文小品分别投给当地的杂志、报纸和免费赠阅的年刊。有一个名叫古德里奇的出版商,见到了霍桑1828年自费印刷的小说处女作《范肖》后,对这位年轻的作者甚感兴趣,此后霍桑的作品大部分被古德里奇拿去发表在他主办的《象征》杂志上。《范肖》带有丰富的浪漫色彩,也可以视为霍桑的自画像,讲述了立志献身学业的范肖爱上了年轻漂亮的女生爱伦·朗斯顿,但爱伦却另有所爱,最终范肖在情感的痛苦折磨中离开人间的故事。作品揭示了主人公在思想观念和现实世界矛盾中的痛苦过程。1842年,古德里奇还特意再版了霍桑的短篇小说集《重讲一遍的故事》(初版于1837年),这是作者的第一部作品集,其中著名的作品有《欢乐山的五月柱》《教长的黑面纱》《恩地科特与红十字架》《大红宝石》《希金伯特姆先生的灾难》《白发勇士》和《从镇上水泵中流出来的小溪》等。这部集子的初次出版多亏霍桑的大学同班同学霍肖·布里奇的鼓励和资助,它的问世为霍桑初步奠定了小说家的地位。

1836—1837年,霍桑担任古德里奇的杂志社的编辑工作。1839—1841年他受聘于波士顿海关,在那里参与了波士顿超验主义派的活动,认识了这个流派的活跃分子伊丽莎白·皮博迪和她的妹妹索菲亚·皮博迪,并爱上了后者。1841年4月他从海关卸职后,利用积余的钱在布鲁克农场进行农业村社的试验,但他很快就对那里乏味的生活产生了厌烦情绪,六七个月后便返回波士顿。1842年7月他与索菲亚结婚,买下了康科德镇一所古老的住宅,在那里与妻子度过了三年清静幸福的生活。在此期间,他写了《小伙子古德蒙·布朗》《走向天国的道路》《优美的艺术家》和《拉帕其尼医生的女儿》等短篇,1846 年以《古屋青苔》为题出版,这是霍桑第二部引人注目的小说集。此后为谋生计,霍桑到老家塞勒姆镇港口担任了三年检察官(1846—1849),这段时间他写作得很少,曾因此引起朋友们的议论。1849 年下半年,由于政见不同霍桑的海关职务被撤,于是他就回家潜心创作,终于在第二年 4 月出版了为他带来巨大声誉的长篇小说《红字》。历史已经证明这是一部伟大的作品,它的成功使霍桑成为当时第一流的小说家。在以后的几年内,霍桑如一个骁勇的猛将向文坛的高峰发起一次次冲击,1851 年他写成并出版了第二部长篇小说《带有七个尖角阁的房子》,1852 年他的第三部长篇小说《福谷传奇》问世,同时还出版了一部短篇小说集《雪的雕像及其他重讲一遍的故事》(1852),其中包括《雪的雕像》《人面巨石》等。

《带有七个尖角阁的房子》是霍桑在《红字》成功之后的又一力作,是一部包含丰富历史内容的家族世仇小说。《福谷传奇》是霍桑唯一以第一人称写成的小说,描写了一个名叫麦尔斯·卡沃戴尔(即故事的叙述者)的年轻诗人与另外几位"梦想家"在福谷施行"乌托邦"式改良实验的过程,其中穿插了卡沃戴尔与珍娜比亚、普丽丝拉两个少女之间的爱情纠葛。《福谷传奇》的名声虽比不上前两部长篇作品,但它的朦胧意识和神秘色彩,显示了霍桑写作技巧的诡谲奇特,后被威廉·狄恩·豪威尔斯称为一部"令人心跳的自然主义"小说,并说它比霍桑的其他作品更像"小说"。

1852 年,霍桑为皮尔斯撰写了用于竞选总统的传记,皮尔斯当选后便派他担任美国驻英国利物浦的领事。1853 年,霍桑启程第一次去欧洲赴任,1857 年卸去领事职务后他又在意大利等地住了两年多,1860 年回到美国。归国之后,霍桑在康科德重新定居,并致力于写作。旅英期间的散文随笔《我们的老家》(1863)和他的第四部长篇小说——一个情节类似于《红字》、以意大利为背景的浪漫主义小说《大理石雕像》(1860)——都是在他回国之后出版的。在他生命的最后四年里,由于精力衰退,加上儿女夭折,霍桑心理上受的打击甚大,除为《大西洋月刊》写点文章以外,少有其他作品问世。1861 年美国内战爆发,也使霍桑对国家的命运前途感到迷茫,曾撰文表示了他内心的困惑和无奈。此后几年他企图恢复自己的浪漫主义创作传统,并幻想自己能获得长生不老之术,但他最后只能留下《斯泼汀司·范尔登》等 4 部长篇小说的片段,于 1864 年 5 月 19 日在新罕布什尔州普利茅斯的旅舍中逝世。

二 殖民地史诗小说:《红字》(1850)

《红字》被公认为是霍桑最杰出的代表作,也是整个美国浪漫主义小说中最有声望的权威作品。小说一出版,它的巨大思想价值和艺术成就立即为当时的人们所肯定。1851年就出现了德文译本,1852年又有了法文译本,以后又译成世界上多种文字,并被戏剧家和音乐家们改编成戏剧、歌剧搬上舞台。

小说的故事发生在17世纪中期加尔文教派统治下的波士顿,与霍桑的其他许多作品具有同样的时代背景。作者从当时的社会现状入手,通过一个感人的爱情悲剧来揭露宗教当局对人们精神、心灵和道德的摧残,抨击了清教徒中的上层分子和那些掌握政治、宗教大权的统治者的伪善和残酷。海丝特·白兰是一个在婚姻上遭遇不幸的女人,她年轻美貌,却嫁给了一个身体畸形多病的术士罗杰·齐灵沃斯,夫妻之间根本谈不上爱与情。后来罗杰在海上被掳失踪,杳无音讯,白兰孤独地过日子,精神十分痛苦。这时,一个英俊、有气魄的男子闯进了她的生活,他就是青年牧师亚瑟·丁梅斯代尔。他们真诚地相爱了,度过了一段隐秘的然而又热烈的爱情生活。不久,白兰由于怀孕隐情暴露,以通奸罪被抓,在狱中生下了女儿小珠儿。按照当时的教规,犯有通奸罪的妇女必须当街示众,直到她交代奸夫的姓名后才能得到赦免,否则将受惩罚。于是白兰被狱卒押送出狱,怀抱女儿,来到法院广场的高台上接受讯问和示众。小说的情节就是从这里铺排开来的。白兰在枷刑台上镇静自若,拒绝回答所谓她奸夫的姓名,而执行审讯任务的正是她的情人——牧师丁梅斯代尔!白兰宁愿独自承受任何惩罚,为了把她与丁梅斯代尔之间的爱情深深地埋藏在心底,她坚强地挺住了。

在小说的第三章有这样一段叙述:

> "说出来,女人!"另一个人从群众中走向台边,声音冰冷而严峻地说,"说出来呀,让你的孩子有一个父亲!"
>
> "我不愿意说!"海丝特面色变成死灰,可是仍然答复了那个十分熟悉的声音,"我的孩子必要寻求一个天上的父亲,她永远也不会认识一个世上的父亲了!"
>
> "她不肯说!"丁梅斯代尔嗫嚅着,他凭依着露台,手按着心脏,在等待他规劝的结果。这时他喘了一口大气退回身来:"女性的心真是有着惊人的力量和宽大! 她不肯说!"

显然,那个冰冷而熟悉的声音正是白兰名义上的丈夫罗杰。作者在前面曾隐隐约约地交代说,这个阴险冷酷的人从海上逃了回来,正赶上这个惊人的场面,而那个内心也不无痛苦的丁梅斯代尔一面忍受着沉重的煎熬,但另一面又缺乏公开承认的勇气。他为白兰的坚强而震惊,又为自己能不败露而感到庆幸,"喘了一口大气"正是丁梅斯代尔这种复杂心情的表露。

海丝特·白兰终于受到了惩罚,她必须终身穿着一件绣有红色字母"A"的外衣。在人们心中这是堕落和罪孽的标志——"A"代表英文"通奸"(Adultery)

一词。在 17 世纪的新英格兰地区确实有过这样一条法律,作为对奸夫淫妇惩处的手段。白兰带着小珠儿离群索居,在郊外偏僻的茅舍里过着孤寂的生活。她依靠自己灵巧的针线手艺为那些达官贵人缝绣衣服、手套、领带等来维持自己与女儿的生计。天长日久,除了偶尔进城送衣物,白兰已渐渐被人淡忘了。她整天穿着这件绣有红色"A"字的衣服,时间长了人们也不觉得有什么刺眼的地方;相反,从小见惯了这个"A"字的小珠儿,还把妈妈这件衣服当成世界上最美丽、最高尚的衣服。要是有一天妈妈没有穿,她就嚷开了,非要逼着妈妈穿上不可。

用心险恶的罗杰,一直在寻找着白兰的情夫。当他发现丁梅斯代尔的反常表现时,就利用这个牧师痛苦和矛盾的心情,以医师的身份进行刺探。在罗杰的折磨下,丁梅斯代尔的身心受到极大的打击,最后他鼓起勇气在溪边与白兰和他们的孩子小珠儿会了面,重温了甜蜜和辛酸的爱情,并第一次吻了自己的女儿。之后他们又商量逃到英国去的计划,但这一行动在最后时刻由于罗杰的破坏而失败了。再也忍受不了这种内心痛苦的丁梅斯代尔,在即将升任主教的前夕,在一次规模宏大的宗教典礼上,不顾后果的严重性,当众宣布了自己隐藏多年的秘密:他,就是海丝特·白兰的情人!他,就是那个孩子的父亲!他"一面由海丝特·白兰扶持着,一面牵着小珠儿的手,转脸对着那些威严可敬的统治者,对着他的弟兄辈的神圣牧师,对着人民——他们伟大的心胸已经完全吓呆了,可是却又弥漫着含泪的同情,因为他们晓得将有深刻的人生事件——即使充满罪恶,也将同样充满痛苦和悔恨——立刻要展现在他们的面前了"。丁梅斯代尔向周围的人们发表了深沉的、勇敢的演说——这是一首爱情的颂歌。他把自己的胸衣扯开,一个猩红色的"A"字烙在他的胸前,他在自己爱人的身边,让女儿吻了他之后,离开了人世。"我在胜利的耻辱中,死在人民面前!只要这些痛苦缺少了一点,我便永远无救了!赞美他的圣名吧!完成他的旨意吧!别了!"这是丁梅斯代尔留下来的最后几句话。

若干年以后,一度消失了的海丝特·白兰又回来了,她就死在早年住过的茅屋里。"在后来建筑的皇家礼拜堂旁边的那块坟地里,在一座深陷的老坟附近,又掘了一个新坟。"在这两座坟墓中间有一块合用的墓碑,在这块简单的石板上刻着这样一句话:

一片黑地上,刻着血红的"A"字。

海丝特·白兰是作者全面肯定的正面人物。她坚强、有毅力,对爱情忠贞不渝。虽然被统治者认为有罪,但她是清白的、纯洁的。她是当时资本主义社会发展初期教权、政权、夫权的受害者。她的人性、她的精神在小说中不断上升,最后成为真、善、美的化身。白兰不仅具有坚强的毅力,顶住来自统治者和社会各方面的巨大压力,而且在关键时刻也成为一名向封建宗教政权进行挑战的英雄。她勇敢地鼓励丁梅斯代尔与她一起逃离波士顿,到海外去重建幸福生活,这种大无畏的举动本身就是对封建政权与教权压迫下的爱情、人权和自由的充分肯定。丁梅斯代尔最初与白兰产生过炽热的爱情,然而事情一旦败露,他的勇气就消失了。一方面他为白兰的坚韧而感动,另一方面又为自己能够得到庇护而宽慰,所以他没有一开始就勇敢地站出来承认他与白兰之间的爱情,反而怯懦地成了白兰的审讯者。然而,隐藏在内心的痛苦并没有因为他的安全而平息,相反,却愈来愈强烈;加上罗杰的折磨,他再也无法忍受下去了。他与白兰的约会,他在柳刑台上的自我忏悔,他们的逃跑计划,以至最后的公开演说,都成了丁梅斯代尔向着爱情的祭坛一步一步走去的脚印。最后他扯开上衣,人们见到了他烙在胸口上的红色"A"字,这个"A"字实际上是烙在他心上的。这是爱情的升华——丁梅斯代尔的人格也随之从低下上升为一名勇敢的殉道者。至于罗杰·齐灵沃斯,则是一个应该受到谴责的小人。尽管在作品的末尾作者似乎也暗示了他在丁梅斯代尔大无畏气魄之下所受到的感动,但总的来说他是罪孽的化身,是邪恶的代表,他的道德和人格当然是不值一提的。

《红字》在艺术上也甚有特色,细腻的心理描写、梦幻般的浪漫气氛和丰富的象征手法,使作品充满着一股迷人的魅力,紧紧地吸引着读者。它既有中世纪神秘主义的色彩,又包含了早期资本主义社会的现实。作者用蔷薇花象征美和善,用监狱象征死亡,用一道光、一只鸟、一朵花来象征丁梅斯代尔与白兰之间爱情的结晶——他们的女儿小珠儿,这都是浪漫主义艺术手法的具体表现。

无论从哪方面说,《红字》都不愧为美国浪漫主义小说的伟大代表。

三 家族世仇小说:《带有七个尖角阁的房子》(1851)

《带有七个尖角阁的房子》从作品的社会意义来说,是仅次于《红字》的一部长篇小说。它以新英格兰地区的传说为基础,以哈桑家族历史上曾经发生过的"驱巫案"为主要情节,描述了一桩血腥的宗教迫害案,并由此而铺开了殖民地时期的望族——品钦一家的命运。品钦家族的祖宗品钦上校早年曾霸占了建筑师马修·毛尔的一块地皮,并把毛尔当作巫师烧死。毛尔临死前诅咒了品钦一家,结果品钦上校刚在这块地皮上建起带有七个尖角阁的房子便突然死去。在以后的一百年间,凡是继承这所房子的品钦后代都一个个遭到了意外。直到哈泼萨勃哈·品钦与毛尔的后代菲比·毛尔结成夫妻后,这座带有七个尖角阁的房子才平安无事。作者通过这个故事企图证明人类罪恶代代相传的观点,"一代人的罪孽要殃及子孙",带有明显的悲观主义色彩。

如同当年霍桑在《红字》的标题后面加上一个副标题"一部罗曼史"一样,他在《带有七个尖角阁的房子》后面也加上了"一部罗曼史"的副标题,此后在《福谷传奇》和《玉石雕像》中他都把它们视作"罗曼史"而不是"小说"。霍桑在为《带有七个尖角阁的房子》写的序中有一段话：

> 当一个作者准备把他的作品命名为"罗曼史"的时候，不消说他是在宣称对于作品的材料和形式的处理上拥有某种活动余地；假如他宣称自己是在写小说，那他就会觉得自己无权拥有这种活动余地。这后一种形式（即小说）被要求达到一种高度的忠实，不仅要忠实于理论上可能的经验，而且要忠实于事实上可能的、日常的经验。而前一种形式（罗曼史）——尽管，作为一种艺术作品，它也必须严格地遵守一定的法则，尽管它有时也会犯不可饶恕的错误，即违背了人的心灵的真实——却有相当的权利在很大程度上由作者在自己选定的或者创造的环境下去呈现这种真实。[①]

作为罗曼史，《带有七个尖角阁的房子》和《红字》的共同点在于，霍桑将自己生活年代的故事，通过人物命运的变迁以作品形式传播给后人，不同的是《红字》描述了一个可爱清新的爱情故事，而前者则注重于讲述人类罪恶的遗传性，正如霍桑自己所言，"这部作品表达了一个真理，即一代人的罪恶会遗传给下一代"[②]。当然，这个罪恶并不是无休止的，霍桑为品钦家族与毛尔家族的恩恩怨怨在百年之后终于画上了一个圆满的句号。菲比小姐与哈泼萨勃哈结秦晋之好，标志着喜剧的开端、悲剧的终结。

也许这是资本主义工业化的必然产物，财产争夺的宿怨已被年轻一代对新兴生活的理想所取代，殖民时代结束了，新生活开始了，人们期待着未来。

四 山谷中苍白的花朵：霍桑的短篇小说

霍桑的短篇小说集共出版过三部，即《重讲一遍的故事》《古屋青苔》《雪的雕像及其他重讲一遍的故事》。作者所谓"重讲一遍"的意思就是指作品中的这些故事在历史上早已发生过了，现在他无非是写下来向人们重讲一遍而已。所以，霍桑是把自己看成一个早年在新英格兰殖民地区流传过的故事的讲述者——一个忠实的历史秘书。

霍桑是一位短篇小说名家，他比法国的莫泊桑、俄国的契诃夫和他的同胞欧·亨利更早地掌握了创作短篇小说的秘诀。作为一个先辈作家，霍桑努力在

---

① 埃默里·埃利奥特：《哥伦比亚美国文学史》（中文版），四川辞书出版社，1994年，第344页。

② 转引自刘海平、王守仁：《新编美国文学史》第1卷，上海外语教育出版社，2000年，第328页。

他的短篇作品中以清新优雅的笔调、纯洁朴素的形象和令人难忘的环境来反映他的重大主题和深邃的思想情操。如同他的长篇一样,霍桑的短篇小说也几乎都是以北美大陆殖民地时期新英格兰地区的社会状况、民间传说、奇闻轶事为题材而进行写作的。从他丰富的创作宝库中,我们可以见到新英格兰地区古老的传说(《大红宝石》《小伙子古德蒙·布朗》《人面巨石》),殖民地时期政治权力的风云(《欢乐山的五月柱》《恩地科特与红十字架》),17世纪北美大陆上宗教的神秘力量和变态报复心理(《教长的黑面纱》《婚礼上的丧钟》),还有充满传奇色彩的神怪故事(《白发勇士》《希金伯特姆先生的灾难》)和表现殖民时代男女青年爱情生活的作品(《优美的艺术家》《拉帕其尼医生的女儿》)。

霍桑的短篇小说宛如优雅清新的牧歌、缥缈虚幻的神笛,犹似高山雅曲、流水行云,令人陶醉!他笔下的人物往往寓意深刻,而情节安排则又大都出人意料。我们从65岁的艾伦伍德先生身穿寿衣,在教堂丧钟的伴奏下手挽面如死灰的新娘前来举行婚礼的场景中,可以联想到这个爱情受骗者在达到报复目的时的复杂心理(《婚礼上的丧钟》);而那个诚实善良的小伙子布朗在与魔鬼的约会中所发现的惊人意外,使他认识到隐秘之罪人皆有之的真理(《小伙子古德蒙·布朗》);此外,神秘的勇士(《白发勇士》)、疯狂的恩地科特(《恩地科特与红十字架》)、淳朴的马修夫妇(《大红宝石》)、痴情的乔万尼·古斯康提(《拉帕其尼医生的女儿》),无不给人们带来极为难忘的印象;当然,最具有魅力的还是胡波牧师脸上的那块黑面纱。

被誉为世界短篇珍品的《教长的黑面纱》是早有定评的佳作。米尔福德礼拜堂的胡波牧师是一位甚得教民爱戴的贤者,可是在一个星期日做弥撒的时候,大家奇怪地发现他的脸庞上挂着一层低垂的黑纱。就在同一天下午,一个少女死去的丧钟敲响了。当胡波前去与死者告别的时候,有人亲眼看见"在牧师露出面孔的一刹那,少女的尸体战栗起来,尸衣和那薄纱织成的帽子也随着微微抖动"。从此以后,胡波牧师就始终挂着黑色的面纱,连他的未婚妻伊丽莎白也无法逼他拿下来。当伊丽莎白暗示村里在谣传他的黑面纱与少女的死有关时,胡波却微笑着回答:"如果我为悲痛而隐藏自己的面孔,这理由就很充足了。如果我是为不可告人的罪恶而遮住它,那么请问,难道有什么人可以不这样做吗?"胡波为此而失去了爱人,在阴暗的怀疑笼罩下度过了漫长的一生。在他临死前还发出这样的呼喊:"我看着我的周围,啊!每一张脸上都有一层黑纱!"

小说的副标题为"道德寓言",这表明作者企图通过这篇作品讲清一个道德上的普遍原则,同时深刻地披露了企图隐藏罪恶者内心的痛苦。它是寓言,又是现实,这是对社会实际的曲折反映,包含着训诫意义的深邃哲理,这也是霍桑小说创作的一个显著特点。无怪乎有的评论家认为他的小说是"寓言世界"与"实际世界"交叉并存的产物。

霍桑称自己的短篇小说为"偏僻山谷中带有苍白色彩的花朵",这固然有自谦的成分,但也点明了他的作品所具有的风格。清新的意境、朴素的描写、和谐的格调,正像深山幽谷中的花朵生长在一片神秘的、虚无缥缈的气氛中,像梦非梦,是实非实,造成了强烈的艺术感染力,令人遐想。尽管他的部分作品存在结构松散、议论过多、宗教味太浓的缺陷,但鉴于历史原因,后人是会谅解的,因为我们首先从作品中认识到的是作者对资本主义社会精神上的罪恶的挖掘和批判,其他则是次要的。

五 霍桑的创作思想与他对美国浪漫主义文学的贡献

霍桑生前曾多次自嘲,他在《红字》的序言里借祖先的嘴说了这样的话:

> "这家伙是干什么的?"一个祖先的阴魂悄悄地问另一个祖先的阴魂。"一个写小说的!这算什么职业,在他那个时代和古代这能算是赞美上帝的好方式吗?真还不如去做一个提琴手更好!"

然而,此非霍桑的真心之言,他只是杜撰出这段对话来发发牢骚而已。在经过多年的创作生涯之后,他真切地感到,当一名作家,确切地说是做一个浪漫主义的小说家,首先应该具有什么样的先决条件。"当一个作家要想写他的浪漫主义小说之时",霍桑在1851年出版的《带有七个尖角阁的房子·序言》中一开始就写道:"他就需要通过艰辛的观察以便断定一个明确的范围,倘使他不能在风格与题材上给自己创造一个想象的权利,那就难以被承认具有创作小说的能力。"毫无疑问,霍桑的一生正是按照他自己所说的那样去做的。他的作品题材虽然几乎都是过去两百年前的生活,但作家在思想上的提炼和艺术上的集中,却给了作品以新的生命。霍桑并不认为描写过去的时代会有损他作品的价值,相反,他把这种怀旧式的描绘当作无上的光荣。他津津乐道地写那些古老的传说和长辈的生活,连那些荒诞不经的神怪故事到了他的手里也成为价值永存的艺术瑰宝。从这一点来说,我们不妨把霍桑看作一个优秀的历史艺术家——殖民地时期北美大陆风俗人情出色的描述者。

霍桑作品的价值是与他的创作思想直接联系在一起的,《红字》的问世就是一个突出的证明。假如没有对爱情忠贞的赞美,没有对殖民地时期宗教势力的谴责,没有那种充满崇高情操的人道主义精神,霍桑是写不出这部无愧于"伟大"两个字的作品来的。

霍桑这样的创作思想,使他的小说获得了美国浪漫主义文学的最高成就,这是历史已经得出的结论。由于他的努力,美国浪漫主义的小说创作在民族文学的道路上掀起了一个新的高潮。他从欧文、库珀手中接过文学的接力棒,完成了攀登浪漫主义高峰的最后冲刺。他的值得称道的艺术技巧,使得小说这一文学形式,尤其是短篇小说成了精美绝伦、令人赞叹的艺术品。在霍桑之前,欧文虽是短篇小说的首创者,然而他仅做过为数有限的实践,库珀的贡献主要在于他那粗犷、雄壮的边疆小说,而坡的创作则容易使人联想到荒诞的鬼怪,只有到了霍桑时代,小说才有了神奇的魔力。

霍桑对浪漫主义小说创作的突出贡献,使他成了这方面最有声望的代表人物,他为美国人民和世界人民留下的这份宝贵的艺术遗产将具有永恒的价值。

第六节 赫尔曼·梅尔维尔

一 传奇的一生

赫尔曼·梅尔维尔(1819—1891),1819 年 8 月 1 日出生于纽约,是出口商艾伦·梅尔维尔的第三个孩子。他早年就读于当地的小学,1830 年由于父亲生意破产而迁居到奥尔巴尼。两年后艾伦·梅尔维尔去世,家道中落,他不得不外出谋生,先任银行职员,后到他叔父经营的农场工作,不久又到他大哥开的兽皮工厂里担任一名助手。1837 年,兽皮工厂在经济萧条中倒闭,梅尔维尔又进奥尔巴尼古典学校学习了一段时间。1839 年 6 月,他到一艘定期航行于纽约与英国利物浦之间的邮轮"劳伦斯"号上当了一名水手,四个月后离开,到纽约州不伦端克任小学教员,并沿着密西西比河旅行。1841 年 1 月 3 日,梅尔维尔上了"阿古希耐"号捕鲸船,从马萨诸塞州美国的捕鲸业中心新贝德福德港出发,去南太平洋做一次捕鲸航行。

梅尔维尔这一举动给他以后的经历带来了决定性的影响,使他无论是在生活上还是在创作上都与海洋和捕鲸船结下了不解之缘。整整十八个月,"阿古希耐"号一直航行在茫茫的海洋之中。由于忍受不了繁重的劳动和船长严厉的管教,1842 年 7 月 9 日,梅尔维尔终于逃离捕鲸船,上了南太平洋的马克萨斯群岛。在一个月时间里,他辗转于山林之中,躲避那些吃人的野人。9 月 9 日他又上了另一艘捕鲸船"鲁茜·安妮"号,驶向特西迪岛。到了特西迪岛,他作为叛变者被关押起来,不久又偷逃出来,上了别的捕鲸船到了夏威夷。1843 年 9 月,他在那里参加了美国海军,上了"美国"号战舰,1844 年 10 月 14 日随舰回到波士顿。

回家之后不久,梅尔维尔就开始以他在南太平洋的冒险经历为题材写作小说,描写他在马克萨斯群岛上令人胆战心惊的生活情景的第一部作品《泰比》于1846 年分别在伦敦和纽约出版。这部长篇小说以它新奇的题材、动人的情节和朴素的描述手法而受到社会的欢迎。作品采用第一人称自述的形式,以作者当年在群岛上所遇到的各种惊险场面为主要内容进行描述。小说开头写道：

> 初次来到南太平洋的人,在海上见到那些岛屿,对于它的外貌,一
> 般都会感到惊讶。从那些描写群岛美丽景色的空洞记载里,许多人往
> 往想象到了油彩画般的、徐徐高起的平原,有清幽的丛林遮阴,有潺潺
> 的溪水流过……

接着讲述了这样一个故事:一个美国青年与同伴在航行中途弃船逃离,在岛上山谷里与吃人的泰比族野人相遇,同伴逃走,青年被抓;泰比人并没有吃他,待他很好,但由于一种天然的恐惧心理,他还是逃离野人,被路过的船救走了。作者企图通过小说中主人公的经历来揭示野蛮人的美德,并与资本主义文明社会的邪恶形成对照。

此后,梅尔维尔又写了第二部小说《欧穆》(1847),引起了更多读者的兴趣。1847年9月,《欧穆》出版后,梅尔维尔与马萨诸塞州州长杰斯迪克·肖的女儿伊丽莎白·肖结婚。婚后不久,通过岳父的关系,他做过一阵当地的政府官员。但这种生活对梅尔维尔来说是不适宜的,他终于放弃了官场的前程,回到写字台前去从事创作。1849年,他出版了寓言浪漫小说《马蒂》和以他早年航行利物浦的经历为题材的《雷德本》。他的第五部小说是以海上战争为题材的《白夹克》,出版于1850年。这一年,梅尔维尔为了料理他的出版业务前往英国,并在那里做了一次短期旅行。回国以后,他在马萨诸塞州中部的皮茨弗尔德定居下来,过起一种自由自在的乡村绅士生活,在那里他与霍桑相识,并很快成了知己。翌年,梅尔维尔出版了他最著名的小说《白鲸》;1852年发表了被认为是心理小说先驱的《皮埃尔》;接着他把创作的兴趣从海洋生活转向美国历史,写出了历史小说《伊斯雷尔·波特》(1855);不久,他又将几年来在《哈珀斯》杂志和《柏特曼斯》杂志上发表的短篇小说汇编成小说集《广场故事》(1856)出版;1857年他还出版了对美国生活方式进行讽刺的半寓言性质的小说《骗子》。

由于健康的原因,1856—1857年,梅尔维尔去欧洲旅行。他一生最感兴趣的是海洋、旅行和雕塑:海洋是他的事业和生命,旅行是他最好的休息和工作方式,雕塑则是他艺术上的精神寄托。他最后一次出海航行是在1860年,那时他路过旧金山,上了他兄弟托马斯指挥的快速帆船,在海上盘桓了一些日子。1863年,梅尔维尔把多年经营的皮茨弗尔德农场卖给了他另一个兄弟艾伦,将家迁到纽约定居。1866年起在纽约海关担任检察官职务,业余时间仍然坚持写作。在后期创作中,他一度对写诗产生了兴趣。第一部诗集《战争的外表和局部》出版于1866年,后来还发表过长诗《克莱尔》(1876)、诗集《约翰·玛丽及其他》(1888)和《蒂莫莱昂》(1891),以及他晚年的小说代表作《比利·勃德》。这个相

当长的短篇小说,描写了一艘捕鲸船上水手们的生活情趣和他们受到的严厉压制,但这个作品直至 1924 年才整理出版。

梅尔维尔于 1885 年从纽约海关退休,他的家庭生活十分不幸:大儿子马尔科姆在 1867 年自杀,另一个儿子斯坦弗克司于 1886 年病故,这使他心灵上受到沉重打击。1891 年 9 月 28 日,年逾 72 岁的梅尔维尔在纽约病逝。

二　神秘主义的杰作:《白鲸》(1851)

1850 年 2 月,梅尔维尔从英国回来之后即着手于《白鲸》的写作。在皮茨弗尔德乡间,他全力以赴地从事着他的这项"神圣"的事业。为了使作品具有更加可靠的价值,使它在具体描写上、情节安排上达到无懈可击的程度,梅尔维尔不以自己当年捕鲸船的经历为满足,从当地公共图书馆里借阅大量有关捕鲸的书籍,一面摘抄、构思,一面写作,夜以继日,仅仅用了半年左右的时间便完成了长达四五十万字的初稿。但他并没有急于将稿子交给出版商,又花了半年多时间将小说反复修改,特别是在一些重大问题上与霍桑进行讨论,交换看法。当时霍桑刚出版《红字》不久,梅尔维尔细心阅读了这部长篇杰作,又专门撰写了霍桑短篇小说集《古屋青苔》的评论文章,他就自己写作过程中的一些问题向这位比他大 15 岁的著名小说家请教,直至 1851 年春夏之际方将《白鲸》定稿。为了表达他对霍桑的敬意,在《白鲸》的扉页上他写下了一行深情的话:

> 谨将此书献给纳撒尼尔·霍桑,以志我对他才华的钦佩之情。

这是一部无愧于进入世界伟大作品之列的小说,虽然它在刚出版时并不像作者其他早期作品那样受人欢迎,甚至还引起过一些争议,然而历史已经判定《白鲸》以它宏大的气势和惊心动魄的情节成了海洋小说中的佼佼者;同时,也因为它包含了许多关于捕鲸业的专业知识和各种捕鲸经历的材料而获得了"捕鲸百科全书"的称号。

小说通过对捕鲸船"皮阔德"号在海上捕鲸的惊险经历的描绘,典型地反映了 19 世纪初期在美国资本主义初步发展背景下,被迫出海捕鲸的水手们的悲惨命运,以及作为当时一种重要的生产方式存在的捕鲸业的面目。水手伊萨马利从纽约来到捕鲸业的中心新贝德福德港寻求雇主,他明知出海捕鲸凶多吉少,但为了生存也只能继续冒险。在一个小客栈里他遇到一个黑人鱼叉手魁魁格,他们俩同病相怜成了知己。慷慨大方的魁魁格还将自己的积蓄分了一半给身无分文的伊萨马利。在南塔开特他们一起上了"皮阔德"号捕鲸船当水手,随即出海。"皮阔德"号的船长亚哈是一个阴沉、神秘的人物,他已有四十年的捕鲸经验,但上一次出海时,他的一条腿却被一条白色抹香鲸咬掉了。提起这条鲸,水手们莫不谈虎色变：它巨大而凶狠，诡谲而神奇，神出鬼没，常常在它离去之后又突然给捕鲸者带来致命的打击。人们给它取了个名字，叫"莫比·迪克"。亚哈怀着复仇的心理，发誓要捕获"莫比·迪克"，哪怕追到天涯海角也要杀死它。他把一枚西班牙金币叮当响地扔在甲板上，声称谁要是第一个发现"莫比·迪克"，谁就将获得这枚金币。他还要水手们起誓，不惜船覆人亡，一定要杀死这条白鲸。

在"海中之王"亚哈的指挥下，"皮阔德"号越过大西洋，绕过好望角，进入印度洋，然后又来到太平洋。一路上，他们捕杀了许多鲸鱼，并与大批鲨鱼搏斗，在这些惊心动魄的斗争中，魁魁格是表现得最勇敢的一名水手。然而，亚哈并不满足于一桶桶炼出来的鲸鱼油，他一心想着的是白鲸"莫比·迪克"，一定要追到它！一定要杀死它！每当遇到一艘捕鲸船，亚哈就打听见过白鲸没有。终于对面驶来了一艘英国捕鲸船，船长刚被白鲸咬断一条手臂，这个船长劝亚哈放弃追逐的念头，但亚哈一意孤行，不听劝告，甚至拔出手枪要打死再次来规劝他的副船长斯达巴克。

在紧张追逐"莫比·迪克"的过程中，"皮阔德"号连续遇到了几件事：一是魁魁格得了重病，要别人替他做一只独木舟式的棺材，棺材做好后他的病反而好了，于是他把棺材留下来当箱子用，正巧船上的救生圈掉进了海里，魁魁格就用沥青油封好棺材代替救生圈以防不测；二是船上有一个名叫费德拉的神秘人，是亚哈私人雇来的随从，此人预言亚哈在海上会见到两只奇怪的棺材——一只是非人工的，另一只是用美国木材制造的——才会死去，而且还可能死在绞刑架中，而他本人则先亚哈而死，以便充当一名"领港员"；三是在一个暴风雨的夜晚，船上的桅帆遭雷电击中烧毁，罗盘也被打坏，而四分仪则被亚哈有意破坏，船只就这样，在没有任何仪器导航的情况下去追踪白鲸。

几天后，亚哈自己首先见到了白鲸在海里翻滚的情景，他迫不及待地亲自驾艇追赶，但他的小艇被白鲸撞得粉碎，被救回船上之后，他还下令继续追击。第二天，白鲸虽被击中，但仍作挣扎，它撞翻了前去抓它的小艇，费德拉落入海中再也没有飘浮起来。第三天，白鲸已近于奄奄一息，当它的脊背露出水面时，只见在绳索、鱼叉的交结之中横着费德拉的尸体。这不就是"非人工的棺材"吗？看来费德拉的预言是真实的了！后来亚哈所乘的小艇又被垂死挣扎的白鲸撞得粉碎，斯达巴克赶紧将大船开去营救，只见狂怒的"莫比·迪克"死命一撞，整只大船也被撞破下沉。这时亚哈才醒悟，费德拉所说的"美国木材制的棺材"就是指大船本身。恰在此时，亚哈的脖子被缠到了鱼叉上的两根绳子里，白鲸向前一拉，他就被活活地绞死了。"皮阔德"号下沉了，一切都消失了，伊萨马利也随着旋涡下沉。突然有一样东西把他托了上来，这就是魁魁格的棺材，它成了伊萨马利的救命工具。过了不久，一艘正在寻找失踪船员的捕鲸船"拉吉"号救了他，他成了"皮阔德"号唯一的幸存者。

　　《白鲸》刚出版时所引起的争议,主要是对"莫比·迪克"的不同认识。这条神秘莫测的白鲸究竟是代表了什么力量?作者借这样一只力大无穷又富有灵性的动物想说明什么?有人把它说成是"恶"的化身,但实际上梅尔维尔企图把它写成是一种超自然的"力"的代表。在对"莫比·迪克"的描写上,作品无疑带有浓重的神秘主义气氛。亚哈又代表什么?他是一个捕鲸老手,白鲸的死对头;他似乎表现出一种英雄气概,固执、顽强、刚愎自用;他掌握着一船人的命运,但他的一切行动都只是为了达到个人复仇的目的;他以与大自然为敌起家,最后又作为大自然的敌人结束一生——代表"恶"的正是他。他是英雄,又是恶人。

　　同时,作者又以拟人的手法描写了"莫比·迪克"神秘、宏大、顽强的搏斗精神,这是一种灵魂的寄托。它是力,它是神,它是人类残杀手段的反抗者,它的形象正是整个大自然伟大的化身!《白鲸》以非凡的气势,将整部小说的情节落笔于亚哈同白鲸之间的生死搏斗。它时而平静,时而狂怒,尤其是最后三天,他们之间面对面的交锋——紧张的追逐,愤怒的格杀,给人一种难以透气的感觉。最后的结局是在这场力与恶的搏斗中,鱼死,船沉,人亡,一切都毁灭了!

　　作者的原意想来是反映一种超自然力量和与人类恶行之间的生死矛盾,但由于直接描写了水手们在捕鲸过程中的风险和苦难,以致最后几乎全部覆亡的不幸结局,因此作品客观上表达了当时社会中劳动者的苦难和剥削者的残酷。把"莫比·迪克"写得如此强大和可怕,看来也是作者对资本主义生产方式的一种抨击。

　　由于《白鲸》表现了一种特殊的气魄,尤其是在对"莫比·迪克"的描写上运用了浪漫主义手法,因而它遭到一些正统宗教保守分子的攻击,他们或认为这是现实与传奇混在一起的大杂烩,或认为是一派胡言。但作品的社会意义和象征手法及其人道主义进步倾向,即使在当时不为人们所理解,后来却终于得到了历史的公认。西方某些学者认为,对这部小说,读者尽可按自己的理解爱怎么认识就怎么认识,但作者在写作这本书时实际上怀有良苦的用心,他希望人们能够理解它并从中悟出一点道理来,而不希望对它有任何曲解。还是让我们从梅尔维尔在小说出版后不久写给霍桑的信中的一句话来体味他的用意吧:"我写了一本邪书,不过,我觉得它像羔羊一般洁白无瑕。"

第三章　19世纪现实主义小说

第一节　南北战争与现实主义的兴起

一　南北战争的胜利对现实主义文学产生与发展的影响

美国独立以来,残酷的奴隶制度的继续存在,极大地妨碍了资本主义经济的迅速发展。尽管1820年通过了南北妥协的《密苏里协定》,然而由于两种对立的社会制度的并存,给整个国家造成了政治上的混乱和经济上的停滞,再加上黑奴的反抗、广大劳动阶级和进步知识分子的不满,因而到了19世纪四五十年代,以资产阶级民主派和人民群众为一方的废奴派同以南方种植园奴隶主为一方的蓄奴派之间的矛盾达到了一触即发的地步。

1860年10月,美国举行第十六任总统大选,代表北方工业资产阶级利益的共和党提出了废除奴隶制的竞选纲领,该党候选人亚伯拉罕·林肯(1809—1865)当选。代表南方奴隶主利益的民主党指责选举不公正,并以此作为借口,企图发动全国性的叛乱来推翻林肯总统。12月,南卡罗来纳州首先宣布退出联邦,接着有六个蓄奴州相继退出,并于1861年2月初在蒙哥马利城召开南部各州代表大会,另立宪法、另选总统。同年3月,林肯就任总统后,多次提出劝告无效。4月12日,南方军首先炮击并占领查尔斯顿港的萨姆特要塞;4月15日,林肯总统宣布南方各州叛乱,实行全国总动员,号召人民为维护和恢复联邦的统一而战,于是南北战争正式爆发。

由于这场战争是围绕着废除还是保留野蛮的奴隶制度而进行的,因此从一开始就明确了正义与非正义的界线。经过四年战争,在人民群众的大力支援下,联邦军终于平定了这场叛乱。1865年4月9日,南方军宣布投降,北方全面胜利;但是领导这场战争的林肯总统,却于4月14日晚在剧院里观看庆祝战争胜利的演出时,被南方奴隶主派遣的间谍暗杀了。

马克思指出:"正像18世纪美国独立战争给欧洲中等阶级敲起了警钟一样,

19 世纪美国南北战争,又给欧洲工人阶级敲起了警钟。"①南北战争是美国的第二次资产阶级革命,战争的结果粉碎了奴隶主势力,工业资产阶级获得了全部领导权,从而在根本上扫除了发展美国资本主义的障碍。由此而产生的西部土地的开发,自由劳动力和国内市场的扩大,先进科学技术的应用,欧洲资本的大量输入和成千上万外国移民的进入,都成为加速美国这一时期经济发展的重要因素。从战后到 19 世纪末,仅仅经过短短的三四十年时间,美国的工业生产能力就从世界第四位一跃成为首位。移民增加一千四百万,工人增加六倍。垄断托拉斯的产生,工业资本与金融资本的相互勾结,使美国成为一个垄断资产阶级占统治地位的国家;加上对外发动侵略,霸占殖民地,因而这三四十年也是美国完成从自由资本主义向垄断资本主义,即帝国主义过渡的时期。

南北战争产生的巨大作用不仅体现在政治与经济上,同时也体现在文学上。它是美国从资本主义走向帝国主义阶段的起点,也是文学从浪漫主义转向现实主义的起点。

由于资本主义经济的迅速发展,特别是垄断资本的出现,加剧了阶级矛盾、劳资矛盾和贫富矛盾,美国社会从 19 世纪初期充满理想、自由和热情的上升阶段进入争夺、压榨和罪恶的垄断阶段;资本主义的劣根性和腐朽性日益暴露,人们也从早年对生活前景的乐观转向对社会的反感和不满。尤其是处于社会底层的广大劳动群众,他们原以为战后消灭了奴隶制度,美国可以成为世界上最民主、最美好的国家,然而,一切都使他们失望了。共和党在战后出卖了人民的利益,原先代表南方奴隶主势力的民主党摇身一变,成了北方金融资本家与南方农业资本家政治势力结合的产物,与共和党沆瀣一气,成为骑在人民头上的两大统治集团,正如恩格斯指出的:"我们在那里可以看到两大帮政治投机家,他们轮流执掌政权,用最肮脏的手段为最卑鄙的目的运用这个政权。……这些人表面上是替国民服务的,实际上却是统治和剥削国民的。"②恩格斯写于 1891 年的这段著名论断,尖锐地揭露了美国两大垄断集团的反动本质,他们从内战中捞取资本,利用人民的流血牺牲建立起专制的、独裁的寡头政权,使美国社会进入了建国以来历史上最黑暗的时期。这一政治局面所带来的直接后果就是人民的反抗,19 世纪 70 年代开始产生并在 80 年代发展成为高潮的美国工人运动就在这一历史背景下出现。1874—1875 年的宾夕法尼亚煤矿工人大罢工,1877 年的铁路工人大罢工以及 1886 年 5 月 1 日举世闻名的全国大罢工,都显示了工人阶级的伟大力量。当然,统治阶级的对付方法除了镇压还是镇压。

---

① 马克思:《资本论》,《马克思恩格斯全集》第 23 卷,人民出版社,1972 年,第 11 页。

② 恩格斯:《法兰西内战·导言》,《马克思恩格斯选集》第 2 卷,人民出版社,1972 年,第 335 页。

作为社会和时代的镜子的文学,它的表现形式势必随着社会的重大变迁而变化。战前那种缅怀过去、耽于理想的浪漫主义已经不能适应时代的需要了,作家们应该正视的是社会、人类和生活,于是现实主义就从这时开始逐渐取代了浪漫主义。

总之,南北战争既是美国资本主义经济发展的转折点,又是文学上现实主义产生和发展的起点,美国的现实主义文学可以说就是这场战争的直接产物。

二 现实主义小说发展概貌

在美国现实主义文学中,占主导地位的无疑是小说。按历史时期来划分,废奴小说产生于南北战争之前,它是促进这场战争爆发的一个重要因素。但按废奴小说的性质来说,它已经不再是浪漫主义的了,它的产生是美国万恶的奴隶制度存在的结果,因而具有明显的现实主义特性,所以应该把废奴小说看成是浪漫主义小说向现实主义小说发展的过渡。战前以写废奴小说受到广大读者欢迎的理查·海尔德烈斯、皮丘·斯托夫人和黑人小说家威廉·布朗、弗莱德里克·道格拉斯都可以被看作是美国现实主义文学的先驱。

由于历史和政治的原因,美国的现实主义文学要比欧洲晚出现四十年左右。美国现实主义小说最早产生在南北战争之后的 19 世纪 60 年代末期,主要形式是被称为"乡土文学"的通俗小说,它们以描写本乡本土的社会风俗、风土人情、世俗故事、民间传说等为主要内容。它们不仅出现在东部的文化发达地区,也出现在新开发的西部地区和刚从奴隶制度中解放出来的南方地区。"乡土文学"实质上是美国文学从过去的浪漫主义转向真正具有批判能力的现实主义的一个萌芽,它的代表作家是曾经作为马克·吐温早期创作指导老师的布莱特·哈特和萨拉·奥尼·裘维特,以及路易莎·梅·阿尔柯特(1832—1888,代表作《小妇人》)、托马斯·纳尔逊·佩奇(1853—1922,代表作《在奥尔的弗吉尼亚》)等。"乡土作家们"所创作的乡土小说由于描写了自己生活中熟悉的环境和人物,强调"真人真事真景",因而具有浓厚的生活气息和现实主义色彩。当然,由于它们的思想性和艺术性都还处于比较粗糙的阶段,所以把南北战争前的南方种植园写成了一片宁静和安谧,这是对现实主义的反动,如佩奇的小说就是如此。

现实主义小说的真正开始是威廉·狄恩·豪威尔斯和马克·吐温的创作。他们分别代表了两种完全不同风格的现实主义:豪威尔斯是站在大贵族、大资产阶级的立场上来观察和描写社会现实的,而吐温则是从底层劳动群众的角度去观察和描写社会现实的。他们的作品从思想内容到艺术手法都存在极大的差别。有人把豪威尔斯作品称为"英国和欧洲的现实主义",把吐温作品称为"美国本土的现实主义"①,就包含了这种差别。这一事实表明美国的现实主义小说从一开始就存在着两种截然不同的倾向,它们对后人都产生了重大的影响;然而,历史已经证明,以马克·吐温为代表的批判现实主义才是真正具有强大生命力的现实主义。马克·吐温的现实主义,经过赫姆林·加兰、斯蒂芬·克莱恩、欧·亨利和法兰克·诺里斯的共同努力,至19世纪90年代末期,形成了美国现实主义文学的第一个高潮,也就是美国建国以来继30年代至50年代浪漫主义文学之后美国文学的第二个高潮。在这中间,黑人小说家查尔斯·切斯纳特、威廉·杜波依斯也以他们的出色创作为现实主义做出了贡献。70年代至90年代,是美国从资本主义走向帝国主义的时期,也是现实主义文学的成熟时期。与此同时,以豪威尔斯为代表的温和现实主义也在他的同路人亨利·詹姆斯、伊迪丝·华顿等人的努力下,形成了一股具有一定力量的文学潮流。

以马克·吐温为代表的19世纪美国批判现实主义,首先当然具有现实主义最基本的特征,即对社会的批判和揭露;其次从资产阶级人道主义立场出发来描写广大劳动阶级的苦难生活,以表达作家对他们的不幸遭遇的同情,这是随着对社会的批判和揭露的出现而出现的一个明显倾向。这两点构成了美国批判现实主义的主要进步成分。但由于时代的局限,作家们只能停留在对资产阶级"民主"和"自由"的幻想之中,不可能提出或解决阶级与阶级矛盾的问题;由此而产生的对社会的失望情绪导致了19世纪末20世纪初在这些作家的作品中出现悲观主义色彩,这是作家的资产阶级民主理想破灭的结果。此外,由于美国的特定历史和社会条件,现实主义也带有某些次要的特征,例如独特的幽默描写和自然主义倾向等,但它们最基本的色彩是明确的,不能把自然主义的影响夸大到不适当的程度。

第二节 废奴小说

一 废奴小说的兴起与发展

所谓"废奴文学",是指产生于19世纪30年代盛行于50年代,以废除奴隶制度、揭露和控诉奴隶主罪行为目的的美国资产阶级进步文学潮流。

早在18世纪末,本杰明·富兰克林即发起和组织了美国第一个"废奴协会"。进入19世纪之后,以美国的进步政治家、知识分子为主体的左翼资产阶级势力,一直在不停地进行着反对奴隶制度、争取废除奴隶制度的努力。废奴文学即是这方面的努力在文学上的体现。

---

① 马丁·S.戴:《美国文学手册》,昆士兰大学出版社,1975年,目录。

废奴文学的早期作品主要是诗歌,例如朗费罗、爱默生、罗威尔、惠蒂埃这些著名的诗人、学者均创作过一些杰出的废奴诗作。19世纪30年代后期,首先用小说形式来表达废奴主义主题的是理查·海尔德烈斯,1836年他所创作的长篇小说《白奴》是第一部废奴小说。到了50年代,另一位女作家皮丘·斯托夫人又以她杰出的小说《汤姆叔叔的小屋》把废奴小说的创作推向了高潮。

继《汤姆叔叔的小屋》之后,黑人小说家威廉·布朗的长篇小说《克洛泰尔,或总统的女儿》、弗莱德里克·道格拉斯的自传体三部曲《弗莱德里克·道格拉斯生活的自述》都属于废奴小说范围,它们大都是通过对黑奴悲惨命运的描述来达到控诉奴隶制度的目的。

二 海尔德烈斯及其《白奴》(1836—1852)

理查·海尔德烈斯(1807—1865),1807年6月28日出生在马萨诸塞州迪尔弗特,1826年考入哈佛大学,1830年毕业后在波士顿当律师(1830—1832),1832年起任《波士顿每日邮报》编辑。1836年创作了他唯一的长篇小说《奴隶,或阿尔琪·摩尔的回忆》,获得了很大的成功。此书于1852年修订后再版,改名为《白奴》,成为与斯托夫人的《汤姆叔叔的小屋》齐名的大众化废奴小说。

海尔德烈斯同时又是一位著名的经济学家和历史学家,他在这方面的专著主要有《银行与纸币史》(1840)和六卷本《美国史》(1849—1854)。此外,他还研究哲学、人类学、南方社会史等,著有《政治原理》(1853)、《美国的专制政治》(1854)等;在林肯总统任期内他还被派往欧洲当过几年外交官。1865年7月11日在意大利的佛罗伦萨病逝。

《白奴》是一部描写奴隶血泪史的小说,故事发生在19世纪上半叶美国南方的弗吉尼亚州。主人公阿尔琪·摩尔是春茵种植园主查理·摩尔上校与一个混血女奴的私生子。在他身上虽然只有三十二分之一的黑人血统,外表与白人没有两样,但由于他的母亲是奴隶,所以他的身份也只能是奴隶——一个白皮肤的奴隶。他被派去服侍上校夫人刚生下来的第二个儿子詹姆斯,也就是他同父异母的弟弟;由于詹姆斯生性温和,主仆之间还算融洽。阿尔琪17岁那一年,他的母亲突然得病死去;死前,她把阿尔琪出身的秘密告诉了他,这使阿尔琪对以生身父亲摩尔上校为代表的庄园主抱有强烈的仇恨。接着,詹姆斯又突然夭亡,摩尔上校把阿尔琪重新分配给凶狠残暴的大少爷威廉当奴仆,可是阿尔琪宁愿到田里去做苦工也不愿受威廉的鞭打。不久,上校的大女儿从学校放假回家,她的贴身女奴卡茜与阿尔琪恋爱了。正当他们打算结婚之时,人面兽心的上校企图霸占卡茜,于是阿尔琪秘密约同卡茜逃离了种植园,在荒野暂时栖身。后来,他们被一个背信弃义的白人出卖而重落虎口,摩尔上校毒打阿尔琪夫妇后将其分别送到奴隶市场出卖。阿尔琪先后两次易主,后来在一次郊外祈祷会上意外地遇到了想念已久的卡茜。原来卡茜也转辗换过几个主人,当时正在洛特高茂莱夫人手下当女仆。与妻子的重逢和儿子的出世,使阿尔琪暂时沉浸在幸福之中,然而不久厄运又一次落到阿尔琪夫妇头上。阿尔琪再一次被主人出售,新主人是鲁查哈契种植园老板卡特尔将军。在这个种植园里,他遇到了敢于反抗的黑奴汤姆,并在汤姆的帮助下逃离了种植园,来到自由州纽约。后来虽被主人发现并抓获过,但由于阿尔琪的机灵,他再次逃脱,又漂洋过海跑到英国,并在那里做生意发了财。20年后,阿尔琪以自由公民身份重回美国去寻找妻儿。经过千辛万苦终于找到了妻子卡茜,当时她正在奴隶市场的拍卖台上。在一个赌徒的帮助下,一家人最后团聚了,他们历尽艰辛终于获得了幸福。

《白奴》在美国是第一部完完全全的废奴主义小说,阿尔琪·摩尔的遭遇正是千百万奴隶的缩影。作品以他为个人的自由和幸福所做的反抗为主线,通过对奴隶们所经受的令人难以想象的磨难的描述,揭示出美国奴隶制的罪恶本质,对广大奴隶的非人生活给予了极大的同情。小说中的阿尔琪·摩尔并不是一开始就走上反抗道路的,他起先也安于现状,为自己能成为温和的二少爷的奴仆而欣慰,只是在得知了自己出身的秘密和未婚妻遭难之后,才奋起反抗。当然,阿尔琪这时的反抗还停留在为自己、为妻子的目的上,后来在汤姆的启发下,他才勇敢地投入了黑奴的起义队伍,通过艰险的历程而获得自由。汤姆是位英勇的黑奴反抗者,作品称赞他是"一个伟大的战士",是"站在为自由而斗争的战士最前列而使残暴的统治者发抖"的人物。他最后虽遭捕获,被白人活活烧死,作者却在他身上寄托了对奴隶们反抗精神的赞美之情。

《白奴》初版时的阿尔琪·摩尔是一个普通的黑人奴隶,1852年再版时,作者将他改写为具有庄园主血统的"白奴",意在指出即使是作为一个完全白色皮肤的人,由于无法改变奴隶身份最终也逃脱不了苦难的命运。同时,这一修改也更加揭露了奴隶主堕落、凶残的面目。当然,由于小说的作者缺乏切身体验,他是站在白人资产阶级民主主义者的立场上来写这部作品的,因而人物塑造缺乏一些具体生动的细节,而且小说的结尾以阿尔琪的发财致富来达到解救妻儿的目的,也只是作者的一种美好幻想,在一定程度上削弱了作品的思想性。由于受当时历史条件的限制,海尔德烈斯小说中存在的这些缺陷是难以避免的。

三　斯托夫人及其《汤姆叔叔的小屋》(1852)

哈里叶特·伊丽莎白·皮丘·斯托(1811—1896),1811年6月4日生于康涅狄格州列奇文城,其父莱曼·皮丘是当时美国颇有威望的加尔文派教士;年轻时代伊丽莎白在父亲严格的监护下生活,加上身体多病,因而性格内向。由于她的舅舅萨缪尔·福特的自由党信仰对她的影响和她本人大量阅读司各特的浪漫主义小说,在学生时代,她的活跃思想就居于时代的前列,成为一个激进的资产阶级民主主义思想的拥护者,这种倾向在她以后创作的小说中得到了明确的体现。1832年,伊丽莎白随家庭迁居到俄亥俄州辛辛那提城,在当地一所女子中学当教员。她从小爱好文学,此时开始尝试创作,写出了第一部小说《杰出的故事:一个新英格兰地区的速写》,出版于1834年。1836年,她与卡尔文·斯托结婚,这位斯托牧师当时正在伊丽莎白的父亲所主持的兰民神学院当教授。婚后,斯托夫人连生七个子女,身体羸弱,经济拮据,但她还是惦记着她的写作爱好。1843年又写完并出版了她的第二部作品《五月花》,这也是一部以新英格兰地区的生活为背景的小说。这部小说同第一部作品一样并没有给作者带来多大的声誉,只不过是一个中产阶级妇女的一种带有好奇性和消遣性的再次试笔而已。真正的创作应该同时代的脉搏紧紧联系在一起,写出生活的强音,对于斯托夫人来说,所幸的是这一天终于在1850年来到了。

早在年轻时候访问肯塔基州的一次机会中,斯托夫人便十分留心地观察了那里被奴役的黑奴们的生活情景,从那以后,她对这些底层人民的悲惨遭遇一直寄予深切的同情。辛辛那提城位于俄亥俄河的北岸,河对面蓄奴的肯塔基州常有黑奴冒死凫水逃跑,斯托夫人和她的丈夫、兄弟、姐姐都曾尽力救过一些黑奴,并使他们获得自由;但毕竟力量微弱,更多的逃亡奴隶被抓回去遭受严刑或被处死。面对奴隶主灭绝人性的血腥暴行,斯托夫人义愤填膺,加上兰民神学院内高涨的废奴主义思想的影响,这位年近四十的牧师夫人下决心写一部以黑奴的非人遭遇为主要内容的小说,一部渗透奴隶们的血和泪的书,一部愤怒控诉的书!

1850年初,斯托夫人随丈夫来到缅因州。当时掀起的关于反对奴隶制的全国性讨论激起了她的感情,终于使她奋笔疾书,在半年多时间里就完成了被后人称为"不朽的著作"的长篇小说《汤姆叔叔的小屋》(1852)。这部作品为她带来了全国性甚至是世界性的声誉。虽然当时斯托夫人还不是一个完全的废奴主义者,但她拥护这个主张,并认为奴隶制度的存在对美国来说是一个耻辱。毫无疑问,这部小说击中了美国的最大时弊,提出了一个爆炸性的问题:万恶的奴隶制度究竟还要在美国存在多久?它所引起的全国性震动是完全可以想见的。小说于1851—1852年在《民族时代》杂志上连载,1852年出版单行本,仅在第一年就发行了30万册以上。按当时美国人口2300万计算,平均每70余人就买了一本书,何况还有将近400万包括在人口总数内的黑奴根本无法见到这本书。

小说出版以后,斯托夫人理所当然地遭到了南方奴隶主阶级以及依附于他们的反动文人的攻击,他们诬蔑她的作品是编造出来的,是对南方生活的歪曲,等等。为了批驳这些无耻的谎言和诡辩,斯托夫人在1853年出版了《关于〈汤姆叔叔的小屋〉的答辩》一书,以法律的条文、法庭的记录、报纸上的报道和私人信件等大量的资料和事实来证明作品所描写的内容的真实性。该书很快在全国上下引起了巨大的反响,广大劳动阶级、左翼资产阶级分子和一切有良知的正直的美国人都坚决支持作者的正义立场。这一革命舆论的威力大大地推动了美国废奴主义运动的发展,小说的出版和 1859 年爆发的以黑奴约翰·布朗(1800—1859)为首的奴隶起义无疑成为南北战争前夕美国最引人注目的重大事件。《汤姆叔叔的小屋》起到了进步文学在一个国家政治变动的关键时刻所能起到的最大作用,难怪林肯总统在南北战争结束前夕接见斯托夫人时,戏称她为"写一本书发动了一场战争的小妇人"。

1853 年,斯托夫人在声誉日高的时候去英国做了一次旅行,受到热烈欢迎。回国后,她写了一本《在国外生活的快乐回忆》(1854)。为了进一步反对奴隶制度,1856 年,她出版了第二部废奴小说《德雷德,阴暗的大沼泽地的故事》。作品以美国历史上黑人起义领袖德雷德·司各特为原型,描写了黑人奴隶德雷德为了争取自由而率领一批逃亡奴隶在大沼泽地与奴隶主军队进行殊死搏斗的故事。它的主题是高亢的,从艺术描写上来看却比《汤姆叔叔的小屋》要显得粗糙。此后,斯托夫人还写过几部以她早年感兴趣的新英格兰地区的生活和历史为题材的小说:《教长的求爱》(1859)、《奥尔岛上的明珠》(1862)和《古镇上的人们》(1869)。南北战争之后,斯托夫人定居在佛罗里达州,过着平静的晚年生活,主要作品有为妇女权利辩护的小说《我的妻子和我》(1872)和以作者童年生活为题材的《波格纽克人》(1878)等。1896 年 7 月 1 日,斯托夫人在康涅狄格州首府哈特福特病逝。

她的名著《汤姆叔叔的小屋》讲述的是一个令人心酸的悲惨故事:

汤姆叔叔是肯塔基州仁慈的庄园主谢尔比家的一个品格高尚的虔诚地信奉基督教的黑奴,由于他为人可靠而被主人提拔为总管。但不幸的是后来谢尔比在经济上破了产,负债累累,不得已只好将得力的汤姆和谢尔比太太的贴身使女伊丽莎的爱子小哈利卖掉抵债。伊丽莎得知消息后连夜携子出逃,在途中与不堪忍受主人虐待的丈夫乔治·哈里斯相遇,在废奴主义者的协助下,他们一家三口终于逃过国境线到了加拿大获得自由。伊丽莎和汤姆的妻子克萝当时也劝汤姆逃走,但汤姆拒绝了,因为他不愿自己逃走而连累其他黑奴兄弟,他宁愿一个人承担厄运。汤姆被卖给了奴隶贩子海利,在去南方的船上,他救了落水的女孩伊娃,伊娃的父亲圣·克莱亚就将他买下来带回家中。在圣·克莱亚家,汤姆度过了平安的两年,他写信给妻子叫她放心。可是不久厄运又落到了他的头上:圣·克莱亚因为劝架死于非命,主人又将他拍卖给凶狠的庄园主雷格里。汤姆起先受到雷格里的重用,雷格里还有意提拔他当监工,但由于他生性正直,多次得罪主人而遭到鞭打。一次,为了一个女奴免受鞭笞之苦,汤姆偷偷将自己摘的棉花塞到这个体弱无力的女奴的篮子里,雷格里发现后,命令汤姆鞭打女奴,汤姆不从,并说"我的身子卖给你,但我的灵魂却不属于你",结果遭雷格里毒打。另一次,为掩护受雷格里蹂躏的女奴凯茜和爱弥琳外逃,他宁愿被雷格里毒打致死也决不说出她们的去向。善良的汤姆叔叔终于死了！他生前虔诚地信奉上帝，但上帝并没有来救他。临死前他还盼望家里人能来赎他回去，但当谢尔比的儿子乔治·谢尔比前来接他时，他的身子已经冰凉了。

作者在小说的"原序"中指出："正如书名所揭示的，这个故事的场景，是落在一个素为文雅的上流社会所不齿的种族之中；人们来自异域，其祖先生长在热带的烈日之下，带来了（并传给他们的子孙后代）一种与专横跋扈的盎格鲁-撒克逊人截然不同的民族性，因而长期以来，一直受到后者的误解和蔑视。"这段话明确地表达了作品所描述的这个故事的含义。乔治·哈里斯通过斗争为自己赢得了自由，最后决心到非洲去，为建设一个非洲人的国家而奋斗一生，这是每个奴隶都应该走的一条光明之路；与此同时，汤姆一生委曲求全，笃信上帝，虽然生性善良、正直，从没做过一件坏事，可是在那个根本无理可讲的奴隶社会中，即使他偶尔遇上个好心的主人，过上几年好日子，最终也必定会被万恶的奴隶制度所吞噬。所以"汤姆叔叔主义"后来成了这种耽于幻想的软弱性格的代名词，而作品却以精心构思的情节、生动深刻的故事为奴隶们指出了一条以奋斗求解放的道路。

对汤姆叔叔复杂而真实的形象的成功塑造是作品在艺术上取得的最大成就。他安分守己，又正直不阿；他宁死不屈，又笃信上帝；他相信命运，又富于幻想；他身上集中了老一辈黑奴可贵而又愚昧的品格，读来催人泪下。乔治·哈里斯的形象也是十分成功的，尽管他后半段的生活经历过于简略，但这个人物已经通过他前半生叱咤风云的英雄胆略给读者留下了不可磨灭的印象。凯茜、圣·克莱尔、雷格里、海利等人都各有个性，生动形象。毋庸讳言的是，作者浓厚的宗教思想使小说也蒙上了一层明显的说教色彩：伊娃这个十岁左右的女孩居然向汤姆大讲《圣经》，不免给人以滑稽可笑之感。此外，乔治·谢尔比赎买汤姆尸体回家埋葬这种忏悔性行动的真实性，也是值得怀疑的。至于小说中对乔治·哈里斯这条线索描写得过于单薄、粗糙，这只能说是艺术上的一点不足，读者当不会过于苛求。

《汤姆叔叔的小屋》自问世以来，已译成了三十余种文字，在美国和世界各国改编成剧本上演；电影发明以后，也已经几度被搬上银幕。现在，世界上没有一个国家的读者不知道这本小说。经过一百七十年的历史考验，它的伟大价值已经获得了全世界的公认。

四　布朗及其《克洛泰尔》(1853)

威廉·威尔斯·布朗(1816—1884)，原名不详，约于1816年出生在肯塔基州中部列克星敦的一个奴隶家庭，他和他的父母亲都是奴隶主乔治·希金斯的财产。布朗生性倔强，不愿屈服于奴隶主的凌辱，从少年时代起便多次企图逃到北方,他的母亲因此被卖到远方去做苦工。1834 年,布朗终于逃出奴隶主的魔爪,来到自由州俄亥俄州,得到当地一个名叫威尔斯·布朗的废奴主义者的帮助,因而改名以表纪念。同年,他与一个自由黑人姑娘结婚,生下两个女儿;后来定居在密苏里州圣路易斯城,先在一家轮船公司当服务员,后进入《圣路易斯时报》印刷所工作。布朗思维敏捷,刻苦好学,逃到北方以后,通过自学,获得了一定的知识,加上他自身的苦难经历,曾在报上发表过几篇深受欢迎的描写黑奴生活的作品;他还经常发表演讲,并同社会上从事改革运动的各种团体发生联系,逐渐成为黑奴领袖人物和废奴运动的骨干。1849 年,布朗代表美国社会和平组织去巴黎参加世界和平大会,会后在欧洲逗留了五年,一边学习医学,一边进行写作。他的代表作——长篇小说《克洛泰尔,或总统的女儿》(1853)(下文简称《克洛泰尔》)就是在那里完成的。

布朗早年的作品有自传《威廉·威尔斯·布朗的记事:一个逃亡的奴隶》(1847)、散文集《我在欧洲的三年》(1852);后来他又写过剧本《经历》(1856)和《逃亡》(1858),但都已失传。此外,还创作有《黑人:他的祖先、他的才华和他的成就》(1863)、《克洛泰利:南方联盟的故事》(1864)和《起义者的儿子》(1874)等,但社会影响都没有超过《克洛泰尔》。

布朗晚年仍致力于废奴运动,1884 年 11 月 6 日病逝。

《克洛泰尔》是以美国第三任总统托马斯·杰弗逊与他的黑人女管家所生混血女儿的传说为题材而写成的。克洛泰尔虽为总统之女,但由于母亲是奴隶身份,终也逃脱不了受尽折磨的厄运。她在长大后被送往奴隶市场拍卖,买主是弗吉尼亚州一名叫霍拉旭·格林的政客,于是,克洛泰尔成了他的情妇,生了两个女儿。不久后格林正式结婚,把克洛泰尔母女活活拆散,把她卖到边远的南方。克洛泰尔历尽艰难逃回弗吉尼亚,想把女儿救出火坑,适逢德雷德·司各特领导的黑奴起义刚受到镇压,克洛泰尔与其他无辜黑人一起被捕入狱。被押往首都华盛顿后她越狱外逃,在华盛顿长桥附近被追兵包围,最后跳入波托马克河自尽。

这是第一部由黑人奴隶写的、以黑奴的悲惨命运为内容的长篇小说,通过克洛泰尔的特殊身份和她与广大黑奴一样最后被逼上死亡道路的描写,对罪恶的奴隶制度、对那些残酷无情而又荒淫腐败的统治者(即使连杰弗逊这样有头脑的资产阶级政治家也无法例外!)提出了强烈的控诉。小说还以大量的篇幅描述了德雷德·司各特起义的情景,表现了作者明确的革命倾向和立场。

作为一个在南北战争前有影响的黑奴领袖和第一个黑人作家,布朗以自己的斗争和创作为美国社会的发展做出了不可磨灭的贡献,他在美国文学史上的地位是无可怀疑的。

五　道格拉斯及其《弗莱德里克·道格拉斯生活的自述》(1845)

弗莱德里克·道格拉斯(1817—1895),出生于南方马里兰州特尔勃特县。他是一个名叫哈丽特·贝利的女奴与一个不知名的白人的私生子,曾经有过弗莱德里克·阿葛斯特·华盛顿·贝利的名字,幼年时母亲即不知去向,直到8岁都是由外祖父母抚养。此后,在劳埃德的种植园里生活,曾受到一个叫"卡蒂大婶"的女人的照料。由于不堪忍受繁重的奴隶劳动,他几次反抗主人,曾受到残酷折磨几乎丧生。1836年,他终于逃到马萨诸塞州,改名为弗莱德里克·道格拉斯,先从事体力劳动,后因他善于演说,又遭过磨难,被当地的废奴协会聘请去做宣传鼓动工作。

1845年,道格拉斯出版了他的第一部自传体作品《弗莱德里克·道格拉斯生活的自述》(以下简称《自述》),对他早年奴隶生活的非人遭遇和逃亡奋斗的经历做了生动、详尽的描绘。此书出版后在社会上引起了很大的反响,大大推动了废奴运动的发展,但他也因此暴露了自己的身份。为了避免奴隶主的追捕,道格拉斯在友人们的资助下前往英国和爱尔兰。1847年回国后赎回了自由,并创办了一份废奴主义报纸《北极星报》。从此道格拉斯成了一名职业政治家和废奴运动的领导者。南北战争爆发后,他在马萨诸塞州组建了两个黑人师团投入战斗,并把自己的两个儿子也送到师团里当兵。后来他又成为林肯总统黑人问题的顾问,直接参与内战期间国家的军事和政治的领导工作。战后重建时期,道格拉斯一直在政界服务。1877—1881年任哥伦比亚特区行政长官,1881—1886年任联邦法院法官,1889—1891年任美国驻海地公使。道格拉斯一生的最后几年在华盛顿度过,致力于他的作品的修改工作,1895年2月20日病逝。

道格拉斯一生的主要作品就是这部《自述》,他在晚年将《自述》修订后改名为《弗莱德里克·道格拉斯的生平和时代》,再版于1892年,他死后又出了第三版。这部《自述》是他一生奋斗道路的总结,几乎记载了一个世纪以来美国的政治、经济、文化、社会、宗教等各方面的情况,其中还描述了许多历史人物的形象,因此可以说它是19世纪美国一部形象、艺术的历史。由一个逃亡奴隶而成为全国闻名的领袖人物和国家高级官吏,在美国历史上,道格拉斯是第一人。他的奋斗历史有许多地方值得人们借鉴,而他的《自述》不仅在当时起了重大作用,即使在以后的年代里,也是美国文学史中不可缺少的组成部分。当然,道格拉斯在取得一定政治地位之后,思想趋于保守,战后更以为奴隶问题已经完全解决,站在美国大资产阶级政府的立场上为美国的对外政策辩护、效劳,这些都是不足取的。

第三节　乡土小说

一　哈特及其"加利福尼亚故事"(1860)

弗朗西斯·布莱特·哈特(1836—1902),1836年8月25日出生于纽约州奥尔巴尼一个贫穷的知识分子家庭。父亲是一名小学教员,在社会上奔波了大半辈子,于1845年突然去世。同年,哈特随寡母迁居纽约城,因家庭困难,13岁便离开学校去谋生,曾在一个律师事务所和一家商业公司里当过小职员。1854年,18岁的哈特随当时掀起的狂热的加利福尼亚采金浪潮,也带着对财富企求的盲目心情来到了遥远的西部地区。在加利福尼亚的六年时间里,哈特从事过各种职业——邮递工人、司药员、排字工人、小学教师、报社编辑等等,他还去金矿做过短期采矿的尝试。哈特在那里度过的生活是艰难的,他并没有获得财富,却学到了许多东西。他接触了各种各样的人,了解到在这个崭新的世界里的那些奇特的性格、世俗、环境和灵魂。他并没有进过什么大学,但加利福尼亚这所社会大学使哈特成为真正的人和作家,他的创作征途正是从这里开始的。

最早他就以加利福尼亚的社会生活为题材创作小说。1860年,他的最出色的作品之一——短篇小说《梅莉丝》在旧金山的《黄金时代》杂志发表,作品因主人公梅莉丝·史密斯桀骜不驯的倔强个性和她与牧师(也是她的老师)麦克斯纳雷之间奇特的恋爱而引人注目。梅莉丝热爱自由,憎恶周围的市侩,敌视虚伪的教会,在她身上显示出纯洁的道德的力量。她与牧师手挽手地奔向那未知的远方,心中充满了对未来的希望,可是等待他们的究竟是什么呢? 梅莉丝不知道,哈特也不知道。

同年,哈特来到旧金山,受聘为《黄金时代》的编辑,继续发表他受人欢迎的"加利福尼亚故事",间或也写诗歌。1864—1866年,他又兼任《加利福尼亚报》编辑,此时他已成为西部地区读者最为熟知的小说家。当时也住在那里的马克·吐温与他成为知己,并从他的小说创作中学到了许多有益的东西。1868年,由哈特主编的大型文学杂志《大陆月刊》(就是三十年后杰克·伦敦发表处女作的那份杂志)创刊,他在这个杂志的第2期上发表了被公认为哈特一生最佳小说的《咆哮营的幸运儿》,接着又相继发表了《帕克滩被放逐的人们》《田纳西的伙伴》,以及其他关于"加利福尼亚故事"的短篇小说。这些作品立刻使哈特成为美国当时最有名的一位作家。1870年,哈特的短篇小说集《咆哮营的幸运儿及其他》在波士顿出版,它集中了哈特这一时期最优秀的短篇杰作,其中著名的除上述各篇之外,还有《密格尔丝》《约翰·奥克赫斯特先生的奇遇》等。1871年,哈特去东部各州做凯旋式的访问,受到了隆重的欢迎,包括伟大诗人朗费罗在内的许多一流文学家前来迎接这位在加利福尼亚成名的小说家,一向自恃高贵的《大西洋月刊》也向他敞开大门,主动与他签订出版合同。哈特决定在纽约定居下来,在东部重打天下,然而他一旦离开了使他获得创作灵感的加利福尼亚的土地,就仿佛失去了创作的生命。整个 19 世纪 70 年代,他虽然也写了不少东西,出版过短篇集《斯卡吉司夫人的丈夫们》(1873)和《哈里斯的红狗及其他》(1879),长篇小说《迦白利尔·康罗伊》(1876)以及剧本《来自山第洲的两个男人》(1876)和《阿兴》(1877,与马克·吐温合作),但大都遭到失败。

哈特似乎大有"江郎才尽"之嫌,一旦遭到挫折,资本主义社会中冷漠的人情关系就使他尝尽了苦头,出版商不再理睬他,报社也声明他不过是"有名无实的人才"。面对冷酷的现实,他决定出国。经过多方奔走,1878 年他谋到了去德国一个偏僻小城市克烈菲尔德当一名领事的差使,两年后调任到英国格拉斯哥当领事,1885 年卸任。由于遭受心灵的创伤,他决定继续留在异国,以创作度日。他晚年的主要作品是长篇小说《克拉莱斯·布兰特》三部曲:《荒原上的弃婴》(1890)、《修兹》(1893)和《克拉莱斯》(1895)。这是一组以南北战争为背景的历史纪事小说,通过主人公克拉莱斯·布兰特大半生的经历,部分地反映了 19 世纪中期美国的社会现状。克拉莱斯本是一个荒原上的弃婴,长大后成为富孀阿莉萨的丈夫,在南北战争中,由于立场的对立,夫妻间产生尖锐冲突,最后他在惩处妻子的过程中,犯了放纵罪,但由于对革命的一贯忠诚,林肯赦免了他的罪行。作者企图写出一个爱国者的形象,虽然某些章节写得甚为成功,但总体来说并不能形成一幅完整的历史画面。

1902 年 5 月 5 日,哈特在伦敦病逝,临死前他在给友人的信中仍不无痛苦地说:"我热爱祖国,但它却不怎么爱我……"

哈特被称为"加利福尼亚的歌手"。事实也是如此,在他一生为数众多的作品(他的全集共达 25 卷,出版于 1914 年)中,最成功的就是那些描写开发西部地区的人们的小说。他笔下的赌棍、妓女、酒鬼、流浪汉、抢劫犯都有一颗"金子般的心"。他们平日看起来无法无天,但到了人生的关键时刻,都能表现出人类最美好的品格。这些"畸零人"的队伍充满着神妙的色彩,也具有独特的温暖。他们中间有放荡而伟大的殉道者密格尔丝(《密格尔丝》)、为拯救一对年轻的情人而甘于自我牺牲的赌棍奥克赫斯特(《帕克滩被放逐的人们》)和忠诚朴实的田纳西的伙伴(《田纳西的伙伴》);当然,最使人难忘的还是咆哮营里那一群可亲可爱的流氓、赌棍、无赖。《咆哮营的幸运儿》以它对人生的特殊感情和描写那些粗野淘金者精神世界转变的魅力而产生了令人感动的艺术力量。咆哮营的淘金者是一群天不怕地不怕的人,他们斗殴、赌博,动不动闹事起哄,但由于一个刚出生的孤儿——印第安女人莎尔的私生子——他们的灵魂受到了一次洗礼。莎尔死了,这批粗犷的男人却对孩子倾注了无限的爱,他们郑重地为孩子取名为托马斯·幸运儿,他们相信孩子会给咆哮营带来幸运。他们平日大喊大叫,可在托马斯出世以后,他们都是轻手轻脚地去看望他,这个送他一枚金币,那个赠他一块手帕。他们为孩子布置了一间舒适的屋子,物色了一头母驴,用它的奶来喂养他,选派了最可靠的斯坦庇来负责照顾他。他们不惜代价去城里买来最好的东西给孩子用,当会计把一袋可以当作金币使用的沙金塞到专职采购员手中时,他说:"听着,尽可能弄到最好的——花边,你知道,还有金银丝饰物和褶边——管他妈的价格!"那孩子成了整个咆哮营改过自新的动力,环境打扫干净了,人也收拾清洁了,大家穿的衣服也不再邋里邋遢了,连生性懒惰的肯塔克也穿起干净的衬衣,神采焕发地来到孩子跟前。总之,咆哮营的一切都变了。矿工们都像一块块擦拭干净的金块重新放出了光彩,公正、人道、慈爱本来就是他们所固有的品德。小说的结局是令人悲伤的,但也是灵魂高贵的:由于洪水泛滥,咆哮营被冲毁了,孩子也被冲到了远处的河岸,抢救的人们赶到了那里,只见肯塔克紧紧地将孩子抱在怀里,自己被碰得遍体鳞伤,孩子已经浑身冰凉——他死了。肯塔克睁开眼睛,微弱地说出了最后一句话:"他带着我一块儿去了——告诉弟兄们,幸运儿现在跟着我了。"

作为美国西部幽默小说的创始人,哈特的"加利福尼亚故事"对美国小说的发展是有一定贡献的。在他生前,这些作品就广泛传播到国外,曾受到俄国著名作家车尔尼雪夫斯基、萨尔蒂柯夫-谢德林的称赞,英国的狄更斯甚至把哈特看成自己的继承人。在哈特那些最优秀的作品中,我们可以看到华盛顿·欧文、狄更斯、大仲马这些前辈小说家的优良传统。

二 裘维特及其东部乡土小说

与哈特几乎同时代的另一位具有鲜明乡土色彩的女小说家是萨拉·奥尼·裘维特(1849—1909)。裘维特于1849年9月3日出生在北缅因州的南博维克,6岁入学,1865年从博维克专科学校毕业后就从事职业写作。1868年起向《大西洋月刊》投稿,结识了该刊编辑豪威尔斯,不久又进入了波士顿著名的以罗威尔和惠蒂埃为首的文学家圈子,后来在国外旅行时又与詹姆斯、丁尼生[①]等作家交往,这为她步入文坛起到了很大的促进作用。

裘维特最早是在皮丘·斯托夫人创作实践的激发下产生写作欲望的。从专科学校毕业后,她就下决心用文学作品来描绘她的家乡丰富多彩的面貌,描写古老的小镇、海边的渔家和在那里世世代代生活的人们的内心世界。南博维克是一个靠近大西洋、位于美国东北端的古老小镇,裘维特从小就深深地爱上了它。她一生没有结婚,把全部感情都倾注在对家乡的热爱上了。虽然多次外出去波

---

① 丁尼生(1809—1892),英国桂冠诗人。

士顿或是国外旅行,但她一直定居在这个小镇上,直至 1909 年 6 月 24 日去世。她还有一个习惯:写作时非得回到那里不可,似乎只有在家乡才能获得灵感似的。

裴维特的第一篇短篇小说是在《大西洋月刊》上发表的,那年她才 19 岁。而后,从 1873 年发表《小房子》开始,她连续写出不少作品,1877 年以《深深的港湾》为题结成集子出版。这是她的第一个短篇小说集,主要描写一对青年恋人在夏天结束前去访问一个已经衰败的海边小镇,通过他们的叙述,勾勒出这个早年繁荣的港口在社会经济力量的冲击下走向衰落的历史。作者是怀着对往昔新英格兰地区的历史的眷恋心情而写这些作品的。尽管她后来的作品在成就上大大超过了这部集子,但在集子出版的当时甚受读者欢迎,为作者初步建立了一个小说家的地位。裴维特以后的主要作品有:描写新英格兰地区一个女子拒绝不自由的婚姻而最后奋斗成为医生的长篇小说《家乡的医生》(1884),描写一个青年画家与农场主女儿的爱情故事的长篇小说《沼泽岛》(1885),描写一个小姑娘在她所爱慕的鸟类学家前去抓她钟爱的白色苍鹭鸟时内心感情冲突的短篇小说《白色的苍鹭》和同名短篇小说集(1886),以及其他几个短篇小说集《愚蠢岛国王》(1888)、《温伯的出生地及其他故事》(1893)和《南锡的生活》(1895)。

裴维特最杰出的代表作是出版于 1895 年的长篇小说《针枞树之乡》。这部作品似乎是作者早年写的短篇小说《深深的港湾》的继续和深化。它以一个去缅因州海滨小镇邓尼特过暑假的女子的口气来讲述这个镇上的过去和现在:这是一个"有着海水咸味和白木板房子的小镇",在那里生活着世代居住在那里的老乡们,他们曾经有过显赫荣耀的过去,但这些如今已成为历史了,就像高坡上的那所老房子,这只是"一所废弃的老房子的躯壳,窗子空在那里像是瞎子的眼睛"。小说是由一个个故事串联成整体的,那个讲故事的女士也就是作者本人,为她当向导引路的房东太太托德,通过闲聊使她逐渐知道了当地生活中的新闻旧事和那里人们的独特气质。后来这位女士在去戈林岛旅行时遇到了托德太太的母亲伯莱克特太太和利特尔佩奇船长,这个怪老头船长异想天开,说他发现了一座北极的炼狱;还认识了福斯迪克太太,她说自己做过世界上最美妙的旅行:"我小时在南太平洋岛上看到过那些文身的野蛮人……真够刺激,上了岸觉得自己很富足。"但如今他们跟邓尼特镇一样都已经老了,整天只能过着呆板、枯燥的生活;不过他们都觉得世界上再也没有别的地方比得上这个角落了。

20 世纪小说家维拉·凯瑟①认为,裴维特的《针枞树之乡》可与霍桑的《红字》、马克·吐温的《哈克贝利·费恩历险记》并列为美国小说中三部"不朽之作"。这一提法也许有夸大的成分,但作为美国的一个被称为"当时令人赞美和

---

① 见本书第五章第三节。

大众化的小说家"①，裘维特的影响是较大的。她的作品以朴实可亲的乡土味吸引着广大读者，并给后辈作家以启发，维拉·凯瑟就是受其影响最深的一个。

第四节　马克·吐温

一　伟大的一生

马克·吐温(1835—1910)，原名萨缪尔·兰亨·克莱门，1835 年 11 月 30 日出生在密苏里州门罗县佛罗里达镇。父亲约翰·马夏尔·克莱门是一个地方小法官，稍有田产，但在马克·吐温 12 岁那年(1847)因患风寒突然病故，自此家道中落。马克·吐温只得独自外出谋生，最初在汉尼巴尔城的《信报》印刷所当学徒(1850—1852)，后在东部和中西部的路易斯、纽约、费城、辛辛那提等地当流动性的排字工人(1853—1856)。1856 年去新奥尔良，想转道前往巴西经商，"决心到亚马孙河的源头，去收集古柯叶，用它做生意发笔财"。在沿密西西比河航行时，马克·吐温认识了所乘坐的"保罗·琼斯"号轮船上的领港员霍勒斯·毕克斯比，萌发了对航行的兴趣，于是拜他为师。一年半后马克·吐温成为一名称职的领港员，一直干到南北战争爆发，密西西比河的航运停顿为止。这几年的水上生活使他熟悉了各种各样的人物性格和社会现实，为他以后的文学创作打下了坚实的生活基础。

1861 年 4 月，南北战争爆发，马克·吐温不得不结束领港生活，开始时一度被南军收编，任陆军少尉，半月后逃脱，投奔他的哥哥奥莱昂。奥莱昂被林肯政府派往中西部内华达领地任行政秘书时，马克·吐温也一起前往。他试图在那里开矿、经商，但均遭失败。1862 年，他在内华达州弗吉尼亚城任《企业报》记者。次年，开始以"马克·吐温"的笔名在报上发表以描写密西西比河水手生活为主要题材的幽默小品。"马克·吐温"一词是水手们的行话"十二英尺"，意思是水够深了，轮船可以安全通过。1864 年，马克·吐温来到旧金山，在《晨访报》和《黄金时代》工作，结识了在当时已相当有名气的西部幽默小说家布莱特·哈特和阿特默斯·沃德，在他们的帮助下开始写作幽默小说。哈特在描写马克·吐温时说："他有一副惊人的头脑，长着一头鬈发，鹰鼻子，就连眼睛也锐利得像老鹰一样。……他具有非凡的性格，眉毛又浓又密，但穿着不够整洁。"哈特虽比吐温小 1 岁，但成了他创作上的良师；他俩成了很好的朋友，后来还合作写过一个剧本《阿兴》(1877)。

1865 年，马克·吐温在纽约《星期六新闻》杂志上发表了第一篇短篇小说

---

① 詹姆斯·维森：《英美小说和散文作家手册》，麦克米伦出版公司，1979 年，第 655 页。

《卡拉维拉斯县著名的跳蛙》。作品根据一个流行的传说改编而成,作者突出地运用了幽默的才华和风趣的口语,形象地表现了当时正在开发的西部地区的特殊风情,从而一举成名。两年后出版了他的第一个短篇小说集《卡拉维拉斯县著名的跳蛙及其他》(1867)。1867年,他受报社委托,以记者身份乘"桂格城"号邮轮去欧洲、中东旅行,在途中发回50篇通讯,后结集成册,定名为《傻子出国旅行记》,于1869年出版。书中报道了作者在欧洲的所见所闻,对那里封建宗教的愚昧可笑和那些富有的美国旅行者的庸俗无知不无讽刺。这本书以独特的幽默和深刻的内容轰动了美国文学界和新闻界,使马克·吐温成为文坛上的著名人物。用他自己的话来说是"由于《傻子出国旅行记》,我逐渐成了有名人物"。此后,他与斯托夫人、豪威尔斯等著名作家交往甚密,受后者的影响尤深。

1870年2月,马克·吐温与纽约州资本家兰顿的女儿奥莉维娅·勃·兰顿小姐结婚。马克·吐温夫人年轻时曾因受伤引起局部瘫痪,身体纤弱,后生了一个儿子和三个女儿。她是保守的上层社会的后代,显然与马克·吐温在思想上有一定距离,对这件婚事美国评论界一直有两种意见:一种认为马克·吐温婚后陷入了严谨的清教徒式的生活环境,影响了他的具有叛逆精神的创造力的发挥;另一种则认为吐温正是因此才成为一个开拓式的幽默大师和理想的小说家。马克·吐温自己曾在《自传》中明确地表示了与妻子之间诚挚的感情:"在我们订婚不久,我第一本书《傻子出国旅行记》的校样陆续寄到,她跟我一起校,她还加以编辑。从这一天开始,她是我忠实的、贤明的、不辞辛苦的编辑,一直到死以前的三四个月——前后达一个世纪的三分之一以上。"马克·吐温夫人因病于1904年6月在意大利去世。

马克·吐温婚后与妻子定居在纽约州巴夫罗,曾短期主办过《巴夫罗快报》,第二年迁居康涅狄格州哈特福德。此时他已是一个闻名全国的幽默作家和演说家,从19世纪70年代初开始陆续发表了许多著名的小说和其他作品:写于1870年的《竞选州长》和《高尔斯密的朋友再度出洋》是他前期短篇小说中的珍品;《艰苦岁月》(1872)记录了作者60年代在西部新开发地区的生活经历和那里的奇闻轶事,是一部有特色的散文故事集,其风格与成就可以跟布莱特·哈特的"加利福尼亚故事"相媲美;1873年在马克·吐温再次出国旅行期间出版的《镀金时代》是他的第一部长篇小说,它以对美国社会绝妙的讽刺和揭露而著称;1875年应豪威尔斯的约请,在《大西洋月刊》上陆续发表了7篇关于早年在密西西比河上担任领港员生活的自传小品,并汇集出版,题名为《密西西比河的往事》,1883年补充修订后以《密西西比河上的生活》为题再版——这部前后连贯、自成一体的自传体长篇作品,上半部叙述了作者早年在这条号称"美国的躯干"的世界第二大河上学习驾驶、领港的生活经历,也记录了船工们组织起来与资本家进行斗争的情景;下半部描绘了20年后作者旧地重游的感想,运用了讽刺的笔调对当时美国南北各地所出现的抢劫、仇杀、赌博、贩卖黑奴等罪恶图景做了真实的描述,是19世纪60—80年代美国社会的一个缩影;1876年出版的长篇小说《汤姆·索亚历险记》是继《密西西比河上的生活》之后又一部以作者早年生活经历为素材的作品,小说以生动风趣的情节描绘和幽默朴实的语言风格展露了马克·吐温创作的最基本特色。

19世纪80年代,马克·吐温出版了一部以16世纪英国封建社会为背景的童话式讽刺小说《王子与贫儿》(1881),它与八年后出版的《亚瑟王朝廷上的康涅狄格州美国人》(1889)同属于作者借古喻今的讽刺杰作。作品批判了封建君主制度,抨击社会上人压迫人的不合理现象,同情民众的苦难遭遇,具有明显的反封建色彩,也是对美国社会现象的指责。出版于1884年的《哈克贝利·费恩历险记》,从内容上看,是《汤姆·索亚历险记》的续篇,也是马克·吐温优秀的代表作。小说以杰出的艺术手法和尖锐的主题思想登上了19世纪美国批判现实主义小说的最高峰。

19世纪80年代后半期,马克·吐温把大部分精力放在出版事业上,与人合伙开设了韦伯斯特出版公司。1889年这家公司在全国性经济大萧条中倒闭了,马克·吐温因此背负了一大笔债务,加上两个女儿一病一死,妻子病情恶化,他经历了一个多事之秋。为了还债,马克·吐温从90年代初开始第三次出国旅行并进行环球讲演,先后到过非洲、亚洲、澳洲等地。在旅行途中写成了游记散文随笔集《赤道旅行记》(1897)和著名的中篇小说《败坏了赫德莱堡的人》(1899)。这一时期的主要作品还有短篇小说集《百万英镑及其他新作》(1893)、以歌颂女黑奴为主题的长篇小说《傻瓜威尔逊》(1894)和以法国15世纪民族女英雄贞德的一生为题材的历史传记《贞德传》(1896)以及《汤姆·索亚在国外》(1894)等。

经过长达十年的旅行,马克·吐温于1900年10月回到美国,受到民众的热烈欢迎。这次出国,使马克·吐温受到深刻的教育,亲眼看到了美国的帝国主义势力如何欺凌和掠夺殖民地人民。回国的第一天他就对记者发表谈话说,虽然他过去曾经是一个"狂热的帝国主义者",但现在"我已是个反帝国主义者"。马克·吐温用自己的笔来实践他反对帝国主义的政治立场,在20世纪最初几年里,他写了大量反帝、反战的政论文章,《给在黑暗中的人》(1901)、《为芬斯顿将军辩护》(1902)、《战争祈祷》(1905)、《利奥波德维尔国王的独白——为刚果的统治辩护》(1905)、《沙皇的独白》(1905)等就是其中最著名的几篇。在这些文章中,作者以愤怒的笔调控诉帝国主义的侵略罪行,指责宗教的虚伪,对殖民地人民的反抗斗争则寄予了极大的同情。虽然,马克·吐温当时还没能看到已经兴起的无产阶级革命斗争的力量,对帝国主义反动本质的斥责也还存在自发性的缺陷,但是,作为一个资产阶级的进步作家,能够在人民和反动阶级之间表示明确的爱憎,并大声疾呼自己的观点,毕竟是难能可贵的。特别要指出的是,马克·吐温对中国人民的革命给予了深切的同情。1900 年 11 月 23 日在纽约勃克莱博物馆举行的公共教育协会上,他讲了这么一段令人感动的话:

> 外国人不需要中国人,中国人也不需要外国人。在这一点上,我任何时候都是同义和团站在一起的。义和团是爱国者。他们爱他们自己的国家胜过爱别的民族的国家。我祝愿他们成功。……我也是义和团。

就在马克·吐温说这段话的时候,包括美国在内的八国联军正在中国的土地上奸淫烧杀,大肆掠夺,伙同清政府血腥镇压义和团运动。

马克·吐温的晚年致力于《自传》的写作,从 1906 年起向秘书口授。这是他一生生活、创作和思想的总结,一种坦率的自我剖析。作者不无诙谐地在《自传》序言中说:"在这本自传里,我将牢牢记住,我正是从坟墓中向世人说话。我确确实实是在坟墓中向世人说话。因为这本书出版时我已经死了。我决定从坟墓中而不是亲口向世人说话,是有充分理由的:我可以无拘无束地说话。"

马克·吐温晚年由于受到妻子病故、女儿去世的打击,在一段时间内,他似乎沉浸在哀痛之中。因此,历来有不少研究马克·吐温的学者和美国文学史家都认为他晚年的世界观是悲观主义的,表现出对生活和人类幻灭的消极情绪,并往往以他的后期作品《败坏了赫德莱堡的人》、散文集《人是什么》(1906)和出版于他死后的故事集《神秘的来客》(1916)为证,但这仅仅是事物的一个方面。事实上,19 世纪末和 20 世纪初,他仍然坚持与劳动阶级休戚相关的政治立场和对寡头政治的抨击:1886 年他曾在一次演说中反驳美国统治阶级的攻击,为美国当时的无产阶级进步团体"劳动骑士团"做辩护;1898 年他在国外发起并领导了"美国反帝联盟";1900 年做了公开宣布"我是义和团"的著名演说;他还于 1906 年亲自接待来自俄国的高尔基,以表示对 1905 年俄国劳动人民武装革命的支持。由此可见,马克·吐温正义、明朗、热烈的进步立场是始终如一的,即使他后期某些作品反映出这样那样的消极因素,也只是他头脑里瞬息的表现。

1910 年 4 月 21 日,马克·吐温在康涅狄格州雷丁的斯托姆菲尔德病逝,享年 75 岁。

马克·吐温生前获得的荣誉学衔有耶鲁大学文学硕士(1888)、耶鲁大学文学博士(1901)、牛津大学文学博士(1907)、密苏里大学法学博士(1902)。他死后出版的重要遗著有《自传》(1924)[①]、散文集《人是什么及其他》(1917)、中短篇小

---

① 马克·吐温《自传》一部分由作者本人分别写于 1870—1877 年和 1897—1898 年,大部分是 1906 年 1 月起向佩因口述的,1924 年出版的《自传》即由佩因根据作家口述整理而成。

说集《神秘的来客及其他》(1922)、《一个孩子的历险》(1928),以及后人编纂的《马克·吐温书信集》(1932)等。他的手稿遗物均保留在"马克·吐温文物遗产图书馆"内。

二 纪事小说:《镀金时代》(1873)

这是马克·吐温的第一部长篇小说,与查理斯·华纳合写。虽说他们在"卷首语"中声明作品是两人合作的产物,"无论在哪一章里,都有两个作者的痕迹",但华纳只是个不太出名的二流作家,此书以吐温为主当无疑问。至于后来有人借此说马克·吐温有意叫别人写作,利用自己的声望做广告,则纯属诬蔑。

这是一部以美国当时的社会生活为背景的纪事性小说。

田纳西州东部的奥比茨镇上有一位人称"霍金斯老爷"的邮政局长,由于家境拮据,他在 35 岁那年,带着妻儿老小离开老家去投奔密苏里州的老朋友赛勒斯上校,因为他接到了老朋友的来信,说那里是好地方,人人都能发财。在途中,好心的霍金斯老爷还收留了两个孤儿:克莱与萝拉。霍金斯到了密苏里州之后,一晃十年过去了,家中人口增加,可经济并无好转,虽然他与赛勒斯发过两三次不大不小的财,但更多的是破产。赛勒斯原来是个没有固定职业的穷汉,一个夸夸其谈的幻想家,整天沉湎于空想的发明和冒险的投机。在他看来甚至"整个空气里都是钱",可是到头来都以失败告终,过着"冷水和一盆生萝卜"的苦日子,霍金斯也跟着倒了霉。在霍金斯老爷穷途末路之时,有人愿意出三万元的价钱购买他在田纳西的七万亩土地,可是他漫天要价,贪心不足,失去了机会。在走投无路之际,他的养子克莱与长子华盛顿只得外出谋生;不久,他也因心力交瘁病逝。霍金斯死后,赛勒斯捞到一个疏浚哥伦布河的承包机会。但好景不长,国会拨来的费用全都落进那些议员的腰包,赛勒斯还倒欠二万五,工资发不出,引起工人暴动,赛勒斯的发财美梦顷刻破灭。霍金斯的长子华盛顿在首都当了参议员狄尔沃绥的秘书,所见所闻使他得出一个结论:在这个社会里,有德行、有能力而没有势力是不行的。而此时萝拉已出落成一个美人,华盛顿与萝拉合计将他父亲的田产卖给国家办大学,正当计划快成功之时,萝拉由于枪杀了情人而被捕。经过多方奔走,萝拉终于以患有疯癫病为由被宣判无罪,但她获释后却在企图通过讲演赚钱时被人击伤头部,在群众的嘲笑和辱骂中因心脏病发作而死。此时,华盛顿却接到了他父亲田产的纳税单,并通知他逾期不缴将依法拍卖抵税。"让这块地去抵税吧,"他说,"再也别叫它来诱惑我和我的亲人了。""这场迷梦总算是打破了,一辈子的活罪算是受到头了! 咱们走吧。"

《镀金时代》是一部现实主义的杰作,它真实地反映了 19 世纪 70 年代初期美国社会的政治面貌和生活现实。作者选择了南北战争之后的美国社会为背景,揭示了一群政客和投机家营私舞弊、欺诈掠夺而成为百万富翁的黑幕。对这批骑在人民头上的吸血鬼来说,战争结束后,当然是他们巧取豪夺、大发横财的"黄金时代"。为了发财,他们企图把当时的美国描绘成遍地都是黄金的"金元世界";上自总统下至参众议员、政客爪牙,利用各种卑劣的手段,借用各种冠冕堂皇的名目,以手中的权力为资本,贪污、盗窃、投机诈骗、行贿受贿,无所不为。这就是小说所描写的情景。

马克·吐温是怀着对垄断资产阶级强烈痛恨的心情来写这部小说的。他要向全世界揭穿这个"黄金时代"的内幕,让人们都看到这个病态的、肮脏的、罪恶的时代;它表面那一片金光灿烂的颜色,只不过是一层薄薄的镀金而已,隐藏在下面的则是纯粹的废铜烂铁!小说以作者传统的讽刺手法,运用对典型人物、典型事件的刻画,以令人信服的艺术力量来推翻资产阶级虚假的舆论宣传,使人民看清这个时代的真面目。自小说问世以后,"镀金时代"就成了那个时代的代名词,并被历史学家用以专指美国 19 世纪七八十年代的特定历史时期,足见它的真实性已为人们所公认,它的艺术效果也达到了完美的程度。

小说主要刻画的是三个不同类型的人物:霍金斯、赛勒斯和狄尔沃绥。霍金斯是一个专心为子孙积贮财产的中产阶级分子,他买地也好,迁家也好,为的都是让后代能出人头地,过上好日子。还在去密苏里州的路上,他就美滋滋地幻想着将来女儿如何成为贵人,独生子如何成为大富翁,可是他操劳一生到头来一事无成。马克·吐温塑造这个人物的依据就是他的父亲,约翰·马夏尔·克莱门生前为人俭朴,他在田纳西州买下十万英亩土地,为的是让后代有个依靠,但当他猝然去世之后,这些地产先后被廉价变卖,并没能使马克·吐温弟兄们几个成为富翁。为了惊醒梦想发财的人们,马克·吐温以他父亲的生平经历为素材,塑造了"霍金斯老爷"这个典型——他正是千千万万"镀金时代"的受害者之一。那个荒唐可笑的赛勒斯上校的原型是马克·吐温的堂舅詹姆斯·兰普顿,马克·吐温曾在《自传》中说这位堂舅"整天沉溺在堂皇美妙的迷雾中,死的时候没有亲眼看到哪一项实现过"。赛勒斯的所作所为充分反映了"镀金时代"腐败、空虚、混乱、荒谬的风气,这是一个畸形时代的畸形儿。至于那个狄尔沃绥参议员,则是垄断资产阶级、政客、投机分子的集中代表,是这个"镀金时代"黑暗的化身。他嘴里说为了公众利益,实则只为填满私囊;表面上高唱行善作美,背地里却无恶不作;在他身上展现了美国寡头政治的丑恶面目,表达了作者对这批明火执仗的强盗的愤怒心情,因为正是他们剥夺了美国人民的财富。对狄尔沃绥之流和美国国会的种种描写,大都是基于作者在 1870 年前后以新闻记者身份采访国会的材料写成的。因此,《镀金时代》固然不无虚构的成分,但更主要的是以现实做基础,正如马克·吐温多次强调过的,他的写作一向坚持以真实可靠为原则。

由于可以想见的原因,马克·吐温这一部长篇小说,艺术上并没有达到以后几部作品那样完美的程度,出现了结构松弛、人物分散、情节冗长的缺陷,但这并不妨碍它成为一部切中时弊的佳作,也并不影响它作为马克·吐温走向现实主义创作高峰的开创性地位。

三 历险记杰作之一:《汤姆·索亚历险记》(1876)

这是一部以儿童历险生活为题材的小说。故事发生在南北战争前美国南方的圣彼得堡小镇,作品的主人公是一个十几岁的小学生汤姆·索亚。作品通过对他和他的伙伴哈克贝利·费恩追求惊险、寻找自由的传奇经历的描写,反映了19世纪五六十年代美国南方社会闭塞、沉闷、死板、庸俗的生活现实,表达了他们希望得到自由、公正的美好愿望。汤姆生性调皮,但为人正直诚实;他厌恶学校里枯燥无味的生活,对星期天去教堂祈祷更为反感。在这样一个环境里,他的反抗总是被管教他的波莉姨妈视为叛逆,所以少不得挨打受骂。于是他产生了离开家乡去做海盗的念头,像传说中的罗宾汉那样当个绿林好汉。汤姆、哈克贝利和乔埃·哈波三个伙伴就在一个半夜里从家中偷出一些食物,撑着木筏来到离镇上三里远的密西西比河的一个荒岛上。经过几天逍遥自在的生活,他们终于想家了,当他们赶到镇上教堂时,那里正在为他们举行追悼仪式。在一场惊喜的激动中,汤姆感到十分得意,原先以为他们已被淹死的大人们也都高兴得流泪了。接着,镇上举行了一场轰动四周的审判,要对杀死医生鲁宾孙的嫌疑犯波特做出判决。在这关键时刻,汤姆鼓起勇气当众做证,证明杀死医生的不是波特而是印江·乔埃。波特得救了,印江·乔埃逃走了,汤姆生怕他来报复,总是提心吊胆的。后来,汤姆在与哈克贝利到一座荒芜的闹鬼的房子里去挖掘假想的财宝时,发现了印江·乔埃的踪迹,他们几经追逐,终于使这个杀人犯困死在山洞里,而他们还得到了早年海盗埋藏在山洞里的一大堆金币。

从儿童心理出发,以历险记的形式来揭露当时美国社会的本质,这是小说的一大成就。《汤姆·索亚历险记》并非一部美国19世纪的"天方夜谭",它写的是实实在在的生活,虽说在某些情节安排上不免有夸张和虚构的成分,但那正是作者的艺术手段。马克·吐温在小说的"小引"中强调指出:"这部书里所记载的冒险故事,大部分都是实际发生过的;其中有一两件事情是我亲身的经历,其余都是我同学的孩子们的故事。"这就证明了作品的生活基础和它的真实性。从某种意义上说,作者笔下的圣彼得堡小镇正是当时美国社会的缩影,对宗教的虚伪可笑,市民的贪婪、庸俗和保守,以及资产阶级道德的欺骗性,小说无不一一进行严厉的讽刺和有力的鞭挞。当人们看到第四章,作者写到一个男孩因为一直不停地背诵三千节《圣经》而成了白痴的时候,可以想见马克·吐温内心的愤怒;而在汤姆运用巧妙的手段换得一本《圣经》而引起震惊之际,人们又不禁产生一种讽刺之后的快感。小说触及生活、教育、宗教、金钱、人情、法律等方面存在的重大的社会问题,作者又以进步的资产阶级人道主义立场予以剖析和批判,所以人们从小说中所体味到的绝不仅是一个小镇、几个孩子、一串荒诞可笑的故事,而是生活,真正的生活。

汤姆形象的成功塑造是小说的又一个成就。对这一点似乎无须多言,凡是读过这部作品的人,都必然会被汤姆的所作所为吸引。天真可爱与调皮捣蛋,勇敢的冒险精神与诚实的道德品质,在这个孩子身上得到了和谐的统一。作者对汤姆怀有浓厚的感情,正如他在"小引"中所说,"他是由我所认识的三个孩子的特点结合起来的一个角色"。为了突出汤姆的正面形象,小说以他的兄弟席德——一个虚伪、狡猾而颇有小心眼的孩子——作为反面的对照,这是作者偏爱他的又一个证据。汤姆的言论、汤姆的行动、汤姆的思想、汤姆的气质,总之汤姆的一切都表现出当时环境中成长起来的一个具有探索和追求精神的儿童的天性。利用其他孩子的好奇心让他们去刷围墙而自己则躲在阴凉处大嚼苹果(第二章),不敢为波特做证所带来的一时痛苦(第十一章),以及在山洞里探险时所表现出来的顽强精神(第三十一章),组成了汤姆性格中的各个方面,使他成为一个丰富、生动而真实的艺术体。当然,过分描写汤姆对女孩子的爱情萌芽和某些恶作剧的行为似乎损害了这个形象的完美性,但马克·吐温也许会说:"这正是我的汤姆啊!"不错,汤姆不是完人,作者运用各种颜料调配在这个人物身上的色彩当然是无可非议的。

此外,《汤姆·索亚历险记》中出色的幽默、夸张的手法,对儿童心理活动的细致描写和各种令人发笑的情节设计,足以证明这位小说大师在艺术上的成熟,它是马克·吐温第一部独立完成的真正的长篇小说。

作品的不足之处在于作者对存在于社会之外的"自由乐土"的过分强调和迎合当时幻想发财的小市民口味的结尾安排,实际上既不可能存在社会之外的"自由乐土",也很难遇上海盗留下来的金银财宝,这只能说是马克·吐温臆想的产物。

四 现代神话:《王子与贫儿》(1881)

借用中世纪的英国封建王朝时代作为作品的故事背景,来达到讽刺和揭露当时美国社会的种族歧视、贫富悬殊、弱肉强食等罪恶现象的目的,这是马克·吐温又一种出色的艺术手段,《王子与贫儿》正是这一类作品中著名的一部。

这是一部以历史故事形式出现的童话式的讽刺小说,它所叙述的是一个不可思议的荒诞不经的故事:衣衫褴褛的贫儿汤姆·康梯一次偶尔途经王宫时,同模样与他酷似的王子爱德华互换了衣服,结果爱德华流落在外,而汤姆却在老国王病逝之后戏剧性地登上了王位,成了大英帝国威名赫赫的君主——爱德华六世。汤姆登位之后,由于对烦琐的宫廷规则和雍容华贵的生活不习惯而出了不少洋相,但凭着他聪明的脑袋和善于应付的机灵,不但渡过了一个个难关,而且真正使百姓受到恩泽,国家实现安宁。他下令废除了残酷的法律,赦免了无辜的"罪犯",改革了国家不合理的政体,颁布了深得民心的法令。与此同时,王子爱德华在社会的底层历尽艰难困苦,尝到了他过去连想也没想到过的种种不幸:他当过流浪儿,他进过牢狱,他受过侮辱,他挨过饿受过冻……这一切使他多少体会到一点存在于民间的悲惨与穷困,同宫廷中穷奢极欲的豪华生活相比真有天壤之别,而这一切的根源正是统治者的凶恶与残酷。小说的结尾也是戏剧性的:王子赶回伦敦,表明了真实的身份,诚实的汤姆证明了这一点,并设法帮助王子通过国玺来确认他是真正的爱德华六世。王子恢复身份,现在是国王了;贫儿依然是贫儿,靠国王的恩典获得了"国王的受惠人"的封号。当然,这一罕见的变故给百姓们也多少带来一点好处,爱德华在位的几年里,英国历史上出现了少见的"特别仁慈的时期"。

任何人都可以对小说情节的真实性提出怀疑,连作者自己也不例外。马克·吐温在"小引"中早就有言在先,这个故事是一代代传下来的,有三百多年了,"这里面所说的事情也许曾经发生过,也许没有发生过,不过那是可能发生的。也许从前那些博学多才的人相信这个故事,也许只有那些无知无识和头脑简单的人才喜欢它、相信它"。然而,反过来说,任何人又绝不会去怀疑小说主题的现实意义和作者采用这一创作形式的良苦用心。王子与贫儿互相交换这种事当然几乎是不可能发生的,但小说中所描绘的16世纪英国劳动人民在封建专制制度的残酷剥削和压迫下的苦难生活,却是丝毫没有虚假成分。马克·吐温所再现的正是那黑暗的中世纪时代,并以此来影射19世纪的美国社会现实。

汤姆·康梯的形象是令人难忘的,他忠诚、正直,在生活的磨炼下他深深懂得民间的苦难;他又机灵、聪明,在完全陌生的宫廷中尚能应付自如,成为百姓们真正爱戴的国王。汤姆·康梯是人类一切优秀品质的集中代表,在他身上充分体现了作者的美好理想。与此同时,爱德华王子能在流浪的经历中多少体会到一点人民的不幸,去掉一些皇家的恶习,也正是作者对统治者的一种愿望。

马克·吐温在写《王子与贫儿》的时候,已经逐渐对美国社会阶级矛盾的日益激化加深了认识,所以在作品中我们所见到的已不是像《卡拉维拉斯县著名的跳蛙》那样风趣的幽默,也不是像《汤姆·索亚历险记》那样轻松的描写,而是辛辣的讽刺和愤怒的抨击,在这些讽刺和抨击中表达了作者对社会现实的批判立场。小说在艺术表现上具有更加丰富、自由的想象和深刻、细致的环境描写,这对于加深作品的主题和增强艺术感染力都产生了很好的效果。

五 历险记杰作之二:《哈克贝利·费恩历险记》(1884)

在广阔的密西西比河上,漂流着一只木筏,木筏上坐着两个逃亡者:一个是无家可归的白人孩子哈克贝利·费恩,他为了逃避虔信宗教的道格拉斯寡妇那种令人厌烦的训诲和酒鬼爸爸的毒打,只得从家里出走;另一个是为了获得自由而从自己的主人那里逃奔出来的老黑奴吉姆。这一老一少两个逃亡者,虽然肤色、个性和思想认识有着很大的差别,但他们却能在危难的情况下同舟共济,互相帮助,结成一对亲密的朋友……

这就是马克·吐温在他杰出的现实主义小说《哈克贝利·费恩历险记》中所展现出来的生动、形象的生活画面。小说的主人公哈克贝利是一个年仅十二三岁的孩子,他天真、活跃,又倔强、聪明,而且富有冒险精神。这个人物我们曾经在《汤姆·索亚历险记》中遇到过。在那本书里,他为了逃避社会中蔓延的虚伪狡猾的世俗势力,同汤姆一起经历过浪漫奇特的冒险生活,后来他们偶得一大堆金币,发了财,哈克贝利也成了道格拉斯寡妇的义子。而在《哈克贝利·费恩历险记》中,他是以主要人物的姿态出现在马克·吐温的笔下的。假如说,上次他只不过是为了好奇而伙同汤姆到密西西比河的孤岛上去历险的话,那么这次历险的性质就不同了。如今,他是为了自由、独立,为了摆脱强加在他头上的沉重的压力而进行反抗。他离开了自己的家,在一个月色明媚的夜晚,巧妙地逃过道格拉斯寡妇的监视,跳上事先准备好的木筏,进入了自由自在的、广阔浩荡的密西西比河。哈克贝利的逃跑是属于哪种性质的行动呢?从他的指导思想来看,目的非常单纯,就是为了自由。为了达到这个目的,他花费了许多精力,准备木筏、食品、日用物件,还精心地布下一个被人杀害而扔到密西西比河的伪装。因为他是为了反抗压迫、争取自由而采取这个行动的,当然无可指责。哈克贝利的木筏顺流而下,静静地飘荡在河上,但是,他这种平静的流亡生活又被另一件意外的事打破了,他竟在荒郊野岛上遇到道格拉斯寡妇之妹瓦岑小姐家的奴隶吉姆!吉姆一见哈克贝利,以为碰上了鬼,吓得魂不附体地大叫起来,直到哈克贝利再三对他说明以后,他才明白哈克贝利是人而不是鬼。原来吉姆也是逃出来的,因为主人要卖掉他,为了争得自由,吉姆就冒着生命危险来到密西西比河上。两个朋友高兴地拥抱在一起,兴奋地诉说着各自的经历,心目中共同的目标就是神圣的自由。他们畅快地呼吸着新鲜的、带有水草香味的空气,在密西西比河上漂啊漂啊,过着轻松自在的生活。但是,他们既然在美国的土地上,就不可能完全摆脱社会伸向他们的魔爪。不久,哈克贝利和吉姆碰上了冒充"国王"和"公爵"的两个骗子,几乎上了大当。作者在这里安排了这样的情节,其用意是十分明显的,他在提醒读者:哈克贝利和吉姆尽管暂时获得了自由,但他们最终逃不脱美国社会的罗网。当然,小说的结尾是喜剧性的,哈克贝利和吉姆经历了千辛万苦的冒险生活之后,终于得到了圆满的结局:哈克贝利回到了萨莱姨妈身边,吉姆真正得到了自由。

《哈克贝利·费恩历险记》是一部主题深刻的作品,它不仅通过书中这两个人物的一切经历来广泛地反映南北战争之前美国社会的面貌,更重要的是,它集中地体现了作者的资产阶级民主主义思想,是当时美国进步的政治力量在文学上的呐喊。马克·吐温通过这部作品来歌颂自由,歌颂那种不分肤色、种族,人人平等的真正的自由,这也是他一生为之奋斗的理想境界。虽然这种理想在美国不可能实现,但对马克·吐温来说,他的希望是建立在对资产阶级民主政权渴望的基础上的,他幻想着能有实现的一天。这种矛盾的思想观念明显地表现在小说之中,马克·吐温把黑奴吉姆的最后自由归结于他的主人瓦岑小姐的恩赐,从这里可以看出,连作者自己也认为除此以外没有更好的办法来解决这个矛盾。

《哈克贝利·费恩历险记》另一个突出的成就,是生动、细致、感人的人物塑造。这首先体现在吉姆身上。小说中的吉姆不是一个浑浑噩噩、奴性十足的黑人,而是一个有反抗精神、能够牺牲自己、品格高尚的人,虽说有时也表现出一种可笑的迷信意识,但他心灵的纯洁足以使任何歧视黑人的白人感到羞愧。他在遇到哈克贝利之后,就以一种可贵的父爱精神来照顾这个孩子,他把哈克贝利看成是朋友、同志和患难与共的兄弟,丝毫没有奴颜婢膝的表现,他对哈克贝利的真诚无私使这孩子感动得甚至要去吻他的脚。

当这对难兄难弟刚碰在一起,相互询问了对方流亡到密西西比河的原因后,书中有这么一段对话:

“你怎么跑到这儿来啦,吉姆? 你怎么会到这儿来呢?”他那样子很窘,停了一会儿没答话。后来他说:

“也许还是不说好些吧。”

“为什么,吉姆?”

“自然有缘故。可是,我要是对你说了,你不会告诉别人吧,哈克?”

“吉姆,我要是告诉别人,让我不得好死。”

“好了,我信你的话,哈克。我——我逃跑了。”

“吉姆!”

“可是,记住,你说你不告诉别人——你知道你答应我决不告诉别人,哈克。”

“是的,我答应过。我说我不告诉人,就不告诉人,决不失信。说老实话,决不失信。人家常常管我叫赞成解放黑奴的蠢货,并且因为我不作声就看不起我——可是那没有关系。你放心吧,我决不说,我根本不打算回去了。所以,现在你从头到尾给咱们说一遍吧。”

从这里可以看出哈克贝利与吉姆之间亲密的友情,这段文字也把一个既天真纯洁又有一定废奴主义思想意识的孩子的心情写得惟妙惟肖。可是,哈克贝利毕竟受过奴隶主思想多年的影响,头脑里还没有把残存的白种人的优越感去掉,他还害怕因为不去告发逃亡的黑奴而要下地狱。他曾想写封信去告发吉姆,但一想起吉姆的好处,内心就充满了感激;他觉得吉姆是个好人,不应该使他再受苦。经过痛苦的思想斗争之后,这个似乎成人化的孩子,终于下决心与吉姆生活在一起,他拿起写了几行字的信纸:

　　"好吧,那么,下地狱就下地狱吧。"——接着我就一下子把它撕掉了。

　　从反对美国顽固的种族主义这一意义上来说,吉姆的形象是小说成功之所在。马克·吐温怀着深切的感情塑造了这个淳朴可爱的黑奴形象,这是对 19 世纪 50 年代废奴文学优秀传统的新发展。当然,哈克贝利的形象也是十分真实和感人的,从这个孩子身上,我们可以看到 19 世纪后半期美国新一代的思想动态和精神面貌。

　　《哈克贝利·费恩历险记》是公认的马克·吐温的代表作,它的思想境界达到了作者资产阶级民主主义的高峰,它的艺术描写集中了作者各个方面的风格才华,它的人物塑造具有令人难忘的魅力,在现实主义的真实刻画同浪漫主义的抒情遐想这两者的结合上,它达到了美国小说前所未有的高度。小说出版后,曾一度受到美国当局的查禁,这正好证明它具有强大的艺术威力和崇高的思想境界。一百多年来,小说受到了全世界人民的热烈欢迎,也得到了许多作家、评论家的充分赞扬。英籍美国著名诗人艾略特认为这部小说开创了英、美两国文坛的一代新风,哈克贝利的形象是永恒的,可以与堂吉诃德、浮士德、哈姆莱特媲美。海明威也明确指出,《哈克贝利·费恩历险记》"是我们所有的书中最好的一本书"。作者在小说中所使用的美国南方方言、黑人俚语被称为"英语的新发现",对美国以后的小说创作产生了重大的影响。作品的不足是:在吉姆已经获得自由之后,小说又写了一通汤姆如何设法去营救他的"惊险活动",似为蛇足。

六　历史神话:《亚瑟王朝廷上的康涅狄格州美国人》(1889)

　　一个生活在 19 世纪 70 年代的康涅狄格州美国人居然会"转世"到 6 世纪的英国亚瑟王朝廷里。他先是身陷囹圄,几乎被火刑处死,后来,依靠自己的科学知识,利用日食而得到解脱,并转而击败法师梅林,受到国王的重用,成了权倾朝野的宰相;他向 6 世纪的英国人民传播 19 世纪的思想文明,办学校、设工厂、传技术、授文化,在那里大显身手;他维护民主,与亚瑟王周围的保守势力坚决斗争,为民除暴,大败"圆桌骑士",废除奴隶制度,推翻天主教会,还在亚瑟王死后宣布废除君主制,恢复共和政体……

上述这个稀奇而荒诞的故事就是马克·吐温在他杰出的童话体长篇小说《亚瑟王朝廷上的康涅狄格州美国人》中所告诉人们的。同《王子与贫儿》相类似，这是一部借古喻今的讽刺小说，作者借用了15世纪英国作家 T. 马劳瑞的传奇作品《亚瑟王之死》中的部分史料、传说作为素材，通过各种奇特的联想，在充分发挥他出众的幽默手法的基础上，写成了这样一部无论在内容上、形式上、思想立场上都具有重大影响的作品，来讽刺和揭露美国社会的罪恶本质。亚瑟王系英国五六世纪之交的凯尔特民族领袖，后在保卫国土时战死，遂成为民间传说的中心人物，广为流传。亚瑟王为何许人，对这部小说并不重要，虽然作品中有几个人物，如亚瑟王的军师梅林、亚瑟王的对手培利诺爵士等均系历史人物，那也不过是为了增加作品的真实感而已；重要的是，作者通过这部看似荒唐的小说想要表达何种思想观念。

汉克·摩根，作为一个铁匠出身的普通的康涅狄格州人，他具有进步的立场：向往自由平等，反对奴隶制度，尊重共和政体。他从19世纪的美国穿越到6世纪的英国之后，许多事情使他看起来十分可笑。他运用炸药的威力可以把法师梅林的塔楼顷刻间夷为平地，从而征服了全国上下；但在他自己的家乡，在他生活的19世纪70年代，居然还存在着一些可恶的陋习，具体指的就是奴隶制度。小说描写了一对黑奴夫妇被活活拆散的悲惨场面，这使"我"愤怒至极，"我要是还有口气儿，也不至于倒霉的话，早晚准得要那个奴隶制度的命，我已经志在必行了"（第二十一章）。后来当"我"与亚瑟王被人当作奴隶拍卖时，又使"我"想到："一千三百多年后，在我自己那个时代，在我们那个国家的南方，也有过这么一条该死的法律。"（第三十四章）在这里，作者向野蛮罪恶的奴隶制度宣战，发誓要彻底消灭它。毫无疑问，马克·吐温在小说中充分寄托了自己的资产阶级民主理想，结尾中所出现的"共和国"正是"一切政权属于人民"这一进步意识的产物。尽管作者当时还无法找到改革社会的正确途径，但是他已经明确地提出了这个问题。小说中所写到的君主制度的腐朽反动、贵族老爷的残忍愚昧、教会的虚伪贪婪，既是对那个时代的抨击，也是对美国社会的影射。

《亚瑟王朝廷上的康涅狄格州美国人》是马克·吐温后期的重要作品之一，反映了作者坚定不移的民主思想和战斗风格。

七　种族歧视的反抗：《傻瓜威尔逊》(1894)

从艺术手法上来说，《傻瓜威尔逊》跟《王子与贫儿》有雷同之处；从创作思想上来说，则是作者在《哈克贝利·费恩历险记》和《亚瑟王朝廷上的康涅狄格州美国人》中所充分表现的废奴主义立场的继续。

投机家潘塞·德列斯考尔在1830年2月得了个儿子，与此同时，他家的女奴罗克珊娜也生了个儿子，德列斯考尔太太产后一星期就去世，于是两个孩子就由罗克珊娜喂养照料。五个月后,在一种强烈的反抗情绪的驱使下,罗克珊娜将两个孩子的衣服对换了一下,这样她的奴隶儿子强勃就成了少爷汤姆,而真正的少爷汤姆则成了黑奴强勃。因为罗克珊娜的皮肤跟白人无异,只有三十二分之一的黑人血统,所以两个孩子肤色一样,连潘塞老爷都分不清哪个是自己的儿子。玩弄了"调包计"之后,罗克珊娜一心以为自己的儿子能成为一个上等人,将来可以做个依靠。但事与愿违,假汤姆少爷在养尊处优的白人社会环境中长大,沾染了各种恶习,成为一个任性、放纵的孩子,成人后又赌博、偷窃,甚至虐待自己的生母,最后为满足私欲杀了抚养他的伯父,沦为罪犯。相反,真汤姆少爷吃尽苦头,却成为一个温和善良的青年,当假汤姆被捕之后,他仍按假汤姆原先答应的每月给他养母罗克珊娜 30 元津贴费,他对白人社会极为反感,尽管成了少爷他也宁愿在黑人们中间生活。

这又是对黑奴的一首赞美诗:被歧视的光明磊落,歧视人的醒醐可悲。这就是美国种族主义的荒谬可笑。世界上还有比这更为可恶、更为无理的偏见吗?没有了!世界上还有比这更为罪恶、更为可耻的制度吗?没有了!马克·吐温在这里明确指出:白人并非他们自以为的那么优越。这部小说从艺术上来说没有特别令人注目的地方,但它的思想境界是高尚的,它与《败坏了赫德莱堡的人》同属于作者 19 世纪 90 年代中最重要的作品。

八 美国小说的瑰宝:马克·吐温的中短篇小说

马克·吐温一生出版过的中短篇小说集,除前面提到过的之外,还有《三万元遗产及其他》(1906)。他创作的中短篇小说总共有七八十篇。这些小说虽然在字数上远远不如他的长篇,但由于主题深邃、技巧新颖,历来为人们所称道,成为作者创作成就中不可分割的组成部分。1922—1925 年由哈泼兄弟出版公司出版的《马克·吐温作品集》(37 卷)包括了他全部的中短篇小说作品。后来又由查理斯·尼特编纂成《马克·吐温短篇集》,于 1957 年首次出版,共收集作者中短篇小说 60 篇,是公认的马克·吐温短篇作品的权威选本;但该选本竟将《竞选州长》这样杰出的作品删去了,由此可见编选者的立场和偏见。

马克·吐温的中短篇小说创作,从 1865 年发表《卡拉维拉斯县著名的跳蛙》,直至他死后 6 年的 1916 年发表《神秘的来客》,可以说贯穿了他创作生涯的全过程[他生前最后发表的短篇小说是《一个传说》(1909)]。这些作品,从内容上大致可分为两类:一类是作者以美国民间传说故事为基本素材经艺术加工后写成的,如《卡拉维拉斯县著名的跳蛙》(1865)、《麦克威廉斯夫妇对膜性喉炎的经验》(1875)、《麦克威廉斯太太和闪电》(1880)、《罗马卡庇托尔博物馆的维纳斯神像》(1869)和《斯托姆斐尔德船长天国游记摘录》(1907)等;另一类是作者通过对美国社会现实的观察,直接截取典型题材进行描写的,如《竞选州长》(1870)、

《田纳西州的新闻界》(1869)、《百万英镑》(1893)、《败坏了赫德莱堡的人》(1899)和《三万元遗产》(1904)等；此外还有同属于后一类但突出地表现了作者反对种族歧视主题的《哥尔斯密的朋友再度出洋》(1870)和《一个真实的故事》(1874)。从作品的社会意义上考虑，显然第二类作品的成就比第一类更高，但总的来说，它们中间都不乏脍炙人口的佳作，并有不少早已为中国读者所熟知。

《卡拉维拉斯县著名的跳蛙》讲的是一个看似荒诞的故事：在卡拉维拉斯县有一个名叫吉姆·斯迈利的人，他的癖好是与别人打赌，斗狗、赛马要赌，连一个牧师太太的病会不会好也要同别人赌。有一天，他捉到了一只青蛙，花了三个月时间专门教这只青蛙跳，青蛙不但跳得高，而且会翻筋斗！斯迈利得意地同别人打赌说，他这只跳蛙是整个卡拉维拉斯县里最著名的了。有一天斯迈利遇到一个过路客人，两人便打起赌来。就在斯迈利去捉另一只青蛙来与他那只著名的跳蛙比高低时，那个过路客人却在斯迈利跳蛙的肚子里灌了两把打鸟的子弹。结果斯迈利输了，被赢走了40元钱，等到他发现跳蛙肚子里的子弹，赶紧去追"那个坏蛋"时，早就不见人影了……这是作者对早期西部地区社会生活和人物性格的第一次描写，由于故事内容与作者所擅长的创作风格达到了和谐的统一，所以取得了成功。

假如说《卡拉维拉斯县著名的跳蛙》仅仅是显示出马克·吐温艺术上幽默才华的一次尝试，那么《竞选州长》则是他以锐利的讽刺手段揭示美国社会本质的一支掷向统治阶级的投枪。

小说写于1870年。当时，南北战争结束已经5年，代表北方大资产阶级利益的共和党利用战争胜利的机会继续掌握国家权力。战争时期的共和党总统林肯被刺身死之后，由副总统约翰逊继任。约翰逊属于共和党的右翼，他表面维护民主，暗地里却与战时的对手南方奴隶主相勾结。1865年战争刚结束，约翰逊就赦免了一部分叛乱的奴隶主，并准备以"平等的原则"接受南方叛乱各州重新加入联邦。同时，北方资产阶级也乘机在南方投机倒把，发财致富。在共和党的纵容下，南方的奴隶主又放肆活动起来，罪恶的三K党继续野蛮地迫害黑人。这种倒行逆施的反民主政策激起了经过内战锻炼的美国劳动人民和社会进步力量的强烈反对与回击，人们开展了各种形式的斗争，甚至对总统提出弹劾。在人民群众的强大压力下，美国国会不得不通过"重建南部"的法令，并于1866年4月公布了黑人公民权法案；又在1868年颁布了宪法修正案，规定所有美国公民不分肤色、种族和出身，一律具有选举权。但是，写在纸面上是一回事，做起来又是另一回事。多年来一直为资本主义的吹鼓手们喋喋不休所称道的选举制度，看起来是何等的公正、平等与民主，然而，在这民主外衣下的内幕又是怎样的呢？弱肉强食、尔虞我诈、造谣惑众、殴打绑架……不一而足。你想知道美国选举制度是如何的"民主"吗？请看马克·吐温的《竞选州长》吧。

　　小说很短,只有 4000 余字,从内容来看也很简单:"我"——作品中的"马克·吐温"先生,作为独立党的候选人,将要与共和党和民主党的候选人斯蒂瓦特·伍德福先生、约翰·霍夫曼先生竞选纽约州的州长。"我"是一个"正派人",自认为"有一个显著的长处胜过这两位先生,那就是——声望还好",因而很"快乐",对竞选蛮有把握。然而,作者的笔锋一转,马上给"快乐心情的深处"蒙上一层阴影,因为"我的名字动辄被人家拿来与那些人相提并论到处传播",使得"我心里越来越烦乱"。"我"写信给"我的祖母",告诉她这件事。"她的信回得又快又干脆":"你平生从来没有干过一桩可羞的事情——从来没有。你看看报纸吧——你看一看,要明白伍德福和霍夫曼这两位先生是一种什么人物,然后想一想你是否情愿把自己降到他们的水平,和他们公开竞选。"祖母把"我"竞选州长当作"一件可羞的事情",这一"羞"字就把美国选举制度所谓"民主""平等"的外衣剥得一干二净了。作者用了寥寥 400 余字,为小说的发展提供了一个精彩的开端,接着是小说的主体部分。因为"完全卷入了旋涡"而"无法撒手了","不得不继续这场斗争",到第二天早餐时,"我从来没有那么吃惊地"发现报纸上的一段新闻:

　　　　伪证罪——马克·吐温先生现在既然在大众面前当了州长候选人,他也许会赏个面子,说明一下他怎么会在 1863 年在交趾支那的瓦卡瓦克被三十四个证人证明犯了伪证罪。
　　　　⋯⋯ ⋯⋯

　　从这里开始,"共和党的主要报纸"和"民主党的权威报纸",使用无中生有、造谣惑众的卑劣手段,先后给"我"加上了"无耻的伪证制造者吐温""蒙大拿的小偷吐温""盗尸犯吐温""酒疯子吐温""肮脏的舞弊分子吐温"和"可恶的讹诈者吐温"等 6 项罪名。他们还用匿名信进行恫吓和威胁,甚至大打出手,指使"一群'受人污蔑和侮辱的公众'""从我的房子前面冲进来","捣毁"家具,"带走"财物,"把我吓得连忙从床上爬起来,由后门逃出去"。最后一个节目,也是最精彩的节目——"最后,党派竞争的仇恨加到我身上的无耻的迫害终于很自然地发展到了一个高潮:九个刚学走路的小孩子,有着各种肤色,带着各种穷形怪相,被教唆着在一个公开的集会上闯到讲台上来,抱住我的腿,叫我爸爸!"小说的结尾是"我放弃了竞选",只能"偃旗息鼓,甘拜下风"。作为独立党候选人的"我"退出了竞选,州长的位子自然属于伍德福和霍夫曼了,那些报纸和它们的操纵者的目的达到了。戏完了,幕闭了,到此读者也能明白了:这就是美国社会的"民主"和"自由"!

　　小说通过对美国"民主""自由"的真相的揭露,把批判的矛头直指垄断美国政局的共和、民主两党。正如恩格斯在1891年写的《法兰西内战·导言》一文中所指出的,美国的共和党和民主党是"两大帮政治投机家,他们轮流执掌政权,用最肮脏的手段为最卑鄙的目的运用这个政权。……这些人表面上是替国民服务,实际上却是统治和掠夺国民的"。马克·吐温抓住了美国政治生活中的核心问题——选举,以一个并非虚妄的故事情节,透过作品中光怪陆离的描写和共和、民主两党政客先生们淋漓尽致的表演,极其愤慨地揭露了这"两大帮政治投机家"的丑恶嘴脸,使我们看到了共和、民主两党党徒们的胡作非为,看到了美国社会的恐怖黑暗。小说像一把锋利的钢刀,彻底戳穿了美国垄断集团及其御用文人们所吹嘘的、蒙在美国社会脸上的假面具,剥去了美国"民主""自由"的外衣。这就是《竞选州长》直到今天依然存在的意义。

《竞选州长》是一篇杰出的讽刺小说,作者的讽刺艺术达到了空前的高度。作品中充满了幽默的语言、令人喷饭的情节和滑稽的场面。但是,我们透过作品本身,又可以感觉到作者在使用讽刺、夸张艺术的同时心中所蕴藏的压抑不住的愤怒。所以,《竞选州长》引起的人们的发笑是一种带着眼泪和愤慨的笑。马克·吐温令人赞叹的讽刺技巧,赋予小说以极大的思想意义和艺术魅力,在这里,大胆的讽刺成了作者的主要艺术手段。同时,小说采用第一人称手法,从一件件具体的事情着手,通过"我"的感情变化来塑造一个"忠实的"独立党人"马克·吐温"的形象,具有强烈的真实感。深入而细致的心理描写,具体而复杂的感情变化,加上"我"退出竞选前夕的这段内心独白,使读者对"我"倍感亲切,从而更加痛恨竞选对手们的卑鄙、无耻,使揭露更为有力。附带说一下,小说中的这个"马克·吐温"虽然包含作者的思想和性格,但绝不等于作者自己。马克·吐温有时喜欢把自己的名字放到作品中去——《我给参议员当秘书的经历》也是这样——这是他用以增强作品真实感的一种艺术手段。此外,小说情节的紧凑曲折,语言的简练生动,也颇具特色。

当然,由于作者当时的世界观和思想认识上的局限,《竞选州长》也存在明显的缺陷。小说揭露了资本主义选举制度的腐败和黑暗,也进行了强烈的批判,但对资本主义制度本身并没有否定。作者希望在不改变资本主义制度的前提下,由"正派"的人物上台来实行资本主义真正的"自由"和"民主"。这显然是一种幻想。而且,作者又把独立党候选人作为正面人物加以肯定,这就抹杀了独立党作为资产阶级政党,同共和党、民主党之间所共有的本质。尽管如此,《竞选州长》依然不失为一篇战斗的檄文,它对资本主义社会丑恶面目的揭露,对今天的读者来说,也同样具有深刻的教育意义。

与《竞选州长》相比,作者在《百万英镑》这篇著名的小说中所表现出来的却又是对"金钱万能"的资本主义社会本质的一种轻松的、含蓄的抨击。一个漂泊异乡、衣衫褴褛的穷光蛋,由于偶然得到一张百万英镑的钞票,居然在一个月之内成为轰动全伦敦的名人,财产、声誉、地位、爱情……统统向他涌来,最后成为资产阶级豪富的女婿。这个似乎难以令人置信的故事便是马克·吐温在为人熟知的《百万英镑》中所叙述的情节。亨利·亚当的喜剧性遭遇可以说是对资本主义社会一个绝妙的讽刺。在这里,马克·吐温既不像巴尔扎克那样通过对纷乱繁复的巴黎社交界的深刻剖析来揭示资本主义世界的腐朽堕落,也不像狄更斯那样以深情的描述来呈现资本主义社会中伦敦贫苦阶层的黑暗悲惨,而是采用一种风趣活泼的笔调来表现这个重大主题。小说以娴熟的艺术手段和出人意料的情节安排赢得了人们的赞赏,成为世界短篇小说创作中的珍品。

《败坏了赫德莱堡的人》是作者创作后期的代表作,一部含义深刻、发人深省的作品。小说所描述的是一个生动而形象的故事:赫德莱堡是一个闻名遐迩的最诚实、最清高的市镇,享有"不可败坏的"美誉,这个好名声已保持了三代之久。但有一次,它却得罪了一个异乡人,此人决计报复,于是想出一个绝妙的办法。半年后的一个晚上,他又来到赫德莱堡,把一口袋沉甸甸的东西送到老银行出纳员理查兹家里,对理查兹太太说,一切都在口袋上面系着的一张纸上说明了,然后便走了。原来纸上写的是这个意思:我是个外国人,即将回本国去。此口袋里装的是一百六十镑零四盎司的金币,请转送给曾经对我有恩的一位赫德莱堡公民。当时我因赌博而倾家荡产,他赐给我二十美元,并对我讲了一句规劝的话,拯救了我。恩人对我讲的话我已记下来装在口袋内一只密封的信封里,在一个月之内,谁只要说出这句话,经镇公所柏杰士牧师核对无误,那么他就是我的恩人,这袋金币就归他所有。老两口看了纸条之后,一阵颤抖和激动,他们真想把这袋金币独吞了,反正没人知道。但理查兹老头下不了这个决心,他还是连夜将纸条交给了当地报馆的老板柯克斯,让他在报上发表。但事后连柯克斯也后悔了,他与理查兹不约而同地赶到印刷所想截下这条消息私分金币,可是早班邮件已经发出了。纸条上的内容在报上公布之后,赫德莱堡沉浸在一片欢乐与陶醉之中,镇上首要的 19 位公民和他们的太太尤感荣耀。但大家在心里却冥思苦想:究竟谁是异乡人的恩人?可能是固德逊吧,只有他才会这样大方,可是他已经死了;那么他到底讲了句什么话呢?三个星期后,这 19 位公民分别收到相同内容的信,信中透露了那句规劝的话:"你绝不是一个坏人,快去改过自新吧。"于是,顷刻间这些人家似乎已经金钱到手,成了富翁,连忙安排花费的计划,有的甚至用赊账的办法先花了再说,同时,19 封申请书也到了柏杰士牧师手中。揭晓的日子到了,镇上全体居民集中在镇公所大厅,由柏杰士牧师一一拆信宣读,结果 18 位首要公民一一出丑,只是由于理查兹老头过去对牧师有恩,因而牧师卖点交情将他这封申请书扣下来未读,于是理查兹被人们称为"全镇最廉洁的人"。最后,牧师打开口袋一看,原来全是些镀金的铅饼,全体居民一致决定将铅饼拍卖,将所得的钱奖励给清白的理查兹。打这以后,理查兹老两口心神不定,终于病倒,临死前,他们承认了自己也曾写过虚假的申请书,于是这个小镇剥去了它那世代光荣的最后一块遮羞布。经州议会通过,赫德莱堡从此改名,多年来刻在小镇官印上的那句格言——"请勿让我们受诱惑"也删去了一个字,成为"请让我们受诱惑"。

杰出的马克·吐温,以天才的想象能力,运用巧妙的情节发展和无与伦比的幽默手段,为人们描绘出赫德莱堡的上层公民们如何一面贪婪地追求金钱,一面却夸耀他们虚假的道德观念的一幅讽刺画面,甚至被公认为"清白无瑕""纯洁、善良、正直、清廉"的化身的理查兹夫妇,一经金钱诱惑也现出了原形,从而揭穿了资产阶级假仁假义、唯利是图的本质。在这幅资本主义社会拜金主义的讽刺画面中,在那里面奔走钻营的是一群浑身充满铜臭味,但在表面上却又装得道貌岸然的伪君子。毫无疑问,作者笔下的赫德莱堡就是整个美国的化身,19位首要公民正是象征着美国的统治阶级,而这种追逐金钱的勾当,在那个社会里几乎天天在发生!当然,作者对理查兹夫妇还是有点庇护的,因为他们毕竟在临死之时做了自我忏悔,这也许是马克·吐温对资产阶级的道德观念还抱有最后一点幻想的缘故吧。

发表于五年之后的另一个中篇小说《三万元遗产》同《败坏了赫德莱堡的人》有异曲同工之妙。它描写了湖边镇有一对叫赛拉丁·福斯脱和爱勒克特拉·福斯脱的夫妇,由于期待一个远房亲戚一笔三万元的遗产而想入非非,一改过去勤俭治家的好习惯,经历了一场幻想发财的虚假的快乐,最后方知是南柯一梦,于是在精神崩溃的痛苦中死去。赛拉丁在临死时说道:"暴发的、不正当的巨大财富是一个陷阱。它对我们毫无好处,疯狂的欢迎只是暂时的;可是我们为了这种意外横财,却抛弃了甜蜜而单纯的幸福生活——让别人以我们为戒吧。"这段语重心长的话正是作者对整天幻想获得意外之财的那些市民的规劝,小说所揭露的拜金主义对美国人的毒害,至今仍有借鉴意义。

在这里还需要提及的是那部曾经引起人们争议的中篇小说《神秘的来客》。作品发表于作者死后的1916年,是由A. B. 佩因在马克·吐温生前所写的几份不同手稿的基础上整理而成的。这是一个神话式的传奇故事:1590年某一天,在奥地利一个叫爱斯尔道夫的村庄里,有三个孩子——西奥图·菲却和他的朋友奈考勒斯·鲍门、塞珀·华尔米——在村外的树林里玩。忽然来了一个年轻的陌生人,他衣着漂亮、举止大方,孩子们开始对他抱有戒心,不知他是什么人。但他十分和蔼可亲,还会变出各种水果、食品来给他们吃。他告诉孩子们他是一个天使,名叫撒旦,现在化名为菲利浦·杜劳姆,今年16000岁,但对他来说还是一个年轻人。撒旦表演了各种魔法,使三个孩子看呆了,同他成了好朋友。撒旦要孩子们保守秘密,不把他们相遇这件事告诉任何人。过了一会儿,村里为人厚道、和善公正的彼得神父慌慌张张地走来了,他在寻找装有四个金币的钱袋。此时撒旦已隐身遁去,彼得神父在撒旦离开的地上捡到了自己的钱袋,可是里面装的不是四个金币,而是一千一百零七个金币!神父惊呆了。在三个孩子的再三劝说下,他暂时收下这些钱,并说除了还债之外,其余的钱去放利息,以后再归还真正的主人。神父还了所欠的债,保住了自己的房子,又将多余的钱借给别人。不久这件事被村里一个星相家知道了,他发现自己的一千一百零七个金币不见了,于是神父被控犯了偷窃罪,关押起来等候审讯。只有那三个孩子才知道其中的秘密——那是撒旦干的;可是不管他们如何解释、做证,谁也不相信,他们的父母不许他们多插嘴。眼看好心而贫困的神父非得被判罪不可了,三个孩子等着撒旦回来,可是他却一去不见踪影。过了几天,他终于回来了,孩子们很高兴。撒旦再次向他们透露秘密,说村里谁在什么时候要死,谁将来会如何如何,还捉弄了为富不仁的星相家,并帮助彼得神父的侄女儿麦琪塔去监牢里探望神父。神父受审的一天到了,撒旦附身到为神父辩护的律师威尔海姆·梅特林的身上,以金币铸造的日期为证击败了原告,使神父被无罪释放,并成为这袋金币的合法主人。原来星相家的钱已藏了两年多了,可是神父那袋金币,除了原有的四个之外,其所注明的铸造日期全是当年的。当然,这又是撒旦干的事,因为威尔海姆律师在这之前压根儿没想到让金币说话来证明这一点。他事后对人说这是他突然间灵机一动才想到的,而且毫不迟疑地说了出来;虽然他没有查看过这些钱,可是他不知怎的知道这是千真万确的。好心的彼得神父得救了,撒旦在临走前,向"我"——西奥图·菲却透露了这一切的真相,他说:

> 我所告诉你的这些全都是假的;没有上帝,没有宇宙,没有人类,没有地球上的生命,没有天堂,没有地狱。这些全是梦——一场古怪的、荒唐的梦。除了你以外,一切都不存在。而你也不过是一种思想——一种反复无常的思想,一种毫无用处的思想,一种无所寄托的思想,在空虚的永生中漂泊流浪。

《神秘的来客》是马克·吐温晚年之作,他为此写过多稿,终未在生前定稿问世,可见他本人对这篇作品也抱有一种怀疑态度。不少学者把它说成是作者晚年对人类命运悲观失望、把人类说成任人摆布的可怜虫这一悲观主义人生观的直接流露。然而,通观作品的全部情节,对于这个结论则大可怀疑。不错,小说中包括了一些消极的、唯心的因素,把人生看成是一场梦;然而,作者在深层次更主要的是借古喻今、借神喻人,以神怪故事的形式来表达劳动人民在资本主义社会中所受的痛苦,暴露统治阶级对善良无辜者的迫害(作品中多次写到宗教当局借女巫罪用火刑处死贫苦者的情节即是一例)。作者还通过撒旦的嘴来抨击统治阶级发动战争的罪恶目的:"从来没有一个发动战争的侵略者有任何光明正大的目的——在人类历史上，没有这样的战争。"即使撒旦说的最后一段话带有明显的虚无主义成分，然而他所要表明的却是一种愤世嫉俗的立场——反对宗教、反对特权、反对一切。小说强调了这个撒旦不是人们所熟悉的那个撒旦，他不是魔鬼而是天使，这就明确地告诉读者：这个撒旦不是别人，他正是作者的化身。撒旦法力无边、乐善好施，又为人公正、疾恶如仇，这与马克·吐温晚年的思想立场是一致的。总之，《神秘的来客》所表达的是马克·吐温维护正义、抨击权贵、为善良的弱者而呐喊的一贯立场，从某种意义上来说，也是他理想主义的产物；它虽然包含有一定的消极因素，但绝不是悲观厌世哲学的产儿，因为马克·吐温从来就不是一个悲观主义者。

此外，马克·吐温在其他许多中短篇作品中都以敏锐的观点反映了美国社会某一方面的实质。《我给参议员当秘书的经历》以嘲弄的笔法，刻画了一个所谓"民主政治"代表人物的丑恶形象；《哥尔斯密的朋友再度出洋》模仿18世纪英国作家哥尔斯密的讽刺性书信体裁，描写了中国人在美国的苦难经历，从而戳穿了美国"自由天堂"的神话；《被偷的白象》揭露了打着维护治安旗号的警察、侦探之流的骗子面目；《神秘的访问》抨击了美国税务机关的黑幕；《稀奇的经验》通过一个孩子虚假的间谍活动嘲笑了美国军方的无能；《一个真实的故事》塑造了女黑奴瑞奇尔大娘的可爱性格，表达了黑奴渴望自由的心情；《一个推销员的故事》反映了美国生活方式的空虚、无聊……

马克·吐温的中短篇小说，是他一生艺术结晶的有机组成部分，是美国人民和全世界人民最宝贵的艺术财富之一。

九　不朽的马克·吐温

同世界上所有的伟大作家一样，马克·吐温的杰出地位是在经历了历史的考验和人民的公认之后确立起来的。在生前，他曾多次遭到美国统治集团的诬蔑和攻讦，他的作品不止一次被禁，然而对马克·吐温来说，这只不过是一群苍蝇的嗡嗡，只有人民才是他的权威评判者，因为他是属于人民的。

马克·吐温一生共活了75年，他的创作从19世纪60年代算起经历了几乎半个世纪。这正是美国从自由资本主义发展到垄断资本主义即帝国主义的重要时期，中间经过了五年南北战争（1861—1865）、战后资本主义经济高速发展和19世纪末20世纪初进入帝国主义这三个阶段。在这半个世纪里，美国国内社会矛盾和阶级矛盾日益激化，资产阶级利用人民的力量打败了奴隶主取得决定性胜利之后，又反过来更为残酷地剥削和压迫人民；劳动阶级的不断反抗和统治集团的腐败堕落，彻底揭穿了这个"金元帝国"外强中干的本质。马克·吐温在社会动荡局面的不断教育下，对美国早年"繁荣民主"的希望逐渐变为失望，最后发出了愤怒的呐喊。这是他思想发展的进程，也是他创作发展的过程。

假如按照多数研究马克·吐温的学者的意见,把他的一生创作划分为三个时期——早期(19 世纪 60 年代至 70 年代前半期)、中期(19 世纪 70 年代后半期至 90 年代)和晚期(19 世纪 90 年代末至 20 世纪初),那么,我们可以明显地看出,马克·吐温的思想情绪正是经历了乐观—思考—愤怒这样三个阶段。他早期写的《卡拉维拉斯县著名的跳蛙》《田纳西州的新闻界》《我给参议员当秘书的经历》等小说所表现出来的风趣、幽默和诙谐是令人难忘的;即使在《竞选州长》《镀金时代》《哥尔斯密的朋友再度出洋》中不乏愤怒的斥责,但也尚未丧失对前途充满幻想的"乐观主义"。中期是马克·吐温创作的黄金时代,也是他在继续观察社会的基础上加深对美国的政治制度、生活方式、思想意识思考和探索的时期,尖锐的讽刺和无情的揭露是这一时期作品的主要特点,作品生活画面的广阔和人物形象的确立,反映了作者艺术技巧的更加成熟,更具有魅力,更为丰富多彩;从两部"历险记"到康涅狄格州铁匠的"奇遇",无不是这一深邃思索的产物。晚期,马克·吐温的思想发展到顶点,他从一个资产阶级民主主义者成为勇敢的反帝国主义者,大量的战斗性的杂文反映了这一立场的形成;虽然在部分作品中不无消极悲观的因素,但从总体来说,马克·吐温从来没有从进步的、战斗的、民主的立场上退却过,相反,他是一步步地前进,直至离开人间;他最后思想上的结晶就是《自传》,在这部总结性的作品里,马克·吐温依然保持着对资本主义社会不屈的挑战精神。

马克·吐温被称为"美国现实主义文学之父"是当之无愧的。他的创作,把19 世纪美国现实主义文学推向了世界的高峰,他在作品中所表现出来的讽刺艺术,永远成为人类的瑰宝;他的创作,艺术性地、忠实地,同时又是无情地、批判地记录了美国这一时期从资本主义走向帝国主义的演变过程,成为历史的可靠见证;他的创作,极大地启发了一大批忠于人民、忠于艺术的正直的现实主义小说家,推动了美国文学第三个高潮的出现,为世界文学写下了光辉的一页。

马克·吐温的作品是不朽的。马克·吐温是不朽的。他永远活在人们的心中。

第五节　威廉·狄恩·豪威尔斯

一　丰富的一生

威廉·狄恩·豪威尔斯(1837—1920),1837 年 3 月 1 日出生于俄亥俄州贝尔蒙乡间一个叫马丁的小河渡口,他的父亲库珀·豪威尔斯是一家小印刷厂的老板和辉格党的办报人,由于家中人口众多,家境并不富裕。威廉早年随家庭迁居奔波,从 9 岁开始便在父亲的印刷厂里练习做工,他的知识大部分是通过父亲的教育和自修获得的。1851 年,威廉·狄恩·豪威尔斯进入俄亥俄州首府哥伦布市的俄亥俄日报社工作,当时他的父亲也在州法院谋到了一个办事员的职位。此后,威廉·狄恩·豪威尔斯开始练习写作小说、诗歌、散文小品和新闻故事,然后投寄给本地的报纸刊物,这是他连续写作 69 年的开端。与此同时,豪威尔斯还依靠自学掌握了 5 种以上外国语。

豪威尔斯的早期创作以诗歌出名,主要诗集有《两位友人的诗》(1859)。1860 年他首次去西部旅行,认识了罗威尔、爱默生、霍桑和索罗等他慕名已久的作家,不久他移居纽约,又与惠特曼结为好友。1861 年,他因帮助林肯竞选总统有功而被派往意大利任驻威尼斯领事。1862 年与爱丽娜·梅特结婚。在意大利任职的 5 年中,豪威尔斯研究了意大利的语言和文学,并酝酿了长篇小说的创作,后来在 19 世纪七八十年代写成的一组关于外国题材的系列小说《先驱者的结论》(1875)、《阿罗斯托克家的小姐》(1879)、《可怕的责任》(1881)和《印第安之夏》(1886),即是在这时构思的作品。

1866 年,豪威尔斯回国后被《大西洋月刊》聘请为助理编辑,1871 年升为编辑。在这段工作期间,他帮助和发现了许多作者,他们中间有不少后来都成为美国文坛上的杰出人物,如马克·吐温、亨利·詹姆斯、托马斯·安德里奇、赫姆林·加兰等,皮丘·斯托夫人的后期创作也曾得到过他的支持。1881 年,豪威尔斯应《哈珀斯》杂志的邀请,任该刊编辑研究所研究员,在那里,他对 19 世纪以来的俄国、法国、西班牙和意大利的现实主义作家和他们的作品做了专门的研究。他比较赞赏列夫·托尔斯泰严峻的现实主义,而反对爱弥尔·左拉、托马斯·哈代等人带有明显自然主义倾向的创作方法。在 19 世纪 80 年代,《大西洋月刊》和《哈珀斯》杂志代表了高层次的纯文学文化,尤其是前者,一向以格调高雅自居,在那个多数读者从刊物上阅读文学作品的年代里,正是以刊登纯正文学对中产阶级以及上层市民产生广泛的影响,豪威尔斯通过自身的努力,建立起一支十分可观的作家队伍,同时使他自己成为一名文坛上的旗手。

豪威尔斯的第一部小说作品是出版于 1871 年的《他们的蜜月旅行》,在书中作者宣告了他的现实主义主张:"啊,贫穷的真正的生活,叫我如何来爱这个愚蠢的和枯燥无味的面容呢?"19 世纪 80 年代,他写了最有影响的两部小说:《现代婚姻》(1882)和《赛拉斯·拉帕姆的发迹》(1885)。前者描写一对年轻夫妇由于草率成婚而造成双方的摩擦,后来因丈夫生活放荡终于导致离婚,女方另嫁了一位既有地位又有道德的丈夫,最后获得了幸福;后者以一个资本家破产的经历来表达作者所信奉的"道德原则",是公认的豪威尔斯的代表作。1890 年,豪威尔斯又出版了长篇小说《新财富的危害》(又译《时来运转》),通过一家杂志社老板德莱富斯思想的转变而使所有职工"时来运转"的情节描写,强调了劳资双方应该相互谅解以解决矛盾的观点。

1891 年,豪威尔斯辞去了《哈珀斯》杂志的研究员职务,专心于他的作品选《评论与小说》的编选工作。在整个 19 世纪 80 年代和 90 年代,他还写了不少关于社会男女问题和宗教问题的作品:《牧师的职责》(1886)、《安妮·基尔勃姆》(1889)、《仁慈的品格》(1892)、《意外的世界》(1893)等。19 世纪末到 20 世纪初,他转向写宗教小说,著名的有《从阿特鲁利亚来的旅行家》(1894)和《穿过针眼》(1907)。在这两部作品中,作者提倡通过公民投票产生"基督教社会主义",作为解决社会矛盾的办法,显然包含有空想和说教的成分。豪威尔斯晚年写了两部自传体作品:《新叶》(1913)和《在我年轻的时代》(1916)。他的最后一部小说《凯尔威纳斯的休假》出版于 1920 年。

豪威尔斯于 1909 年担任美国文学艺术院的首任院长,1915 年,文学艺术院因他小说创作上的贡献而授予他金质奖章。1920 年 5 月 11 日,豪威尔斯病逝于纽约。

二 道德小说:《赛拉斯·拉帕姆的发迹》(1885)

科纳尔·赛拉斯·拉帕姆是一个典型的靠个人奋斗取得成功的商人,他从佛蒙特州的一个农场主成为有声望的、富有的波士顿颜料制造商。他建造了阔气的宅第,并鼓励他的两个女儿佩内洛普和艾琳设法进入当地的上流社会。由于有父亲的财产作为依靠,佩内洛普很快与一个名叫汤姆·科莱的富贵子弟恋爱了,但因门第的限制,这桩婚事毕竟还是受到阻碍。后来在科莱家族举行的一次宴会上,拉帕姆企图显示出自己暴发户的气魄来促成女儿的婚事,便倚仗酒醉说了不少自吹的话。但躲在家里的佩内洛普总感到忐忑不安,妹妹艾琳对她说,汤姆肯定会回到她身边来的,可是她很难相信。不久,拉帕姆投机失败,面临破产,他唯一的希望是将一处矿藏卖给英国的一个辛迪加家族,否则就无法挽救他的命运,更不要说佩内洛普的婚事了。社会与经济的压力、女儿的幸福,加上合伙人罗杰斯的催逼,几乎使拉帕姆除此之外没有别的选择余地。然而他断然拒绝了这笔可耻的交易,宁可破产回到佛蒙特州的老家去过穷苦的日子。他的财产与社会地位虽然猛跌下来了,但他的精神信念与道德品格却骤然上升了。在拉帕姆的行为的感召下,汤姆终于娶了佩内洛普,不过为了避免两家社会地位悬殊所带来的麻烦,汤姆带着妻子迁居到墨西哥去生活。

作者在这部小说中所提出的是商业社会的道德问题,拉帕姆注重经商的道德,宁可破产而决不出卖人格,这真可谓是资产阶级的"楷模"、美国社会的"良心";至于女儿婚姻的圆满解决,应该把它看成是对拉帕姆"崇高"品格的报答。所以小说的结论是:拉帕姆并没有破产而是发迹了。作品的主题是十分明确的,作者的意图也是十分明显的,问题是小说本身究竟有没有典型意义。换句话说,也就是赛拉斯·拉帕姆这个人物在资本主义的美国社会中有几分可信?从无产阶级文艺观来进行分析,拉帕姆这个形象当然是虚假的、不真实的,因为没有一个资本家会去信奉"信用第一,金钱第二"的观念,他不过是豪威尔斯主观臆想中的产物,一个理想化了的偶像。但从作者本意出发去进行分析,作品也并非没有一点现实意义:一是揭示了上流社会虚伪的道德标准,二是证明了拜金主义的罪恶魔力,三是触及了那个社会里婚姻与金钱之间不可分离的关系。在小说的结尾,汤姆与佩内洛普为了避免拉帕姆破产所带来的声誉上的耻辱而去墨西哥定居,这一情节本身就是对资产阶级唯利是图、金钱就是感情的讥讽。至于对拉帕姆的暴发过程的描写,作品一方面企图证明他是依靠白手起家、自力更生赚钱的,但同时也不能不暴露出这些金钱浸透了广大工人的血汗,这一点,连豪威尔斯本人在作品中也无法完全掩饰。

三　社会小说:《新财富的危害》(1890)

如果说豪威尔斯在《赛拉斯·拉帕姆的发迹》中还仅仅停留在对资本主义商业家庭道德的探讨,那么5年后所发表的长篇小说《新财富的危害》就明确地涉及对整个社会制度问题的认识。19世纪80年代后半期工人运动的高涨,特别是1886年美国当局对芝加哥"五一"示威游行的血腥镇压,引起了豪威尔斯的不安,他也似乎认识到光是资本主义的竞争已经无法解决尖锐的劳资矛盾,而"应该代之以社会主义",这部新作品的诞生可以说正是作者这一思想观念转变的产物。小说的基本情节是以一家杂志社老板与工人之间的矛盾发展和最后解决为主线而展开的。华尔街百万富翁德累福斯依靠在农场中发现天然气而暴富,他在纽约创办了一家杂志,并把它交给儿子康拉德管理,以便让他真正学到商业经营的经验,将来好接自己的班。杂志社编辑部里有自由主义知识分子巴兹尔·马奇,温顺听话的小富勒克逊,还有一个信奉社会主义的德国移民的后裔林陀。德累福斯老板十分厌恶林陀,因为后者宣扬的是"大逆不道"的社会主义。他指使心腹马奇把林陀开除出杂志社,但出人意料地遭到马奇的拒绝,甚至连一向听话的小富勒克逊和儿子康拉德也反对这样做。正在这时,市内有轨电车工人举行罢工,林陀去发表演说,遭到警察的枪击被打成重伤,康拉德为救林陀也被警察开枪击中而身亡。德累福斯在儿子早逝的打击下,精神垮了下来,开除林陀的事也不再提了;就是对那场罢工,对工人们的种种行动,对林陀的社会主义主张,他也不得不重新认识。过了几天,重伤的林陀终于死了,德累福斯又一次感到伤心。他为林陀举行葬礼,并以最低的价格将杂志社出售给马奇和小富勒克逊。他认为只有将杂志交给工人们才会真正办好。

小说把儿子之死作为德累福斯转变立场的契机,作者强调的还是资产阶级人道主义。德累福斯把儿子之死看成是对自己过去不人道行为的惩罚,资本家的这种"良心发现",在现实社会中虽然不是没有实例,但把它看成是解决社会劳资矛盾的根本办法显然是荒谬的。小说在客观上暴露了那时美国当局对工人运动血腥镇压所带来的严重后果,也在一定程度上赞扬了像林陀这样的社会主义者;但从根本上来说,这是一部掩饰劳资矛盾性质和美化资产阶级的小说,它表明在新形势下作者立场的严重局限。巴兹尔·马奇是作者在各部作品中描写过的人物,这个自由主义中产阶级知识分子也许正是豪威尔斯心目中最理想的改造社会的能手。

四 豪威尔斯对美国现实主义小说发展的影响

由于长时期的文学创作活动和高居于美国第一流杂志《大西洋月刊》的主编地位,在整个19世纪最后30年直至20世纪初期,豪威尔斯的名字一直在美国文坛上占据着十分重要的地位。不仅如此,他的小说作品对美国各个阶层的男男女女都产生过极大的影响。他还直接培养了许多小说家,除前面提到的以外还有:赫姆林·加兰的作品首先是由豪威尔斯发现和给予支持的;斯蒂芬·克莱恩的处女作《街头女郎玛吉》是在几经投稿被退之后,由豪威尔斯发现而推荐到《大西洋月刊》上发表的;法兰克·诺里斯的作品长期受到豪威尔斯的称赞与好评。因而这些作家往往把自己的创作成就在很大程度上归功于豪威尔斯的帮助。在美国,是豪威尔斯首先提倡现实主义,反对浪漫主义,他认为后者是空洞和虚假的产物,只有把平日社会中发生的事和人"忠实地描写下来"才是真正的文学。在他的推动下,美国现实主义发展得格外迅速,很快成为当时占主导地位的文学潮流。

由此可见,豪威尔斯在当时确实是作为一个有能力、有才华、有影响的小说家、评论家和编辑,在文坛上发挥着重大作用。他一生所写的长篇小说多达40部,由于作者立场的局限,它们都未能成为现实主义文学的典范。但作为美国文学艺术院首任院长,豪威尔斯的作品对上层社会的读者来说至今还是有很大魅力的。细腻的描写、典雅的语言、出色的对话,这些艺术技巧上的成功之处也多少为作品增添了光彩。至于豪威尔斯的现实主义理论主张,则需要做一个全面的分析,然后才能评定它究竟有没有生命力,或是有几分生命力。应该说,豪威尔斯的现实主义观点有它一定的时代意义。他不赞成左拉的自然主义理论,而赞赏托尔斯泰的创作方法,提倡把"平凡的现实生活"写入作品中去,这对于推动当时的文学从浪漫主义过渡到现实社会是有积极作用的。问题是豪威尔斯并没有真正做到在现实社会中观察生活、发现矛盾,而是站在上层资产阶级立场上企图掩盖和缩小社会矛盾;同时又提出"美国例外论"这一有害的观点,因而使他这特定含义的"现实主义"并没有能够成为真正的现实主义,而他的那些缺乏真正的现实主义意义的作品大都是在这种思想指导下写出来的。

豪威尔斯出身寒微,依靠刻苦自学成才。进入上层社会之后他附和了资产阶级的人生哲学立场和伦理道德观念,因而最终没能给他的现实主义作品带来光辉的成就。但在发展现实主义文学、培养人才这一点上,他的功劳是不可抹杀的。

第六节 亨利·詹姆斯、伊迪丝·华顿 与格特鲁德·斯泰因

除豪威尔斯外,属于"温和现实主义派"小说家的主要代表人物还有亨利·詹姆斯、伊迪丝·华顿和格特鲁德·斯泰因。这几位作家后半生都迁居欧洲,因此也被人们称为"移居国外的作家"。

一 詹姆斯及其小说创作

亨利·詹姆斯(1843—1916),1843年4月15日出生于纽约的一个名门望族。祖父系来自爱尔兰的移民,通过奋斗而成为百万富翁,父亲老亨利为哲学家,也是一名治家严格的长老会教徒,长兄威廉为著名的心理学家和实用主义的创始人。亨利数次游历欧洲,并在日内瓦、波恩等地接受中等教育。1862年至1865年,在哈佛大学法学院求学,1864年开始写小说和评论。他于1864年用笔名在纽约《大陆月刊》上发表第一篇短篇小说《伊罗的悲剧》;第二年在《大西洋月刊》上发表了他的第一个署名作品,当时的编辑正是刚从意大利回来的豪威尔斯,这是他们之间友谊的开始,后来两人成为终身的朋友。詹姆斯把豪威尔斯视为忠诚的朋友和可敬的导师。1869年,詹姆斯首次单独到英国旅行。1871年发表了他的第一部有影响的小说《一个热情的旅行者》。1875年他再次去欧洲,在巴黎逗留期间结识了屠格涅夫、福楼拜、左拉、莫泊桑和都德,并开始跨入法国作家的圈子,但他在佩服法国作家的创作热忱的同时,却不赞成他们所写的"不干净"的题材,他觉得自己与屠格涅夫在写作观点上最为相通,后者的世界主义观念使詹姆斯对自己的认识深信不疑,即一位小说家无须为他的故事情节操心,只要将注意力集中在人物身上,他自然能掌握主人公的生活和命运。

詹姆斯喜爱法国,但由于语言和民族文化的关系,他觉得在法国自己是一个局外人。1876年下半年,詹姆斯迁移至伦敦定居。从此时起直至去世,詹姆斯除中途四次回国探亲之外,绝大多数时间住在英国。在那里,他似乎有鱼入大海的自由感觉,维多利亚时代的英国文人也对他刮目相看。詹姆斯频繁出入各种沙龙,与丁尼生、勃朗宁等人为伍,据说仅在1878年至1879年,他就先后140余次参加伦敦名门贵族举行的宴会。他的作品先后在英、美两国的文学刊物上发表,与大小说家梅瑞狄斯、斯蒂文森经常会晤,使他被伦敦上流社会公认为一位可亲可爱的朋友。1915年,因对美国在第一次世界大战中中立立场的强烈不

满,宣布脱离美国籍而加入英国籍。1916 年 2 月 28 日在英国去世,临终前获得英国政府授予的文职官员最高勋章——功勋勋章。詹姆斯生前还获得过哈佛大学荣誉文学博士(1911)和牛津大学荣誉文学博士(1912)的学位。死后,詹姆斯的骨灰运回美国安葬在家族墓地,在墓碑碑文上,称赞他是"沟通大西洋两岸同时代人的文学使者"。

詹姆斯一生著作甚丰,主要是中长篇和短篇小说,也包括评论、自传和杂记。在长达 40 余年的创作生涯中,先后出版过 100 卷以上的作品,由他精心编选的全集共有 26 卷,于 1907 年至 1917 年出版。他的中长篇小说的代表作有:《美国人》(1877)、《黛西·密勒》(1878)、《贵妇人的肖像》(1881)、《波士顿人》(1885—1886)、《卡萨玛西玛公主》(1886)、《波音顿的珍藏品》(1897)、《梅西所知道的》(1897)、《在笼中》(1898)、《鸽翼》(1902)、《专使》(1903)和《金碗》(1904)等。詹姆斯一生的创作始终局限于人的道德、教养和情操范围,而缺乏对整个社会的剖析,更不去触及造成广大劳苦大众不幸命运的根源,足见他思想上占统治地位的不是资产阶级人道主义,更不是对社会腐朽堕落的反抗精神,而只是资本主义上升时期的人文主义倾向。他在作品中所强调的是人物品德的崇高、心地的善良和情操的高雅等,并认为这是解决世界一切矛盾的基本前提。虽然作者也在作品中赋予女主人公以纯洁的心灵、宽容的品格,但她们并不是同社会恶势力做斗争的强者,几乎都是深居闺阁、崇尚修养的资产阶级女性。《波音顿的珍藏品》就是这种创作思想的代表。

这部小说描写了这样一个故事:老吉瑞斯夫人为了替庸庸碌碌的儿子寻找一个合适的妻子,来到布里奇斯朵克乡下,遇到了年轻的弗莱达·弗奇小姐。吉瑞斯夫人对弗莱达很有好感,就邀请她到波音顿庄园去做客。当见到收藏在那里的壮丽豪华的艺术珍品时,弗莱达高兴得流下了眼泪。老夫人认定这就是自己所要寻找的儿媳妇,这些珍藏品也只有托付给她才可以放心。于是就要求弗莱达与儿子欧文相爱,谁知欧文却另有所爱。一天他把女友蒙娜带来波音顿,老吉瑞斯夫人却十分厌恶儿子自己选定的这个未来媳妇,特别是蒙娜也同欧文一样,对艺术一窍不通,只想把这些珍藏品卖了捞钱。由于不可避免的矛盾冲突,母子之间终于吵起来了:儿子要把房子卖掉,逼迫母亲搬家。在弗莱达的劝说和帮助下,老夫人最后离开了老家;为了报复,她从波音顿搬走了大部分最珍贵的收藏品。蒙娜与欧文知道后大吵大闹并进行威胁,企图逼老夫人把东西搬回来。弗莱达从中斡旋劝解,花了许多精力才使欧文那一点点尚未泯灭的良心被感动了。他上门去找弗莱达,表示愿与她结婚,只要母亲将东西搬回去;弗莱达则告诉欧文,他首先得与蒙娜断绝关系。但欧文的许诺不过是一时的心血来潮,不久,老吉瑞斯夫人和弗莱达就得到了欧文与蒙娜突然结婚的消息;接着欧文还给弗莱达来了一封信,强令她交出由她保管起来的部分波音顿珍品。一年以后,弗莱达再次来到波音顿庄园,但那里已被一场意外的大火烧得一干二净,所有的财产全被毁灭了,欧文已流落他乡不知去向。

通过作品情节的描述,作者企图证明的是:一个人只有不被物质束缚时,他的精神才能获得自由。弗莱达这个孤儿出身的年轻女子拥有如此高尚的精神境界,她的行为与纨绔子弟欧文形成对比。小说所具有的现实意义恐怕也就表现在这一点上。

《专使》《鸽翼》和《金碗》是詹姆斯后期的三部力作,被认为是他的叙事艺术的高峰。《专使》以讽刺美国上层社会的欧洲风尚为主题,是一部充满思想理念矛盾冲突的正喜剧。来自美国马萨诸塞州的富家子弟查特在巴黎留学久而不愿返回故里,情急之下父母派遣专使赴欧洲劝儿子回国继承家业,而欧洲的情妇又竭力阻止查特离开,于是,担当劝说工作的专使往来于欧美之间却劳而无功。小说以查特在欧洲广开眼界、大长见识为契机,将欧洲大陆道德规范的放任与美国新英格兰狭隘的循规蹈矩加以比较,讽刺了美国上流社会的保守与愚昧。《鸽翼》写成于《专使》之后却出版于《专使》之前,它以伦敦和威尼斯为背景,描述了米莉·西尔的恋爱故事,情节曲折动人,主题颇具悲剧色彩。米莉·西尔一直在追求爱情中生活,她以为自己很健康,但最终逃脱不了死亡的命运,在临死前才相信她以为忠诚于自己的爱人却最终背叛了她的情感。《金碗》以通奸为主题描述了四个男女之间的复杂关系。玛吉·维尔维尔是个颇有心机的女子,她在面临丈夫、丈夫的情人兼继母和父亲之间的性爱、伦理、人际关系的选择时,最终以高超的表演能力,用计谋和骗术战胜了她的敌人——与丈夫通奸的继母夏洛特·斯坦特。这一结果象征着原先四人和谐关系的"金碗"终于破碎了,但拥有一顶"王妃"桂冠的玛吉以假装糊涂来维持一家人表面上的平和,以此来修复金碗镀金的表面——用金碗尚未破碎的说法表明他们之间依然是和谐的四重奏。

詹姆斯后期的这三部作品被西方评论家们认为是作者对西方道德的一次剖析与审视,下列一段言论可供读者参考:

> 三部小说超越了单纯的"故事情节"和"人物"或其主题的戏剧性。在《专使》的喜剧中、《鸽翼》的通俗剧式的情节中及《金碗》的正剧中,詹姆斯绘下了一幅幅出了毛病的文明的连续图景。这一文明只有在承认人的自由和人有权保持自己的隐私及承认道德和精神的"监控机制"的价值的条件下才能保存自己。三部小说不仅对西方社会的生存方式做了"哲学的"思考,它们还体现了一种社会伦理观,即:西方人必须培养那些使他们摆脱混乱状态而成为今天这样的人的模型和传统而不管这

些模型和传统有多大的缺陷,同时珍惜他们所赖以生活的器具和形式。[①]

二　詹姆斯对西方小说创作的重大影响

作为一名拥有娴熟的心理描写技巧且著作等身的小说家,亨利·詹姆斯一直被认为是沟通大西洋两岸文化的伟大作家,在他为数众多的作品中,他牢牢把握着美洲新大陆的乡土气息和勃勃生机与旧世界的腐败和狭隘之间的矛盾冲突。假如说,詹姆斯在生前还只是被视为一名多产小说家的话,那么,在他死后的几十年内,尤其是到了20世纪后半期,他几乎被奉为西方文坛上运用小说叙事技巧最巧妙、最圆满的艺术大师。通览20世纪汗牛充栋的西方学者的文学理论、小说评论和文学史作,它们无一不对詹姆斯的创作思想、描写手法大加赞美,翻阅任何一部英美文学著作,但凡写到19世纪与20世纪之交的西方文学发展过程(尤其是小说)的,都少不了对詹姆斯伟大影响的分析。有一点是可以肯定的:鉴于亨利·詹姆斯丰富的创作成果和他先后活跃于美国与欧洲文坛(尤其是英国),他的影响与成就是客观存在的,特别是他在《小说的艺术》(1884)等论著中所强调的小说创作思路和理解,无疑超越了一名单纯的小说家的理念,而成为既拥有丰富的创作实践又具有卓越创作理论的超级小说家。也许这正是詹姆斯死后声誉日隆的根本原因。

《小说的艺术》一书是詹姆斯针对英国小说家瓦尔特·贝森特(1836—1901)论主题的演讲所做出的答辩,该书反对任何为小说创作设置条条框框的企图,坚持"小说之所以存在的唯一理由是它的确试图反映生活的观点",并认为"现实的面貌"与小说的最高品质是统一的,而所谓"现实"——詹姆斯解释说——它应该"有着大量的形式",要对它进行界定是"非常困难的"。因此,他反对贝森特提出的作家应该根据经验写作的观点,提出一个敏感的艺术家所具有的经验就包括想象力、由已知猜测未知的能力和根据大量转瞬即逝的印象来构想出一个完整的世界的能力。

正是詹姆斯对作家想象能力的理解与宣扬,使得他在后半生写的理论著作《一组不完整的画像》(1888)、《观感与评论》(1908)、《有关小说家的评论》(1914)、《笔记与评论》(1921)以及他为自己的小说所写的18篇序言,都成了20世纪西方作家潜心钻研的"经典",也因此在第一次世界大战后的若干年里,为英国的意识流代表人物詹姆斯·乔伊斯(1882—1941)和弗吉尼娅·伍尔芙(1882—1941)的意识流小说创作开辟了道路。这大概也就是詹姆斯被西方文坛

---

①　中国大百科全书出版社不列颠百科全书编辑部:《不列颠百科全书(国际中文版)》第8卷,中国大百科全书出版社,1999年,第511页。

奉为意识流文学鼻祖的缘由。

詹姆斯在《笔记》中有一段名言：

> 生活在创作世界之中——进入这个世界并且留在里面——时常去光顾它——紧张并卓有成效地思索，靠深刻与连贯的注意与沉思冥想求得结合和灵感——唯此而已。①

许多作家也许都从中获得过灵感与启示。

然而对于詹姆斯的创作看法并非一致，有人以他的作品充斥着资产阶级抽象的人性观念和拘泥于对所谓有教养的绅士阶层的描写为理由而斥之为"无聊""堕落"，或将它看作美国垄断资本发展的精神产物；另有一些评论家则视詹姆斯为"文学之神"，对他的作品倍加推崇，康拉德认为他是"一个优美的、有良知的史学家"的观点就是代表。这种评价上的截然不同，近年来也影响到我国，有的学者对詹姆斯的态度甚至可以在几年之内从贬到谷底转而褒到顶点。詹姆斯的作品，客观地说，多数描绘的是一幅幅资产阶级上层社会的生活画面，读者很少能从作品里闻到一点普通劳动者的气息；它虽有现实主义的一面，但更重要的是主观臆想的一面。詹姆斯的早期作品，明显地受到狄更斯、巴尔扎克和霍桑的影响，后期作品则注重艺术上的雕琢；特别是人物心理描写上的细致入微，虽有做作之嫌，但对 20 世纪心理现实主义小说的产生和发展有过重大影响，因而有人又把詹姆斯称为心理分析小说家。当然这只是他在艺术技巧上的一个显著特点，正如马克·吐温被称为幽默小说家一样，并不能衡量出詹姆斯的作品的思想高度和社会意义。詹姆斯作为一名出色的评论家，不仅出版过《法国诗人和小说家》(1878)、《观感与评论》(1908)等多种评论集，也在自己选编的文集中写过不少序言来表明自己的艺术观点。总的来说，詹姆斯出身上层社会，他的立场和创作也始终没有脱离他的那个阶层，是一个贵族式的资产阶级人文主义作家；但他的作品多少能触及一些社会问题，特别是人们的精神世界，因而也具有一定的意义，至少揭示了当时欧美社会的某些弊端。20 世纪 60 年代以来，他的作品的声誉在欧美骤然上升，这就更有必要对他的创作思想和艺术风格做一个准确的、全面的评价，在文学发展史上给这位语言艺术上堪称美国一流文学大师的小说家实事求是地评定一个恰当的地位。

三 华顿及其小说创作

伊迪丝·华顿(1862—1937)，娘家本姓纽博尔特·琼斯，1862 年 1 月 24 日

---

① 伍蠡甫、林骧华：《现代西方文论选》，上海译文出版社，1983 年，第 97 页。

出生于美国纽约的一个富贵家庭,自幼在美国和欧洲受贵族教育。1885年嫁给爱德华特·华顿,婆家也是门当户对的望族。婚后华顿夫人致力于创作,她的小说风格基本上模仿亨利·詹姆斯,早期作品多为短篇。第一部长篇《坚定的山谷》出版于1902年,这是一部描写18世纪意大利贵族中自由主义倾向的作品。后又出版过《圣堂》(1903)、《人的血统》(1904)等小说集。她的成名之作是长篇小说《快乐之家》(1905)。由于家庭关系恶化,华顿夫人从1907年起移居欧洲,1913年与丈夫离婚。第一次世界大战期间在法国参加社会救济工作,1937年8月11日在法国病逝。

华顿夫人一生主要从事小说创作,共写了10余部长篇小说和若干中短篇小说,她的主要作品有《伊坦·弗洛美》(1911)、《乡土风俗》(1913)、《天真的时代》(1920)和《搭了架子的哈德逊河》(1908)等。华顿夫人的早期作品比较注重社会现实,在描写人物遭遇的同时能够揭示出一定现象的本质,《快乐之家》的倾向就是一个明显的例子:李莉·巴特出生于纽约一个破落的望族,她长得漂亮,一心向往上流社会,到了29岁还未能结婚。她不愿嫁给粗俗的暴发户罗斯台尔,又不甘心与爱她的穷律师塞尔顿结婚,那些有钱的太太为了自己可以自由地与别的男人调情,就雇用她做秘书去吸引丈夫的注意力,在与贵族和资产阶级新贵们的交往中,她遭到侮辱和欺骗却被安上"勾引男人"的罪名。在这双重屈辱面前,她只有选择自杀这条路,在遗嘱中她把从姑母那里继承来的一点菲薄的遗产用于偿还别人的债款。李莉在社会的逼迫下死了,但她却是清白的。《快乐之家》无疑是对当时社会的势利、庸俗、罪恶现象的一种揭露,李莉的悲剧具有明显的典型意义。华顿夫人在后期创作中更倾向于詹姆斯的风格,中篇小说《伊坦·弗洛美》以细致入微的人物心理描写见长,使主人公——一个新英格兰地区的农民——和他的妻妹之间的恋爱悲剧更富有神秘的宿命论色彩,被认为是《黛西·密勒》的翻版。小说主人公弗洛美是马萨诸塞州一个偏僻山区的农民,经营着一家农场维持生计,他的妻子生性多疑,夫妇关系十分紧张,后来他爱上了前来打工的妻子的表妹梅蒂。不久私情为妻子发现,梅蒂被赶出农场,弗洛美在送走梅蒂的路上企图以坐雪橇下山撞树的方式使两人同归于尽,结果自杀未成却双双成了残疾人,梅蒂只得重返农场由弗洛美的妻子齐诺比亚照料。几年后,梅蒂怨天尤人,弗洛美心中对她的爱恋也荡然无存。《天真的时代》所表现的是一种"温雅"的思想风格,以主人公向上流社会习惯势力屈服的结果反映了贵族资产阶级的道德观念,在艺术手法上更趋成熟;而在《乡土风俗》中所显示出来的则是充满着贵族气氛的怀旧情绪。华顿夫人后期创作大都以詹姆斯的小说为典范,她曾提倡"每一部杰出的小说都应该以深刻的道德含义作为它首要的创作基础",这正是她的思想立场的根本反映。华顿夫人曾于1930年当选为美国文学艺术院院士。

文学史家多认为华顿夫人是亨利·詹姆斯的忠实追随者,在表现美国上层社会的心理意识上,达到了青出于蓝而胜于蓝的高度,在《伊坦·弗洛美》《天真的时代》等小说中,以主人公的悲剧命运揭露了个人意志如何遭到剥夺的社会现实,显示了资产阶级的贪婪本质和人物的异化与孤立的境况。《天真的时代》以律师纽兰·阿切实的爱情悲剧为情节,描写了他企图打破世俗习惯势力,最终却不得不离开心爱的少女艾伦而与艾伦的表姐梅·韦兰成婚,表达了主人公在社会压制下无法选择个人爱情自由的无奈。据说此小说带有明显的自传成分。该小说于1920年获得普利策小说奖。

四　斯泰因及其小说创作

格特鲁德·斯泰因(1874—1946),曾因20世纪20年代对海明威等人说过"你们都是迷惘的一代"并被海明威用来作为小说《太阳照样升起》的题词而闻名。她于1874年2月3日出生在匹兹堡一个有钱的犹太人家庭,祖上是来自德国的移民。1897年毕业于马萨诸塞州克利夫女子学院,嗣后又进入约翰·霍普金斯大学研究心理学,1902年随她哥哥劳·斯泰因去巴黎定居,建立了著名的文艺沙龙,同时开始创作小说和绘画。在此期间,斯泰因与毕加索、马蒂斯[1]等著名画家结为挚友,第一次世界大战后又成为当时侨居巴黎的海明威、菲茨杰拉德等年轻一代小说家的师友。她的第一部引人注目的小说是《三个人生:安娜、梅兰克塔和丽娜的故事》(1909),这是由三个短篇组成的一组小说,分别以三个女主人公的名字为题;她以后的主要著作有带有立体主义倾向的《温柔的莉娜》(1914)、描写一家三代经历的长篇小说《美国人的成长》(1925)、自传体小说《艾丽斯·托克拉斯自传》(1933)、剧本《为了一个年轻人》(1946)和论著《怎样写文章》(1931)等。1934年发表的《三幕剧中的四个圣人》后由作曲家V.汤普森改编成歌剧上演,在美国大获成功,因而促使斯泰因于1934至1935年回到美国做了一次凯旋式的巡回演讲,名声大振。

斯泰因在《三个人生:安娜、梅兰克塔和丽娜的故事》中表现出来的只是一种带有朴素倾向的现实主义,作品通过对三个贫贱的女性——两个女仆和一个混血儿女工,其中安娜是个年老的法国移民,梅兰克塔身上有黑人血统——在美国不幸遭遇的描写,反映了美国社会本质的一个侧面。她的后期作品,则多效仿詹姆斯,注重心理描写,多用意识流方法,并企图在语言的章节、标点的混用和文体的风格上开辟一条新的途径,因而难免有晦涩难懂的地方。斯泰因于1946年7月27日在巴黎去世,她迁居欧洲后一直没有回过美国定居。

---

① 毕加索(1881—1973),长期侨居巴黎的西班牙画家。马蒂斯(1869—1954),法国画家,野兽派的代表人物。

作为美国 19 世纪后期现实主义潮流的一个分支,"温和现实主义派"在文学史上有一定的影响,特别是它的代表人物豪威尔斯和詹姆斯;至于那两位女作家,虽然她们的创作活动几乎都是在 20 世纪前期,但从创作思想和艺术风格来看,应当也属于这个派别。概括起来说,"温和现实主义派"有下列几个特点:

第一,具有一定的现实主义倾向。

第二,描写社会带有明显的作家个人立场。

第三,注重上流社会人物内心活动的刻画。

第四,在艺术上讲究雕琢修饰。

第七节　欧·亨利

一　坎坷的一生

欧·亨利(1862—1910),原名威廉·西特尼·波特,1862 年 9 月 11 日出生于北卡罗来纳州中部小城格林斯勃罗。父亲是一名地方医生,家境贫寒,他幼年丧母,从小由祖母抚养。15 岁那年去一个远房叔叔开的药店里当学徒,20 岁时,来到得克萨斯州碰运气。他先在牧场里当牧牛童,而后又去了州首府奥斯汀。从 1884 年起先后当过一家药店的药剂员、机关里的绘图员,最后又在当地的第一国民银行当出纳员。挣钱、找门路、换职业,这就是波特在奥斯汀的一段生活。这段辛酸的经历使这个年轻的小职员对当时美国社会的面目有了一个切身的认识,日后证明,他的这段生活积累通过与艺术的撞击迸发出了耀眼的光芒。

1887 年 7 月,波特与一名叫亚瑟尔·埃斯特斯的奥斯汀姑娘结了婚,第二年女儿玛格丽特出生,这个女儿几乎就成了波特后来生活的希望。1891 年波特进入第一国民银行,后来渐渐对银行的工作产生了厌烦情绪;由于精神苦闷,他开始喝酒。1894 年 10 月,银行发现他的账目短缺了现金,法院审讯后宣布不予追究,于是他辞职离开了奥斯汀,来到休斯敦一家名叫《滚石》的幽默刊物里当美术编辑,第二年又受聘担任《休斯敦邮报》的专栏作者。然而这段平静生活是短暂的,1896 年联邦银行检察机关仍不放过对波特的刑事追究,再次传讯他;仓促间,他抛下妻儿,隐姓埋名,流亡到中美洲洪都拉斯等地避难。不久,他得知妻子病危的消息赶回家探望,1897 年 1 月被押往奥斯汀受审。这年 7 月,他妻子终因患严重肺结核医治无效去世。1898 年 2 月,波特因贪污银行公款罪(据说是5557.02 美元)被判 5 年徒刑,送往俄亥俄州哥伦布城监狱。

在狱中,波特忍受了精神上极大的折磨,他的名字消失了,取而代之的是那该死的犯人编号。从那时起他已经不是波特而是 34627 号罪犯,每天穿着像斑马一样的横条纹囚衣在监狱里干活;他想念死去不久的妻子,这位给他带来幸福和不幸的女人;他想念年幼的女儿,女儿母亡父囚,他只得托亲戚代为抚养,还得骗她说爸爸出门到很远很远的地方去了,但他告诉女儿有一天他会回来的。幸而不久后,监狱医务室需要一个药剂员,典狱长从档案中知道波特曾经干过这一行,于是他在囚衣外面又罩上了一件白大褂,34627号罪犯重操旧业,成了整天在药罐试管中间打转转的配药员。这工作对波特来说当然是轻车熟路,比较自由,在空余时间里他就想到用写小说来消遣。波特为何会产生写小说的兴趣,据说还有这样一个故事:1899年岁末的一天,波特在监狱医疗室里闷坐着,他在想自己的女儿,圣诞节到了,拿什么作为她的礼物呢?他没有钱,当然没法托亲戚购买什么,无聊中他拿起一张报纸不断地写着"圣诞礼物、圣诞礼物、圣诞礼物"。突然,他停住了这一无意识、无目的的动作,脑子里闪现出许多滑稽有趣的故事——这是他当年在叔叔药店里做学徒时听人们讲的。他就从"圣诞礼物"联想到穷苦人家因为无钱购买礼物所造成的痛苦,联想到没有职业又无家可归的流浪汉迪克,一个可怜的落魄者,跟作者后来所描写的苏贝同属一个阶级。他是天堂圣人、马路天使,一个伟大的露天基督。说笑话是波特的特长,他过去就写过一些幽默小品,在这篇小说里当然也不会忘记如何运用自己在艺术上的特长使作品具有幽默、风趣而又发人深思的风格。他要写出人们的笑和泪,他要强颜欢笑地把穷人们的痛苦以笑的形式写出来。小说写完以后,波特就随便署上个假名:欧·亨利。这是他刚刚还在翻阅的一本法国药典书作者的名字,管它呢,反正除了自己的真实姓名以外,不管用什么名字都可以,只要不让人发现是他波特——34627号罪犯写的东西就行。这次尝试居然获得成功,小说《"口哨"迪克的圣诞礼物》于1899年圣诞节前夕在著名的《麦克流氏》杂志上刊登了出来。这位通过第三者把稿件秘密传递出去的匿名作者拿到了稿费,于是在他女儿的身边终于出现了圣诞老人送给她的礼物。

人在一生中,会遇到各种各样大大小小的事,但有时一件偶然发生的小事却会改变一个人一生的道路,对波特来说就是如此。第一篇小说发表之后,他的创作欲望骤然高涨起来,因而一篇又一篇的小说从哥伦布监狱的医疗室里悄悄地创作出来,又偷偷地送到外面的杂志上发表。这些作品以它们清新幽默的语言风格和出人意料的情节设计而赢得广大读者的喜爱,可是谁也不知道这位名叫"欧·亨利"的小说家究竟是何许人。由于表现良好,波特于1901年7月被提前释放。3年半的监狱生活对他来说真可谓意义重大,进去时是"贪污犯波特",出来时已是"小说家欧·亨利"了。为了使自己和别人尽快地忘掉他这段蹲监狱的历史,也为了更好地发挥创作优势使自己成为一名真正的小说家,波特一出狱就来到美国的文化中心纽约,正式使用"欧·亨利"作为名字,而把"波特"这个名字永远地扔在了哥伦布监狱里。

欧·亨利定居纽约之后,广泛地出入各种社交场所,与上层社会保持着一定的联系,但他更想到在贫民窟、酒吧、下等剧院中生活的普通群众。此时他虽富有,且有名声,但他决不做纽约城里 400 个百万富翁的跟随者,而以 400 万纽约市民中的一员自居,这就是他后来出版的短篇小说集《四百万》书名的来历。他不断地写小说,而且越写越好,1904 至 1905 这两年,是欧·亨利创作上最有成就的时期,他几乎以每星期一篇的速度写出他的短篇小说,交给《星期日世界》杂志发表。在短短的数年内,他创作数量之多、速度之快,达到令人惊叹的地步。

随着个人声誉的不断增长,欧·亨利完全有条件成为上层社会的一员,但他坚持把自己放在广大民众之中,宁愿过着简朴的生活。他不喜欢讲自己的经历,交的朋友也极少;他不愿意接受新闻记者的采访,更不愿把他的照片登在报上大肆宣传;他常在街上徘徊,在小店铺里、失业工人中和街头小巷寻找他的生活;他像一个敏锐的探矿者在社会的大海中勘探着丰富的宝藏,使之成为他创作的源泉;他常常在散步时构思推敲,一旦成熟就坐下来一气呵成,反复修改直至自己满意时才定稿。写作,成了欧·亨利最主要的生活内容,但他往往不能自主,他的作品要受到来自杂志社老板和出版商的干涉。每当这个时候,小说家欧·亨利就以他独特的方式在另一篇小说中进行报复。是的,他是热爱生活的,他也爱那善良而困苦的人民,他的作品就是他们精神的庇护所。1907 年,欧·亨利与萨拉·克里曼结婚,恢复了对生活的热情,但这种再次获得的安宁并没有持续很久。由于他大量饮酒的习惯未能改掉,加上他早年颠沛流离的生活对身体带来的危害,1910 年 6 月 5 日,欧·亨利因肝硬化过早地在纽约去世,年仅 48 岁。

二 政治讽刺小说:《白菜与皇帝》(1904)

这是一部政治讽刺小说,故事发生在作者虚构的一个名叫安楚里亚的拉丁美洲国家里。小说通过对一小撮野心家、投机分子和政客们胡作非为的罪恶行径的描写,同在那里的贫困、善良、真诚的广大民众形成强烈的对照,揭示了在这个国家里所存在的严重的阶级矛盾。小说塑造了美国冒险家古德温的形象——他打家劫舍,投机钻营,靠掠夺而发横财,把浸透安楚里亚人民血汗的 10 万美元占为己有;他与美国当局任命的驻该国领事阿特胡德等人一起组成了 19 世纪末期美国侵占拉丁美洲的罪恶行为的具体象征——表达了作者对美国政府扩张主义侵略政策的愤慨心情。

小说所描述的是一系列看似荒唐无稽却包含明显影射意义的故事:美国投机商古德温从他同党那里得到密报,安楚里亚总统米拉弗洛勒斯窃取了国库中的 10 万巨款并带着情妇、美国歌星姬尔勃外逃。古德温携枪追寻,在柯拉里奥外宾旅馆与总统相遇,在无奈中总统开枪自尽,10 万巨款落入古德温腰包,一个月后他与歌星姬尔勃结婚,人财两得。总统逃亡的消息传开,"革命党"乘机夺取政权,新总统洛沙达上台后百般寻找丢失的 10 万公款,古德温也装模作样组织了一个搜索队,当然那笔钱是再也找不到了。此时,新任美国领事阿特胡德来到柯拉里奥,他玩弄伎俩,迫使一向不穿鞋的镇上居民买他的情妇萝西与她父亲从美国贩运来的鞋子,赚了大笔钱后逃之夭夭。不久后,镇上又出现了一个名叫狄盖的人,此人慷慨大方,虽然来历不明,却也深得民心。时值冬季,洛沙达总统和一群显贵来这海滨小镇度假,在欢迎仪式上,国内最有威望的比拉尔将军发表演说,突然提出 9 年前奥里伐拉总统被杀一事,并指出凶手就是现任总统洛沙达,化名狄盖的人就是奥里伐拉的儿子雷蒙·奥里伐拉。于是洛沙达被捕,雷蒙接任总统,一场滑稽戏似的政变就这样完成了。导致这场政变的原因是:洛沙达竟敢向美国果品公司提出要对香蕉增加出口税,因而公司把流亡在美国的雷蒙找回来,导演了这出戏。

在这部小说里,作者显然抱着对政治和权力极大蔑视的情绪。在他看来,这些都是毫无意义的东西,凡是玩弄政治、追逐权力的,无一不是欺压百姓、榨取民脂民膏的流氓骗子。欧·亨利引用了英国小说家 L.卡罗尔的儿童幻想小说《爱丽丝漫游奇境记》中的一段歌谣作为题词:

> "是时候啦,"海象说,
> "可以谈谈许多事情;
> "鞋子、船舶和火漆,
> "还有白菜与皇帝。"

并以此作为小说的标题,表明了作者的态度。小说中有不少荒唐的事例,譬如一个名叫费立贝·加列拉的青年,只是由于总统和阁员们一时的心血来潮,居然被委任为海军上将;可是在安楚里亚连一条军舰都没有,结果抓了一条走私帆船命名为"国家号"作为海军的唯一舰艇。诸如此类滑稽可笑的情节设计,使读者仿佛进入了《格列佛游记》或是《洋葱头历险记》中的场景,这就是作者对政治的讽刺,也是小说本身的主题。

《白菜与皇帝》作为一部讽刺小说,其对一切侵略扩张政策的谴责和抨击,有它特殊的政治价值和社会意义。小说在艺术上比较粗糙,结构松散,人物面目模糊不清,与作者自己那些如同珍珠般闪光的短篇杰作相比显得逊色;不过,它既然是作者一生中创作的唯一长篇,也应当拥有一席之位。

三　杰出的社会小说集:《四百万》(1906)

《四百万》是作者最著名的一部短篇小说集,共包括 25 篇小说,如人们最熟悉的《麦琪的礼物》《警察与赞美诗》《爱的牺牲》《带家具出租的房间》等堪称世界短篇小说杰作的作品,均收入这个集子之中。对于作品标题的选用,如前所述,作者为的是表达他与400万普通纽约市民同呼吸、共命运的愿望。欧·亨利在"序言"中写道:"不必做更多的解释,仅仅从'四百万'纽约人这个角度上来说,就可以断言他们才是真正值得注意的人物。当然,聪明的人由此可能会引起——好像进行人口普查一样——对如此众多的人的兴趣问题提出疑问。"小说所描写的,正是这些"真正值得注意的人物"——普普通通的、在生活的艰难中奋斗挣扎的小人物。作者以强烈的感情、深厚的同情心去描写他们,在泪水中写出他们的不幸,在欢笑中写出他们的快乐,通过向人们展现出一幅幅真实生动、具有感人力量的生活画面,来揭示令人憎恨的社会实质,使人们对这些小人物的不幸遭遇产生强烈的艺术共鸣。在这些令人感动的生活画面中,我们可以见到:杰姆斯和德拉夫妇由于穷困而牺牲各自心爱的怀表和头发,为对方买了表链和全套发梳作为圣诞礼物时感情上的升华(《麦琪的礼物》);流浪汉苏贝为了进监狱度过冬天而做出的种种令人可笑而心酸的行为,而当他决心改过自新之时,却又无辜地遭到警方逮捕(《警察与赞美诗》);乔和德丽雅夫妇为了保证对方在艺术上的继续深造,各自悄悄地做出牺牲,最后真相大白,他们之间的爱情更让人感到可贵(《爱的牺牲》)。在这些令人感动的生活画面中,我们还可以看到:百货公司女职员的苦难生活(《没有完的故事》)、连自己昨晚上刚结过婚都忘记了的经纪人(《一个忙碌的经纪人的罗曼史》)、一对情人先后在带家具出租的房间中自杀的悲剧(《带家具出租的房间》)、小饭馆女侍者的内心痛苦(《昙花一现》)等等。

描写社会底层的小人物是19世纪末和20世纪初现实主义文学的一大特色,但从世界范围来进行衡量,像欧·亨利在《四百万》中那样,以明快、抒情的白描手法写出这些小人物的命运,写出他们的内心痛苦和快乐的小说实不多见;更主要的是通过对这些小人物命运的描写,在戏而不谑的讽刺和怒而不哀的揭露中,显示出作者对社会的抨击。从苏贝屡次触犯刑律想进监狱而不得,而当他立志弃旧图新时却无辜遭到拘捕的经历中,可以想见美国的法律是如何颠倒是非、混淆黑白!他砸了商店的大玻璃,警察却只朝他看看;他在教堂前聆听赞美诗的弹奏反倒成为有罪:这是什么世界?这是哪家的法律?苏贝的遭遇正是无数生活在底层的美国劳动人民的缩影,在令人发笑的情节中包含着作者的愤怒。含泪的笑,含笑的泪,就在读完作品的一瞬间,人们将会产生的是一种无法用语言表达的感情。

四　欧·亨利的其他短篇小说

欧·亨利一生共写了273篇短篇小说(一说300余篇,包括作者死后才整理出版的早期散佚之作在内),除《四百万》以外,其他重要的短篇小说集还有《剪亮的灯》(1907)、《西部之心》(1907),以及《城市之声》(1908)、《善良的骗子》

(1908)、《命运之路》(1909)、《选择》(1909)、《毫不通融》(1910)、《乱七八糟》(1911)、《滚石》(1912)和《流浪儿》(1917)等。从题材上来说,可以看成是《四百万》续篇的《剪亮的灯》,也是以普通纽约市民的生活为素材的,作者在发扬《麦琪的礼物》《爱的牺牲》等小说高尚主题的基础上继续发掘蕴藏于那些小市民心灵中纯洁、高贵的情操,在那里有为追求真正的爱情而奋斗的南茜(《剪亮的灯》),为同伴的困难甘愿做出自我牺牲的梅达(《紫衣》),而最令人感动的则是《最后一片藤叶》中的老画家贝尔门。

这是一首歌颂"贫贱者"伟大的自我牺牲精神的赞美诗,一生"耍了四十年的画笔,还是同艺术女神隔着相当距离,连她的长袍的边缘都没有摸到"的穷画家贝尔门,在一个风雨的寒夜,为了挽救一个濒于死亡的年轻女画家,爬上墙壁画了枯藤上最后的一片叶子,青年女子琼珊得救了,而贝尔门却得了急性肺炎死在医院里。是什么力量促使贝尔门老头做出这样的牺牲?在金钱才是"唯一的阳光"的社会里,他的行为象征着一种什么精神?对于这些,作者并没有正面回答,而是以极其朴素的笔法,并带着一点风趣的语调,向人们叙述这个简单、普通而又包含着巨大感染力的故事。作者的感情哀而不伤,在同情中体现出肃然起敬的情绪。这是一首人道主义的赞美诗,作者透过群魔乱舞的社会状态,在被人遗忘的角落里使人们看到了人的美好心灵的本来面目,在这非人性的土壤上开放着一小朵平淡无奇但沁人肺腑的花朵;这花朵象征着人性,象征着希望,使人们记忆起什么是"美"的真谛。

在欧·亨利的短篇小说中,还记录了美国社会中令人好笑又发人深省的生活镜头:有谁见过一个行窃的强盗居然因为被窃者与他同样患有风湿痛的毛病,两个人就坐下来热乎乎地交谈如何治疗的问题,最后强盗还请被窃者上街喝酒,因为酒能治病(《同病相怜》);肯塔基州乡民山姆·福维尔为了报家仇前来纽约寻找仇人,在这个大都市里人与人之间冷若冰霜,谁也不理睬他,一种可怕的寂寞和忧郁感压迫着他,最后他遇到了仇人哈克纳斯,但有谁能料到,福维尔不但不去杀他,反而他乡遇故知般跑上去同他握手言欢(《使圆成方》)……这些奇特的现象正是资本主义社会腐朽思想恶性泛滥的产物,它使人与人之间的关系发生了无法理解的变化。作者的这些描写无疑是对一个时代最令人难忘的记录。

还值得一提的是《善良的骗子》。在这部短篇小说集中,作者以若干独立短篇的形式塑造了一个名叫杰甫·彼得斯的骗子形象。杰甫·彼得斯与安岱合伙在社会上行骗,但他们决不骗善良的平民,而专门骗那些贪得无厌、愚昧无知、目光短浅、利欲熏心的政客、市侩和暴发户。在这一系列小说里,作者通过彼得斯的所作所为起到了揭露社会的微妙作用。例如彼得斯串通安岱从愚蠢的镇长班克斯老爷那里骗来250块钱,从中可以看出政客们的真实面目(《催眠术家杰甫·彼得斯》);从彼得斯办世界大学可以看出美国腐败的教育制度(《慈善事业数学讲座》);从彼得斯与安岱开办婚姻介绍所可以看出美国报纸广告的欺骗性(《精确的婚姻学》)。但在这个社会里,骗子也绝不是永远的胜利者,彼得斯从强盗比尔·巴塞特那儿骗来钞票,却又被更精明的投机金融家立克斯骗了去(《黄雀在后》),当彼得斯有意改邪归正转向善良时却发现自己在作茧自缚(《破产的托拉斯》)。杰甫·彼得斯是欧·亨利创造的一个特殊的典型,一个在资本主义社会中顺应潮流、合乎时代的浪子,在他身上体现了作者对社会的忧愤心情。

欧·亨利在短篇作品中,除大量表现对普通小人物命运的关心之外,也并没有忘记刻画那些以巧取豪夺、明抢暗偷起家的富翁的真实面目,从强盗变为华尔街老板的陶德逊即为一例(《我们选择的道路》)。显示他集强盗与资本家于一身,正是为了指出这一公理:在美国,资产阶级与强盗是用同一种手法起家的。

有人把欧·亨利的小说看成美国生活的一部幽默百科全书,这是很确切的评价。在他数量众多的短篇小说中,我们可以见到当时美国社会形形色色的人物:工人、店员、演员、牧师、警察、音乐家、侍从、水手、小偷、骗子、强盗、小贩、老板、法官、律师、富翁、农场主、将军、政客……他们中间有不少已成为世界公认的艺术典型。欧·亨利以他出色的作品为人类创造了极其丰富的艺术财富,他的短篇小说为人们认识19世纪末至20世纪初期的美国社会提供了生动而准确的形象材料。当然,在他小说中所表现出来的现实主义还有明显的局限,欧·亨利并没能像以后的几位杰出小说家那样从阶级和阶级矛盾的高度去分析和解剖社会现象,而往往停留于对个别人物命运的描写,因而缺乏深度。尽管如此,他对美国文学和世界短篇小说创作的重大贡献是毋庸置疑的。

五 “欧·亨利式的艺术”

作为世界著名的短篇小说家,欧·亨利创作的短篇小说,具有独特的艺术魅力,这种魅力往往会给读者带来拍案叫绝的激动,因而人们把他开创的这些艺术手法称为“欧·亨利式的艺术”。

“欧·亨利式的艺术”主要包括下列几个方面。

第一,合乎情理的艺术夸张。夸张是文学作品常用的手法之一,但只有遵循人们的生活规律,并能反映生活的某些本质方面,才能引起读者的共鸣,取得强烈的艺术效果,欧·亨利可谓是这方面的大师。他的夸张手法不只是表现在一些细节的描写上,更主要的是体现在人物形象和情节结构的基本方面,有时夸张到几乎使人不可思议,但联系整个作品掩卷静思,却又使人不得不叹服:欧·亨利的夸张既是那么荒谬,却又如此符合生活的真实!

我们对《警察与赞美诗》中所表现的苏贝的一系列举动会感到滑稽可笑,而更难以置信的是,他做这一切的目的只是去坐三个月监狱,以度过寒冬。吃白食,耍流氓,砸玻璃,偷雨伞,这个小丑式的人物在狂乱中跳来跳去,一切都是为了能够坐牢！这些极度的夸张，虽一时使人惊愕，然而一旦在小说结尾所产生的悲剧意识的反衬下，不仅令人信服，而且觉得作者的夸张本来就是合乎情理的杰作。同样，在《使圆成方》中，福维尔情绪的急剧变化，放下手枪去与仇人握手，也正是人物心理推导的必然结果。夸张么，是夸张；可信么，确实可信。

第二，出乎意料的故事结局。这是欧·亨利又一令人叹服的手法。他常用出奇制胜的结尾使小说的思想境界和人物形象升华到顶点，让读者惊叹不已。这一手法在欧·亨利作品中俯拾皆是，著名的《麦琪的礼物》《最后一片藤叶》以及《催眠术家杰甫·彼得斯》等小说无不如此。我们可以随便举一个例子来加以阐述：山民兰西与老婆爱丽拉到治安官员班奈特·威特普那儿闹离婚，官员要去了兰西唯一的一张5元钞票作为手续费，在判决离婚后又要兰西付给他老婆5元钞票作为赡养费；兰西无奈，夜间假扮强盗从官员那儿抢回那5元钱，在第二天判决时付给了离婚的老婆；就在两口子最后分离的瞬间，感情的纽带又使他们联结在一起，于是治安官员又以重新办理结婚手续费的名义把那5元钱要了回去。这个风趣的故事就是欧·亨利在《人生的波澜》中所叙述的。兰西与老婆去离婚，结局却是重新结婚。他虽然被治安官员诓去了5元钱（本来应该是10元），却赢回了他与老婆的感情。一曲清新的山野牧歌，一首赞美劳动者的颂歌。这种结尾的突变，与其说使读者意外，毋宁说使读者惊喜。

第三，"含泪的笑"。在欧·亨利的作品中不乏对种种丑恶社会现象的讽刺，这种讽刺有时是十分尖锐、辛辣的，因而必然使读者产生克制不住的笑声。但在嬉笑之余人们又体味到什么呢？对苏贝滑稽可笑的行动和可悲的结局我们将产生什么感情？对彼得斯的骗术我们能产生什么感想？那些幽默可笑的人物做出各种幽默可笑的举动，又将会给我们带来什么？笑是笑了，有时甚至是捧腹大笑，但同时又不免带着悲哀、痛苦和不幸的成分。谁也不能否认苏贝行为的可笑，但谁也不能同时否认他遭遇的可悲；即便对贝尔门老头着墨不多，单是他的两句俏皮话也能使人发出微笑，但这微笑之后紧跟着的是他的死亡！

欧·亨利是以人道主义战士的姿态，抱着对美国社会千百万小人物的极大同情来描写他们的命运的，作者所运用的幽默和讽刺是对社会面貌的曲折反映，以"含泪的笑"表达了他对人民的赤子之心，以"含泪的笑"表达了他对黑暗社会的愤怒。

第四章　19 世纪末至 20 世纪初的自然主义小说

第一节　世纪之交的美国社会与自然主义文学思潮

一　资本经济的膨胀与自然人性的沦丧

南北战争以后,随着美国资本主义工业经济的迅猛发展,工业化进程的不断深化,资本经济比以往任何时候都显示出其作为社会主宰的力量,加上大规模机器生产的日益普及,使过去以人为中心的观念受到了极大的冲击,人们仿佛一下子感觉到机器成了时代的主角,而人忽然成了依附于机器的配角,人的自然社会主角身份和生物世界中心地位被疯狂发展的资本经济和生产机器所取代。少数掌握了巨额资本的垄断寡头发了大财,社会财富迅速向少数垄断资产阶级倾斜,整个国民经济中的大部分资产集中在占人口总数 10%以下的大资产阶级手中;占人口总数 70%以上的劳动阶级(包括农村中破产的自耕农和没有土地的雇农)沦为城市中在资本经济统治下的"机器奴隶",他们整日在机器控制下从事高强度、高速度的机械劳动,却只能获得菲薄的报酬,他们所创造的剩余价值全部流入垄断阶级的口袋里。于是,社会贫富悬殊,阶级矛盾激化,人性的本质受到了金钱的挑战和异化的威胁,再加上积重难返的种族矛盾,使 19 世纪 70 年代以后的美国社会处于纷乱繁杂之中。

也许就是在人类对自身的本质产生怀疑的同时,企图以返回人类自然属性(包括思想的和肉体的)为目的的自然主义理论应运而生。文学上的自然主义首先出现在资本主义制度已确立多年的 19 世纪 80 年代的欧洲,它的理论基础是法国哲学家 H. 泰纳(1828—1893)的实证主义批评方法,它的代表人物是法国小说家爱弥尔·左拉(1840—1902)。左拉的《实验小说论》(1880)一文可被视为自然主义文学的宣言,按照左拉的观点,小说家不再只是满足于记录社会现象的观察家,而是超脱于社会的实验员,他把自己作品中的人物及人物的情感置于一系列的实验之中,并像化学师同物质打交道那样检验情感与社会的真相。以左拉为代表的自然主义文学理论在欧洲产生广泛的影响之后,在小说、戏剧、绘画、音乐等领域中都出现了代表性的作品。然而,自然主义在产生的同时也陷入了它无法摆脱的理论上的矛盾和实践中的泥淖。自然主义作家声称自己的创作要完全客观真实地反映社会现实,但实际上仍为它的决定论中的某些偏见所掣肘,他们认为的对人的自然本质的忠实反映,反映的则是人的自然属性中邪恶可憎的部分,他们也把遗传看作人的本质的基本来源,因此作品中往往出现受强烈感情支配而头脑十分简单的人物,所以社会底层的恶劣环境、受生活压制的下层阶级及人类自然属性中疯狂和兽性的因素,大多成了自然主义作家的主要描写内容。

自然主义在欧洲的一度风行,也逐渐影响到了远在北美洲大陆的美国,这种影响首先是通过一些在欧洲留学的美国作家对左拉等人的理论和作品的学习产生的,他们中的代表人物就是后来被认为是美国自然主义小说家先驱人物的法兰克·诺里斯,此后还有在美国本土进行创作而带有明显自然主义倾向的斯蒂芬·克莱恩、赫姆林·加兰和杰克·伦敦等。可以认为,正是在欧洲自然主义理论的驱动下,从 19 世纪末期开始到 20 世纪 20 年代,出现了美国自然主义文学(主要是小说)短暂的鼎盛时期。

二 美国式自然主义在小说创作上的表现

美国式自然主义是在欧洲自然主义思潮的影响下兴起的,它主要表现在小说创作上。然而,美国式的自然主义小说不完全等同于以左拉为代表的欧洲自然主义小说。假如说,左拉在他所倡导的自然主义理论和他的系列长篇小说《卢贡-马卡尔家族》中所竭力表现的是人在自然环境中所发生的行为必然受到他的生物本能的支配,而且是社会环境决定了人的善恶成败,那么,美国的自然主义小说家们则是有意识地将 19 世纪中期带有明显进步色彩和积极作用的浪漫主义与当时美国人民追求社会前进和崇尚个人奋斗精神以及向往科学发展的思想观念紧密地联系在一起的。这就是美国式自然主义的特点。

与欧洲的自然主义小说相比较,美国的自然主义小说起步较晚,持续的时间也就是 20 世纪初的二三十年左右,但其间也经历了产生、发展和衰落的过程。多数美国文学史家认为,19 世纪末期的法兰克·诺里斯和斯蒂芬·克莱恩的小说可以视为美国自然主义的先锋作品,前者的《麦克梯格》(1899)和后者的《街头女郎玛吉》(1893)、《红色英勇奖章》(1895)是第一批有影响的美国自然主义小说。克莱恩虽否认自己受过左拉的影响,但人们还是把他看成是美国文学中这个出现短暂的文学流派的先驱人物;而法兰克·诺里斯由于他留学法国的经历和对左拉思想的传播,被称为"美国自然主义之父"。同时出现的还有赫姆林·加兰,他的作品充满了西部乡土色彩,又带有明显的自然主义成分。他的短篇小说集《大路》(1891,1910 年增订再版)应该是最早的一部带有自然主义风格的作品,他在 1894 年写的论文集《破碎的偶像》中明确提出了"写真实"的观点,主张把为社会服务的写实主义与更富有个性的主观成分结合起来,这与当时远在欧洲意大利所出现的"真实主义"文学思潮倒是不谋而合。

20世纪初期崭露头角的杰克·伦敦从未说过自己是自然主义作家,但他的早期作品,如《狼的故事》(1900)、《荒野的呼唤》(1903)、《海狼》(1904)等的确包含有明显的自然主义成分,杰克·伦敦对于自然与人类、自然与动物之间相互影响与异化的描写,正是自然主义所宣扬的本质内容,所以许多文学史家把他归入于这一流派之中也是有道理的。然而,他的后期作品《铁蹄》(1908)和《马丁·伊登》(1909)则又带有强烈的社会主义倾向和对现实社会的批判色彩。所以同样有文学史家称杰克·伦敦为"美国无产阶级文学之父"。正是杰克·伦敦的中年早逝使他失去了继续发展创作风格的可能,《铁蹄》中对于无产阶级武装斗争的想象与虚构,《马丁·伊登》中对于个人奋斗命运的社会制约和无力反抗,也许同样体现了杰克·伦敦无意中反映的自然主义观念。

与杰克·伦敦相对照的是西奥多·德莱塞。"德莱塞的艺术达到了美国自然主义的顶峰"[①]这个结论性提法似乎将德莱塞推上了美国自然主义统帅的地位,于是,在他头上也戴上了"美国自然主义小说大师"这类的桂冠。但是,一个重要的事实是,德莱塞从1900年出版第一部长篇小说《嘉莉妹妹》直至1925年出版影响巨大的《美国的悲剧》,他始终将对美国资本社会的揭露和批判作为创作主题。他的多数作品,尤其是20世纪20年代以后的小说,注重揭示美国社会本质对于人性的腐蚀和异化过程。假如自然主义是以对人性自然本质的描写为核心的,那么我们无疑可以把德莱塞视为"自然主义小说大师",他在《美国的悲剧》《欲望三部曲》中的确显示了美国垄断阶级的贪婪腐朽和在迅速工业化过程中年轻一代美国人的人性沦丧。然而,仅仅将德莱塞归入自然主义行列是不尽全面的,他的一生是忠实于社会的一生,他的创作是忠实于社会的创作,正如辛克莱·刘易斯在1930年所说的,德莱塞是美国文坛的杰出领袖,他给这个沉闷的国家带来了自马克·吐温和惠特曼以来的第一股新鲜空气。因此可以说,德莱塞是属于自然主义的,又是属于批判的现实主义的。前者主要是指他的描写手段和对人物心理的思考,后者主要是指他的作品的重大主题和广泛影响。同时,我们还可以将德莱塞归属于美国左翼文学的范畴。事实上,左翼文学也就是批判的现实主义的一个激进的组成部分,可以毫不夸张地说,20世纪30年代前后,德莱塞在美国左翼分子中就是起到了一个统帅的作用。

还应该提到的是舍伍德·安德森和詹姆斯·法雷尔。安德森的代表作《俄亥俄州瓦恩斯堡镇》(1919,又译《小城畸人》)是一部令人想起自然主义对人类本

① 中国大百科全书出版社不列颠百科全书编辑部:《不列颠百科全书(国际中文版)》第12卷,中国大百科全书出版社,1999年,第33页。

质的剖析的小说,因此把他归入自然主义作家的行列似乎比较恰当。法雷尔的代表作《斯塔兹·朗尼根》(1931—1935)被认为是美国式自然主义小说的最后表现,他在 20 世纪 20 年代以后成为德莱塞的忠实追随者,作品主题明显转向"左倾",被称为"左翼自然主义小说家",因此,法雷尔的作品应属于"红色的 30 年代"的左翼文学范畴。

综上所述,美国的自然主义表现具有下列几个明显的特点:

第一,它是在欧洲的自然主义的直接影响下产生的。

第二,它的主要表现形式是小说。

第三,它的产生与前期发展是与美国 19 世纪中期的浪漫主义紧密联系在一起的,因此带有一定的浪漫主义痕迹。

第四,它注重揭示人的自然属性在迅猛发展的资本社会中的本质表现。

第五,它的后期发展着重表现在对美国社会的自然本质和人性异化的批判上,因此,逐步与批判的现实主义融会与合流,其中部分自然主义作家转向左翼小说创作,成为 20 世纪 30 年代美国左翼小说创作的骨干。至此,自然主义文学在美国宣告结束。

第二节　法兰克·诺里斯

一　短暂的一生

法兰克·诺里斯(1870—1902),原名本杰明·富兰克林·诺里斯,1870 年 3 月 5 日出生在芝加哥一个富有的家庭,父亲是珠宝商人,也是绘画艺术的爱好者和收藏家。由于家庭的熏陶和环境的影响,诺里斯从小就对绘画产生了浓厚的兴趣,少年时甚至几次想放弃学业。1884 年,诺里斯随家庭迁移到西部的旧金山,在那里勉强读完了中学。进入加利福尼亚大学预科读了一年后,他终于中断了大学的学业,违背了他父亲要他从商的意愿,于 1887 年前往巴黎的朱利恩画室①去研究他那醉心了多年的绘画艺术。

诺里斯在巴黎一共住了两年,令人意外的是他没有显示出绘画方面的才能,而是迷上了吉卜林②、雨果和左拉的作品,特别是左拉的自然主义对他的影响很大。在那里他开始写《伊弗奈尔:一个法国世仇的传说》,这是一部共有三章的浪漫主义叙事诗。1889 年末,诺里斯带着这部诗稿回到美国,第二年夏天进入加利福尼亚大学英文系读书。

---

① 朱利恩画室是当时巴黎著名的私人画室。

② 即约瑟夫·吉卜林(1865—1936),英国小说家,1907 年诺贝尔文学奖获得者。

在加利福尼亚大学,诺里斯度过了四年说平静又不平静的生活。1891年,诗稿《伊弗奈尔:一个法国世仇的传说》终于自费出版,虽印数不多,在社会上也只是引起一阵轻微的反响,但毕竟是他在文学上的第一个成就。而这几年他的家庭生活却发生了变故:大约在他大学二三年级之间,他父母因为某些不为人知的原因而离异,由于诺里斯坚定地站在母亲一边,不久他父亲再婚后,他无形中便失去了家庭财产的继承权。财产的丧失和经济来源的枯竭使诺里斯把注意力转向广大贫苦的劳动阶级,把自己看作平民中的一分子。在课余他经常到旧金山街头去观察,留心那儿下层阶级成员的生活。此时,左拉在《卢贡-马卡尔家族》系列小说中所描写的法国下层阶级的生活画面使诺里斯激动而又向往,同学们都戏谑地称他为"小左拉",他也决心写出一部"左拉式"的小说来,这就是长篇小说《麦克梯格》的创作动机。

1894年,诺里斯从加利福尼亚大学英文系毕业,获得了文学学士学位。第二年夏天,他为了深造,便带着《麦克梯格》的写作提纲来到东部哈佛大学,进入路易斯·盖茨教授①主持的写作研究班学习。在大学毕业之前,诺里斯也曾写过一些短篇小说并在《大陆月刊》等杂志上发表,但真正创作小说还是在研究班期间开始的。1896年夏,研究班学习期满,诺里斯带着未完成的《麦克梯格》手稿回到旧金山,打算在工作之余把它续完,但这一搁就是两年。其间,他作为《旧金山记事报》和《矿工杂志》的特派记者前往非洲报道"布尔战争"②,回国后在旧金山的《波浪》杂志任编辑,在那里连载了即兴之作——具有浪漫主义色彩的海上传奇小说《"莱蒂夫人号"船上的莫兰》(1898)。直到1898年初,他才下决心请假数周,关起门来完成《麦克梯格》这部书的最后创作。

《麦克梯格》于1899年2月正式出版后,诺里斯立刻蜚声全国,连当时赫赫有名的大作家——曾任《大西洋月刊》主编的威廉·狄恩·豪威尔斯也撰写长篇书评,认为《麦克梯格》的问世是"美国小说发展史中的一个里程碑"。诺里斯把这本书献给了自己尊敬的老师——盖茨教授。当时,诺里斯以《麦克流氏杂志》记者的身份去古巴报道美国—西班牙战争回来后,就转入新成立的道布尔戴出版公司任编审。在不长的时间里,他又写了长篇小说《白烈克斯》(1899)和《一个男人的女人》(1900),紧接着他就着手写作以《小麦史诗》命名的三部曲的第一部《章鱼》(1901)。

诺里斯于1900年1月结婚,他的妻子珍妮特·伯莱克是一位女大学生。诺里斯进入道布尔戴出版公司是由豪威尔斯推荐的,《麦克梯格》即由该公司出版。

---

① 路易斯·盖茨(1860—1924),1887至1901年间在哈佛大学任英文教授,著有《文学评论三种》(1899)等。

② 19世纪末在南非爆发的英国殖民主义者与当地荷兰人后裔之间的战争。

诺里斯还竭尽全力帮助西奥多·德莱塞的处女作《嘉莉妹妹》在该公司出版,他们之间的友谊就是从这时开始的,可惜的是两年后的1902年10月25日,诺里斯因患急性阑尾炎在旧金山医院动手术时,受到感染不幸去世。《小麦史诗》三部曲的第三部以及他计划中的以美国南北战争为题材的三部曲,都由于他的突然病逝而未能问世。

1903年,即诺里斯去世后半年,《小麦史诗》第二部《深渊》出版。他去世前写的另一部小说《范多弗与兽性》出版于1914年。《作品集》出版于1928年,共10卷,包括诺里斯的所有小说和评论。

诺里斯不仅是一位卓越的小说家,也是一位出色的文艺理论家。1902年出版的《小说家的责任》是他所有评论文章和散文随笔的总集,其中除那篇著名的论文《小说家的责任》以外,还包括《伟大的美国小说家》和《小说与"效果"》等24篇文章。这些文章都是作者这些年来在创作小说的同时所写的,代表了他对文艺、社会、作家、生活等重大问题的认识。在《小说家的责任》中,他指出:"小说是现代生活崇高的表达方式。"这不仅表明诺里斯对小说这一文学形式的重视,更重要的意义还在于他强调了小说家的崇高责任,即"应该为所有人而不能仅仅为自己的思想和自己的利益而创作",在20世纪刚刚开始的第一年,不能不说这是一种十分可贵的见解。在同一篇文章里,诺里斯还对20世纪小说创作做了英明的预见,这段著名的论述已在本书的"绪论"中引用了。

诺里斯的创作期只有短暂的十年,他却经历了从浪漫主义到自然主义并最后过渡到带有象征色彩的现实主义的过程。《伊弗奈尔》和《"莱蒂夫人号"船上的莫兰》是属于史蒂文森与吉卜林式的浪漫主义的产物,《麦克梯格》和《范多弗和兽性》则是带有左拉自然主义痕迹的代表,在《章鱼》和《深渊》中,诺里斯以其非凡的创造力推进了当时美国文学上最出色的现实主义。在美国进入帝国主义阶段后,他与同时代的斯蒂芬·克莱恩一起挺身而出,顺着时代前进的潮流,成为20世纪新现实主义和"黑幕揭发者"运动的先导。

诺里斯虽只活了32岁,他的文学作品也因此未能达到可观的数量,但由于他出色的创作实践,他的杰出的长篇作品和他在文学理论上的精辟见解,使他成为美国19世纪末期至20世纪初期自然主义领域中一位出类拔萃的人物,为美国小说创作的发展做出了重要的贡献。

二 命运小说:《麦克梯格》(1899)

诺里斯第一部长篇小说《麦克梯格》的副标题是"一个旧金山的故事",也就是说小说写的是以这个太平洋港口城市为背景的故事。从14岁起诺里斯就在这里生活,他熟悉这里的一切。按照诺里斯在加利福尼亚大学读书时的设想,麦克梯格是一个体格魁梧、头脑简单的青年。他先当矿工,全凭力气干活,后来由于偶然得到一个江湖牙医的传授,便成了个半吊子的牙科医生。小说开始的时候,麦克梯格已经租赁了一间二楼的临街的房子,开了一家牙科诊所:地点,旧金山波克街;时间,189×年。对于他的为人,诺里斯在小说的第一章里做了简单介绍:

> 麦克梯格的头脑就像他的身体一样,笨拙、迟钝,动作缓慢而懒散。当然他的为人不坏。打量一下他的全身上下就容易使人联想起那种拉车的马来,身强力壮,笨头笨脑,驯服听话。

正当麦克梯格这个"傻大个"在过着一种虽然无聊但也平静的日子时,一个美貌、年轻的女性闯进了他的生活,她就是麦克梯格的好朋友马库斯·斯柯勒的表妹屈莱娜。屈莱娜是由斯柯勒介绍来让麦克梯格治牙的,这个从未接触过异性的牙医竟然在这个女郎面前不能自已,冒冒失失地求起婚来了。由于斯柯勒从中撮合,这桩婚事居然成功了,他们结了婚。麦克梯格有了一个出色的妻子。照此发展下去,小说本应是充满和谐、美好气氛的喜剧,但诺里斯的本意不在于此,他要写的是人,是人的社会属性和自然属性的本质,尤其是后者。屈莱娜在新婚之际,出人意料地中了彩票的头奖,拿到了五千元钱,但这喜上加喜,却引出个乐极生悲的结局。斯柯勒后悔嫉妒,当初他凭一时冲动将自己心爱的表妹让给麦克梯格,如今看到这个笨头笨脑的牙医既得娇妻又获巨款,不由得醋意大发,一封揭发信使本来就没有文凭、全靠一点手艺混饭吃的麦克梯格失去了当牙医的资格;同时屈莱娜中了头彩之后,变成爱钱如命的守财奴,在经济上、生活上对麦克梯格极为苛刻。失业、贫困、无聊使麦克梯格整日酗酒,最后夫妻分离,昔日的牙医成了穷途末路的叫花子。此时,麦克梯格的兽性代替了人性,为了窃取那五千元钱,他像一头狂怒的野兽,扼死了曾经发疯似的爱过的妻子……

写到这里,诺里斯暂时搁笔了,麦克梯格杀死了屈莱娜之后应该怎样呢?是去自首,恢复人的理智,还是让野蛮的兽性继续发展下去?按照盖茨教授的意见,是自然地让人物发展下去。诺里斯接受了老师的意见,两年后的1898年初,他终于关起门来最后结束了麦克梯格的命运——

为了逃避警察的追捕,麦克梯格来到人烟稀少的内华达州,而那个决意要抓住杀人犯为表妹报仇的斯柯勒主动向警方请战,手持镣铐追赶而来,冤家路窄,最后两人相遇在寸草不生的沙漠上。在搏斗中,麦克梯格凭着力气打死了斯柯勒,但斯柯勒在回光返照之际竟将他两人的手腕铐在了一起。沙漠、死人、手铐,麦克梯格只能失魂落魄地频频回顾,望望远方的天边,望望茫茫的地面,唯有那只他随身携带的金丝雀在有气无力地喳喳叫着。这就是诺里斯给他作品的主人公安排的命运!

麦克梯格这个思想迟钝但心地淳朴的矿工最后沦为杀人犯,这究竟是谁的责任? 麦克梯格的毁灭是由于贪财、遗传还是理智丧失? 在他身上人性和兽性的冲突反映出人的社会属性和自然属性中的哪些本质?

一般美国评论家都把诺里斯看成是美国自然主义的代表作家,把《麦克梯格》看成是他自然主义的代表作。不错,诺里斯的确是一位左拉的崇拜者,为了体现"小说家是一位观察家,同样是一位实验家"①的精神,他曾在哈佛大学图书馆啃完了几乎全部有关牙科医疗的书籍,为的是能够为《麦克梯格》提供一切有关细节,使之绝对真实。但正如前面引用过的,诺里斯在《小说家的责任》一文中强调的是"小说是现代生活崇高的表达方式",同时又说"每一种形式的艺术都具有对当代思想进行反映和表现的能力"。可见,他把文学创作尤其是小说创作当成是对一个文学家或一种文学流派、文学体裁的模仿;自然,他写《麦克梯格》也决不仅仅是为了仿效自然主义或是左拉的某一部作品,而是为了反映社会。反过来说,在这部小说中,特别是后半部,确实过多地把主人公的悲剧归咎于他生理遗传的缺陷,同一时期写成的《范多弗与兽性》也有同样倾向,但这只是作者一个时期的倾向,不能以此作为他的创作思想和这部小说的概括。我们可以把《麦克梯格》看成是诺里斯这一风格的产物:它是作者站在美国作家的立场上,吸收了欧洲自然主义的基本观念,以美国社会中人与人之间的关系、人在社会中赖以生存的各种内在的和外在的因素作为出发点而写成的。

麦克梯格作为一个典型,他代表了作者对"人"这一概念的理解:它是含有正常与非正常的、人性与兽性的混合因素的一种机体,它以社会的影响与反射为转移,只有在"人"感到无法生存下去时,动物兽性的本能才会占上风,成为时代与精神蜕变的牺牲品。人与人之间的倾轧,人对金钱的占有欲和城市社会腐败空气的毒害,这就是造成麦克梯格悲剧的原因。麦克梯格是诺里斯笔下一个复杂的混合体,他既有爱默生的"超验主义"因素,又有"象征主义"的影响,但占主要成分的则是作者对 19 世纪末期美国社会现实的判断能力,在这个可怜与可悲的牙科医生身上,人们能够发现"美国与人"的影子。

德莱塞曾以作者挚友的身份为 1928 年出版的《麦克梯格》写了序言,其中有这样一段话:

当我第一次读到这部小说的时候,首先我感觉到这就是美国。……这是一本真实的书,在我读过的所有美国作品中,再也没有比它更

---

① 爱弥尔·左拉:《戏剧上的自然主义》,《西方文论选》(下册),人民文学出版社,1964年,第 246 页。

吸引人和使人受启发的了。[①]

这是对这部小说确切而公正的评价。

三 社会矛盾斗争的史诗:《小麦史诗》三部曲(1901—1903)

19世纪末,美国资本主义的高度发展,导致出现了垄断财团大规模地并吞、掠夺、挤垮中小企业和一般劳动者的局面,在农村中首当其冲的是中小农场主。铁路的迅速铺设,城市人口的恶性膨胀,农业的破产,土地的买卖,小麦的种植与分配,农业工人的生计与出路,等等,一时成了美国万众瞩目的社会问题。诺里斯就在这个时候,考虑以小麦为核心撰写一部规模宏大的长篇系列小说,用来揭露垄断资产阶级的罪恶本质,为广大的农民和中小农场主呼吁。《小麦史诗》的取名,实际上就包含了作者对人民、社会和国家发展前途的关切心情。

为了取得创作的第一手材料,诺里斯来到他的第二故乡加利福尼亚州,对那里的农场工人与铁路公司之间的斗争进行实地调查。发生于1880年的新华金河流域农场工人同西南太平洋联合铁路公司之间的激烈斗争的情景,成为他三部曲中第一部的基本素材。三部曲按照预想由以下三部作品组成:

A.《章鱼——加利福尼亚的故事》

B.《深渊——芝加哥的故事》

C.《豺狼——欧洲的故事》

1900年底,《章鱼》完稿,翌年由道布尔戴出版公司出版。章鱼,按照《动物辞典》上的解释是一种软体动物,它拥有八条长而有力的腕足,腕内侧有很多吸盘,貌似软弱却很有力量,经常潜伏在海底捕食各种鱼类和甲壳动物,甚至攻击比它更大的动物。诺里斯用它来比喻那些贪得无厌、专以掠夺他人钱财为职业的铁路公司老板(小说中具体指的是"西南太平洋联合铁路公司"),真是再妙也没有了,甚至连那乌黑闪亮的、向四面八方伸展开去的铁轨,都可以同章鱼那又长又有力的腕足联想在一起。

小说故事发生的地点是美国西部加利福尼亚州的摩埃托斯农庄,主人叫曼克奈斯·德力克,外号"州长",虽然年过六十但精力旺盛。他有两个儿子,老大莱曼·德力克热衷于搞政治,大学毕业后当了律师,一心想捞到父亲徒有虚名的地位——一个真正的州长的职位;老二哈伦·德力克是老头子的得力助手,农庄的实际管理者。《章鱼》就围绕着以摩埃托斯农庄为首的农村势力同西南太平洋联合铁路公司之间的斗争展开。小说开始的时候,铁路已经筑好了,农庄的安宁被搅乱了,曼克奈斯一向是指挥别人的,如今也得受铁路公司的气了。譬如,他

---

① 西奥多·德莱塞:《麦克梯格》,道布尔戴出版公司,1928年,序。

向纽约州罗彻斯特市一家农机公司订购了一批犁,货已运到家门口波恩维尔车站,可是铁路公司却还得把它运到旧金山,然后再运回波恩维尔方能取货,这不仅要货主多付一大笔运费,还耽误了农时。分明是坑害人的勾当,铁路公司代理人斯·贝尔曼却说是照章办事! 愤怒的哈伦终于在矛盾激化到高峰时,率领人们与铁路公司进行了抗争。但结果呢? 失败了。"是的,铁路公司终究占了上风。"作者在小说的"尾声"中写道,"这些农庄都让章鱼的触手紧紧地抓住了……这头怪物害死了哈伦,害死了奥斯特曼,害死了勃洛德森,害死了胡芬。① 它使曼克奈斯变成穷光蛋,当他想去干坏事来挽回失败的局面,结果却毁了名誉,之后被逼得神经错乱。"

小说以那场冲突械斗为高潮,以德力克家庭和其他农庄主的死、伤、衰、败为结局。也许由于这样的描写太气人了,诺里斯便在作品的最后一章安排了一个有趣的情节:让那个趾高气扬的铁路公司代理人贝尔曼掉在大轮船的麦仓里活活"淹死",这似乎象征着小麦的洪流总有一天会滚滚而来,淹没铁路公司这头吃人的怪兽,"善"最后战胜"恶"的一天终将到来!

此外,小说还塑造了许许多多的人物,其中值得一提的是优柔寡断、充当德力克家门人的诗人普雷斯莱。他是这场斗争的目击者和解释人,从某种意义上说也是诺里斯本人的化身。他有正义感,悲天悯人,想写一部长诗《西部之歌》来反映这场斗争、这场悲剧,但没有完成;当他实在感到气愤之际,就往贝尔曼的家里扔了一颗炸弹,但无济于事,只能快快地离开这不堪回首之地,到印度去旅行。令他感到欣慰的是:小麦的洪流是阻挡不了的,个人会被灾难毁灭,但人类却长存不已,"虚伪必定死亡,不法和压迫的暴行总有一天会被消灭干净"。显然,这就是作者对社会现状改革的唯一寄托——只有用抽象的"善"来战胜实际的"恶",在诺里斯受到局限的世界观里,确实也找不到更好的办法了。

《章鱼》是诺里斯最出色的一部作品,宏大的气魄、丰富的想象、浓厚的生活气息和强烈的矛盾冲突,使它成为一部真正的美国西部的社会斗争史,也是第一部以经济上的斗争作为主题的美国小说。尽管作品本身在某些部分还残留有自然主义的痕迹,但这并不影响它作为一部具有杰出的现实主义主题的小说在美国小说史上占据一席重要的地位。

《小麦史诗》的第二部《深渊》写成于 1901 年 6 月,1902 年在《星期六晚邮》杂志上连载,单行本出版于作者死后的 1903 年。按照诺里斯最初的计划,《章鱼》写的是"小麦种植者同铁路托拉斯之间的斗争",而《深渊》写的则是"芝加哥小麦交易所的一笔'交易'的虚构故事";"章鱼"是作为铁路公司的象征,"深渊"却意味着小麦交易所这个可怕的、深不见底的陷坑,谁要是掉下去就永远别想再

---

① 中间两人为德力克邻近农庄的主人,后者为德力克的佃农。

爬上来。

《深渊》的主人公是一个名叫柯蒂勒·乔达温的资本家兼粮食投机商,由于个人野心的驱使,他企图以提高小麦价格来达到垄断市场的目的。但这一年小麦丰收,价格猛跌,于是他破了产,被更厉害的对手击败了。他的妻子劳拉在最后时刻意识到,世界上的事物似乎就像小说家描写的那样不可捉摸,她提出要离开丈夫到欧洲去过新的生活。乔达温的一切都完了,他跌进了这个可怕的"深渊"再也起不来。"垄断小麦,这是小麦在垄断我!"这是他发出的最后的哀叹。

第三部《豺狼》原定"以欧洲大陆一个村庄饥荒时获得救济为中心题材",但因作者的突然早逝而未能成书。

即使《豺狼》未能问世,从《章鱼》《深渊》这两部作品中人们也完全可以看出《小麦史诗》的全部历史意义,它们是作者站在社会斗争的高度,以经济领域的发展和矛盾为主体而创作出来的作品,他展现给读者的不仅是作品中某几个人物的身世遭遇,而是整个美国的命运! 正如欧文·科珀在《章鱼》1928年版的序言中所指出的:

> 这就是诺里斯所要告诉你的一切。这就是你能从《章鱼》中所得到的一切。……即使在二十几年后的今天,我仍能对它们产生如此鲜明和强烈的感觉。哪怕再过一百年或二十几年,我相信人们仍然能说这样的话。[1]

我们可以把这段话理解成不仅是对《章鱼》的评价,而且是对整个《小麦史诗》的评价。只有经得起历史考验的作品才是真正的好作品,从这一点来说,《小麦史诗》是当之无愧的。

第三节　斯蒂芬·克莱恩

一　匆促的一生

19世纪最后一二十年的美国文坛上,还有一位短命而有才华的作家,那就是斯蒂芬·克莱恩(1871—1900)。

这位只活了29岁的作家的经历是极为简单、明白的:1871年11月1日出生于新泽西州纽华克镇一个牧师家庭,7年后全家迁居纽约州,他在那儿上小学。1880年父亲病逝后又随母迁回新泽西州居住,并在当地的珀宁顿教会学校

---

① 欧文·科珀:《章鱼》,道布尔戴出版公司,1928年,序言。

完成了中等教育。1890 年至 1891 年求学于宾夕法尼亚州莱弗耶脱学校和纽约州塞莱克斯大学,未待毕业即进入纽约新闻界任职,先后任《纽约论坛报》和《世界报》记者,同时开始小说创作。1894 年在纽约新闻社任记者,专门从事市民生活报道。1894 年至 1895 年到美国西部和墨西哥旅行,为纽约报业辛迪加写稿。1896 年去古巴报道当地的暴动事件。1897 年 1 月乘坐"海军准将号"在海上航行时几乎遇难;同年去希腊报道希腊与土耳其的战争,战争结束后至英国结识了康拉德、詹姆斯等大作家。1898 年再度去古巴报道美国与西班牙的战争,1899 年又去英国,1900 年 6 月 5 日因患肺结核在德国巴登-巴登去世。

从上述介绍中可以看到,克莱恩几乎像一个匆促的过客,在人间度过他短暂的一生,尤其是从 1891 年他踏上社会之后的 9 年时间里,大都是在辗转奔波中度过的。他的职业是新闻记者,但使他留名于世的不是那些频繁的战事报道,而是他在工作空隙中写出来的小说和诗歌。克莱恩残存的最早作品片段是写于 1885 年的《生活速写》,从年龄上推算,当时他才刚进入中学不久;3 年后,克莱恩加入了他哥哥汤莱主办的新泽西州海岸新闻社。他的第一部重要作品是中篇小说《街头女郎玛吉》,初稿完成于 1891 年读大学时期,但小说多次试投均告失败,后在加兰的支持下,动用了克莱恩母亲刚留下的一笔遗产于 1893 年自费出版,并在加兰的介绍下结识了豪威尔斯。

也就在 1893 年春夏之交,创作进入旺盛阶段的克莱恩,用了短短的 4 个月时间,完成了后来为他带来巨大声誉的长篇小说《红色英勇奖章》。小说在 1894 年 12 月先由报纸连载,反响空前,1895 年 10 月在纽约首次出版单行本,接着 11 月在伦敦出版,受到美英两国读者的热烈欢迎,至 1896 年 6 月已印刷到第 10 个版次。

克莱恩一生共写过 6 部中长篇小说、100 余篇短篇小说和若干本诗集。小说作品除上述 2 部以外,重要的还有中篇《乔治的妈妈》(1896)、《海上扁舟及其他惊险小说》(1898),短篇集《怪妖及其他》(1899)等。《海上扁舟》是他最著名的短篇杰作,他以自己 1897 年 1 月海上遇险的经历为素材,描写在海上漂泊的一叶孤舟上四个人挣扎搏斗的情景和复杂的心情,反映出危难中人与人之间互相照顾的高尚情操。1900 年初,克莱恩以他与康拉德、詹姆斯等人同度圣诞之夜的经历为题材,创作了剧本《幽灵》,表现了克莱恩的多种创作特色。据说,那次晚会后克莱恩的肺部即大量出血,但在他的生命的最后几个月里,还是坚持写了小说《奥赖迪》的前 25 章和有关世界几大战役的论文。

克莱恩一生未婚,1897 年至病故的几年内与比他大 5 岁的离异妇女科拉·霍恩同居。

克莱恩在美国 19 世纪末的文坛上,犹如一颗瞬息即逝的明星,尽管他匆匆而去,却也发出了耀眼的光芒,照亮后人沿着他短暂的创作生涯去寻找那些文字以外的东西。

二 市民小说:《街头女郎玛吉》(1893)

《街头女郎玛吉》是一部以纽约下层市民社会为背景的小说,它的副标题便是"一个纽约的故事",写的是一个贫民家庭出身的少女,在遭到不怀好意的男子糟蹋之后由于生活没有出路而自尽的故事,充满着悲剧气氛,是对当时美国社会丑恶现象愤怒的控诉。玛吉从小在贫民窟中生活,父母都是以打骂孩子为发泄心中痛苦的手段的酒鬼,因而她得不到任何家庭温暖。后来,父亲死了,弟弟也死了,剩下整天酗酒闹事的母亲和粗暴生硬的哥哥吉米,但玛吉终于在苦难中长大,并在衣衫工厂里做女工。由于她长得越来越美,在贫民窟中引起了人们的注意,也使吉米的朋友彼特垂涎三尺。这个酒店伙计是个油头滑脑的流氓,他利用玛吉的年轻幼稚,以金钱衣着为诱饵来勾引玛吉,使贫困、不幸而又梦想找个男朋友过好日子的姑娘受骗上当。不久彼特就把玛吉抛弃另寻新欢,玛吉失去了工作,又回不了家,只得去做妓女,最后在悲愤失望中投河自尽。

从情节上来说,这部小说并无什么新鲜的内容,叙述的故事与19世纪80年代英国女小说家玛·哈克奈斯所写的《城市姑娘》很有相似之处,也可以说是同属于恩格斯指出的"一个老而又老的故事";但对美国来说,它所揭露的无疑是少为当时作家们注意的题材,尤其是在文坛上美化社会的作品占据着相当优势的情况下,更具有突出的意义。也正因如此,小说遭到了资产阶级舆论的非难和攻击,1893年,小说自费出版后曾遭冷落,直到作者以《红色英勇奖章》轰动文坛之后,《街头女郎玛吉》才引起人们的重视。这是美国第一部以沦为妓女的女子为主角的小说。作者在献给加兰的题词上,以这样一段话作为开端:

> 毫无疑问,这本书将会给你带来巨大的冲击,请你拿出一切可能有的勇气来坚持到底吧。这是一次尝试,它显示出在世界上和我们周围环境中经常存在的可怕的事物,然而它却在生活中不被人们注意。

它表明了作者对这一悲剧的态度,对产生这一悲剧的社会根源的谴责,这正是小说的思想价值所在,也是资产阶级评论家们和道德家们把它斥之为"庸俗""粗野"的原因。

其实,从小说本身来说,玛吉的形象并未达到完美的境地,在第五节之前,她仅是一个陪衬的角色,直到第五节开场那句话"玛吉姑娘在泥淖中长成了一朵鲜花:她出落成一位美貌出众的少女,在那个公寓区里成了惊人的奇迹"之后才成为小说的主角。玛吉出身贫寒,但也多少沾染上了社会上的一些习气,一旦情窦初开便对异性的外表、气魄、姿态等产生兴趣,因而给彼特下手提供了机会。小说对她的内心描写少外貌描写,某些情节的发展也只是以粗线条的形式勾勒出来。尽管如此,它还是写出了一个天真、幼稚又一味追求物质生活的下层青年女子的真实面目。她与彼特同居,一是家庭的逼迫,二是对方的诱惑,三是自身对生活的盲目企求。这个可怜的姑娘哪里知道等待她的是陷阱,是痛苦,是死亡的绝境!被彼特抛弃之后,她去当妓女,又当不好,有家归不得,生活无出路,只有在黑漆漆的夜晚,走到郊外,在污水河中去寻找自己最后的归宿。

由于作者受时代的局限,尚不能找出玛吉悲剧产生的根源和整个民众贫困的根源,他只以一种纯客观的手法去描写在纽约社会底层的苦难中挣扎的人们,以及他们在极端苦闷、无聊中的酗酒、打骂和斗殴现象。对这一幅幅真实画面的描写,克莱恩无疑受到他的导师加兰的直接影响。此外,小说文字的生动简洁、丰富的地方色彩和人物的立体感,表明作者具有出色的语言表现能力,这也是小说能在19世纪末期的美国文坛上占据一席重要地位的一个原因。克莱恩去世以后,豪威尔斯甚至评定《街头女郎玛吉》是克莱恩一生的最高成就。

三 战争小说:《红色英勇奖章》(1895)

《红色英勇奖章》(旧译《铁血雄师》)是克莱恩的第二部作品,写于1893年至1894年,出版于1895年。这是一部描写美国南北战争的战地小说,它通过一个士兵在战场上的经历来反映当时的战争生活。说来也怪,克莱恩本人未曾参加过战争,这场历时五年之久的内战也早在他出生之前六年的1865年就结束了,但这部小说居然被公认为描写南北战争作品中最好的一部。据说一些参加过这场战争的老兵们十分赞赏作者杰出的想象才华和描述能力,认为这部小说是对南北战争最出色的记录。评论界也公认这部作品以卓越的现实主义手法对战争做了极为精细的描述,塑造了一个令人信服的士兵形象。据说,克莱恩上中学时的一名历史教员即是参加过南北战争的老兵,他在课堂上讲述战斗经历,使年轻的克莱恩认为在他身上体现了基督徒和军人的双重气质,于是萌发了创作以他为原型的战争小说的愿望。

小说的情节并不复杂:亨利・弗莱明出生于农村,向往惊天动地的疆场生活,一心想为国立功,他不管父母的反对,在南北战争爆发时当了兵。在前线,最初他尚能自制,一旦战斗打响了他却临阵胆怯,不知不觉地做了逃兵。在后方散兵队中,弗莱明后悔自己的可耻行为,只希望身上也能受点伤,那就可以不算是逃兵了。他的这个念头不久之后居然成了现实——他向一个奔跑的士兵打听前线消息时,被对方一枪托砸破了脑袋,鲜血直流。后来他在一个好心的士兵护送下回到了原来的部队,他谎称自己失散后在右翼战场上作战受了伤,同伴们信以为真,夸奖他勇敢。此后,弗莱明像换了一个人似的,在战斗中他冲锋在前,奋勇杀敌,从阵亡者手中接过军旗一马当先,他的大无畏气概受到了上司的表彰。战斗胜利结束,弗莱明似乎又为自己的往事而感到羞愧,但他想到自己已经历过战火的考验,战胜了死神的威胁,他的心灵已发生了根本变化,面对这一切,他也问心无愧了,头上那鲜红色的伤疤成了标志着他勇敢精神的奖章,他现在需要追求的是安宁和和平……

《红色英勇奖章》是一部所谓的"纯战争小说",也是一部表现"恐怖心理"的分析小说。作者以战争来写战争,不管战争的双方是什么立场,也不问这场战争为了什么,反正它是战争,按照战争的实际情形来写就是。作者这一观点无疑代表了相当一部分美国人的态度,1962年飞鸟出版公司出版的《红色英勇奖章》的封底说明就这样写道:"这是一场兄弟之间的战争,是战争史上最令人痛心的一场悲剧。"作者所要提示的主要是战争的真实性,人们在战争中的各种表现(包括恐惧、惊惶、勇敢、胆怯),在世界陷入一片混乱时人与人之间的关系。总的来说,小说的立场是反对战争,反对一切战争,这可以从小说结束时的一段描写中明显地看出来:

> 天下着雨。一群浑身湿透、疲惫不堪的士兵在阴沉的天空下吃力地跋涉在泥泞不堪的棕色泥浆里,他们满脸沮丧,诅咒着天气和道路。然而这个年轻人却发出了微笑,虽然有许多人认为这些都是诅咒和受伤者手中的拐棍造成的,他却觉得这个世界对他来说是最合适不过了。他已经摆脱了红色的战争恐惧症。狂乱的噩梦已经过去。他已经结束了战争所引起的肉体上的疼痛和烦恼。他以情人般的渴望追求着宁静的天空、鲜艳的草地、明快的小溪——一种实在的、温和的、永久的和平生活。

亨利·弗莱明的形象代表了一代美国青年的精神世界,他对生活中美好的内容的希求正是促使他在战争中冲锋陷阵的动力。小说对后来的作家描写战争的作品产生了很大影响,曾经成为海明威创作的楷模。

第四节　赫姆林·加兰与舍伍德·安德森

一　加兰及其真实主义小说

赫姆林·加兰(1860—1940),1860年9月14日生于威斯康星州西塞勒姆的一个农民家庭,早年在南达科他州边境地区的乡村里过着贫寒的生活。他在农村曾念过不多的几年书,种过地,做过木匠,也当过小学教员。高中毕业后因生活没有着落,于1884年来到东部文化中心波士顿谋求出路,但多次碰壁,只得半饥半饱地在公共图书馆里啃着达尔文、斯宾塞、惠特曼的书。不久,与豪威尔斯结识,在这位大编辑的启发下开始练习写作。三年后,他回到南达科他州边境的乡村定居,村民们贫困的生活状态和当地经济的衰败景象更引起他对社会的失望,而当时城里的一批资产阶级吹鼓手却在大喊大叫地说中西部的农民如何快乐地在过日子。为了揭露这些虚假的舆论,为了真实地反映出生活的现状,加兰开始以当地乡民艰难贫困的命运为题材陆续创作短篇作品。1891 年加兰出版了他的第一个短篇集《大路》,它包括六个短篇小说,故副标题为“六个密西西比河谷的故事”。1910 年,作者又加上后来写的五个短篇小说再版,成为《大路》的最后定本。

加兰在《大路》中所奉行的创作原则,是以描写生活的真实为宗旨的“真实主义”。按照加兰自己在《大路》初版后的第三年所发表的《破碎的偶像》(1894)一书中的解释,这种原则是既不同于他的恩师豪威尔斯的“微笑式”的现实主义,也不同于当时风行于欧美的左拉的自然主义;他认为这是土生土长的现实主义,来源于民众,扎根于民众。因此,他在作品中以一种近乎眷恋、缅怀和虔诚的情绪来描绘他的父老、兄弟、姐妹、乡亲和那养育他的故乡。在《大路》的扉页上有篇“献词”:

> 献给我的父亲和母亲,他们在人生的大路上跋涉了半个世纪,可是得到的仅仅是辛劳和贫穷。这本小说集是他们的儿子献出的,每一天的生活都加强了儿子对父母的默默无闻的英雄气概的理解。

接着,作者又有一篇“题词”,写道:

> 西部的大路(别处也一样),夏天既酷热,又多尘土,春秋天则泥泞不堪,凄凉而枯燥;到了冬天,狂风刮着大雪,横扫大路,可是,有时候大路也会穿过一片肥沃的牧场,云雀、食米鸟和燕八哥的歌声交错地荡漾着。要是沿着大路一直往下走,还可以遇到小河的拐弯处,河水在浅滩上永恒地嬉笑着。
>
> 总的来说,大路是漫长而令人生厌的,它的一头是一个沉闷的小镇,另外一头是一个辛劳的家庭。像人生的大路一样,在这儿走过的有各式各样的人,但最主要的是穷苦而疲倦的人们。

从作者的这些感慨中,人们能体味到些什么?能感觉到些什么?最明显的就是加兰的感情,这种感情是促使他写成《大路》那样的作品的根本动力。

《大路》中所有作品的主人公都是作者所熟悉的家乡的劳动大众,通过对这些善良而诚实的人在生活中所遭遇到的各种命运的描述,真实地反映了即使在资本主义经济高度发达的 19 世纪末的美国,那些在偏僻的中西部边境地区居住的劳动者——农民、手工业者、赶车夫等——他们依然过的是艰难的、困苦的、闭塞的生活。

中篇小说《在山沟里》写的是十年没有回家的演员霍华德·麦克兰从东部大城市波士顿回到家乡来看望年老的妈妈和弟弟的故事。展现在他眼前的是家乡衰败的景象和精神颓唐的乡亲,小时候的一些伙伴都已经未老先衰,认不出来了;而他弟弟格兰特才三十几岁就对一切都丧失了信心,连哥哥给他带来的礼物他都懒得伸手去接。霍华德眼看这一切,心中感到不安和内疚,他觉得只有用钱来帮助家里也许才可以使他们恢复生活的勇气,可是他的弟弟却说:

> 如今金钱也不能给我带来什么机会了。——我是说生活对我已经没有什么意思了。我已经太老,不能重新开始了。我已经注定失败了。我得出了结论:对于我们百分之九十九的人来说,生活都是失败的。你现在无法帮助我了,已经太晚了。

仅仅三十几岁的人已经被生活压垮了精神,这是多么可悲!听天由命,无所作为,认定失败,这就是他们的命运。他们只能像"掉在糖浆锅里的苍蝇一样,怎么也逃不掉。若是用力挣扎,就说不定连腿都得扯下来"。

这就是美国中西部社会的真实画面。

《大路》中其他各篇也都是从各种不同的角度来描写当地乡亲的喜怒哀乐:《在魔爪下》描写了农民赫斯金斯受到勃特勒农场主的残酷剥削后又不敢反抗的痛苦心情;《李伯来大叔》描写了老农李伯来如何受到奸商的欺骗;《救命神鸭》描写一个从城里回到家乡来的职员罗伯特,开始自以为高人一等,一次晕倒在街上被老乡们救起,因而内疚不已,认识到家乡人的淳朴和可爱;《一个士兵的归来》描写了一个从南北战争战场归家的士兵史密斯回到家乡后的感受;《一天的快乐》描写了农民麦克安夫妇一天的经历,他们整日辛劳的生活与议员霍尔先生的悠闲形成强烈的对照。

《大路》出版后,以它浓郁的生活气息、真切的感情色彩、丰富的乡土情调而受到人们的好评。当然,反对和诋毁它的也不乏其人,一些资产阶级的卫道士攻击作者"捏造","愿意把家丑外扬",但加兰明确回答:"在我所描写的农场生活中,牛油并不一直是金黄色的,面包也不始终是松脆和切成薄片的,因为它们在现实生活中也并不是如此。我是在农场里生长起来的,因此我坚决要把农场生活的丑恶面貌的本质写出来,印成本书。即使作为一个爱国者,我也不肯说谎。……我是一个最合适的目击者,我打算把全部真相告诉大家。"

　　《大路》的成功使加兰一跃成为著名的中西部乡土小说家,此后他又在1892这一年内连续发表了四部小说:《杰生·爱德华兹》《猎官》《第三等级的一员》和《小不点儿诺斯克》。这些作品继续了作者在《大路》中的创作思想,分别涉及乡村中农业工人、铁路资本家、官僚政客和平民党拥护者的生活、思想和信念。其中《杰生·爱德华兹》比较明显地代表了作者对乡村社会改良主义的观点,作品通过对杰生·爱德华兹这个"普通的人"(这正是小说副标题上所写的)如何热心于乡村政治、经济、文化等各方面改革的描写,反映了平民党的小资产阶级的立场,从反对垄断统治集团这一点来说,这在当时是有一定进步意义的。加兰在19世纪90年代积极参加了平民党活动,并把改造社会的希望寄托于这个由城乡小资产阶级掌握领导权的资产阶级政党身上,这是他小资产阶级政治观点的表现,当然是注定要落空的。随着作者本人的社会地位的提高,也由于平民党政治上蜕变到与民主党同流合污,加兰跟小说《在山沟里》中有钱的演员霍华德一样,虽然尚存一丝同情的信念,但终究成了另一个阶级的人。加兰地位的上升造成了他作品的思想意义的下降,在90年代他还写过一部尚有一定价值的小说——《荷兰人山谷里的玫瑰》(1895),描写了一个农村姑娘迫于生活来到大城市谋生的故事;但在他的后半生,直至1940年3月4日在新墨西哥州洛斯阿拉莫斯去世为止,他能为人们称道的作品恐怕只有两部仍旧保留有乡土气息和带有怀旧色彩的回忆录了,那就是:《中部边境农家子》(1917)和《中部边境农家女》(1921)。值得特别一提的是前者,它是加兰早年生活、思想的回顾,生动、真切、感人,其中还对他当年写作《大路》时的情绪做了真实、具体的叙述:

　　　　我一回到我在牙买加村的小书桌旁,就立即抱着非常强烈的信心开始写作。我满心愉快,感到自己强而有力,用沉重的手把平原上的图景一幅一幅镌刻出来,仿佛用钢笔刻在黄铜版上似的。我对自己所希望引起的那种影响毫不怀疑犹豫。在双手如爪,依靠租地勉强过日子的男人身上,以及在他那个终日不停地忙碌于木盆和搅乳器之间的妻子身上,我看不到一点诗意、一点田园气氛,更找不到什么幽默的地方。相反,这种家庭生活就像一种几乎不可解脱的悲惨的琐事一样使我感动。

　　　　我的大部分的西部故事就是在这种情况下写成的。虽然我自己工作得很愉快,我还是极其憎恨那些靠剥削穷人而产生百万富翁的法律。

　　此书在出版后的第二年获得普利策传记文学奖。
　　此外,出版于1923年的《关于美国印第安人的书》,也多少重现了加兰在《大路》中的朴实感情,这部散文短篇集记录了印第安人拓荒者如何在资本主义的美国遭到排斥、迫害以至濒临灭绝的情况。加兰生前曾获得过威斯康星大学和西北大学的名誉学位,1920 年被选入美国文学艺术院,在他生命的最后十年里,还写了四卷本的回忆录。

有的评论家曾不无戏谑地说,加兰同他的老师豪威尔斯一样,主要的错误是活得太长久了,假如他也像诺里斯、克莱恩和杰克·伦敦那样短命,也许声望会高得多。是的,加兰活了 80 岁,但他的文学生命似乎早已结束了。从这一点来说,更可以使人们相信,一个作家与生活、与社会、与人民、与艺术之间密切关联的极端重要性。当然,我们也并不能因此而抹杀加兰在文学上的贡献,特别是那本《大路》,虽然只有一二十万字,却跳动着作者那颗忠于他的乡土、他的父老兄弟姐妹的心。

二 安德森及其中西部乡土小说

舍伍德·安德森(1876—1941)是位大器晚成的小说家,他擅长写美国中西部地区他幼年生活过的小城镇的市民生活的作品。

1876 年 9 月 13 日安德森出生在俄亥俄州卡姆登一个马鞍制造商的家庭,1884 年随父母迁居到莱达。莱达是一个繁华的乡村小镇,那里的农业传统和自然环境后来成为他绝大部分作品的背景。安德森共有七个兄弟姐妹,他出世后不久,父亲便破产了。他在贫寒和困苦中度过了童年和少年时代,14 岁那年,由于母亲去世,他中学还没有毕业就被迫休学去独自谋生。他先后做过漆匠,卖过报纸,当过马倌和农场工人。1898 年至 1899 年,他服兵役赴古巴参加过美国—西班牙战争。1900 年,在俄亥俄州中西部城市斯普林菲尔德开始了广告商的生涯。1904 年结了婚并逐渐积蓄了一些财产,上升为当地的一名中产阶级分子。1906 年,担任了克利夫兰制造商联合会主席;翌年,他在伊里利亚开办了一家油漆工厂,并在那里开始投身于小说创作。据说在 1912 年(一说 1913 年)的一天下午,作为油漆工厂厂主的安德森正在向他的女秘书口授商业事务信件的内容时,突然丢下一切,身边只带了五六块钱就心血来潮地离开了家,跑到克利夫兰躲起来写小说去了。后来他又到芝加哥,与"芝加哥文艺复兴"集团主要作家西奥多·德莱塞以及卡尔·桑德伯格①等结成朋友。经过几年的努力,他的第一部长篇小说《吹牛大王麦克弗森的儿子》终于在 1916 年出版了。

乍看起来,安德森成为作家之路近乎是荒谬可笑的,但仔细想来,他的这一行动的爆发并非轻妄之举,而是一定思想观念指导下的产物。当安德森丢下妻儿、家庭、企业突然出走时,他想过前途、后果、影响没有? 他为什么要抛弃安定的中产阶级生活去冒这样的风险? 他的回忆录《讲故事者的故事》(1924)中曾经

---

① 卡尔·桑德伯格(1878—1967),诗人兼传记作家。

不无风趣地记录了当时的心情："这是很愚蠢的事,但是我已经下决心不再做这些生意了……"他在出走之后有什么打算呢? "……我做些什么呢? 哦,现在我可不知道。我要去流浪,我要和人民坐在一起,听他们说话,讲些人们爱听的故事,讲他们所想的和所感觉的……"安德森身为平民子弟,从小生长在俄亥俄州的小镇里,他熟悉那里的乡民和自然风光,对资本主义社会的现代"物质文明"抱有先天性的厌恶情绪,而留恋淳朴、单纯的乡民生活。也许这些正是他突然结束自己成功的商人生涯,决心投身于一个陌生而又向往的神秘世界的根源。

《吹牛大王麦克弗森的儿子》正好出版在安德森40岁生日的前夕。这位大器晚成的小说家在他的处女作里向人们展示的是一幅抨击资产阶级和谴责资本主义的社会画面。小说主人公"麦克弗森的儿子"出身寒微,来到充满市侩气息的左哇镇之后,居然站稳了脚跟,并娶了有产者的女儿为妻,成了一个富有的工厂主;但后来他从社会现状中看到资本主义的罪恶本质,决心抛弃固有的生活,去寻找人生的真理。小说的结局是,主人公在生活探索中遇到了挫折,但也发现了真理,这就是:他对社会的全部认识。显然,这部作品包含了安德森自己的生活经历,据说麦克弗森的形象便是以他父亲为模特儿写成的。安德森从一开始创作就明确了他反对资本主义金钱世界的宗旨,这在当时是难能可贵的。

在德莱塞的具体帮助下,安德森又在1917年出版了第二部长篇小说《前进的人们》。小说以宾夕法尼亚州煤矿区为背景,主人公也是一个由穷小子发财致富的有产者,他后来痛恨资本主义,便发起了一场象征性的运动,组织工人肩并肩地前进:

> 我们并不在胡思乱想和舞文弄墨,
> 我们要向前开步走。

以上两部小说可以看成是安德森宣扬理想主义、乌托邦思想,反对社会剥削和压迫的初步成果。作者在作品里固然未能指明根治资本主义社会的方法和道路,但至少提出了这样一个问题:正直的人们如何去推翻这个该死的资本主义?

这一时期,安德森还出版了诗集《美国中部之歌》(1918)等作品,在文坛上确立了一定的地位,并结束了他多年的浪游生涯,与妻儿家人团聚。但真正为安德森在美国20世纪文学史上树立声誉的则是出版于1919年的短篇小说集《俄亥俄州瓦恩斯堡镇》。

正如作品的副标题所写,这是"俄亥俄州小镇生活的故事"①,它所描写的是世代居住在"瓦恩斯堡镇"的那些市民20世纪初期的精神、思想和心理状态,他

---

① 中文译本书名有的为《小城故事》,有的为《小城畸人》,皆源于此。

们的喜怒哀乐和悲欢离合。作者是怀着对美国广大的中西部地区朴素而平静的生活的眷恋之情来写这部作品的,因为俄亥俄州小镇上早年度过的日子,还有他熟悉的人物和环境,始终萦绕在他的脑海里。在资本主义现代物质文明恶性膨胀的时候,他的同情愈加倾向那些在小镇街上简陋的小屋里过着艰难生活的人们。他们心中尚未泯灭的淳朴感情正是当时美国社会中难能可贵的精神的精华,安德森要为这一精神的精华写下一首赞美歌,这就是《俄亥俄州瓦恩斯堡镇》。

这部小说共有 25 篇作品,分开来看各篇皆可独立,分别写小镇中的某一两个人物;合起来看,各篇又有内在联系,互相烘托,形成一个整体;因此,它的结构介于长篇与短篇之间,是作者独具匠心的一种设计。对此,安德森有一个解释,他说:“这部故事集的作品是相互连接在一起的,我认为,应该看成是作品本身把它们连接起来的。它在某些地方像一部长篇小说,一个完整的长篇。”

假如把《俄亥俄州瓦恩斯堡镇》看作是小镇生活的一部完整记录,那么小说集的首篇《畸人志》便是这出人生戏剧的“序幕”。有个白胡子老人,是个作家,他叫木匠把床脚加长,使床和窗台一样高,以便早晨醒来就能看到窗外的树木。于是,作家在床上做了一个不是梦的梦,他逐渐睡眼蒙眬,但神志仍然清楚,他看到长长的一队人来到他眼前,这些男男女女都是他认识的,但都变成了畸人。然而,畸人并不全都是可怕的,有的是有趣、美丽的。这畸人队伍在老作家跟前走了足足一个钟头,接着老人爬起来开始写作。他尽管内心感情痛苦,但还是把在他心上留下深刻印象的一个个人物描写出来,终于写成了一本书,称之为《畸人志》。这本书从未出版问世过,但作者自称读到过一次,并留下了不可磨灭的印象……安德森虽然没有讲明《俄亥俄州瓦恩斯堡镇》这本书即为白胡子老人所写的《畸人志》,但读者心中明白:这一切都是作者的假托,所谓“不是梦的梦”即是生活中的现实;所谓“畸人”就是那些在社会上受到损害、侮辱,在简陋的小镇上艰难生活的人们。在这些人物中,有真心热爱孩子却被人误解而逐出学校返回瓦恩斯堡镇孤独地生活了二十年的教师阿道夫·迈耶斯(《手》),有神秘古怪的里菲医生(《纸团》),有独具病态母爱的伊丽莎白·威拉德(《母亲》),有因为不去诊治病重的孩子而被人绞死的帕雪瓦尔医生(《哲学家》),有多情淳朴的少女路易丝·特鲁涅翁(《没有人知道》),有年轻时企图成为一个“新人物”,老了时却只在空虚幻想中生活的农场主杰西·本特利(《虔诚》),有在爱情上狂热多变的路易斯·本特利(《屈服》),有因为恐惧而杀了外祖父的大卫·哈代(《恐怖》),有以可怕的恋爱震动瓦恩斯堡镇的乔·韦林(《异想天开的人》),有受到情人的抛弃而造成孤独创伤的艾丽丝·欣德曼(《曾经沧海》),有因为爱情破灭而变得外貌丑陋的电报员沃休·威廉(《可敬的品格》);还有多情能干的塞思·理查蒙(《思想者》)、在肉欲的诱惑下不能自主的柯蒂斯·哈特门牧师(《上帝的力量》)、年过三十而无处寻觅异性爱情的女教师凯特·斯威夫特（《教师》）、玩世不恭而终生一事无成的伊诺克·罗宾逊（《寂寞》）和谈三角恋爱的女店员蓓尔·卡彭特（《一觉》）……小说集的最后一篇是贯穿全书的《瓦恩斯堡鹰报》的年轻记者乔治·威拉德最后离开这个小城走向东部大城市的故事：《离去》。

乔治·威拉德是汤姆·威拉德与伊丽莎白·威拉德的独生子,他依靠父亲——当地一个主要民主党人——的势力而进入《瓦恩斯堡鹰报》,成了小镇唯一一张报纸的唯一一名记者。在小镇里,他既是生存者又是观察者,因而作者选择他作为这个小镇畸人生活的评论员和联络员是再合适不过了。从小说集的第二篇《手》开始,直到乔治最后离开瓦恩斯堡镇的人生舞台为止,在24篇小说中,篇篇都有他出场。他同情阿道夫·迈耶斯的遭遇,他饶有趣味地听帕雪瓦尔医生讲故事,他与路易丝·特鲁涅翁姑娘甜蜜约会,他又因为与蓓尔·卡彭特相好而引起蓓尔的情人埃德·汉德拜的愤怒。乔治·威拉德的父亲有当州长的野心,更望子成龙,母亲年轻时生性活泼,婚后也把希望寄托在儿子身上。但瓦恩斯堡旅馆老板的这个独生子并没有成为父母所希望的人,他"很快地长大成人了,许多新的思想一直在进入他的心灵",越是这样,他就越希望离开瓦恩斯堡远走高飞,走到东部大城市去打天下……乔治终于在母亲死后走了,他上了火车,"心中充满对往昔各种小事的回忆,闭上眼睛,靠在火车的座位上。过了许久,再清醒过来从车窗里向外望去,瓦恩斯堡已经不见了,他在那儿度过的日子,也只成了描绘他成年时期梦想的一个背景罢了"。

由于《俄亥俄州瓦恩斯堡镇》的出色描写,安德森被认为是一个优秀的心理小说家。他把文学上的这一成就归功于他的母亲,在这部小说集扉页的一段献词中他写道：

> 献给我的母亲
> 爱玛·史密斯·安德森。
> 她对周围生活的敏锐观察,
> 首先在我心中唤起了,
> 剖析生活表层底下的渴望。

这段感情上的独白证明安德森的艺术立场在于提倡作家对生活进行直接的观察,并以此作为写小说的基础。一部作品假如情节不完整,那就无法构成真正的开端或结尾,因此,他的作品中强调的不是情节的曲折或情绪的忧伤,而是当代普遍流行的思想观念。小说集好像一块复杂的七巧板,每篇小说作为一个图案,各自记录了某个人物的生活与思想,读完25篇作品之后,它们又巧妙地拼合成一个生动的、完整的画面,这个画面便是瓦恩斯堡镇的全貌。当这个全貌显示出来之后,读者才恍然大悟:这正是安德森所要告诉人们的一切啊!

《俄亥俄州瓦恩斯堡镇》出版后,安德森声誉大振。1921 年他与第二任妻子游历了英国和法国,1927 年他定居在弗吉尼亚州,主办了当地的两家周刊,1937 年成为美国文学艺术院院士。他创作上的主要成果还有:短篇小说集《鸡蛋的胜利》(1921)、《屋子和人》(1923),长篇小说《穷白人》(1920)、《数次结婚》(1923)、《达不到的欲望》(1923)、《邪恶的笑声》(1925)、《柏油:一个中西部人的童年》(1926)以及自传性小说《讲故事者的故事》(1924)和《回忆录》(1942)等。从各个作品的局部来讲,安德森的后期作品在艺术上仍有发展;但从总体来说,再也没有超过《俄亥俄州瓦恩斯堡镇》的成就。以《穷白人》为例,它写的是农业社会向工业社会转换时期的矛盾,企图通过这个矛盾的冲突来反映资本主义物质文明如何腐蚀和侵害平静的乡村社会,但小说带有明显的自然主义色彩,作物收割机发明人休·麦克弗的形象带有一定程度的软弱性,小说结尾部分也显得拖沓。此外,如《数次结婚》里的韦勃斯特、《邪恶的笑声》里的杜特莱,与《俄亥俄州瓦恩斯堡镇》中的人物相比都缺乏艺术魅力。

安德森 20 世纪 20 年代开始投身于社会评论,与亨利·路易斯·门肯[1]结为知己,成为当时有影响的人物。他在 20 年代初访问巴黎期间,同斯泰因交往甚密,并见到了当年流落巴黎的青年作家海明威,给后者以明显的影响。1924 年,他通过他的第三任妻子伊丽莎白·泼拉尔认识了 27 岁的福克纳[2],并鼓励后者以南方生活为题材进行创作。因此,安德森可以被奉为美国两次世界大战之间现实主义、乡土主义和心理现实主义小说创作的奠基人。他对海明威和福克纳这两位天才小说家来说,更起到了恩师与引路人的作用,难怪福克纳在 1956 年春天接受《巴黎评论》杂志记者的来访时指出:安德森是“我们这一代美国作家的父亲”。可惜的是,安德森没能走完他的文坛之路。1941 年初,他偕同第四任妻子在南美洲旅行时,得了腹膜炎,3 月 8 日他还来不及把他那些深思熟虑的艺术作品呈献给人类,就在巴拿马与世长辞了。然而,作为一个进步的、具有艺术造诣的小说家,安德森将永远站在美国 20 世纪伟大小说家队伍的前列。

第五节　杰克·伦敦

一　顽强与不幸的一生

杰克·伦敦(1876—1916),1876 年 1 月 12 日出生于加利福尼亚州旧金山。

---

① 亨利·路易斯·门肯(1880—1956),美国 20 世纪上半叶著名的文学评论家和散文家,著有《美国语言》。

② 详见本书第八章第二节。

母亲芙罗拉·威尔曼,来自俄亥俄州一个富裕的家庭,在杰克出生之前的若干年里,她以占卜降神为职业,也兼教授钢琴。杰克是个私生子,他没有父亲,也从来不知道生父究竟是谁。成年之后,有人告诉他,有一个被人们称为詹尼教授的星相家即是他的生父,因为有关材料证明,在杰克出生之前的一两年里,芙罗拉·威尔曼是与詹尼教授生活在一起的。于是,杰克写信给这位詹尼教授,希望澄清事实。然而后者在回信中虽然承认他与杰克的母亲在那段时间里同居过,但却矢口否认他与杰克有任何血缘关系。

杰克出世八个月之后,芙罗拉·威尔曼带着襁褓中的孩子嫁给刚死了妻子的约翰·伦敦。约翰是个忠厚诚实的劳动者,他当过农夫、木匠和警察,依靠双手养活一家人,一辈子在生活的苦难中挣扎。杰克·伦敦不仅继承了继父的姓氏,而且也继承了继父的优秀品质。

约翰的前妻留有两个女儿,大女儿伊丽莎对小杰克十分亲善。在以后的岁月里,这一对没有任何血缘关系的姐弟之间建立起超乎寻常的信任和谅解,这种关系直到伊丽莎最后将杰克·伦敦的骨灰埋葬在死者生前指定的山丘顶上为止。由于家庭人口众多,加上经济萧条所带来的生活压力,杰克·伦敦从懂事起就长期生活在困苦和艰难之中。为了谋生,约翰·伦敦带着一家人东奔西跑,先后经营过农场、杂货铺和工人寄宿宿舍。杰克随着家庭生活的波动而经受着这一切,从小就饱尝了穷困的滋味;贫富的悬殊、社会的不平、人与人之间的钩心斗角等现象,在他幼小的心灵中留下了强烈的印象。除此以外,杰克还有一块心病:自己是个私生子。虽然继父和姐姐丝毫没有亏待他,但他总觉得自己低人一等,在社会上抬不起头来,这在他头脑中逐渐形成了一股反抗社会、憎恶现实的情绪。

由于继父失业,杰克·伦敦从11岁起就以劳动者的身份挑起了家庭生活的部分担子。他每天一边读书一边充当报童,每月都把挣来的钱全数交给母亲,13岁那年小学毕业后,他就完全走上了出卖自己劳动力的道路。《马背上的水手——杰克·伦敦传》的作者欧文·斯通,在书中具体描写了少年时代的杰克的苦难境遇:

> ……在他不到15岁的时候,约翰·伦敦被火车撞伤了。……杰克在一个无用的铁道棚子里的罐头厂中得到了一份稳定的工作,每小时能挣一角钱。每天最短的工作时间是10小时,有时得工作18个或20个小时;有时一连几个星期,他都没在晚上11点以前停过工。随后走很远的路回家,因为他买不起车票。12点半他才入睡,到5点半,芙罗拉就来摇他了,用力把他拼命抓着的被子拉下来。他在床末端缩成一团,依旧不放松被子。这时芙罗拉打起精神,把被子拉到地板上,孩子

为抵御室内的寒气,跟着被子往下滚。看这情况他要头朝下跌在地板上了,但是他内心的意识活动起来,就双足着地,醒过来了。

这种同"劳动畜生"没有两样的生活,深深地刺激了杰克的心灵,他意识到,在这个社会里穷人除了出卖劳动力之外没有别的出路。为了生活,他只得忍受下去,先后在罐头厂、麻纺厂、发电厂做工。在发电厂,他知道老板因为雇了他这个年轻力壮又工资低的烧炉工,而使原来的那个工人失业挨饿以至举家自尽的消息后,杰克狂怒了,他扔掉手中的铲子走了——他恨透了资本家!恨透了这个吃人的社会!

然而杰克的反抗是徒劳的,从那时起直到他成为闻名全国的作家,在这十余年里,他始终得为了生活而拼命地挣扎:他当过火夫、洗衣匠,当过海上劫蚝贼,当过捕海豹船上的水手,当过大路流浪汉,当过阿拉斯加疯狂的淘金者。这些传奇式的生活经历使杰克·伦敦日后拥有别人无法相比的丰富的创作素材,但在当时有谁愿意去冒这海上风暴和冰天雪地的危险呢?杰克是在生活的逼迫下才这样去做的。

1894年春天,轰动整个美国的失业工人大进军使杰克更加开阔了眼界,在受够了"劳动畜生"的痛苦之后,他毅然投入了这支"军队",向华盛顿挺进。这次惊心动魄的远征使杰克经受了严峻的考验。他为了追赶失业大军的队伍爬过火车,同饥饿与风雪进行过搏斗,从西部跑到东部后,在流浪的"罪名"下还坐过三十天监牢!

社会的黑暗、人间的不平、生活的困苦、家庭的重担,不得不使早熟的杰克去思考这样一个问题:造成美国社会如此不平等的根源是什么?这种思考既是杰克在生活压迫下的产物,又是他反抗社会现实的思想基础。

根据斯通的记载,就在这次随同失业大军进军华盛顿的过程中,一个大路流浪哲学家向杰克提起了一本名为《共产党宣言》的小册子,后来他设法得到了这本书,并且怀着热切的心情读完了它。"仿佛他的心和脑豁然开朗了,"斯通在叙述杰克读完《共产党宣言》之后的心情时这样写道,"他绝对信服了马克思的理论,因为他在这里发现了那个方法,人类不仅可以用它来建设社会主义国家,而且由于历史的必然性,人类会在经济力的压迫下采用这个方法。"杰克是多么的兴奋和激动啊!在他面前第一次展现了革命真理的光辉,许多时候环绕在他头脑里百思不解的疑问在这本马克思主义的杰作中找到了答案,造成社会不平等的根本原因找到了!受压迫受剥削的无产阶级的根本出路找到了!杰克在《共产党宣言》结尾那段著名的论断下画了一道粗粗的黑线,并在小本子里写了这样一段话:"人类的全部历史是一部榨取者与被榨取者的斗争史……被榨取者倘若不能一劳永逸地、完全地把社会从所有将来的榨取、压迫、阶级划分、阶级斗争中解放出来,它就得不到解放。"

年轻的杰克·伦敦终于走上了信仰社会主义的道路,他在以后不断的探索中,更加坚信革命是无产阶级获得解放的唯一手段,社会主义事业是世界上最伟大的事业。只有杰克·伦敦那样在贫困和饥饿里滚大的人才会在头脑中确立对资本主义社会的强烈仇恨,只有像他那样从小在资本家的棍棒下熬过来的人才能体会到资本主义剥削制度的凶恶和残酷。

在思想上确立了牢固的信念之后,杰克就毫不犹豫地把这个信念公开向人们进行宣传。1895年奥克兰社会劳工党支部举行活动,他参加了作为这次活动内容之一的克雷·亨利辩论会,在市政厅公园发表演说,这次演说使他又一次尝到了铁窗生活的滋味。他被警察逮捕的罪名是:没有执照而发表演说。生活进一步把杰克推上前进的行列,卷进了政治的旋涡。他获得了"少年社会主义者"的外号,几年之后居然成了社会党奥克兰市长的候选人(1901)。当然,杰克不可能当选,美国社会是决不会允许一个工人当市长的。

经过几年的探索,杰克逐渐明白了美国社会之所以成为这样的原因,马克思主义的真理在头脑里引起了初步的共鸣。生活是严峻的老师,它教会了杰克如何去认识社会和改造社会——他决心用自己的笔来进行斗争。

有趣的是,杰克·伦敦走上文学创作道路是由一次偶然的成功而促成的。1893年,即杰克17岁那一年,他在母亲的鼓励下参加了旧金山《呼声》杂志的征文比赛。当时年少气盛的杰克刚从日本海捕海豹归来,大海上那惊涛骇浪的场面仿佛还在他眼前翻腾,于是他凭着自己丰富的生活经历和从小表现出来的写作天赋,一口气写完了《日本海口岸外的台风》。这篇作品富有生气,想象生动,内容清新,被评为第一名。据说《呼声》杂志在评论中称赞道:"最令人惊奇的地方是那个青年艺术家把握之广大和沉着的表现力。"

仅仅受过初等教育的杰克居然首次尝试写作就获得了成功,这虽然不是什么了不起的大事,却对他后来生活道路的选择产生了决定性的影响,杰克在这里看到了自己身上蕴藏的巨大的创作潜力。同时,杰克也深切感到自己这点文化远远不够,为了满足当一个作家的需要,两年后他进入奥克兰中学一边劳动一边读书,1896年9月又考入加利福尼亚大学。但生活的魔爪再次破坏了他的美好计划,一年后,由于约翰·伦敦年老体弱,无法养活一家人,杰克不得不离开大学。他充当一名洗衣工人,在繁重的劳动之余仍没有忘记挤出时间坐在打字机前写下那些形形色色的充满他头脑的作品。杰克把这些作品分别寄到各个报刊编辑部去,然而不久以后,这些稿子都被一一打上标记退了回来。1897年春夏之际,杰克与那些狂热的淘金者一起来到了刚发现金矿的遥远的阿拉斯加克朗代克地区,妄想成为经济上的暴发户,但这场冒险几乎送掉了他的性命。在那里杰克得了坏血病,好不容易经受住严寒和疾病的考验,于十六个月后回到家乡。

杰克没有淘到一克金子反而染了一身病,但是他比任何一个采金者获得的财富还要多:克朗代克奇妙的风貌,绚丽多彩的淘金生活和那些淘金者各种各样的形象成了杰克日后取之不尽、用之不竭的创作源泉。

当杰克从遥远的北方回到家中,约翰·伦敦已经去世了。感情上的悲伤并不能阻止他成为一名作家,他毅然放弃了到邮局去工作的机会,在半饥半饱中用他的笔顽强地进行创作。文学的大门终于被 23 岁的杰克·伦敦敲开——1899年 1 月,他的《给猎人》在《大陆月刊》上发表了。这是他写的阿拉斯加小说“北方的故事”的第一篇,也是他作为职业作家的第一次亮相。接着,在以后的几个月里,这家杂志又连续刊登了“北方的故事”中的以下各篇《白色的寂寥》《狼的儿子》《四十里内的人们》《在一个遥远的地方》;其他几家报刊也相继发表了他另外几篇作品。到了这一年的 12 月末,波士顿的《大西洋月刊》通知他将发表他的中篇小说《北方的奥德赛》,这把他的 19 世纪最后一年的创作成就推向顶点。未来的新世纪使杰克充满无限的信心:他有正确的社会主义政治观念,他从自己的信仰中取得了力量、决心和勇气,他有得天独厚的生活经历和坚强的创作意志,他视心目中的三位天才作家——莎士比亚、歌德和巴尔扎克——以及他同胞中杰出的榜样惠特曼和马克·吐温为学习的典范,他必将成为用战斗的笔征服生活和世界的强者。

1900 年上半年,对于杰克·伦敦来说是生活中十分有意义的时段:1 月,《北方的奥德赛》发表;2 月底,与原籍爱尔兰的中学教员贝西·麦德恩结婚;4 月,纽约米夫林出版公司出版了他的第一部中短篇小说集《狼的儿子》,其中包括从《白色的寂寥》到《北方的奥德赛》的所有“北方的故事”。《狼的儿子》的出版,使杰克·伦敦赢得卓越小说家的声誉,为美国现代短篇小说开创了一个新纪元,人们赞誉它为“炸开新世纪的定时炸弹”。美国以惊奇的目光注视着这位年轻作家的崛起。“北方的故事”中那激烈、清新、顽强的色彩,那荒野雪地中的淘金者、猎人和印第安人的精神世界,以及他们在同大自然搏斗中逐渐形成的倔强的、不怕死的、有时又表现为极端个人主义的性格,都给人们留下难忘的印象。杰克在这部作品中,用他充分的自然主义粗犷风格和对人类生存现实的有力揭示,为 20 世纪初的美国文坛增添了生气。

杰克·伦敦是一位勤奋多产的作家,从他投身于创作的那一天起,直到1916 年他过早地不幸离开人世为止,在这 17 年里,他几乎每天坚持写作,有时甚至一天要写上十八九个小时。他为自己规定了每天写作的字数,在日常生活和旅行中也决不放弃利用他深邃的目光去观察人类社会的一切机会,即使功成名就之后也依然保持着当年蛰居在清贫、简陋的斗室中伏案疾书的精神。在这17 年中,他共写出 19 部中长篇小说,150 多个短篇小说和故事,3 个剧本及大量的报告文学、随笔和论文,共出版了 50 部书,总数达八九百万字。

杰克·伦敦在他一生的创作中,倾注了对资本主义社会的愤慨和反抗。他站在资产阶级挞伐者的立场上,以严肃的、敢于正视现实的精神,深刻地提示了他所认识和理解的一切。在他那些优秀的作品中,我们看到了资本主义在19世纪末20世纪初的发展后期所显示出来的腐朽、罪恶的现象和本质。在杰克·伦敦的作品中,我们还可以看到作家对大自然和人民群众的赞美,他憧憬着没有自私、没有剥削和压迫的美好生活的到来,向往着自由、平等、幸福的社会的出现——

在《狼的儿子》里表现出来的思想风格,在《荒野的呼唤》和《海狼》中继续得到发展,布克在野性呼唤下从狗变为狼,同海豹船主劳森为了极端的利己主义而成了一条吃人的"海狼"的实质是一致的,在这里,杰克以斯宾塞的物质决定论作为指导,并把它运用到对这些作品的主人公形象的塑造中去;

长篇报告文学《深渊下的人们》(1903)的出版,使杰克的作品开创了美国无产阶级文学的先河,在这部经过三个月的实地考察之后写成的优秀作品中,作家以愤怒的笔调无情地揭露了伦敦"一千个英国人当中就有九百三十九个死于贫困"的事实,这本书是杰克·伦敦对于整个资本主义世界大胆而真实的控诉;

出版于1907年的《大路》和出版于1909年的《马丁·伊登》是杰克·伦敦两部具有自传性的小说,倘若说在《深渊下的人们》中作家还只是停留在对资本主义社会本身的一般性揭发上,那么在这两部作品中,尤其是后者,则表现了杰克对资产阶级所谓"文明"的虚伪性和欺骗性的极大愤怒,他抗议和抨击了那个社会里人与人之间自私、庸俗的金钱关系,揭露了劳动者在社会底层的悲惨境遇,谴责了社会对人的精神的毒害和腐蚀;

政治幻想小说《铁蹄》(1908)的创作使杰克作品中的无产阶级思想倾向发展到了顶峰,这是一部使作家获得美国20世纪"无产阶级文学之父"称号的作品,它以鲜明的立场、深刻的典型、大胆的倾向闻名于世,成为杰克所有作品中最富有革命性的一部;

杰克创作中所表现出来的高度的思想价值不仅存在于长篇作品中,而且表现在短篇小说、政论文和其他著作中,曾受到列宁喜爱的《热爱生命》(1907)和《墨西哥人》(1911),以及被称为"太平洋短篇"的大部分作品,都是杰克中期创作的名篇,作者以鲜明的感情色彩和粗犷有力的笔触向人们勾勒出一幅幅富有艺术魅力的画面,而在论文集《阶级的战争》(1905)和《革命》(1909)中,小说家杰克则又成了一个具有严正进步立场、为人民大众的生存而大声疾呼的政治家。

杰克·伦敦是一个贫穷的劳动者的儿子,一个靠出卖体力来养活自己和亲属的工人,由于创作的信念、意志和毅力,他成了一位杰出的作家。在批判的、清醒的现实主义思想指导下进行创造是他取得成功的基石。遗憾的是,杰克虽然像勇猛的长跑健将,却没有沿着这条路跑到生命的终点,而在半途停了下来。在

1908年作为社会党总统候选人经受了失败的打击之后,他对这个党的兴趣就渐渐减少。从1910年起,杰克进一步脱离了工人运动,再不像五六年前那样向工人、学生、社会主义同情者发表激动人心的革命演说了。他长期住在偏僻的希尔牧场,把自己的精力放到生活安排上,热衷于花大量的钱财为自己建造豪华的别墅——"狼舍",他甚至因为没有儿子能够继承他的产业而感到伤心⋯⋯这一切使杰克的精神走上了无法解脱的绝路。仿佛他的精力已经在1907年和1908年的两度环球航行中全部耗尽了。在这些年里,他固然也写过一些好作品,但总的来说,杰克·伦敦已经把他的创作引向了脱离现实生活的虚幻世界——这种倾向在《马丁·伊登》中其实已经露出苗头,只是没有成为作品的基调——以爱情战胜财富为主题的长篇小说《天大亮》(1910)和描写一对年轻夫妇离开城市到宁静的山中去过和平的隐居生活的《月谷》(1913),以及毁誉不一的《约翰·巴雷肯》(1913),就是这种思想的产物。在《天大亮》和《月谷》中,作者虽然也描写了美国社会中垄断阶级和帝国主义分子的残暴和工人贫困生活的画面,可是小说的末尾则求助于乌托邦式的大自然田园生活,让作品的主人公经过生活的苦斗之后在爱情和大自然的怀抱中找到安宁与幸福;而《约翰·巴雷肯》以主人公酗酒而出名,有人以为这就是当时作家本人的写照,因为约翰·巴雷肯也有着一个与杰克·伦敦一样令人烦恼的私生子身份,他喝酒就是为了麻醉这一隐痛。

1914年,杰克·伦敦出版了歪曲海员工人罢工斗争的长篇小说《埃尔西诺号上的叛乱》。第二年先后出版了《红死病》和《星游人》,前者宣扬人类末日来临的悲观主义,后者以生物进化为题材,描写一群狱中囚犯强烈的求生欲望。《星游人》是杰克最后一部长篇小说,它的出版表明作者把他的创作带到纯粹的生物境界里去了。小说未能引起美国大多数人的注意,杰克感到失望,便在当时给一位批评家的信中得出了"人生是可怕的"的结论。他像一个衰弱的巨人,经过十六年长途跋涉之后陡然瘫了下来。从这个意义上来讲,也许《星游人》正是他一生创作的终结。

紧接着,在以后的一年里,希尔牧场的破产,前妻贝西(他们于1905年11月正式离婚)所生的两个女儿对他的冷漠,疾病的折磨,他对"缺少热情和战斗力"的社会党(自1901年社会党从社会劳工党分裂出去之后,杰克就是它的一名骨干成员)的机会主义倾向的强烈不满,以致最后他愤怒地发表退党声明(1916),加上三年前"狼舍"毁于大火及第二个妻子茶弥安所生的孩子夭折的痛苦一直没有在他的头脑中消失⋯⋯这一连串的沉重打击使得杰克的精神彻底地垮了。斯宾塞的《原理论》、尼采的超人哲学和白种人优越论的毒害终于酿成了杰克思想的蜕变,他从一个被人称为"一座生命的火山"的巨人跌落成为精神空虚的孤独者。

1916年上半年他到夏威夷去治病,但是这次就医既没有医好他的身体也没有治好他的精神。在他看来,世界也似乎变老了,过去他把自己说成是"一个相信现实的理想主义者",如今理想成了梦想,社会与生活碾碎了他心中的美好愿望。1916 年下半年,杰克打算到东方去旅行,他预订了船票,但没有走成。不久,他改变主意,计划到纽约去。11 月 21 日,他完成了去纽约的准备工作,同姐姐伊丽莎谈到晚上 9 点,然后走进自己的卧室。但是,杰克·伦敦再也没有走出他的房间。第二天早上,仆人发现他服了大量的麻醉剂昏迷不醒,经抢救无效,当晚 9 点,杰克死了。他的遗体运往奥克兰火化后,骨灰又运回希尔牧场,由伊丽莎把它埋在一个山丘顶上。这是两周前杰克指定的葬身之地,也许那时他已经想到了这一天。

二　魔鬼小说:《海狼》(1904)

这是一部色彩强烈、线条粗犷的作品。杰克·伦敦通过自身经历,塑造出一个外号叫"海狼"的、具有超人威力的"魔鬼号"船主赖生的特殊形象。汉弗莱在一次航海中因船只相撞而落水,被路过的捕海豹船"魔鬼号"所救,身材魁梧、力大无比的船主赖生限制了汉弗莱的行动自由,强迫他在船上服役。汉弗莱以一个书生的瘦削之躯,每天干得筋疲力尽,到头来还要遭受水手们的拳打脚踢。船上的人个个惧怕赖生,称"魔鬼号"为"地狱船"。一次,汉弗莱打扫"海狼"赖生的房间,竟发现有满满一架子的书,既有文学名著,又有天文、物理、哲学著作,甚至还有文法方面的书籍。此后,汉弗莱常去与"海狼"交谈,才知道他的许多知识都是无师自通,并了解到"海狼"的人生哲学就是"强权便是真理,懦弱便是错误"。一天夜里,船上的两个水手叛变,将"海狼"和大副抛入海中,大副淹死了,而"海狼"却以惊人的体力返回"魔鬼号",并强迫汉弗莱顶上大副的缺位。汉弗莱从对航海一窍不通到慢慢学了航海技术,在一次风暴中,救起了遇难邮船上的几个幸存者,其中有个玛丽小姐是著名女作家。汉弗莱与玛丽相爱了,但遭到"海狼"的嫉妒。一天深夜,汉弗莱撞见"海狼"在强行搂抱玛丽,他正拔出刀子要扑上前去,"海狼"却突然倒下,原来是"海狼"的头痛病发作了。汉弗莱与玛丽趁机逃脱"魔鬼号",驾着小舢板经过三天三夜与海浪的搏斗和漂泊,来到一个荒无人烟的岛上。几天后,无人驾驶的"魔鬼号"居然也漂到这荒岛附近的海滩上,船中只有瞎了眼睛的"海狼"。汉弗莱和玛丽修好了这只船并把它驶向大海,正遇到官方的查税船,终于得救。而此时,被捆绑在舱底的"海狼"已经死了。

杰克·伦敦笔下的赖生,是一个残忍、冷酷的极端个人主义者,他一向以自己为核心,妄想成为所有人之上的"超人",但小说以他的毁灭为结局,正说明超人哲学悲剧的必然性。小说的原意是批判尼采的超人哲学,据说杰克·伦敦事后也同友人谈起过此书的创作意图,但由于作品过分强调了赖生的超人成分,他的观念、他的言论、他的行动、他的形象,无不给人一种刺激性的印象。所以从实际效果来说,《海狼》与其说是在批判超人哲学,还不如说是树立了一个超人哲学的艺术标本。赖生的典型意义却在另一方面:他身上集中暴露了资本主义社会一切反动、腐朽的东西,假如说"魔鬼号"是美国社会的缩影,那么赖生正是控制这个国家并奴役人民的垄断集团的化身。"海狼"之死既是作家美好愿望的表露,也是一切压迫者的必然下场。

《海狼》的出版使杰克·伦敦的声誉更加上升,尽管人们对小说的意义有各种不同的理解,但它所表现的气魄和风格,无疑使美国小说界的面目为之一新。

三 政治幻想小说:《铁蹄》(1908)

《铁蹄》是一部直接描写工人阶级以武装革命为手段来推翻资产阶级统治的小说。在这部作品中,杰克·伦敦站在工人阶级的立场,以高超的才华和远见描写了 20 世纪的无产阶级同资产阶级之间武装斗争的历史。1906 年 6 月,杰克正在酝酿这部小说的时候,对朋友说:"我在考虑一部社会主义小说的开端,我要唤它作'铁蹄'。这个书名怎样?可怜的没有用的小资本家!嘻,一旦无产阶级来一场大扫除啊……"这确实是一个无产阶级对资产阶级"来一场大扫除"的故事。在这里,这种"大扫除"不仅是普通的罢工斗争和游行示威,而且是枪林弹雨,刀光剑影,甚至是无产阶级同资产阶级之间血肉横飞、你死我活的搏斗!杰克以超人的预言家的天才和他那强大的想象力,勾画出不久的未来将出现在美国领土上的伟大革命斗争。他在两个月前刚写了一部发生在几万年前的神话小说《亚当之前》,这时又把历史的指针一下子拨到公元 27 世纪来谈论早已被彻底消灭了的垄断寡头集团的"铁蹄"了。

小说假设在共产主义实现之后的"大同世界"419 年 11 月的一天,有一个名叫安东尼·梅莱狄斯的人,在美国加利福尼亚州的乡村——延龄草屋中一棵古老橡树的树洞里,发现了一包《埃弗哈德手稿》。这部手稿是在 700 年前,即公元 20 世纪 30 年代,由一个名叫爱薇丝·埃弗哈德的女子在她的丈夫——当时美国社会党领袖安纳斯特·埃弗哈德所领导的 1917 年芝加哥工人武装暴动失败之后写的。它具体、细致地记录了出身资产阶级知识分子家庭的爱薇丝如何在安纳斯特富有刺激性和启发性的革命理论的教育下,背叛了本阶级,与安纳斯特结合成志同道合的战友,并积极地献身于反对"铁蹄"的革命斗争,以及"一次革命"的武装暴动失败,安纳斯特夫妇隐居乡村为"二次革命"准备的过程。手稿写到这里突然中断,根据梅莱狄斯的推测,是由于爱薇丝遭到了"铁蹄"雇佣军的突然搜捕,她只能将手稿藏在树洞里,此后她不是被捕就是逃亡,因而未能将她丈夫在 1932 年被"铁蹄"处死一事予以记载。"遗憾的是她没有能在生前写完她这篇故事,"梅莱狄斯在小说的最后一条注释中写道,"不然的话,那个延续了 7 世纪之久的安纳斯特·埃弗哈德被处死的疑团就准可以解开了。"

　　《铁蹄》最杰出的成就是塑造了安纳斯特·埃弗哈德——一个组织劳动人民以武装斗争为手段来消灭"铁蹄"垄断统治的社会党革命领袖——的形象。小说中的埃弗哈德出身于铁匠家庭,从小的贫困生活使他对美国社会本质具有深刻的洞察力。他是一个充满勇气、智慧和力量的人,一个具有伟大心灵和高度才智的人。他身上散发着一股强烈的、使人信服的、吸引人的威力,他对资产阶级社会的大胆蔑视、对垄断寡头阶级血腥统治的愤怒控诉和他对暴力革命的热切向往,在作品中形成了他"强有力的"性格特征。杰克赋予主人公的这种坚强性格,使埃弗哈德具备了美国工人革命运动领袖所应有的优秀品质。正是这种优秀品质,使他用自己的言论和行动感动了上帝——人民,教育了妻子和岳父,甚至像摩尔霍乌斯主教这样的人也成了无产阶级革命队伍中的一员。

　　显然,埃弗哈德是作者理想中的革命者和社会党人,杰克·伦敦把自己当时的思想、信念、个性和幻想全部融合到了这个人物身上,他所希望的就是在美国能有像埃弗哈德这样的人来领导一场疾风暴雨式的革命。在这个形象中,我们可以明显地看到杰克·伦敦自己的影子,饱含了作者对当时美国"建筑在鲜血上的,泡在鲜血里的"资产阶级文明的愤怒。作者通过埃弗哈德之口,对独立以来一直高踞于人民之上的两大垄断统治集团——共和党与民主党进行了最公开、最直接的严厉抨击。"我不知道该说些什么才能打动你们的心,"小说第十七章写到安纳斯特·埃弗哈德在国会众议院大会上发表演说时讲道,"你们根本无心肝,也无从打动。你们这批没有骨气的孬种。你们大言不惭地自称为共和党人和民主党人。根本没有什么共和党。根本没有什么民主党。在这儿众议院里,根本没有什么共和党人,也没有什么民主党人。你们是马屁精、帮凶、财阀阶级的爪牙。你们唠唠叨叨地、引经据典地谈论着你们对自由的热爱,身上却一直穿着'铁蹄'发下来的猩红色的号衣。"

　　在20世纪第一个十年的整个美国小说中,恐怕再也找不出比这更激烈、更尖锐的语言了。

　　由于这位社会党领袖人物已经成了"铁蹄"的眼中钉、肉中刺,所以就在这次众议院会议上,垄断寡头集团指使一名罪犯在会议厅中扔了一颗炸弹,接着便以这个罪名把埃弗哈德和他的同志们全部抓起来,包括他的妻子爱薇丝在内。小说的情节发展以此为转机,描写埃弗哈德成功越狱之后,带领他的妻子和同志们来到美国西部积蓄力量,经过十八个月的准备,在中部大城市芝加哥领导了美国空前的一次无产阶级向"铁蹄"夺取政权的武装暴动。

　　《铁蹄》的第二个成就在于作者天才地预言了美国无产阶级与资产阶级——小说中被称为"铁蹄"的那个寡头统治集团——之间你死我活的斗争必将爆发的一天。作者虚构的、发生于1917年秋季的"一次革命",为人们展示了无产阶级革命斗争的伟大场面。这种场面在1871年的巴黎出现过,在1905年的圣彼得堡出现过,而到了《铁蹄》出版的十年之后,即历史真正迈入 1917 年秋季的时刻,俄国的无产阶级在列宁的领导下,通过武装革命的手段终于取得了杰克所盼望的胜利,遗憾的是杰克没有能看到令人鼓舞的这一天,要不,他必将为自己的预言与历史事实的巧合而兴奋得跳起来。

这场革命由于"铁蹄"的疯狂镇压和革命者的准备不足而失败了,革命的产物"芝加哥公社"只存在了三天,接着是"残酷而血淋淋的"大屠杀,数不清的人被处死,几十个秘密的革命基地被"铁蹄"的军队破获,爱薇丝逃到西部,而安纳斯特则同其他社会党领袖一起还在"孜孜不倦地重新组织革命的武装"……

尽管作者未能走完他自己应该走的路,但是作为无产阶级文学作品的早期代表,《铁蹄》无疑具有极其伟大的意义,它是与高尔基的《母亲》同时产生的以无产阶级的代表人物为典型形象的作品。杰克·伦敦没有能够成为真正的马克思主义者,也未能认识同时代的伟大革命家列宁,然而《共产党宣言》在他心中所激起的波澜始终没有平息过。自从在大路流浪中见到了这本阐述革命真理的小册子之后,杰克的思想便同马克思、恩格斯的思想相共鸣。当年,他在《共产党宣言》那段著名的言论上用铅笔画下了粗黑的线条,几年以后,他就以创作《铁蹄》来使无产阶级要"用暴力推翻全部现存的社会制度"[①]的伟大号召得到艺术的表现。

当然,杰克·伦敦的思想还远远没有达到无产阶级革命家的水平,在《铁蹄》中一方面表现出作者对资产阶级的深恶痛绝,另一方面却暴露了他思想的严重局限:埃弗哈德的形象存在大量的"超人"式英雄成分,整个革命队伍的混乱现象使起义领袖们成了脱离群众的孤独者,而广大人民则被描写成缺乏头脑的乌合之众;同时,小说在描写革命斗争的前途时,那种矛盾的悲观情绪说明作者对无产阶级夺取政权并在最后建立无产阶级专政的历史任务还不十分明确。尽管如此,《铁蹄》毕竟是一部伟大的作品,即使存在这些缺点,也依然闪耀着不灭的光辉;而无产阶级则能从中学到可贵的斗争知识,正如安纳斯特·埃弗哈德在最后时刻对他妻子所说的那样:

> 这一次是失败了,亲爱的心肝,可是不会永远失败的!我们受到教训。明天,运动就会再起来,成为一个经验更丰富、纪律更严明的运动。

四 深沉的自我写照:《马丁·伊登》(1909)

假如我们把《铁蹄》看成是杰克·伦敦思想成就最高的一部作品,那么,最能

---

① 马克思、恩格斯:《共产党宣言》,《马克思恩格斯选集》第 1 卷,人民出版社,1972 年,第 285 页。

代表他的艺术成就和创作风格的,无疑就是《马丁·伊登》。这是一部自传体性质的小说,作品所描写的现实生活几乎都是作者经历过的,而小说的主人公马丁·伊登——一个普通的水手和工人,出身于社会底层的劳动者,想通过顽强的创作毅力使自己成为作家而受到上层阶级嘲笑的小人物——在很大程度上就是杰克·伦敦的化身,作品的意义绝不仅仅局限于为自己作传。由于小说所描写的社会生活具有现实主义的深刻性和广泛性,因此它远远超出了自传的范围,而成为一部包含着20世纪初期丰富的社会思想的作品。

马丁是以出卖劳动力谋生的下层社会的一员,在一个偶然的机会里认识了银行家摩斯一家,并同摩斯的女儿罗丝一见倾心。然而这种爱情是建立在一时冲动之上的:从马丁方面来说,他认为罗丝美貌惊人,举止文雅,跟他以前所认识的下层社会的女孩子有着天壤之别,罗丝对文学、艺术的精辟见解,使马丁自愧弗如;从罗丝方面来说,马丁所拥有的强壮体魄和水手独有的顽强精力,她从未见过,因此抱着好奇的心情去窥探这个异性的奥秘。由此可见,这一爱情本身就带有明显的不合理性,无法逾越的阶级界线从一开始就注定了这场恋爱的悲剧结局。同杰克·伦敦一样,马丁·伊登开始时把上层社会理想化了,认为在那儿有着"大公无私的人,纯洁而崇高的理想,热烈的精神生活"。为了踏进这个"高等社会"的门槛,为了赢得罗丝的爱情,马丁忍受了极大的艰难和困苦,以不屈不挠的奋斗精神来使自己成为一名作家。然而他所得到的却是社会的排斥、资产阶级的奚落,连罗丝也不能理解和体谅他,终于跟着别人走了。当然,马丁最后还是成功了——由于资产阶级报刊的老板们对这个下层人物的作品中所写的那些粗犷、奇异、新鲜的生活题材产生了兴趣,于是马丁一跃成为一个闻名全国的作家。金钱有了,地位有了,"高等社会"的大门向他敞开了,许多不相识的人也都来和马丁交朋友,连一向嫌他穷酸的市侩商人——他的姐夫伯纳德·希金波森也居然来请他吃饭了……最使他受刺激的是罗丝竟又回到了他的怀抱。为什么? 因为他现在有了金钱! "高等社会"的幻觉破灭了:在这些人端庄、正经的外表下面,原来都是如此的卑鄙龌龊;原先纯洁和崇高的罗丝,如今也成了金钱的殉葬品;看上去是多么高贵的摩斯一家,却也同希金波森一样的虚伪与贪婪。在严酷的现实面前,马丁·伊登不得不冷静地思考:他过去朝思暮想地追求的究竟是什么? 过去向往上层社会的高雅,一旦接近和进入这个社会之后,却又证明他所追求的一切全都是虚假的、伪装的。小说在第四十五章写到马丁·伊登成名之后,罗丝前来与他重修旧好,请求他原谅时,有一段精彩的对话:

"嘿,我原谅你,"他不耐烦地说,"当你碰到没有什么可原谅的时候,原谅人家是再容易不过的。你做的事,没有一桩是需要我来原谅的。人总是凭着自己的智能行事的,要他不这样干是办不到的。这就像要我请你原谅我没有去找份工作做一样地办不到。"

"我当初是一片好意，"她不服地说，"这你也明白。我不可能一方面爱着你，一方面却对你不怀好意。"

"说得对；可是就凭你的好意，你也可能毁了我。"

"啊，不错，"他看她想提出抗议，抢在她前面说，"你可能毁了我的写作和我的事业。我是天生必须走现实主义道路的，可是资产阶级精神和现实主义是敌对的。资产阶级全是胆小鬼。他们害怕生活。而你呢，却千方百计地要叫我也害怕生活。你希望把我弄得循规蹈矩。你希望把我塞进一个两英尺宽、四英尺长的生活的框框里，在那里，生活里的种种价值全是架空、虚伪而庸俗的。"他感到她不服气地动弹了一下。"资产阶级的教养和文化是建筑在庸俗的基础上的——我得承认，庸俗得无以复加。我刚才说过，你希望把我弄得循规蹈矩，用你的阶级理想、阶级价值和阶级偏见来把我改造成为你自己阶级的一员。"他伤心地摇摇头，"即使事到如今，你还是听不懂我在说些什么话。你从我话里听出的意思，并不是我拼命要表达的本意。我说的话对你说来，全是荒诞不经的。然而对我说来，却是活生生而实实在在的。你至多有点儿觉得想不通，感到有点儿好笑，这个粗小子，从深渊的泥浆里爬了出来，居然对你的阶级批评一通，说它庸俗呢。"

于是，马丁的幻想破灭了，"我已经尝够了生活中的一切，使我对什么东西都没有欲望了"。他憎恨这个社会，憎恨周围的一切，他深深地感到自己纯洁的心灵被卑劣的社会欺骗了，他在社会上成了一个陌生的人、孤独的人，他的精神被摧毁了。他来自劳动阶级，但在生活与对尼采超人哲学的探索中迷失了方向，他回不到人民中间去了，他只有到大海中去寻找自己的归宿，悲惨地结束自己的一生。

一个有才华的作家就这样被社会给残害了。马丁·伊登的悲剧向人们提供了一个雄辩的例证：在资产阶级社会里，一切正直的思想、艺术、精神和创造力都将受到无情的摧残。它们不是在工人阶级中扎下根来，就是向资产阶级投降，否则必然被消灭，没有其他出路。这便是《马丁·伊登》给予人们的启示。作者有意识地把主人公描写成一个极端个人主义者，并认为马丁最后之所以走上毁灭的道路，其原因正在于此。这说明在写作这部小说的时候，杰克·伦敦是以马丁·伊登的蜕变为教训并希望读者认识到这一点的，因而他又安排了一个社会党人罗斯·布力森登的形象——尽管这个人物是苍白无力的——作为马丁·伊登的对立面。据说，小说出版之后，杰克·伦敦对许多人不理解马丁·伊登悲剧的根源是个人主义这一点甚为不满，而向辛克莱发过牢骚，还针对某些读者不满意小说以伊登自杀做结尾说过这样的话："为什么我不能稍稍地替马丁感到惋惜？马丁也就是我。马丁是个个人主义者，而我是个社会主义者；也就是这个原因我仍然活着，而马丁却已死了。"然而不幸的是，杰克·伦敦并没有能够摆脱马丁·伊登命运的魔力，他把小说的主人公推上了悲惨的结局，而他自己也在七年之后走上了同一条道路，这不能不说是悲剧之后的悲剧。

五 美国人生的记录：杰克·伦敦的中短篇小说

杰克·伦敦最初是从创作短篇小说而成为作家的，他一直喜欢用短篇或中篇（实际上是扩大了的短篇）的形式进行写作。自1900年《狼的儿子》问世到他死后的1922年出版最后一个短篇集《一时的虚勇及其他》，他共出版了23部以上的集子，包括150个短篇小说和3个著名的中篇：《北方的奥德赛》(1900)、《荒野的呼唤》(1903)、《白色的獠牙》(1906)。这些作品从内容上来划分，大致有四部分，即："北方的故事""太平洋短篇""动物的故事"和"人的故事"。前两类是作者生前就已确定了的题材范围，而后两类则是后人根据作品的描写对象而归纳的。

"北方的故事"除《狼的儿子》以外，主要还有《他的祖先们的上帝及其他》(1902)、《严寒中的孩子》(1902)和《热爱生命及其他》(1907)等几部短篇小说集。它们都是以遥远的北方阿拉斯加克朗代克地区的自然环境为背景，以粗犷、质朴的艺术手法描写淘金者们奇异、艰难、神秘、丰富的生活，着重反映那些畸零人厌弃都市的资产阶级物质文明，诚挚地投身于荒无人烟的北方大自然中的情感，以及他们在克服重重困难时的意志和生存欲望。杰克·伦敦从自己16个月的切身体验出发，通过小说故事的铺排和细节描绘，突出了人物的精神世界，使读者能真切地体会到那些在冰天雪地、灰暗神秘和阴沉的环境中生活的人是些什么样的人，他们具有哪些形形色色的内心世界。我们可以从这些作品中举出几篇乃至十几篇早已为全世界读者所熟悉的名作，看看杰克·伦敦为人们塑造的、生活在那个荒凉世界的各种人物典型，他们中间有：把生存的希望给妻子和友人的梅森（《白色的寂寞》），为报夺妻之仇而历尽千辛万苦追杀对手的印第安人酋长纳斯（《北方的奥德赛》），有着纯洁爱情和高尚情操的印第安女人帕苏克（《刚毅的女人》），反抗白人殖民主义者野蛮统治的勇敢的印第安老人莫勃尔（《老头子同盟》），为争夺黄金矿砂而相互残杀的挖金人（《黄金谷》），等等。《热爱生命》是"北方的故事"中最著名的一篇，作品写一个淘金者在寒冷、饥饿、恐惧的旷野中，以自身的坚强毅力和对生命的渴求为动力，在濒临死亡之时同狼搏斗终于取得胜利的故事，赞美了人的意志和人同大自然作不屈斗争的精神。小说一开始是两个饥饿、疲乏、衰弱的淘金者艰难地行走在茫茫的北方旷野上，后来"他"扭伤了脚，而同伴比尔却头也不回地径直走了，只剩下"他"孤零零的一个人。"到处都是模糊的天际线,小山全是那么低低的。没有树,没有灌木,没有草——什么都没有,只有一片辽阔可怕的荒野,迅速地使他两眼露出了恐惧神色。"他要穿过雪地向大河的河口走去,风雪交加,寒风刺骨,饥肠辘辘,他的双脚已经"皮开肉绽",随时都有丧失生命的危险。这时支持他前进的只有他对生命的强烈企求,对人类光明的热烈憧憬。他好不容易才捞到一两条鳕鱼来维持生命,抓来小松鸡便囫囵地往下吞,还与一群狼进行搏斗。在这群狼旁边留下了一堆红白相间的遗骨,还有一只跟他自己背的口袋一样的鹿皮口袋,那正是比尔用来盛金子的!在他生命垂危之际,一只病狼一直跟踪着他,两个在死亡线上挣扎的生灵都在窥视着对方。最后,病狼扑过来咬他手的时候,他在昏迷中醒过来扼死了狼,取得了求生搏斗的胜利。这是一首人类生命的赞歌,淘金者不畏艰难、不畏死亡的形象集中地体现了人必定战胜自然、生必定战胜死、精神必定战胜环境的主题。《热爱生命》虽是作者许多短篇中的一个,但它却以精彩的描绘、细腻的刻画,尤其是以难能可贵的赞美生命的强烈气息而闻名于世。

"太平洋短篇"是指杰克·伦敦在 1907 年至 1908 年航行太平洋期间所写的以太平洋为背景的短篇小说,包括《上帝笑了及其他》(1911)、《南海故事》(1911)、《豪华的房子及夏威夷的故事》(1912)等集子,总数有 30 篇左右。在这些小说中,杰克·伦敦充分发挥了自己的才能,描写自然景物和人在自然界中的拼搏精神,他将航海期间所见到的汹涌的波涛、可怕的卷风、吃人的鲨鱼、多变的天气和太平洋群岛上白人对土人的野蛮屠杀及土人的愤怒反抗等统统写了进去。《唷!唷!唷!》所描绘的是一幅白人殖民主义者野蛮屠杀太平洋岛屿的土著居民的血腥画面,作者愤怒地揭露了白人的"商船"开到岛上"见人就杀","小岛上的每一座房子都给烧光"的罪恶行径,忠实地记录了 19 世纪末叶帝国主义列强在海外开拓殖民地时的强盗历史;《生麻风病的顾劳》也是对殖民主义者杀人行为的强烈控诉,由于殖民主义者的传播使岛上居民染上麻风病而后又遭他们残杀的情景,作者对此表示了极大的愤恨,对英勇顽强地进行反抗的顾劳则流露出赞美之情;短小精悍的《在甲板的天篷下面》是又一次对野蛮的白人的谴责,那个外表美丽、灵魂卑鄙的资产阶级小姐卡鲁塞鲁斯正是侵略者形象的缩影;在情节生动有趣的《马普希的房子》里,杰克·伦敦寄托了对受剥削、受欺侮的土著居民的同情,并以不测的飓风的袭击导出一个喜剧性的结局作为对罪恶的白人的惩罚。"太平洋短篇"是杰克·伦敦思想与艺术成熟时期的作品,无论是主题的表达、情节的描绘还是人物的刻画,都达到了同时期美国甚至是全世界短篇小说创作的高峰;特别可贵的是作品中所包含的强烈的反殖民主义色彩,表明了社会党人杰克·伦敦的正义立场。假如说他的两次太平洋之行有什么收获的话,那主要就是这些作品的诞生。

杰克·伦敦写的关于动物的小说当以《荒野的呼唤》最为出名。据说,作者原先只想写一个四千字左右的关于一条狗的短篇,他花四天时间写完了,从头至尾读一遍,却发现还仅仅是小说的开头;于是,杰克·伦敦决定随小说的情节发展铺排下去,运用自己丰富的想象放开来写,在房间里关了整整三十天,结果写成一个十来万字的中篇。小说的主人公是一只名叫布克的狗,主人是米勒法官。布克自小生长在南方的庄园里,过惯了悠闲、舒适的生活,养成了文雅、温驯的性格。有一天,园丁曼内尔把布克拐骗出去以一百块钱的代价将他卖给了狗贩子。接着是布克坐火车、乘轮船,被带到陌生而遥远的北方克朗代克——因为那里刚发现了金矿,淘金者需要用狗做运输工具。就这样,布克"突然从文明的中心被拖出来,掷进了原始事物的中心"。他在那里所见到的全是野蛮,人与人之间是如此,狗与狗之间也是如此。他们为了自身的生存,每时每刻都在进行着搏斗、拼杀,这使布克也渐渐地学会了"不顾道义,只求活命"的哲学,与同伴打架、撕咬、争食物,变得凶残而狡猾。祖先的野性终于在他身上重新萌发,他咬死了原先狗群里的首领,取而代之,接着又在森林中狼群嗥叫声的呼唤下,变成了一头地地道道的野狗,跑入森林里,"狼群在后面合唱着蜂拥而去,而布克则和他们一道跑着,跟那些野兄弟并肩前进,一面跑一面叫"。小说所描写的对象是动物,但作者却赋予这些动物以灵性,并完全用"他"和"他们"来称呼,显然这是一种讽喻和影射的手法,目的在于通过动物世界中"人"性的沦丧和野性的复发,以及它们之间的钩心斗角与残酷争夺来揭示当时美国社会的现实本质。布克实际上正是那些在资本主义社会中被拜金主义毒气吞噬了人的基本理性的受害者的象征。《荒野的呼唤》以其清新、别致的风格赢得了广大读者的喜爱,成为杰克·伦敦的第一部畅销书。

在社会底层生活过的杰克·伦敦,最善于描绘同自己一样出身的美国劳动人民的命运,他的全部短篇小说除上述三种类型之外,其余绝大部分都可以归纳到"人的故事"这一类里。在这类小说里,首先应该提到的是《叛逆》,它以令人心酸的笔触,描述了一个名叫强尼的孩子,如何从七岁起就迫于生活进工厂做童工,忍受着资本家的剥削和监工们的鞭打。到十二三岁,他已经先后在麻纺厂、玻璃厂、织布厂干过活。每天天不亮母亲便把他从床上拖下来,由于睡眠太少,他像一头疲困到极点的小动物,对于生活失去了信心,最后倒下了。小说的结尾是,强尼离开了妈妈,离开了家庭,跳上一节空车厢,随着火车汽笛的鸣响,走了。强尼到哪儿去了呢?杰克·伦敦并没有写,然而可以想见,他是无法摆脱"劳动畜生"的境地的,无论他走到哪里,都将依旧受到资本家的剥削和监工们的鞭打。凡是了解杰克·伦敦身世的人一眼就能看清楚,强尼就是童年的杰克,十一二岁的杰克·伦敦正是过着这种"劳动畜生"的生活。《叛逆》是对美国垄断资产阶级的抗议,也是对这个社会制度的挑战,强尼的"叛逆"行动尽管得不到如意的结果,但至少表达了社会底层人们愤怒的声音。小说以一首挺有意思的打油诗开始：

> 今天我打起精神去上工，
> 求主保佑我不做偷懒虫。
> 如果天没黑我已经死掉，
> 求主保佑我的工作没有毛病。
> 阿门！

这是对那些酒足饭饱的富人和虚伪奸诈的道德家的绝妙讽刺，读后令人心酸欲泣。

此外，反映拳击家晚年凄凉境遇的《一块牛排》，描写墨西哥人英勇不屈精神的《墨西哥人》和揭露美国司法当局对流浪汉严刑拷打摧残的《监狱》等，都从不同侧面暴露了美国社会的黑暗本质，写出了金元帝国铁蹄下劳动阶级的痛苦和不幸。

六　生活的强者与精神的悲剧

"在我成年之后，作家中给我影响最大的，首先是马克思，其次是斯宾塞。"杰克·伦敦在《自传》中的这句话明确地告诉人们，他受到的是无产阶级革命理论与资产阶级唯心主义哲学思想的双重影响。是的，从这位小说家的 40 年经历，特别是他短暂的 16 年创作生涯中，我们可以认识到一个生活的强者最后如何成了精神悲剧的牺牲者。

综观杰克·伦敦的整个创作历程，大体可以分为三个时期：

1900 年之前，他仅仅是一个初露锋芒的文学青年；通过几年的不懈努力，他粉碎了资产阶级的偏见，用他那些强有力的小说终于冲破了社会的封锁，跻身于美国新一代作家的行列。年轻力壮的杰克拥有无限活跃的思想、无限充沛的精力和得天独厚的生活源泉。凭着"北方的故事"中所显示出来的顽强的个性和旋风般的热情，他将随着新世纪的到来创造出更加惊人、更加绚丽的艺术作品。此时，他的思想犹如一只鼓满风帆的航船，他对未来生活的憧憬恰似强劲的海风，杰克将像当年在旧金山海湾上驾驶"酩酊号"那样，向 20 世纪新时代飞速驶去。这时，杰克的作品风格热烈、粗犷、清新，向人们显示了生活的强者的气魄和力量。

《狼的儿子》的出版，标志着杰克·伦敦已经成为一个成熟的作家。此后的十年，尤其是 1906 至 1910 这几年，杰克的创作力达到了高峰。他当时能够同美国工人运动保持密切的联系，积极参加社会党的宣传活动；他对 1905 年俄国革命予以热烈支持，并公然为无产阶级的武装斗争大声叫好，还创作出了《铁蹄》

《马丁·伊登》和《白色的獠牙》这样优秀的作品。这一时期,杰克在政治上也保持着战斗热忱:在许多政论文里他明确阐述自己的政治观点,宣称社会主义的目的"就是根除一切现存社会中的资本主义"(《阶级的战争》);他控诉美国垄断资产阶级"每年所杀害的孩子甚至比满手鲜血的希律王①杀害的还要多"(《生活对我的意义》);他尖锐地指出在美国"这个辽阔的、文明的、富裕的国家里……几百、几千、几万、几十万、几百万的人确实过着牲畜般的生活,就是一个穴居的人也从来没有像他们那样绝望地挨着饿,躺在这样肮脏龌龊的地上,给可怕的疾病活活折磨死……"(《革命》)。杰克还提出了现实主义的艺术主张,他认为文学艺术就是谋求人类解放的斗争武器,他要求文学作品必须真实地描写生活。因此在他的作品里我们能够看到作者对资本主义的一切腐败和罪恶所做的无情揭露和深刻批判,他把文学作品作为反对社会不公平的武器,他把所有的同情都毫无保留地给了被压迫者和被剥削者,在他身上正体现了出身无产阶级的人民作家的优秀品质。

1910年之后,由于我们前面讲到过的原因,杰克·伦敦的精神逐渐失去了光彩。斯宾塞"生存竞争,适者生存"的唯心主义观念和尼采的"超人"哲学对他的影响越来越大,大量挥霍金钱造成了他与社会党其他同志的隔阂,加上长期生活在舒适的环境中,因此,我们看到杰克·伦敦在逐步向着矛盾与痛苦的世界走去,最终产生不幸的结局。

对于杰克·伦敦作品的艺术价值,不管站在哪个阶级的立场上,似乎都是无可非议的,但对于他的文学地位、他的思想意识和作品的现实意义,多年来却一直存在争执和分歧。某些美国文学评论家竭力贬低这位人民作家的地位,讥笑他只是一个"写了几个关于狗的故事的人"。但历史已经真正为杰克·伦敦做出了结论,他是美国20世纪初期最有影响的小说家,是继马克·吐温之后又一个杰出的现实主义中坚人物。他的出色创作使美国文坛空前活跃,使创作与生活、文学与社会产生了前所未有的密切联系。正如评论家菲力普·方纳所指出的:"没有一个美国作家比杰克·伦敦更能作为时代的明确而出色的发言人。因为他打破了冻结美国文学的坚冰,使文学与生活产生了有意义的联系。"②这个评价是公正的,符合历史事实的。

杰克·伦敦是一个复杂的作家,他广泛地汲取各方面的思想养料:从哲学角度来讲马克思与斯宾塞,从文学角度来讲莎士比亚、巴尔扎克、史蒂文森与吉卜林,这些作家都从不同方面对他思想的形成产生过作用;而从政治角度来讲,他多年来以社会党的骨干分子自居,信仰社会主义,但之后又消极悲观,继而愤怒

---

①　希律王,古代犹太国王,以残暴著名,见《圣经·马太福音》第2章。

②　菲力普·方纳:《杰克·伦敦:美国的叛逆者》,斯达德尔出版社,1947年,第17页。

退党。由此可见,在肯定杰克一生功绩、地位的前提下,对他思想发展过程中积极的和消极的成分做一个具体的、历史的分析并不是多余的。

杰克死了,他是在最富有创作力的年代悄悄地、痛苦地离开这个他既热爱又憎恨、既熟悉又陌生的世界的。这一消息使人们为之惊愕,全世界为之哀悼,报上的文章大大地超过了对前一天去世的奥地利皇帝弗朗茨·约瑟夫(1830—1916)的报道。谁也没有想到,几年前他头脑里虚构出来的马丁·伊登的精神忧郁症的遭遇最后竟应验在他自己身上了——脱离了本阶级的生活,脱离了正确的思想立场,精神就像一间失去栋梁的屋子一样倒塌了;家庭的纷乱、生活的失望、思想的空虚,使杰克未能走完人生的全部历程,使他带着茫然的痛苦走了。

这是一场精神的悲剧!

杰克·伦敦死了,但他的作品是不朽的。

第五章　20 世纪现实主义小说

第一节　帝国主义阶段的美国社会
与现实主义的深化

一　美国 20 世纪资本主义经济的高度发展
与现实主义小说的再次繁荣

19 世纪末到 20 世纪初,是美国资本主义向高级阶段——垄断资本主义,即帝国主义发展的时期。当时,美国的工业总产值已经居全世界首位,小麦产量占资本主义世界的一半以上,国内的生产和资本高度集中,以托拉斯为主要垄断组织形式的少数大资本家和财团控制了整个国家的经济命脉,使美国成为一个典型的托拉斯国家。"在那里一方面是一小撮卑鄙龌龊的沉溺于奢侈生活的亿万富翁,另一方面是千百万永远在饥饿线上挣扎的劳苦大众。"①随着美国经济的高速发展和它的日益帝国主义化,必然会产生一系列后果:政治上寡头统治,对外更富有侵略性,国内资产阶级与工人阶级之间的矛盾日益尖锐。因此,从 20 世纪开始,一方面美国拥有世界上最先进的生产设备和科学技术,另一方面工人运动的高涨和反动政府的镇压,以及美国对中国、菲律宾、墨西哥、巴拿马等国家的侵略,造成了美国建国以来历史上空前的血腥统治。这是帝国主义国家特征的充分体现,由于这种特征控制着整个美国社会,于是,同上一个世纪比较起来,人们的思想、精神、生活也都随之产生了很大的变化。这种变化最显著的特点就是:思维的复杂化、心理的变态、对社会的不满和反抗,以及对生活前途的希求。人们从过去单纯对社会不平等现象的揭露和抨击转化为对这种现象产生原因的探索,从过去要求改变社会现状的强烈愿望转化为对这种反抗力量作用的重新估计:这是精神上的蜕变。作为一种社会现象,这个变化是 20 世纪初期第一次世界大战前后开始形成的,经过 20 年代美国资本主义经济严重危机和工农运动的激剧高涨(包括美国共产党的建立),到 30 年代达到了它的高潮。这一高潮在

---

① 列宁:《给美国工人的信》,《列宁全集》第 28 卷,人民出版社,1963 年,第 44 页。

文学上的具体体现就是新现实主义的繁荣和左翼文学运动的兴起。

　　具有 19 世纪优秀的浪漫主义和现实主义光荣传统的美国小说,伴随着美国社会的这一演变踏进了 20 世纪的门槛,在丰富的民族传统和社会土壤的培育下,形成了 20 世纪绚丽多彩的创作图景,它不但产生了一大批杰出的小说家和优秀的作品,而且在形成美国民族文学独特的风格和流派上起了巨大的作用。从整个美国文学发展上来说,它是继 19 世纪 30 年代至 50 年代的浪漫主义高潮和 70 年代到 90 年代的现实主义高潮之后的第三个高潮。从 20 世纪的第一年开始,以马克·吐温和威廉·狄恩·豪威尔斯为代表的现实主义作家,直接培养出他们出色的继承者——西奥多·德莱塞、杰克·伦敦,随后又涌现出厄普顿·辛克莱、维拉·凯瑟、辛克莱·刘易斯、欧内斯特·海明威、斯各特·菲茨杰拉德、威廉·福克纳、约翰·斯坦贝克、多斯·帕索斯这样一批出类拔萃的小说家,以及像珀尔·布克、玛格丽特·米切尔、托马斯·沃尔夫等在某个时期或因某部作品具有一定影响的小说家,他们中甚至有好几位获得过诺贝尔文学奖,这使美国小说家一跃成为世界文坛上的一支劲旅。

　　20 世纪前五十年是美国现实主义小说繁荣的又一次高潮,与同时代欧洲主要国家的现实主义小说发展相似,它上承 19 世纪末期的批判现实主义传统,同时在自然主义理论的冲击下,在一部分小说家的创作观念和小说作品中自觉不自觉地会有自然主义的风格和内容,企图在处于高速工业化和现代物质文明的时代中表现出对人性的本质的困惑。然而这些作家的本意还是为了反映社会与人类的现实,在他们描写客观性与社会性、个性与共性对立的同时,最终还是回到人类的现实之中。即使像法兰克·诺里斯这样的作家,他也认为小说的重要性"在于它对现代生活的表现比建筑、绘画、诗歌和音乐的表现更好"①。现代生活是什么? 它不是虚无缥缈的浪漫和荒无人烟的沙漠,而是人类共同生存的客观环境,而这就是现实主义小说产生的土壤。

　　这一时期的美国现实主义小说创作,还有一个重要现象,那就是它是从 19 世纪文学的单一性走向 20 世纪文学的多元性过程中产生和壮大的。与 19 世纪文学最大的不同是,20 世纪文学已经从单一走向多元,并在 20 年代至 30 年代,即两次世界大战之间,形成了传统的现实主义、无产阶级及左翼文学与现代主义三足鼎立的局面。② 它们此起彼伏,时强时弱,但三股潮流泾渭分明。其中左翼文学分流于现实主义,在"红色的 30 年代",它的确形成了一股相对独立的创作思潮,左翼作家中大部分是共产党人,而左翼文学在美国乃至整个西方世界形成

---

　　①　法兰克·诺里斯:《小说家的职责》,道布尔戴出版公司,1928 年,第 4 页。
　　②　有关这一观点的阐述,参见拙著《20 世纪世界文学:回眸与沉思》的"绪论"部分,百花洲文艺出版社,1998 年。

气候,是与当时共产国际的建立、俄国十月革命的成功和 30 年代前后各国无产阶级革命高涨的历史背景密切相关的。所以在论述这一时期文学表现时,往往把一部分具有左翼倾向的作家分离出来,从艺术技巧来说他们与其他作家似乎并无明显区别,其主要区别表现在作品主题的政治立场和人物形象的典型意义上。

现代主义萌芽于 19 世纪末期的法国、意大利,形成于 20 世纪 20 年代的整个西方文坛,这个影响也必然会在美国小说中反映出来,以海明威为代表的"迷惘的一代"、以福克纳为代表的"南方文学"大体可视作这一时期美国现代主义文学的滥觞。尤其是后者,还被冠以"意识流大师"的称号,而他们的早期创作也是发源于现实主义范畴。有关现代主义以及后现代主义在美国小说创作中的表现,将在本书第七章至第十二章具体论述。

二　现实主义的深化以及它在小说创作中的表现

以 20 世纪 30 年代为高潮的美国 20 世纪现实主义文学,与上一世纪的现实主义文学相比,是一股具有更为深刻、更为广泛特点的潮流。这种现实主义深化的社会基础就是美国帝国主义阶段国内阶级矛盾、种族矛盾、垄断与反垄断矛盾和国外侵略与反侵略矛盾的激化;它的思想基础就是普遍存在的人们对社会、前途、命运的忧虑和思索。

这是一股比传统的现实主义更具有反抗性和揭露性的文学潮流,因而又可称为"新现实主义"。"新现实主义"可以说从进入 20 世纪的第一天起就开始出现在美国文坛上,它的影响一直持续到第二次世界大战之后,甚至延续到 50 年代末 60 年代初。虽然美国刚刚经历过"怯懦的十年",但新现实主义依然不减它当年的威力,一批有声望的老作家,如高尔德、多斯·帕索斯、斯坦贝克、马尔兹等坚持沿着这条严肃、健康、有意义的创作道路继续奋斗。第二次世界大战之后的美国文坛,已经是流派蜂起,百家争妍,演化成空前繁荣的竞争局面,然而谁也不能动摇现实主义的牢固地位。即使以海明威和福克纳而论,在这两位对西方世界造成长达几十年影响的小说大师的文学血管里也同样流着马克·吐温、欧·亨利的血液,他们从来没有否认过自己与老一辈现实主义作家的继承关系,只不过事物的发展形成了他们独特的风格而已。这一风格上的倾向超过了传统的现实主义因素,因而使他们成为独树一帜的流派小说的代表。与他们具有同样情况的还有赫尔曼·沃克、索尔·贝娄等著名小说家。

新现实主义在文学作品上的主要表现形式首先是小说,其次才是戏剧和诗歌。在 20 世纪的前五六十年内,美国文坛上的小说创作达到了空前繁荣的状态,涌现出了几十部甚至上百部优秀作品,它们当中不少反映时代面貌的经典之作已成为新现实主义最杰出的代表。如上所述,20 世纪以来的现实主义比 19

世纪后半期的现实主义具有更为深刻、更为广泛的思想内容,因而这些作品在艺术表现上与上一世纪的现实主义也有所不同——具有更鲜明的时代特征。这些特征主要表现在以下几方面:

第一,对美国的社会制度进行根本性的探讨。如果说19世纪的现实主义仅仅是对资本主义社会的本质产生怀疑的话,那么进入20世纪之后不久,作家们就开始对这个制度的一系列根本问题,如劳资矛盾、种族矛盾、青年问题、妇女问题等进行有意义的探讨,有针对性地提出一些切中时弊的见解,以引起人们的注意,在公众舆论上造成对这个制度本质的谴责。"黑幕揭发运动"的代表作家厄普顿·辛克莱可以说是这方面的先行者。他在1906年出版的长篇小说《屠场》中就以大量的事实揭露了垄断资本的丑恶面目,反映了资本主义社会中工人阶级的悲惨境地,曾在全国范围内引起过强烈的反响;德莱塞1925年出版的长篇小说《美国的悲剧》,通过一个青年堕落而被处死的故事,提出了什么才是这个悲剧产生的真正根源这一发人深省的问题。其他如多斯·帕索斯的《美国》三部曲、德莱塞的《欲望三部曲》、马尔兹的《短促生命中漫长的一天》,都是作者对社会制度本身进行分析和思考的结果。这一点正是20世纪现实主义获得巨大成功的主要原因——对社会根本问题做出根本性的判断,使作品成了时代的记录。

第二,突出人物命运的普遍意义。真正的现实主义要求作品具有强烈的时代气息,要求作品中的人物具有充分的典型意义。美国20世纪的现实主义小说正是以此为己任,作家们往往通过作品中主要人物命运的描写,使人们从中获得应有的启发和教育。即使具有自然主义倾向的杰克·伦敦在《马丁·伊登》中所描述的主人公的命运也无疑是一切有良知的知识分子(包括像马丁·伊登那样从工人阶级转化为知识分子的人物)在资本主义社会中遭遇的缩影;而辛克莱·刘易斯的《大街》则通过女主人公卡萝尔的经历,典型地反映出当时美国中西部小市镇保守势力的顽固性。无论是马丁·伊登,还是卡萝尔,以及像瓦恩斯堡镇的居民们(舍伍德·安德森:《俄亥俄州瓦恩斯堡镇》)、亚历山德拉(维拉·凯瑟:《啊,拓荒者!》)、尤金·根特(托马斯·沃尔夫:《天使望家乡》)这样一些具有典型性格的人物,甚至像玛格丽特·米切尔的《飘》中的女主角斯卡雷特·奥哈拉(旧译"郝思嘉")这样的人物,都是作家经过深思熟虑之后创造出来的艺术典型,他们不但具有永久的艺术生命力,更重要的是具有不可磨灭的普遍意义,人们正是从他们身上汲取着希望、力量和教益。

第三,提出对社会的反抗手段。在资本主义社会中,劳动阶级要取得合法生存的权利,只有通过强烈的反抗,只有运用革命的暴力,彻底推翻资本主义制度。这一马克思主义原则虽然在1848年的《共产党宣言》中早已明确提出,但从文学作品中体现出来,却要滞后得多。19世纪70年代的"巴黎公社文学"和以高尔基为代表的俄国无产阶级文学,可以说是阶级斗争学说在文学上的最早萌芽,而在美国,则出现在20世纪之后的新现实主义作品之中。杰克·伦敦描写暴力革命的作品,虽未能正确、完美地表现出无产阶级革命者的崇高形象,但因在文学上反映了阶级斗争题材并明确提出了以暴力革命手段作为反抗资本主义垄断阶级的唯一方法,从而开了美国革命小说的先河;与此同时,厄普顿·辛克莱的《屠场》以工人罢工斗争作为情节发展的高潮,并通过作品中的人物喊出"我们将压倒一切反对力量,我们将清除我们前面的一切反对力量——芝加哥将是我们的!"这样的呼声,预示了美国工人阶级斗争热潮即将到来。小说的作者们当然还并不是真正的马克思主义者,但他们从美国的社会实际出发,认识到只有社会主义、只有无产阶级革命才能解救美国,因此他们站在时代的高度,在作品中表现了这一崇高的主题,为美国20世纪的新现实主义文学增添了光辉的一页。继杰克·伦敦、厄普顿·辛克莱之后,约翰·里德、迈克尔·高尔德、艾伯特·马尔兹、阿格尼丝·史沫特莱这些左翼作家,还有伟大的现实主义作家德莱塞,都在他们的作品中指出了这条引导美国人民走向光明和幸福的斗争道路。由于复杂的历史原因,这些作家所期待的斗争并没有在美国形成真正的高潮,但这并不能削弱这些作品卓越的现实意义;相反,它们的意义是永存的,《铁蹄》中美国无产阶级浴血奋战的情景,《屠场》中激动人心的罢工场面将永远是美国文学的骄傲。

第四,在艺术上更注意环境、人物的典型性和细节描写的真实性。恩格斯指出:"据我看来,现实主义的意思是,除细节的真实外,还要真实地再现典型环境中的典型人物。"[①]任何严肃的现实主义作家在艺术上必须是遵循这一条创作规律的模范。与19世纪的现实主义相比,20世纪的美国现实主义小说在这方面也显示了它可贵的成就。为了真实地描写克莱特·格里菲斯在死牢中的最后一段生活细节,德莱塞特地跑到监狱里进行实地考察,他在描述克莱特的悲剧形成经过时,竭力反映出社会、环境、时代对这个悲剧人物在走向灭亡过程中的决定性影响。同样,我们从《愤怒的葡萄》(1939)对约德一家迁居西部的艰苦过程的细致描绘,可以看出约翰·斯坦贝克严峻的创作态度和他对东部破产农民生活细节的熟悉。是的,假如德莱塞和斯坦贝克没有现实主义作为指导思想,他们是不可能写出这样真实有力的好作品来的。其他那些有成就、有见地的现实主义作家,无一不是按照这一创作规律去进行写作的,尽管他们艺术上的造诣高低不一,但在沿着现实主义这条广阔的道路前进时,他们都具有同样的探索精神。

三　新现实主义小说在美国文学发展中的地位与作用

作为美国民族文学发展的第三个高潮,20世纪前半期的新现实主义小说是

---

① 恩格斯:《致玛·哈克奈斯》,《马克思恩格斯选集》第4卷,人民出版社,1972年,第461页。

这个民族一百多年一切进步的、健康的、严肃的、精湛的文学内容的结晶,是美国整个资本主义文学在思想上和技巧上的总结,它以空前广阔的创作题材、空前丰富的人物形象和空前深刻的思想主题,艺术地记录了美国资本主义的社会现实,创造了美国资产阶级文学的最高成就。在思想上,它以从未有过的认识高度对美国乃至整个资本主义社会的制度本身进行了令人信服的概括和剖析,作家们在作品中所描写的并不是一个个孤立的、个别的人物的命运和社会事件,而是带有极大的普遍性、代表性和典型性,因而往往引起强烈的共鸣和反响,成为人们认识社会、生活和环境的教科书;在技巧上,这些小说在继承和发展 19 世纪现实主义的基础上,使创作艺术本身取得了高度的成就,成为一个时代的总结。这个总结具体体现在人物形象的塑造、动作细节的刻画、语言环境的描写等方面,使现实主义创作在资本主义的美国这个历史范畴内成为经典、精华和表率,以至于后世的一些有威望的小说家也因同它感情上的联系而引以为荣。例如索尔·贝娄在 1965 年 5 至 10 月间接受记者采访时就明确指出以德莱塞为代表的现实主义的巨大威力。[①]

我们曾在"导言"中引用了法兰克·诺里斯的一段关于小说在 20 世纪重大作用的预言,这段预言,新现实主义小说无疑已经实现了。20 世纪以来,这些作品不仅成为美国文坛的支柱,也成为美国社会的主要支柱。一部重要的小说——例如《马丁·伊登》《屠场》《大街》或是《美国的悲剧》《愤怒的葡萄》——出版后所产生的影响绝不仅仅停留在文学界或一部分读者中间,而是社会性的、全国性的。试想一下,谁有如此大的号召力能唤起千百万的美国民众为反抗资本家牟取暴利的行径上街游行提出抗议,致使政府出面进行调查,最后由总统颁布法令制定某些让步的规定? 是辛克莱的《屠场》。又有谁能如此强烈地触发人民的感情,以至人们要大声疾呼:"美国向何处去?"是德莱塞的《美国的悲剧》。由此可见,我们绝不能把这些作品仅仅看作是一部小说,它们是小说,但同时又是对时代、对社会、对生活的权威总结,前者是形式,后者是实质。作家们在这些作品中,往往通过人物的命运、性格、行动等描写告诉人们,应该如何去认识这个社会,应该如何去进行奋斗。所以我们不难理解,20 世纪 30 年代,在美国经济大萧条时期,为什么文学上的小说创作竟然进入了它最兴旺、最发达的阶段,原因就在于:这些小说已不单是人们空闲时的消遣物,而是成了生活的指南。

20 世纪的新现实主义小说创作,为美国两百年的文学发展写下了光彩夺目的一页,它与同一时期的新现实主义戏剧创作一起,构成了美国文学的新高潮,它的影响一直持续到今天。尽管现今的美国小说与几十年前相比有了很大的差别,但它们之间并不是完全隔绝的,相反,依然存在着密切的血缘关系,这就是历史。

---

① 详见厄尔·罗弗特编的《索尔·贝娄》一书。

第二节   西奥多·德莱塞

一   正直的一生

西奥多·德莱塞(1871—1945),1871年8月27日出生在印第安纳州特莱哈特镇一个劳动者的家庭。父亲约翰·德莱塞是一个贫困的德国移民,笃信天主教,早年为了逃避兵役来到美国谋生,西奥多是他的第九个孩子。由于家境贫寒,人口众多,西奥多从小就参加劳动,与父母兄姐一起过着艰难的日子。这对作家德莱塞起了决定性的影响,正如他后来在自传作品《曙光》中所写的那样:

> ……就在这个极易受到感染的时期,我感到了我家的贫穷、失败和不幸。……同样,任何形式的社会不幸,都足以使我在思想感情上感到同肉体疼痛一样的悲哀,我总会感到无比压抑,并觉得自己有责任去解除这种贫穷和苦难。

在这样贫困的环境中,德莱塞度过了童年和少年时代,他随家庭频繁地迁居奔波,先后在印第安纳州的几个城镇里断断续续地读完了小学和两年中学,16岁那年就只身来到中部大城市芝加哥谋生。在那里,他先后干过五金店学徒、汽车司机、饭馆的洗碟工和房产家具公司的收账员等职业,其间还在一位中学老师的资助下进入印第安纳州立大学念了一年书,这是他一生中的最高学历。1893年由于在征文比赛中获得优胜,德莱塞被芝加哥的《环球报》聘为旅行记者,来往于芝加哥、圣路易斯、匹兹堡几个城市之间为该报撰写新闻稿。两年后辞职去纽约,在他哥哥保尔的帮助下先后担任了《每月杂志》《百老汇杂志》的编辑和自由撰稿人。1898年,德莱塞与一个在圣路易斯认识的名叫苏拉·怀特的女子结婚,但据说由于性情不合,不久便分居,这种状况一直继续到怀特去世为止。

德莱塞虽然读书不多,却善于思索,早在他求学期间,就对达尔文主义的理论产生过兴趣。到纽约以后,一方面他继续追随赫胥黎、斯宾塞和达尔文①的意识观念,把斯宾塞的"生物社会学"和达尔文的"生物进化论"搅和在一起;另一方面他从自己的感性认识出发,越来越体会到美国这个社会对人的思想和机体,尤其是对青年男女具有极大的腐蚀性。为了针对这些社会现象发表自己的见解,德莱塞决定创作小说。在19世纪最后一个秋季里,他动笔实践自己的计划,经

---

① 赫胥黎(1825—1895),英国生物学家,《天演论》作者。斯宾塞(1820—1903),英国唯心主义哲学家。达尔文(1809—1882),英国生物学家,生物进化论的首创者。

过半年多的努力,于 1900 年 5 月完成了他的第一部小说《嘉莉妹妹》。小说在很大程度上取材于德莱塞自己家里的往事,甚至可以说小说的主人公——那个在家中被称作"嘉莉妹妹"的嘉洛林·米贝——就是以他的一个姐姐为原型写出来的,而她在小说中的经历也大都以德莱塞这个姐姐的冒险生涯为依据。一个出身乡村的青年女子,由于经受不住生活的压迫,为了追求理想中的"幸福",终于陷入了情欲的泥淖,成为社会侵蚀的牺牲品,这就是《嘉莉妹妹》告诉人们的美国的一个司空见惯的故事——一个精神上的悲剧。

显然,由于小说不符合资产阶级的利益,德莱塞数次投稿都遭到冷遇,后来在当时任道布尔戴出版公司编审的小说家法兰克·诺里斯的帮助下,《嘉莉妹妹》才于 1900 年下半年由该公司印刷出版。但因为受到公司老板太太的干涉,《嘉莉妹妹》被扣上了"有伤风化"的罪名,刚印出来的书就被送进地下室仓库,而德莱塞也仅拿到可怜的几百美元的"稿费"!

这一打击使德莱塞几乎失去理智,他躲在纽约东部布鲁克林的贫民窟里差点饿死。在随后的几年里,德莱塞埋头于几家杂志社的编辑工作聊以慰藉,但从内心来说,总有一股顽强的意志支撑着他,他曾在给朋友的信中愤怒地指出:"生活就是悲剧,……我只想按照生活的本来面目描写生活!"这种反击的动机促使他在搁笔十年之后又去写第二部小说。德莱塞显然在用自己的具体行动回应社会和那些压迫他的人:他并没有屈服。

1911 年夏天,德莱塞写完了《珍妮姑娘》,并在当年 10 月出版。同《嘉莉妹妹》一样,这部小说也是以描写一个出身贫苦的青年女子的命运为主要题材的,所不同的是,作者采用了更加成熟的现实主义态度,对女主人公的生活遭遇也揭示得更加真实、更加深刻。从德莱塞的创作历程来说,《嘉莉妹妹》无疑具有重要的地位,因为它代表了一个优秀的现实主义作家的崛起;但从作品本身的思想高度和艺术水平来说,《珍妮姑娘》则获得了更为巨大的成就,它以更为强烈的批判方式,通过一个包含着灵与肉的悲惨故事,向人们表达了作者对劳动女子不幸遭遇的深切同情和资产阶级卑劣品质的谴责,明确地显示出他对社会严厉的挞伐态度。

《珍妮姑娘》出版后,社会上的反响不错,许多人认为《嘉莉妹妹》的作者并不像某些评论家所说的那样,是一个文笔粗糙、思想偏激的人。尽管是有限的成就,但对德莱塞来说,已经足以鼓励他继续担负起揭示美国社会的真实面目的职责了。刚刚放下《珍妮姑娘》的稿子,他就酝酿写一部反映美国垄断资产阶级如何依靠巧取豪夺而成为百万富翁的史诗性小说,这就是著名的《欲望三部曲》。

早在芝加哥报社工作期间,德莱塞就已经十分熟悉芝加哥实业界和金融界的内幕。特别是有一个名叫加利斯·约克斯的铁路大王,他从身无分文的穷光蛋一跃成为拥有上千万财富的铁路托拉斯巨头的传奇性冒险经历,给了德莱塞很大的启发。从约克斯身上,他省悟到,这就是美国垄断资产阶级发展的缩影。1912 年,德莱塞完成了三部曲的第一部——《金融家》。在这部小说里,作者描写了法兰克·柯帕乌——德莱塞为作品中垄断资产阶级代表人物所取的名字——这个费城初出茅庐的中学毕业生成为芝加哥一家大公司老板的过程。两年后,德莱塞又完成了三部曲的第二部——《巨人》。《巨人》延续了《金融家》的情节,论述了柯帕乌在芝加哥投机发财后转移到纽约做房地产和铁路的更大交易,成为纽约首屈一指的巨头的情景。在这两部作品中,作者也没有忘记在写出柯帕乌之流搞投机买卖的同时,揭露其生活上的荒淫和道德上的堕落。

德莱塞连续写出三部有影响的小说之后,正是春风得意,就在这种创作势头方兴未艾之际,他又在 1915 年出版了一部新作——长篇小说《“天才”》。这是一部带有悲哀的艺术气质的发人深思的作品,主人公精神品格的堕落与这个充满腐败空气的社会形成对照。也许作者那种令人震惊的揭示触痛了统治者的神经中枢,当年曾经围攻过《嘉莉妹妹》的那些资产阶级卫道士又大声叫嚷着要对作者进行制裁。1916 年,法院竟然接受了“纽约消灭罪恶协会”对德莱塞的控告,判决禁止出售他的《“天才”》,并宣布要对该书作者今后的作品进行严格检查。德莱塞对这一不公正的判决提出抗议,并指出这种所谓书刊检查是违背美国宪法、侵犯人权和践踏自由的行为。当时,德莱塞在文学上的一位挚友——著名评论家亨利·路易斯·门肯忠实地同他一起进行了这场旷日持久的斗争。斗争的结果再次表明:在美国,对于生活的任何真实的解释都是不被信任的。

《“天才”》被禁之后,德莱塞暂时放弃了长篇小说的创作,被迫为一些杂志写稿来维持生活。此后,他先后出版了游记《胡塞的假日》(1916)、剧本《陶工的手》(1918)、短篇小说集《自由及其他故事》(1918)和直接取材于生活的包括他的哥哥保尔·德莱塞的形象在内的散文特写集《十二个人》(1919)。1920 年德莱塞将他这段时间在报刊上发表的政论文选编出版,这就是《嘿,鼓声咚咚》。这部政论集比他的其他任何著作都更直接地表达了作者追求革命和变革现状的政治观点。此后,他还出版了自传《关于我自己的书》(1922)——此书于 1931 年以《记者生涯》及《曙光》两部自传作品的形式再版问世。

德莱塞隐遁于纽约的十里洋场,在旁人看来,他的前途暗淡无光,仿佛在《“天才”》被禁之后,这位倔强的作家已被打得跌倒在地再也爬不起来了。然而,一个真正的勇士是绝不会在失败面前投降的,到了 1925 年,德莱塞以他惊人的创作——《美国的悲剧》——向人们大喝了一声:我没有放弃斗争。

1925 年 10 月,三卷本《美国的悲剧》出版,受到社会的极大欢迎,很快成为 1925 年底和 1926 年初的畅销书。人们纷纷议论着这部小说描绘的悲剧意义,那个因为追求上流社会生活,梦想成为资本家接班人而最后走上谋杀情人的犯罪道路的青年——小说的主人公克莱特·格里菲斯的形象,成了报纸杂志争论的中心。连那些一向瞧不起德莱塞的文化杂志,如《大西洋月刊》《哈珀斯》等也参与了对这部作品的评论。过去,评论界对德莱塞大都是抱敌视态度的,现在可大不一样了,像当时最著名的评论家约瑟夫·华特·克拉西也称赞《美国的悲剧》是"我们这一代的最伟大的美国小说"[①]。作为一个小说家,德莱塞沉默了整整十年,从《"天才"》遭到粗暴的禁止之后,他就一直在期待这一天的到来。现在,这一天终于到来了,德莱塞精神为之大振。著名作家、德莱塞的挚友迈克尔·高尔德[②]曾在《我所知道的德莱塞》一文中有过这样的一段描写:

> 有一天早晨,我在格林尼治村碰见德莱塞匆匆忙忙地走着,不知要往什么地方去。他脸上焕发着一片孩子气的天真的光彩,看他那快乐的样子,真像一个坐在大百货公司里的圣诞老人膝下的孩子。
>
> "我的书销路好极了!"他极高兴地、天真地说,"我已经过了五十岁了,而这是我的第一本畅销书! 我说不出心里有多么高兴。"
>
> 我热情地和他握手,向他致贺。他的小说《美国的悲剧》那时刚刚出版,正轰动着全国……

《美国的悲剧》为德莱塞带来了数十万美元的版税收入,使他成为当时美国文坛上无可争议的大作家。一方面,德莱塞也免不了享受一下过去所不可能享受的生活,他利用这笔收入购置了房屋、田庄,举行盛大的家宴;而另一方面,他却没有因为创作上的成功和物质的富裕而把自己的思想禁锢起来。《美国的悲剧》可以说是他创作上的顶点,但绝不是他思想上的顶点。德莱塞还需要前进,他渴望找到一种为大多数劳动者谋利益的正确的政治观念和合理的社会制度。

德莱塞所追求的这种正确的政治观念和没有人压迫人、人剥削人的社会制度,他终于在苏联见到了。1927 年 11 月初,他克服种种阻力应邀访问苏联,并参加了十月革命十周年庆祝活动。"啊,这高楼! 这塔尖!"德莱塞在日记中写道,"……红、黄、蓝、绿、紫、白——这些光荣的色彩,简直是巴格达阿拉丁的世界! 然而这世界却是真正存在的世界! 在这里,我见到了过去所没有见到过的东西。"尽管德莱塞当时对马克思列宁主义的学说还远远不理解,甚至觉得它也不过是一种带有明显特征的宗教而已。他对当时苏联匮乏的物质生活也抱有看法,却喜欢俄罗斯的伏特加酒、合理的婚姻制度和良好的医疗条件。苏联社会中光明的一面使他惊叹,他通过那些参加游行的人们欢乐的表情真正地感觉到:广大的人民是拥护这个制度的。

---

① 《详编不列颠百科全书》第 5 卷,芝加哥大学出版社,1978 年,第 1015 页。

② 详见本书第六章第二节。

苏联之行在德莱塞人生道路上,是一次具有深刻意义的旅行。在这之前,他对资本主义的批判仅是一种自发的斗争行为。那时,他虽然揭露这个社会的黑暗、腐朽和不平等,却不知道应该如何改变这个社会。因此,在思想和观念上难免存在自然主义和悲观主义因素。这一次访问之后,德莱塞看到了人类的理想社会,因而,在思想上和观念上产生了一个大的飞跃,使他最终抛弃了斯宾塞、赫胥黎一类资产阶级唯心主义哲学家的影响和心中无法解脱的认识上的矛盾,决心靠向无产阶级一边。他思想上的这一巨大变化,集中地体现在1928年出版的《苏联见闻录》一书中。在这本书里,作者明确地宣布了他对社会主义、共产主义的新的信念,即对社会主义制度的强烈向往和对无产阶级革命的深切同情。正如他1934年自述的那样:“我怀着极大的兴趣注视苏联的诞生和成长,我认为,一个人不可能目睹了这种情形还无动于衷,还不被人类伟大的理想及这些理想逐渐的熏陶所激动。”虽然20世纪的历史发展过程并没有像德莱塞所想象的那么简单,但他当年的感受应该是真实的。

在共产主义信仰的指导下,德莱塞于1930年夏天宣布拥护美国共产党,“因为它是唯一反抗资本主义的党”。接着,他投身于1931年爆发的规模巨大的美国矿工的罢工运动,德莱塞和工人们在一起,用他自己的行动来实践他推翻资本主义、实现社会主义的斗争目标。当时,德莱塞已经是64岁的老人了,但这仅仅是他走向革命、追求真理的道路的开始。在此期间,他先后写成了短篇小说集《女性群像》(1929)和政论集《悲惨的美国》(1931)。《女性群像》由15篇以女性为主角的短篇小说组成,是一部清醒的现实主义作品,作者以洗练的艺术手法,从不同的角度塑造出生活在美国各个阶层的妇女形象。《悲惨的美国》是一部愤怒的书,作者以强烈的批判精神揭露了美国社会的帝国主义性质,描绘出垄断资产阶级压迫、剥削下的人民大众贫困、悲苦的惨景,特别是对广泛出现的犯罪现象进行了谴责。德莱塞愤慨地指出:“人家说,美国站在世界的最前列。这当然不错,然而是哪一方面呢? 在犯罪方面!”这一透彻的分析,击中了美国社会罪恶的本质,可以说,自从创作了《美国的悲剧》之后,德莱塞一直把这一认识贯穿于他的所有行动之中。同时,他还毫不犹豫地宣布必须以苏联为榜样来改造美国社会,热情地宣传了苏联革命和建设的经验,并强调指出这就是人类的光明所在。此书和十年后出版的《值得拯救的美国》(1941)都是德莱塞世界观演变的重要标志,并成为他最终参加美国共产党的动力。

进入20世纪40年代之后,德莱塞一方面致力于《欲望三部曲》之三《禁欲者》和另一部长篇小说《堡垒》的写作;另一方面,他直接投身于美国文学界的进步活动,积极宣传社会主义和为人民大众的生存利益而呼吁的文学主张,这一工作一直持续到他逝世为止。1941年,他当选为美国作家联盟主席,并由于“对文化和和平事业做出了最杰出的贡献”而获得该协会颁发的伦道尔夫·蓬奖章,

1944年又获得美国文学艺术院颁发的荣誉奖。同年,在德莱塞的生活道路上发生了一件大事,那就是他与表外甥女海伦·理查逊正式结婚。多年来,海伦一直是德莱塞生活上和思想上最亲密的人,德莱塞一直希望能同这位他真正相爱的人正式结合。他曾经写过这样的话:"在所有生活关系中,我要实现的是对海伦真正的关怀,首先是在精神上的而不是在物质上的。我觉得离开她是令人悲痛的。"但由于法律上的障碍,这种结合直到他名义上的妻子怀特去世之后才得以实现。在海伦方面,她毫不隐瞒自己与德莱塞之间实际存在的爱人关系,她在德莱塞死后撰写的《我和德莱塞在一起的生活》一书中就坦率地承认说:

> 只有我能够帮助他并给他精神上的支持,我集中我的一切力量使他的日子过得好一点。这种心灵上的真正的相互感受在任何时候都是一种明确的、有效的交流,通过这些使我成为他"心灵的温度计"。

对于德莱塞生活史上的这一纠葛,有不少资产阶级的评论家似乎十分感兴趣,他们企图以此来证明他是一个道德堕落的人。然而,德莱塞的所作所为恰恰表明了他对海伦爱情的诚挚,正是在这种真正的爱情和共同思想的鼓舞下,他们才冲破一个又一个的难关取得了最终的胜利。

1945年7月20日,即在德莱塞逝世之前5个月,他以"我的生活的逻辑"为题写信给当时的美国共产党主席威廉·福斯特,明确地提出:"我写这封信向您表示:我渴望成为美国共产党组织的一个党员。"几天之后,福斯特代表美国共产党宣布接纳德莱塞为他们中光荣的一员。于是,德莱塞从十八年前访问苏联开始的对共产主义和共产党的探索与接近,在此时达到了终点和新的起点。他在生命的最后几个月中,用自己的行动为历史、为美国文学的发展写下了重要的一页。这一年的12月28日,德莱塞在加利福尼亚州好莱坞逝世,享年74岁。作为20世纪前半期美国的著名作家,他完成了自己一生伟大的旅程。威廉·福斯特在悼念德莱塞的集会上曾经说了这么一段话:"德莱塞最大的荣誉,在于他有能力和诚意做一个现实主义作家,真实地刻画出美国的生活。他是揭露与描写资本主义制度下小资产阶级思想意识的迷惘的一个杰出的先驱者。我们这一代的进步作家,可以尊他为最伟大的导师之一。"[①]这个评价,作为德莱塞盖棺论定的总结,他是受之无愧的。

长篇小说《堡垒》和《禁欲者》分别出版于德莱塞逝世后的1946年和1947年。德莱塞最后的这两部作品,在海伦·理查逊·德莱塞的努力下,终于以完整的形式与广大读者见面了。

---

① 《译文》1955年第12期,第137页。

二 幻灭小说:《嘉莉妹妹》(1900)

18岁的嘉洛林·米贝,清秀、腼腆,内心充满年轻幼稚的幻想。她向往大城市的"幸福生活",吻别母亲,离开家乡,只身一人搭上了开往芝加哥的火车。她随身携带的只有一只小皮箱、一只假鳄鱼皮提包、一小盒点心和一只黄皮荷包。荷包里放着车票、她姐姐在芝加哥的地址和仅有的四块现钱。随着车轮的滚动,离开家乡越来越远了,望着那张写有她姐姐的地址的小纸片,注视着眼前不断消逝的田野景色,她不禁出神地猜想起芝加哥来:那该是个怎样的大都市啊!

《嘉莉妹妹》展现在读者面前的首先就是这样一幅平常而又富有奇妙色彩的画面,它无疑会使人们对这个女主人公的命运产生各种忧虑、担心和猜测。是的,像嘉洛林·米贝这样不谙人情、初出茅庐的少女,既不懂得社会的黑暗,也不了解人间的险恶,等候她的将会是什么结局呢?"当一个18岁的姑娘离开家庭之后,会有两种遭遇:或者是由于好人相助而好起来,或者是很快地沾染上大都市的恶习而堕落下去,二者必居其一。在这样的环境里,要想成为不好不坏的人是不可能的。"这是作者开宗明义下的结论,也是为这个女主人公将来的生活道路做出的预言。

令人痛心的是嘉莉妹妹遇到的不是好人,至少不是完全的好人。那个笑容可掬、在火车上就乱献殷勤的"小白脸"——商业推销员查理·赫·杜洛埃,是米贝走向社会接触的第一个男性,他那亲切友爱、慷慨大方底下所隐藏的也是司空见惯的占有欲。米贝在与杜洛埃同居之后,紧跟着又冒出一个酒店经理赫斯乌。他以更卑劣的手段诱骗了比他小二十几岁、完全属于儿女辈的米贝。嘉莉妹妹堕落了。在受到两个男人的玩弄之后,她对这个世界有点看透了。在侥幸地爬上社会的上层,成了一个名演员以后,她难道真的实现了梦想,得到了幸福吗?不,这是不可能的。她孤独,她没有爱情。她懂得了,在现实生活里她是没有幸福的。

小说的意义并不在于嘉莉妹妹的遭遇本身,而在于作者对造成主人公命运的社会原因的揭示。德莱塞企图通过这个普通的然而又具有典型意义的故事,来为当时美国社会的真实面目做一个不加粉饰的记录,以反映他对这个社会的愤怒。其矛头所指是显而易见的,正如他在二十几年后回顾小说初版遭遇一系列不幸的那篇《〈嘉莉妹妹〉的早期历险》一开始所写的那样:"我最初开始从事写作的时候,主要是想为那些我所感兴趣的杂志做点文章,但那时候我没有某些通俗杂志所充斥的'愉快'故事可写,因此写不成功。而我本人对生活的反映又恰好完全反对当时这些小说,于是就转入写长篇小说。我从1899年秋天开始,一直写到1900年5月完成。小说虽然写完了,我却发现得不到支持。……"这是什么原因呢?《哈珀斯》杂志的编辑亨利·阿尔顿明确告诉德莱塞,据他所知,美国人当时的一般心理,对于生活的任何真实的解释都是极不信任的。德莱塞所犯的"过失"就在于,他一开始登上文坛就触犯了美国垄断集团的忌讳,竟然在作品中讲了真话,竟然在作品中对美国社会的生活做了真实的、认真的解释,难怪要引起资产阶级如此强烈的反感和压制。然而,德莱塞又怎能违背生活的真实说假话呢?因为这部处女作正是他积累多年的亲身经历才产生出来的。

我们在前面曾提到过《嘉莉妹妹》取材于德莱塞一个姐姐的生活经历,嘉洛林·米贝的形象就是以他的这个同胞手足为基础而塑造的。因此,我们在作品中处处能瞥见作者的感情色彩,仿佛他总是悄悄地站在一旁冷眼观望着人们对嘉莉妹妹命运变化的反应。出身寒微的嘉莉妹妹,也像许许多多年轻幼稚的生活在社会底层的美国姑娘一样,不满于家庭的贫困、父母的寒酸,充满着虚荣心,又好幻想,企图把自己未来的幸福寄托于她茫然不知却又怀着美妙想象的大都市,所以芝加哥之行对她来说不啻是一次寻求幸福的探索,而且简直是一场富有诗意的奇妙的历险。那么,这次历险的结果又如何呢?人们清楚,除了作者所安排好的以外,嘉莉妹妹再也不可能得到更好的命运了。姐夫的冷淡,姐姐的难堪,加上失业的苦味造成了杜洛埃的可乘之机。在成了这个"小白脸"商业推销员的情妇之后,嘉莉妹妹在这个社会的泥淖里越陷越深,又经历了受赫斯乌诱骗而私奔和在纽约舞台充当低级歌女这两个生活阶段。小说的高潮似乎是嘉莉妹妹的偶然成名和随之而来的金钱、地位、名誉以及报上热闹的捧场等等,然而这段交响乐的最后一个乐章却是那样的不协调,老是在华丽的乐段中出现难听的嘎嘎声:杜洛埃的再次纠缠、赫斯乌的落魄潦倒直至最后自尽,尤其是嘉莉内心的忧郁、苦闷和空虚,表明在这个腐败的社会里本来就不存在什么"幸福"和"爱情"。

嘉莉理想的幻灭宣布了美国资产阶级生活方式的破产,赫斯乌之死则更明确地揭示了一切资产阶级所拥有的放荡、堕落、腐败本质的毁灭——而这正是德莱塞现实主义的伟大价值,也是一切资产阶级反动势力仇视这部小说的真正原因。《嘉莉妹妹》是一部写"真实"的书,它的真实性无疑集中地体现在嘉莉身上——这个形象正是美国19世纪末20世纪初,自由资本主义进入垄断资本主义阶段后小资产阶级劣根性的代表,她所经历的追求、堕落、幻灭三部曲,几乎是那个社会所有小资产阶级女性的共同道路,除非她们中的某部分人具有彻底摆脱本阶级的立场、克服掉本阶级弱点的决心,否则是没有第二条路可走的。这就是嘉莉的典型意义。作者在开场白中说的"或者是由于好人相助而好起来"的这一种结局,在美国当时的社会里只能看作是德莱塞头脑中良好愿望的反映。嘉莉的典型意义还在于,作品通过对她精神堕落过程的描写,抨击了资本主义社会到处存在的腐败空气对人的毒害。作者的这一创作观念,经过二十余年的思索之后在《美国的悲剧》中达到了顶点。

由于作者世界观的局限,小说的缺陷也是明显的,主要表现在:过分夸大地描写了嘉莉的个人奋斗精神,对道德分析缺乏阶级观点,片面地强调了工人阶级的落后面,以及存在一般评论家所公认的自然主义倾向。但是我们今天指出《嘉莉妹妹》的缺陷同当年垄断阶级对它的扼杀,是出于两种完全不同的逻辑概念。历史已经公正地对小说做出了应有的评价,它是德莱塞开创性的作品,也是美国20世纪新现实主义开创性的产物,它的诞生预示着一个伟大的文学潮流的到来。

三　命运小说:《珍妮姑娘》(1911)

在这部小说里,人们所见到的是另一种类型的悲剧:珍妮·葛兰哈特是美国俄亥俄州科伦布市一个穷困的玻璃匠的女儿,18岁时同母亲来到市内一家大旅馆里干擦洗地板的粗活。一次偶然的机会,她认识了住在旅馆里的参议员白兰德。有天晚上,白兰德利用珍妮前来求他帮忙的机会占有了她。不久白兰德去华盛顿期间突然病亡,而珍妮却发现自己已经有了身孕。对女儿的不轨行为,父亲大为恼火,善良的母亲只能流下同情的眼泪。珍妮生下女儿后,只身来到克利夫兰谋生,在那里,又遇到了一个爱上她的洋场阔少——雷斯脱·甘。经过若干年的同居之后,雷斯脱终于遗弃了珍妮,与另一个资产阶级小姐结婚了。告别了情人地位的珍妮,带着女儿薇丝塔隐居乡村,然而一场伤寒病又夺去了薇丝塔的生命。珍妮的一切幸福丧失殆尽,她从孤儿院领了一个女孩作为晚年的唯一安慰,而此时的雷斯脱已经是一个身居九个大公司经理要职的富豪了。

在资本主义社会里,这也许是件司空见惯的事,正如恩格斯在评论《城市姑娘》时所说的属于"无产阶级姑娘被资产阶级男人所勾引这样一个老而又老的故事"[①]。然而就是这个"老而又老的故事",读者会产生什么样的感想呢? 珍妮的命运和她一生的遭遇证明了一个什么样的问题呢? 答案是十分清楚的:德莱塞所谴责的正是以穷人的女儿作为玩弄对象的无数个白兰德和雷斯脱·甘之流及他们所依附的那个阶级。小说借用珍妮的父亲威廉·葛兰哈特之口骂白兰德为"不要脸的东西""那只狗",这正是劳动者对有产阶级道德堕落的强烈控诉和斥责。

如果说,嘉莉所经历的是一场精神堕落的悲剧,那么,珍妮所经历的则是一场社会的、阶级的悲剧。她没有嘉莉那种对大都市生活的憧憬,也决不对未来的"幸福"抱有任何虚无的幻想;对这个平民出身、饱受生活艰难的年轻姑娘来说,能找到一份出卖自己劳动力的差使,使家中的生活得到一点有限的改善便是她

---

①　恩格斯:《致玛·哈克奈斯》,《马克思恩格斯选集》第4卷,人民出版社,1972年,第461页。

最大的心愿了。这是一种朴素的也是最低限度的理想,所以,当珍妮能在旅馆里找到一份擦地板、洗衣服的工作时,心里是何等高兴。然而,就是这点可怜的、微不足道的高兴也维持不了多久,终于被"资产阶级男人"白兰德彻底破坏了。也许当时德莱塞还把握不定应该如何处理白兰德这一类人物的内心世界,所以白兰德在奸污了珍妮之后,便一再信誓旦旦地对珍妮说"我总是要跟你结婚的"。倘若白兰德不是突然暴病而死,他真的会与珍妮结婚吗?即使真的结了婚,他能保证一辈子不遗弃她吗?这些内容作品虽然并未写出,但读者可以从一个简单明了的道理中推测出结论,那就是在阶级社会中的阶级差别、阶级矛盾,以及这些差别和矛盾所引起的对立与隔阂。其实,德莱塞在写白兰德表面上显示出与珍妮相爱的同时,也已经指明了这种"爱情"的脆弱基础和不可靠性。我们只要看一看白兰德到珍妮家里时那种居高临下的态度和恩赐于人的口气就能明白:这是在情欲支配下的暂时性的"爱情"。

白兰德没有走完的路,作者让同一阶级的雷斯脱·甘继续走下去。同白兰德一样,雷斯脱·甘也是由于珍妮的年轻美貌而宣布自己"爱"上了她,并且专横地不许对方表示任何异议。这个甘氏车辆制造公司的二少爷把商业上的那套垄断作风也用到男女之情上来了。他为什么会情不自禁地向穷女仆珍妮表示起"爱情"来呢?作者指出,这是一种"本能地、磁力地、化学地"造成的"自然引力"。这中间除了包含有自然主义的某些因素之外,作者企图表明雷斯脱·甘这种"爱情"的"自发性",因为他发现珍妮"兼具同情、温存、年轻、美貌四样特质",这正是他所追求的女性。毋庸置疑,这种玩弄式的"爱情"一开始便埋下了必然以悲剧结束的隐患。雷斯脱·甘虽然口头上一再表示要与珍妮正式结婚,可是从来没有行动。他为了与一个"低贱的女子"同居而与家庭闹翻,但最后的结果又怎样呢?他毕竟还是为了自身的阶级地位和财产利益而丢弃了他"爱"了多年的珍妮,去做了一个门当户对的小姐的丈夫,去继承他父亲留下来的庞大的产业。从表面上看来,雷斯脱·甘是出于无奈才与珍妮分手,而且还是珍妮主动提出离开的,但这只能证明资产阶级纨绔子弟的劣根性,在财产地位与爱情的天平上,自然是前者的分量要重得多。

《珍妮姑娘》向人们展现出一幅美国社会贫富悬殊、阶级对立的真实画面。虽然,德莱塞是抱着强烈的阶级感情来写这部小说的,葛兰哈特一家凄苦不幸的遭遇自然使人联想到作者一家的生活经历。我们绝不能把珍妮的悲剧仅仅看作是个人的、孤立的事件,它是社会大悲剧的组成部分,是资产阶级压迫无产阶级在男女关系上的具体反映,因而带有鲜明的时代和阶级特征。因此,珍妮的典型意义也就绝不只停留在一个女子遭到两个男人玩弄这一点上,而是代表着一切受苦受难的无产阶级女子的命运——小说本身便是一份阶级的控诉书。

从《嘉莉妹妹》到《珍妮姑娘》,我们还可以发现作者在现实主义创作道路上的进步。无论是对环境的描写还是对人物心理的刻画,都显示出作者一定程度的成熟;小说主人公典型性格所具的艺术魅力,也标志着德莱塞已经充分拥有驾驭人物形象的能力。另外,从作者对葛兰哈特一家生活境况的描述和老葛兰哈特在对待有产阶级的态度上,也可以看出作者的立场比在《嘉莉妹妹》中要显得正确。

四　垄断阶级的艺术典型:《欲望三部曲》(1912—1947)

《欲望三部曲》包括《金融家》(1912)、《巨人》(1914)、《禁欲者》(1947,又译《斯多噶》)三部作品。

对于资产阶级财产积聚的手段和它的"合法性",不同的阶级向来有着不同的看法。自从马克思在《经济学手稿》中首次提出了"剩余价值"的理论之后,"资本"的含义和掌握它的资产阶级的剥削行为的罪恶本质已越来越为无产阶级和一切进步知识分子所认识,并在19世纪末20世纪初开始出现直接反映这一题材的文学作品,德莱塞的《欲望三部曲》便是其中最有影响的一部。

小说可以称得上是美国垄断资产阶级发家过程的一幅历史画卷。作者以宏大的艺术气魄和细致入微的具体描写再现了19世纪五六十年代到20世纪初期的美国社会现实,集中揭露了以法兰克·柯帕乌为代表的垄断资产阶级弱肉强食、巧取豪夺的罪恶面目,从而用文学的典型形象证实了马克思主义理论的正确性。

三部曲以柯帕乌的一生经历为主要线索,小说开场的时候他还仅仅是费城一个银行小职员的儿子,但由于社会和家庭的影响,柯帕乌从小便感受到了金钱的魅力,13岁时就独立做成了人生第一笔买卖,以32块钱买来7箱卡斯提尔肥皂,转手又以62块钱卖给一家零售杂货铺,净赚了30块。这笔买卖受到父母的赞扬,从此柯帕乌更热衷于各种交易,直到中学毕业正式投身商界。不久他自立门户开始经营票据经纪业务,20岁上又娶了有钱的寡妇珊波尔太太,他的眼前更出现了一片玫瑰色的世界。柯帕乌春风得意,在费城的金融界崭露头角,巴结上当地的政治三巨头,取得了业务上的主动权,在短短的几年里财产成倍增加。他又勾结州财政厅长大做公债投机生意,把无数平民百姓口袋里的钱搜刮到他的保险箱里来。就在他飞黄腾达时,意外的打击使他一眨眼间成为阶下囚。第一个打击是1871年10月7日芝加哥的一场空前大火,烧毁了整个城市,也烧毁了美国的金融秩序,波及柯帕乌,使他濒于破产;紧接着公债投机生意暴露,他又面临被起诉的危险;在关键时刻,他与三巨头之一巴特勒老头的女儿艾玲之间的私通关系被揭穿,于是他终于成了巴特勒报复的对象和三巨头的替罪羊,在费城的人生舞台上,他以被判处四年零三个月的徒刑而告终。

柯帕乌的第二个人生舞台是在一年多以后的芝加哥。由于巴特勒老头死去,加上金钱的效力,柯帕乌只坐了十三个月的牢。他一自由就与妻子离婚,带着艾玲来到芝加哥重打天下。在芝加哥,他仍然运用了以前的手段,拉帮结伙、投机取巧,以后起之秀的姿态成为霸占芝加哥煤气业和城市铁路的"巨人"。在两性关系上,柯帕乌也同样不择手段,与艾玲正式结婚之后,他仍不断地寻花问柳,先后与十来个不同年龄、不同身份的女人发生不正当的关系。这时柯帕乌已经成了一个实力雄厚的金融巨头,他花力气利用金钱、社会势力和人事关系企图击败对手,以便控制整个芝加哥市场,但他在市议会批准市内铁路特许状的斗争中,以 41 票反对、20 票赞成而被击败。然而对柯帕乌来说,这点失败并不能阻止他的野心,他接着又将财产转移到第三个人生舞台——纽约和伦敦。

柯帕乌一要打开国际金融市场,二要与新恋上的白丽莱茜·傅列明——一个比他小 30 岁左右的年轻女子——过不正当的同居生活。在纽约建立了立足点之后,他就把主要精力放在投资伦敦地下铁道上面。柯帕乌以过人的精力在英国打开了局面,并与白丽莱茜一起偷偷地外出旅行。但他毕竟年过六十,心力衰竭,私情暴露,使他与艾玲表面上的夫妻关系最后破裂。回到美国后不久,终于一病不起,身边没有妻子儿女陪同,最后死在一家旅馆里,连遗体都进不了家门。这就是一个堕落的垄断资本家的结局!

《欲望三部曲》的成功之处,首先在于对柯帕乌这一艺术典型的成功塑造。从一定程度上来讲,柯帕乌是美国整个垄断资产阶级的缩影。他本是个银行小职员的儿子,最后爬上金融巨头、百万富翁的地位,靠的是什么?还不是掠夺、欺骗、投机、剥削这些资产阶级的卑劣手段。在柯帕乌心目中,除了发财与享乐以外没别的可以吸引他,什么国家、民族、人民,什么良心、道德、责任,统统都不在他的考虑之内。在《金融家》里,有这样一个情节:当关系到美国国家命运的南北战争爆发之后,许多工人踊跃参军去打击南方奴隶主,有的手中拎着饭盒刚下班准备回家,但在征兵站的鼓励下毅然抛下家小当了兵;可是在柯帕乌看来,工人们这一行动是不可思议的:"南北战争与我有什么关系?"只要有生意可做,有钱可赚,不管国家、民族落到什么地步,他都一概不予理会。同样,在两性关系上,柯帕乌堕落成性,一切为了享乐和需要,为了自由地与白丽莱茜姘居,他竟然雇用一名浪荡子勾引妻子去巴黎鬼混,真是无耻到了无以复加的地步。至于商业道德、同行守则、金融法律等,对柯帕乌都不起任何约束作用,假如我们套用一句"头顶生疮,脚底流脓"的俗语来形容柯帕乌为人的本质,那是丝毫也不过分的。当然,他并不是一个单纯的、表面的丑角,他是一个金融巨头,有时也得装出一副仁慈、正派的面目。譬如,他为了欺骗舆论,出人意料地建造了世界上最大的望远镜和天文台捐赠给芝加哥大学;他去世之前还立下遗嘱,要建造一座专为穷人看病的"慈善医院";生前他一再欺骗艾玲(虽然艾玲也是个堕落的女子),却建造了一座豪华的陵墓,要死后与妻子合葬在一起:这些都表明了垄断资产阶级的虚伪本质和欺骗性。

总之，德莱塞笔下的柯帕乌，体现了美国垄断集团的罪恶、腐朽和堕落的本质，就是在柯帕乌们的掠夺和剥削下，无数劳动者才过着悲惨的生活。在这个人物身上，作者表现了他对这个阶级的无比愤恨，对这个社会制度的强烈谴责。

《欲望三部曲》的成功之处，在于通过对柯帕乌暴发过程的描写，尖锐地揭示了美国帝国主义特征的社会实质。换句话说，作品以广阔的社会历史背景真实地写出了19世纪后半期美国从资本主义向它的高级阶段——垄断资本主义即帝国主义演变的历史。因此，我们不能单纯地把三部曲看成是一个人物的历史，而应看作时代史、社会史、资本主义发展史。这一点正是作品社会意义之所在。假如不把柯帕乌的个人发家史与整个社会联系起来理解，那就无法得出正确的结论，就会削弱作品主题的意义。

此外，从创作艺术角度来说，塑造人物的典型手法，包括个性化的语言、细节的描绘和心理活动的刻画等方面，三部曲都各有其特色，都取得了一定的成就。这是一组以严格的现实主义手法写成的现实主义杰作，在20世纪美国小说创作发展中产生了重大的影响，特别是在揭示美国社会发展本质这类题材的作品中，影响尤其显著。

但是我们也必须指出，由于作者当时创作思想的局限，三部曲在主题表达和人物塑造上存在着明显的缺陷，这主要表现在：

第一，对帝国主义社会形成的本质的揭露缺乏深度。

第二，对柯帕乌的掠夺手段和堕落生活的描写带有自然主义倾向，在许多情节刻画中，作者往往抱着赞赏的态度来展示这个人物的内心世界。

第三，具有明显的资产阶级人性论的影子。

另外，在《禁欲者》的结尾部分，因为是由德莱塞夫人续写完成的，批判的笔力明显地减弱了。白丽莱茜到印度皈依佛教和开办慈善医院为穷人服务的描写，使人联想到虚无主义和空想社会主义。当然，这些缺点的存在并没有影响到作品的生命力和历史地位，但它却表明了一个作家的创作思想和世界观的重要性——作品是一面镜子，它所映照出来的是作家的灵魂。

五　精神小说:《"天才"》(1915)

这是一部以主人公精神世界彻底崩溃为悲剧性结局的小说，同时也是给作者带来精神上悲剧性打击的小说。德莱塞的原意，显然是以一个具有艺术"天才"的画家在美国社会熏陶下堕落和蜕变的过程为镜子，来反映资本主义的毒害性和腐蚀性，但这一点正是垄断集团最忌讳和最仇视的。所以围绕《"天才"》这部作品的尖锐斗争，绝不仅仅是作者与"纽约消灭罪恶协会"之间的矛盾，而是一切进步、民主势力同反动独裁势力之间的较量和角逐。当初，德莱塞笔下所描述的嘉莉的"堕落"和"幻灭",曾使美国上流社会感到愤懑和仇视;现在,他又用更为辛辣的笔力,揭示表面上繁荣的社会是如何使一名有才华的艺术家跌入堕落的深渊,由此令人回想起十五年前的文坛冤案,它将永远成为美国社会的耻辱,使人们不忘记一个有正义感的作家在美国如何遭到野蛮和不公正的待遇。

尤金·威特拉所走过的人生道路,也可以说是美国许许多多有才能的青年所走过的道路。他出身中产阶级家庭,从小生活在宁静与幸福之中,并显示出绘画方面的才华。他先在芝加哥出人头地,尔后又在纽约获得声誉,成为画坛上的一颗新星。然而,这颗星却在美国社会拜金主义、肉欲主义、市侩主义等腐败空气的毒害下很快地陨落了。威特拉首先沾上了疯狂追求异性的恶习,他无视起码的道德准则,在一个短时期里几乎同时与一个女歌星、一个女编辑和一个女雕塑家有暧昧关系。而在此之前,他已与一个邂逅的芝加哥姑娘安琪拉·白露订了婚。婚后,他并无丝毫收敛,尽管遭到妻子的指责,可他一边忏悔一边照旧,又先后与邻家的一个姑娘和房东太太的女儿调情。这种恶习即使到了他一度倒霉到以做零工来维持生活时也没有停止,而在他发迹成为纽约一家大公司广告部主任之后,更发展到了不可收拾的地步。在美国社会里,一切罪恶都是离不开金钱的,威特拉为了满足可耻的情欲,不得不放弃艺术,把自己出卖给资本家,使他的绘画艺术也成为金钱的奴隶。一切都堕落了:纯洁的艺术,高尚的爱情,天真的心灵!尤金·威特拉向罪恶的深渊走去,越陷越深,终于在与一个比他年轻20岁的有产阶级小姐的"爱情"纠葛中跌得头破血流,他的妻子也在精神受到严重刺激后死于难产,留给他的是一个失去母亲的女儿。

除了社会因素,人们很难再找到诱惑尤金·威特拉堕落的原因。这表明:在美国,资本主义的生活方式与艺术上的天才是无法并存的,任何人都不可能既为金钱效劳同时又忠于艺术。因此,尤金·威特拉的悲剧是一场社会的悲剧、时代的悲剧、生活的悲剧。他从一个单纯、天真、正直而又有才华的青年画家演变成唯利是图、堕落腐化的蠹虫,这种"变形"绝不是卡夫卡笔下的神话,而是活生生的实际,所不同的只是威特拉在外形上并没有改变而已。这个形象是作者用来向这个腐蚀人、毒害人、扭曲人的社会制度提出强烈抗议的武器,他越真实就越显得有力量。德莱塞正是通过威特拉的道路向人们提供了一面镜子,照出了一个有作为、有才华的艺术家的毁灭过程。

有人认为尤金·威特拉的形象含有作者本身的成分,不错,两者之间特别是他们早期的经历有些相同之处,但他们的思想立场和精神原则却是不同的。德莱塞选择一个中产阶级出身的青年作为主人公,选择艺术作为他的职业,显然,这是为了突出像威特拉这样的人最容易受到社会腐蚀而蜕变这一点。事实上,当时美国文艺界大多数遭到社会侵蚀和吞噬的正是这些人。尤金·威特拉可以作为一个美国艺术家的典型,但这个典型不能激起人们奋发向上的信心,而是告诫人们悬崖勒马的警号。作者把这些年来他对社会上文学家、艺术家们在金钱、情欲、地位的刺激和诱惑下一个个地走向堕落的愤怒的心情,在这个人物身上充分地表现出来了。所以垄断资产阶级势力仇视这部作品,其原因绝不是他们所叫嚷的"败风坏俗"或是"黄色下流",而恰恰是在这一点上。

《"天才"》不仅是德莱塞《嘉莉妹妹》《珍妮姑娘》《金融家》和《巨人》之后又一次有意识地剖析美国社会的尝试,而且通过围绕小说地位的这场斗争,他更加深了对这个社会实质的看法,使他的现实主义更加成熟,可以说十年后他出版的《美国的悲剧》一书所表现的深刻的主题,同他亲身经历的这场斗争有着密切的联系。从这个角度来说,《"天才"》在德莱塞一生的创作道路上占据着重要地位,它是作者创作生涯中一个新起点的标志。

《"天才"》的局限在于人物形象的界线模糊,在艺术上还有明显的自然主义的痕迹。这是由于德莱塞当时还在进步的道路上探索,他还仅仅是一个朦胧的社会主义者和人道主义者。

六 杰出的社会小说:《美国的悲剧》(1925)

20世纪初年,在纽约州曾经发生了一起轰动社会的案件:一个名叫吉斯特·基莱特的青年,由于受到金钱、名利、地位的诱惑而谋杀了自己的情人格雷斯·白朗,最后被送上电刑椅处死。当时,德莱塞作为旁听者之一,自始至终听取了这一案件的审判。事后,人们几乎都渐渐地淡忘了,但德莱塞的脑子里却一直萦绕着这件事。他仿佛仍然看到基莱特在法庭上的苍白的脸孔和忧郁的眼神,好像在呐喊:真正的杀人凶手不是他,而是那个毒害他的社会。德莱塞逐渐认识到:法庭在审理这个凶杀案时,只从杀人罪这个角度去考虑,但重要的不是基莱特谋杀情人这件事本身,而是他为什么要谋杀情人及这个谋杀动机产生的社会基础。于是德莱塞坚定了他的信念:要把这个悲剧写进他的小说中去,作为对整个社会制度的抗议和控诉。

从1922年底开始,德莱塞着手写这部未来的伟大小说。他的这一艰巨而有意义的工作,首先得到了海伦·理查逊的大力支持。此外,还有两个忠心的朋友的密切配合,那就是他的秘书萨利·库斯尔女士和出版商贺拉斯·利弗莱特先生。前者是他创作《美国的悲剧》时的助手和合作者,后者则是此书的"催生婆",没有他们两位,也许德莱塞又会遇到类似《嘉莉妹妹》出版时的厄运。为了使作品更具有生活气息和典型意义,德莱塞设法查阅了基莱特谋杀案的卷宗,摘录了大量的供词和原始材料,包括基莱特原先给白朗的情书和他在谋杀过程中的思想活动,这些都成了未来小说的主要素材。此外,他还特地考察了基莱特当年在大麋湖杀害白朗的实地环境和纽约监狱,使小说的一切细节都能忠于生活真实。当然,德莱塞绝不仅仅拘泥于基莱特一案,事实上类似的案件在美国经常发生。

据说在他正式构思《美国的悲剧》之前,已经积累了15件这类谋杀案的资料。这些案件都是年轻的恋人为了自己另行高攀、爬上显位而残忍地害死情人。因此,这不是一个基莱特或是一个凶手的悲剧问题,而是整个美国的悲剧。德莱塞把小说的中心落实在这一点上,突出了社会制度的罪恶本质,使小说的主题产生了一个飞跃。他把小说原稿的书名《幻景》毅然改为《美国的悲剧》,也是为了强调这个意思。

小说共分三部。第一部从主人公克莱特·格里菲斯的童年写起,到他成年后在旅馆担任茶房因车祸而外逃为止,地点是美国中部的堪萨斯城。小说的开头是十分吸引人的:夏夜的堪萨斯城,人们经常可以见到一支奇怪的队伍从一条小街里出来,领头的是一个50岁的男人,走在他身边的是一个比他年轻5岁、个子略高的女人,他们的后面跟着三个孩子:一个15岁的女孩、一个12岁的男孩和一个9岁的女孩。走到十字路口的时候,男人支起了手提式的风琴,由15岁的女孩弹奏,于是,那两个显然是一对夫妻的男女手捧《圣经》,与三个孩子一起唱起了不协调的男女混声的"赞美诗"。"赞美诗"唱过后,夫妻俩便向围观的人群兜售《圣经》,然后又是一阵不太好听的歌声。在这个五人小合唱队里,唯有那个12岁的男孩心思不集中,他东张西望,鞋尖踢着路边的石子,嘴巴在嘟哝着,摆出一副极不高兴的神态。他,就是克莱特·格里菲斯。

克莱特对自己穷牧师家庭的窘状极为不满,他嫉妒有钱人家的阔绰,埋怨自己为什么出生在这样一户穷人家里。因此稍待长大他便拒绝同父母姐妹一起出去布道兜售《圣经》,决心要到社会上去闯出一条自己的路来。克莱特16岁时在一家药房里当了年把学徒,后来又进了堪萨斯最大的一家旅馆当茶房。收入逐渐多了,见识也逐渐广了,他慢慢学会了喝酒、玩牌,还逛过妓院,又交了一个爱虚荣的女朋友霍丝丹,花钱如流水一般。为了满足自己和霍丝丹的欲望,他欺骗父母,连他姐姐生产时他也只拿出5元钱。资产阶级的美国生活方式终于将这个穷牧师的儿子拖到了危险的边缘,他在灯红酒绿的社会环境里变得那么自私、那么疯狂。在一次野外寻欢作乐的归途中,克莱特和他的同伙开车撞死了一个孩子,后又翻车受了伤。他在慌乱中为了逃脱警察的追捕,只身跳上火车流浪到了芝加哥。

第二部是小说的核心部分,叙述克莱特从接近上层社会到沦为杀人凶手的过程。克莱特·格里菲斯逃离堪萨斯来到芝加哥,在那里巧遇从未见过面的伯父塞缪尔·格里菲斯——一个有钱的内衣工厂老板。此后,克莱特·格里菲斯就投靠他的伯父,在纽约州莱克勒斯格里菲斯内衣工厂里当上一名小头目,以老板侄儿的身份出入于当地的社交场合。对异性的狂热追求是克莱特十七八岁时就开始形成的一种癖好,自从遇上车祸与霍丝丹分手以后,他一直在企求一种弥补的办法。他当上衣领工段领班之后不久,喜欢上一个年轻、漂亮的女工洛蓓达,并凭着他的身份和外表赢得了对方的爱情。正当他与洛蓓达打得火热的时候,又与他堂妹的同学——一个名叫芬琪雷的资产阶级小姐熟悉了。在芬琪雷小姐的地位、财产的诱惑下,克莱特终于下了抛弃洛蓓达的决心。

对克莱特来说,这是一个生死攸关的重要时刻:假如与洛蓓达结婚,那么他一辈子只能当个小领班,永无出头之日;倘使成了芬琪雷的丈夫,那么不久之后,芬琪雷电气公司的经理将必定是他无疑,因为芬琪雷没有兄弟姐妹,经理的宝座非这个乘龙快婿莫属。这两者的差异是何等的巨大啊!眼看克莱特梦寐以求的愿望即将实现,谁知洛蓓达却说她有了身孕。这对一个穷牧师的儿子来说,无异于晴天霹雳。他多次逼迫洛蓓达去堕胎都未成功,在罪恶心灵的驱使下,最后竟以旅行结婚的名义将洛蓓达骗至草湖风景区加以杀害,使这个无辜的女工沉冤湖底。

小说的第三部叙述克莱特被逮捕以后,从审讯到判罪直至最后被送进电刑室处死的全过程。由于克莱特的伯父属于共和党,当时在纽约州掌握行政、司法大权的是民主党,此时又正面临州的大选,故而两党之间围绕这个案件展开了无止无休的互相攻讦和自我标榜,目的是骗取选民的信任,多拉选票。作者的意图显然是以此来讽刺和揭露美国两大政治集团的本质,给小说抹上了一层鲜明的时代色彩。

小说的中心人物是克莱特·格里菲斯,作者着重刻画的就是他从一个年幼无知、天真单纯的孩子沦为自私卑劣的杀人犯的过程。克莱特并非生来就是一个坏人,但从他懂事以后,整个社会展现在他面前的却是这样一个局面:有钱的人便能享受一切,成为高尚美德的标志、别人羡慕的对象;穷困的人潦倒一生,被人瞧不起,受人欺侮,成为卑贱的象征。这种资产阶级的道德标准,给了克莱特以深刻的教育,使他产生了挤进上层社会,想尽一切办法使自己成为有产阶级一分子的念头。小说在第一部中着重以两件事来揭示克莱特思想蜕变的原因:一是他父亲为人忠厚却一辈子只是个穷牧师,受人讥讽,可见做人忠厚老实是没有用的,是改变不了穷困境地的;二是他姐姐受人诱惑,怀孕后又遭抛弃,可见道德是不值钱的,人的一切都只是为了自己。克莱特在灯红酒绿的花花世界里见到的都是腐败、堕落、卑劣、自私,这在他年轻的心灵上烙下了深深的、罪恶的痕迹,而这正是他走向深渊的起点。

克莱特的典型意义就在于他的形象的普遍性。他的悲剧性遭遇、他的道德沦丧、他的生命毁灭,集中地概括了20世纪初期美国年轻一代遭受社会毒害的结果。作者通过对这个毒害过程的艺术性描绘,强烈地控诉了资本主义的罪恶本质,尖锐地抨击了这个害人的、腐败的社会制度,并告诉人们:犯罪的不是克莱特,而是制度本身。

为了强调悲剧的时代,德莱塞在小说第三部第三十四章,写到克莱特被拉上电刑椅时,特别注明它的时间是"19××年1月×日",这就指明了悲剧的时代性,也就是说这是一个20世纪的悲剧。前面提到的,小说第一部的情节发生在美国中部的堪萨斯,第二部的主要故事则发生在美国东部的纽约州,而第三部末尾克莱特被处死之后,小说还增添了一个"尾声":一个夏夜的黄昏,在美国西部的旧金山的街头上,来了一支奇特的队伍,为首的一男一女两个老人已是头发灰白,接着是一个瘦弱的年轻妇女,后面还跟着孩子,他们在路口停下来,支起折叠风琴,唱起了"赞美诗",然后又向人们兜售起《圣经》来……不用说,这正是格里菲斯一家。德莱塞有意识地将这座人生的舞台从美国的中部搬到东部然后又搬到西部,这便是在说明悲剧的普遍性。正如他自己所说,小说之所以得到成功,并非因为"它是悲剧",而是因为"它是美国的悲剧","这本书整个来讲是对美国社会制度的一个控诉"。

《美国的悲剧》在艺术上也取得了出色的成就,广泛的、深刻的社会环境的描写与生动的、真实的故事情节的叙述,构成了作品现实主义的最主要特色。而作品中的人物,首先是克莱特这个典型,则是在这样的具体描述中呈现出了他们完整的、令人信服的、具有艺术感染力的鲜明形象;其次是小说对人物内心活动和行为细节的描写也是极为生动的,给读者留下了不可磨灭的印象。

当然,小说也并非十全十美,因为当时的德莱塞毕竟还没有完成世界观的最后飞跃,假如说要寻找《美国的悲剧》有什么缺陷的话,那么在作品的结尾部分通过克莱特的话所流露出对人生感伤情绪和宗教皈依观念的描写,可以看成是作者在当时无法寻求社会变革出路的反映。在克莱特临刑之前,他与他母亲最后诀别的一段对话,既有催人泪下的强烈的悲剧气氛,又有基督教教义的成分,这也许是作者头脑中某些无法克服的矛盾的产物。

对于《美国的悲剧》,我们需要强调的是,它的成功对作者一生创作道路的意义,对美国20世纪小说发展的意义和对美国真正的现实主义的意义。舍伍德·安德森在《美国的悲剧》出版之后曾发出由衷的感慨:"毫无疑问,在写作界存在着两种人:一种是对人类、对人的生命充满着真情实感的作家,另一种则是以卖弄辞藻、制造廉价小说而自诩的作家;他们之间具有明显的差别,是不能相提并论的。"[①]这是对德莱塞最中肯而明确的肯定,他确实是一个用自己的作品来表达对人类、对国家、对生活的最美好的期望的作家,这一丰富而真实的感情在他的杰作《美国的悲剧》中发展到了高潮。

七 象征小说:《堡垒》(1946)

按创作年代的顺序来说,《堡垒》是德莱塞的最后一部长篇小说,是作者晚年

---

① 《不列颠百科全书》第5卷,芝加哥大学出版社,1978年,第1015页。

精心构思的作品,它试图通过一个资产阶级正派人物理想的破灭来揭示资本主义社会的堕落本质。

苏伦·巴恩斯,出身于一个农村小业主的家庭,笃信宗教,是当地教友会最忠实的一个教友,依靠自身的聪明能干在社会上站稳脚跟,并成了一个富有的金融资本家的女婿。在婚后的十年里,巴恩斯的财产不断增多,社会地位也不断提高,同时又成为三个女儿、两个儿子的父亲,过着中产阶级悠然自得的小康生活。在他看来,上帝对他之所以如此“厚爱”,是由于他为人正派、诚实、谨慎,他几乎没有任何过失可言,他所犯的一次最严重的错误是他介绍出去工作的一个青年成了窃贼而坐了牢,这使巴恩斯难受了好一阵子,总觉得犯罪的仿佛就是他自己。在婚后第二个十年里,他进一步成了社会上的要人,40 岁时被提升为贸易建筑银行的司库,他的一家在当地被人们看作尊敬的对象、繁荣的象征。巴恩斯把自己看成是维护这个社会正常秩序的中坚力量,他把希望寄托在儿女身上,竭力把他们教育成合格的、可靠的中产阶级接班人。然而,他的这一严厉的管教计划在这五个孩子身上几乎全失败了:巴恩斯认为大儿子奥维尔是一个“合乎理想的儿子”,中学毕业便送他踏上社会,以后又攀上了一门好亲事,成了一个“有出息”的商业界人士,可是奥维尔在这个社会的熏陶下渐渐变成一个只知道崇拜金钱、崇拜地位的势利小人;小儿子斯蒂华特一味追求资本主义社会里的刺激性享受,他偷钱、玩女人,千方百计逃脱父亲的监督,终因一件案子的牵连而入狱,最后在狱中自杀;大女儿伊索蓓尔郁郁寡欢,在受完了大学教育之后仍不知人生的正确归宿在哪儿;二女儿达萝西阿生性轻佻,好打扮、讲虚荣,后来嫁给一个资本家的儿子,也成了利欲熏心、追求享乐的市侩;小女儿埃达原是天真活泼的少女,后在社会上遭到挫折,恋爱失败、理想落空,最后在茫然中回到家里。

小说以简练的手法描述了苏伦·巴恩斯的一生,重点是在刻画他后半生面临社会、家庭的变迁而使他理想逐渐破灭时的内心世界。他是一个集教义与道德于一身的典型。他发现银行里虚伪、奸诈、无耻的内幕时,内心感到愤怒。他向财政部上告,请他们派人来清查,最后不得不以辞职来表示抗议。可是他的一些同事却在背后讥笑他的迂腐,其中有一个叫倍克的银行董事明确地对他说:“巴恩斯先生,也许你不晓得我们这里的手续同国内很多很多银行比并没有什么不同。……我们这一家银行垮台的危险性,并不比美国财政部垮台的危险性更大啊。”假如说,企业黑幕的揭露使巴恩斯丧失了对社会制度的信心,那么儿女和家庭的挫折则使他丧失了对人生的信心。埃达的出走,奥维尔的自私,达萝西阿的虚伪,最后是斯蒂华特的自杀,一个接一个的重锤敲在他的心上,妻子的病故加重了他的不治之症,但临死前他仍不忘把挂在餐厅里的那句教义格言“对人要恭敬,要彼此谦让”拿到病榻跟前,觉得有了它心里就有力量,还对小女儿说:“这是我家的家风。”

　　具有讽刺意味的是,巴恩斯所做的一切并不能阻挡社会本身对他家庭的侵蚀,他的处世哲学也好,治家格言也好,都被资本主义制度本质所决定的罪恶性和腐败性所代替了,这正是被人们誉为"堡垒"的这个资产阶级正统人物的悲剧所在。作者将书名题为"堡垒",其用意显然是为了反映苏伦·巴恩斯的精神实质,以及这一精神在时代发展中的蜕变和崩溃。小说中有四处以别人的口吻来赞美巴恩斯的"堡垒"精神:一是当地教友们公认"他是一个好人——是国家堡垒之一";二是银行里的人认为"作为一个司库而言,他是最可靠的一个人,是在这一方面的一个堡垒";三是那些无耻的财阀把他看成"旧的更好的秩序的一座堡垒";最后,他死了,一个教友会长老还强调说他是"我们教友会的堡垒"。但是"堡垒"并不坚固,是外强中干的,最后,他死了,堡垒在垄断资产阶级和帝国主义的罪恶发展中倒塌了,在社会道德、人生意义的沦丧中倒塌了。苏伦葬礼之后,小女儿埃达大哭起来,奥维尔责怪她的任性首先给家庭带来了不幸,还有什么好哭的,埃达说:"啊,我不是为了我自己或是爸爸而哭——我是为了'人生'而哭啊!""为了'人生'而哭"正是这座"堡垒"倒塌后形成的悲剧,这是时代的悲剧,社会制度的悲剧。

　　德莱塞笔下的苏伦·巴恩斯只是过去了的时代的一个"堡垒"。他的象征意义就在于时代演变在他身上留下的烙印。他的死,表明了一个旧时代的死亡。他的一生记录了19世纪七八十年代至20世纪30年代这一时期美国社会的历史。从资本主义跨向帝国主义后,旧时代的"堡垒"将一去不复返了。

　　《堡垒》作为德莱塞的晚年之作,从情节设想到人物塑造已达到炉火纯青的地步。内涵的丰富表明了这位作家的深邃思想,主题表达也是与《美国的悲剧》一脉相承的。不足的是内容铺叙过多,人物形象挖掘欠深,难免使人有作者笔力衰退之感。

八　德莱塞的现实主义伟大精神

　　德莱塞是一个严肃而清醒的现实主义作家,他从开始写《嘉莉妹妹》起,就严格按照现实主义的模式来进行创作,在他早期的一些作品里——主要是指《嘉莉妹妹》和《珍妮姑娘》——虽然还带有某些自然主义的痕迹,但这种倾向在以后的创作实践中得到了很大程度的纠正。

　　现实主义,是德莱塞创作的灵魂。无论是作品主题的确定,创作素材的选择,还是典型环境的描绘,人物形象的塑造,无不是按照现实主义这一创作原则进行的。西方评论家普遍认为,德莱塞笔下的美国社会带有强烈的悲剧色彩,而对于人物的描写又充满了宿命论的观点①；这些评论符合创作实际但又不尽全面，因为德莱塞一生众多的作品几乎都是 19 世纪末期到 20 世纪三四十年代美国社会生活的真实写照，他在作品中所揭示的正是美国在迅速工业化过程中出现的社会问题。德莱塞从所见所闻和亲身经历的大量生活中，提炼出具有思想意义的题材，选择真实而有代表性的素材，在 19 世纪与 20 世纪之交的美国社会已经从资本主义演变成为帝国主义的典型环境里塑造出各种类型的典型人物：这中间有嘉洛林·米贝、珍妮·葛兰哈特那样出身贫贱，幻想在生活中依靠爱情来获得幸福的女子；有尤金·威特拉那样出身中产阶级家庭，由于受到社会道德腐败的感染而造成精神蜕化、艺术堕落的"天才"画家；有法兰克·柯帕乌那样依靠投机发家，无论在道德上、爱情上还是在事业上、经济上均无廉耻可言的垄断资产阶级代表人物；有安妮达那样追求真理、为人类解放勇于献出自己青春的女共产党员；有克莱特·格里菲斯那样在拜金主义风气的毒害下，为了挤进资产阶级的行列而走上毁灭道路的青年；有苏伦·巴恩斯那样在尔虞我诈的美国社会中也免不了落得人死楼空、家道崩溃的正统的"堡垒"人物；即使像《嘉莉妹妹》中的赫斯乌，《珍妮姑娘》中的白兰德、雷斯脱·甘，《美国的悲剧》中的洛蓓达，《欲望三部曲》中的艾玲、白丽莱茜·傅列明这些次要人物，也大都是性格鲜明、形象丰满的典型。

同时，德莱塞又是一个深刻的、批判的现实主义作家，他的作品之所以具有重大的社会意义，是因为它们是他多年来对美国社会深入观察的结果。德莱塞早年度过的穷苦生活和他在美国社会底层几十年的坎坷奋斗，使他对这个社会有了透彻的了解。他见到过许许多多青年男女由于各种原因被这个社会的旧势力所腐蚀、所吞噬，他也看到过垄断资产阶级的暴发户、投机家在搜刮劳动者的血汗中发财；他十分懂得这个社会是富人的天堂、穷人的地狱，他也非常清楚在大资产阶级寡头政治的统治下，劳动者想要摆脱剥削和压迫是永远不可能的。这些认识形成了德莱塞深刻的、批判的现实主义的思想基础。

此外，德莱塞还是一个倔强的、毫不妥协的现实主义作家。我们从他的一生经历中可以清楚地看到，资产阶级曾经向他施加了强大的压力，企图迫使他放弃现实主义而向他们投降，但是德莱塞坚决地顶住了，他不是顶了半年、一年，而是几十年！不管外界的压力有多么强大，生活的处境有多么困难，他"宁愿饿着肚子跑到格林尼治村来写几部反映真实的小说"，也决不放弃现实主义的原则。

为了使作品中的现实主义体现得更加完善，德莱塞不仅在创作风格上表现出严谨的作风，还十分注意在艺术上下功夫。德莱塞笔下的人物数以百计，但都

---

① 参见中国大百科全书出版社不列颠百科全书编辑部：《不列颠百科全书（国际中文版）》第 14 卷，中国大百科全书出版社，1999 年，第 172 页。

不雷同,他们给读者留下的是生动、鲜明、可信的印象。德莱塞善于通过人物自己的行为和语言来表现他们的性格,加上细节的真实性、情节的必然性,就更足以产生打动读者心弦的力量。因此我们在看德莱塞的作品时能够留下一种深刻的印象:亲切、感人。德莱塞为什么能把人物写活?因为他了解他们,熟悉他们,包括嘉洛林·米贝、克莱特·格里菲斯和法兰克·柯帕乌在内的这些人物,都是以与德莱塞共同生活的人物为基础塑造出来的,他们都是他心中蕴藏了多年的呼之欲出的形象。从人物的塑造联想到社会环境的描写,无论是嘉莉妹妹眼中的 1900 年芝加哥的面貌,还是纽约州囚禁克莱特·格里菲斯的监狱;无论是柯帕乌参与的费城三巨头寡头政治的内幕,还是《堡垒》中金融界的腐败堕落,无不是当时生活的真实反映。忠于生活的本来面目,把社会形象的外表,通过艺术手段完整地表现出本质,使之达到典型的高度,这就是德莱塞现实主义的可贵之处。可以毫不夸张地说,在他的笔下,我们真正看到了美国资本主义的"这一个"。

某些研究美国文学史的学者把德莱塞归入自然主义小说家的行列中去,认为他之所以成为一个小说家是由于他头脑中的自然主义信念,是由于他对左拉自然主义创作理论的奉行。实际上这是对德莱塞创作思想的曲解,至少是一种偏见。不错,德莱塞在他的早期作品中有过一定程度的自然主义倾向,这一倾向可以在《嘉莉妹妹》中明显地看到。同时,因为思想上的局限,还流露出作者对生活消极悲观的情绪。然而,我们也必须看到这样一个事实:正是德莱塞通过自己的创作实践,自觉地逐渐克服自然主义的影响,不断地在现实主义的道路上进行新的探索,这种探索在《美国的悲剧》中达到了最高成就。我们不能说德莱塞没有受到过左拉自然主义的任何影响,但他自己明确地讲过,早年令他最激动和最受启发的不是左拉的理论而是巴尔扎克的《人间喜剧》。1922 年出版的《关于我自己的书》中,他曾以这样感人的笔调来描写 1894 年他第一次接触到巴尔扎克的《人间喜剧》时的情景:

> 一扇新的,有强大吸引力的生活之门突然在我面前打开了。这才是一个能观察、能思考、能感受的人,这才是一个能牢牢地、敏感地抓住生活的人……对于他笔下的人物,我和他一样地熟悉。他的技巧多么神奇,他那种庄严、雄浑的哲理,以至不免有点夸大,他对文化、社会、政治、历史、宗教各个方面处理得那么得心应手,他由于是天才而通晓一切,所有问题都难他不倒。这些仿佛是先知和天才的真正法门。啊,具有这样的洞察力,这是多么了不起!……

读了这段话之后,谁还能怀疑巴尔扎克对德莱塞巨大而深刻的影响呢?是的,德莱塞从一开始创作小说起,就把这位伟大的现实主义大师的作品作为他学习的楷模,把现实主义的创作原则作为自己一生奋斗的准则,只是有过一个从幼稚走向成熟、从肤浅走向深刻的过程而已。

从以上这些分析中,我们不难得出一个结论:德莱塞的确是一个忠于现实主义的作家,他的一生都是在与资产阶级的战斗中度过的,虽则他的思想和创作不无可以挑剔的地方,但是他的每一部作品都体现了一个有良知的、正义的进步作家的立场和感情。德莱塞用他自己毕生的努力和对人类光明的不懈追求,在美国 20 世纪前 50 年的文学史上谱写了灿烂的篇章,他使美国的现实主义在继承19 世纪以马克·吐温为代表的优秀传统的基础上,形成了更加深刻、更加完备、更具有强烈的时代色彩的体系,在他与其他一些进步的现实主义作家共同奋斗的追求下,在 20 世纪 30 年代终于把美国新现实主义文学推向了一个空前未有的高潮。在整个群星灿烂的美国文坛上,德莱塞是最光耀夺目的一颗巨星,诚如我国无产阶级文学家瞿秋白早在 20 世纪 30 年代所评价的,这位美国优秀作家"像太阳金星似的放射着无穷的光彩"①,他代表了 50 年里美国文学的进步和光明,在他身上深刻地体现了 20 世纪美国作家的良心和尊严。

第三节　维拉·凯瑟

一　求美的一生

维拉·凯瑟(1873—1947),是美国 20 世纪前半期一位有才华的女性作家,她的作品以富有浓郁的中西部边疆乡村气息和刻画深邃的精神世界著称于世。

1873 年 12 月 7 日,凯瑟出生于美国南方弗吉尼亚州温彻斯特城附近的后溪山谷,1883 年随家庭迁居到中部的内布拉斯加州,在红云镇近郊的一个农场定居下来,并开始上学。1890 年中学毕业后,经过一年大学预科学习,于 1891年考入内布拉斯加大学,1895 年毕业时获得文学学士学位。

早年的生活变迁,给凯瑟的日后创作带来了重大的影响。后溪山谷是一个陡峭多石的山丘小村,凯瑟的祖父曾担任过当地社区的司法官。她的父亲查理·凯瑟是一个小牧场主,以向市场提供羊肉和羊皮为主要经营手段。凯瑟从1873 年 12 月 7 日出生到 1883 年 4 月离开,在那儿生活了九年半时间。凯瑟一家在后溪山谷的遗迹到她成名以后已荡然无存,不过那儿的人们至今还记得这位女小说家,还喜欢读她的作品,因为她的成名毕竟也是同乡人的一份光荣。成名后的凯瑟对自己的故乡也尚有一丝怀念之情,她的最后一部长篇小说《莎菲拉

---

① 瞿秋白:《瞿秋白文集》第 1 卷,人民文学出版社,1954 年,第 390 页。

与女奴》(1940)就是以这个弗吉尼亚山村为背景写成的。

来到内布拉斯加之后,凯瑟即被送入红云镇的小学念书,第二年她的父母又把家从农庄迁到了镇上,开了一家当铺,这使凯瑟能有机会接受双重教育:在家庭里有信奉英国国教的父母的管教和家藏的英美古典文学名著的熏陶;在学校和社会上则受到来自各国的移民——斯拉夫人、斯堪的纳维亚人、拉丁人和法国人——的影响,从不同的民族和文化中汲取养料,特别是他们自强不息的奋斗精神给了少年的凯瑟极为深刻的印象。正因如此,在她的性格深处也具有了双重成分:一方面依然保持着出身于中产阶级家庭的少女的矜持和气质,讲究修饰、美观,喜欢用花纸、贝壳、窗帘来布置自己的闺房;另一方面又是那样粗犷、大胆,剪短发,穿工装裤,以处处标新立异的举动来对抗世俗陋习,甚至自作主张地把原来的姓名"维莱托·凯瑟"改为"维拉·希伯特·凯瑟"。前者反映了她的阶级出身和家庭传统的痕迹,后者却是她受到社会影响自由地发展个性的结果,二者合在一起形成了少女时代凯瑟性格的统一体,这对于她日后的生活与创作确实有着至关重要的作用。

1890年初秋,维拉·凯瑟离开了红云镇,来到林肯市的内布拉斯加大学读预科,一年后考入大学本科,1895年毕业,获文学学士学位。这五年大学生活对凯瑟来说无疑是一个重要的转折关头,是她确立人生道路的起点:第一,她在大学一年级时就在《内布拉斯加州报》上发表了题为《论英国作家托马斯·卡莱尔》的论文,这件事触发了蕴藏在她内心的愿望,引起了她对文学创作的强烈兴趣。此后,她写作愈发勤奋,先后在大学刊物《西方人》杂志上发表了多篇小说、诗歌和评论,后来又被聘为该杂志的编辑。第二,1893年的全国性经济危机也给凯瑟一家带来了极大的冲击,父亲债台高筑,家庭陷于困境,众多弟妹生计难有着落,即使大弟弃学从教也无济于事,这使得作为长女的维拉更感到身上的重担,这一客观上的变迁促使她不得不更多地写稿,为州报撰写专栏和评论以换取生活费用。据统计到毕业时为止,她在这些年里已写了50万字以上的文章。

进入社会之后,凯瑟来到宾夕法尼亚州匹兹堡市,先在《家庭月刊》和《匹兹堡评论》杂志当了五年编辑和记者,而后又在匹兹堡市的高级中学担任了五年拉丁文和英文教员;1906年受聘于著名的纽约《麦克流氏杂志》,直至1912年脱离该杂志成为职业作家为止,在这里的后五年,凯瑟担任了这家高级刊物的主编。

在《麦克流氏杂志》工作的六年,对维拉·凯瑟文学创作上所产生的重要作用是不可低估的。在此期间,她作为一名尽职的编辑为刊物的声誉和发展做出了努力,同时也从许多前辈作家的言传身教中获得启示和教益,她与裘维特之间的友谊就是其中突出的例子。凯瑟在一次出差波士顿时与裘维特邂逅,两位有共同气质的女作家立刻成为知己,裘维特从这位比自己年轻20多岁的同行身上看到了才华和智慧,但又担心凯瑟的精力会被旷日持久的事务工作所耗尽,她希望凯瑟能把自己的天赋集中到创作最熟悉的中西部题材的乡土小说上去,用自己的语言风格去开创一代新的文风。裴维特在去世前的半年即1908年12月12日曾写信给凯瑟①说:"假如对你的才华不知珍惜并不去施展的话,假如没有从事创作的足够时间和安宁环境的话,你是写不出比你五年前写的更美好的作品的。……你一定要找到自己宁静的生活中心,从那儿出发去创作包括城市和乡村,包括整个波希米亚在内的、面向全社会全世界的作品,总而言之,你必须进入到人的心灵里去。"

裴维特的话无疑使凯瑟的内心产生了巨大的震动,也许正是这个原因才使她三年后下决心摆脱一切事务,潜心创作,去追求自己的崇高境界。

凯瑟的第一部作品是诗集《四月的黄昏》(1903),但影响不大。她的第二部作品是包括七个短篇小说的集子《旋转的果园》(1905),其中四篇在1920年出版的小说集《青春和辉煌的美迪萨》中重版过,这部集子中最著名的《帕尔的套子》,描写了一个与周围环境不协调的艺术家的故事。1912年,凯瑟出版了第一部长篇小说《亚历山大桥》,接着又出版了长篇小说《啊,拓荒者!》(1913)。前者以一个桥梁工程师年轻时代的家庭悲剧为题材,写出了他同妻子和其他女子之间的心理矛盾;后者以美国中部大草原为背景,描写了一个瑞典女性拓荒者将自己的一切热情投入到开拓大地的伟大事业的故事,表现了来自欧洲的移民热爱生活、眷恋大地,在美国历尽千辛万苦扎下根来的高尚精神。《啊,拓荒者!》在美国受到热烈欢迎,为作者赢得了声誉。

凯瑟前期的主要作品还有出版于1915年的《云雀之歌》,这是一部研究美国中西部地区妇女特性的小说,从主人公——瑞典人主教考劳莱杜的女儿西·克朗贝格——身上引出了艺术(具体讲是音乐)对人的精神的感化作用,显示出作者对中西部地区生活的兴趣,作品强调艺术家必须抛弃一切非本质的东西,才能产生对艺术专一的决心,这也正是作者自己的决心。《我的安东妮娅》(1918)是作者又一部具有浓厚乡土气息的长篇小说,叙述了一个波希米亚妇女在内布拉斯加州拓荒地度过几十年艰苦生活的故事。安东妮娅·雪默尔达是来自捷克的波希米亚移民的后代,她在父亲自杀、自己被人玩弄又遭遗弃的情况下,依然以顽强的刻苦精神去战胜困难、洗刷耻辱,在大草原的怀抱里建立起一个生机蓬勃的大家庭,维护了她作为一个自力更生的劳动者的尊严与信念。作者笔下的安东妮娅是一个伟大的创造者,一个具有牺牲精神的母亲,她像土地一样朴实,也像土地一样永恒,因为"她就是生命的一个丰富的矿藏,犹如那古老原始的创始者一样"。《我的安东妮娅》与《啊,拓荒者!》被称为作者描写中西部生活的两朵

---

① 详见安妮·菲尔兹编的《裴维特书信集》。

并蒂莲,使凯瑟成为公认的描写中西部草原生活的最佳作家。

第一次世界大战后,凯瑟明显地改变了作品的倾向,理想主义的幻觉消失了,而代之以对人类命运的关心。1922年出版的长篇小说《我们中间的一个》就是这一转变的产物。小说以一个年轻人的遭遇为线索,写出了大战中美国中西部人们生活的境状,由于不堪忍受被压迫的地位,这个年轻人最后投奔欧洲法国战场。小说于1923年获得了普利策小说奖。接着在《一个迷途的女人》(1923)中描写了一个可爱的但又没有能力去对抗环境腐蚀的妇女最后走向堕落的故事。作品中的女主人公是一个开发西部的实业家的妻子,但在作者看来,她是资本主义上升时期对开发西部有过贡献的新兴力量的代表。由于时代的变迁,像她这样旧日的"新兴力量",已经被更新的商业资本,即垄断资产阶级所代替了,于是在这种势力的渗透和腐蚀下,她也终于走上了同流合污的道路。

凯瑟中期最主要的代表作是长篇小说《教授的屋子》(1925)。小说的主人公——美国中西部大学的圣彼得教授——是一个正派人,他一心一意在古代史研究中寻找人类的精神文明并从中得到安慰。他看不惯崇拜金钱的妻子女儿,看不惯靠投机钻营、剽窃他人研究成果而起家的女婿,也看不惯庸俗的学校当局。总之,在他看来,周围的一切都已经堕落了,同他的精神世界格格不入。

凯瑟后期的作品主要有《大主教迎接死亡》(1927)和《岩石上的阴影》(1931)。这两部作品带有很浓的宗教色彩,前者描写19世纪中叶的两个天主教神父,为了传播信仰、开发边区而历尽千辛万苦,到新墨西哥州印第安人的聚居地去建立教堂、布道行善的故事,并穿插了不少印第安人的古代传说;后者以17世纪加拿大魁北克地区为背景,描写一个笃信宗教而苦修苦行的女子最后成为圣徒的故事。显然,这两部小说都是作者崇拜宗教的产物,反映了凯瑟后期更加厌恶资本主义社会的精神堕落、向往宗教世界的思想,也表达了她对印第安人的美好感情。

此外,凯瑟的后期作品还有短篇小说集《害怕在中午行路》(1931)、《灰色的命运》(1932),长篇小说《露西·盖伊哈特》(1935)和《莎菲拉与女奴》(1940)等。

作为20世纪前50年一位有影响的女作家,凯瑟所擅长描写的正是被美国资本主义经济高速发展所掩盖和吞噬了的人类古老的精神文明,她以内布拉斯加州为背景,以广阔的草原为素材,写出了这难忘的一切。她是一个心理现实主义作家,善于应用颂古非今的手法来反映她的立场;她回避资本主义,向往静止的理想世界;她一生未嫁,平日闭门谢客、深居简出;甚至不同意将自己的小说改编成电影上演。这些都可以从她头脑深处的观念中找到根源。凯瑟一生写作勤奋,共著有长篇小说12部、短篇小说55篇以上,在20世纪40年代以前,也可谓是一个多产的作家了。凯瑟度过了74年平静的生活,于1947年4月24日在纽约病逝。她在成名之后曾获得过内布拉斯加大学、耶鲁大学、密执安大学等学校所颁发的文学博士学位,并当选为美国文学艺术院院士。美国评论家麦克斯威尔·盖斯马曾对凯瑟有过这样的评论:"以凯瑟的价值、标准、趣味以及偏见的全部内容来衡量,她的声音是平等的社会结构中一个传统的贵族的声音,是工业社会中一个重农作家的声音,是不断物质化的文明中一个精神美捍卫者的声音。"

二　拓荒者之歌:《啊,拓荒者!》(1913)、《我的安东妮娅》(1918)

1月的内布拉斯加草原,狂风怒号,茫茫大雪掩盖了大地,汉努威镇像一艘停泊在港湾的小船,挣扎着不让给风吹跑,灰色的天连着灰色的草原,风咆哮着从屋子上面和底下吹过,这就是凯瑟笔下的1880年美国中西部的内布拉斯加草原小镇严冬的情景。亚历山德拉·柏格森——《啊,拓荒者!》的女主人公,作家心目中最纯真的女性形象——就是在这一时刻出现在读者面前。她是瑞典移民约翰·柏格森的长女,那时还只是一个20岁左右的姑娘,然而命运一下子把她推上了挑起管理全家重任的地位,因为约翰·柏格森不久即被病魔夺去了生命,父亲在临终前郑重地把包括母亲和三个弟弟在内的一家子的生存希望托付给了他认为最懂事的长女。小说的主线就是亚历山德拉含辛茹苦地为发展家业、不负父托的20年奋斗经历。为了在这块父辈曾经洒过血汗的土地上坚持下去,她说服了企图抛弃家园外出谋生的兄弟,为了管好这份家业她宁愿克制对爱情的追求,把全部心思花在开拓和种植上。凯瑟在这个女性身上所描绘的色彩是明朗的、坚定的,在女性的柔和之中透露出顽强的个性,这是小说给这个主人公定下的基调。读者在作品中首次见到亚历山德拉时,她就是"一个高高的、健壮的女孩子,走起路来步子既快又坚定",她的衣饰充满着粗犷的气质:"穿着一件男子的长外套(看起来一点不难受,倒是很舒服的样子,好像本来就属于她的;她穿在身上像个青年军人),戴着一顶圆的长毛线帽子,用一条厚厚的头巾扎紧",而她的外貌却又那样的动人可爱,在"一张严肃、沉思的脸"上,有着一双"清澈、湛蓝的眼睛凝视着远方",这些外表的描述为的正是突出她的内心世界。

亚历山德拉是伟大的拓荒者的典型。她一生坚持不懈地劳动,以惊人的毅力和不屈的精神去战胜自然的和人为的灾难,她的心地又是那样宽广开朗,她爱土地、爱大自然,她"每想到大自然的运动,就获得力量,每想到这些运动背后的规律性,就获得一种个人的安全感",于是作者发出了这样的赞美:

这一切啊衬托出青春,
像火红的野玫瑰般怒放,
像云雀在田野上空歌唱,
像明星在薄暮中闪光。

> 柔情恼人的青春,
>
> 饥渴难耐的青春,
>
> 激情奔放的青春,
>
> 唱啊,唱啊,
>
> 歌声来自沉默的唇边,
>
> 歌声来自苍茫的暮色间。

关于亚历山德拉的个人婚姻的描写,也是小说中塑造这个人物的一个重要内容。年轻时她与比她小五岁的邻居小伙子卡尔·林斯特仑姆相爱,但由于年龄差距,也由于生活不安定,这种感情只能处于朦胧之中。接着是父亲病故,卡尔出走,亚历山德拉唯有把这股爱的思绪锁闭在心灵深处,她希望庄稼越长越好,也希望卡尔有一天再回到她身边。小说的结尾是悲剧中的喜剧,正当亚历山德拉沉浸在失去心爱的小弟弟艾米的悲痛之中时,卡尔回来了,经过 20 年的期待,亚历山德拉终于得到了幸福:

> 他们走到了大门口。在开门之前,卡尔把亚历山德拉搂过来,轻轻地吻着她的嘴唇和眼睛。
>
> 她紧靠着他的肩膀。"我真的累了,"她低声说道,"我一直很寂寞,卡尔。"
>
> 他们一起走进屋里,把"分界线"留在身后,上空悬着一颗黄昏星。多么幸运的大地!在它敞开的胸怀里接纳的一颗颗像亚历山德拉那样赤诚的心,然后再把它们奉献给人间——在金色的麦浪里,在沙沙作响的玉米里,在青春闪光的眼睛里。

是的,这是一颗闪光发亮的心,但它不是用黄金铸成,而是用泥土、阳光、水分和大自然清新的空气铸成的。

《啊,拓荒者!》是首次充分体现出凯瑟自己风格的作品,是她奠定中西部乡土小说文体的成名作,也是她在心灵和创作上的导师裘维特的精神感染之下的结晶。虽则小说出版之时裘维特已经作古,但凯瑟是永远不会忘记这位恩师的。可以毫不夸张地说,没有裘维特就不会有凯瑟,至少可以说不会有像今天我们所认识到的创作出如此丰富而精粹的乡土小说的凯瑟,在《啊,拓荒者!》卷首的献辞中已经显露出了她的感情色彩:

纪念

萨拉·奥尼·裘维特

在她精湛的创作中包含着永恒的完美

什么是凯瑟风格的精华？虽然不能用简单的一句话来概括，也不能光凭她的一两部小说得出结论，但有一点可以确认，那就是：在凯瑟的小说中贯穿着一条将炽热的感情和纯真的艺术融合在一起的主线，这条主线给人们以精神上和情操上的享受。读了她的作品之后，留在读者脑子里的并不是情节（因为小说中没有任何曲折离奇的情节）、人物（因为小说中的人物没有任何惊心动魄的举动）和语言（因为小说中没有任何铺张的修饰和形容），而是一种朴实的、清淡的回味。假如在此之前还不能这样写的话，那么《啊，拓荒者！》的出版应该是为这一风格的形成开创了一个新的起点。以爱情描写为例，小说除了对亚历山德拉与卡尔这对恋人的深沉刻画之外，唯一具有浪漫气息的是对亚历山德拉心爱的小弟弟、大学生艾米与热烈奔放然而在爱情上得不到幸福的波希米亚女子麦丽·弗兰克之间的婚外恋的描写，麦丽的形象几乎是《波希米亚女郎》中克莱拉的翻版，所不同的是克莱拉最终得到了爱情和自由，而麦丽则在与艾米幽会的时刻双双死于自己丈夫的枪口底下。对于这场恋爱的悲剧，作者显然是同情的，在平淡中透露出一丝哀伤，为内布拉斯加草原粗犷、单调的生活描上了一道绚丽的色彩，然而也仅此而已，小说并没有过分去渲染它，似乎是希望读者自己去体味内中的含义，正如 L.卡罗尔所评论的：

> 维拉·凯瑟的创作是令人满意的，因为它是真诚的。在她的作品里，并不像许多"女性小说家"那样在字里行间渗透着甜蜜的、烟雾般的爱……她在对两性关系的处理上是既不过于拘谨又不耽于声色。她热爱西部地区，也热爱艺术，尤其是音乐，她所追求的是对感情的表达和对这些作品主题的确信。她尝试过、失败过，但始终保持着探索的精神直至成功。①

如果说《啊，拓荒者！》是凯瑟在向乡土小说创作高峰的攀登过程中的一次努力，那么《我的安东妮娅》的出版则无疑使她完成了这次攀登。小说被评论界公认为是这位女作家一生最重要的作品，是她多年来孜孜不倦地刻意追求思想境界的集中表现，安东妮娅是作者在塑造了亚历山德拉、戴娅·克伦伯格的基础上对开拓西部边境地区的女性形象的最后完成。

和亚历山德拉一样，安东妮娅是一个贫贱的欧洲移民的后代，小说一开始就

---

① 多萝西·奈伦·柯利：《现代美国文学评论集》第 1 卷，弗雷德里克·安纳格出版公司，1983 年，第 202 页。

通过故事的讲述者——一个名叫吉姆·伯丹的律师,他祖父的农庄与安东妮娅一家的居住地相邻,他比安东妮娅小 4 岁,在年轻时代他们之间曾有过十分密切的往来——描绘了安东妮娅和她的父母刚来内布拉斯加州落户时的穷困景象:

> 我们到达黑鹰镇的时候,我已蜷缩在红色长毛绒的座位上睡熟很久了。杰克把我喊醒,牵着我的手。我们跌跌绊绊地从火车上下来,走到木板铺的一条侧线上,那里人人正拿着手提灯笼跑来跑去。我根本看不到有什么市镇,甚至连远处都不见灯火,我们四周是一片漆黑,火车头经过长时间的奔跑,此刻正沉重地喘着气。机车锅炉炉膛里射出来的红光中,有一帮人挤作一团,站在堆满包裹、箱笼的月台上。我知道这准是列车员对我们说起的那一家移民。女人兜头系一条带流苏的披巾,手里抱着一只小铁皮箱子,像抱着小宝宝似的紧紧地抱在怀里。有一个老头子,高个儿,背有点驼。两个半大小伙子和一个姑娘提着油布包裹,站在那里,还有一个小女孩紧紧抓着母亲的衣裙。一会儿,就有一个提灯笼的人走到他们跟前,开始大叫大嚷地同他们说起话来,我竖起耳朵来听,因为这确实是我第一次听到有人说外国话。

这就是安东妮娅·雪默尔达一家,那个女人是她的母亲,高个儿的老头子是她的父亲,两个半大的小伙子是她的哥哥和弟弟,而那个提着油布包裹的姑娘正是她自己,那一年安东妮娅 14 岁。

小说以后的描写就以这一家来自捷克的波希米亚移民在生活中的挣扎经历为主要内容,通过吉姆·伯丹的回忆,充分呈现出 19 世纪末叶美国西部拓荒者的苦难景象。雪默尔达一家尽管起早摸黑、省吃俭用,但在这贫瘠的土地上还是建立不起一份像样的家业,安东妮娅的父亲终于被生活压垮了,走上了自杀的绝路,一家人面临着更为凄凉的局面,安东妮娅只得到黑鹰镇上去做女用人。然而,命运并没有公正地对待这样一个贫穷善良的姑娘,在帮佣期间她又受了一个列车乘务员的玩弄,怀孕之后即遭遗弃,在万般无奈的情况下只得忍受屈辱回到农村老家,给哥哥做帮工以扶养孩子。安东妮娅的遭遇,使吉姆·伯丹产生了强烈同情,他在大学读书时放暑假回到老家,从斯丁文斯寡妇口中了解到"东尼"的详细情况。"那一夜我就睡在小时候常睡的那个房间里,"小说写道,"夏天的风从窗口吹进来,带来成熟的麦田的香味。我醒着躺在那里,望着月光照射在牲口棚、谷物堆和池塘上,风车在蓝天的背景下画出了那个熟悉的黑影。"这段描述既反映了吉姆·伯丹与安东妮娅之间纯真的友谊,也表现出作者对女主人公的深厚的感情。紧接着小说又具体描写了他们会面的情景:

　　第二天下午，我步行到雪默尔达家里去。于尔卡把婴儿抱给我看，对我说安东妮娅在西南边那块田里捆堆麦子。我穿过田野朝那里走去，安东妮娅老远就看见了我。她站在她的麦堆旁边，拄着干草杈，望着我走过来。我们都没有流泪，就像古老民歌里唱的那些人一样默默地相会，她的热乎乎的手紧紧地握住我的手。

　　假如小说仅仅停留在对安东妮娅这些同情性的描写上，那么，它的作用只能是感伤的、低沉的，而不能激起人们力量上的昂奋。作者的可贵努力正是在于避免了这一点，安东妮娅依然充满着乐观精神，依然孕育着旺盛的生命力，她有了自己的家园、田庄、丈夫、孩子（不是几个而是一群！），当"我"再次见到她时，站在面前的是"一个高大强壮、皮肤晒得黑黑的女人"。岁月虽然在她的脸上刻下了一道道皱纹，但生命之火却永不熄灭，于是"我"发出了这样的感叹："难怪她的儿子们站在那里又高又大，腰杆笔挺，她就是生命的一个丰富的矿藏，犹如那古老原始的民族的创始者一样。"

　　显然，在凯瑟的心目中安东妮娅是一个伟大的创始者，一个具有牺牲精神的母亲，她像土地一样朴实，也像土地一样永恒。在内布拉斯加草原，虽然"除了土地之外什么也没有"，但就是这土地，它是"构成国家的原料"，"人们来去匆匆，然而土地是永存的"，这就是小说所歌颂的拓荒者形象的精华，它是力量的源泉、生命的象征、人类一切美好感情的结晶，正如吉姆·伯丹在重新踏上几十年前走过的旧路时所理解到的："现在我懂了，就是这同一条路又把我们连在一起了。不管我们失去了什么东西，却共同拥有那些无法用语言表达的可贵的往事。"

　　这正是《我的安东妮娅》的主题，它与《啊，拓荒者！》的主题是一脉相承的，并且影响到凯瑟以后写的其他小说。对传统的人类精神文明的怀恋、对边疆开拓者的赞美，形成了作家的风格与美国20世纪时代色彩的强烈矛盾，使人们往往把凯瑟纳入上一辈作家的队伍里，这种时代与作品之间的差距感正是凯瑟被有的评论家归为"怀旧型"作家的原因，就像珀西·H.博纳登所说的那样："在安东妮娅对家庭生活的满足中，凯瑟小姐提供了一个古老题材的现代化版本。"① 而约翰·J.墨菲则认为《我的安东妮娅》的主题是"双重的"，它既反映了拓荒者们"文明的过程"，包含了他们真诚的希望，又表达了作者对社会堕落的批评。② 这些观点分歧的实质在于对安东妮娅这个人物精神内涵的不同理解上。从凯瑟创作思想的发展线索来看，安东妮娅无疑是一个"纯化了的典型"，在她身上真正体

---

　　① 　多萝西·奈伦·柯利：《现代美国文学评论集》第1卷，弗雷德里克·安纳格出版公司，1983年，第207页。

　　② 　参见F.埃力斯曼、R. W. 埃迪林：《西部作家50人传记资料集》，绿林出版社，1982年，第55页。

现了人类的感情本质,她在经历了二十几年的千辛万苦之后对再次前去看望她的吉姆·伯丹说了这样一段话:"真是难以想象,原来人与人之间的关系是如此有意义!"与其说这是安东妮娅的内心感慨,毋宁说是作者对人类社会理想境界的向往和憧憬。

三 心理小说:《一个迷途的女人》(1923)、《教授的屋子》(1925)

20世纪以来,在欧美文坛上出现的现代主义潮流中有一个分支被称为"心理现实主义"。"心理现实主义"强调描写的是人的内心感受,把客观现实世界视为主观精神世界的陪衬,并以此作为对19世纪以来传统的批判现实主义的抗衡。按照这一手法创作而成的小说,情节并不复杂,但人物的内心活动大多突破了时间和空间的界限,也不以发展顺序来进行叙述,内心的意识过程成为作者着重描写的对象,这类小说后来一般被称为"心理小说"。由于凯瑟在作品中比传统的现实主义更注重对人物心理的剖析,因而也有人把她纳入"心理现实主义"这一流派中去,但从总体上说她的创作风格并没有完全超越现实主义范畴,这同20世纪六七十年代活跃于美国文坛上的"心理现实主义"小说家J.契弗、J.厄普代克、J.C.欧茨等人有着共同的特点,假如要划分一下界线的话,或许可以认为:20年代之前的凯瑟走的基本上是一条继承19世纪现实主义的路,那时的创作基调是明朗的、活跃的;20年代之后,由于个人生活情绪和宗教信仰的变化[①],特别是对社会精神蜕变的忧虑和反感,促使她的感情产生很大的波折,小说中的愤慨加深了,心理因素占了主导地位,中篇小说《一个迷途的女人》的问世似乎可以看作这个转折的标志。国内有学者认为这部作品是作者对过去那个令人向往的时代的总结,是她对人类道德沦丧的叹息,"如果说《我的安东妮娅》是拓荒时代的一支颂歌,那么,《一个迷途的女人》就是那个时代的挽歌了"[②]。

与安东妮娅截然不同的是,福瑞斯特太太——《一个迷途的女人》中的女主人公——绝不是属于拓荒的一代,或者说她本应是属于拓荒的一代,但她后来变了,她在丈夫死了之后就抛弃了拓荒者们做人的基本准则,"她成了一条没有填重物的船,随着风向东飘西荡",她"丧失了辨别能力",成了一个"风流寡妇",所以结论只能是:"她属于拓荒的时代,但她不愿意与这个时代共存亡。"那个外号叫"毒艾维"的艾维·彼得斯是小说中资产阶级新一代的典型,他在年轻时就表现出阴险狠毒、唯利是图的本质,成年后当了律师,以投机钻营起家,成了所谓"新时代"的主人。福瑞斯特太太走了,嫁给了一个有钱的英国老头,她的房子归

---

① 1922年,凯瑟从信仰基督教新教(浸礼会)转而皈依圣公会。

② 董衡巽:《一个迷途的女人》,漓江出版社,1986年,译本前言。

了艾维。尼尔·赫伯特——凯瑟在小说中企图塑造的正面形象,一个诚实的拓荒者的后代——感伤地认识到:

> 他已经见到了一个时代的告终,见到了拓荒者的晚年。他生逢一个光辉几近消逝的时代,这正像从前野牛成群的时期,旅行者常常在大草原上碰见猎人走了之后所留下的余烬;煤火虽然已经踩死,但地上尚有余温,猎人躺过的地方,马吃过草的地方是平伏的,而正是这片倒伏的草地使后来者知道猎人曾经来过。

福瑞斯特太太——这个"迷途的女人"最后死在异国阿根廷。凯瑟设计这样的结局是否意味着她对拓荒时代的最后告别? 也许是她习惯于将作品的主人公放置在一个陌生的环境里来完成命运的最后安排。

20 世纪以来不断爆发的战争,使维拉·凯瑟对人类的精神实质产生了怀疑。第一次世界大战对凯瑟的打击主要是使她产生了对人类精神世界的幻灭情绪。假如说在开始写《我们中间的一个》时她或许还抱有某些侥幸的希望,那么到了《教授的屋子》完成的一天这一希望就完全破灭了,因为她已经认识到"这场战争已无法恢复西方的英雄时代,也不能对此做出持久的理想的解释"[1],这使凯瑟最终进入了进退维谷的矛盾之中,她试图去发掘生活的含义和造成精神世界贫乏的原因,《教授的屋子》就成了这一矛盾斗争的写照。

小说的主人公是美国中西部的一个大学教授、欧洲移民的后代戈德弗莱·圣彼得,他以拓荒者的顽强精神,花去数十年时光写出了历史巨著——八卷本《西班牙冒险家在美洲的探险史》,还得了奖。但他在生活中却很不如意,得不到心灵的安慰,因为在他周围充满着资本主义社会的铜臭气,人与人之间唯一的联系就是金钱,连他的家庭也逃脱不了这一厄运:他的妻子莉莲只追求享受,想的是将丈夫的著作换成一幢漂亮的住宅;他的两个女儿,一个嫁给了富有的犹太企业家,另一个嫁给了艺术家,她们与他之间没有共同语言;留在他心中的只有对他心爱的学生、铁路工人出身的汤姆·奥特兰特的回忆。奥特兰特曾致力于对古代印第安人悬崖文化的研究,搜集到许多珍贵的文物资料,可惜他在第一次世界大战中死了,他所积累的这些宝贵资料却成了资本家掠夺的目标,这些使教授感到伤心,他对生活失去了信心,只有顽固地躲在自己的旧房子里,拒绝与妻子一起搬到新居中去,也许这样做还能使他得到一点安慰。因为他的研究工作就是在旧房子的那间阁楼里完成的,他要死死地守住它。当圣彼得面临精神崩溃

---

① F. 埃力斯曼、R. W. 埃迪林:《西部作家 50 人传记资料集》,绿林出版社,1982 年,第 57 页。

之际,前来挽救他的是来自德国的女裁缝奥古斯塔,一个诚实的孤独的女性。她给了教授生活下去的勇气,此刻,圣彼得脸孔上的表情虽然还是冷漠的,然而"至少他的脚已经是站立在地面上了"。奥特兰特是作者理想中的典型,他孜孜不倦地工作,竭力去挖掘印第安人古老的文明,他曾说:"我是怀着虔诚的心情去阅读这些拉丁文的诗的,它使我产生了生活在这块土地上的真情实感。"所以作者认为"他来自大地,又回到大地中去",他是大地之子、人类精神的楷模。圣彼得的最后心愿就是把已故学生的研究继续下去,在整理古代印第安人遗迹中发掘人类传统的价值。

在小说中,教授的旧房子成了一种精神的象征,它虽破旧却纯洁美好,与商业界中的酒肆茶楼、歌榭舞馆形成了强烈对比,因为那些挂着大字牌子,以赚钱为目的的地方,甚至是教授妻子购置的那幢住宅也已经染上了污垢,成为罪恶的所在。然而,教授的房子毕竟是旧了,它已经破落了、衰老了、凋零了,凯瑟对此感到莫大的悲哀。那么,人类精神文明的榜样在于何处呢?喏,就在奥特兰特发现的位于新墨西哥州方山上的古代印第安人的悬崖城中,在那里,他大发思古之幽情,想象中的这块古代圣地,是"完全没有竞争的,除了对安定和秩序的渴望之外没有任何动机",那些曾经生活在悬崖城中的印第安人"把自己的生命与心血都浇灌在这座方山上,赋予它人类文明的痕迹"。这样一个纯洁的地方,与熙熙攘攘的大都会相比,真该有天壤之别。

汤姆·奥特兰特的怀古之情与尼尔·赫伯特对福瑞斯特太太的沉沦和拓荒时代的终结的哀伤之情是凯瑟同一个思想观念的产物。詹姆斯·伍德莱斯认为:"在1922年前后凯瑟的世界分裂成两半了。"[①]莱昂内尔·特林则说:"《一个迷途的女人》是凯瑟小姐对旧生活秩序最清晰的论述,因而成为她一生创作中一部重要作品。它绝不是那种灵巧的小说,或许可以说是她写的最强有力的一个故事,人们能从它崇高的主题中去汲取力量。"[②]假如我们记住1922这一年正是凯瑟潜心写作《一个迷途的女人》的时刻,那么上述这两段评论的含义就不难明白了。所谓"凯瑟的世界分裂成了两半"这一说法成立的话,那么我们应该理解为它的一半留在现在,而另一半则给了过去。

我们不必去评判《一个迷途的女人》和《教授的屋子》这两部小说的分量孰轻孰重,对作者来说它们都属于她精心描绘的画面,出现在画面中的则是一个个有生命的人物,凯瑟画的不仅是人物的外形,更主要的是他们的心灵。自从她聆听了裘维特的教诲之后,就刻意地去这样做,就像当年裘维特写《针枞树之乡》

---

① 《20世纪美国文学》,麦克米伦出版公司,1980年,第132页。

② 多萝西·奈伦·柯利:《现代美国文学评论集》第1卷,弗雷德里克·安纳格出版公司,1983年,第207页。

(1895)一样,把对乡土的怀恋之爱和对古老的人类文明传统的向往结合在一起,点明了人的内心世界的崇高价值。凯瑟把《针枞树之乡》与霍桑的《红字》和马克·吐温的《哈克贝利·费恩历险记》并列为美国小说中的三部"不朽之作"[①],内中固然有她对老师的偏爱成分,但她从裘维特的小说中所借鉴来的精神则是具有可贵价值的,或者说这正是凯瑟的"创作之魂",它的核心就是对人的心灵的描绘。

第四节　厄普顿·辛克莱

一　"黑幕揭发运动"与辛克莱

20世纪初,由于美国社会日益腐败,政府以及各大财团营私舞弊的事件不断发生,政治丑闻、经济丑闻和生活丑闻成了人们极为关心的问题。在这样的形势下,一批小资产阶级出身的正直、进步的新闻记者和作家就担起了揭发这些丑闻的责任。这场专事暴露社会黑暗内幕的文学运动被称为"黑幕揭发运动",而从事这项工作的作家就被称为"黑幕揭发者"[②]。尽管"黑幕揭发运动"并不真正触及资本主义制度本身,这些作家所从事的工作也往往只能是以改善社会某些方面为目的的改良主义行动,但仍然遭到统治阶级的压制和反对,可见这场运动总的倾向是进步的,是有益于人民的。在20世纪最初一二十年形成的"黑幕揭发者运动"成员中,最有名的新闻工作者是林肯·斯蒂芬斯(1866—1936),最有名的小说家就是厄普顿·辛克莱(1878—1968)。

辛克莱于1878年9月20日出生在马里兰州巴尔的摩市,祖上曾为贵族,到他父辈时,家道中落成为酒贩,10岁时随家迁居纽约。1893年进入纽约市立学院读书,1897年毕业,获学士学位,1897年至1901年又入哥伦比亚大学深造。从15岁开始,辛克莱就靠写惊险小说、卖通俗杂志来维持自己的生活。在文学创作上,辛克莱曾受到巴尔扎克、约翰·弥尔顿[③]和雪莱这样一些伟大作家的真正教育,从他们的作品里学到了反对不公正社会的斗争勇气和艺术力量。

1900年,辛克莱与他的第一个妻子韦特·富勒结婚。就在这时,他下决心要把自己的一生奉献给庄严、伟大的创作事业,成为一名优秀的小说家。经过几

---

①　参见詹姆斯·维森:《英美小说和散文作家手册》,麦克米伦出版公司,1979年,第65页。

②　黑幕揭发者(muckraker,原意为"清粪者"),典出17世纪英国作家约翰·班扬的小说《天路历程》,1906年在职总统西奥多·罗斯福在一次讲话中就用这一词来贬称这些揭露黑幕的人,后人沿用之。

③　约翰·弥尔顿(1608—1674),英国17世纪著名诗人,著有长诗《失乐园》《复乐园》《力士参孙》等。

年的努力,他先后出版了五部长篇小说:《春天和收获》(1901)、《米达斯王》(1901)、《哈琴王子》(1903)、《亚瑟·斯特林日记》(1903)和《玛那西斯》(1904)。前三部都是浪漫性的传奇小说,第四部描写了一个落魄的青年诗人的经历,第五部描写了一个南方青年参加南北战争的惊险历程,曾被杰克·伦敦认为是写这场战争的最佳作品之一。然而,这些作品都只是小说家辛克莱的试笔,它们都未能显示出作者真正着眼于社会、生活、时代的创作观念,直至辛克莱的第六部长篇小说《屠场》(1906)出版,才使他出人头地,真正成为"黑幕揭发者运动"的代表作家。这部闻名世界的小说可以说是辛克莱多年来的思想立场和艺术见解的一次总的显露和总的示威,因而更加具有代表性,而它的创作过程则又表明了这一立场和见解的阶级基础。

辛克莱从少年时代起就热心于阅读社会主义的理论书籍,并以思想激进著称,从哥伦比亚大学毕业后便参加了社会党,成为该党的一名骨干。1904年,芝加哥屠宰工人举行大罢工,这个消息引起了美国进步力量的关注。一家名叫《理论呼声》的杂志社向辛克莱提出邀请,希望他能到那里对这次罢工事件进行实地调查并写成一部小说。辛克莱就来到芝加哥,在工人们中间生活了七个星期,做了详细的了解和访问,然后返回新泽西州家中,第二年便写出了《屠场》,先在一家周刊进行连载。但作品所触及的社会问题的尖锐性和强烈的进步倾向引起了大资产阶级的恐慌,因而连载五次后便遭到官方舆论的压力被迫停止刊登,接着,出版的要求也遭到拒绝,除非作者对小说做大幅度的删改。为了反抗来自统治阶级的压制和讹诈,在杰克·伦敦和其他进步作家的帮助下,辛克莱自筹资金,终于在1906年将小说出版面世,给了资产阶级垄断集团一个有力的回击。《屠场》在美国引起了强烈的反响,单从这件事就可证明:小说写了屠宰场老板唯利是图,将腐臭的猪肉、牛肉做成罐头出售的情节,引起了全国家庭主妇的抗议,以至老罗斯福总统不得不下令调查这个问题,随后又通过和颁布了联邦政府关于食品卫生的法案。这个法案对改善屠宰工人恶劣的劳动条件当然并未起到什么作用,但让广大公众了解到腐败的社会角落里那些受苦难的工人们的悲惨境遇却是《屠场》的功绩。

《屠场》的成功使辛克莱赢得了巨大的声誉和一定的财富。小说出版的当年,他就利用这笔稿费在新泽西州英格兰华特买进一片土地,建立了一座乌托邦式的劳动公社做"社会主义"的试验,并命名为"赫利孔村社"①。"赫利孔村社"吸引了辛克莱·刘易斯等一批青年作家参加,也吸引了不少参观访问者,但一年后即告失败。不久,整个农场毁于一场神秘的大火。这次试验并没有使辛克莱

---

① 赫利孔山位于希腊南部,传说中为神王阿波罗与文艺女神缪斯们居住的地方,辛克莱这里是借用此名。

对自己的"社会主义"丧失信心,他继续在新泽西州和加利福尼亚州宣传这种主张,直到第一次世界大战爆发。

　　大战期间,辛克莱从他单纯的感情和抽象的理论出发,反对这场不义的战争,他写了许多反战文章,号召人们起来制止美国参战。但由于小资产阶级立场的局限,他最终未能真正认识到这场战争的性质,探索出改造世界、改造社会的正确道路。正如列宁在 1915 年 6 月写的《英国的和平主义和英国的不爱理论》一文中所指出的:"辛克莱是一个好动感情而缺乏理论修养的社会主义者。他'直率地'提出问题,他对即将到来的战争感到不安,想从社会主义中寻找摆脱战争的出路。"[①]然而,"辛克莱提出自己的号召是很天真的,尽管这个号召从根本上说是非常正确的,说他天真,是因为他忽视了半个世纪以来群众性社会主义运动的发展和社会主义运动中不同派别的斗争,忽视了在客观革命形势和革命组织存在的情况下革命运动中不同的条件"[②]。

　　这一时期,辛克莱在小说创作上依然把目标集中在揭露社会黑幕上,继续表现了在《屠场》中所显示出来的强烈政治倾向和广泛社会基础,从各个不同方面写出了这个"金元帝国"的内幕和实质。第一次世界大战之前,继《屠场》之后,辛克莱还出版过以揭露美国垄断资产阶级商业道德和精神道德的堕落为题材的长篇小说《大都会》(1908);战时和战后的主要作品,有描述科罗拉多州煤矿工人罢工事件的《煤炭大王》(1917)、抨击美国哈定政府石油丑闻的《石油!》(1927)、揭发美国政治黑幕的《波士顿》(1928)、反映美国教育问题的《傻瓜》(1924)和描写一个工业巨头发家过程的《山城》(1929)等长篇小说,以及短篇小说集《侦探》(1919)、剧本《人的第二个故事》(1912)等。其中《波士顿》一书又一次以强有力的、令人信服的描述,再现了 20 世纪 20 年代美国垄断统治阶级残酷、卑劣的嘴脸,成为与《屠场》具有同样价值的重要作品。此外,辛克莱还写过若干报道性的小册子反映当时的社会现实,揭穿美国宗教组织虚伪面貌的《宗教利益》(1918)即属此类。

　　辛克莱不仅是一位多产的作家,还是一位活跃的政治家。社会党解散后,20世纪 30 年代他成了民主党的一员,继续他年轻时代的热情,开展广泛的社交活动。1934 年,他作为民主党候选人,以"结束加利福尼亚州的贫困"为口号参加了州长竞选,他还别出心裁地将这句口号缩写成一个纲领[③]向选民们做宣传。据说他的演说和纲领确实激起了一些下层民众的热情,但后来由于财力枯竭,竞选终未成功。不过可以设想一下,要是辛克莱真的成了加利福尼亚州的州长,能结束这个州的贫困吗? 显然,这只是早期空想社会主义者辛克莱对改良资本主

---

①②　列宁:《列宁全集》第 26 卷,人民出版社,1988 年,第 282 页,第 283 页。
③　辛克莱用这句口号的四个单词的第一个字母缩写成"EPIC"作为纲领。

义制度的一种幻想罢了。

1940 年之后,辛克莱致力于写作以《世界的终点》(1940—1949)为总题的 10 部系列小说,它们是《世界的终点》(1940)、《两个世界之间》(1941)、《龙的牙齿》(1942,获 1943 年普利策小说奖)、《大门敞开》(1943)、《总统的代理人》(1944)、《龙的结果》(1945)、《一个世界的胜利》(1946)、《总统使命》(1947)、《晴空的叫唤》(1948)和《噢,牧羊人,请说吧!》(1949)。小说以名叫兰尼·勃德的主人公贯穿始终,描写了两次世界大战之间的美国和欧洲各国的生活,带有明显的流浪汉的冒险色彩。作者塑造的这个人物,近乎是一个超时代的英雄,一个马克思主义的世界历史预言家。他无处不去、无事不晓,但他既不是在报道新闻,也不是在编写历史,而是在向全世界读者预告他这个人类历史预言家的伟大发现。实质上这个"英雄"正是作者自身思想理想化的产物,是在现实主义基础上充分浪漫化了的艺术成果。

20 世纪 50 年代后,辛克莱思想蜕化,成为美国"民主"制度的辩护人,反对共产主义,鼓吹自由主义,创作日渐减少,小说只有《兰尼·勃特的归来》(1952)和《愤怒的杯子》(1956)等,但传记《心中的基督》(1952)和《辛克莱自传》(1962)影响较大。

1962 年辛克莱获得美国新闻工作者协会奖,1968 年 11 月 25 日在新泽西州的勃劳特-勃罗克病故,享年 90 岁。在美国 20 世纪文坛上,辛克莱以高寿和多产著称,他写的长篇小说就有 40 部以上,还有大量的散文、随笔、特写和剧本。美国评论界认为他早期的作品反映了美国本土的激进主义传统,中期以后的作品则包含了基督教的道德论和雪莱式的人道主义因素。尽管如此,他的那些具有强烈暴露意义的作品,尤其是《屠场》《波士顿》《石油!》等小说的时代价值是永存的,并将永远吸引着美国和全世界的千百万读者。正如 20 世纪杰出的英国作家萧伯纳所指出的,辛克莱的小说将带给我们这个时代未来生活的人们以真实的记录。

作为"黑幕揭发运动"的代表作家,在 20 世纪美国文学史上,辛克莱自然占据着一席应有的地位,但从这一运动的整个历史来看,由于它是在小资产阶级改良主义思想指导下进行的一场有限的运动,加上"黑幕揭发者"所写的大多数作品缺乏应有的思想高度和艺术魅力,因而到了第一次世界大战爆发前后,随着社会党的逐渐瓦解,这一运动也就销声匿迹了。

二　黑幕小说:《屠场》(1906)

这是一部以芝加哥屠宰工人的悲惨生活为题材的作品,揭露和描写了帝国主义阶段美国社会的真实面目。被称为"自然主义的无产阶级小说当中的一个里程碑"①。

故事发生在 20 世纪的最初几年,小说主人公约吉斯·路德库斯和他的妻子奥娜都是来自欧洲立陶宛的移民。他们同当时千千万万欧洲劳动者一样,把美国当成遍地有黄金的"人间天堂",但一踏上美国的土地,面对他们的却是贫困和饥饿,到处都是欺骗和讹诈。结婚前他们好不容易在芝加哥屠宰场找到一份工作,但那里劳动条件恶劣,劳动强度极大,屠宰过程十分危险,肉食制作极不卫生,工人们死的死、伤的伤,生命安全毫无保障,每天只能拿到一点可怜的工钱,难以养活家小。为了多挣点钱,约吉斯自恃年轻力壮,拼命干活,但生活不断向这个力大如牛的汉子送来不幸:同奥娜结婚前夕买房子时受骗上当,把辛辛苦苦积累起来的几百元钱白白送给了房产主;结婚后,又欠了一屁股债务;为了还债,约吉斯拼命干活,不慎扭伤了脚,奥娜又生了孩子,一家人面临着挨饿的危险;伤愈后,原先工作的位置又被别人顶替,他只得到人人畏惧的屠场肥料厂去干活;不久,奥娜又遭到工头康诺的污辱,约吉斯痛打了工头,结果被判刑而入狱;出狱后奥娜难产去世,儿子又被淹死,他在极度悲伤中流浪到农村打短工,回到芝加哥后身体衰弱,找不到工作,一度陷入黑社会,后又流落街头行乞……一个生龙活虎的壮汉被社会折磨得奄奄一息,这正是千百万苦难的移民劳动者在这个"金元帝国"的遭遇。小说的结尾表明了作者鲜明的社会党人的立场,辛克莱让他笔下的主人公在经受过痛苦的磨难之后也成了一名社会党拥护者和社会主义信徒——约吉斯在无处安身的时候,偶然路过一个会场,就盲目地走进去听了一席宣传社会主义的演说,联系自己的身世,他很受启发,于是鼓起勇气加入了社会主义者的行列。这时他仿佛感到自己已经跳出火坑,希望就在前面,在大规模的公众集会上,约吉斯听到了社会党领袖们"组织起来!"的号召,那响亮的演说在激动人心的情绪中回荡——

　　……一股永远遏制不住的浪潮即将开始了,这股巨浪在它冲进汪洋大海之前决不回头——这是无法抗拒的、可以摧毁一切的力量——它将使芝加哥所有愤怒的工人们全都聚集在我们的旗帜之下!我们将把他们组织起来,训练他们,并带领他们走向胜利!我们将压倒一切反对力量,我们将清除我们面前的一切反对力量——芝加哥将是我们的!芝加哥将是我们的!

约吉斯·路德库斯的命运在 20 世纪初期的美国确实具有典型意义。他从

---

① 中国大百科全书出版社不列颠百科全书编辑部:《不列颠百科全书(国际中文版)》第 15 卷,中国大百科全书出版社,1999 年,第 374 页。

一个天真、单纯的青年移民被折磨成骨瘦如柴、贫困潦倒的流浪汉,这是谁造成的? 他的妻子、儿子之死又是谁造成的? 他无家可归,衣衫褴褛,穷途末路,挨饿受冻,难道是懒惰的缘故? 不,作者明确地指出:约吉斯的一切灾难都是美国政府的政策和垄断资本家的剥削造成的,而大资本家和政客们的腐朽生活则是建立在约吉斯这样千千万万受苦受难的穷人牛马般的劳动之上。小说第二十四章中所描写的约吉斯在屠宰行业垄断资本家公馆中见到的仙境般的建筑和奢侈的生活方式,同他亲身经历过的肥料厂地狱般的生活是一种多么强烈的对照:一边是古董名画,美酒佳肴,灿烂夺目的屋舍,光是造一座浴池就花了 4 万元;另一边却是骨粉弥漫,臭气冲天,在劳动一定时间后,工人们肺里吸满了骨粉注定将送掉性命。"朱门酒肉臭,路有冻死骨",这也正是美国阶级对立、贫富悬殊的写照。在小说中,虽然约吉斯的形象并不十分丰满,作者对人物形象的塑造也大都停留在叙述和一般介绍上,但由于写得真实,因此也具有感人的力量。看了约吉斯受伤、坐牢、丧妻、失子、行乞等令人心酸的经历之后,读者自然会对他赋予极大的同情,并进而对这个社会和垄断集团产生愤怒和仇恨。这正是《屠场》首要的社会意义。

《屠场》的社会意义还在于它对美国社会制度黑暗内幕的抨击,特别是小说下半部写到的民主党与共和党在选举中的丑行、垄断资本家与地方当局狼狈为奸的事实和地下黑势力与警察局的勾结等细节,更是打在那些表面上装得道貌岸然的统治阶级脸上的一记响亮的耳光,难怪老罗斯福总统要跳起来大骂一通以发泄他对"辛克莱们"的仇视。美国的选票是以钞票论价的,民主党每票出三元,共和党则每票出四元。为了钞票,各种手段都可以运用:警察包围妓院是为了捞钞票;一个人犯了法,只要通过关系塞上钱即可无罪释放……从这方面来说,美国确实是"金元帝国",一个金元至上的帝国。辛克莱在小说中的揭露是无情的,他以具体而可信的细节描写和详尽的调查研究来揭穿一切伪装和狡辩,屠宰场令人发指的情景已经足以引起全体美国人民的愤怒了,而这还仅仅是书中的一小部分。

《屠场》的另一社会意义,在于它指明了工人们只有团结起来对抗垄断阶级才是唯一出路。作者迷信选举,他认为社会党人只要掌握一定数量的选票就可以取得政权的想法虽然是幼稚可笑的,但这并不能掩盖小说关于工人们组织起来的提法的正确性。辛克莱多次写到工人们的罢工斗争,赞扬了他们的斗争精神,在当时的社会形势下,罢工斗争确实是工人们进行经济斗争的主要手段。在现实生活的教育下,约吉斯终于认识到工人们联合起来进行斗争的伟大意义,这正是美国无产阶级的进一步觉醒。

《屠场》当然也有败笔,诸如人物描写叙述多于刻画,情节发展线索过于简单,某些章节缺乏文学气氛而仅仅停留在单纯的记录和介绍上,等等,但与作品所拥有的重大时代意义相比,这些瑕疵就显得微不足道了。

三 政治小说:《波士顿》(1928)

1920年4月15日,马萨诸塞州一家制鞋厂的出纳员和一名看守人被杀,据说杀人犯还盗窃了该厂的一万五千美元现金。不久,该州警察当局宣称此案已破,被逮捕归案的两名杀人抢劫犯就是当地出名的两个原籍意大利的工人运动领袖:尼古拉·萨科和巴多洛米奥·万塞蒂。消息传出后,舆论为之哗然,更令人奇怪的是,警方拿不出任何可以使人信服的证据,就确定这两名工人领袖的罪名。显然这是一场有计划的政治阴谋,其目的乃是镇压和打击当时日益高涨的工人革命运动。经过长达七年之久的"审判",当局不管全国乃至全世界的抗议浪潮,从州法院、州长直到联邦总统构成了一个罪恶的阴谋集团,对这两名无辜的工人领袖宣布了判决,并于1927年8月23日悍然将他们送进电刑室处死。

"萨科-万塞蒂"一案可以说是20世纪美国历史上最可耻、最黑暗的篇章之一。万塞蒂在法庭上高声宣布:"……我一生中从来没有犯过罪……"审判官泰耶对万塞蒂的评论却是十分露骨:"虽然此人也许事实上并没有犯过他所认定的罪行,但就道义来说,他仍然是有罪的,因为他是我们现存制度的敌人。"这就从正反两方面证实了美国寡头统治集团的罪恶阴谋。然而,工人运动并没有因此而中断,相反,形成了一场规模更大的抗议和斗争。同时,新闻界、出版界和文学界一些有良知的人,也随之奋起抗争,揭露这个案件的黑幕,悼念无辜的牺牲者。他们写了这两个工人领袖的传记,出版他们的书信集,并以文学创作形式来反映这场实际上包含了无产阶级和一切正义的人们同垄断阶级之间的殊死搏斗,辛克莱在萨科与万塞蒂被杀害的第二年出版的长篇小说《波士顿》就是这些作品中最有影响的一部。

小说直接以萨科与万塞蒂的身世经历为素材,并虚构了一个名叫科妮莉亚·西奥尔的女子作为线索,通过她的见闻来写出这两个工人领袖的故事。小说共分两部二十四章,其情节是这样的:科妮莉亚·西奥尔是有产阶级的女子,也是一个工业巨头的妻子,但她厌恶本阶级的生活,丈夫死后她便抛弃了财产和地位,来到普利茅斯一家工厂做工,以每周六元工资的收入来养活自己。在那里,她认识了一个住在同一寄宿宿舍的工人,他就是巴多洛米奥·万塞蒂。在万塞蒂的启发与感染下,科妮莉亚参加了秘密的工人组织,同时还认识了萨科和其他一些同志。当时,资产阶级巨头们称这批工人为"无政府主义者",对他们严密监视,以防止他们起来斗争。但由于工厂老板对工人的苛刻和剥削,引起了企业内部的骚动,接着工人们举行了罢工。在艰难的环境下,科妮莉亚受够了工头的迫害和战争造成的歇斯底里狂热症,此时能给她安慰的只有萨科和万塞蒂他们的鼓励与帮助。但不久之后,这两人却以杀人抢劫的罪名被捕,并被判处死刑。

科妮莉亚知道,他们不是坏人,对他们的判决是一个阴谋;她到处呼吁营救,企图挽救他们的生命。但从表面上公正执法而实际上大谋私利的审判员和最高法院的法官到马萨诸塞州州长乃至联邦总统,为着他们政治上的需要和本阶级的利益,都坚持死刑的判决。萨科和万塞蒂终于被处死了,这时候的波士顿社会成了传统势力和特权阶级控制下的"神圣祭坛",在祭坛下受苦受难的正是千百万工人……

  百余万工人戴着镣铐在统治者制造的毒气中摸索着前进,他们在这两名牺牲者的后面跟随着,受到鼓舞,高举起自由的大旗。在这场斗争的全部愤怒中,事实的含义绝不是昏暗无光,这个事实是照耀工人们在黑暗中前进的光柱。……萨科和万塞蒂的名字成了永恒的梦的象征,对一个财富应该附属于财富生产者的文明社会本身来说,这就是它对劳动和劳动者的报答。正如预言家以赛亚①所说的那样:"他们建造了房子,住在那里;他们种植了葡萄园,并吃它的果实。但他们已被剥夺建造的权利,也无法居住,只能吃别的东西充饥;我的人们所过的日子就像一棵树一样,我的长久的选择就在他们的手的劳动中。"

  小说这段结尾表明了辛克莱对统治者的愤怒,对牺牲者的怀念和对工人们联合起来斗争的崇高信念,这正是小说所具有的社会意义。此外,《波士顿》的社会意义还在于,作者通过这个重大社会事件的描写唤醒了人们的斗争意志,并以文学家独有的敏感和大胆,及时地为美国司法机关这一丑行做了艺术上的忠实记录,这正是对"黑幕揭发者"传统的继承和发扬。

  尽管小说在艺术上并没有什么明显的特色,人物也比较单薄,但它是正直的小说家辛克莱思想立场的明确显露,因而在作家一生道路上曾产生过重大的影响。

第五节 辛克莱·刘易斯

一 勤奋的一生

  亨利·辛克莱·刘易斯(1885—1951),于 1885 年 2 月 7 日出生在美国明尼苏达州索克萨特镇,父亲是乡村医师,母亲是一位医师的女儿。他早年求学于索克萨特镇高级中学,1902 年他 17 岁那年离开家乡,到俄亥俄州奥伯林学院读大

---

  ① 以赛亚是《圣经》中的人物,希伯来的大预言家。

学预科,翌年进康涅狄格州纽黑文的耶鲁大学文学院学习。三年后未待毕业便离开母校,到新泽西州英格兰华特参加以小说家厄普顿·辛克莱为首的名为"赫利孔村社"的劳动组织。在这个带有社会主义性质的试验区里,大约有 40 个作家连同他们的家属住在那里。刚满 20 岁的大学生刘易斯在那里待了几个月,担任看门人职务。1907 年秋天,他又回到耶鲁大学,第二年夏季毕业,获得文学学士学位。

刘易斯 5 岁那年母亲病故之后,他就一直过着孤僻的生活,加上本身红头发、红面孔,长得难看,还得了个"红人"的绰号,因而这位未来的大作家从小养成了忧郁寡言的性格。上了耶鲁大学以后,他交友很少,业余时间全在公共图书馆里看各种书籍,他曾在英国浪漫主义小说家司各特小说的启发下,幻想离开家乡到全世界去冒险游历。他从小还喜爱偷偷地记日记,把他对家乡古老小镇上的印象和见闻记录下来,这些对他以后走上文学创作道路带来了极大的影响。

在耶鲁大学求学期间,刘易斯一度信仰社会主义理论,这就是他中断学业去参加辛克莱的"赫利孔村社"的原因。在那里,他结识了不少具有社会主义倾向的无产阶级作家和社会改革家,但刘易斯毕竟没有脱离他那中产阶级的政治立场,离开"赫利孔村社"之后,他又信奉自由主义了。

刘易斯由于从小受到许多著名作家作品的感染,因而一直对文学怀有强烈的兴趣。进入大学之后,他担任过《耶鲁文学杂志》编辑,还在课余兼任纽约《大西洋纪事》杂志的助理编辑。1908 年大学毕业后他先后任广告作家和新闻记者,从那时起到 1916 年正式成为职业作家之前,刘易斯分别在艾奥瓦州《滑铁卢报》、旧金山联合出版社、华盛顿《沃尔特评论》、纽约《历险》杂志和乔治·多伦出版公司担任过编辑。1912 年,他化名汤姆·格雷厄姆出版了一本描写儿童冒险故事的少年读物《海克和飞机》。1914 年,他的第一部长篇小说《我们的瑞恩先生》问世。这部小说在当时虽然没有引起多大的反响,但却可以看成是刘易斯正式投入文学生涯的开始。同年,他与格雷斯·利文斯通女士结婚,生有一个儿子。此后,刘易斯也为一些大众化的杂志如《星期六晚邮》《世界主义者》写些文章,并连续出版了四部反映他定居多年的纽约的社会生活的小说:《鹰的足迹》(1915)、《工作》(1917)、《无知的人们》(1917)和《自由的空气》(1919)。这些作品尽管没有使刘易斯成为引人注目的小说家,但他并没有气馁,在成功到来之前,他决不放弃成为一名真正有价值的小说家的抱负。

在这一愿望的促使下,刘易斯以极大的努力着手写一部以他熟悉的美国中西部小镇生活为背景的长篇小说,那就是后来轰动整个美国的《大街》(1920)。早在耶鲁大学读书时,刘易斯就戏谑地写过这么一段话:"上帝创造大地,人类创造城镇,但是魔鬼却创造了乡村。"后来他回到明尼苏达州老家酝酿《大街》的创作时,着重观察和了解了在那里生活的人们的思想、意识、情操,尤其是小镇上那种闭塞、保守的沉闷空气和人们的落后观念,并把这些统统写入了小说之中。

1920年《大街》出版时,刘易斯不敢肯定这部小说能否受到读者的欢迎和文学界的赏识,但不久,他惊喜地看到,该书被人们争相购买,一时成了畅销书,同行们也频频发表文章予以赞扬,像著名评论家亨利·路易斯·门肯、小说家斯各特·菲茨杰拉德①等都给《大街》以高度评价,认为这部小说与上一年出版的舍伍德·安德森的《俄亥俄州瓦恩斯堡镇》有异曲同工之妙,确实把美国中西部这个典型的小镇——“明尼苏达州戈弗草原镇”写活了。

《大街》为作者赢得了世界性的声誉,在此成就的鼓舞下,1922年刘易斯又出版了一部探讨自鸣得意的美国人的心理特征的长篇小说《巴比特》。小说揭露了美国社会“精神文明”的危机,描写了中产阶级的庸俗生活,形象地塑造了20世纪30年代美国市侩的典型形象。《巴比特》受公众欢迎的程度并不亚于《大街》,有的评论家甚至认为它是刘易斯最成功的小说。三年后,刘易斯又出版了以一个医学科学家在科学实验和生活奋斗中的艰难曲折过程为题材的小说《阿罗史密斯》(1925),作品的主题表现了主人公在人生道路上的勇气和毅力。第二年小说被授予“普利策小说奖”,但作者拒绝接受,有人估计这是刘易斯的一种报复,因为在若干年前该奖项没有授予《大街》和《巴比特》。从实际情况来看,《阿罗史密斯》反映了美国中西部社会的一个侧面,基本上是成功的,但从时代意义和思想深度来讲,肯定比不上《大街》。小说主人公马丁·阿罗史密斯是美国中西部温纳马克大学学生,跟随为人直率、爱说笑话的马克司·戈特立勃教授从事细菌学研究,后与护理系女学生利昂拉·托兹结婚,来到北达科他州,但在那里无法施展他的专长,不久在戈特立勃的推荐下进入了受垄断资本家控制的纽约马克盖克基金会从事研究工作,并被派往圣·赫勃特岛研究黑死病。研究成功了,马丁成了名人,但是他的妻子却死了。回到纽约后,马丁又与一富家女子结婚,但现实生活告诉他,在美国,一切科学研究都是以老板们的商业利益为转移的。马丁·阿罗史密斯最终醒悟了,他抛弃了优越舒适的生活条件和名利双收的灿烂前程,来到偏僻的伐门托农场制造血清为病人造福,并继续他的研究。马丁·阿罗史密斯是刘易斯笔下的少数正面人物之一,作者以他的形象为镜子,把抨击的矛头指向科学界那些唯利是图的庸人和操纵他们的百万富翁。

此后,刘易斯又连续出版了几部长篇小说,它们是:描写一个酒徒兼色鬼的坏蛋如何在美国利用宗教招摇撞骗并飞黄腾达的讽刺小说《埃尔默·甘特利》(1927)、以一个平庸的商人为描述对象的《他是有名的柯立兹》(1928)和描写美国一批退伍军人在欧洲寻找新的生活出路的《多兹沃斯》(1929)。虽然这些作品质量平常,其影响不能与《大街》《巴比特》相比,然而它们最终向人们表明了刘易

---

① 详见本书第七章第三节。

斯是一个有生命力的小说家，并使他的影响从美国扩展到全世界。令人惊喜的是，1930 年 10 月，瑞典文学院宣布：辛克莱·刘易斯"由于他的描述刚健有力、栩栩如生和以机智幽默创造新型性格的才能"而荣获该年度的诺贝尔文学奖。于是，这位面容清瘦、年届 45 岁、外貌并不好看的美国小说家成了美国和美洲新大陆第一个登上诺贝尔文学奖宝座的人物。

就美国文学来说，刘易斯的获奖标志着这个新兴国家的文学终于步入了世界文坛的神圣殿堂，得到了世界性的公认。而刘易斯个人对这次获奖，则既感到正常又感到意外：所谓正常，是指美国文学经过一两百年的创造性发展之后，是到了应该获得全世界公认的时候了；所谓意外，乃是指以个人的创作成就而论，刘易斯并不认为自己是最有资格获得这一荣誉的人。在 1930 年 12 月 10 日接受诺贝尔文学奖的仪式上，刘易斯在演说中把这两层意思都讲明白了，他先说到"一位博学的"大学教授、美国文学艺术院院士如何公开评论说，把诺贝尔文学奖"授予一个像我这样尽情嘲笑美国制度的人，就是侮辱了美国"，然后以极大的热情赞扬了以德莱塞为代表的美国 20 世纪新现实主义作家群在创作道路上披荆斩棘的伟大精神——

　　……我想诸位一定清楚，到目前为止，诺贝尔奖颁给我这件事在美国丝毫不受欢迎……此外，我还这样想象过，如果我之外的某些美国作家当选的话，又会招来什么样的闲言碎语呢？假如诸位选上西奥多·德莱塞的话。

　　我的意思是说，哪怕其他美国作家处在我的位置，情况也会与我相同。其实德莱塞所取得的成就的意义远远超过任何其他人，他在得不到谅解、屡遭憎恨的情况下独自迈进，开创出一条新路，将美国的小说从维多利亚式、豪威尔斯式的怯懦与斯文转入充满生命活力的真诚、勇敢和热情。如果没有他的开拓，除非我们愿意被囚禁入狱，否则我怀疑我们之中是否有人能够表现出生命、美和恐怖。

　　我伟大的同行舍伍德·安德森公开赞扬过德莱塞的这种地位，我乐意附和他。德莱塞在三十年前大胆地出版了他的第一本小说《嘉莉妹妹》，我二十五年前读过它，它给闭关自守、沉闷的美国宛如带来一阵自由的西风，而且对我们索然无味的家庭生活来说，这是自马克·吐温和惠特曼以来给我们的第一丝新鲜空气。

　　然而，诸位若是颁奖给德莱塞先生，你们可能会听到来自美国的怨言：他们会抱怨说，他的风格过于累赘——我不十分确知这神秘的字眼"风格"究竟指的是什么，不过我常在某些二流批评家的文章内发现这个字眼，我因此假想它一定存在确切的本质——他们还会批评说，他用词粗糙,他的作品统统过于冗长。此外,那些尊贵的学者会这样埋怨:在德莱塞的世界里,男男女女常是充满了罪恶、悲剧和绝望,而不是充满乐观和美德,后者才吻合于真正的美国人。[①]

在演说的结尾,刘易斯展望了美国文学未来的辉煌局面,他向欧内斯特·海明威、迈克尔·高尔德、威廉·福克纳等年轻一代优秀小说家表示了热切期待的同时,热情洋溢地指出:"我对美国文学的前途抱着最大的希望和最热切的信心。我相信,我们正从安全、稳健和难以置信的愚昧的地方主义的琐琐屑屑中走出来。今天,有许多美国青年正从事着如此热情而可靠的工作,我惭愧我自己的年龄略为老了些,无法加入到他们的行列中去。"[②]

我们完全可以把这篇演说看成是刘易斯创作思想的公开披露,也是他为保卫美国真正的现实主义所做的一次重要努力。虽则刘易斯晚年声誉的衰退使他未能给美国文坛带来更为重大的影响,但他在这次令人难忘的演说中,无疑替广大真诚的、真正忠实于现实主义的美国作家说出了心里话。

随着诺贝尔文学奖的获得,许多荣誉向着刘易斯接踵而来:1936年他的母校耶鲁大学授予他文学博士学位,1938年被选为美国文学艺术院院士,多次出访欧洲并受到热烈欢迎。然而遗憾的是,20世纪30年代以后刘易斯的创作能力逐渐减弱,同时由于长期远离祖国,他在美国文坛的地位和影响也急剧下降。从1930年至他逝世为止,主要作品有描写一个妇女改革家的《安·维克斯》(1933)、叙述一个商人如何取得成功的《艺术的事业》(1934)、揭露法西斯势力在美国猖狂活动的《不会在这里发生》(1935)、抨击骗子手段和市侩哲学的《吉顿·帕兰涅斯》(1943)、谴责美国种族主义残余势力的《王孙梦》(1947)等长篇小说,以及自编的《短篇小说选》(1935)、散文集《世界如此广阔》(1951)、改编的电影剧本《不会在这里发生》(1936)。其中《王孙梦》以它重大的社会意义成为刘易斯后期的代表作。

1925年刘易斯与妻子离婚,1928年与政治专栏作家多萝西·汤普森结婚;1942年又离婚,单身旅居欧洲,平日嗜好饮酒。1951年1月10日病逝于意大利罗马。

刘易斯是在第一次世界大战动荡的年代开始创作的,由于对美国中西部那些感情上肤浅、精神上空虚的中产阶级生活的透彻了解,他能在作品中如实地、细致地表现这一阶层人物的心灵与外貌。毫无疑问,刘易斯是一位中产阶级的有独创性的讽刺作家,他善于以戏谑的笔法来描写这个阶级的言论和行动,表现

---

①② 毛信德、蒋跃、韦胜杭:《20世纪诺贝尔文学奖颁奖演说词全编》,百花洲文艺出版社,2001年,第248—250页,第261页。

出一种逼真的现实主义精神。《大街》中首先引起评论界注意的是作者对狭隘、保守的市民势力的抨击，这实际上表达了他对美国的热烈信仰，也包含着充分的爱国主义和民主主义成分。刘易斯一生创作勤奋，有人因为他以后的作品没能超过当年《大街》的水平而对他进行讥笑，这是有产阶级的偏见；实际上，刘易斯的创作思想始终没有改变，对社会罪恶的谴责和对中产阶级思想的批判是他所有作品的主线。当然，从整体上来看，他的作品往往良莠并存，许多美国评论家曾经议论过刘易斯的矛盾心理，认为这种矛盾表现在他对美国生活及其特征的描写上，否定与肯定、浪漫主义与现实主义、夸张的讽刺与如实的报道构成了矛盾的基本内容。据说刘易斯在晚年曾反复讲过一句话："我爱美国，但我不能像它那样生活。"这也许正是他创作上矛盾心理的来源。

二　中西部中产阶级的典型人生：《大街》(1920)

这部当年在美国引起轰动的小说，写的是一个极其普通的中产阶级女子在一个普通的中西部小镇上所经历的普通生活的故事，唯其普通，更使人产生联想，也更具有典型性。小说的主人公是一个名叫卡萝尔·米尔福德的青年女子，她聪明、伶俐，外貌俊俏，内心有火一般的热情。她是一个为人正派的法官的女儿，生长在中西部的明尼苏达州。当小说开场的时候，卡萝尔年过二十，父母双亡，刚刚从明尼阿波利斯的布洛杰特学院毕业，正抱着美好的理想投身到社会生活中去。在圣保罗图书馆工作了三年，与一个比她年龄大十二三岁的乡村医生威尔·肯尼考特大夫邂逅，并很快恋爱结婚。然后随丈夫来到位于明尼苏达州沃野中戈弗草原的一个拥有数千人口的小镇。那里将成为卡萝尔生活和工作的地方，也将是她与愚昧、庸俗、闭塞、沉闷的乡村中的世俗陋习开展斗争的场所。

卡萝尔——现在是肯尼考特太太了——一到戈弗草原镇，呈现在她面前的就是一幅令人窒息的生活画面。在这个富裕而偏僻的小镇上，包括她丈夫的一些好朋友在内，大都是一些低级可笑、附庸风雅的市侩，他们整天想的是金钱、生意，要不就是探听别人的隐私，以作茶余饭后的谈资。可笑的是，这些人还自命不凡，认为这个小镇是美国最文明、最开放的地方，他们自己则是美国最有知识、最文雅的公民；尤其是那些有产阶级的太太，还组织什么"芳华俱乐部""妇女读书会"，装模作样地研究英国诗歌、美国小说。作为一个热情、向上、乐观的改革者，卡萝尔是怀着满心希望来到戈弗草原镇的，她企图通过自身的努力来改变小镇狭隘的生活，吹散小镇沉闷的空气；然而她面临的是一股强大而顽固的习惯势力，是一种疯狂而可怕的意识观念。相比之下，力量的大小太悬殊了，因此，卡萝尔的失败是注定的，不可改变的。

小说的基本情节是围绕卡萝尔在戈弗草原镇的一系列遭遇展开的，其中并无生动曲折的故事情节，更无惊心动魄的惊险场面。作者以一种白描式的手法，采用了细致、温情的笔触,着重描述了女主人公与顽固势力进行针锋相对的斗争过程中的内心活动,从而刻画出她的性格特征。小说后半部的情节发展是令人深思的:当卡萝尔组织艺术团体、改造公共设施这些意图全部失败之后,甚至连她对女佣比其他雇主更为厚道这一点也遭到攻击时,唯一的知心朋友维达·舍温小姐出嫁了,丈夫对她也疏远了,这小镇的气氛压得她透不过气来,她感到孤立,她伤心透了!正在这时,一个年轻的小裁缝埃里克·瓦尔博格闯进了她的生活。埃里克热情乐观,爱好绘画,还爱读诗歌。他们蓦然相遇之后,竟在短期内成为知己,散步、谈心、偷偷约会,相互产生了爱慕之心。这些虽未超过男女之间的界限,但在戈弗草原镇,他们却成了攻击、中伤的目标。埃里克被迫离开了小镇,卡萝尔的情感变得冰冷,终于也离开了小镇,离开了丈夫,带着儿子到华盛顿去过独立、自由的生活。肯尼考特大夫忍受不了单身的痛苦,前去找她,经过两年的变迁,卡萝尔又回到戈弗草原镇丈夫的身边。她虽然感到同丈夫之间已经没有爱情了,但还是尊重他。她无法改变自己的生活,也没有能力去改变小镇的生活。"可是话又得说回来,尽管我多次遭到失败,但也有成功的地方。我从来没有讥笑过自己的理想,也没有假惺惺地表示自己似乎走得太远了。我从未承认过'大街'是个尽善尽美的地方!我也从未认为这个戈弗草原镇比欧洲还要伟大,还要高贵!我从未承认过,类似洗碗碟那样的工作就会让天底下所有的女人都心满意足!我这一仗也许是打得不够漂亮,然而我仍将保持自己的信仰。"卡萝尔在丈夫面前做的这最后一番表白,似乎是一个失败的英雄在一出戏将要闭幕时的慷慨演说。但刘易斯笔下的卡萝尔始终充满着信心,她盼望公元 2000 年那伟大的未来,她把希望寄托在重回戈弗草原镇后出生的女儿身上:"那女孩子在公元 2000 年去世以前,她的所见所闻、所作所为又会是什么样的情景呢?说不定她会看到全世界工人联合起来,人类的飞船正在驶向火星!"

《大街》问世之后,一时轰动全国,竞相传诵,连续印刷数十次,许多大学还把它作为教材,它被公认为是美国文学中最出色的地方主义教科书,连"大街"一词也成了美国中西部社会保守生活的代名词。那么这"大街"是指什么呢?请看作者在卷首的说明——

这就是美国——一个拥有几千人口的小镇,它坐落在盛产小麦和谷物的原野上,掩映在牛奶场和小树林中。

在我们的故事里所要讲的这个小镇,名叫"明尼苏达州戈弗草原镇"。但它的大街却是全国各地大街的延长。在俄亥俄州或蒙大拿州,在堪萨斯州或肯塔基州或伊利诺伊州,也许都会碰上这一类的故事,即使在纽约州或是卡罗来纳山区,说不定也会听到内容大同小异的故事。

　　毋庸置疑，刘易斯认为他所写的明尼苏达州这个小镇的"大街"并不是个别的、孤立的，而是同整个美国所有这一类的"大街"相连接的，它们是一个整体。唯有如此，"大街"才有典型性和代表性，"大街"上的市侩，"大街"上的生活的保守和闭塞，"大街"上令人窒息的空气才有普遍意义。同样，卡萝尔这个人物的含义也绝不单单是一个爱幻想、好冲动的青年女子的形象所能概括得了的。因此，假如我们把《大街》一书看作整个美国社会的缩影，把生活在那里的庸俗、保守的市侩看作美国资产阶级的化身，恐怕绝非过分，而这正是小说的意义所在。

　　作者是一位善于运用艺术手段来达到感染效果的现实主义作家，小说无论在人物塑造、环境描写、地方语言的运用或风土人情的记述方面都相当成熟。在这里，最明显的当然是生活在"大街"上的形形色色的人物形象，除卡萝尔以外，工作踏实、为人厚道但也多少沾上点"乡村病毒"即市侩习气的肯尼考特，举止粗俗、胸无点墨的戈弗草原镇中产阶级代表人物萨姆·克拉克，附庸风雅、好出风头的戈弗草原镇妇女界领袖海多克太太，尖酸刻薄、惯于搬弄是非的寡妇博加特太太，性格热情、办事能干的女教师舍温小姐，年轻活跃、易于激动的小裁缝瓦尔博格，等等，都是让读者难忘的角色。此外，作者还善于运用讽刺、夸张、比喻等手法，使作品的艺术效果达到了完美的程度。

　　《大街》虽然并非无懈可击，但它在继续马克·吐温、布莱特·哈特19世纪"乡土文学"的光荣传统和发展具有民族特色的美国式小说中做出了重大的贡献，它与安德森的《俄亥俄州瓦恩斯堡镇》同属20世纪美国小说中的珍品。

三　市侩小说：《巴比特》(1922)

　　同《大街》一样，《巴比特》所描写的也是美国中产阶级的生活情景，不同的是作品的主人公并没有像卡萝尔·米尔福德那样受到作者的赞赏，也没有像威尔·肯尼考特大夫那样至少得到作者有限的一点同情，而恰恰成了刘易斯讽刺与嘲笑的对象。

　　乔治·福兰斯比·巴比特是美国中西部齐尼斯市一个有道德、有事业心的房地产经纪人，四十六七岁年纪，身体已经有点发胖，具有训练有素的精神气质和规范的家庭生活。在齐尼斯市的高等住宅区，他有一幢令人羡慕的现代化房子，他的妻子是一个贤妻良母型的温柔女子，虽说已经缺乏女性魅力，但对丈夫无微不至的照顾则是无可挑剔的。他还是著名的国际商人组织"扶轮社"①的成员，无论是买卖经营还是社交活动都得心应手。总之，他是一个十分得体的中产阶级的代表，是齐尼斯市最有影响的人物之一。

――――――――――

　　①　"扶轮社"，资产阶级国际性社团组织，1906年创办于芝加哥，现有1.3万个分支机构分布于全世界137个国家。

作为一个中产阶级的典型，刘易斯笔下的巴比特最主要的是具有剥削者和压迫者的基本特征。表面上他是那样的文雅，每天按时去营业所上班，精力充沛地处理各项业务，显出一副"公正诚实"的模样，然而实际上他却无时无刻不在觊觎别人的钱财，并每每以诈骗业主的佣金为乐事，还无理开除要求提高工资的雇员，以显示他精明强干的作风。在男女关系方面，巴比特表面上保持着对太太的忠诚和体贴，可心里总想试试别人的妻子的滋味。就在他们夫妇俩举行家宴招待城里那些同样殷实正派的人物时，他还情不自禁地同斯旺森太太调情，只是并没有如愿。

巴比特有一个挚友保罗·里斯林，原先是提琴手，现在干沥青屋顶买卖，由于妻子泼辣刁蛮，保罗心情颓丧。当时，巴比特正做了一次成功的买卖而十分得意，便以兄长般的感情邀请保罗一起到缅因州去度假。回来后，为实业家——保守派领袖人物普劳特竞选市长，他在各城市房地产业主的大会上做了一次精彩的讲演，接着又被选为当地有威信的"促进俱乐部"的副主席。

正当巴比特一帆风顺的时候，保罗·里斯林由于家庭不和另有外遇，开枪打伤了妻子而被捕入狱。这使巴比特的精神受到极大的刺激，他的生活信念彻底地变了：他抛弃了过去正人君子的面目，也去寻花问柳；他投身到过去敌对的自由主义派阵营，与一帮寻欢作乐、玩世不恭的人混在一起；他既不忠于妻子也不相信儿女，认为她们只是对他的房子、汽车、财产感兴趣，唯一使他得到安慰的只有小女儿婷卡……不久后，自由主义分子的名声使他丧失了社会上显要人士的支持，眼看企业和买卖即将垮台，在妻子的规劝下，他不得不重新回到传统的势力范围中来，恢复了保守派的政治立场，参加了"良好公民同盟"，再次成为"促进俱乐部"的骨干。虽则暗地里还怂恿自己的儿子与情人私奔，但在公开场合他是决计不敢再违背社会舆论了。

刘易斯在这部小说中着重探讨了那些自鸣得意的美国资产阶级的心理特征，通过巴比特的思想观念和生活情操先后演变过程的描写，作者揭示了这个社会中产阶级的庸俗生活，成功地塑造了 20 世纪 20 年代美国社会中的一个市侩的形象。"巴比特"并不是一个单纯、孤立的名字，由于作者艺术地集中了美国所有中产阶级的性格、心理和精神特征，赋予了这个人物以完整的艺术生命，因此小说问世以来，这个名字便成了一切市侩的代名词，也成了美国资产阶级虚伪、庸俗和两面派的生活作风的典型，被收录于字典之中并为广大读者所引用，由此可以证明小说的真正价值。按照当时许多评论家的看法，《巴比特》之所以称得上是作者最成功的小说，其主要原因就在于"巴比特"这一典型深远而含蓄的社会意义。

小说在艺术手法上也具有鲜明的独创性。它包含了作者对这个阶级生活的透彻了解和深刻分析，既有明显的讽刺，又有曲折的揭露；既有热烈的描写，又有

冷静的剖析,在读者面前呈现出一幅色彩斑斓的社会风俗画。例如小说的第一章第一节是这样开头的:

> 齐尼斯城屹立在早晨的薄雾里,那些由钢铁、水泥和石灰石砌成的严峻的堡垒建筑物,坚实得像悬崖上的岩石,精美得像银光闪闪的节杖。但它们既不是城堡也不是教堂,而是充满真诚和美好的办公大楼。

这就使这座充满中产阶级精神的堡垒城市在读者面前显出了它的"雄姿",并同第二节中首次出场的巴比特"这位在外表上看起来并没有任何巨人气魄的男人"形成强烈的对照,而这座堡垒城市的灵魂正是这些"巴比特"。

《巴比特》出版后,销售量经久不衰,连续再版,这是作品所独有的风格带来的显著效果。用刘易斯自己的话来说,"'风格'就是一个人表达他的感情的方式。它得依靠两种东西:首先,他要有感情,其次,他要有从阅读与谈话中得来的足以表达感情的语汇。没有足够的感情,没有语汇,也就没有风格。"(《谈风格》)我们可以从《大街》中体验到刘易斯的一种风格,我们也可以从《巴比特》中体验到他的另一种风格,即对美国社会精神实质的透视和剖析。

四　反种族主义小说:《王孙梦》(1947)

这是一部以揭露美国种族歧视为题材的小说,作品以鲜明的政治立场和对美国社会种族主义残余势力的愤怒谴责,表明了刘易斯晚年一如既往的进步立场。

小说描述了一个看似荒唐实则可信的故事:在第二次世界大战接近尾声的1944年,明尼苏达州的大共和国市①有一个刚从欧洲战场上受伤退伍回来的尼尔·金斯伯勒上尉,他在当地第二国民银行获得了助理出纳员的职位,有一个美貌的妻子、一个可爱的女儿和一座舒适的住宅。可是好端端的生活却被一件意外的事打破了平静:由于尼尔的父亲异想天开,认为他们家的血统按照老一辈的说法是属于英国王室的后代,他希望儿子能查查有关历史,说不定尼尔本人还是个英国的王子呢!查来查去,不仅没查出他父亲有英国皇家血统的任何依据,反而查出他母亲有一个长辈——尼尔的外婆的祖父的岳母——是黑人。按照美国的有关法律,只要血液中有一点点"巧克力"②,尽管你外表上看来完全是个白人,也得算是"黑鬼"。于是尼尔这个堂堂正正的美国白种人退伍上尉兼第二国民银行助理出纳员一下子变成了"黑鬼",因为在他身上有三十二分之一的黑人

---

① 该市为作者所虚构。

② 喻指黑色血统。

血统;同样他的 5 岁的女儿有六十四分之一的黑人血统,也变成了"黑鬼"。自从尼尔知道这个血统的秘密之后,心中极其恐惧:如果秘密暴露,全家就会遭到祸殃。后来他终于忍不住到黑人居住区去体验生活,与老同学吴尔凯一家和其他黑人结为朋友,深切了解到黑人的痛苦生活和他们身上所表现出来的崇高品质。虽然全家人要求他严守这一秘密,但尼尔在一次白种人"联邦俱乐部"会议上,为了驳斥那些诬蔑黑人的胡言乱语,还是公开了自己的"黑人"身份。于是,意想得到的和意想不到的灾难接踵而来:在社会上受到侮辱,在家庭中受到责难,以致父亲暴卒,自己长期失业,安全受到威胁,最后一批种族主义暴徒围攻他的住宅,警察同暴徒串通一气赶来抓捕他和与他并肩斗争的妻子。

小说的最大成功之处就在于通过尼尔·金斯伯勒了解到自己黑人血统前后遭遇的描写和他的思想转变过程的叙述,呈现出种族主义罪恶观念笼罩下的美国社会的黑幕,揭穿了"民主""文明"的谎言,对统治阶级的反动政策提出了强烈的控诉。作者还以极大的愤怒抨击了美国当局在对待歧视黑人问题上的两面派行径,对那些嘴上高谈"不得以肤色来作为招收工人的条件"而背地里却使尽阴谋残害黑人的"上等公民"和政府官员来说,尼尔的不幸正是他们"善行"的结果。

尼尔的形象是小说的又一个成功之处。作为白人中产阶级的一员,尼尔最初也同本阶级许多白人一样,对黑人抱有极大的成见,总认为黑人野蛮、愚蠢,直到发现自己的血统之后,情不自禁地与黑人交了朋友,他才大开眼界,知道黑人原来都是些聪明、能干、勤劳、善良的好人。所以他明确地向父亲表示:"我倒是认为许多所谓有色的人,要比大部分白人可爱得多了。"以至在"联邦俱乐部"演说会上,他激动地站起来据理驳斥了他往日的上司罗德·亚尔德威少校对黑人官兵们的诬蔑和偏见,并甘愿冒最大的风险公开了他黑人血统的秘密。尼尔认为,做一个黑人并不丢人,相反,做一个虚伪、邪恶的白人才是可耻的。

小说的主题是明确的,描写是深刻的。它不仅唤起了人们对 19 世纪中期美国万恶的奴隶制度的痛恨,而且,更重要的是提醒人们警惕 20 世纪 40 年代美国种族主义的严重威胁。刘易斯在这部作品中,继承了上一世纪废奴文学的传统,从白人作家的立场向黑人兄弟姐妹们表示了由衷的同情和敬意。他特别强调了黑人中存在的坚强意志和反抗精神:黑人女护士莎菲·康可说"她宁愿看护一个长虱子的小孩,也不愿侍候一个对她白眼的白种阔佬";黑人士兵莱恩,渴望所有"美国贱民"能联合起来,"造这个世界上他妈的白人寡头政治的反"。这些话正是一切被侮辱、被压迫的人们愤怒的吼声。

第六节　约翰·斯坦贝克

一　追求的一生

约翰·斯坦贝克(1902—1968),于 1902 年 2 月 27 日出生在加利福尼亚州蒙特雷县萨利纳斯镇。父亲是一个稍有资产的农场主,兼营一家面粉厂;母亲是位教师。由于早年一直在乡村、牧场中度过,他从小养成了对大自然、田野和乡民的深厚感情。1918 年,斯坦贝克在当地高级中学毕业,第二年进入斯坦福大学英文系。但由于经济困难,他两度辍学,以做小工谋生,直至 1925 年才修完学业,但却没有获得学位。

大学毕业后的十年,斯坦贝克始终在艰难的自我奋斗中度过,他干过各种行当,包括泥水小工、漆匠、药剂师、庄园看守、土地丈量员和水果采摘工。1930年,他与卡萝尔·赫明结婚,不久又从加利福尼亚迁居纽约,在《美国人》杂志当记者,暂时谋到一个安定的职位,但因社会的压制,他在文学和事业上并未如愿,直到 1935 年,受人欢迎的长篇小说《玉米饼坪》出版,斯坦贝克才从困境中解脱出来。

斯坦贝克的母亲是一位有文学修养的妇女,他在母亲的熏陶下,从小喜爱文学,欧洲古典文学和《圣经》对他的影响很深,因此他在大学求学期间就开始尝试创作。斯坦贝克的第一部作品《黄金杯》出版于 1929 年,这是以著名的海盗亨利·摩根的冒险生活为基础写成的具有浪漫主义色彩的传奇小说,带有明显的模仿司各特风格的痕迹。接着,他又出版了以描写加利福尼亚农村乡镇生活为题材的《天堂牧场》(1932)和赞美一名为解除干旱灾难而自愿献身的清教徒的《献给一位无名神》(1933)。但它们都没有能引起社会的注意,因而作者也只得继续过他那不安定的拮据生活。

《玉米饼坪》(或译《煎饼坪》《托蒂亚平地》)所获得的成功是斯坦贝克顽强的创作毅力和成熟的艺术造诣的表现。作者怀着深切的感情,同时又以幽默含蓄的笔调,具体而细致地描绘出生活在加利福尼亚州蒙特雷地区那些“乡里佬”的生动形象。此后,斯坦贝克成了职业作家,1936 年创作了长篇小说《胜败未定》,第二年又创作了中篇小说《鼠与人》。前者以农业工人的罢工斗争为题材,充满了浓厚的生活气息。作者以极大的同情来描写这些生活在层层剥削和压迫之中的流动水果采摘工的苦难遭遇,为了对抗资本家,他们只有团结起来进行罢工。小说以主要篇幅塑造了罢工领导人、共产党员麦克的形象,具有明显的进步倾向,但作者在描写中掺杂了不少歪曲的成分,成为作品的一大缺陷。后者以两个流动的农业工人的悲惨命运为描述内容,反映了作者在作品中一再强调的关于对人的自然属性的基本估价的观点。莱尼在妻子被地主少爷侮辱,自己又遭地主媳妇戏弄之后,无意中掐死了这个女人,他的好友乔治为了使莱尼免遭惨死含泪亲手打死了他,这正是一幕催人泪下的悲剧,使读者对这两个小人物的命运产生了强烈的共鸣。莱尼原先只想"有一间房子","能养起一批牲口",可是在弱肉强食的社会里,终于被资本主义这头怪兽吞噬了。小说在 1938 年被改编为剧本,并获得了这一年的"纽约戏剧评论奖"。

斯坦贝克出身农村,他不仅熟悉那里的风土人情、生活习惯,更主要的是了解这些贫苦农民、水果采摘工和小土地所有者的内心世界,这给他的创作带来了重要的影响。在他的整个创作过程中,20 世纪 30 年代是他最有成绩的时期。从政治方面来说,斯坦贝克积极投入了左翼文学运动,成为"约翰·里德俱乐部"的骨干;从创作方面来说,虽则开头几年并没有多大的影响,但由于《玉米饼坪》的问世,斯坦贝克优秀的现实主义风格已被社会和广大读者所承认,而到了这一阶段末尾的 1939 年,则由于杰出的《愤怒的葡萄》的出版而把这位小说家的成就推向了顶峰。

《愤怒的葡萄》无论从思想上还是从艺术上来说,都应该属于 20 世纪美国小说发展史中最重要的作品之一,它是作者现实主义创作手法与社会实践相结合的优秀产物。作品以 20 世纪 30 年代俄克拉荷马州的破产农民为描写对象,以深沉含蓄的笔触描述了他们如何怀着悲苦的心情远离家乡,来到西部的加利福尼亚州谋求生活出路,但是等待他们的却依然是失业和饥饿,甚至是更为不幸的侮辱和囚禁。小说重申了斯坦贝克在前面几部作品中所反映的主题思想,强调了当时美国社会这一现象的严重性和这一悲剧产生的不可避免性,这正是作品的意义。小说于 1940 年获得"普利策小说奖",并被改编成电影剧本搬上银幕。

第二次世界大战爆发后,斯坦贝克一度作为美国空军的特派记者去欧洲前线采访,1943 年又受聘为纽约《先驱论坛报》驻欧洲记者。在这一时期,他写了几部有关战争的作品:《月落》(1942),是一部描写挪威人民抵抗纳粹德国侵略军的中篇小说,后被改编成电影;《投弹:一个轰炸机分队的故事》(1942),是一部描写空军战斗的特写报告集;还有战后出版的战地通讯报告集《曾经发生过的战争》(1958);等等。

大战结束后,斯坦贝克相继发表了长篇小说《罐头工厂街》(1945)、中篇小说《珍珠》(1947)和《任性的公共汽车》(1947),以及中篇小说形式的象征性道德剧《炽热的光辉》(1950)。这些作品形式多样,但所反映的主题仍是斯坦贝克一向宣传的对弱小和贫困的同情,对邪恶和暴虐的谴责:《罐头工厂街》再现了《玉米饼坪》的风格,以同样的社会环境和思想感情写出了一群来自蒙特雷山区的流浪者与一个对他们抱有同情心的生物学家之间密切的交往和深厚的友情,以诙谐、抒情的气氛再次显示了主人公麦克等人开朗的性格和乐观的生活;《任性的公共汽车》通过一辆行驶在加利福尼亚农村的公共汽车上所发生的故事,反映出20世纪40年代美国人民生活上遇到的困境,这辆公共汽车便是整个社会的缩影;《炽热的光辉》则是叙述一个不能生育的男人如何把别家的孩子当作自己的儿子一样来对待的故事;从艺术成就来看,《珍珠》无疑是一部值得称道的作品,它所描写的虽是一个虚构的民间传说,却具有强烈的现实性和针对性。

1937年,斯坦贝克曾去欧洲和苏联访问,十年后再度访苏。其间在私生活上也有些变故,1943年与原配夫人离婚,同年与康格结婚,1949年离婚,1950年又与艾莉娜·司各特结婚。

1952年出版的《伊甸园的东方》是自《愤怒的葡萄》问世以来斯坦贝克最重要的一部长篇小说,描写了美国盐湖谷地区从南北战争到第一次世界大战之间一个家庭的历史演变。作者运用了现实主义和象征主义相交替的手法,力图在作品的主题上体现出人类的善良与邪恶之间的斗争。以后斯坦贝克还创作了描写一个新英格兰人后裔幻想抢劫银行致富的讽刺小说《令人烦恼的冬天》(1961)、一部虚构的以中世纪的法国国王为嘲弄对象的轻松愉快的活报剧《苹果王四世的短命统治》(1957),但影响都不大。从斯坦贝克一生的创作来看,比较有地位的作品还有:短篇小说集《长长的峡谷》(1938),其中那篇著名的《小红马》是可以与《珍珠》媲美的艺术珍品,作者还在1945年将它充实后改写成中篇小说;与海洋生物学家爱德华·列基兹合写的报告文学《科尔特兹海》(1940),是一组以航海日记形式写成的作品,记载了他们在加利福尼亚海湾上航行和考察的情景,同时也包含了斯坦贝克本人对生活的某些见解;还有反映墨西哥乡村生活的电影剧本《被遗忘了的村庄》(1941)和访苏杂记《俄罗斯纪行》(1948)。

斯坦贝克晚年的作品在水平上不如过去,似乎有"江郎才尽"之感,因而受到美国评论界的嘲讽;同时,由于社会地位和经济状态的变化,他在思想上和创作上逐渐脱离人民,20世纪50年代时就曾受到高尔德的批评。但欧洲的读者却仍保持着对他的热爱和尊敬,认为他在美国遭到的批评是不公正的,1962年在宣布他获得该年度诺贝尔文学奖时,这种情绪发展到了顶点。这年年底,斯坦贝克出版了他的旅行日记《探索中的美国》,并带着他的长毛狗在美国40个州做了长途旅行,当他归来时惊喜地得知获奖消息,他便成了美国第七个获得这一荣誉的作家。瑞典文学院公布斯坦贝克获奖的理由是:为了表彰"他那现实主义的、富于想象力的创作,把蕴含同情的幽默和对社会的敏感结合起来"的功绩。

1964年,斯坦贝克获得美国总统自由勋章;1968年12月20日,因患心脏病在纽约去世。

作为20世纪30年代美国文坛上崛起的现实主义小说家、诺贝尔文学奖获得者,斯坦贝克在创作上的贡献和影响是不言而喻的。他的小说大都采用现实主义与浪漫主义相结合的手法,后期作品则有明显的象征主义色彩。也有文学史家认为他是属于自然主义与现实主义相结合的风格作家,或谓他是美国 30 年代左翼文学的代表作家。但从他的整个创作而言,背景往往是广阔的农村,在那里,人们接近大自然的时候生活是愉快的,而遇到恶势力的压迫和天灾人祸时,他们连维持生计的最低要求也得不到满足。因此,在斯坦贝克的作品中,有时出现抒情的、神秘的色彩,有时则又是现实的、面向社会的,这种创作情绪的变化是作品主题所决定的。所以,多数文学史家认定斯坦贝克最具魅力的作品是 30 年代创作的无产阶级题材的自然主义小说,正是这些小说,显示了他构造的丰富的象征主义结构和他表述的人物神话般的典型特征。对于这一点,斯坦贝克曾有过明确的表示,他在接受诺贝尔文学奖时发表的演说中强调地指出了作家创作的责任感,他说:“……作家有权利去宣告和赞美人类在心灵和精神上的伟大智能,它就是——勇敢的斗争、胆量、同情和爱。”当然,斯坦贝克始终没有脱离他的中产阶级立场,他对劳苦农民的同情是站在人道主义的观念上来表现的,而这种进步表现往往会受到社会的冲击,斯坦贝克晚年思想倒退就是一个例证。

二　西部乡土小说:《玉米饼坪》(1935)

故事发生的地点是加利福尼亚州山区的蒙特雷镇,故事中的人物是一伙包含有西班牙、墨西哥、印第安甚至高加索血统的“乡里佬”,这些皮肤褐色的混血儿大都是富有幽默感的人,他们流浪、冒险、赌博、偷窃、打架,什么坏事都干。这部长篇小说所描写的就是他们中间的一伙人的“事迹”。故事的主角名叫丹尼·麦克,原先是个赶骡人,25 岁那年赶上第一次世界大战美国对德国宣战,他就和朋友派罗尼和大个子乔一起去当了兵,在得克萨斯州过了几年军营生活。战后丹尼复员回家,正遇上外祖父去世,他继承了两所小房子,在蒙特雷一下子成了阔人。丹尼不是一个势利的人,爽快地答应了同时回来的派罗尼的要求,将其中一所房子租给他住,讲定每月租金 15 元,可丹尼从来没有从这个穷朋友手里拿过一分租金。两个朋友第一次久别重逢(派罗尼在俄勒冈州当兵,他们一直没有碰面过),痛饮了一阵,话题就转到了两所房子上,派罗尼认为丹尼现在阔了,不认朋友了——

> 他这番话说得丹尼心慌意乱。“我决不会这样,”丹尼叫道,“我永远不会忘记你的,派罗尼。”
>
> “你现在这样想,”派罗尼冷冷地说,“但是你有两幢房子可以住。到时候瞧吧,派罗尼可是穷‘乡里佬’,而你却跟市长坐在一起吃喝。”
>
> 丹尼摇摇晃晃地站起来,靠着一棵树站稳了。“派罗尼,我发誓,我的就是你的。我有房子,你也有房子。你给我一杯酒喝吧。”

不久派罗尼的朋友帕勃罗也来一起住了,乔大个儿也来了,还有柯尔科兰,于是这房子便成了这帮哥们儿胡作非为的巢穴。他们偷鸡摸狗,与海盗为友,同斯威兹·拉米勒斯、蒂亚·依洛西尼亚,甚至同镇上有名的放荡妇人台莱西娜混在一起。这伙人组成了一个号称"丹尼朋友们"的小集团,在镇上招摇过市,尽干些不三不四的事。然而,他们并不是真正的坏人,在这群和蔼可亲的无赖身上还保留着加州"乡里佬"的特征。他们有一种单纯的道德观念,讲信义,肯助人,有福同享、有难同当成为他们的生活信条。他们有可笑的迷信思想,又千方百计去追求生活中的爱情,还有为生存而发泄出来的残忍的本能,以及朴素的感情和顽强的刻苦精神,这一切都是由于他们对人生道路自我满足的结果。

丹尼是小说的核心,个性爽快、干脆,但又往往失于鲁莽,在那个社会里是一个不合群的人物,一出军营就和渔民吵架,气愤之余砸了人家的窗户,被判刑一个月,在牢房里他以碾死的一只臭虫为模特,在旁边写上市长、议员和地方要人的姓名。这是一种明显的反抗。所以他绝不把个人财产看成是什么了不起的东西,只有和这批"哥们儿"在一起,他才感到心情愉快。然而这一孤独的心情终于使他精神错乱,以致拿着一条桌子腿去向全世界挑战,狂叫:"世界上难道只有我一个人吗?竟然没有人敢跟我比试吗?"然后冲出门外,最后跌进山沟里死了。丹尼的死引起了朋友们的悲哀,他们按军礼为他举行了隆重的葬礼,在大喝一阵酒之后,放火烧了丹尼的房子,"火焰像一条蛇似的爬上了天花板,朋友们像一群梦游人似的走出了门",于是,这些"圆桌朋友"①以鸟兽散告终。

小说以一种松散的故事情节把短篇串成长篇的形式,无论是艺术手段还是描写风格,都与安德森的《俄亥俄州瓦恩斯堡镇》极为相近。作品本身并没有惊心动魄的情节,也没有伟大的英雄人物,但作者把目光集中在那些不为人熟知的"乡里佬"身上,写出他们所具有的那些特别的个性,丹尼不是什么大人物,他只是一个行为放荡的流浪汉,充其量也不过是一个天良未泯的混血儿,但这个形象却使读者产生了极大的同情和爱怜。作者认为主人公身上所表现出来的那种吊儿郎当、玩世不恭的质朴、善良的天性,才是不被资本主义金钱罪恶所玷污的人类精神文明纯洁的本质。

小说于1937年由柯克兰特改编成剧本搬上舞台,甚受欢迎。

三　反抗小说:《愤怒的葡萄》(1939)

假如说斯坦贝克在《玉米饼坪》中对乡土、大自然和质朴的乡民们表现了一种自发的感情,那么,在《愤怒的葡萄》中,他的情绪已经上升为深思熟虑之后的

---

①　圆桌朋友,指以围着圆桌喝酒取乐的酒肉朋友,作者在描写丹尼的同时,对这些"哥们儿"不无贬责之意,并以英国中世纪民间文学中描写的"圆桌骑士"相喻。

愤怒了,而这种情绪正是他在考察了美国的社会制度和千百万劳苦大众的苦难经历之后,作为一个正直的小说家所产生的道德和良心。

一辆由哈德逊牌轿车改装而成的旧卡车,满载着行李杂物、生活用品和十几口人,咯吱咯吱地叫着离开了俄克拉荷马州,沿着尘土飞扬的 66 号公路,挤在长长的车流中向西缓慢地行进。随着车身的颠簸,车上的人一歪一倒地摇晃着。这中间有迷迷糊糊、昏昏欲睡的老太太和哼哼唧唧的老爷子,有天真单纯的孩子和挺着肚子的孕妇,还有几个看起来还算强壮的小伙子,再有就是一对 50 岁上下的夫妇——男的已经胡须斑白,面容消瘦,不过还饱含一股生活的勇气;女的镇静沉重,看来是一个有见解的主妇。他们似乎各自在思忖着自己的心事,但每当路上有什么动静出现,几乎所有人都会抬头向卡车前进的方向——那茫茫的西部张望。这,就是斯坦贝克在《愤怒的葡萄》一书中所描写的老汤姆·约德一家背井离乡流亡到加利福尼亚州去的情景。

20 世纪 30 年代,美国的经济再次出现严重危机,地主趁机将租给"分益佃农"①的土地收回再卖给畜牧资本家,于是在资本家派来的拖拉机的推撞下,大批农民的房屋被毁坏,土地丢失,他们只能拖儿带女、背井离乡踏上流浪的征途,到据说能靠力气吃饱饭的西部去谋生。当时,在通往加利福尼亚州的公路上就挤满了这些流浪的农民。他们把希望寄托在遥远的加利福尼亚,但在那里等待他们的是更为悲惨的绝境。这就是斯坦贝克创作《愤怒的葡萄》的背景。据说在 1937 年,即小说出版前两年,作者曾跟随一群来自美国中南部的俄克拉荷马州的农民流浪到加利福尼亚州,路上所见使他大为震动,因为那些可怜的流浪者"不光是挨饿,而是快饿死了"。作家的正义感促使斯坦贝克拿起笔来写下了美国现代社会这一页黑暗而悲惨的历史。这就是创作《愤怒的葡萄》的动机。小说集中描写的农民约德一家的遭遇只不过是千千万万被资本家的"拖拉机"赶出家园的农民中的一户,但也正是美国广大穷人的真实写照。

小说的主人公汤姆·约德是老汤姆·约德的大儿子,年纪三十不到,前几年因为在舞会上醉酒失手犯了人命案,判了七年徒刑,蹲了四年监狱,具结假释刚回到俄克拉荷马乡下老家。他回来正遇上全家房屋被毁,土地丧失,打算去西部谋生。他的父亲老汤姆变卖家产,换来一辆破卡车,他的爷爷、奶奶、父亲、母亲、伯父、三个弟弟、两个妹妹、大妹夫,还有一个好心正派的凯绥牧师,加上汤姆本人共十三口,老老少少挤在车里,向着他们心中幸福的彼岸——加利福尼亚进发。

汤姆是千千万万被压迫、被剥削的劳动者的一员,他单纯、无知,坐了四年牢

---

① "分益佃农"即指向地主租耕土地的农民,这些农民要将大部分农产品交租,平日付出极大的劳动代价,却只能得到地主供给的少量必需品,这是当时美国的一种剥削制度。

使他懂得了不少道理,出来时已具有一种坚强的毅力。"他还不到 30 岁。"作者在小说的第二章向读者介绍道,"他的两眼是深褐色的,眼珠略带棕黄。他的颧骨又高又阔,一道道很深的皱纹顺着脸颊而下,在嘴边弯成弧形。他的上唇很厚,为了盖住暴露的牙齿,他的两瓣嘴老是绷得很紧地闭着。他那双结实的大手长着粗粗的指头和蛤壳似的指甲,虎口和手掌上都长着亮闪闪的老茧。"可是,这样一个浑身都是力气的汉子,却连出卖劳力图个温饱的权利都没有! 在无可奈何之中,汤姆茫然地跟随全家踏上西进的路途。他既没有大弟弟奥尔那种想买辆新汽车、娶个漂亮老婆的念头,也没有已经怀孕的大妹妹罗撒香那种想到西部买套房子再生个孩子安家的计划。他的母亲只图全家人能守在一起不要骨肉分离。而汤姆自己呢? 他想的是什么? 他想的只是能在法律允许的范围内设法让一家人有饭吃、有地方安身。他是一个假释的犯人,牢狱随时在等待他回去,因此他得处处小心、时时谨慎。然而不管汤姆如何细心地避免触犯那个"法律","法律"总是跟穷人作对,在无可奈何的情况下使你不得不去冒犯它。约德一家一路饱经风霜,爷爷、奶奶死在路上,妹夫、二弟独自出走,剩下九口人千里迢迢赶到加利福尼亚,可是等待他们的还是受压迫、受剥削、受欺诈,在忍无可忍的情况下,汤姆终于跟那些家伙干起来了。第一次他绊倒了一名警察,第二次他打死了一名杀害凯绥牧师的坏蛋。为了逃避追捕,他只得只身逃亡。此时的汤姆同刚从监狱里出来的汤姆相比,他已经在个性、思维、行动上产生了质的变化——从一个小心谨慎的假释犯成了忍无可忍的反抗者。在躲藏的树林里,他向前来送食物、钞票并劝他外逃的母亲告别时所说的话便是他内心世界的彻底表露,也是这个人物思想发展的顶点:

> 到处都有我的存在——你在任何地方都能看见我。凡是有饥饿的人们为了吃饭而进行斗争的地方,就有我在场;凡是有警察打人的地方,就有我在场。假如凯绥能知道这些就好了,当人们愤怒地叫喊的时候,这叫声里就有我;当饿着肚子的孩子们为有丰盛晚餐吃而高兴的时候,当我们老百姓能吃到自己种的粮食、住进自己造的房子的时候——都会有我在场。

虽然作者未能写出汤姆反抗道路的结果,但小说显示出来的人物特征已经表明了这一点。

小说另一个重要人物就是汤姆的母亲,一个善良、乐观、刻苦、勤劳的劳动妇女,她是一家人的主心骨和灵魂,每当遇到困难的时候,她都用语言和行动来鼓励丈夫和儿女们。奶奶在车上断气之后,是她一个人以惊人的毅力陪伴着尸体;汤姆打死胖警察之后,她支持他的行动,将仅有的七元钱交给他叫他逃走,去和其他穷人一起参加集体的反抗斗争。总之,在这位女性身上表现了美国劳动妇女一切优秀、高尚的道德品质,是作者笔下一个完美的典范。她在深重的灾难面前还这样教导儿子:"有钱人即使发了财还是要死……我们的路倒是越来越宽广。"可见她心胸的广阔和伟大。她和背叛宗教的好心人凯绥都是作品中令人难忘的形象。

《愤怒的葡萄》是一部出色的社会小说,其主要意义就在于它真实、严肃、及时、典型地反映了20世纪30年代在经济危机冲击下美国破产农民的悲惨命运,具有鲜明的时代特色;同时写出了新一代年轻人反抗情绪的增长,体现了资本主义制度下劳动阶级的思想感情。小说的艺术风格是严谨的现实主义,在这一创作原则指导下,作者发挥了他对农村中广大受苦受难的农民的浓厚感情,着重描写了他们的可贵精神,并从而塑造出典型形象。小说的结尾是极为感人的:汤姆妈妈带着刚刚流产的大妹子四处流浪,路遇一个垂死的男人,她毫不犹豫地叫女儿将乳汁喂给这个陌生的苦难者,表现了她们的崇高精神。

当然,《愤怒的葡萄》并非十全十美,作者在揭露美国乡村黑暗现实的同时,却认为联邦监狱是个讲道理的好地方,这就使人产生一种错觉:似乎上层机构是好的,坏的只是下面。同时,小说的写作是在人道主义指导下进行的,作者的思想未能达到推翻资本主义的高度,只是希望有一个比较通人情的温和的统治者,这些都是小说的根本缺陷。但反过来说,只要了解一下小说出版时那些垄断阶级和农业资本家对作者的咒骂和攻击,便能判断出作品的真实价值。作为20世纪30年代左翼小说的一部代表作,《愤怒的葡萄》将永远不会失去它的地位。

四 传奇小说:《珍珠》(1947)

1945年,由斯坦贝克编写剧本的影片《稀世珍宝》拍摄成功,上映后受到社会广泛的好评。两年多后,作者根据影片的情节改写成一个中篇小说,这就是《珍珠》。

小说取材于墨西哥的民间传奇,但是经过作者的艺术提炼与改编之后,便成了控诉资本主义金钱世界的罪恶、描述劳动人民受压榨与欺侮的一部血泪史。主人公是穷苦的墨西哥印第安族渔民奇诺,他带着妻子胡安娜和儿子小狗子在海边一间小茅屋里过着清苦而平静的生活,因为穷,连儿子被蝎子蜇伤了也无法请医生来治。不久,夫妇俩下海偶然采到一颗罕见的特大珍珠,消息传出去,各种各样的人都想骗取它、占有它,神父、医生、无孔不入的珠宝商们,整天在奇诺家中打转转。奇诺并没有什么奢望,他想用这颗珍珠来换一些衣服、日常用品、鱼叉和来复枪,与妻子到教堂去补办一次婚礼,再就是送儿子上学。可是,奇诺的希望即使如此微小也难以实现。首先是半夜有人来偷这颗珍珠,奇诺与他搏斗,珍珠保住了,人却受了伤。妻子害怕了,认为它是"邪恶"的化身,要丈夫把珍珠扔掉,奇诺却舍不得,总想把珍珠换成钱,为他家里带来一点幸福。第二天他去城里卖珍珠,商人们串通一气,压低价钱,奇诺决心到首都去试试,谁知这天夜里又有人来偷珍珠,奇诺再次受伤。然后是一个个更严重的灾难接踵而来:奇诺家的房子被烧毁,庄稼被挖掘,渔船被砸坏;奇诺夫妇被迫带着儿子外逃,一路上又遭追击,儿子终于死在这批强盗的枪口下。在忍无可忍的情况下奇诺夺枪打死了追踪者,背着儿子的尸体回到家乡,默默地走向大海——

> 珍珠是丑陋的,像一颗灰暗的毒瘤。奇诺似乎听到珍珠发出了走调的、疯狂的乐声,他的手微微发抖了,慢慢地转向胡安娜,把珍珠递给了她。她站在一旁,裹着儿子尸体的小包仍旧扛在肩上,她对他手里的珍珠看了一会儿,然后向他凝视着,温柔地说:"不,你。"于是,奇诺把胳臂往后一甩,使尽力气把珍珠扔了出去。奇诺与胡安娜望着它飞出去,在落日下闪闪发光。他们看到了远处有一点水滴溅起,他们并肩望着,望了很久很久。

虽然作者在小说开头的时候强调"如果这个故事是个寓言的话,也许各人都会从这里面领会他自己理解的意义,也以自己的生活体验去读它",但实际上读者都明白,这是那个社会里完全可能发生的真事,奇诺夫妇的厄运是千百万劳动者命运的代表。小说笔调细腻,充满了作者的深情,是一部思想主题鲜明、艺术形式完美的佳作。

五 社会神话小说:《伊甸园的东方》(1952)

故事发生在19世纪末到20世纪初的加利福尼亚州。1890年前后,有一个名叫亚当·特拉斯克的中产者,娶了一个名叫凯茜·阿米斯的女人为妻,并把家从康涅狄格州迁移到加利福尼亚州盐湖谷地区定居。到了那里以后,亚当在好心肠的爱尔兰人萨姆·汉密尔顿的帮助下,创办了一个大型牧场,不久凯茜生下一对双胞胎儿子,分别取名叫考尔勃和阿隆。凯茜外表长得美,但心地邪恶,时间一长,她逐渐厌恶自己的丈夫和生活的环境,终于不顾亚当的阻挠,私奔到盐湖一带重新堕落为妓女。孤独的亚当再次得到萨姆的帮助,他让自己的中国仆人李来抚养亚当的两个儿子。李把《圣经》故事讲给这两个孩子听,讲了基督如何被该隐流放到伊甸园东方去的经过,用《圣经》里的这句话"假如你能好好地生活,你就能约束住自己的罪孽"来教育他们,还将他们改名为该隐和艾伯尔。为了改变亚当麻木忧郁的精神状态,萨姆设法打听到凯茜的行踪,并告诉亚当。亚当找到凯茜,但无法使她回心转意。亚当的行动感动了当年收留过凯茜的中产阶级女子卡塔·阿尔倍,他们之间产生了感情,并同居了。在此后的若干年里,两个儿子长大了。阿隆是一个朴素、坦率但又笃信宗教的青年,他爱上了一个天真的姑娘亚伯拉;考尔勃则变得容易被激怒,他继承了母亲性格的遗传基因,在单纯的情欲和罪恶的冒险心理的诱惑下,陷入了痛苦之中。考尔勃的放荡行为刺痛了亚当的心灵,他把全部希望寄托在阿隆身上。一次偶然的机会,考尔勃在妓院里与生母凯茜相遇,后来又带了阿隆去见凯茜。这件事使阿隆极为震惊,接着这消息传到亚伯拉耳朵里,于是她断绝了与阿隆的恋爱关系。此时正值第一次世界大战爆发,阿隆在绝望中入伍到了前线。心里一直爱着阿隆的卡塔自杀,她在遗嘱中写明将自己的财产留给阿隆,可是不久之后阿隆在战场上受了伤,以致全身瘫痪。这时,亚当已是年老体弱,风烛残年,他回想起当年李来给儿子讲的《圣经》故事,在临终前表示愿意饶恕考尔勃。他像《圣经》中基督给该隐赎罪那样,希望自己的儿子能在道德上进行自我反省,重新创立新生活。

从整个小说情节来看,斯坦贝克在这里所显示出来的是对人的两种感情的探索,即对人类的善良与邪恶之间斗争的认识。作品的主题是对抽象的人道主义的赞美,对人的精神、遗传、生活的剖析,因此它的思想价值无论如何比不上《愤怒的葡萄》。但作为作者后期世界观的反映,《伊甸园的东方》标志着斯坦贝克对美国社会罪恶根源的一种新的理解,即心灵的堕落和邪恶的遗传。显然,这一观点是作者20世纪30年代激进的民主立场的倒退,这反映了这位进步作家由于阶级立场的局限所造成的缺陷。然而,亚当的形象仍具有一定的典型意义,他的思想是资本主义道德观念和基督教义的混合产物,代表了当时美国中产阶级中最大多数人的心理。这一点也正是作品的认识意义。

第七节　珀尔·布克与玛格丽特·米切尔

一　珀尔·布克及其中国题材小说

在美国获得诺贝尔文学奖的作家行列里,有一位女作家同中国发生过密切的联系,她就是珀尔·布克(1892—1973),中文笔名为赛珍珠。

布克的娘家姓赛登斯特里克,1892年6月26日,她出生在美国弗吉尼亚州希尔斯保罗一个长老会传教士的家庭里。幼年时随父母来到中国,在镇江度过童年时代,并受到中国古典文化的教育。1907年,即在她15岁那一年被父母送入上海一所女子寄宿学校读书,两年后回美国,进入弗吉尼亚州林奇堡的伦道夫-梅康女子学院文学系学习,1914年毕业获文学学士学位。在母校担任一段时间的心理学教师之后,布克又来到中国,先在镇江一所教会学校教英语,1917年与传教士兼农学家约翰·洛辛·布克结婚后,接着随丈夫到安徽宿县生活。约翰·布克参加了当地的农业改造工作,珀尔·布克仍在一所中学教英语。五年后,他们离开宿县迁居南京。1922 年至 1931 年期间,珀尔·布克先后在南京大学、东南大学和金陵大学教英语和英美文学。1925 年至 1926 年,她曾去美国康奈尔大学进修,获文学硕士学位。

珀尔·布克的文学创作是从 20 世纪 20 年代初期开始的。那时她已在中国生活多年,对中国的风土人情、历史传统和文化艺术有了一定的了解,她就以中国作为自己创作的素材。她的第一个短篇小说《东风与西风》发表在 1925 年的美国《大西洋月刊》上。从康奈尔大学进修返回中国之后,她就一边教书一边写作以中国农民的命运为题材的长篇小说,这部作品就是出版于 1931 年并获得1932 年美国普利策小说奖的《大地上的房子》三部曲的第一部《大地》。小说以一个名叫王龙的中国农民为主人公,描写他如何为获得自己幸福的命根子——土地而努力奋斗一生的故事。王龙出身贫苦,但很勤劳。他从地主黄家要了一个丫头做老婆,节衣缩食、起早摸黑地过日子,一心想攒钱买田地。后来地主黄家家道败落,王龙便将他家的地一块一块地买过来,渐渐地成了一个富农。但数年之后由于遇到旱灾荒年,王龙的家遭到饥民的抢劫,在无奈之中,王龙只得率领家小背井离乡逃到南方一个城市里拉黄包车度日。王龙是个思想保守的旧式农民,当南方城市里发生武装暴动的时候,他不是投入这场革命,而是趁机发了一笔横财,回到老家置地造屋,又俨然做起财主来了。在生活上,他也仿效过去东家的样子,先后娶了两个姨太太。三个儿子中,老大大学毕业后当了官,老二开米行做生意,老三去当兵。此时,王龙想的是如何守住这份家业,因此他再三告诫儿子们:土地是命根子,任何时候都不能把它丢失掉。

从上面介绍的情节来看,《大地》显然不是一部歌颂革命和进步的作品,作者在小说中所宣扬的是旧中国一条保守、落后的致富道路。王龙是一个自私的小生产者,在他身上反映出来的只有中国几千年封建社会遗传下来的一股霉气。当然,如果一概否定《大地》的成就也是不公正的,小说之所以受到美国读者的欢迎,一是作品题材所引起的广泛兴趣,二是它的主题所包含的某些普遍意义,三是作者描写人物命运时在充满感情的情节安排和内心刻画上所表现出来的艺术技巧。1979 年出版的《大英百科全书》认为《大地》的成功之处正在于:"作者以深切的同情描写了一个中国农民和他奴隶身份的妻子,如何通过斗争为自己赢得了土地和生存的权利。"而 1980 年美国麦克米伦公司出版的《20 世纪美国文学》一书则明确指出:"《大地》所表现出来的文字上恰如其分的和谐,细节的真实性,史诗般的结构和带有普遍意义的主题,达到了完美的境地。"这两段评论似乎过誉,但也不无道理。珀尔·布克作为一个传教士家庭出身的美国知识分子,虽则在中国居住多年,也公开把中国称为她的"第二祖国",但归根结底,她的立场毕竟是站在旧中国的统治者一边的。她的作品里固然也有对劳动者表示同情的成分,但更多的却是那些封建的、半殖民地的旧意识。她自认为是"中国通",但在最根本的问题上她恰恰没有"通"。其原因在于她始终以一个美国传教士的身份来看待中国所发生的一切(例如她对 1927 年北伐军胜利攻占南京一事就采取了敌视的态度),那就难免会失之偏颇。诚如鲁迅 1931 年 11 月 15 日在致姚克的信中对她的评论:

> 中国的事情,总是中国人做来,才可以见真相,即如布克夫人,上海曾大欢迎,她亦自谓视中国如祖国,然而看她的作品,毕竟是一位生长中国的美国女教士的立场而已,所以她之称许《寄庐》①,也无足怪,因为她所觉得的,还不过一点浮面的情形。只有我们做起来,方能留下一个真相。

1933 年,珀尔·布克将中国古典文学名著《水浒传》译成英文出版,改名为《四海之内皆兄弟》,这件事也引起了鲁迅的批评,认为她这一改译歪曲了原著的主题。与此同时,珀尔·布克完成了《大地上的房子》三部曲的第二部《儿子们》(1932)和第三部《分家》(1935)。它们在内容上是《大地》的继续,风格也基本类似。1936 年,她写了两部关于她的父亲阿拔斯朗·赛登斯特里克和母亲卡罗琳·赛登斯特里克的传记作品:《战斗的安琪儿》和《流放》。

1938 年,由于"她对中国农民的生活的丰富多彩和真挚坦率的史诗般的描述,以及她传记文学的杰作",而被授予该年度诺贝尔文学奖,成为继刘易斯和奥尼尔之后第三个获得这一荣誉的美国作家。她这次获奖,在美国国内外曾引起过一番争议。不少评论家认为,珀尔·布克本没有资格获奖,这是诺贝尔文学奖委员会认识上的偏见所造成的错误。事实上,撇开这位女作家的艺术成就不谈,单从"她对中国农民的生活的丰富多彩和真挚坦率的史诗般的描述"这句话来说,恐怕也是名不副实的。不过,这次获奖使珀尔·布克在美国文坛上赢得了一席重要的地位却成了历史的事实。

珀尔·布克最后离开中国回美国定居是在 1935 年。这一年她同约翰·布克离婚,不久同她所在的纽约约翰·戴出版公司的老板——《亚细亚》杂志主编理查德·沃尔结婚。理查德于 1960 年去世,同珀尔没有生过孩子;珀尔同约翰只生了一个女儿,后来领了八个孤儿收养在自己身边。第二次世界大战期间,她在《亚细亚》杂志担任编辑,1941 年创办了"东西方协会";以后又于 1949 年建立了专门收养美国军人在海外与亚洲妇女的私生子的慈善机构——"欢迎回家";中国抗日战争爆发后,她曾在纽约大都会艺术剧院主持过中国抗战街头剧《放下你的鞭子》的演出仪式;1964 年建立了珀尔·布克基金会,将她私人财产的绝大

---

① 《寄庐》系美国女作家诺拉·沃恩写的一本关于中国的书,1933 年 4 月出版。

部分转入基金会用于公益事业,总数在 700 万美元以上。

珀尔·布克一生作品甚丰,仅长篇小说和短篇小说集就有 50 部之多。后期的作品主要有《龙的种子》(1942)、《市民》(1945)、《发怒的妻子》(1947)、《亲属们》(1949)、《来吧,我的爱》(1953)、《帝国的妇女》(1954)、《北京来信》(1957)、《中国的故事》(1964)、《新年》(1968)、《梁太太的三个女儿》(1969),以及她死后出版的《东方与西方》(1975)、《爱情的故事及其他》(1977)等。其中几部中国题材的小说,如《北京来信》《梁太太的三个女儿》和《帝国的妇女》大都是以陈旧、敌视的情绪来进行描写的,从中反映出珀尔·布克的立场。

珀尔·布克曾于 1940、1942、1953、1965、1966 年分别获得过文学博士、法学博士、人类学博士、艺术学博士和医学博士等学位,并在 1951 年被选为美国文学艺术院院士;1973 年 3 月 6 日,在佛蒙特州但贝城病故。

二　米切尔及其长篇小说《飘》(1936)

玛格丽特·米切尔(1900—1949)是位只写过一部小说的女作家。这部作品使她从一个普通的中产阶级妇女陡然成为全国闻名的小说家,这部作品就是长篇小说《飘》。

米切尔于 1900 年 11 月 8 日出生在佐治亚州亚特兰大市,父亲是一位历史学家,曾任亚特兰大历史学会主席。1914 年至 1918 年,米切尔在当地华盛顿高级中学读书,1918 年秋季考入马萨诸塞州北安普敦市斯密斯女子学院深造,一年后母亲病故,为照料父亲和兄弟而休学回家;1922 年进入亚特兰大新闻界工作,任《亚特兰大日报》记者兼专栏作家;1925 年与约翰·马尔什结婚;1926 年因踝骨受伤被迫离开报社。由于从小受到家庭的影响,米切尔一向喜欢钻研历史,辞职后就开始研究关于 1861 至 1865 年间的南北战争史及她童年时代曾经听说过的"重建时期"①的南方社会现状,特别是佐治亚州的一些有关情况。大概从这一年开始,米切尔就构思写作《飘》,把她研究南北战争史的体会和成果用小说的形式反映出来。经过十年的努力,1936 年小说出版,立刻轰动全国。据说初版时每天销售量达 5 万册,第一年就印行了 150 万册,成为当时美国的第一畅销书,第二年获普利策小说奖,此后又被译成 30 种以上的文字,发行全世界,总数达 1000 万册以上,1939 年又被改编成电影剧本搬上银幕。

《飘》的问世使这个从不为人了解的亚特兰大中产阶级妇女一下子成为新闻界和出版界的明星。当时就有人形容米切尔:在晚上睡觉时尚不为人知,第二天早上醒来却成为全国第一号名人。接踵而来的荣誉是:1938 年获博尼派格纪念奖,同年又获纽约南方社会金质奖章,1939 年获史密斯女子学院文学博士学位。

---

① 指 19 世纪六七十年代南北战争结束后,叛乱的南方各州重新建立时期。

1949 年 8 月 16 日,米切尔因车祸在亚特兰大去世,使这颗文坛上的新星骤然陨落。

篇幅长达一千页以上的《飘》,是一部历史题材的社会小说,同时又包含相当多的浪漫色彩。它以南北战争前后十几年间的美国南方佐治亚州为背景,以一个种植园主的女儿为核心人物,通过若干个家庭的兴衰变化,反映了美国南方社会在这一重要历史时期的现实。斯卡雷特·奥哈拉①是爱尔兰移民杰拉尔德·奥哈拉的女儿,性格倔强、高傲。她的父亲依靠投机、赌博起家,从一个穷得叮当响的流浪汉暴发成为佐治亚州托拉地区拥有一百多个农奴的种植园主。斯卡雷特 16 岁那年,南北战争爆发了。那时她情窦初开,正疯狂地爱着邻居的一个青年男子阿希莱·威尔克斯,但不久婚事受到挫折。当斯卡雷特得知阿希莱打算娶的妻子不是自己而是他的表妹——生性温雅的弥兰娜·汉密尔顿时,她心中愤恨至极。为了报复,斯卡雷特马上与弥兰娜的哥哥查理斯·汉密尔顿结婚;而查理斯却正是阿希莱年轻貌美的妹妹霍妮·威尔克斯追求的对象。查理斯婚后一周即应征入伍,上前线去攻打联邦军队,不久在战争中病死。斯卡雷特成了寡妇,与佩蒂姨妈一起在亚特兰大过着贫困的生活。此时亚特兰大城被联邦军攻占,战争终于结束,斯卡雷特虽然幸存下来,却必须担负起支撑自己和阿希莱两个家庭的重担。这时她母亲已经病故,父亲又精神失常,而阿希莱则成了一个空想的贵族政治论者,再也没有能力在南方严酷的社会现实面前去重振他自己的家业了。斯卡雷特决心重新赢得往日失去的财产,甚至不惜一切代价。为了增加收入,她与仆人们一起下地劳动;为了谋取财产,她把自己妹妹的未婚夫弗兰克·肯尼迪抢过来结了婚;婚后她把丈夫的财产统统抓在手里,又把他无情地抛在一边,因为她从来没有爱过他。依靠种种巧取豪夺,斯卡雷特终于在亚特兰大开办了一家木材厂,并拉拢阿希莱担任了工厂经理。不久,弗兰克在同侮辱斯卡雷特的仇人的决斗中被杀,于是斯卡雷特第二次守寡,时年 27 岁。没过多久,斯卡雷特又与军火投机商罗特·勃特勒结婚,因为罗特身上有同她类似的气质特征在吸引着她。但斯卡雷特却同时又在迷恋着她曾经爱过的阿希莱,罗特知道后,把她遗弃了。这时,虽然阿希莱的妻子弥兰娜死了,阿希莱却再次拒绝了斯卡雷特所表示的爱情,斯卡雷特最终认识到只有罗特是她唯一能够真正相爱的人,但为时已晚。

从上述情节介绍中可以看出,作者企图通过几对男女青年的爱情纠葛来反映南北战争给他们的生活所带来的动乱和灾难,所谓"乱世佳人"即是对斯卡雷

---

① 目前通行的中译本《飘》系傅东华 20 世纪 40 年代的旧译,译者多以中国式人名来取代小说中的人物原名,如斯卡雷特·奥哈拉被译成"郝思嘉",阿希莱·威尔克斯被译成"卫希礼",等等。

特·奥哈拉形象的一个概括。但这个"佳人"是奴隶主阶级的"佳人",在她身上显示出来的是那个阶级凶残、疯狂、自信、任性的本质。她从16岁登上人生舞台,到28岁成为孤家寡人,在12年风雨飘摇中煞费心机,为的是重振奴隶主的家业,妄图恢复被战争摧毁了的"天堂"。她在爱情上是个极端自私的人,在财产上是个疯狂追求的人,在精神上是个狂妄自大的人。她所继承的正是那个被推翻了的阶级的腐朽品质,因此她绝不是奴隶主阶级的一个叛逆女性,而是一个十足的逆时代潮流而动的反面人物。由于作者明显地站在奴隶主阶级的立场上来描写这个人物的命运,因而对这个人物抱有极大的同情。在作者看来,斯卡雷特是一个时代的"英雄",这个"英雄"只是遇到这样一个"乱世"才遭到灾难。因此,小说对南北战争前的南方奴隶社会的描写是被歪曲了的,对这场战争的性质的揭示是不正确的,对联邦军的描写是带有诬蔑性的。凡此种种,无不揭示了作者的立场和作品的思想倾向。

但由于作品展现了广阔的生活场景和丰富的人物形象,尤其是斯卡雷特这一典型具有特殊意义,因此,我们也可以在这方面肯定《飘》的认识价值和艺术价值。这与作品的消极倾向并不矛盾,因为小说实际上可以让人们了解到或认识到奴隶主阶级在这场伟大革命中必然灭亡的命运,虽然作者是怀着惋惜和哀伤的情绪来对待这一历史潮流的结局的。

不能单从发行量来评定一部文学作品的地位和价值,《飘》之所以轰动一时,一是情节的构思迎合了广大市民阶层的心理需要,二是人物的描写具有特殊的风格,三是男女之情的铺叙对中小资产阶级读者具有相当的吸引力。至于小说中流露出来的对奴隶制度的留恋、对南北战争的歪曲,恐怕已很少为当时的人们所反感了;同时我们也不能忘记,即使在20世纪三四十年代的美国,奴隶主的残余势力和三K党分子也依然拥有相当的力量。美国评论界认为,米切尔在《飘》中所显示出来的艺术才华是令人钦佩的,而小说的观点又正是作者从中产阶级的立场出发去研究历史的结果。W. J. 斯塔卡在《20世纪美国文学》一书中所撰写的关于米切尔的评论则是最有代表性的,他认为米切尔是以实用主义眼光在追求南方社会的梦幻思想,而福克纳却是以传统主义去看待南方社会的历史事实。这些观点对于我们分析评论这部颇有争议的小说也许不无参考价值。

第八节　凯瑟琳·安妮·波特与威廉·萨罗扬

一　波特及其小说创作

凯瑟琳·安妮·波特(1890—1980)是美国20世纪小说创作中一位有影响的作家,她的作品集《凯瑟琳·安妮·波特小说集》(1965)曾获得1966年度的普利策小说奖和美国国家图书奖。

波特于 1890 年 5 月 15 日出生在得克萨斯州布朗县印第安-克里克镇,她的家庭是早年以开发南方边疆闻名的丹尼尔-布恩家族的后裔。她 2 岁丧母,由祖母抚养成人,先后在家乡的路易斯安那州度过童年和少年时代,8 岁至 12 岁在当地一所私立小学读书,12 岁至 16 岁在厄休林修道院接受被她称为"破碎的、毫无效益的教育"。此后,波特踏上社会,第一次世界大战期间开始从事新闻工作,1919 年任丹佛《落基山新闻》的记者和艺术专栏评论员。20 世纪 20 年代赴莫斯科侨居,从事艺术研究,并对社会主义政治产生兴趣。30 年代移居西欧,从事商业活动。1933 年与美国驻欧洲的外交官尤金·普莱斯雷结婚,1937 年回国;翌年与普莱斯雷离婚,嫁给《南方评论》杂志编辑阿尔倍脱·厄斯金,但这场婚姻也只维持到 1942 年。离开第二任丈夫之后,波特一直过着单身生活,而此时她已成为美国一位有名气的小说家了。对于两次离婚她是这样解释的:"因为我是作家,现在和将来都仍是作家,写作是我的第一需要。"

波特的小说创作开始于 20 世纪 20 年代初期,1922 年发表的短篇小说《康塞普西翁牝马》是这位女作家的处女作。第一部短篇小说集《开花的紫荆树》(1930)和中篇小说《中午酒》(1937)出版之后,她开始在文坛上赢得了声誉。前者是一部以 20 年代的墨西哥社会为主要背景的作品集,地方色彩鲜明,人物形象突出,其中如《弃妇》等较成功地模仿了乔伊斯的"意识流"手法,成为波特早期的代表作之一;后者以美国南方生活为题材,描写了一个专以搜捕疯子为职业的人被雇用疯子的农场主杀死的故事,作者认为由于人的各种不同处境往往会带来一些奇怪的举动,这种思想上的混乱造成了主人公汤普森的特殊个性,因为生活中善与恶和是与非之间的界线有时是颇难划清的。

1939 年出版的《灰色骑手灰色马》为波特在美国文坛上赢得了崇高的地位。这部集子包括了《中午酒》《灰色骑手灰色马》《人总有一死》三个中篇,后两篇作品带有一定程度的自传性质,描述了一个女记者在第一次世界大战中的遭遇。她厌恶战争,并爱上一个军人,但严酷的现实粉碎了她对幸福与爱情的追求:她的情人死于战场,使她的一切希望都成了泡影。小说通过对主人公米兰达命运的描写,谴责了战争不可避免的残酷性及其对人类生活的威胁,也表露出人无法与命运相抗衡的宿命论观点,具有强烈的象征主义色彩和悲剧气氛。小说最后写道:"灾难莫过于战争,灾难莫过于瘟疫,……现在这一威胁是无处不存在了。"由于作品深厚的感情和熟练的技巧,《灰色骑手灰色马》成了波特优秀的代表作和最心爱的作品。

从 20 世纪 40 年代起,波特先后在密歇根州奥莱佛特学院、加利福尼亚州斯坦福大学和密歇大学担任写作讲师、当代诗歌讲师和文学讲师;1954 年至 1955 年在比利时列日大学讲学,1958 年任弗吉尼亚州立大学驻校作家,1959 年任弗吉尼亚州华盛顿大学英文教授;1960年任加利福尼亚大学终身讲师,60年代两度赴墨西哥讲授美国文学发展史。波特在50年代之后多次获得过大学的荣誉学位,1967年被选为美国文学艺术院院士。晚年定居于马里兰州派克学院,1980年9月18日病逝。

20世纪40年代以后波特的主要作品有中短篇小说集《斜塔及其他》(1944)、《短篇小说选》(1945),散文集《过去的日子》(1952),小说集《旧的秩序》(1958)和《圣诞节的故事》(1958)等,其中《斜塔及其他》写的是1933年纳粹势力猖狂时期一个美国人在德国的遭遇,《过去的日子》记述了她对几位作家的回忆及她的创作体会。1962年出版的《愚人船》是波特的第一部长篇小说,此书开始创作于1940年,耗时二十载,连作者自己也认为写得特别费力。小说出版后甚受社会各方面的欢迎,但也有不少的批评意见,这使作品更加引人注目,被认为是波特后期最重要的一部作品,因而这部小说在波特一生的创作中的地位显得格外突出。

《愚人船》以20世纪30年代初期欧洲政治风云突变前夕的历史为背景,描写从墨西哥东海岸的韦拉克鲁斯州开往德国不来梅港的一艘客轮上那些形形色色的人物的表现,绘制出世界大难临头之前的一幅图景。作者企图通过这些人物的"自我暴露"表明这样的观点:人的天性是十分脆弱的,人具有毁灭自己和毁灭别人的能力,而这种毁灭总是在"善"对"恶"的妥协与两者的默契中得逞。第二次世界大战前十年左右,世界帝国主义实行绥靖政策,纵容法西斯势力的蔓延,波特就是在这种局势下产生创作动机的。但由于作者立场的局限,她把世界看成是混乱的和荒诞不经的,当然作品中也不乏对资本主义世界的讽刺与揭露。小说名"愚人船"来源于15世纪末、16世纪初德国作家布兰特①的名著《愚人船》(1494),波特同四百年前的这位德国讽刺小说家一样把愚笨看作是整个人类的主要弊病,并仿照布兰特的手法,把愚人的表演舞台集中在一艘航行途中的船上。对于这一点,作者在小说的扉页上写了一段话:

> 这本书的标题来自德国作家布兰特的道德讽刺小说《愚人船》,1494年它的拉丁文本以 *Stultifera Navis* 为名首次出版。1932年夏季,当我在欧洲首次旅行停留在瑞士巴塞尔城时读到这部小说之后,在平静的心中就留下了极为深刻的印象。从那时起,我就开始构思我的这部小说,我把这一几乎是愚蠢的世界看作是一艘永远在无止境地航

---

① 布兰特(1458—1521),曾任罗马天主教会法学博士,他的诗体小说《愚人船》描写了一只大船载着111个愚人航行的经历,愚人们各有性格,分别代表某一种愚蠢和社会弊端。这部小说开了愚人文学的先河,多为后人仿效。

行的船。这种手法并没有什么新的内容——早在布兰特所生活的年代就已经使用了,它十分符合我的切实的意图。在这艘愚人船上我也是一名乘客。

在这里,波特表明了她的创作意图和世界观,尽管文字简洁,却十分有助于人们进一步理解她写这部小说的真正目的。

小说共分三部:(1)装载;(2)在海上;(3)停泊港口。其中第二部是主要部分,篇幅占全书三分之二以上。小说从 1931 年 8 月 22 日写起,至 9 月 17 日结束。那时正是希特勒窃取德国政权的前夕,整个世界已经呈现出一片大难即将临头的恐慌局面。作品中除了这艘名叫"维拉"号的劳埃德级[①]高级邮轮的船长希尔、驻船医生舒曼大夫,以及事务长、轮机长和水手们之外,还包括 14 个德国人、4 个美国人、6 个古巴学生、3 个瑞士人、1 个瑞典人、几个墨西哥人和一伙西班牙"舞蹈家",这些只是上等舱的乘客,在下等舱里还有 416 个风餐露宿的西班牙失业工人和他们的家属。如前所述,作者在小说中主要是采用象征手法,波特把这只船比喻成整个愚人世界,她自己也是船上的一名乘客,而这只船起航的港口——韦拉克鲁斯——则又是陆地与海洋之间一个赎罪的过渡场所,因为船的航行过程就是愚人们从地狱走向天国的过程。小说第一部的开头是这样写的:

1931 年 8 月——韦拉克鲁斯的港口小镇对那些等待远航的旅客来说,正像在陆地与海洋之间的一座小小的"炼狱"[②],然而这些人却能在这个小镇环境的感召和帮助下度过他们自己看来美好的生活。他们开始爱上了当地的风俗习惯,从中也反映出他们自身的经历和个性,他们在外表上交替地表现出冷漠的或愉快的神情,这一神情的变化仿佛是他们在不可知的前途的魅力影响下产生的感觉,是远离他们之外的一种评论。

这种几乎是冷漠的、纯客观的描写正是波特艺术风格的体现,她是以既超脱于这艘代表世界的船,同时又仿佛置身于这艘船中的乘客的双重身份来评论的,其目的正是为了反映出一个基本概念:这里是世界的缩影,或者说这是一个形象的微观世界,这里的每一种个别的邪恶都可以看作是世界内在的表现,也是一切政治冲突的焦点。

小说中有名有姓的人物就达六七十人之多,作者把一个一个角色推上舞台,

---

① 指英国劳埃德船级协会制定的第一流标准船只。
② 指基督徒洗涤罪行的场所,可使灵魂升入天堂。参见但丁的《神曲·炼狱》。

让他们以各自的言行来表演他们"愚人"的人生。以希尔船长为首的德国人是强烈的排犹主义者,他们将德国籍的犹太人从能在"船长席"用餐的荣誉队伍中开除,而遭排挤的弗里塔格却又歧视比他更可怜的犹太人洛温撒尔。那些貌似正派文雅的绅士、太太内心却是如此的丑恶肮脏:舒曼大夫用催眠药来达到侮辱女病人的目的,赫顿夫妇对为救他们的爱犬而淹死的人无动于衷,格拉夫和他的侄子以虐待对方为满足,卢茨夫妇想让女儿有身份却又要她用姿色去勾引异性,青年画家大卫和他的情人詹尼竟从与他人私通中得到精神安慰等等,不一而足。此外,还有这伙西班牙"舞蹈家",以愚弄乘客为乐,其他人则人人愚弄他人,又人人被他人愚弄,男盗女娼,偷鸡摸狗,说到底都是一群愚不可及的愚人。

小说的背景富有寓意,主题也较鲜明。综观整部作品的内容,可以看出:作者是站在资产阶级人道主义、和平主义的立场上来看待国际上的政治斗争的。这一思想贯穿于小说的全过程,是作者经过二十余年的思考,通过《愚人船》这一长篇小说的形式集中表现出来的,它几乎是作者早期作品主题的凝结和翻版。《愚人船》是一部政治小说,也是一部具有寓言性质的哲理小说,"维拉"号是一个缩小了的世界,一个人生的舞台,在那里充满了自私、贪婪、偏执和疯狂,是一个愚蠢的世界、残酷的世界、沉沦的世界、道德堕落的世界。作者宣称受布兰特的启发而写只是一个假托,实际上这是波特对 20 世纪 30 年代第二次世界大战前夕的世界形势的忧虑和思索,反映了当时西方中产阶级的恐惧心理,从这一点来讲,《愚人船》是有现实意义的,它是一部针砭时弊的"醒世小说"。

波特在 80 多岁高龄时还致力于写作她的最后一部作品——以 20 世纪 20 年代"萨科-万塞蒂"事件为题材的《千古奇冤》(1977),表明这位女作家在人生的最后几年里仍然具有正义感和对反动势力的强烈愤慨。

二　萨罗扬及其小说创作

在 20 世纪中期的美国文坛上,威廉·萨罗扬(1908—1981)是一个有影响的多产作家,他的主要作品包括小说和戏剧两部分,至 70 年代初,他已经出版了长篇小说集 35 部以上,剧本近 50 部,还有散文、评论集多种。

萨罗扬于 1908 年 8 月 31 日出生在加利福尼亚州西部城市弗雷斯诺一个亚美尼亚-美国血统的家庭里,父亲原是当地长老会的牧师,后成为葡萄园主。早年丧父成为孤儿后,萨罗扬被送往阿拉梅特,在那里度过幼年时代,7 岁时才回到母亲身边。不久进入弗雷斯诺公立学校,15 岁那年读到九年级,因家境贫困而中断了学业。此后,萨罗扬为谋生计做过多种职业,其中包括杂货店店员、葡萄园工人和邮政局职员。

萨罗扬是在自学中开始尝试创作的,他的第一篇小说发表在《大陆月刊》上,而后 1933 年在《哈里涅克》杂志出版了他的短篇小说集。萨罗扬在文坛上崭露头角和引人注目是在 1934 年出版了短篇小说集《秋千架上勇敢的青年》之后。这部作品集充满资产阶级人道主义精神,也体现了年轻的萨罗扬对社会生活的认识,其中最有影响的小说当推那篇作为集名的《秋千架上勇敢的青年》。小说以一个失业的文学青年的悲剧命运为题材,描写他在饥饿和贫困中挣扎的情景;后来他只好以卖书度日,在回忆中寻求安慰,以致神经错乱,最后在痛苦中死去。作者以怜悯和同情的态度,为那些被剥夺了工作和写作权利的青年作家的不幸遭遇向社会发出了呼吁。这是对社会的抗争,也是对作者自身不幸的剖析,因而也带有一定程度的感伤成分。这一短篇小说在当时反响强烈,"秋千架上勇敢的青年"甚至成了那些有才华而不得志的文学青年的代名词。这些青年的作品先后出现在诸如《哈珀斯》《大西洋月刊》《耶鲁评论》这些有名的杂志上,而萨罗扬本人在 1934 至 1940 年间就写了近 500 个短篇小说,几乎每年都有专集出版,重要的有《吸入和呼出》(1936)、《孩子们》(1937)、《土生土长的美国人》(1938)、《我叫艾拉姆》(1940)等,许多小说都是以作者自身的生活,其中包括他的祖辈、父辈的亚美尼亚移民生活的经历作为创作素材的,因而带有明显的自传性,其中最受欢迎的是《我叫艾拉姆》。

在文坛上小有名气之后,萨罗扬在 1936 年与人合伙开办了"罗斯-安吉尔斯"出版公司;不久又把兴趣转向戏剧创作,他连续写出的轰动一时的杰作《我的心在高原》(1939)和《你所生活的年代》(1939),成为百老汇经久不衰的常年演出剧目。后者获 1940 年纽约戏剧评论奖和普利策戏剧奖,不过萨罗扬拒绝了普利策奖,理由是他认为过分使作品商品化将不利于保持艺术的纯洁。1942 年他创办"萨罗扬剧院",自任董事长,这时他的戏剧创作达到了顶点。

1943 年萨罗扬与卡萝尔·马库斯结婚(1949 年离婚),接着被应征入伍,至 1945 年第二次世界大战结束后退伍。在这段时间里,萨罗扬出版了他的第一部长篇小说《人间喜剧》(1943),艺术地再现了作者家乡弗雷斯诺的生活"世界"。尽管小说中人物的姓名做了变换,但读者一眼就可以看出,这个"世界"就是作者曾经经历过并为它痛苦过和快乐过的地方。这是反映第二次世界大战期间民众生活的一部具有庞大规模的作品,它描写的对象虽是加利福尼亚的一群孩子,其中包括作者早年在邮政局当电报员的经历,但它反映的则是整个社会。小说表明了作者对生活的信念:人活着要有志气,要纯洁、正直,不要过分迷恋物质生活,即使活着受穷也胜过致富而死。同时,作品也强调了战争期间整个民族应该团结一致,要坚强,要博爱,要憎恨敌人,但又要有改造或支配敌人的信心。这一观念与《秋千架上勇敢的青年》是一脉相承的,也与《你所生活的年代》在精神上是相通的。在后面这部戏剧中,萨罗扬以一家小旅馆为背景,写出了各种各样的人物丰富而复杂的生活,最后以一个幸福的梦想来结束,从时代意义上来说,同高尔基当年写的《底层》(1902)不无相似之处。

　　第二次世界大战以后,萨罗扬的创作力愈加旺盛,长篇小说《韦斯理·杰克逊历险记》(1946)、《妈妈,我爱你》(1956)、《小伙子和姑娘们在一起》(1963)、《某日下午的世界》(1964),自传体小说《亚述人和其他故事》(1950),短篇小说集《萨罗扬短篇佳作选》(1948)、《爱》(1959)、《萨罗扬最佳短篇小说选》(1964)都是这一时期的代表作,此外还有大量的戏剧作品。

　　1961年,萨罗扬任印第安纳州普罗杜大学驻校作家,后被选为美国文学艺术院院士,定居于他的家乡弗雷斯诺,1981年5月18日在那里病逝。

　　美国评论界认为萨罗扬是自诺里斯之后出现在西海岸加利福尼亚州最杰出的一位作家,他丰富的作品,无论是小说还是戏剧,都充分包含了一个普通美国人的思想感情。他创作的核心是他自身人格的存在和他对当年弗雷斯诺亚美尼亚移民生活的回忆,他的作品还包含了对古老世界的简洁描绘,也反映了生活在社会底层的人们怪僻而又严肃的性格——他们在社会中努力竞争,目的只是取得一块生存的陆地。这些移民性格的异化是一种不可避免的生活的反映,作者描写的意图是根除这些外来的美国人的精神偏见,使之成为社会融洽的一部分。这是萨罗扬作品的主题最有意义的一个方面,加上对弗雷斯诺自然环境的描写,构成了作者最有特色的创作风格。它的具体表现是构思上的巧妙设计,细致而真实的描写及人物之间风趣而有意义的对话。有的评论家认为萨罗扬对戏剧情节的发展是小说化的,对小说的描写则又是充满戏剧冲突的,这证明了这位作家在叙事和描写上已达到最大限度的效果,特别是反映人物(包括小说和戏剧)瞬间表演时的感情色彩方面更为明显,而《人间喜剧》正好集中反映了萨罗扬的这些创作特色。

　　如前所述,这部小说是对作者的家乡加利福尼亚州弗雷斯诺小城"世界"在艺术上的再现,展现在读者面前的正是美国西部小镇中这样一幅生活画面:麦考利太太是个不幸的女人,自从丈夫亡故之后,她含辛茹苦地抚养大三个儿子和一个女儿,时值战争爆发,大儿子马库斯应征入伍,次子荷马白天上中学晚间还得到电报局去干活,女儿蓓斯在大学读书,小儿子尤利西斯还是个年幼的孩子,一家人在乱哄哄的年代里,各自挣扎着同命运搏斗。

　　荷马是小说的核心,在这个人物身上不无作者早年经历的痕迹。荷马在电报局里与年老的报务员格罗庚相友善,他们经常收到向家属报告死讯的军务电报,而每当荷马去递送这类给人们带来痛苦的信息时,他从心底感到难受。荷马的反战情绪在收到哥哥马库斯的最后一封信时更为强烈,在信中马库斯预计自己会在战场牺牲,他希望荷马承担起照顾家庭的责任,不要让妈妈和蓓斯出去打工;他也希望回来与未婚妻玛丽结婚,但恐怕只能是幻想。他要让蓓斯嫁给自己的战友乔治,他最后衷心希望荷马长命百岁,永远活下去。荷马读完哥哥的信,激动万分,他对格罗庚老头说:"如果我哥哥在这种愚蠢的战争中死去,我将唾骂这个世界,我将永远恨它。"荷马的情绪代表了千百万追求和平与幸福的美国青年的情绪,这种情绪在战争年代是无可指责的。但作者也并非一味地、笼统地咒骂战争。感情和现实是一对矛盾,它需要人们冷静地对待,小说的结局正反映了这种复杂的情感。

马库斯的死讯终于来了,荷马在电报房里见到了这封该死的电报,以致格罗庚老头也因过分伤心而死去。受伤的乔治却从前线带回来另一种讯息,他对蓓斯说:"不,蓓斯,请想念我吧,人没有死。"荷马撕碎了电报,与乔治一同进屋,向他的亲人们高喊:"妈!蓓斯!玛丽!演奏音乐吧,战士回来了,欢迎他吧!"这是乔治和荷马在感情上的迸发,他们不认为马库斯已经死了,因为他始终活在他们的心里。

《人间喜剧》"喜"在何处?作者为什么要用这样的标题?从形式上看来,萨罗扬显然受到巴尔扎克的启示,并且有意识地模仿这位前辈大师对社会、人生、生活的描绘方法。但这部小说所表达的主要感情既不是对贵族上层社会的讽喻,也不是对资本主义金钱罪恶的揭露,而是对美国西部加利福尼亚普普通通的劳动民众的朴素的情操、淳朴的心灵和他们对生活本身美的追求的记录。麦考利一家的命运,他们在战争中遭受的痛苦,以及人物的内心世界才是作品重点表现的内容。所以,小说并不是一部滑稽可笑的喜剧,而是一部表达人生、理想和爱国热情的正剧。至于作者挑选 comedy 这一名词的原因,看来并不是忌讳袭用巴尔扎克的篇名,而是因为在萨罗扬看来,整个世界的人生本身就是一部规模巨大的喜剧。他一生执着地追求的艺术目标就是如何真实地、富有感情地去表达他家乡人民的生活,其他任何功利目的都不能动摇这位作家对这一目标的追求。

第六章　20世纪左翼小说

第一节　美国社会矛盾的演变
与左翼小说的繁荣

一　美国社会矛盾的演变及其对左翼文学运动兴起的影响

进入20世纪20年代后期,美国社会表面上的经济繁荣与贫富悬殊、大批工人失业现象形成了鲜明的对照,社会矛盾激化,寡头政治与垄断资本的统治所产生的严重后果不可避免地出现在号称世界资本主义第一强国的美国土地上。由1929年10月24日"黑色的星期四"①引起的全国性经济危机(或称"经济恐慌")的爆发,是这些矛盾的必然结果。据统计,1929年美国的失业工人为150万,到1933年经济危机高潮时达到了1283万,占当时美国劳动力总数的四分之一;国民生产总值也从1929年的1044亿美元下降到1933年的742亿美元。② 国民经济的大幅度衰退,使千千万万下层劳动者,也包括中小资产阶级在内,面临着空前的生活灾难,美国新闻媒体纷纷惊呼国家的经济已经到了崩溃的边缘:"1929年所发生的空前大恐慌则动摇了美国的经济基础,并破坏了世界经济关系,导致了经济大萧条。"③

从国际形势来看,20世纪30年代正是法西斯势力日益猖獗的年代,德国、意大利和日本的政权先后落入法西斯极右势力手中,整个世界面临大规模的战争威胁,英、法等国的资产阶级政党表现出软弱妥协倾向,更加剧了世界形势的紧张与不安。与此同时,以苏联为中心的国际共产主义运动及在它领导下的无产阶级革命也在蓬勃发展,欧洲、亚洲等各主要国家的共产党组织发展迅速,并

---

① 1929年10月24日(星期四)上午,纽约证券交易所开市后不久,股票价格开始急剧下跌,出现争先恐后抛售股票的浪潮,数量更多的大宗股票投入股市,股价不断下跌,至29日已抛售1641030股880种股票,共损失80亿美元以上,数以万计的投资人因此破产。

② 参见O.K.亚当斯:《20世纪的美国》,剑桥大学出版社,1967年,第86页。

③ 中国大百科全书出版社不列颠百科全书编辑部:《不列颠百科全书(国际中文版)》第13卷,中国大百科全书出版社,1999年,第1页。

切实地担当起领导本国无产阶级和劳动者对反动政权进行武装夺权斗争的责任,美国共产党也正是在这一时期发展壮大起来的。

对于美国来说,这场空前的经济危机正是在一个特定的历史年代出现的一个特定的历史现象,也是在整个世界处于风雨飘摇、山雨欲来的大背景下的一个必然产物。广大劳动者的强烈不满直接导致了工人运动的高涨,罢工斗争、示威抗议、劳资纠纷乃至局部的武力冲突,使整个美国出现了自南北战争以来最严重的社会动荡。面临这样的局势,一部分具有进步倾向的美国作家开始意识到自己的社会责任,努力探索导致国家政治与经济危机的根本原因和解决的办法,马克思主义的革命理论成了他们积极学习的内容,苏联社会主义革命与建设的成功成了他们关注的目标,他们自觉参加工人运动,积极投身到民众的斗争行列之中,以文学作品为武器努力反映当时的社会现实,揭露寡头政治和垄断资本主义的罪恶本质,成为许多作家的自觉行动。大批左翼政论著作、报告文学、诗歌作品诞生,左翼刊物纷纷创办,而其中小说创作尤为活跃,《解放者》《新群众》《新共和》先后成为当时最有影响的左翼刊物,许多切中时弊、揭露社会矛盾本质的小说就是在这些刊物中发表的。

1929 年爆发的这场经济危机是形成美国"红色的 30 年代"左翼文学高潮的社会原因,一部分共产党作家和更多的进步作家,在国家政治经济动荡、民众饱受苦难的现实面前,没有逃避责任,他们努力学会以马克思主义的阶级分析方法剖析美国的社会矛盾本质。在当时以美国共产党为核心的进步力量领导下,掀起了一场规模空前的左翼文学运动,成为当时世界性左翼文学繁荣的重要组成部分,这就是 20—30 年代美国文学的现实。

二　左翼小说的繁荣

整个左翼文学运动开始于 20 世纪 10 年代末 20 年代初,可以以杰出的理论家、记者约翰·里德(1887—1920)记述伟大的十月革命的长篇报告文学《震撼世界的十日》作为起点,至 30 年代形成高潮。里德出生于波特兰一个富裕的家庭,1913 年受《群众》杂志派遣报道过墨西哥革命,1917 年前往俄国亲历了十月革命的伟大过程,回国后写成了《震撼世界的十日》一书并在全国各地发表演说,向美国人民介绍发生在俄国的这场伟大革命,1919 年再赴俄国,与列宁、托洛茨基进行过面谈,后被选为共产国际执委之一,1920 年病故于莫斯科。在这中间,还涌现了以马克斯·伊斯特曼(1883—1969)、约瑟夫·弗里曼(1897—1965)为代表的左翼文学领袖人物。伊斯特曼早在 1912 年就是左翼刊物《群众》的主编,参加过第一次世界大战,1922 年访问过苏联,是美国最早接受马克思主义理论的诗人、政治家,后因信奉托洛茨基主义而被开除出共产国际。弗里曼原籍乌克兰,童年移居美国,1929 年访问过苏联,30 年代成为《新群众》主办人之一,后因与共产国际观点上的分歧而遭批判,但在整个30年代,他一直是左翼文学最活跃的领导人之一。

作为美国左翼文学一个重要方面的左翼小说,它诞生于美国经济危机年代发展起来的左翼运动中,是社会冲突和阶级矛盾的产物。它以崭新的文学形式来反映美国人民要求改革资本主义社会制度的强烈呼声。它是在继承20世纪初杰克·伦敦、西奥多·德莱塞、厄普顿·辛克莱的现实主义光荣传统基础上所开创的一代新的文学潮流。它与左翼戏剧、左翼诗歌、左翼报告文学、左翼理论一起组成了规模巨大的左翼文学运动,代表了在苏联十月革命直接影响下的美国文坛最主要的进步力量。

在长达40年左右的左翼小说发展过程中,涌现了一大批优秀的小说家,他们中间著名的有迈克尔·高尔德、艾伯特·马尔兹、阿格尼丝·史沫特莱、理查德·赖特、厄斯金·考德威尔、詹姆斯·法雷尔等。在被称为"红色的30年代"里,这些杰出的作家与老一辈的德莱塞、辛克莱、斯坦贝克、多斯·帕索斯等小说家,以及戏剧家尤金·奥尼尔、理论家马尔科姆·考利共同战斗,先后成立了"约翰·里德俱乐部""保卫政治犯全国委员会""职业作家支持美共竞选同盟"等进步团体,并于1935年4月召开了第一次美国作家代表大会,成立了美国作家联盟,组成了美国文坛一切进步力量强有力的统一机构。在此后的五六年内,美国作家协会全力投入全世界的反法西斯斗争。在西班牙内战时期,派遣了以海明威为首的代表团前往访问,在精神上、道义上、人力上、物质上支持西班牙的进步力量,同时,还上演进步戏剧,出版以反法西斯为主题的小说。现实主义潮流达到高潮,呈现出空前繁荣的局面。

此外,值得一提的左翼小说家还有长篇小说《前进! 前进!》的作者克拉克·韦瑟瓦克斯,《所有的新娘都是美丽的》的作者托马斯·贝尔,《莫斯科的美国佬》的作者迈拉·佩奇,《没有人挨饿》的作者凯瑟琳·布罗迪等人。评论家范怀克·布鲁克斯(1886—1963)在20世纪20年代美国左翼文学的发展中也起过重要的作用。

由约瑟夫·弗里曼作序、迈克尔·高尔德等人编选的《美国无产阶级文学》(1935)试图总结美国无产阶级文学的发展经验,该书在指导美国左翼文学如何与当时美国社会矛盾斗争实际具体结合上起了重要作用。但由于共产国际内部的分裂、美国左翼文学的宗派主义及第二次世界大战爆发等原因,美国左翼文学运动很快出现了衰败的趋势,到了20世纪50年代中期,由于国际斗争形势的复杂化和美国国内法西斯反动势力的迫害,特别是苏共二十大后在进步力量中所引起的思想混乱和霍华德·法斯特声明退出美国共产党,这一运动走向低落并最终消亡,美国左翼小说的发展也到此结束。

第二节　迈克尔·高尔德

一　斗争的一生

迈克尔·高尔德(1894—1967),原名欧文·格兰尼奇,1894 年 4 月 12 日出生在纽约东区的一个贫困的家庭。父母亲都是从东欧迁居美国的犹太人,住在纽约克雷斯梯大街一个破烂的地下室里。欧文从幼年时代起便被抛进了资本主义的大旋涡,12 岁时,他仅仅读了半年初中,就不得不去做工,挑起全家的生活担子。他从事过各种各样的职业:小职员、看门人、司机助理、送货员等等。1914 年他 19 岁,在经济危机中失了业。一次偶然的机会他接触到进步刊物《群众》,于是被引导走上工人运动的道路,并以"迈克尔·高尔德"①的笔名开始发表作品。对于这段经历,作家本人在差不多 40 年之后的 1953 年有过真实的回忆:

　　……我本人参加社会主义运动就是在俄国革命以前好多年,那时这种运动还没有可能"受到莫斯科的指挥"。尤金·戴布斯、威廉·海伍德、约翰·里德都是最初在社会主义思想方面给我启发的一些美国人。

　　还有我那时又正好失业了! 那一年是 1914 年,又发生了一场巨大的失业危机,我也正是这种危机下的牺牲者之一。那时我才 19 岁,而我从 12 岁起便开始做工。我父亲已病了好多年,我的家主要靠我给予维持。因此当我失业的时候,我不禁感到这是比所有巍然耸立的摩天大楼还要巨大的一个悲剧。

　　那天早晨,我为找工作已经走了很长的一段无聊的路程,后来我偶然走进了联合广场上一个巨大的失业工人示威运动的前列。我注意倾听演讲人的讲话。突然间不知从什么地方来了一大队警察对我们进行攻击。我看到一个女工被打倒在地。我本能地冲过去扶她,但立刻被一个满脸油汗、眼露凶光的警察打了一顿。

　　在那次会上,我第一次花一毛钱买了一份《群众》,这钱原是我积蓄下来备急需之用的。这个杂志便是我开始受到社会主义思想教育的第一课。它的那种浪漫气氛可以打动每一个青年人的心;它的现实主义更使我明确地认清了我的生活意义。它鼓舞我写了一首关于失业问题的诗,那是我公开发表的第一篇作品。这首诗在《群众》上的出现便是

_____

　　①　这是作家一位朋友的父亲——一位参加过南北战争的正直的老战士的名字。

我的文学生活的开始。我要做一个证人,为我的人民,美国的工人们所
受到的虐待做证。

1915年,高尔德曾一度去波士顿当工人,后来在十月革命的影响下,正式投
身工人运动,加入了刚成立不久的美国共产党,并担任《群众》的助理编辑。第一
次世界大战末期,该杂志因反对这场帝国主义战争而被威尔逊政府封禁。在高
尔德的努力下,该刊在1922年改名为《解放者》又坚持出版了2年。1926年起,
他又同雨果·格勒特创办了《新群众》月刊,来维持这一光荣,直至1948年。《新
群众》诞生之初,曾遭到资产阶级舆论和机会主义分子的嘲笑,认为它至多只有
半年的寿命。然而在高尔德强有力的领导下,它却蓬勃地成长起来,把美国文化
艺术知识界的进步人士团结在杂志周围,成为美国左翼运动的一个堡垒阵地和
美国文化生活的一支巨大力量,为整个美国进步事业的发展做出了重大贡献。
它的名称正表明了它继承着战前《群众》的战斗传统。

20世纪20年代中期是高尔德政治生活和文学创作的新起点。1925年他曾
去苏联访问,对在苏联病逝的美国进步作家兼记者约翰·里德表示了极大的敬
意;回国后全力以赴地创办《新群众》,决心将这位美国共产党的先驱者、美国无
产阶级文学的杰出旗手所未竟的事业进行到底。同时,高尔德还积极开展创作
活动,如描写美国工人勇敢斗争精神的诗歌《布拉多克城奇异的葬礼》(1923),歌
颂工人运动领袖萨科与万塞蒂、抨击反动政府残暴行径的长诗《穿长外衣的凶手
们》(1927)和记叙19世纪农民运动领袖约翰·布朗的传记作品《约翰·布朗的
生活》(1924)都是这一时期著名的作品。1936年,高尔德又与布兰克福合写了
以约翰·布朗的生平事迹为素材的剧本《战斗之歌》,成为传记作品的姐妹篇。
此外,高尔德还写了描写墨西哥革命运动的剧本《节日》(1929)、美国工人生活的
素描速写集《一亿二千万》(1929)。1930年出版的自传体长篇小说《没有钱的犹
太人》是高尔德在文学创作上最成熟的作品,这部小说的问世对30年代左翼文
学的诞生有着开创性的意义。

1935年,高尔德与别的左翼作家合作编辑了一部反映当时美国左翼文学发
展状况的文选《美国无产阶级文学》,其中包括63位美国进步作家的散文、诗歌、
报道、剧本和文学评论。虽然这些作家中的相当一部分后来又转到了资产阶级
立场上去,但此书在当时却产生了巨大的影响,反映了左翼文学运动鼎盛时期的
伟大成就。

作为一个坚强的美国共产党员的进步记者,高尔德始终努力地把敏锐的目
光指向社会,一直把引导人们如何去认识这个社会、这个世界的实质当作自己的
责任。从1934年起,他在美国共产党机关报《工人日报》上开辟了《改造世界》专
栏,并坚持了15年之久,他的绝大部分尖锐、深刻、发人深省的短评、杂文和散文

小品都是在这一专栏中发表的。《改造世界》对发展美国工人运动曾起了很大作用，它的内容在相当长的时间里极受广大工人读者的欢迎，《改造世界》(1937)和《空心人》(1940)两部书即是这个专栏作品的结晶。20世纪50年代麦卡锡主义①疯狂一时，在美国右翼势力猖狂的年代里，高尔德依然坚持斗争。他在改版后的《工人周刊》继续主办《改造世界》专栏(1958—1959)，同时还担任过《群众与主流》杂志的特约编辑。高尔德于1967年5月14日病逝。

高尔德的文学创作虽然不多，但他却长期投身于美国进步文学事业，在大量的杂文、政论文里，对美国资本主义的社会实质进行了揭露，在为数可观的文艺评论中，坚持了20世纪30年代左翼文学的进步方向；同时，他还是"约翰·里德俱乐部"的创始人，参与了美国作家协会的发起组织工作，并同许多进步作家如德莱塞、辛克莱、斯坦贝克、多斯·帕索斯等成为挚友，形成了30年代强大的进步文学阵线。在1921年发表的《论无产阶级艺术》一文中，是他首先提出了建立"工人阶级战斗文学"的口号；1929年他又响亮地发出呼吁，要作家们"写下去，你们在矿山中、工厂中、农场上的生活，在美国及世界的历史中，将有不朽的意义。那可能就是文学——那常常就是文学。写下去。坚持下去。斗争下去"。毫无疑问，他是20世纪美国工人运动和左翼文学运动中占重要地位的人物，他的一生是革命的一生，追求的一生。高尔德的可贵之处在于他坚持不懈地信仰共产主义，在任何情况下也不动摇。20年代他曾著文批评辛克莱等人一旦成名、有了金钱之后便失去了与美国人民的联系，成了资产阶级舆论的工具。《群众与主流》杂志的编辑塞缪尔·西伦，在50年代初期法西斯势力猖獗之时就指出过："目前美国正面临着一个最大的危机，而在这个时期，他仍然是民主主义的文艺运动的神经中枢和向导。我们从没有一个时期像现在这样迫切地需要像他这样的作家。麦卡锡主义威胁着要消灭我们的全部文学传统。……但人民的抵抗力量也在一天一天地壮大，诚实的知识分子们已经开始反攻了，他们的斗争会再一次产生一个文化高潮。到了那时，所有观点尽管不同，但一致同意维护美国最优良的传统的艺术家们一定会贡献出自己的力量。迈克尔·高尔德正以不竭不衰的勇气和坚持真理的精神在推动我们向着那个时代迈进。"

对于这些崇高的评价，高尔德是受之无愧的。

二　左翼小说的里程碑:《没有钱的犹太人》(1930)

这是成千上万穷苦的犹太人在美国的一部血泪史。作者从切身经历的苦难中总结出造成这些悲剧的根本原因，从而揭露了资本主义社会制度的罪恶，同时

---

①　由参议员麦卡锡(1905—1957)挑动起来的一股反共逆流，对许多组织和个人进行所谓"忠诚调查"，使法西斯恐怖笼罩美国。

指出,工人阶级只有团结起来进行革命,生活才有希望。

展现在读者面前的画面是纽约东区肮脏、拥挤、贫困、杂乱的贫民窟,麦克一家是生活在那里的许许多多穷苦的犹太家庭之一。麦克的父亲汉门,原籍罗马尼亚,年轻时迁居美国,妄想发财当个富翁。他帮助表哥山姆开了个背带厂,谁知山姆却趁汉门旅行结婚之际吞没了全部资金。汉门成了穷光蛋,只得当漆匠谋生;后又从工作架上跌下来伤了双腿,在床上躺了几年,只得靠妻子去食堂打杂来维持生活。在失望的时候他几乎想自杀,但在妻子的安慰下好歹活了下来。麦克的母亲凯蒂是个来自匈牙利的女人,坚强、勤劳、善良、能干。她整天干活,光着脚走路,从不叫苦。她心地好,常常帮人解决困难,还会医治小病小痛,因此深得邻居们的好感。凯蒂虽然虔信犹太教,对基督教徒抱有仇恨的心理,但对受苦的异教徒却照样乐于帮助。一个名叫蓓茜的意大利女人,丈夫因犯杀人罪入了狱,一家人生活无靠,凯蒂到处奔走,替她找了个职业;激动的蓓茜在每天16小时工作之余,熬夜织了一条羊毛围巾送给凯蒂,以表示对她的感激之情。

在东区的街上,有被迫沦为“五毛钱一夜”的低等妓女,有专门糟蹋女孩子的流氓,有欺诈穷人的守财奴房东,有翻脸不认人的工厂主;当然也有同舟共济的好心人:忠厚老实的医生,乐于助人的小贩,热心的女教师,在患难中伸出援助之手的邻里,还有悄悄塞过来五元钱的街头卖身女。麦克就是在这样的社会环境——吸毒、绑票、杀人、奸污与犹太劳动者之间的真诚友情相混杂的贫民区里长大,这使麦克既保有犹太穷苦人的纯真的品质,又染上了打架、仇杀以至宿娼的恶习,不过他最终并没有沦为堕落者。妹妹爱丝特被马车撞死的惨剧使麦克的母亲精神失常,丧失了劳动力,父亲以贩卖香蕉为业也不得温饱,麦克读完了小学进入社会谋生,经过许多磨难之后认清了美国社会制度的黑暗,终于在工人运动中看到了生活的曙光。

汉门是一心想发财的小市民,破产后他仍念念不忘借三百元钱再开个工厂。一旦当了几天漆匠工头就得意扬扬地跟着老板屁股转,满心指望搬出东区贫民窟去买一座高级住宅。但一次又一次的打击使他的发财梦彻底破灭,直至穷愁潦倒之际,还把发财的希望寄托在儿子麦克身上。麦克却比父亲头脑清醒,知道有钱的犹太人在美国总是少数。于是,父子俩在卖香蕉回家的路上有一段对话——

“啊,上帝,美国真是个富裕的国家! 真是发财的好地方! 瞧那一大批有钱的犹太人! 为什么他们发迹那么容易,我就那么困难? 我不过是个可怜、渺小的没有钱的犹太人罢了。”

“爸爸,不少犹太人都是没有钱的呢!”我安慰他说。

“我知道,我的儿子。”他说,“可是别跟他们一样。在这个国家里,没有钱,还是死了干脆。答应我,你长大成人,一定做一个有钱的人,麦克!"

"我答应你,爸爸。"

"啊,"他亲切地说,"如今这可是我唯一的希望啦!! ……你干起来会比我来得容易,你在美国会碰上好运!"

"是的,爸爸。"我说,我竭力随着他一块儿笑。可是我觉得自己比他年纪还老,我没法接受他的天真的乐观主义;我一记起过去,一想到将来,就心灰意懒。

与汉门相对立的凯蒂则是作品中形象最高大的人物,在她身上集中了犹太劳动人民最可贵的优秀品质。凯蒂与她丈夫汉门不一样,她讲究实在,从没有想发财的念头;她与犹太穷邻居们相处和好,宁可自己吃苦也要帮助别人度过患难;她反对汉门用分期付款的办法买来一只钻戒送给她;她善于跟狡猾、刻薄的房东进行斗争;汉门跌伤之后她独个儿挑起了家庭的重担,只是到她心爱的小女儿惨死在马车轮子底下之后,她才从身体到精神整个地垮了。是的,这个打击太大了,这位生性刚强的犹太劳动妇女再也忍受不了了……

在这两位主要人物身上,作者以朴实、纯真的感情写出了他们的身世、个性、特征和头脑里的基本观念。小说没有大起大落的情节,也没有惊心动魄的场面,人物的行动、语言、思想都是平平常常、普普通通的,细节也都是琐碎平凡的,甚至是猥琐低级的,但却在人们面前展示了一幅纽约东区真实的生活画面。正如作者在1935年写的序言中所指出的:"我在这本书里讲了一个犹太区——纽约的犹太区里的犹太人的生活穷困的故事。至于散布在世界各地的百来个别的犹太区,也有同样的故事可讲。好几个世纪以来,犹太人就一直住在这世界性的犹太区里。意第绪文的文学作品中渗透了犹太区的忧郁和穷困。"因此,我们绝不能将小说的背景只局限于纽约东区的一个犹太区,而应该看作是全世界所有犹太穷人区的缩影;同样,凯蒂这样可贵的劳动妇女,也绝不仅仅是作者心目中一个母亲的形象,而是代表了千百万善良、勤劳、正直、坚强的犹太劳动人民。

小说以第一人称手法写成,因此麦克就成了沟通所有人物的渠道和桥梁。毋庸讳言,麦克正是作者的化身。他少年时饱尝了东区的穷困艰难,也受了那里邪恶堕落习气的污染,但劳动人民的本质在他心中并没有泯灭。他刚踏上社会就尝到了羞耻和屈辱,在一次群众集会上,他听到了正义的声音,他见到了工人阶级革命的火花,他期待着这一天的来临,"会把东区消灭干净,在那里给人类的心灵建立一个花园",这正是高尔德"伟大的开端"。

第三节　厄斯金·考德威尔与詹姆斯·托马斯·法雷尔

一　考德威尔及其南方乡村小说

厄斯金·考德威尔(1903—1987)是 20 世纪 30 年代美国南方有重大影响的左翼小说家,1903 年 12 月 17 日出生于佐治亚州考埃塔县一个牧师家庭,母亲是出身世家的知识分子,家境贫寒。1920 年 9 月考入卡罗来纳州厄斯金神学院,3 年后辍学,后又入弗吉尼亚大学就读,但未待毕业即休学。1922 年 2 月曾因流浪罪入狱。

考德威尔在大学期间即喜爱文学写作。1925 年与弗吉尼亚大学体育教员之女海伦·兰尼根结婚,婚后在兰尼根家的庄园从事劳动,业余开始写作。1926 年发表处女作《佐治亚州的吹牛者》,此后笔耕不辍,在 1926 至 1933 年间共写了 100 余部长、中、短篇小说,其中重要的有中篇小说《私生子》(1929),长篇小说《烟草路》(1932)、《上帝的小块土地》(1933)等。《烟草路》是一部真实反映美国南方社会农村演变过程的佳作,使考德威尔一举成名。

《烟草路》的主人公是美国南方一名赤贫的佃农吉特·莱斯特,身边有年老的母亲需要赡养,还有多病的妻子艾达要他照顾,16 岁的儿子杜德和唇腭裂的女儿埃亦·梅尚未成年,一家人就在贫困中挣扎。此外,送给铁路工人本森为童养媳的珀尔需要他关心照应,再是已经守了寡的妹妹贝茜·赖斯也要依赖他的接济。出现在读者面前的吉特·莱斯特仅以出卖劳力就想维持一大家子的生存,委实是难上加难。在美国,上帝照应的往往是有钱的富人而不是像吉特那样的穷人,贫困和灾难仿佛是一对孪生兄弟不断光顾莱斯特一家:先是妹妹赖斯以一辆汽车为诱饵竟唆使儿子杜德与她成婚,而后杜德在驾车时撞死了祖母和一个黑人,后珀尔又因不愿与本森生活离家出走,女儿梅却取而代之成了本森的妻子,最后是农舍失火,吉特夫妇双双葬身火海。

《烟草路》以真实的描述揭示了当时美国南方农村的不幸与苦难的本质,莱斯特一家的悲剧命运成了这一衰败的象征。小说问世后并未立即受到社会的欢迎,但在一部分读者中间还是引起了大的反响。1934 年,杰克·柯克兰将其改编成剧本,由于作品对吉特·莱斯特这一人物及他的家庭和邻居充满理想追求和失望痛苦、悲喜交集的生动描绘,轰动了纽约舞台,连续上演 7 年而不衰,成了美国剧院的主要剧目之一,小说因而畅销,作者也成为家喻户晓的人物,"烟草路"成了美国农村堕落污秽的代名词。

《上帝的小块土地》继续了《烟草路》的主题,但小说在揭示人性在财富与道德的矛盾面前日渐堕落方面,有了更深一层的意义。

小说的主人公泰伊·沃尔顿是佐治亚州的农民,他以一小块被纳入教会的土地收入维持生计。泰伊坚持认为自己的土地底下有丰富的金矿,而且连续挖了15年之久,他叫女儿达琳·吉尔找来妹夫和妹妹帮他挖金,但妹夫汤普森却趁机与女儿私通,使愤恨中的妹妹罗莎蒙德要置丈夫于死地。汤普森在回斯科兹维尔后,又占有了送他回去的泰伊的小儿媳妇格赖塞尔达,第二天汤普森就在罢工骚乱中丧生。泰伊的大儿子杰姆企图引诱弟媳妇格赖塞尔达,结果被弟弟巴克杀死,巴克也自杀身亡。最后,只剩下泰伊一人独自挖金矿,因为他坚信地底下是有金子的,一切道德传统都不如财富重要,他的梦想还是有朝一日能够发财。

也许《上帝的小块土地》迎合了广大美国民众对于道德与财富矛盾的思考,小说出版后畅销多年,印数累计在600万册以上,直至20世纪60年代,作者仍被誉为世界上最畅销小说的作家之一。

20世纪40年代以来,考德威尔虽作品不断,但其影响远远不如那两部为他带来巨大声誉和版税的小说,比较有影响的有《七月的风波》(1940)、《佐治亚的小伙子》(1943)、《高地上的房子》(1946)等,写于1937年的南方农村纪实小说《你见过他们的面孔》,由后来成为考德威尔妻子的玛格丽特·伯克·怀特配以摄影作品,图文并茂,生动感人,取得很大成功。

第二次世界大战时期,考德威尔任海外记者。1941年纳粹进攻苏联前他正在那里采访,后写成了《进军斯摩棱斯克》等战地报告。此外,他还为好莱坞撰写电影剧本。1945年,考德威尔成为"美国社会风俗"丛书主编,至1955年共出版了25卷,晚年写有自传《也算是经验:学习创作的岁月》(1951)、《寻找比斯科》(1965)。

考德威尔于1987年4月11日病逝于亚利桑那州帕拉代斯瓦利。在晚年,他的文坛名声似乎衰败殆尽,福克纳生前却将他评为美国5名现代最优秀小说家之一,但多数美国评论家对他的评论比较谨慎,也有人认为他的最优秀作品应该是他的短篇小说,如《跪拜朝阳》《住着许多瑞典人的农村》等。

二 法雷尔及其《斯塔兹·朗尼根》三部曲(1932—1935)

詹姆斯·托马斯·法雷尔(1904—1979)是20世纪30年代美国文坛上一位从自然主义转向左翼倾向的小说家,也有人认为他是美国20世纪最后一位有影响的自然主义作家。法雷尔于1904年2月27日出生在芝加哥,父亲是马车夫,家境贫穷。3岁时被收养在外祖父家,少年时代在该市中产阶级街区度过,19岁之前依靠课余打工读完中学,1925年考入芝加哥大学,也是依靠打工挣钱,4年后从该校毕业。1929—1930年创作长篇小说《斯塔兹·朗尼根》三部曲,同时在杂志上发表短篇小说及其他作品,其间从事过记者、秘书和推销员等职业。1931年与多萝西·巴特勒私奔至法国巴黎成婚,结识了诗人埃兹拉·庞德并受到后者的极大鼓励。1932年三部曲的第一部《少年朗尼根》由先锋出版社出版,同年起与巴特勒定居纽约,接着第二部《朗尼根的青年时代》、第三部《审判日》先后于1934、1935年出版。

被称作美国真正自然主义最后表现的《斯塔兹·朗尼根》三部曲,从主人公斯塔兹·朗尼根的成长入手,描述了一个从小在精神上受到道德败坏的城市环境摧残的年轻人的自我毁灭的过程。出身信奉天主教的中产阶级家庭的朗尼根,聪颖敏捷,也善于想象思考,却不愿刻苦学习,对他所爱的姑娘露西的规劝也无动于衷,整日混迹于芝加哥贫民窟草原街的流氓群体之中,混沌度日。在小说中,朗尼根从一个出身良好也受过一定教育的少年堕落成为一个市井流氓,其原因一是自身的放纵,二是环境的腐蚀,三是肉欲的诱惑。他好像一颗本该良好发芽、健康成长的种子,却埋入了污泥之中,那里没有阳光、空气和清洁的水分,于是在死水腐臭中腐烂,失去了它原有的生命力。

朗尼根在自身失去控制能力之际,只能屈服于环境的压力和诱惑,他与不良少女艾里斯之间并无感情可言,他们的交往,只是为了相互满足性欲而已。朗尼根为了显示所谓的"男子汉气概",竭力鄙视传统的道德准则,当少女凯瑟琳与他恋爱并力劝他改邪归正重新做人时,他除了使凯瑟琳怀孕之外,只会依然我行我素。小说在最后写到朗尼根堕落成一个无足轻重的流浪汉,终因心脏病突发在29岁时离开了人世。

《斯塔兹·朗尼根》三部曲的意义在于,作者以客观的叙事手法、内心独白的心理描写和人物与环境之间不可分割的联系,揭示了一个本该有为的少年最终堕落死亡的悲剧命运的社会和历史的本质责任,因为是贫民窟这一令人窒息的环境促使了朗尼根的堕落,因为是1929年以来的经济恐慌造成了朗尼根家境的衰败、道德的沦丧,这一切的最根本责任者不是朗尼根本人而是社会。坦诚而无掩饰的揭露,尤其是对于像芝加哥这样一个大城市中贫民窟的真实描述,也许就是三部曲赢得"自然主义最后的出色表现"这一赞誉的原因。但三部曲从本质上来说是与20世纪30年代左翼文学的主题相一致的,因而将法雷尔归入这一作家队伍之中也就顺理成章了。

当1935年《审判日》出版之时,法雷尔对马克思主义的信念日益增强,这也促使他在描述朗尼根的悲剧命运之后,从心中的理想主义出发,继续以小说的形式揭露美国社会的空虚和痛苦。1936年,法雷尔获得"古根海姆基金会"①奖金,

---

① 由美国企业家丹尼尔·古根海姆(1856—1930)创建的基金会,用来资助文学家、艺术家的创作和研究活动。

也使他在发展 20 世纪 30 年代美国左翼小说的道路上更有了动力。这一努力的主要成果就是《丹尼·奥尼尔》五部曲(1936—1953)的成功创作。

《丹尼·奥尼尔》是带有一定自传成分的系列长篇小说,也有评论界人士认为它是法雷尔内容最丰满的作品。小说仍以芝加哥的城市生活为背景,采用客观的叙事手法展开全书情节。全书以丹尼·奥尼尔为核心,描写了他从 5 岁的童年生活开始直至 23 岁大学毕业离开家庭独立进入社会为止的 18 年经历。第一部《我从未建造的世界》(1936)写的是丹尼开始懂事阶段的生活,他虽仍在家庭规范中受到约束,但已在性格上开始形成自己的特征;第二部《星星没有消失》(1938)写了丹尼在小学最后几年的生活,他希望与周围的老师、同学平和地在一起,相互理解,可是他却无法获得自由,包括上帝、父母、牧师甚至警察都对他发布各种命令,允许他干什么不允许他干什么,这使他备感痛苦;第三部《父与子》(1940)是丹尼中学时代的写照,他力图适应周围环境,但又感到心中的巨大压力,此时他与生存的周边环境已明显出现了裂痕;第四部《我发怒的日子》(1943)写了丹尼大学时代的痛苦经历,从题目就可以看出主人公的心情,丹尼在自然主义思想的影响下,企望能在芝加哥大学实现自己的理想,可是现实令他矛盾与愤懑,信心和忍耐仍不能使他进入思想的自由王国,最后他离开学校来到纽约谋生,可是那里能使他真正获得自由吗;第五部《面对时代》(1953)重述了丹尼在 5—7 岁之间作为一个幼稚的儿童对于自由的渴望,也许那时候他就立志要为自由人的地位奋斗终生。

如果说《斯塔兹·朗尼根》是法雷尔以旁观者的身份去客观地反映 20 世纪 30 年代美国青年一代的堕落过程,那么《丹尼·奥尼尔》则是他从内心的感受出发去揭示造成这一现象的社会原因。这两部作品表现出法雷尔是一位具有强烈时代责任感的作家。

20 世纪 40 年代后期,法雷尔还创作了第三部系列长篇小说《伯纳德·卡莱尔》三部曲(第一部《伯纳德·卡莱尔》,1946;第二部《中间道路》,1949;第三部《另外的水域》,1952),描写了主人公伯纳德·卡莱尔从一个追求进步的青年发展成为信仰共产主义的作家的经历,但他最后放弃了同情共产党的立场,公开指责党的斗争策略。伯纳德认为一切自以为完美的制度都是不可信的,他又回归到自然主义的理念,即死亡是生活的必然和终结。这部小说反映了法雷尔的思想演变,也有评论认为作品缺乏生活基础,是作家认识的产物。

法雷尔的后期还有总标题为"时间的宇宙"的系列小说,包括《历史的沉默》(1963)、《时间集》(1964)、《时间诞生之际》(1967)、《崭新的生活》(1968)、《朱迪思》(1974)和《看不见的剑》(1970),以及《文学与道德》(1947)、《五十岁的回顾》(1954)等论著与回忆录。此外,法雷尔也是一位优秀的短篇小说家,一生写过 240 篇短篇小说,代表作有《我爱你海伦》《秋天的午后》《第六十一号街上跑得最快的人》《一名巴黎的美国学生》等。

1979 年 8 月 22 日,法雷尔病逝于纽约。他对美国文坛的影响主要还是在 20 世纪 30 年代,所以有评论家认为他是美国 30 年代"最有影响力的左派自然主义小说家"①。

第四节　艾伯特·马尔兹与霍华德·法斯特

一　马尔兹及其左翼斗争小说《潜流》(1940)

艾伯特·马尔兹(1908—1985)是 20 世纪 30 年代在美国左翼文学运动中崭露头角的小说家、戏剧家,1908 年出生在纽约一个工人家庭。父亲是立陶宛移民,少时赴美谋生,至中年方稍有财产,以建筑师为业,其母系波兰移民,为缝纫女工。马尔兹从小在家中受到良好教育,1930 年毕业于哥伦比亚大学文学系,接着又去耶鲁大学、纽约大学研究戏剧创作达 3 年之久。在此期间,马尔兹与戏剧研究班的同学乔治·斯克拉写了剧本《旋转木马》(1932)与《和平降临大地》(1933)。前者揭露了美国政权机构的腐败与堕落,后者描写了一个美国和平战士所遭到的迫害,从而提出了反对帝国主义战争的主题。此后,马尔兹又相继创作了以美国矿业工人罢工事件为题材的剧本《黑矿井》(1935)和暴露资本家利用雇佣军来镇压工人罢工斗争的独幕剧《小兵希克斯》(1963)及另一个独幕剧《排戏》(1938)等。

马尔兹出身寒微,大学毕业后又长期生活在劳动群众之中,他的进步立场是众所周知的。当时,马尔兹积极投身社会活动,在几个进步团体里担任领导工作。他还直接到矿山、工厂去参加劳动,体验生活,并经常在群众集会上讲演,发起并组织了美国戏剧家联盟,长期担任该组织理事。他早期的几个剧本都是为剧联所属的进步剧团的演出而编写的。他的论文集《公民作家》(1950)就包括了这一时期所发表的演说。

马尔兹不仅是个出色的戏剧家,更是一位优秀的小说家,自 1938 年出版了那部享有盛誉的短篇小说集《世道》之后,他便成为美国小说界的一颗新星。《世道》共包括《世道》《把戏》《兽国黄昏》《世界上最幸福的人》等 10 个短篇。作者以洗练有力的笔触和深切的感情,通过一些普通的生活小事和令人心酸的遭遇写出了千百万美国劳动人民的悲惨命运。以《把戏》为例,小说简单到既没有人物的姓名,也没有情节、背景的交代,只以父子俩的对话为形式,描述一个失业工人为拯救病中的女儿,与独生子一起在大清早去街上偷窃牛奶车上的一瓶牛奶的

---

① 阿尔弗雷德·卡津在《论自然主义的背景》中对他做如是评价。

故事,真实地展现了受苦受难的美国劳动人民的不幸生活,达到了震撼人心的效果。"我一生没偷过东西,我辛辛苦苦做了一辈子的工,我是个好工人。"失业工人的这番自白是对罪恶的资本主义社会制度的控诉。《兽国黄昏》更以使人难以透气的压抑感叙述一个残疾工人的儿子——一个矮小的孩子与一个同样矮小的成年人——一个可怜的、衣不蔽体的失业者,为捡取别人掉在阴沟盖板底下的五角钱而互相斗殴的故事,字里行间浸透着穷人的泪,表现了作者对美国社会的愤怒谴责。《世道》则以洗练的艺术手法塑造了一个敢于反抗白人暴虐统治的黑人乔治·毕切尔的动人形象。他打了企图奸污黑人少女的白人管家,并痛斥了白人老爷的淫威。当这位斯莫伍特先生打了他一个耳光时,乔治大声叫道:"我不怕你打。当我打了那个白人的下巴的时候,我干了我一生中最痛快的事,我不再怕你打了。随便你怎么办,我都不在乎!"获得"欧·亨利小说奖"的《世界上最幸福的人》(1938)是马尔兹最著名的一个短篇。小说以 20 世纪 30 年代美国经济危机为背景,描写失业工人杰斯为寻找工作千里迢迢从堪萨斯州步行到俄克拉何马州,最后找到的工作是驾驶运载炸药的卡车。尽管他随时都有被炸得粉身碎骨的危险,可杰斯却认为自己终于有了一份工作。他可能会死,但死之前总能给瘦弱的妻子和得了软骨病的儿子留下一份面包。"杰斯走了出去。薄薄的一层泪水模糊了他的眼睛,但是全世界都好像镀上了金色。"小说在叙述杰斯获得大舅子汤姆的工作许可之后离开他办公室时这样写道,"他慢慢地、一瘸一瘸地走着,觉得血液直往太阳穴上冲,心里有一种说不出来的狂喜。'我是世界上最幸福的人,'他悄悄地自言自语,'我是世界上最幸福的人。'"深刻而含蓄的结尾,使读者发出含泪的笑。这正是马尔兹继承欧·亨利的艺术风格的成果。

从 20 世纪 40 年代开始,马尔兹定居在洛杉矶,为好莱坞编写电影剧本,同时潜心于长篇小说的创作。他的第一部长篇小说《潜流》发表于 1940 年。作品成功地塑造了一位美国共产党员的形象,成为当时左翼小说中一部引人注目的新作,为作者进一步带来了进步作家的声誉。马尔兹的第二部长篇小说《十字奖章与箭矢》(1944)是以第二次世界大战反法西斯斗争为题材的,对当时战争的胜利曾起到一定的鼓舞作用。据说美国政府曾在 1944 年底特地印刷了十几万册《十字奖章与箭矢》分发给当时在欧、亚战场上作战的美国士兵,用作品中主人公的勇敢行动来激励战士们去夺取反法西斯战争的最后胜利。《赛蒙·麦克维尔游记》(1949)是一部象征性的讽刺小说,描写了一个老年退休工人为了追求臆想中的幸福而从"疗养院"里逃出来后的种种离奇怪诞的经历,从而抨击了美国社会的弊病,给读者以不寻常的回味。

《潜流》是一部具有强烈时代气息的杰作,它所反映的是 20 世纪 30 年代后期美国无产阶级与一切法西斯反动势力英勇斗争的历史。作者以深厚的感情色彩和成熟的现实主义艺术手法,为美国文学成功地塑造了一个真实的、有说服力的共产党员形象,并对美国法西斯主义猖獗的原因做了极有针对性的分析,为人们提供了一幅美国工人运动的真实画面。

小说的主人公普林塞是底特律汽车工厂的压模工,32 岁,4 年党龄的美国共产党党员,厂工会的秘密组织者。他对党忠诚,工作积极,一周 6 天工作下来,还放弃与妻子仅有的一点团聚时间为党报写文章,参加各种组织活动。小说从这里开始逐步刻画这个人物,表现了年轻一代的美国共产党员富有朝气、正直肯干的精神面貌。然而,作者并不想把普林塞描写成一个十足的完人——要是那样的话就显得失真了——作者企图给人们一个真实、丰富的,甚至是复杂的人物形象。为了达到这一目的,马尔兹笔下的普林塞的性格是双重的,或者说是矛盾的。他有为党工作的决心,然而还没有克服掉资产阶级思想和个人主义患得患失的影响。最突出的表现是他拒绝了党组织动员他去党校学习的建议,因为这样一来,他将失去熟练技术工人的地位,大大减少经济收入;此外,普林塞在革命警惕性及对待党组织领导者特纳尔的态度上,都或多或少地存在着一些毛病。但他毕竟是一位明确自己的斗争意义的革命战士。他向往美好的幸福生活,并知道无产阶级只有通过革命才能从资产阶级手里夺取政权,实现千百万劳动者的夙愿,所以在关键时刻他能经受住最严峻的考验,直至献出自己的生命。正如作者所指出的:

> 《潜流》所描写的,就是一个美国工人——一个共产党员——的这种牺牲精神和英雄行为。我没有选择一个杰出的共产党领袖作为我这部小说的主人公,我所选择的是一个经验比较少、政治修养比较差,而且思想上的顾虑也比较多的人。不过,我所选择的是一个共产党员——换句话说,也就是一个理解了阶级斗争的意义,并且看到了解放人类的社会主义远景的人。①

普林塞形象的成功是《潜流》时代意义的根本所在。假如说高尔德在《没有钱的犹太人》一书中写出了一个无产阶级战士的童年和少年时代的苦难经历及其在革命群众运动中所受到的启蒙教育,那么《潜流》则为人们描绘了一个革命者在生活和斗争中成熟并坚持为党工作的形象,他比德莱塞笔下的女共产党员安妮达具有更丰富、更生动、更完善的内涵。小说描写普林塞最成功、最感人的部分,是他被法西斯组织"黑色军团"的骨干——杰弗逊汽车公司招工部主任格雷勃指使爪牙收买叛徒绑架之后的经历,这也是普林塞形象突出的一个高峰。

---

① 艾伯特·马尔兹:《潜流》,作家出版社,1955 年,中译本序。

普林塞在一个星期日的下午去参加党的会议,至晚上 11 时 30 分接近午夜时才搭乘新入党的黑人党员彼夏普开的汽车回家,但他万万没有料到,彼夏普原来是受格雷勃派遣打入党内的奸细——他被出卖了,被绑架到一座孤零零的湖边别墅。第二天上午,格雷勃亲自出马引诱普林塞,要他成为资本家安插在党内的钉子,条件是高额工资、有保障的社会地位和个人小家庭的"幸福",但回答是毫不犹豫的"不"字。出现在读者面前的是两个世界观截然不同的人物:一个虽然出身屠宰工人的家庭,但在反动意识的感染下已经成为资产阶级一条忠实的走狗,政治上和生活上都已堕落的法西斯分子;另一个则是工人运动的忠诚战士,一位精神虽有缺陷,但立场却坚定不移的共产党员。围绕着信仰、生活、人生观,这两个人物展开了一场针锋相对的辩论。这是共产主义与资本主义的较量,是伟大与光明同反动与垂死之间的较量。

残忍狠毒的格雷勃在强大的对手面前遭到失败,就以死亡来威胁他。格雷勃向他宣布:如果到晚上他还不改变态度,那他绝不可能活着离开这个地方。疲乏、疼痛不断地袭击他,使他感到麻木、昏沉。他想到过死的可怕吗? 是的,他想到过:他死了就再也见不到同志们和亲爱的妻子柏西了。但此时此刻他想得更多的是党的事业:他想到入党时的宣誓,想到反饥饿示威中牺牲的战友们,最后凝结成一个伟大的理想——

> 归根结底,最重要的是这一点:一个人必须奉守他的目的。这个目的才是他的生命的潜流。没有它,他就不成其为人了。我决不能屈服! 一个人如果放弃了自己的目的,他就根本不成其为人了!

这就是一个普通的美国共产党员的信念。

普林塞被"黑色军团"的刽子手们杀害了。临死前,他轻声呼唤着妻子的名字,向她告别。

按照高尔基在苏联作家协会第一次代表大会上所提出的社会主义现实主义创作原则的定义来衡量,《潜流》也完全符合这样的标准:"要求作家从现实的革命发展中真实地、历史具体地去描写现实。同时,艺术描写的真实性和历史具体性必须与用社会主义精神从思想上改造和教育劳动人民的任务结合起来。"因此,它在 20 世纪 30 年代的左翼文学中所产生的影响和发挥的作用是其他作品远远比不上的。它形象地表现了一代无产阶级的光辉典型,是美国共产党员革命斗争历史的一部真实记录。

与普林塞同时屹立在革命者群像之中的还有他的爱妻——女共产党员、洗衣工柏西、黑人党员席尔维·史密斯及党的基本群众克拉伦斯父子。尤其是柏西的形象,作者以细腻具体、生动感人的笔法和抒情式的描写,表现了这位女共产党员的内心世界。她爱党也爱丈夫,虽然感情有些脆弱,但在重大打击面前,她一方面哀痛丈夫的牺牲,另一方面却变得更加坚强,小说结尾对她的一段描写便是明证:"'没有关系,'她又骄傲又辛酸地说,'我是一个共产党员,我知道普林塞这样的人是为什么死的。如果这是免不了的,我想我只好学会忍受。过去发生的一切……或是今后将要发生的一切……我都可以毅然承当。'她深深地吸了一口气。"

小说在艺术手法上最突出的特色是使用"浓缩法",即将一场伟大而持久的阶级斗争压缩在短短的几十个小时之内来表现。在作品的扉页上作者明确地向读者交代了故事的背景是"发生在密歇根州底特律城和底特律的近郊。时间在1936 年 2 月,从星期六晚上 10 点 50 分到星期二早上 6 点钟"。星期六晚上 10 点 50 分,在底特律城金斯顿乡间俱乐部的年度舞会上,格雷勃和凯洛格这两只资产阶级的忠实走狗从这里开始登台表演他们的人生丑剧;接着在第二天,即星期日下午 3 点 30 分,我们可敬的主人公普林塞和他的妻子柏西也在他们家中拉开了小说中斗争生活的第一幕——其实是他们几年来为党工作极其普通的一瞬间——普林塞夜班归来才睡了几个小时就匆匆地吃完饭又开始为党报写文章了;然后,几乎在同一时间里,在凯洛格家的地下室里,底特律城的"黑色军团"暴徒们在接纳格雷勃加入的仪式上发出了一阵疯狂的叫嚣;下一个场景又到了底特律城的街头,时间是星期日下午 6 点 30 分,普林塞在年轻的共产党员杰西的保护下来到指定街区的一辆汽车里与党的领导者特纳尔碰头……直到星期二早上 6 点钟,一个农家的孩子在郊外的一个树林里发现了一具男人的尸体,"尸体的脸向着清冷的晴空,身子宁静地躺得笔直。死后的姿势显出他既没有苦恼,也没有痛苦。那张带着青伤的脸是泰然自若的"——这就是普林塞牺牲后的神态,也是小说的最后一个场面。

这次斗争虽然只是美国无产阶级几百年伟大斗争史上一朵短促的火花,但它在刹那间却爆发出耀眼的光芒,照亮了美国无产阶级前进的道路。

马尔兹出色的进步立场和丰富的创作才能使他成为美国战后最有威望的无产阶级作家。他先后担任了美国作家协会常任理事、作协西部分会主席等职务,活跃在进步文坛上。正因如此,他引起了美国反动势力的仇视和恐惧,20 世纪40 年代末,在臭名昭著的麦卡锡主义横行时期,马尔兹被"非美活动调查委员会"传讯;接着他又在清洗进步作家的"好莱坞十君子案"中成为反动当局迫害的第一名作家。1950 年,他又因所谓"对国会不敬罪"被捕入狱;翌年 3 月出狱后不得不流亡墨西哥。疯狂的政治迫害并不能使马尔兹停下战斗的笔,1952 年他创作了以揭露"非美活动调查委员会"和"忠诚审讯"为题材的独幕剧《莫里森案件》。几年后又出版了标志作者的思想和艺术新高度的第四部长篇小说《短促生命中漫长的一天》(1956)。小说描写了犯人们在美国监狱里度过的"短促生命中漫长的一天",显示出无辜善良的人们如何被万恶的资本主义制度吞噬的悲惨画面,是作者一年监狱生活体验的结晶。

马尔兹还写有不少电影剧本,著名的有《不夜城》《刽子手》《莫斯科反攻了》《向东京前进》等。

作为20世纪三四十年代美国左翼文学的代表作家,马尔兹的创作是与当时的社会政治斗争紧密结合在一起的。他的短篇小说可以列入美国最优秀的艺术珍品之列,是马克·吐温、欧·亨利严肃的现实主义的继承和发展。他的《潜流》在美国文坛上为现实主义开辟了一条广阔的新途径,他的《短促生命中漫长的一天》为50年代万马齐喑的美国吹响了一支战歌。马尔兹对我国人民怀有亲切的感情,他曾为中华人民共和国的成立而欢呼,为《潜流》中译本的出版还专门写了序言,指出:"我尽我的能力描写了一个美国英雄。现在这作品能与中国读者见面,我感到荣幸。"当《短促生命中漫长的一天》完稿之后,马尔兹特地将书稿寄给我国著名翻译家萧三,使小说能在中国尽快出版中文译本。

二 法斯特及其家族小说《移民》(1977)

霍华德·法斯特(1914—2013)是一位多产作家,在20世纪30年代以反垄断反种族主义的左翼小说闻名,是当时美国共产党内活跃在文坛上的年轻一代作家的代表。1914年11月11日出生于纽约一个贫苦的犹太人家庭,父亲巴尼·法斯特是一名工人。法斯特所受正规教育不多,少年时代即外出谋生,曾长期在美国各地流浪,干过运货员、伐木工人、洗衣匠、屠夫等职业,还进入国立美术学院免费学习过一年,同时兼做纽约公共图书馆的管理员,但最后他放弃了美术爱好,决心从事文学创作。

法斯特的第一部文学作品是他19岁那年以独立战争期间的边疆生活为题材写的《两个溪谷》(1933),但小说出版后社会反应微弱。接着他写了《奇怪的昨天》(1933)和《都会一角》(1937),而真正为法斯特赢得小说家声誉的是中篇小说《孩子们》(1937)。

《孩子们》以纽约摩天大楼后面的一条小街为背景,那儿住着美国人、犹太人、爱尔兰人、意大利人和黑人。简陋的房屋、肮脏的街头成了那群缺乏教养的孩子唯一的活动天地,他们受都市毒气的熏染,养成了打架、骂人、偷窃、调戏女孩子、欺侮弱小、拉帮结派等恶习。尤其是万恶的种族主义的偏见也毒害着孩子们幼小的心灵,他们互相歧视、谩骂,美国人的孩子欺侮犹太人的孩子,犹太人的孩子欺侮爱尔兰人的孩子,爱尔兰人的孩子欺侮意大利人的孩子……而最受欺压的无疑是黑人的孩子。小说的结局是令人触目惊心的:以美国白人孩子奥利为首的一帮人竟然把打群架时抓来的外号叫"黑肚皮"的黑人孩子活活地吊死了。作者以痛苦和愤恨的情绪,抨击了造成这些罪恶现象的美国社会制度。在题词中法斯特这样写道:"献给那些牺牲于种族仇恨的最不幸的人——孩子们,愿他们在一个比较干净和比较美好的世界里长大成人。"这正显示出他的良好愿望。

接着,法斯特把创作的注意力集中于历史题材的作品,1937年6月与倍蒂·柯恩结婚之后,他就以职业作家的身份连续写了5部反映美国历史上重大事件和重要人物经历的长篇小说,它们是:关于"福奇谷地"古老传说的《孕育于自由之中》(1939),以19世纪70年代印第安人反抗美国当局迫害的斗争故事为题材的《最后的边疆》(1941),描写独立战争期间联邦军战士在华盛顿率领下英勇顽强的战斗精神的《不可征服的人》(1942),以杰出的资产阶级民主战士托马斯·潘恩的生平事迹为题材的《公民汤姆·潘恩》(1943),还有叙述独立战争年代南卡罗来纳州的黑奴和穷苦白人共同为反抗种族主义而英勇斗争的《自由之路》(1944)。在《公民汤姆·潘恩》中,作者以严肃的现实主义立场着重塑造了这位献身于美国伟大独立战争的资产阶级民主战士的崇高形象,是法斯特历史小说的重要代表作,而《自由之路》则以强烈的对比揭露了美国资本主义制度的罪恶本质。

从20世纪30年代后期开始,法斯特就成为美国左翼文学运动的骨干。1942年加入美国共产党后,成为进步刊物《新群众》《群众与主流》的特约作者。1945年,以战地记者身份赴欧洲战场采访,战后担任美国反法西斯难民救济委员会的主要成员。1949年代表美共参加世界和平理事会,因政府当局阻挠未能成行,被缺席推选为理事会理事。1950年遭到非美活动调查委员会的迫害,与反法西斯难民救济委员会的其他成员同时受审入狱,并以"从事颠覆活动"的罪名被判刑3个月。1953年获得苏联颁发的"加强国际和平"斯大林奖金。1955年担任美共机关报《工人日报》的专栏作家。

第二次世界大战之后,法斯特的主要作品有:描写19世纪八九十年代美国社会现实的长篇小说《美国人》(1946)及其续篇——描写第二次世界大战期间美国一家面粉厂工人斗争生活的《克拉克顿》(1947),以古代以色列人民争取民族自由为题材的长篇历史小说《我光荣的弟兄们》(1948),描写古罗马奴隶起义的长篇历史小说《斯巴达克斯》(1952),以著名的"萨科-万塞蒂"事件为题材的长篇政治小说《萨科-万塞蒂的受难》(1953),以大学教授遭受美国政府迫害为素材的现代社会小说《塞拉斯·丁伯曼》(1954),以及短篇小说集《帕特里克·亨利和巡洋舰的龙骨及美国年轻时代的其他故事》(1945)等。

苏共第二十次代表大会后,法斯特的立场起了激剧的变化:1956年6月他就停止为《工人日报》写稿;1957年2月在《纽约时报》上发表了他脱离美国共产党的声明,认为自己"不能再受美国共产党纪律的约束";接着又在《主流》杂志上发表了《我的决定》一文,为他的政治选择进行辩解;同年11月,出版了《赤裸裸的上帝》一书,具体地叙述了他参加美共时的"复杂心情"、在党内十几年的生活经历和对"幻想"的破灭,声称"我找到了自己的个性的自由,这种自由我认为是人类的最大珍宝",并认为他已"用自己的材料做成马克思主义者"。美国共产党和国际舆论谴责了法斯特的变节行为,美共名誉主席福斯特在《工人日报》上以《霍华德·法斯特要求投降》为题发表文章,指出他的脱党"揭去了法斯特薄薄的马克思主义外衣,并暴露出隐藏在他外衣下面的资产阶级民族主义"。

脱党之后,法斯特继续作为一名职业作家进行小说创作,此后的主要作品有以《圣经》为题材的历史小说《摩西,埃及王子》(1958)、以第二次世界大战为背景的《温斯顿事件》(1959)、描写美国独立战争年代一个孩子的故事的《四月的早晨》(1961)和以 20 世纪二三十年代美国劳工运动为题材的《权力》(1963)等;70年代以来的主要作品有以 19 世纪末欧洲移民的悲惨命运为题材的长篇小说三部曲《移民》(1977)、《第二代》(1978)和《企业》(1979)等,代表了法斯特经历思想激变之后对于美国社会的思考。

《移民》是一部以欧洲、亚洲的移民在美国社会历经沧桑的自我奋斗的经历为主线的家族小说。展现在我们面前的是从 19 世纪末到 20 世纪 30 年代美国社会丰富多彩、变幻无穷的生活画面,作品通过对包括犹太人、意大利人、俄国人和中国人在内的一群移民在美国祖孙三代四五十年的奋斗经历的描写,真实而具体地揭示了这一时期美国资本主义制度对每个人内心世界的渗透和灵魂的感染,再现了资产阶级巧取豪夺的发展过程,以及他们内在的根本矛盾及其在世界经济危机中互相掠夺的情景。

小说的核心人物丹尼尔·拉维特是法国与意大利混血儿约瑟夫·拉维特的儿子。约瑟夫与妻子安娜当年漂洋过海从欧洲来到纽约,1889 年初受工头雇用,在闷罐车里坐了七天七夜去西部旧金山建造铁路,安娜就在车上生下了丹尼尔。17 年后,拉维特夫的大地震吞噬了这对夫妇的生命和财产,唯一幸免的是他们的儿子和那艘渔船——这天早上地震发生的时候,丹尼尔正在驾驶着渔船准备出海。此后,丹尼尔就依附于跟他父母同辈的意大利移民安东尼·卡沙拉,开始了与命运的搏斗。几年之后,丹尼尔凭着胆略和精明,居然成了拥有一个船队的老板,并且以他粗犷、顽强的气质得到了当地银行界巨头谢尔顿的独养女儿琼·谢尔顿的青睐。

作者有意识地为丹尼尔的这段生活铺上了一层闪耀的金光,他与琼·谢尔顿结婚之后,迅速发展成为一个拥有船队、商业公司、旅馆乃至航空公司的百万富翁,这秘诀就是第一次世界大战给美国带来了畸形的经济繁荣,也就是说丹尼尔的暴发是建立在战场上许多士兵的尸体之上的。他从一个渔夫的儿子、一个最低贱的意大利移民的后代,陡然成为旧金山显赫的财主、政治上的首领人物,甚至可以参与总统的竞选活动,这本身就是对美国社会的莫大讽刺。然而,他的出身、教养和身份仿佛是一层永远蜕不了的皮,在他与上层社会之间形成了一道不可逾越的鸿沟或是一堵高不可攀的墙,他的妻子——号称"古典美人"和"冷美人"的琼就是首先向他显示出这一距离的人物。当初凭着一时的感情冲动,她把丹尼尔看作是杰克·伦敦笔下的马丁·伊登式的英雄人物,但在结婚3年之后,这种冲动一旦消失干净,他们之间的裂痕就明显地暴露出来,最终两人成了冷漠的路人;而到了20世纪30年代初期世纪性经济危机爆发的时刻,丹尼尔这个名义上的妻子竟以谢尔顿银行董事长的地位和权力置丹尼尔经营的企业于死地,使这个"捕鱼的"又跌进了穷困的深渊,成了这场危机的牺牲品。

丹尼尔的经历固然带有某种传奇色彩,但从中可以使人们认识到这个社会里人与人之间的险恶关系。当然并非所有人之间都是这样的,作者认为琼之所以变得如此冷酷、势利,是由于她的阶级地位;归根结底,她从来没有把自己的丈夫看作是一个可以与她平起平坐的、有文化有教养的上等人,在她眼里,丹尼尔永远是一个"捕鱼的"。与此相反,小说着力塑造的另一个女性——中国血统的邬美玲,则是属于心灵完全不同的人物了。丹尼尔首次遇见美玲的时候,她还是个十八九岁的身材苗条、举止文雅的中国姑娘,具有东方女性娴静温柔的特性。由于丹尼尔雇用了她的父亲邬峰,使他们一家的生活有了依靠,因此她从一开始就把这个"等了五年才见上面"的拉维特先生视作自己的恩人和心目中的英雄。在以后的接触中,美玲从"我怎么也报答不了你"到真心地爱上丹尼尔,以至悄悄地与他同居并生了孩子。从丹尼尔方面来说,由于"我爱我妻子,但她却不爱我"的原因,他从一开始就对美玲产生了兴趣,认为"她是所见过的最美丽、最可爱的生灵"。美玲生下孩子后,他就产生了与琼离婚的念头,在檀香山的海滩上,他向美玲披露了自己的心迹:"我已经下了决心,如果我不能像现在这样跟你在一起生活,我的整个生命便毫无意义。"

从道德角度来说,这场恋爱可以作非法论处,因为丹尼尔是有妇之夫。然而作品却竭力渲染它的价值、它的意义和它的神圣地位,究其原因,恐怕就在于对人的灵魂和气质的理解上。因此,作者认为丹尼尔尽管与琼结成了夫妻,但他们之间没有共同的地位和思想基础,这是一场不适当的婚姻;而丹尼尔与美玲则是具有同样心灵和内心世界的一对,虽然从形式上来讲他们这种结合是非法的,但却是自然合理的,其中一个重要因素就是:他们都是受人歧视的移民的后代,他们对社会有相同的信念。小说的结尾便是作者这一认识观念的证明:当破了产的丹尼尔沦为身无分文的流浪汉前去洛杉矶寻找美玲时,他在这个女人身上真正得到了安慰和幸福:"咱们回家吧,丹尼。"——这就是意大利移民的后代的真正归宿。

　　她握着他的手臂,他站起来随她走了。马克①逝世的消息,犹如晴天霹雳,使他悲痛万分,但打击没有使他的感情麻木,他还感觉到自己的存在,知道这位不同凡响、名唤美玲的中国女子——从某种意义上说,也是他的一部分——正与他紧相偎依。

　　对丹尼尔来说,他的过去“已经死掉了”,展现在他面前的是一个男子汉、一个劳动者和一个爱妻子的丈夫的新生活;他与琼的离婚是事物发展的必然,他与美玲的结合也是事物发展的必然。

　　《移民》是法斯特20世纪70年代一部有影响的小说,同这之前不久出版的欧文·肖的《富人,穷人》一样成为当时最畅销的书,被评论界誉为“最引人入胜的小说之一”。作为一个有几十年创作经历的小说家,作者在这部作品中依然采用了严肃、真实的现实主义手法,力图艺术地再现美国社会这一时期的生活本质,用丹尼尔的话来说,也就是揭示“每一块美元都浸透了美国人的鲜血”的资本主义制度的实质,从这一点来说,小说具有一定的认识价值。同时,作者对人物性格塑造的技巧也促使了作品的成功,应该说丹尼尔、琼和美玲的形象是能打动读者心弦的。他们有各自的典型环境,因而也就有各自的性格发展过程和灵魂深处的本质基础,特别是美玲的崇高气质使小说的结尾达到了感情的高潮。美国报刊认为《移民》的最后几十页描写“令人感动”,看来是不无道理的。

　　但由于作者政治立场的倒退,与他早年的作品相比,《移民》在思想上的局限也是十分明显的。虽然小说揭露了美国大资产阶级本质方面的罪恶,但丹尼尔的悲剧并不是这些罪恶的直接原因;相反,我们却可以从这个东欧移民的后代、出身渔夫家庭的劳动者身上同样体味到剥削阶级的堕落行为对他的感染——他已经远远不能同20世纪30年代为美国工人阶级利益英勇斗争的革命者的形象相提并论了。

　　1978年出版的《第二代》和1979年出版的《企业》分别是长篇小说三部曲的第二部和第三部,继续以编年史的方式描写了拉维特在第二次世界大战前后的经历及他的女儿巴巴拉的命运,再现了20世纪四五十年代的美国社会的现实。

----

　　① 马克·列维是丹尼尔的合伙人,挚友。

第七章 "迷惘的一代"

第一节 "迷惘的一代"产生的历史
背景与创作成就

一 第一次世界大战与"迷惘的一代"的产生

第一次世界大战结束不久,一批美国文学青年纷纷来到巴黎,其中有海明威、福克纳、多斯·帕索斯等人。他们怀着对大战后人类社会的迷惘和怀疑的态度企图在欧洲文化中心——巴黎寻找思想的出路,他们出入于当地的文艺沙龙和大街小巷,精神上的空虚和对理想追求的失望,使他们只能通过小说创作去诅咒战争、企盼未来,表现出内心的茫然和无奈。正是如此,才引出当时已定居巴黎多年的美国老一辈女作家格特鲁德·斯泰因对这批文学青年所说的一句话:"你们都是迷惘的一代。"("You are all a lost generation.")从此,"迷惘的一代"就被视为受欧洲现代主义文学思潮影响的、曾旅居于法国巴黎的这批美国青年作家的代名词,也被文学史家认定为20世纪前半期美国文学一个重要流派的名称。

一句话引出一个流派的形成,这倒成了文坛的一段佳话,然而"迷惘的一代"并非文学实体,它既无组织又无纲领,但作为第一次世界大战后曾经盛行过一二十年的文学流派,它对当时的美国文坛乃至世界文坛都产生过一定影响。"迷惘的一代"实际上就是第一次世界大战的产物,属于这个流派的大都是青年作家,他们对战争厌恶、恐惧,但又找不到思想出路,因迷失了方向而成为"迷惘的一代"。在美国,人们往往把带有这种思想情绪的作家,如多斯·帕索斯、福克纳、斯坦贝克、沃尔夫,诗人托马斯·艾略特、埃兹拉·庞德、爱德华·伊·卡明斯[①]等都称作"迷惘的一代",但真正有影响的无疑是海明威,其次是菲茨杰拉德及沃尔夫、多斯·帕索斯。其余几位作家从创作风格来说,"迷惘的一代"并不是他们

---

① 托马斯·艾略特(1888—1965),英国诗人兼批评家,出生于美国,1914年起定居英国,1948年获诺贝尔文学奖。埃兹拉·庞德(1885—1972),美国诗人,意象主义代表人物。爱德华·伊·卡明斯(1894—1962),美国诗人、画家。

的主要特色。

　　"迷惘的一代"是第一次世界大战的产物,20 世纪 20 年代是它的鼎盛时期。50 年代之后,随着海明威健康状况的恶化直至最后自杀而告结束,但作为一个小说创作的历史现象,文学史上应有它的一席地位。它的意义在于真实地反映了 20 年代美国青年的精神面貌。

　　马尔科姆·考利①在《流放者的归来》一书中对"迷惘的一代"的产生归纳出以下原因:

　　　　这一代人之所以迷惘,首先是因为他们是无根之木,在外地上学,几乎和任何地区或传统都失却联系。这一代人之所以迷惘是因为他们所受的训练是为了应付另一种生活,而不是战后的那种生活,是因为战争使他们只能适应旅行和带刺激性的生活。这一代人之所以迷惘是因为他们试图过流放的生活。这一代人之所以迷惘是因为他们不接受旧的行为准则,还因为他们对社会和作家在社会中的地位形成一种错误的看法。这一代人属于从既定的社会准则向尚未产生的社会准则过渡的时期。②

　　马尔科姆·考利精辟地指出了"迷惘的一代"的产生背景,使后人更明确地认识到它产生的历史原因和思想价值。20 世纪 20 年代初期,考利曾与这些"流放者"为伍,应该说他的判断是有依据的,他的理解是确切的。

二　"迷惘的一代"的创作成就

　　根据考利的分析判断,"迷惘的一代"是由大部分出生于 1894—1900 年之间的作家组成的,而且他们的主要文学成就是小说。这中间,海明威凭借多部长短篇小说的问世而成为"迷惘的一代"的首要人物。《太阳照样升起》(1926)的出版,使原先仅以几篇短篇、几首小诗企图扬名巴黎的海明威一下子成了著名小说家;1929 年出版《永别了,武器》之时,海明威虽已离开巴黎返回美国,但这部小说以它深邃的主题思想和精湛的叙事艺术成为"迷惘的一代"的小说经典。此后,不管海明威生活在何处、创作了什么作品,"迷惘的一代"领袖人物的桂冠已经历史性地落在他的头上。

　　当年在巴黎,菲茨杰拉德成名早于海明威。早在 1920 年他就写出了颇负盛

――――――――――

　　①　马尔科姆·考利(1898—1989),美国著名文学评论家,也曾是"迷惘的一代"的成员之一。

　　②　马尔科姆·考利:《流放者的归来》,上海外语教育出版社,1986 年,第 6 页。

名的长篇小说《人间天堂》,此后《爵士时代的故事》(1922)、《了不起的盖茨比》(1925)进一步显示了他的创作才华,尤其是后者,被认为是 20 世纪 20 年代美国小说界的一朵奇葩。菲茨杰拉德多次旅居巴黎,考利认为这一阶段"他的小说和故事就某些方面来说,是这一整个时期的绝妙记录"①。

多斯·帕索斯与海明威一样在第一次世界大战期间参加过战地救护队,他的《三个士兵》(1921)是对大战场景的真实记录,反映了美国青年一代的厌战和迷惘情绪,是当时第一部有影响的反战小说。20 世纪 30 年代期间,多斯·帕索斯思想立场急剧靠拢美国共产党,一度成为著名的左翼作家,这也表明了"迷惘的一代"的作家在完成历史赋予他们的文学使命之后必然会队伍分化。但有评论认为,"指导他批判美国社会与政府的思想是无政府主义"②,也许这与多斯·帕索斯早年作为"迷惘的一代"的生活经历有关。

在经历上,沃尔夫不同于海明威等人,他在第一次世界大战时并无亲身经历战争的机会,1925 年旅居欧洲时选择的也不是法国而是德国,他以长篇小说《天使望家乡》(1929)闻名文坛,写出了一代美国青年在与社会生活的矛盾中的迷惘与不安。

此外,福克纳早期创作的《士兵的报酬》(1926)也被认为是"迷惘的一代"的重要小说作品之一。格特鲁德·斯泰因作为"迷惘的一代"的引路人,她的小说和评论,尤其是她在创作理论上的新颖见解,无疑对海明威等人的文学创作起过重要的引导作用。③

三 "迷惘的一代"的基本特点

作为有世界影响的一代美国小说家群体,"迷惘的一代"从产生、繁荣到最后的衰落不过二三十年时间,而且它的鼎盛时期仅仅是 20 世纪 20 年代的 10 年光景,但一直以来被认为是美国 20 世纪小说发展过程中一个极其重要的流派和现象。这是由于它的产生和发展给整个美国文学乃至西方文学所带来的重大影响和它本身所具有的思想价值,同时也由于作家通过作品所显示的叙事艺术魅力。它的基本特点主要表现在:

第一,揭露了战争对于人类尤其是年轻一代所造成的严重伤害。"迷惘的一代"几乎是伴随第一次世界大战而产生的,其中的主要作家都是战争的直接参与者和受害者,他们对战争的残酷有着切身的体验,这也成为他们创作的动力和基础。因此,"迷惘的一代"发出的是对战争谴责的强音,是 20 世纪人类正义力量

---

① 马尔科姆·考利:《流放者的归来》,上海外语教育出版社,1986 年,第 214 页。
② 参见《20 世纪外国文学大辞典》,译林出版社,1998 年,第 937 页。
③ 关于格特鲁德·斯泰因的具体论述见本书第三章第六节。

的一次显示。

第二,描绘了遭受战争伤害的年轻一代美国人(也包括欧洲人)的复杂心理世界和迷惘情绪。经历了第一次世界大战的美国青年,面对战争中双方士兵之间的杀戮,无法理解战争中人性的沦丧,原先报国投军的热情在战火中被彻底扑灭,尤其是看到高级军官胡乱指挥,视下级军官和士兵的生命为儿戏,他们发现上当受骗,他们看不到战争结束后的出路,因此,他们除了失望和迷惘之外别无所得,这正是20世纪这场人类之间的大战带来的严重后果,是对人性沦丧的真实记录。

第三,"迷惘的一代"作家战后自愿流放欧洲,一是受到欧洲尤其是法国文化的影响,二是不满美国社会过于商业化、资本化的庸俗倾向,三是企图在人类文化历史底蕴中寻找思想出路。但是,这一切并未能使他们获得精神枷锁的真正解脱,通过小说创作以达到自我表现和情感宣泄,成了他们唯一的选择,从中也体现了文学在人类历史发展过程中的价值。

第四,"迷惘的一代"在叙事技巧上一方面吸收了欧洲现代主义作家尤其是法国作家如波德莱尔、古尔蒙和乔伊斯等人的经验,同时也较多地继承了美国老一辈现实主义作家如德莱塞、安德森、刘易斯等人的创作思想,因此,它是欧洲文学与美国本土民族文学结合的产物,也是将欧洲现代主义最早融入美国现实主义文学的成果。

第五,"迷惘的一代"作家大多出身美国中产阶级家庭,受过良好的资产阶级教育,本身具有对文学执着的追求精神,因此,在历史激荡的演变过程中纷纷写出了足以影响西方世界的作品,在青年时代便一跃成为世界知名的小说家。但他们的思想立场是资产阶级的,是动摇和茫然的,缺乏对人类社会历史的本质理解,因此,他们不愿接近广大的劳动阶级,也不愿加入无产阶级的革命斗争行列。但是历史的发展又迫使他们正视和思考这一严肃问题,20世纪20年代爆发的美国经济危机是对他们的一个大的冲击,于是"迷惘的一代"中的大部分作家逐渐走出了个人小圈子,纷纷回国,开始正视美国社会的政治经济,海明威对反法西斯斗争的关注和多斯·帕索斯的急剧转向左翼是一个明显的例子。

第二节　欧内斯特·海明威

一　神奇的一生

盛行于20世纪二三十年代的"迷惘的一代"文学流派公认的代表作家,就是被称为美国20世纪上半叶最有才华的"天才小说家"——欧内斯特·海明威(1899—1961)。

海明威于 1899 年 7 月 21 日出生在美国北部伊利诺伊州芝加哥附近的奥克帕克村,父亲克拉伦斯·海明威是当地著名的外科大夫,母亲是位出身上层社会的妇女。生活在典型的中产阶级家庭的海明威,从小受到正规的资产阶级教育,父亲狩猎、钓鱼的业余爱好和母亲的音乐修养都在不同程度上对这位未来的大作家的生活产生了影响。海明威 6 岁入小学读书,14 岁就读于当地的高级中学;在中学期间已显示出写作上和体育上的才华,曾任校刊主编。1917 年夏季,海明威中学毕业,时值第一次世界大战最激烈的年份。美国于该年 4 月宣布参战,海明威也和许多年轻、幼稚的美国青年一样,在帝国主义宣传机器的煽动下报名参加志愿军,但因父母阻止而未成。同年 10 月离家,去堪萨斯市《明星报》工作。翌年 5 月,海明威脱离报社,加入了美国红十字会战地救护队,担任车队司机,被授予中尉军衔;6 月随救护队开赴欧洲战场,进入意大利境内的皮阿维河畔同奥匈帝国的交战区;一个月后,海明威被炮弹炸伤,在医院治疗了 3 个月;11 月奥匈帝国投降,意大利政府授予海明威军功奖章、银质奖章和勇敢奖章各一枚。1919 年 1 月,海明威带着浑身的伤疤返回美国,战争在他心灵上也留下了难以治愈的创伤,他充满了忧郁、空虚和茫然的情绪。

为了排遣心中的郁闷,海明威尝试写作短篇小说,但没有成功。1919 年冬,经友人推荐赴加拿大任《多伦多明星报》编外记者。1921 年底,偕同新婚的妻子哈德利·理查逊去法国巴黎担任《多伦多明星报》驻欧洲特派记者。战后的欧洲,充满着动荡不安和悲观绝望的气氛,海明威目睹这些社会现象,心中的沉思和忧虑更重了。在从事新闻报道工作的同时,海明威还坚持写诗和小说。1922 年冬,在一次旅行途中他的手稿几乎全部被窃。他凭着顽强的意志继续创作,1923 年,他的第一部作品集《三个短篇和十首诗》在巴黎出版,但因印数太少,未能引起社会的注意。

1924—1927 年,海明威担任"赫斯特报系"驻欧洲记者。1924 年在巴黎出版第二个集子《在我们的时代里》,包括 18 个短篇,次年同名的集子在美国出版,开始引起评论界的注意。在这些作品中,这位年轻的小说家已显示出他叙事艺术的才华和独特的风格,有的作品如《印第安营地》等,后来成为世界公认的短篇名作。

海明威真正闻名并成为"迷惘的一代"的代表作家,是在 1926 年他的第一部长篇小说《太阳照样升起》(英国版题名《节日》,1927)出版之后。小说以第一次世界大战之后流落在欧洲的青年男女为描写对象,反映了他们憎恨战争、无法消除心中的创伤、心情苦闷迷惘而又找不到出路的思想情绪。男主人公杰克·巴恩斯是个美国记者,在"欧战"中因下体受伤而失去性爱能力;女主人公勃瑞特·艾希利是个英国姑娘,在战争中失去了亲人。他们互相爱慕,却无法结合。巴恩斯对性爱可望而不可即,就带了艾希利来到比利牛斯山区,以狩猎、钓鱼和观看巴斯克人斗牛来消磨时光。在斗牛士勇敢精神的激发下,巴恩斯感到无比兴奋;

他认为这就是人的力量的体现,是生活的真谛和人生的永恒,也就是太阳升起的地方。由于作者写出了这一代人的失望情绪,集中体现了 20 世纪 20 年代海明威的人生观念,这部小说成了"迷惘的一代"的代表作。

在写作《太阳照样升起》的前后,海明威沉迷于流亡巴黎的美国文学家、艺术家的圈子,同前辈作家斯泰因、庞德交往甚密,并结识了先后来到巴黎的菲茨杰拉德、福克纳和安德森等人。正由于斯泰因对海明威等人所说的"你们都是迷惘的一代"这句话,被海明威用来作为《太阳照样升起》的扉页题词,于是"迷惘的一代"文学随之产生。

1927 年,海明威辞去记者职务成为职业作家后,与哈德利离婚,并与时装设计师鲍林·菲弗尔结婚①;同年出版短篇小说集《没有女人的男人》,其中著名的有《打不败的人》《五万大洋》《杀人者》等。1928 年,海明威回国定居在南部佛罗里达州,1929 年出版了他的第二部长篇小说《永别了,武器》。这部小说比《太阳照样升起》具有更深刻的含义,不像后者那样仅仅在回忆中触及战争,而是直接描写战争,它不仅揭露了战争使人们生理上受到摧残的罪恶,而且戳穿了帝国主义舆论的欺骗性和资产阶级道德的虚伪性。因此,《永别了,武器》被称为"迷惘的一代"的最高成就。

20 世纪 30 年代初,海明威迁居古巴。这一时期他把大部分精力放在旅行、狩猎和观看斗牛上,并多次出国。1932 年出版的《死在午后》专门记叙了他去西班牙观看斗牛的情景(海明威酷爱斗牛,据说他还亲自上阵与公牛搏斗过)。在《死在午后》中,他联系自己的创作,提出了著名的经验总结:"冰山在海里移动很是庄严、宏伟,这是因为它只有八分之一露出水面。"此外,他还出版过两部短篇小说集《胜者无所得》(1933)和《上帝并不保佑绅士》(1933)。为了目睹射猎狮子的惊险场面,1933 年末他偕同妻子专程去非洲,并写了旅行札记《非洲的青山》(1935)。1936 年,海明威发表了两篇著名的短篇小说:《乞力马扎罗的雪》和《弗朗西斯·马康贝短暂的幸福》。这是他在非洲之行的途中写的,达到了短篇技巧的最高峰。1937 年出版的第三部长篇小说《有钱的和没钱的》是海明威 30 年代中期的重要作品,也是他第一次以劳动者为描写对象的长篇小说。小说的主人公是"没钱的"哈雷·莫根,他原是个渔夫,兼做游艇出租生意,但由于经济萧条,一家人生活没有着落。为了"不让我的孩子饿断肚肠","自己要吃饭,还要养活他们",他只得铤而走险去从事走私活动,并对不许他生存的社会提出抗议:"我不知道谁制定法律,但是我知道没有叫人挨饿的法律。"为了生存,他杀死人口贩

---

① 1940 年,海明威与菲弗尔离婚,同年与记者、作家玛莎·盖尔霍恩结婚,1946 年与盖尔霍恩离婚后与记者玛丽·威尔士结婚。他与第一个妻子生了一个儿子,与第二个妻子生了两个儿子。

子,私运中国苦力,企图抢劫"古巴革命者"从银行里盗来的巨款。在这样的社会里,莫根的命运可想而知。最后他在一场枪战中死去,临死前他才醒悟到"一个人不行,现在一个人不行了"。然后小说写道:"他费了很长时间说出这句话,可是懂得这个道理却花了他整整的一生。"莫根的结论表现了作者的思想发展,这时候的海明威已逐渐从个人的迷惘之中摆脱出来,开始认识到社会生活的真正价值,把小说的矛头指向"有钱的",即指向那些雇用莫根这样的劳动者的资产阶级,迈出了抗议社会的新步伐。当然,莫根仅仅是一个盲目的、个人主义的反抗者,他只相信自己,为了自己的生存,不惜让别人牺牲生命,这表明了作者思想的局限。

1936 年 7 月,西班牙内战爆发。在西班牙共和政府危难之际,海明威全力支援西班牙人民,个人捐款数万美元购买救护车辆,还广泛开展募捐活动。1937 年 2 月至 1938 年 11 月,海明威受"北美报业同盟"的委派,先后四次赴西班牙,在反法西斯斗争的第一线报道西班牙人民的英雄业绩;后来还直接参加了"国际纵队",拿起武器与佛朗哥法西斯军队作战,直到内战结束才撤离回国。

这场惊心动魄的战争教育了海明威,使他进一步了解到西班牙人民和世界人民的力量,了解到资产阶级垄断集团与广大人民之间斗争的残酷性,了解到帝国主义的罪恶本质和共产党人的高贵气质。这一年多的斗争极大地丰富了海明威的精神世界。从思想上来说,他的生活态度产生了明显的变化;从创作上来说,他获得了新的源泉,写出了更有时代意义的作品,塑造了更有典型力量的人物。西班牙之行在文学上的直接成果是海明威唯一的剧本《第五纵队》(1938)、电影纪录片解说词《西班牙大地》(1938)和长篇小说《丧钟为谁而鸣》(1940)的发表和出版。《第五纵队》是一部严肃的、具有高度思想境界的作品,它描写在西班牙共和军中担任反间谍工作的美国军官菲利浦·劳伦斯,为保卫共和政府和首都马德里,排除干扰,破获敌特组织,一举歼灭"第五纵队",为共和事业做出了贡献。作者赋予主人公以崇高的生活理想和奋斗目标,当有钱的布里杰斯小姐企图以金钱和爱情来诱使劳伦斯放弃斗争时,他经过激烈的思想斗争,毅然断绝了与这位小姐的往来。劳伦斯跟海明威以前笔下的人物不同,他是一位实实在在的英雄、革命的战士,他把个人幸福置之度外,把自己的一切与西班牙民族解放事业紧紧联系在一起。如果没有置身于这场伟大的斗争,海明威就不可能写出《第五纵队》,更不可能写出代表他创作思想高峰的《丧钟为谁而鸣》。

1939 年,第二次世界大战爆发。1941 年春天,海明威赴亚洲采访并到过中国,写了数篇有关中国抗日战争的报道,其间与中国共产党的有关领导人有过接触。回国后他向美国当局发出过日本会扩大侵略的警告,但未能引起罗斯福政府的注意。1941 年 12 月珍珠港事件后美国宣布参战,海明威主动将自己的游艇改装成巡逻艇,在海上游弋两年之久,为美国政府提供了许多情报。1944 年,海明威随美军在法国北部登陆,并率领一支先遣队投入解放巴黎的战斗;因违反了所谓"新闻记者不得参与战斗"的规定而出庭受审,结果被宣告无罪,并于1947年6月在哈瓦那被授予一枚铜质奖章,以表彰他战时的勇敢行为。

在第二次世界大战期间,海明威多次受伤,曾因飞机失事造成严重脑震荡;1949年被猎枪的枪塞打伤了眼睛;1954年去非洲狩猎遇飞机坠毁幸免于难。因此,他的精神总是摇摆不定,尽管有着惊人的毅力在坚持创作,但作品的境界和力量已不能与当年在西班牙时的英勇气魄相比了,20世纪50年代发表的长篇小说《过河入林》(1950)和为他赢得生前最大荣誉的中篇小说《老人与海》(1952)便是例证。《过河入林》写59岁的美军上校理查德·康特威尔,在第二次世界大战结束后到意大利凭吊他当年负伤的战场,思念他曾经热恋的女子,顾影自怜,无限感伤。因为他身患癌症行将就木,世界已不再属于他了。这部小说艺术上缺乏光彩,世人多以为海明威是"江郎才尽"了。《老人与海》的出版,固然为海明威重振声誉,先获普利策小说奖(1953),继获诺贝尔文学奖(1954),使他一生的创作达到了空前的高峰,但桑提亚哥孤军奋战失败的命运终究反映了作者晚年的精神悲剧。

1954年,诺贝尔奖委员会为表彰他的功绩,宣布海明威为该年度的获奖作家,因为他"精通现代叙事艺术,突出地表现在其近作《老人与海》之中,同时也因为他在当代风格中所发挥的影响"。但是,海明威沉湎于渔猎之中,没有前去领奖,只写了一篇讲稿委托当时美国驻瑞典的大使卡波特代为宣读——

> ······ ······
>
> 就我而言,要请我国大使代我念答词,是不能完全表达我内心深处的所有感情的。一个人所写的东西,并不是都能立刻为读者接受的。有时还可能带点运气呢,但久而久之,最终他的作品总会越来越明晰,越来越为人所接受。这样,加上作家择词造句上的本领的大小,他会永垂不朽或是被人遗忘。写作,在其巅峰状态时,是一种孤独的生涯。作家的组织,虽可以减轻一些孤独感,但我很怀疑这对作家的提高是否有好处。当作家摆脱了他的孤独,他的声名日甚,但他的作品也随之衰落。因为作家总是在孤独中工作,而且如果他是一名称职的作家的话,他会每天面对永恒的或是缺乏永恒的事物。
>
> 对于一个真正的作家,每一本书的完成都是他努力去开拓的新起点。他应该坚持不懈地去追求,做别人从未做过的或曾尝试过但没有成功的事。这样他就会有幸获得成功。[1]
>
> ······ ······

---

① 毛信德、蒋跃、韦胜杭:《20世纪诺贝尔文学奖颁奖演说词全编》,百花洲文艺出版社,2001年,第439—440页。

然而,遗憾的是,海明威并没有能像他自己所说的那样,把一部作品的成功作为一个"新起点",他像一头受伤的狮子,想成为一个永久的强者而不能。1960年,海明威的高血压症、糖尿病等日趋恶化,不久丧失工作能力,精神抑郁症十分严重。古巴革命后他移居美国,定居在爱达荷州治疗,但医治无效。1961年7月2日早晨,海明威用猎枪自杀,终年62岁。

海明威死后留有大量遗稿,由他的第四任夫人玛丽·威尔士整理后陆续出版,主要有:《流动的盛宴》(1964),这是关于20世纪20年代旅居巴黎期间的回忆录;《海流中的岛屿》(1970),这是海明威计划中的《海洋、天空、陆地》三部曲的第一部。《海流中的岛屿》由三个片段组成,写画家托马斯·赫德森的生活经历,其中包括他的几次婚姻、三个孩子,他在战争中的遭遇和他在与纳粹军队交战中最后死亡,不无作者自身的痕迹。

二 反战小说:《永别了,武器》(1929)

小说以第一次世界大战的意大利战场为背景,通过一个美国中尉亨利·腓特力自述的形式,描述了战争如何毁灭人的精神、扼杀人的爱情以及人与人之间无谓地相互残杀的情景,表达了作者明确反对帝国主义战争的思想认识。作品着重解释了"迷惘的一代"的形成过程,亨利从一个热情的青年演变为失望、空虚、痛苦、迷惘的典型,正是由这场罪恶的帝国主义战争造成的,战争毁灭了几千万无辜人民的生命,也摧残了整整一代人的精神。

小说情节发展的主线是亨利·腓特力在第一次世界大战最后两年里的遭遇。他原是在意大利学习建筑的美国大学生,战争爆发后,凭着一时的狂热当了美国志愿军,被授予中尉军衔,负责一个救护车队。后来,车队被敌人的炮弹击中,亨利负了重伤,转移到米兰的红十字医院治疗,在那里同英国籍的女护士凯瑟琳·巴尔莱重逢。起初,亨利并不真心爱凯瑟琳,认为与她交往不过是用无聊的话语而不是用纸牌来进行的赌博,"我只需要你,我真爱得发疯了"。他们昼夜相聚,产生了一种真正的、互相依赖的爱情。可是,好景不长,亨利伤愈后三周接到返回部队的通知,后在两军鏖战中又溃散离队,差点被意大利宪兵队当作奸细处决。亨利历尽艰险,潜逃到米兰寻找凯瑟琳,接着又追踪到施特累沙,终于找到了凯瑟琳。他们避开隆隆的炮声,住进旅馆,度过了一段愉快的生活。对于亨利来说,战争是在一个遥远的地方,也许根本就没有战争,"战争对我个人来说,已经结束了,但是我又有一种没有真正结束的感觉"。他的心情犹如一个逃学的学生,人逃出来了,心里却还在想着学校里的事。数天后,亨利的身份暴露,在旅馆伙计的帮助下,他与凯瑟琳逃到中立国瑞士,在日内瓦湖边的小城蒙特勒,他们总算熬过了一个冬天。1918年春天,由于凯瑟琳难产,孩子死了,凯瑟琳也很危险——

　　我坐在外面的走廊上。我心里所有的念头都抛光了。我什么也不想。我也不能够想。我知道她快死了,我在祈祷,希望她不死。别叫她死。哦!上帝啊!求您别叫她死吧。只求您别叫她死,我什么都答应。亲爱的上帝,我求求您,求求您,别叫她死。您已经收去了那孩子,可别再叫她死了——孩子您拿去没关系,可别叫她死。亲爱的上帝……然而,上帝并不存在,亨利的呼叫没有用,凯瑟琳还是死了。这时,呆若木鸡的亨利要求走进凯瑟琳的房间——

　　"你现在不可以进来。"一个护士说。

　　"我可以的。"我说。

　　"你还不可以进来。"

　　"你出去,"我说,"那个也出去。"

　　于是我把她们赶了出去,关好门,熄了灯,可也没有什么好处,那简直是在跟石像告别。过一会儿,我走了出去,离开医院,冒雨走回旅馆。

　　小说到这里突然结束。可是亨利回到旅馆后又向何处去呢?哪里是他真正的归宿?这些,作者并未讲明,也许是不愿意讲明,也许是根本无法讲明。作为一个朦胧的反战主义者的海明威,他只能从个人的角度去咒骂战争、反对战争;对于全世界人民如何团结起来彻底消灭帝国主义战争的根源他是认识不到的,至少在当时是这样。在作品中,海明威以亨利的命运悲剧来强调它的主题:战争摧残人的幸福,摧残人的精神,更使人感到世上无幸福可言。在他笔下,我们可以看到战场上满目凄凉的景色——

　　秋天来了,一下雨,栗子树上的叶子纷纷落了下来,只留下光秃秃的树枝和被雨淋得发黑的树干。葡萄园里也只是空枝残叶。举目望去,秋色沉沉,河上罩雾,山腰盘云,到处都是湿漉漉的,潮得成黑褐色的东西。卡车在路上开过,泥浆四溅,士兵们浑身泥泞,披肩也淋得湿透。……

（第一卷第一章）

可以看到战争的发动者们如何残酷杀害不肯为他们卖命的士兵——

　　"那个旅里,他们有一次不肯发动进攻,于是每十人中枪毙一人,中尉,你也在那儿吗?"

　　"不在。"

　　"每十人枪毙一人倒是真的,开枪的就是那些宪兵。"

（第一卷第九章）

也可以见到卡波雷托大撤退中士兵们愤怒的反战情绪——

> "和平万岁!"一个士兵大声叫道,"我们要回家去。"
> …… ……
> "你是属哪个部队的?"一个军官嚷着问。
> "和平部队,"有人叫喊出来,"我们是和平部队啊!"军官一声不吭。
> "他说什么? 那军官在说什么?"
> "打倒军官! 和平万岁!"
> …… ……
>
> (第三卷第三十章)

还可以见到主人公对这相互残杀的"人类世界"的诅咒——

> ……在这世界上,人人都受折磨,倒也产生一些勇敢的人。倘有受折磨而不屈服的,就会被他人害死,不管你是最善良的人、最温和的人还是最有勇气的人,都免不了一死。你如果不是这几种人,迟早也得死,只是世界并不急于要你的命罢了。
>
> (第四卷第三十四章)

海明威并不是一个社会主义者,他对社会主义不了解,所以在小说中对已经轰轰烈烈爆发的 1917 年十月革命只字不提。除了诅咒战争之外,他根本无法指出消灭帝国主义战争的正确途径。亨利逃避战争,纯粹是个人主义的,是求生本能的需要。他把爱情视作联系生活的唯一纽带,凯瑟琳一死,纽带断了,他的精神世界也就彻底崩溃了。这正是个人主义人生哲学的悲剧,也是海明威世界观的悲剧和"迷惘的一代"的悲剧。

《永别了,武器》的艺术技巧是值得称道的,它奠定了海明威独特的创作风格的基础:情景交融的环境描写,人物的思想活动与动作刻画紧密结合,简洁而含蓄的对话,情真意切的内心独白,简约洗练的文风,令人叹服的叙事技巧,形成了足以打动读者心灵的艺术魅力。

三 英雄小说:《丧钟为谁而鸣》(1940)

假如说《永别了,武器》代表了海明威第一个创作时期的思想,那么《丧钟为谁而鸣》就是他第二个创作时期思想转变的产物。这个转变的契机是西班牙的内战,正是这场战争使海明威获得了新的创作源泉,并成为他这部伟大小说的背景。

与《永别了，武器》中的亨利·腓特力不同，《丧钟为谁而鸣》的主人公罗伯特·乔丹已不再是"我厌倦了，我看透了"的迷惘者，而是一个有意志、有信念、有理想、有抱负的革命战士。他也追求爱情，但爱情已不再是与战争对立的单纯的个人幸福；他把爱情与事业放在一起，认识到自己身上更崇高的职责。因为乔丹知道，他从事的是一场反对法西斯主义的正义战争，他在为人民而战。"我相信人民，相信他们完全有权按照自己的意志来管理自己"，这就是他的信念。牺牲之前他这样认识这场斗争的意义："我为自己信仰的事业已经战斗了一年。我们如果在这里取得胜利，那么在其他各个地方都能胜利。世界是个美好的地方，值得为它而战斗，我多么不愿意离开这世界啊。"

罗伯特·乔丹是一位美国青年，原任蒙大拿州米苏拉大学西班牙语助教。在西班牙共和政府面临危难之际，1936 年他前来支援共和政府。他在这里已经参加了一年战斗，这次，在当地游击队配合下奉命前去执行炸桥的重要任务。在游击队驻地，罗伯特认识了胆小怕事的队长巴勃罗、斗争意志坚决的队长的妻子庇拉尔和受到庇拉尔保护的西班牙姑娘玛丽娅，还有以老游击队员安赛尔莫为代表的勇敢的战士们。小说的主要情节围绕罗伯特炸桥前的三个昼夜展开。在这里，有巴勃罗与罗伯特之间应该不应该炸桥的争论，有庇拉尔对丈夫怯懦哲学的斥责和对罗伯特勇敢行为的支持，有罗伯特与玛丽娅之间闪电式的爱情，有罗伯特侦察到敌情变化后向国际纵队司令部的报告和国际纵队领导人指挥上的混乱，最后是罗伯特在孤立无援的情况下去执行炸桥任务身负重伤，并在生命垂危时狙击追来的敌人。

罗伯特·乔丹的形象是丰富、真实而具体的。他参加这场斗争的动力，作品在开始不久便通过他与庇拉尔、玛丽娅的一段对话表示出来——

> "你是共产党吗？"
>
> "不，我是反法西斯主义者。"
>
> "很久了吗？"
>
> "自从我了解法西斯主义以来。"
>
> "多久了？"
>
> "大概有十年了吧。"
>
> "那并不算长，"庇拉尔说，"我信仰共和主义政体已经二十多年啦。"
>
> "我父亲信仰共和主义政体一辈子，就为这被枪毙了。"玛丽娅插嘴说。
>
> "我的祖父和父亲也都是信仰共和主义的。"罗伯特·乔丹说。

（第六章）

作为一个资产阶级民主主义者,罗伯特·乔丹的思想境界已经到了应有的高度。他去支援西班牙共和派是出于对资产阶级共和政体的拥护,他把西班牙内战看作是美国上一个世纪的南北战争,并以当年他祖辈的光荣功绩来鞭策自己;他痛恨法西斯主义,他的理想是"自由、平等、博爱"的资产阶级"民主社会";他对爱情的追求是热切的,但在关键时刻并没有忘记自己的责任;他有斗争到底的决心,在生命的最后时刻毫不悲伤。以上这些代表了海明威心目中最崇高的英雄形象。乔丹是一位资产阶级的英雄,也只能是一位资产阶级的英雄,这是作者本身的立场决定的。

为了竭力增强乔丹的英雄色彩,作者几乎是为他披上了一层耀眼的光华。小说把乔丹写成一位超人式的英雄,而游击队员乃至广大的西班牙人民则往往成了可笑的、野蛮的、愚昧的"群氓"。第十章对西班牙老百姓杀死被俘的法西斯分子那一大段毛骨悚然的自然主义描写,只能给人以惨淡的印象,对游击队混乱和缺乏纪律现象的过分夸大也使作品的意义受到损害。这一点正好反映了海明威思想的矛盾:既要突出乔丹这位"志愿兵"的自我牺牲精神,却又不知不觉地伤害了对西班牙人民真实面目的客观描写,以致引起西班牙评论界对小说的非议。

小说的缺陷还表现在主人公身上的悲观主义情绪上。庇拉尔一见乔丹就说,从他脸上发现了"死气";乔丹对这场战争前景的忧伤及他在最后行动时的绝望心情,都或多或少地反映出海明威对这场战争失败的心灵创伤是无法弥补的。他站在资产阶级民主主义者的立场上来看待西班牙内战的失败,就难免给作品涂上一层宿命论的感伤色彩。他没能真正了解这场战争给欧洲历史乃至世界历史带来的重大影响,因而他是抱着忧伤、绝望的情绪从西班牙撤退回国的,也是抱着忧伤、绝望的情绪在哈瓦那郊区的农场里写出这部小说的。小说的标题来源于17世纪英国玄学派诗人约翰·多恩(1572—1631)的《祈祷文集》(1623)第十七章,在小说的扉页上,海明威摘录了多恩的一段话——

任何人都不是一座岛屿,能了然孤立;每个人都应是那广阔大陆中的一部分。假如大海的波涛冲掉其中一块礁石,那么欧洲大陆就会缩小一点;假如你的朋友或是你自己的庄园被冲掉,那么情况也会如此。任何人的死亡都会使我蒙受损失,因为我包孕于人类之中共成一体;因而无论何时你都别去打听:丧钟为谁而鸣? 它是为你而鸣。

人类共为一体,四海之内皆为兄弟,丧钟为任何人的死亡而鸣。资产阶级人道主义的感情使海明威与300多年前的这位诗人心意相通,表现出进步而又有局限的主题。

《丧钟为谁而鸣》是海明威思想发展的高潮,是他人生观和艺术探索的一个新的里程碑,是对一个英勇献身的共和主义者的讴歌,是歌颂民主、谴责法西斯势力的杰作。它以严肃的现实主义方法、凝练的叙事手段和激动人心的抒情描写为这场举世瞩目的战争留下了光辉的文学篇章,不管小说有多少不足,它的伟大是无疑的。请回味一下乔丹与玛丽娅之间的美好感情吧,似真实又非真实,犹如美丽的神话;但在浪漫气氛中却又有一种鼓舞人心的力量。这是对生活、幸福和爱情的颂歌——

来吧,玛丽娅。他想:请你马上就到我的身边来吧。啊,快到我身边来吧,别等了,不必等他们都睡熟,这些都没有关系。

接着,他见到她从那山洞口蒙着的毯子下边钻了出来。她站着,他知道是她,但看不清她在做什么。他低声吹了口哨,可她还停留着在做什么。过一会儿,她终于拿着什么东西跑了过来。他见到她的两条长腿在雪地上奔跑着,她到了这边,拍掉腿上的雪,紧挨着他的头,亲了一下,把东西递给他。

"把这包东西和你的枕头放在一起,"她说,"我在洞口脱掉鞋子跑过来,好省些时间。"

"你光着脚?"

"是啊,只穿一件结婚衬衣。"

他把她紧紧地搂在怀里,她的头挨着他的下巴磨蹭着。

"别碰我的脚,"她说,"它很冷,罗伯特。"

"把脚伸进来吧,暖和暖和。"

"不,"她说,"很快就会暖和过来的。现在快对我说:你爱我。"

"我爱你。"

"好。好。好。"

"我爱你,小兔子。"

"你爱我的结婚衬衣吗?"

"永远是一件。"

"对,跟昨晚一样。这是我的结婚衬衣。"

"把脚伸进来吧。"

"不,那不好。脚自己会暖和起来的。我并不感到它冷,因为刚踩过雪,你才感到它冷。再说一遍。"

"我爱你,我的小兔子。"

"我也爱你,我是你的妻子。"

"他们都睡觉了?"

"没有。"她说,"那有什么关系? 我再也忍不住了。"

"是没有关系。"他说,感到她苗条而颀长的身躯散发出一阵喜人的温暖,"什么都没有关系了。"

……　……　　　　　　　　　　　　　　　　　　　　　(第二十章)

从亨利·腓特力到罗伯特·乔丹,这正是海明威从第一次世界大战到第二次世界大战之间思想演变的具体反映。他们作为作者笔下战争小说的主人公,都分别参加了一场残酷的战争,个人的幸福在战争中遭到毁灭,最后又都是悲剧性的结局,因此他们都厌恶和憎恨战争。但由于他们的经历不同,战争的性质不同,更重要的是他们对战争的认识不同,所以在行动上有很大的差别。

亨利出身上流社会家庭,由于感觉到资本主义社会中人与人之间的自私和冷漠关系而产生空虚、失望情绪,便到战场上去寻求精神刺激。他赌博、打猎、酗酒、逛妓院,生活没有目标,成了"迷惘的一代"。后来虽因凯瑟琳对他真挚的爱情重新点燃了他对生活的信念,但他对整个世界及眼下这场战争的态度仍然是消极的、逃避的。他最后茫然不知去处的结局是一切个人主义者的"迷惘的一代"的精神悲剧,也是战争给他带来创伤的直接后果。

罗伯特是大学教师,对于生活有自己的信念。他来到西班牙是为了援助那里的人民打败法西斯主义,实现他"自由、平等、博爱"的资产阶级理想。他也讨厌战争,但并不逃避战争,他的态度是积极地"为人类高尚的生存权利而战斗"。他的个人英雄主义已融化到集体社会之中,而且在实际斗争中起到了极大的作用。他把爱情视作人生美好的象征,并怀着纯洁的意愿去追求它、享受它。所以在死神降临的最后时刻他仍能镇静自若,虽然"感觉到自己的心脏抵在树林里的松针地上在怦怦地跳着",但仍能手持武器瞄准敌人。

从上述比较中可以看出这两个人物的区别。这些区别在作品中具体地表现为"为什么而战斗""追求什么生活""爱情与责任"和"生死观"等几个方面,而人物的形象也正是在这些描写中树立起来的。海明威从第一次世界大战中模糊的、非直接的反战倾向发展到拥护反法西斯战争并自觉地参加这场战争,这是他在生活的教育下思想认识提高的结果。这种结果体现在亨利和罗伯特身上,就是从单纯的个人主义演变到个人英雄主义同社会集体的紧密结合,并以客观的战争题材的描写起到了揭露资本主义世界黑暗现实的作用,起到了反对帝国主义战争和支援反法西斯民主运动的宣传舆论作用。当然,即使在罗伯特·乔丹身上,海明威也并未完全摆脱悲观主义和宿命论的思想意识。乔丹既是勇敢的战士,又有消极的命运观。他的力量恰恰蕴藏于他的失望情绪与勇敢精神的结合之中,即不屈服于绝望而是在绝望中发现与它做斗争的能力。这是罗伯特有别于亨利之处,也正是作者在塑造这两位人物时的前后变化。罗伯特身上开始显示出来的海明威作品中著名的"硬汉子"形象的气质,同作者20世纪30年代的短篇小说中的若干人物,共同组成了一组内涵丰富的人物形象。这一形象的创造在 50 年代的《老人与海》中达到了新的高峰。

四　象征小说:《老人与海》(1952)

第二次世界大战后,海明威的思想发展到第三个阶段。一方面,他继续发扬顽强的拼搏精神,提倡为生活斗争到底的哲学观念;但另一方面,他却不可避免地再次陷入悲观主义之中,把人生看作是一场残酷的搏斗,而主宰人生的则是谁也无法抗拒的"命运"。《老人与海》便是在这种复杂的思想意识指导下写出来的。

小说取材于作者早年听人说的一个老渔夫在海上与跟踪他的鲨鱼群搏斗几天几夜的故事,然而通过他寓意深刻的描绘和象征手法的运用,竟成了一部具有充分的哲理意义和含蓄的寓言性质的象征主义小说。作者所塑造的老渔夫的形象成了海明威最成功的艺术典型——"硬汉子性格"——的代表。小说发表后所得到的特殊荣誉表明了作者极大的成功。但必须指出的是:资产阶级的借古讽今正是利用了这部小说反映出来的宿命论观点,乘机宣扬他们的反动世界观,并假借作者的声誉来欺骗人民。抽象模糊的思想倾向和玄妙难测的人物性格,是这部小说明显的局限,我们在欣赏和评论它的时候应该有一个明确的分析,以便对这部世界名著做出全面、公正而客观的评价。

《老人与海》的情节十分简单,主要篇幅集中于描写主人公三天三夜只身在海上的捕鱼活动。小说完全摒弃了对当时社会生活的直接描写,为了突出表现人同大自然斗争时的险恶,作者有意识地把人物活动的环境放在几乎与世隔绝的茫茫大海之中。桑提亚哥,"是个独自在湾流①里一只小船上打鱼的老头儿","后颈上凝聚了深刻的皱纹,显得又瘦又憔悴","他的身上每一部分都显得老迈,除了那一双眼睛。那双眼啊,跟海水一样蓝,是愉快的,毫不沮丧的"。他是个同社会没有联系而独立存在的渔夫,他身世不明、来历不清。对于他的过去,小说只做了两点交代:一是他年轻时曾跟一个力大无比的黑人进行过扳手比赛;二是他小时候曾去过非洲,在海滩上见到过狮子。在通篇小说中,桑提亚哥作为一个孤独的打鱼人,同别的渔夫、鱼商和鱼类加工厂等几乎没有任何联系。他很穷,又很古怪,连起码的物质生活都不需要,只喝冷水、吃生鱼便能过日子。与他打交道的唯有茫茫大海、他的渔船和渔具;他唯一的朋友是小男孩曼诺林,但曼诺林也只能有时候来看看他,给他一些食物和日常用品,不可能跟着他出海去捕鱼。桑提亚哥一连出海八十四天,一条鱼也没有捕到,但他并不甘心失败,第八十五天继续独驾孤舟,到大海中去追寻他要捕获的鱼。在海上,周围的一切事物

---

①　湾流,指从墨西哥湾向北流的一股海流的名字。

对他都没有多大影响,他念念不忘的还是在城里进行垒球比赛的情况,因为这是他读报的唯一所得。在作者看来,只有把桑提亚哥放在这样一个典型环境中,才能更好地表现出人同自然界斗争的性质。小说的转机是桑提亚哥终于捕到一条大鱼,一条比他的渔船还要大的马林鱼;鱼把船拖往远海,足足挣扎了两天两夜,最后才被老渔夫制服。老头儿把死鱼缚在船旁,口中吃着切下来的生鱼肉,高高兴兴地扬帆返航,不料途中接二连三地遭到鲨鱼群的袭击。桑提亚哥奋不顾身地同鲨鱼进行搏斗,虽然最后安全返回港口,可是那条硕大的马林鱼已被鲨鱼们吃得只剩下一副骨架。老头儿筋疲力尽,挣扎着回到自己的家,倒下便沉睡起来。第二天早上曼诺林来叫醒他,提出要和他一起出海打鱼,他说自己的运气已经用完了。后来,"在路那边的茅棚里,老头儿又睡着了。他依旧脸朝下地睡着,孩子坐在一旁守护他。老头儿正在梦见狮子"。

　　小说到这里戛然而止,这就使人们产生了悬念:老渔夫的力量来自何处?他的形象代表什么?他的失败象征着什么?最后的结局又意味着什么?倘若按照海明威的那句"冰山"名言,也就是说《老人与海》隐藏在水下的八分之七究竟是什么?这正是作者希望人们去思索的问题。桑提亚哥不单把自己从事的职业看作一种谋生的手段,也当作人生角斗的场所。在他看来,人和鱼,"说到究竟,这一个总要杀死那一个"。他把鱼和人的格斗假设成人生的战斗,在同鲨鱼群的搏斗中,享受着战斗的喜悦。他捕鱼不单是为了"养活自己",更是"为了光荣","鱼一方面养活我,一方面要弄死我",因此他必须战胜鱼。这也可以说是资本主义社会中人与人关系的再现。作为一个不满现实但又脱离了政治斗争的小资产阶级知识分子,海明威看不到改革现实的革命途径,只能把注意力放到人与自然的斗争中,追求抽象的人的精神力量,并热烈地歌颂这种力量。桑提亚哥身上凝注着作者的深刻思想:他虽然失败了,但并不甘心失败,还要从头做起;他在失败后梦见狮子,这"狮子"正是他力量的象征;他在精神上是一个强者,想凭着自己的奋斗在绝望中闯出一条生路来;他的那双"愉快的、毫不沮丧的"眼睛,象征着坚不可摧的毅力;他意识到"一个人并不是生来要给打败的,你尽可以把他消灭掉,可就是打不败他",认为"只要愿意,什么人都会给他打得一败涂地",这就是精神力量的伟大胜利所在。然而,这种精神力量毕竟是作者头脑中虚构的产物,是逃避现实的畸形力量。桑提亚哥的拼搏是孤立的个人奋斗,他敌不过"星鲨"的捉弄,最后只能在失败中寻求自我安慰。"星鲨"是谁?就是命运,就是大自然不可抗拒的宏力,它主宰着人类。从上述分析可以看出,小说表现了属于同一主题的两个不同内容:精神与现实,奋斗与命运。作者一方面歌颂人类的伟大力量,另一方面又对命运捉弄下必然失败的人生表示出无可奈何的绝望心情。但他希望人在失败中仍要不失尊严、勇敢而不妥协——这正是海明威晚年思想的集中表现,一个精神上的悲剧,一个不屈服于失败命运的"硬汉子"的性格。

桑提亚哥这条"硬汉子"是海明威自20世纪30年代以来所创造的这一类艺术典型的高峰,也是海明威的精神支柱。让我们再来看看小说中的具体描写吧:

　　——在第八十五天早晨,再次出海之前,老头儿把网卖了,也无东西可吃,可他却在孩子跟前说吃了"一盆鱼拌黄米饭""去拿网来"之类自欺欺人的空话,还说"八十五是一个吉利的数目",借以自我安慰。

　　——在海上,老人听见了飞鱼出水时的抖颤声,他替鸟雀们伤心,特别是那弱不禁风的黑色小海燕,它们永远在飞翔,永远在张望,然而多半是永远找不到任何东西。

　　——打上了大鱼,老人的手抽筋了。"我恨抽筋,这是对自己身体的背叛,是自己丢自己的脸",但又安慰自己,"不过,你呀,你是永远不会垮的"。

　　——他想,这是一条大鱼,我一定要叫它服服帖帖,……虽然它们比我们更崇高、更有力些。我希望我是那条鱼,用它所有的一切来对抗我无比的意志和智力。

　　——他很舒服,但又很痛苦,虽然他根本不承认痛苦,"我不信教,但我能打到鱼","我要说十遍'我们在天之父',十遍'福哉玛丽亚',我许愿,如果我捉到它,我要去朝拜柯布雷地方的圣母。这就是我许下的心愿"。他开始机械地做起祷告来:"蒙恩的圣母,祈祷这条鱼死去吧。虽然它是了不起的。"

　　——他证明了一千次祷告都落空。现在他又要去证明了。每一次都是一个新的开端,他也决不去回想过去他这样做的时候。

　　——他想,这一遭我一定要把它拽到眼前来,我受不住让它再来好多转儿。又自言自语地说:"不过,你呀,你是永远不会垮的。""跟它们斗,"他说,"我要跟它们斗到死。"

　　——与鲨鱼搏斗失败了,老头儿还想:风总是我们的朋友,还有大海,那儿有我们的朋友,也有我们的敌人。床呢,他又想。床是我的朋友。……可是,是什么把你打败的呢? 他又想。"什么也不是,"提高嗓子说,"是我走得太远了。"

　　…… ……

索尔·贝娄在一篇评论中指出:"海明威有着一种强烈的愿望,他试图把自己对事物的看法强加于我们,以便塑造出一种硬汉的形象。……当他在梦幻中向往胜利时,那就必定出现完全的胜利、伟大的战斗和圆满的结局。人人都要成为那样一种真正的人,这绝不是一种平凡的愿望。"①是的,老头儿已经取得了"梦幻中的胜利",但也只是在"梦幻"中而已。孩子是能够给老人带来温暖的,而非洲的"狮子",只能永远出现在老头儿的梦中。

对于《老人与海》的格调,评论界众说纷纭,诸如"悲剧小说""性格小说""象征小说""乐观小说"等等,但有一点是可以肯定的:小说从海明威以往通常是阴暗得令人窒息的画面中解脱了出来,并表现出了人的真正价值——"一个人并不是生来要给打败的"。在写这部小说之前的若干年里,海明威似乎是一蹶不振,精神沮丧了。根据他儿子的回忆,那时他"埋怨自己的命运,叹息他的打算成了泡影";然而后来,"犹如小阳春一样,他的天才又回来了,从而孕育出一部杰出的作品——规模虽然不大,却充满了爱、洞察力和真理",这部作品就是《老人与海》。它是作家再次跃起的标志,也是一种生命力重新燃起的契机,把它看作海明威晚年的最后闪光是不过分的。至于《老人与海》表现出来的富有感情的人物形象,深刻的心理描写,情节与景物之间无与伦比的和谐,叙述的简洁凝练,以及行文的流畅清晰,这些艺术上早有定评的杰出成就,正是它成为海明威叙事艺术珍品的原因之一。

五　人类命运的缩影:海明威的短篇小说

海明威自从在 1921 年写成第一篇短篇小说《在密执安北部》以后,共创作了五十几个短篇,生前出版过五个短篇集,比较完整的集子是 1938 年问世的《第五纵队与四十九个短篇小说》。海明威的短篇小说主要创作于 20 世纪 20 年代和 30 年代,那些出色的作品,其影响并不低于他的长篇名著。人们可以从他的短篇中体会到贯穿于海明威一生的思想真谛:蔑视死亡的硬汉子精神。

让我们先来看看曾经引起过争议的《印第安营地》。小说以一个名叫尼克的孩子跟随医生父亲前往印第安人营地为一个产妇接生为引子②,描写了产妇的丈夫因为忍受不了妻子临产的痛苦而割断自己喉咙这样一个可怕的故事。乍一看几乎不可思议:世上竟有这般事情?可是仔细品味就能体会到,作者所要表现的是一种蔑视死亡的勇敢行为,在这里,自杀也成了力量的象征。据说,海明威小时候就常跟随父亲去印第安人居住区,也许这篇作品正是他对少年时代回忆的思索。他认为,一个人在死亡面前毫不畏惧,甚至亲手结束自己的生命,这才是一个真正的硬汉。在回家的路上,尼克与他父亲有一段对话,供读者去揣测作者的真实意图——

---

① 索尔·贝娄:《海明威和人的偶像》,《党派评论》1953 年 5—6 月号。
② 《在我们的时代里》中共有七篇是以"尼克"为主人公的小说,评论界认为这是作者自传体的系列小说,写出了一个人的成长和历险。

　　"他干吗要自杀呀,爸爸?"

　　"我说不出,尼克。他这人受不了一点什么的,我猜想。"

　　"自杀的男人是不是很多呢,爸爸?"

　　"不太多,尼克。"

　　"女人呢,多不多?"

　　"难得有。"

　　"有没有呢?"

　　"噢,有的。有时候也有。"

　　······ ······

　　"死难不难,爸爸?"

　　"不,我想死是很容易的吧,尼克。要看情况。"

　　可怕的是,三四十年后作者也竟然去体验了"死是很容易的"这种硬汉子精神,用心爱的猎枪打掉了自己大半个脑袋!

　　这种歌颂蔑视死亡的精神,在《打不败的人》和《五万大洋》中表现得尤为鲜明。这两篇小说都是以主人公面临死亡的威胁然而毫不畏惧、始终保持百折不挠的战斗意志为题材的,斗牛士曼努埃尔身负重伤仍不退出"战场"和拳击手杰克忍受剧痛履行诺言都是这种战斗意志的结果。海明威以热忱的词语和精细的描写为不怕死的勇士们喝彩。在《打不败的人》的最后一节里,当曼努埃尔被牛角抵进腰部受了伤之后,小说有一段精彩的描述:

　　　　他站起身来,咳嗽着,好像感到粉身碎骨,死掉了似的,这些讨厌的杂种!

　　　　"把剑给我,"他大声叫道,"把那东西给我。"

　　　　富恩台斯拿着红巾和剑过来。

　　　　埃尔南德斯用胳臂搂着他。

　　　　"上医务所去吧,老兄,"他说,"别做他妈的傻瓜了。"

　　　　"走开,"曼努埃尔说,"该死的,给我走开。"

　　　　他挣脱着身子。埃尔南德斯耸耸肩膀。曼努埃尔朝公牛奔去。

　　　　公牛站在那儿,庞大而且站得很稳。

　　　　好吧,你这杂种!曼努埃尔把剑从红巾中抽出来,用同样的动作瞄准,扑到公牛身上去。他觉得剑一路扎下去,一直扎到齐护圈。四个手指和他的拇指都伸进了牛的身子,鲜血热乎乎地涌到他的指关节上,他扑在牛身上。

　　　　他伏在牛身上的时候,牛踉踉跄跄似乎要倒下;接着他站到了地上。

他望着,公牛先是慢慢地向一边倒翻在地,接着就四脚朝天了。

然后他向观众挥手,他的手刚给牛血暖得热乎乎的。

一个海明威式的英雄就这样屹立于人们面前了。

假如说曼努埃尔是一个战胜死亡的英雄,那么,《弗朗西斯·马康贝短暂的幸福》(1936)中的马康贝就成了一个迎接死亡的"强者"。

弗朗西斯·马康贝是属于有钱而没有精神的美国人,他与妻子玛格丽特·马康贝千里迢迢到非洲去狩猎狮子,正是为了寻找一点精神。同他的软弱无能相反,玛格丽特则是一个有心机的女人。她并不爱丈夫,11 年前嫁给他无非是因为他有钱。她牢牢地控制着马康贝,全不把丈夫放在眼里,竟敢在他面前与陪同他们夫妇打猎的英国人威尔逊调情。马康贝痛恨妻子的不贞,却又无力制服她,心中苦恼万分。美貌的妻子背叛有钱的丈夫本来是资产阶级社会里一个司空见惯的故事,但作者写到这里却笔锋一转,让主人公跃入了一个崭新的境界,重新注入了一股勇敢的精神。先前马康贝在受伤的狮子面前吓得魂不附体,第二天,当被射中的野牛突然向他扑来时,他面对即将来临的死亡,反而勇敢起来,变得毫无畏惧,继续开枪,在几步之内击毙了野牛,完成了从一个弱者转变为强者的过程。但在他享受到作为一个强者的短暂幸福的时刻,却死在了妻子的枪口底下。

马康贝是在毫不知晓的情况下不自觉地迎接死亡的,不过在海明威笔下大多是自觉地去迎接死亡的"硬汉子",除那个印第安丈夫之外,我们还能见到:被匕首刺破肚子而死的西班牙青年帕科(《世界之都》)、肚子挨了两枪却咬紧牙关一声不吭的赌徒(《赌徒、修女和收音机》)、面对死亡的威胁而无动于衷的拳击师奥利·安德烈森(《杀人者》),以及那个得了坏疽病平静地等待死亡到来的作家哈利(《乞力马扎罗的雪》)。在《弗朗西斯·马康贝短暂的幸福》里,海明威通过那个陪伴马康贝夫妇打猎的威尔逊的口,说出了莎士比亚在《亨利四世·下篇》中的一段台词:"说实话,我一点也不在乎;人只能死一回,咱们都欠上帝一条命;不管怎么样,反正今年死了明年就不会再死。"这是神来之笔,它点明了作者所要表达的对待死亡的态度。

《乞力马扎罗的雪》(1936)是海明威短篇中最著名的一篇,作者自己也认为是艺术上最成功的一篇。小说通篇运用了意识流的手法,一是把现实转化为梦魇,二是把梦魇转化为现实。作品一开头就写男主人公哈利在大腿上生了坏疽病之后厌倦地躺在帆布床上,心里很烦躁,认为自己快要死了,并和女主人公——他的情人"吵嘴",还借酒浇愁,以此来消磨时间,然后哈利说他累了。这些都是现实。紧接下去,现实转化为梦魇,在他的脑海里,"他看见在卡拉加奇的一座火车站,他正背着背包站在那里……"然后是:在列车上—在色雷斯—在高厄塔耳山—在希伦兹—在福拉尔贝格和阿尔贝格—在布卢登茨。突然,"'在巴黎咱们住在哪儿?'他问女人,女人正坐在他身边一只帆布椅里,现在,在非洲"。立刻梦魇又转化成了现实,接下去按情节的发展,多次反复。

小说集中描写的是哈利死之前最后一天的生活,但通过幻觉、梦境和回想,突破了时间和空间的界限,几乎写出了哈利的一生经历。这种交叉手法的巧妙铺排和反复出现,形成了两股意识流,这就是现在和过去、真实和幻觉、生和死的冲突。哈利并不在乎,因为他感到了对生的厌倦,但当他回忆了昔日的快乐,对生的乐趣有了认识之后,他的情绪便由厌倦转为愤恨了。他愤恨自己的处境,抱怨自己毁掉一切,懊悔自己一事无成。作品描写到他腿上生了坏疽以来,开始"一点也不痛",可是到了后来却感到了一阵无法忍受的痛苦,恰似他早先见到的一个被迫割断肠子的军官所经受的那种剧痛的苦楚向他心头袭来。他突然感到有一种东西撕裂着他,这并不单是肉体的病痛,而且是一种精神上的痛苦,是他深切内省后精神觉醒时的一种内疚。正是由于这种痛苦,这个对生"越来越感到厌倦"的人也奋起跟死神搏斗,在这场搏斗中,他的肉体虽然被死神夺走了,但他的精神、他更生的愿望、他对美好的理想的追求却胜利了。他的肉体消灭之日,恰是他的精神飞向崇高洁白的乞力马扎罗雪山巅峰之时,"他看到,像整个世界那样宽广无垠,在阳光中显得那么高耸、宏大,而且白得令人不可置信,那是乞力马扎罗山的方形的山巅。于是他明白,那儿就是他现在要飞去的地方"。

在小说中,海明威还大量地运用了象征的艺术手法来暗示死亡,如大鸟、鬣狗、骑自行车的警察、乞力马扎罗山巅等等,特别是一开头就提到的那具在乞力马扎罗西高峰,即"上帝的庙殿"近旁已经风干冻僵了的豹子的尸体。豹子到高山巅峰去寻找什么? 对此,作者并没有正面回答。但我们可以想见,豹子到那里去自然不是为了找死,这具豹尸显然象征了人类对"上帝的庙殿"这个美好境界的向往和追求,这与哈利在弥留时刻的幻觉——自己坐在飞机里,过群山,迎风雪,眼望乞力马扎罗山峰白得耀眼的雪景——起到了共鸣和呼应作用。

"以旋律的逐渐低沉透露了死的哀愁。"[①]赫·欧·贝茨的这个结论揭示了海明威的《乞力马扎罗的雪》的主题,也是这位小说家一切作品的出发点。

六 "受伤的狮子"

海明威的好友、著名的评论家马尔科姆·考利在《海明威,这头老狮子》一文中写道:

> 表面上,他是个战地英雄;从他在危急关头所表现的勇敢和镇定来

---

① 董衡巽:《海明威研究》,中国社会科学出版社,1980 年,第 137 页。

看,也确是名不虚传。他十分喜欢这个角色,而且像个老演员,演得很到家。私下里,他却是,而且一直是个担惊害怕的人。他告诉我,他怕给人在夜里炸死。……他把他的恐惧一直隐瞒到那时(即 1941 年),而且不止一次故意争先恐后冲向新的危险,以此向他自己挑战。①

的确,假如海明威是一头狮子的话,他也已经是一头受了伤的狮子,这身上的伤疤便是战争和命运留给他的纪念。

想当年,海明威是怀着何等的激情去欧洲参加第一次世界大战,然而他带回的却是两百多块弹片和一身伤疤。岂止这些,更有忧郁、恐惧、迷惘的情绪像梦魇般地纠缠着他,这是比肉体上的伤疤更令人痛苦的精神上的伤疤。原先他对这场帝国主义战争的性质的认识是模糊不清的,战场上的惨景将他往日的狂热荡然无存,现实世界中唯有血肉、尸体和创伤。战争对海明威的思想造成了极大的刺激,使他害怕、恐惧,"在第一次世界大战中,我在身体、心理、精神及感情上,都受了很重的创伤。事实真相是,我的伤深入骨髓,结果确实给吓坏啦"。这便是他创作"迷惘的一代"文学作品的基础。《太阳照样升起》中的杰克·巴恩斯、《永别了,武器》中的亨利·腓特力完全可以看成是作者的自我写照。在《永别了,武器》第二十六章中,亨利与教士有一段对话很值得回味。先是亨利问教士——

> "自有历史以来,他们(指不愿意战争的人民)可曾有法子停止过战争?"
> "他们根本没有组织,没有法子停止战争,一旦有了组织,却又给领袖出卖了。"
> "那么是没有希望的了?"
> "倒也不是永远没有希望。只是有时候,我没法子再存希望了。我总是存着希望的,不过有时希望不下去。"

厌恶战争,又无法制止战争;看不见希望,却又不愿意抛弃希望。在绝望中去寻找个人出路,这正是 20 世纪 20 年代海明威的精神实质。这头狮子在他还年轻力壮的时候便受到了内心和外表的创伤。

西班牙内战曾使这头狮子一吼而起,重新振作精神,勇敢地投入战斗。尽管难以完全摆脱忧郁和迷惘的成分,但这次是明明白白的反法西斯战争。海明威认为在这样的战场上去死是值得的,于是在他笔下的罗伯特·乔丹便勇敢地为

① 马尔科姆·考利:《海明威,这头老狮子》,《世界文学》1979 年第 1 期,第 266—267 页。

异国人民的正义事业捐躯。在《丧钟为谁而鸣》的第三卷里，游击队员索尔杜就自豪地说过："死亡本没有什么了不起的。在我的思想上从来没有为之而折腾来折腾去，因为我根本不怕它。问题是，生才是吸引人的东西。生就像是那边山头上随风摇曳的谷田，生就像是鹰翔高空，生就像是打谷场上金灿灿的谷粒落地而扬起满天糠秕和尘土之中的一坛清水，……"不怕死而又热爱生，这才是伟大的情操、勇士的生死观。在紧接着的第二次世界大战中，海明威的战斗意志旺盛不衰，他巡逻海岸，亲赴战场，以获得铜质奖章而结束战时生活。在 1942 年写的《战争中的人们·序言》中他明确地表达了新的认识：

> 我这一辈子见过不少战争，我对它深恶痛绝。但还有比战争更坏的事情，这些事都没有好结果。你越恨战争，就会越明白：一旦被卷入了战争，不论是出于什么原因，你只能打赢。你一定要打赢，消灭那些发动战争的人，而且要注意，要使这一次战争结束后永远不再发生大战。我们这些曾参加过上次"为了结束一切战争"的大战的人是不会再受骗上当了。这场战争要打到底，要达到消灭战争的目的；为了达到那个目的，必要的话可以打上一百年，不管我们要对付的是什么样的敌人。

然而，这又一场大战毕竟使海明威再次遭到创伤，他的身体又几次受伤；同时对世界的前途和人类的命运失去了信心，悲哀和死亡再次笼罩了他的心灵。他从已经跨出去的一步中退了回来，重新陷入了个人英雄主义的悲剧之中。其实在乔丹身上已经预示出这个苗头，海明威让他看不到革命的前途，追求的只是个人抽象的精神力量，把死作为尽个人奋斗职责和反抗强权的唯一途径，以孤独的死亡而告终。到 20 世纪 50 年代，海明威对现实表示愤怒，身上的病痛更使他难以忍受，因此他把人生看作是一场孤独的、精神的决斗，而决斗的结果又失败了。桑提亚哥神话式的英雄形象正是作者思想的产物：小说歌颂的这种人类精神，实质上就是小资产阶级的个人英雄主义；而结尾表现出来的宿命论观点，则已经开始脱离了现实主义的范畴——这头受伤的狮子终于倒在了人生的舞台上。

从 20 世纪 20 年代迷惘的海明威，到 30 年代奋斗的海明威，直至 50 年代孤独的海明威，这即是这位杰出的小说家一生的道路。这是小资产阶级立场对他束缚的结果，也是一切未能彻底摆脱资产阶级个人主义意识的知识分子的精神悲剧。

尽管海明威的思想具有明显局限，但他一生创作的巨大成就、他的作品所表现出来的进步倾向、他的高超的叙事艺术则是无法否认的。许多评论家把他视作美国 20 世纪上半叶最有才华的小说家,特别是 1954 年获得诺贝尔文学奖以后,海明威声誉更加高涨,成了全世界最有影响的作家之一。

就作品题材而论,海明威的杰出贡献首先在于他成功地、风格独特地描写了两次世界大战。这里具体的当然是指《太阳照样升起》《永别了,武器》《丧钟为谁而鸣》三部长篇小说,以及《第五纵队》《桥边的老人》等剧本和一些短篇小说。他短篇小说中的大部分虽无集中的主题可言,但普遍描绘的是人的精神,这便是海明威在人物形象上所做出的贡献:塑造了"硬汉子"性格。这是贯穿于海明威整个一生创作的主线,从最早的印第安人丈夫写起,经过亨利·腓特力、弗朗西斯·马康贝、曼努埃尔、罗伯特·乔丹一直到桑提亚哥,形成了一个完整的人物群像,"一个人并不是生来要给打败的,你尽可以把他消灭掉,可就是打不败他",这位打鱼老头的名言成了海明威一生追求的总结。

就艺术技巧而言,海明威"精通现代叙事艺术"的主要表现是:

第一,含蓄。这是他著名的"冰山理论"的具体化,在他的作品中经常包含丰富的潜台词,一切蔓枝杂叶都被他删个一干二净,露出水面的只是那冰山的八分之一。含蓄,有动作刻画上的含蓄,有人物对话上的含蓄,也有环境描写上的含蓄。《杀人者》开场的一段人物描写,完全可以作为电影镜头来拍摄;《弗朗西斯·马康贝短暂的幸福》结尾处,马康贝妻子的八个"别说啦"活脱脱地刻画出她在杀了丈夫之后的复杂心情;至于《永别了,武器》最后几句对亨利·腓特力在凯瑟琳死了之后的叙述,则成为人们赞叹的"神来之笔",据说作者写了几十遍才形成现在这个模样。

第二,深刻。这是与含蓄并存的艺术手段,它主要表现在对人物的内心描写上,用独白、思忖、回想等来达到刻画人物的目的,《老人与海》是最典型的例证。

第三,简洁。人物对话以最简短的语言表达,所谓"电报式"的短句,证明作者惜墨如金,这些例子在海明威作品中俯拾皆是,尤其是在他的短篇小说中表现得更为突出。英国评论家赫·欧·贝茨说海明威在美国"引起了一场文学革命",并具体地论述了这位小说家文风的巨大影响:"如果说安德森终止了按简便现成的定型化老办法来写小说的话,那么海明威则是砸碎了美国短篇小说曾经用来排印的每一粒早已面熟的铅字,给小说另刻了一套它从未见过的严谨的、革新的又是堪称典范的铜模。海明威这样做的时候,一锤子捣烂了按照花哨图案描绘的一派文风,被他剥下了句子长、形容词多得要命的华丽外衣;他以谁也不曾有过的勇气把英语中附着于文学的乱毛剪了个干净。"[1]

海明威一生一不为金钱所折服,二不为权势所吓倒,他矢志忠于生活和真理,一生清白坦率,也可以算是达到了像他这样的资产阶级民主主义作家的典范

---

[1] 董衡巽:《海明威研究》,中国社会科学出版社,1980 年,第 131 页。

程度。在 20 世纪 50 年代美国政治空前黑暗的时刻,他也仍能保持自己的意志和气节,委实可贵。

作家的工作是告诉人们真理。他忠于真理的标准应当达到这样的高度:他根据自己的经验创造出来的作品应当比任何实际事物更加真实。

这是海明威一生的自我总结。

第三节　弗朗西斯·斯各特·菲茨杰拉德

一　迷惘的一生

就个人经历而言,弗朗西斯·斯各特·菲茨杰拉德(1896—1940)的成名早于海明威,而海明威的《在我们的时代里》的成功也包含当时已是名作家的菲茨杰拉德的推荐与赞美的功劳。

菲茨杰拉德于 1896 年 9 月 24 日出生在明尼苏达州首府圣保罗市一个商业资产阶级家庭,童年和少年时代都在家乡度过。1908—1911 年在圣保罗中学读书,1911 年进入新泽西州霍根塞克的纽曼姆学校,1913 年考入普林斯顿大学。菲茨杰拉德原先家境小康,但在他十一二岁时由于父亲破产失业而陷入窘困,他的中学和大学时代几乎全靠亲友的资助。在普林斯顿大学的 4 年里,他已显示出文学的天赋,与后来成为诗人和作家的威尔逊(1895—1972)和毕肖普(1892—1944)结为挚友,并领导了学生的戏剧演出和文学研究活动;但在这座学究式的贵族学校里,这种活动不久即被禁止。1917 年,美国参加第一次世界大战之后,菲茨杰拉德离开普林斯顿大学应征入伍,被授予步兵少尉军衔,并被派驻南方亚拉巴马州。在那里他认识了一个法官的女儿珊尔达·赛瑞,并和她订了婚。大战结束后,1919 年,菲茨杰拉德复员到纽约,一度在广告公司当职员,收入甚微,生活贫困,珊尔达·赛瑞嫌他没有出息,同他解除了婚约。

在遭到爱情和经济的双重打击之后,菲茨杰拉德辞去广告公司的职务,返回老家闭门修改他早在大学时代已经完稿的长篇小说,更换标题,改写情节,经过一番刻苦的努力之后,作品终于在 1920 年 3 月出版,这就是菲茨杰拉德的成名之作《人间天堂》。小说的问世使菲茨杰拉德尝够了人间的酸甜苦辣,这过程本身就足以使作者再写一部社会小说。《人间天堂》原名《浪漫的妄自尊大者》,菲茨杰拉德在参军前就交给了他的老师,希望能够出版,但几经波折,总不如愿。马尔科姆·考利在《第二次繁花盛开》一书的第二章,对这位小说家的处女作的遭遇有一段精彩的描述:

1917 年,美国学生几乎人人都去参战了。菲茨杰拉德接到充任正规军陆军少尉的临时任命,衣冠楚楚地动身了。在 11 月离开普林斯顿之前,他在布鲁克斯兄弟公司定制了一套制服,又把一部处女作(小说)手稿交给他大学导师查理斯·高斯。……高斯一向不说假话,老实告诉他稿子还达不到出版水平。菲茨杰拉德毫不气馁,将它全部改定。在训练营的周末和假期中,他每天工作 12 个小时。二稿完成后,他寄给一位叫夏恩·列斯莱的爱尔兰文人,因为他对菲茨杰拉德的作品表示了某种兴趣。列斯莱花了 10 天时间修改原稿,并加上了标点,然后寄给了出版他自己作品的斯奎布勒斯公司。……

斯奎布勒斯公司把那部题名恰当的《浪漫的妄自尊大者》的小说退了回来,表示了一点歉意。而当时年纪太轻,还不够资格担任高级编辑的马克斯威尔·帕金斯提出了一些修改的建议,表示修改后可能被接受。菲茨杰拉德尽量根据建议做了修改,那年夏天又把稿子寄去送审。8 月间稿子又被退回不用,于是菲茨杰拉德又请求帕金斯帮忙寄至另外两家出版社,一家方针激进,一家则方针保守。……在蒙哥马利的一次舞会上,他爱上了一位法官的女儿珊尔达·赛瑞。他在朋友们面前把她说成是"亚拉巴马与佐治亚两州最漂亮的女郎"。……

他与法官的女儿订了婚,但他却必须要到养得起家时,才能和她结婚。据我所知,他没有去过海外。退役之后,他去纽约找工作。无论激进派还是保守派的出版家,对他的小说都不感兴趣。他投寄出去的短篇小说都被各杂志退了回来,有一段时期,他的退稿通知竟有 122 份之多。……他想积蓄点钱,但亚拉巴马的那位姑娘看他没办法攒下什么钱,出于实际考虑,毁了婚约。菲茨杰拉德向同班同学告贷,滥饮了三个星期。后来回到了圣保罗家中重写那部小说。这一次改了结尾,书名也换成了《人间天堂》。斯奎布勒斯接受了第三稿。马克斯威尔·帕金斯写信给他说,这部作品与当时的其他小说大异其趣,"很难预测销路如何,不过我们都主张碰碰运气,尽力支持"①。

《人间天堂》出版后,不仅像作者原先所指望的那样,"某天早晨一觉醒来以后,我将发现这些初入社交的人一夜之间就使我成了名",而且如愿以偿地与"金姑娘"珊尔达·赛瑞结了婚。事后表明,菲茨杰拉德的这件婚事对他的一生产生了重大的影响,他常把妻子作为作品中的女主人公来进行描写,并在珊尔达的坚持下于 1924—1926 年和 1929—1931 年两度旅欧,居住巴黎等地,过着阔绰的上流社会生活。这种过分的奢侈不仅使菲茨杰拉德经济上受到很大的压力,而且

① 《美国文学丛刊》,1982 年第 3 期,第 143 页。

使他的创作才气也受到一定的影响。当然欧洲之行也并不是没有益处,菲茨杰拉德广交朋友,与斯泰因和庞德过从甚密,并与法国的文艺界人士有广泛的交往。

继《人间天堂》成功之后,原先对他冷淡的一些杂志,包括权威的《大西洋月刊》在内,都纷纷向菲茨杰拉德敞开了大门。像当年杰克·伦敦笔下的马丁·伊登一样,菲茨杰拉德将过去大量的短篇小说稿交各杂志发表,并接连出版了两个短篇小说集《少女们与哲学家们》(1921)、《爵士时代的故事》(1922)和一部长篇小说《美丽的不幸者》(1922)。所谓"爵士时代"是菲茨杰拉德在作品中对第一次世界大战结束到 20 世纪 20 年代经济危机爆发这 10 年的称呼,他归纳了这一时期美国青年尤其是生活在中产阶级社会的青年精神上的不满和苦闷,而描绘出旧世界的堕落和美国中西部人们的天真朴素的一个混合体。由于这个原因,菲茨杰拉德被视作美国 20 年代文学最重要的发言人,"爵士时代"这一名称随之成了大众接受的专有名词,他的作品也从狭小的有产阶级圈子里解脱出来,成为有社会基础的大众文学的组成部分。

1925 年,菲茨杰拉德出版了他最有成就的作品——长篇小说《了不起的盖茨比》。如果说《人间天堂》表现了美国大学生"迷惘的一代"的内心世界,《美丽的不幸者》表现了贵族阶层的青年艺术家的精神堕落[①],那么《了不起的盖茨比》就更集中地暴露了 20 世纪 20 年代美国式梦想的破灭,盖茨比经历过的精神和爱情的悲剧可以看作是一切受大资产阶级压迫的美国人的共同命运。

菲茨杰拉德以冷眼旁观的态度和细微剖析的方法真切地描绘出 20 世纪 20 年代美国社会的真实面貌。他对富人和穷人都有深刻的分析,也清醒地认识到这两个阶级之间的矛盾与对立,并在作品中反映了这一矛盾与对立的尖锐程度,所以他被称为"爵士时代的桂冠诗人"。但是,在实际生活中他却无力摆脱上流社会对他的诱惑,在巴黎过着挥金如土的贵族式生活,狂饮纵乐,不能自主,甚至得了个"最时髦的人"的外号,以致他与妻子的精神崩溃。1930 年,珊尔达得了精神分裂症,后被送进疯人院;菲茨杰拉德本人在私生活上也更加放荡起来,在自传《崩溃》(1936)中他哀叹道:"日复一日,永远是深夜三点钟。"

1934 年出版的第四部长篇小说《夜色温柔:一部罗曼史》几乎成了菲茨杰拉德精神上的最后一次挣扎。小说以一个年轻有为的美国医生的爱情悲剧揭示了大资产阶级的自私、虚伪与道德堕落,具有一定的认识价值。狄克·戴维在第一次世界大战末期来到瑞士苏黎世,研究神经病原理,颇有成就,在那里他爱上一

---

① 同《人间天堂》相似,作者在第二部长篇小说中也有意识地描写了自己的生活,评论界认为作品中对艺术家及他妻子的豪华生活的叙述,令人联想到菲茨杰拉德与他妻子的欧洲之行。

个美国亿万富翁的女儿尼柯尔·沃伦。尼柯尔患有神经病,狄克放弃研究与她结婚后,对她精心治疗,百般照顾,使她恢复了健康,但尼柯尔却将他抛弃。狄克失去了幻想,痛苦万分,只身返回美国,隐居在纽约州的一个小镇上行医度日。这部小说意外地遭到评论界的冷遇,对作者是一个沉重的打击,直至 1948 年才由马尔科姆·考利编写了《夜色温柔》的评论专著出版,可是菲茨杰拉德此时早已长眠地下了。

菲茨杰拉德生命的最后 5 年是在病体与精神的双重痛苦中度过的。1936年,他在病中撰写自传《崩溃》,1938 年为谋生计不得不去好莱坞,为米特罗-高尔特温-梅耶公司撰写时兴的电影脚本。1940 年春,菲茨杰拉德企图重整旗鼓,立志写出一部震动文坛的杰作,但酝酿中的作品仅写了 6 章,他就于这一年的12 月 21 日因冠心病突然发作而逝世,享年仅 44 岁。这部描写电影界巨头和他庞大产业的残稿,后来以《最后一个巨头:〈了不起的盖茨比〉的作者未完成的小说》为书名出版于 1941 年,整理者便是作者的大学挚友、评论家埃德蒙·威尔逊。菲茨杰拉德死后出版的遗稿还有短篇小说和散文集《一位作家的后半生》(1958)、散文小说集《崩溃》(1945)和短篇小说集《帕特·霍普的故事》(1962)等。他生前还写有剧本若干部,主要有《呸!呸!啡—啡!》(1914)、《罪恶的眼睛》(1915)和电影剧本《三个同伴》(1918)。

亚瑟·米斯纳在《遥远的人间天堂》(1951)一书中评论菲茨杰拉德说:"他的生活启示了他的创作,正如他的创作造成了他的生活。"[1]不错,这位具有杰出才能的小说家所写的正是自己生活中烙下的印痕,他的一生是悲剧的一生,一个饱受资本主义社会之害的知识分子的一生,诚如马尔科姆·考利所论述的:

> 菲茨杰拉德不仅仅代表了这一时代,而且私下里就觉得是他协助创造了这个时代,他为比他年轻的一些人立下了可以遵循的行为模式。这是一种危险的模式,他从一开始就已有所觉察。……他住在巴尔的摩附近一个占地 30 英亩大的住宅区里一幢叫作"和平村"的维多利亚时代晚期棕色小屋时,有个酗酒青年踉踉跄跄走到他的门口跟他说:"我可得见见你。我觉得我无法用言语来表达我对你的感激。我觉得,是你造就了我的生活。"成为他那善于创造生活中的小说人物的如椽大笔之下的牺牲者的,并不是这位后来拥有广大读者的小说家和醉鬼,而恰恰是菲茨杰拉德其人。还有一次,他对一位深夜到"和平村"前来拜访他的客人说:"我有时简直弄不清珊尔达和我究竟是实有其人,还是

---

① 费雷希曼:《20 世纪世界文学百科全书》第 1 卷,弗雷德里克·安纳格出版公司,1974年,第 388 页。

我的哪部小说中的人物。"①

二　浪漫的迷惘小说:《人间天堂》(1920)

　　小说的主人公阿莫瑞·布莱恩,是一个被家庭的财富和过分的溺爱宠惯了的青年,他的母亲比阿特丽斯给了他很大的影响。当阿莫瑞还在大学预科读书时,就因为懒散和妄自尊大而被除名。过了几年不愉快的生活之后,他终于成了一名有前途的运动员。这一时期,他还与母亲的朋友——从享乐主义者转变为天主教徒的蒙萨纳·台西先生结下了亲如父子的感情。此后,阿莫瑞进入普林斯顿大学读书,在那里成为一只"文学上的小鸟",为《普林斯顿评论》写稿,还参加了"三角俱乐部"和诗社,在社交中十分活跃。同他相善的同学中,有为人随和、缺乏独创精神的亚历克·康纳杰和思想激进的汤姆·德凡里埃,他们妄想通过写诗来达到革新的目的。阿莫瑞有一个少年时代的女友名叫伊莎贝尔,但以后他又认识了同学伯恩·霍利代守寡的妹妹克拉拉,一个被称为"圣塞西莉亚"②的美丽女子,这使他陷入了双重矛盾的爱情之中。为摆脱心中的烦恼,阿莫瑞离校当了兵,开赴欧洲前线,并当上了海军上尉。战后回到家里,他发现母亲已经病故,家产也几乎被洗刷一空,为了谋生,他成了一名广告作家。后来,阿莫瑞认识了亚历克当演员的妹妹罗萨琳,两人之间又爆发了一场热烈的恋爱。可是罗萨琳最终还是嫁给了别的男人,因为她认为阿莫瑞没有财产,不可能带给她幸福。阿莫瑞的一切幻想都破灭了,便终日沉溺于酗酒之中。接着,在一次去马里兰州的旅途中,遇到一个名叫伊莉诺的女子,此人长得艳丽动人,却妄自尊大,是一位神经质的唯我主义者。阿莫瑞在感情上竟与她一拍即合,在那里度过了几个星期又苦又甜的共同生活,然后又各奔东西。此时,阿莫瑞虽然一贫如洗,为糊口而到处奔波,但他仍继续寻找他的精神归宿。直到蒙萨纳·台西先生死了之后,他继承了一大笔遗产,他的生活愿望才得以实现,成了"生活得比较富裕的人"。阿莫瑞总结自己24年的生活经历说:"我认识了自己,但仅此而已。"

　　这是对人生的感慨,因为阿莫瑞从一个"浪漫的唯我主义者"(小说第一部的标题)发展到"一个受教育的人物"(小说第二部的标题),确实经历了"迷惘"的历程。他与几个女性的恋爱也带有明显的"迷惘"色彩,这一切组成了他空虚而又复杂的内心世界。作为20世纪20年代失去追求理想信念的青年大学生,阿莫瑞的生活具有一定的典型性,因而小说能引起广大美国青年的共鸣。

　　在这部处女作中,菲茨杰拉德已经能比较娴熟地运用人物的动作刻画和细节描绘来衬托他们的心理状态,写得细腻感人。在第二部第三章中,当写到阿莫

---

①　《美国文学丛刊》,1982年第3期,第143页。

②　圣塞西莉亚,指音乐守护圣徒。

瑞与伊莉诺难舍难离的分别时,小说这样描写道:

> "伊莉诺!"他喊着。
>
> 她没有回答,但嘴唇在颤动着,两眼突然涌出了泪水。
>
> "伊莉诺,你难过吗?"
>
> "不,我不难过。"她微弱地回答,然后哭了。
>
> "我的马死了?"
>
> "再见——好吧!"
>
> "哦!"她恸哭着,"我还是回去,我不知道——"
>
> 他温柔地把她的双脚放在马鞍上……她顺从地坐在马鞍的前桥上,向前走去,在悲伤地抽泣着。

伊莉诺的复杂形象就在这几行文字中跃然纸上。

三 命运奋斗小说:《了不起的盖茨比》(1925)

从作品的情节来说,《了不起的盖茨比》并没有什么"了不起",它所叙述的也几乎是在美国司空见惯的社会现象:一个穷困的青年由于失去金钱的依靠而丧失了爱情,等他偶然发迹以后,便发誓要将昔日的情人从她有钱的丈夫手中夺回来,但结果是他以自己的生命仅仅换回瞬间的对爱情的回忆。小说的真正价值并不在于盖茨比和黛西之间的爱情有多少真挚的成分,也不在于盖茨比为了与黛西重温旧梦所做出的巨大努力,而是提出了当时一切美国人所关心的一个主题:如何把握自己的力量去向命运宣战,如何打破"美国梦"的幻想走向现实。所谓"美国梦"即指脱离社会现状去企求个人幸福的空想,它是 20 世纪 20 年代美国青年的一种流行病,作者敏锐地看准了这一观念的虚伪和毒害,以盖茨比的悲剧敲响了"美国梦"的丧钟。

为了突出盖茨比追求昔日爱情的痴心,小说采用了欲抑先扬的手法,以大段的铺排和浓墨重彩的描写来营造一种强烈的气氛。小说中的"我"——尼克·卡罗威——是一个青年商人,家住纽约长岛的西部,隔壁是一座豪华的宫殿般的建筑,主人名叫盖茨比。据说此人气派非凡,挥金如土,也有人说他是德国威廉皇帝的侄儿。他家整天宾客如云,高朋满座;每当周末,他家"蔚蓝色的花园"更是打扮得像一座仙宫,"男男女女像飞蛾一般在笑语、香槟酒和繁星之间来来往往"。这个神秘莫测的富豪究竟是个什么人物? 他为何要如此挥霍作乐? 小说就是带着这样一种神奇色彩引导读者进入这座"盖茨比王国"的。

盖茨比早年的经历使人联想到海明威笔下的人物:他在大战中与黛西相恋,但由于缺乏金钱做保证,黛西终于随他人而去。战后,他靠投机暴富,发誓要把黛西夺回来,他所做的一切豪华奢侈的排场,都是为了吸引与他隔海湾居住的黛西! 这是一种可贵而又庸俗的举动:他当年受了"穷"的气,如今需要成倍地报复,这就是他的内心思想。当他知道邻居尼克·卡罗威是黛西的表亲,就千方百计地与之接近,这就使"我"有了了解这个神秘富豪底细的机会。总之,盖茨比是以金钱来为自己往日的耻辱复仇的一个勇士——当然,只能是一个可怜的勇士。

小说对盖茨比出场的描写是别出心裁的。当"我"接到前往盖茨比花园参加周末舞会的邀请时,同一个年纪与自己相仿的男子交上了朋友,他们之间进行了热烈的交谈:

> "您很面熟,"他很客气地说,"战争期间您不是在第一师吗?"
>
> "正是啊。我在步兵二十八连。"
>
> "我在十六连,直到 1918 年 6 月。我刚才就知道我以前在哪儿见过您的。"
>
> 我们谈了一会儿法国的一些阴雨、灰暗的小村庄。显而易见他就住在附近,因为他告诉我他刚买了一架水上飞机,并且准备明天早晨去试飞一下。
>
> "愿意跟我一块去吗,老兄? 就在海湾沿着岸边转转。"
>
> "什么时候?"
>
> "随便什么时候,对您合适就行。"
>
> 我已经话到了嘴边想问他的名字,这时乔丹①掉转头来朝我一笑。
>
> "现在玩得快活吧?"她问。
>
> "好多了。"我又掉转脸对着我的新交,"这对我来说是个奇特的晚会。我连主人都还没见到哩。我就住在那边……"我朝着远处看不见的树篱笆把手一挥,"这位姓盖茨比的派他的司机过来送了一份请帖。"
>
> 他朝我望了一会儿,似乎没听懂我的话。
>
> "我就是盖茨比。"他突然说。
>
> "什么!"我叫了一声,"噢,真对不起。"
>
> "我还以为你知道哩,老兄。恐怕我不是个很好的主人。"

从感情上来说,盖茨比与黛西的重逢是小说发展的高潮。在"我"的安排下,黛西终于到盖茨比家中来了,作者以神来之笔极为细腻、抒情地描绘了这对旧日情人久别重逢的情景:

---

① 乔丹,是指黛西的女友,卡罗威的恋人。

"我们多年不见了。"黛西说,她的声音尽可能地平静。

"到十一月整整五年。"

盖茨比脱口而出的回答至少使我们大家又愣了一分钟。我急中生智,建议他们帮我到厨房里去预备茶,他们俩立刻站了起来,正在这时那魔鬼般的芬兰女用人用托盘把茶端了进来。

递茶杯、传蛋糕所造成的忙乱大受欢迎,在忙乱中建立了一种有形的体统。盖茨比躲到了一边去,当我跟黛西交谈时,他用紧张而痛苦的眼睛认真地在我们两人之间看来看去。可是,因为平静本身并不是目的,我一有机会就找了个借口,站起身来要走。

"你上哪儿去?"盖茨比马上惊慌地问道。

"我就回来。"

"你走以前,我有话要跟你说。"

他发疯似的跟我走进厨房,关上了门,然后很痛苦地低声说:"啊,天哪!"

"怎么啦?"

"这是个大错,"他把头摇来摇去地说,"大错而特错。"

"你不过是难为情罢了,没别的。"幸好我又补了一句,"黛西也难为情。"

"她难为情?"他大不以为然地重复了我的话。

"跟你同样难为情。"

"声音不要那么大。"

"你的行动像一个孩子,"我不耐烦地发作说,"不但如此,你也很没礼貌。黛西一个人孤零零坐在那里。"

他举起手来不让我再讲下去,怀着令人难忘的怨气看了我一眼,然后战战兢兢地打开了门,又回到那间屋子里去了。

这次见面使盖茨比身上散发出"一种新的幸福感",然而他这一"幸福感"不但短暂而且危险:以黛西的丈夫汤姆·布坎南为代表的垄断阶级是绝不允许他这一类人物获得幸福的,他的死是一切幻想幸福的下层阶级青年的必然命运。

小说充满强烈的抒情色彩:在欢乐中包含着哀伤的感情,在痛苦中显示出希望的微光,比喻和幻想交织成绚丽多彩的画面,热烈而丰富的描写又增添了感人的魅力。小说以黛西家旁边码头尽处的那盏绿色的灯象征盖茨比一生追求的目标,它既看得见又抓不到,"盖茨比信奉这盏绿灯,这个一年年在我们眼前渐渐远去的极乐的未来。它以前逃脱了我们的追求,不过那没关系——明天我们跑得更快一点,把胳臂伸得更远一点……总有一天……"这"总有一天"体现了作者的意志和愿望,也蕴藏着人间最美好的感情。

四 "爵士时代"的记录:菲茨杰拉德的短篇小说

菲茨杰拉德生前出版的4个短篇小说集共收小说46篇,他去世之后又先后出版过7个本子,1979年出版的《昂贵的代价》是后人为他整理的最后一个小说集。按照作者生前自己所说的,他大约总共写了120篇小说,实际上他的全部作品多达160篇以上。

菲茨杰拉德被称为"20年代富人的分析家",在他的短篇作品中,大量描写的是美国有产阶级特别是富豪阶级的生活。作者以既怀有羡慕希求又冷眼旁观的复杂心情来刻画这些百万富翁、亿万富翁穷奢极欲的享受、高人一等的气派、相互攻讦的丑闻、残忍贪婪的自私和他们与穷人之间不可逾越的鸿沟,甚至连祖传富翁与暴发富翁之间的矛盾也写得惟妙惟肖。此外,他还描写了一些中产阶级人物如何向往富豪生活但又寄希望于自力的矛盾心理。在这些作品中,最有认识价值和揭露意义的恐怕是《一颗像里茨饭店那么大的钻石》了。

小说几乎是一支奇妙虚幻的梦想曲,向人们描绘了虚构中的一座方圆5英里的巨大的钻石山及占有这一人间珍宝的华盛顿一家。布拉多克·华盛顿继承了祖辈传下来的钻石山,以野蛮残忍的手段杀死或监禁一切发现这座钻石山的人,将这方圆5英里的土地视为独立王国。他所做的一切,实际上正是美国垄断资产阶级和金融寡头们为保住财产、地位和特权的写照。作品对钻石山环境的描绘和华盛顿一家豪华生活的叙述,表现了作者在这方面的幻想才能。从餐桌上钻石与翡翠制成的盘子到神奇的水晶浴池和谁也没有见过的巨大的宝石轿车,菲茨杰拉德把读者仿佛引入了"天方夜谭"的神话世界。

小说的结尾是:一个逃出来的意大利人终于向政府告发了钻石山的内幕,在大队飞机的袭击下钻石山被夷为平地,布拉多克一家也葬身火海,但也有一个例外,那便是他们家的小女儿吉斯米。

> "在星星下面躺着,"她重复说,"我从前从来没有注意过星星。我总以为它们都是属于一个什么人的很大很大的钻石。可是现在它们使我害怕。它们使我感到一切全是一场梦,我的全部青春是一场梦。"
>
> "那是一场梦,"约翰静静地说,"每个人的青春都是一场梦,一种化学的发疯形式。"
>
> "发疯该有多么快活!"
>
> "人们也这么告诉我,"约翰忧郁地说,"此外我就再也不懂什么了。可不管怎样,让咱们俩权且相爱吧,你和我,相爱一年或者两年吧。这是人人都可以一试的一种神圣的喝醉了酒的形式。整个世界有的是钻

石,钻石,以及或者说是幻想破灭的寒碜的礼物。唔,这种钻石我到底有啦,而我对平常的那种钻石也就无所谓了。"他打了一个寒战,"把你的领子翻起来,小姑娘,这儿夜晚可真凉,当心别得了肺炎哪。第一个发明知觉的人,是犯了滔天大罪。让咱们暂把它忘掉几个钟头吧"。

吉斯米与她的情人约翰的那番对话似乎是对富人世界的总结,让一切钻石都成为梦的产物吧。

对梦的追求不仅表现在财富上,更表现在爱情上。同盖茨比一样,市民阶级出身的德克斯特对上流社会女子裘迪·琼士的苦心追求只能成为一场冬天的梦(《冬天的梦》),而稍有名气的女演员伊芙琳企图乞求上层阶级的爱情的施舍则又是一场悲哀的梦境(《女人当自立》);此外,像阔少爷安森的虚伪荒唐(《阔少爷》),斯特拉·卡尔曼的感情空虚(《疯狂的星期日》),约瑟芬的内心痛苦(《一个女人的隐私》),大战后美国青年的精神沦丧(《五一节》),等等,都是这一时期美国社会的真实记录。

如同他的长篇小说一样,菲茨杰拉德在他的短篇创作中竭力表现出美国各种不同阶层人物的失败命运,以及他们对自身生活的忧愁,由此而产生的明显的不安全感造成了这些角色的精神错乱、感情混乱和道德混乱。斯特拉·卡尔曼在接到丈夫因飞机坠毁突然死亡的信息时,死命地抓住乔尔的身子,神情迷惘地要乔尔搂住她,不正是这个名导演的妻子——好莱坞上流社会的女子一种失态的表现吗?对这些人物的命运,菲茨杰拉德是以苦涩的悲哀来进行刻画的,正如他自己所说:

> 所有进入我头脑里的故事便都包含着某种灾祸——在我的长篇小说里,可爱的青年走向毁灭,短篇小说里的钻石山炸得无影无踪,我写的百万富翁也如托马斯·哈代①笔下的农民一样,是美丽的,注定遭到厄运的。

第四节 约翰·多斯·帕索斯与托马斯·沃尔夫

一 多斯·帕索斯及其《美国》三部曲(1930—1936)

约翰·多斯·帕索斯(1896—1970)是20世纪30年代美国左翼文学运动中

---

① 托马斯·哈代(1840—1928),英国著名诗人和小说家,其代表作有《德伯家的苔丝》等。

一位有影响的作家,他从 20 年代"迷惘的一代"的青年到 30 年代转向激进的左翼小说家,反映了当时美国文坛激烈地向左发展的局面。多斯·帕索斯于 1896 年 1 月 14 日出生在芝加哥一个中产阶级家庭里,父亲约翰·伦道夫·多斯·帕索斯系葡萄牙移民,曾参加过南北战争,是当时著名的律师。但由于家庭原因,多斯·帕索斯在 1916 年之前未得到生父的承认,所以他的童年是跟随母亲在旅居欧洲的岁月里度过的。1907—1911 年,多斯·帕索斯在美国康涅狄格州威林福德接受中等教育;1912—1916 年在哈佛大学文学院求学,受校内"意象派运动"的影响开始写诗,1917 年,诗作被选进《哈佛大学八诗人作品选》出版。1916 年毕业,获文学学士学位,旋即前往西班牙研究建筑。时值第一次世界大战正酣,为了寻求冒险经历,多斯·帕索斯也和当时许多美国青年一样,投奔战场。1917—1919 年他参加了红十字救护队和美军医疗队,先后在法国、意大利等地投入战地救护工作。

这段战争生活经历为多斯·帕索斯提供了创作素材,战争一结束,他就在西班牙开始了第一部小说《一个人的创始——1917》的创作。此书出版于 1920 年,1945 年再版时改名为《第一次遭遇》。作品描述一名救护车司机在战场上的经历,反映了这场战争的客观面貌。第二部小说《三个士兵》(1921)为多斯·帕索斯赢得了小说家的声誉,成为他的第一部著名作品。小说以第一次世界大战的欧洲战场为背景,塑造了三个性格不同的士兵形象,通过他们的命运反映了军队中广大下级士兵的反战情绪。丹·弗斯理是意大利与美国混血儿,一个头脑简单而单纯的英国国教徒,他一心想的是如何被提拔。克里斯福尔特是美国印第安纳州一个农场主的儿子,他憎恨战争,对战时严厉的军规怀有恐惧症,还患有怀乡病,虽被提为下士,却闷闷不乐,常常以一种感情的强烈爆发来发泄他的痛苦心情。克里斯福尔特的好朋友约翰·安德路斯是一个神经过敏而内向的哈佛大学毕业生,他的志向是当一名音乐家,但战争却打破了他的生活美梦。安德路斯是作者重点刻画的人物,他反对战争、热爱音乐,希望获得艺术的自由,因此与当时的战争环境是格格不入的。在一次战争空隙的外出中,他踯躅于法国乡村,沉醉于那里的景色,并与一个法国姑娘邂逅相爱,于是他做了逃兵,在那里隐藏起来。这时安德路斯自以为自由了,开始创作心爱的交响乐作品,但不久还是被军方发现而被逮捕并判了死刑。面对死亡他却十分镇静,把交响乐手稿抛向空中,让它们随风飘散,自己去承受这最后的惩罚。《三个士兵》的强烈反战色彩和人物的悲剧命运,使它成为"迷惘的一代"文学的先声,被认为是最早反映美国年轻一代迷惘情绪的优秀小说。这一时期,多斯·帕索斯的思想情绪与海明威以后几年的创作是一致的,1924 年,他与海明威在巴黎相识,开始了长达十几年的友谊,这也成为多斯·帕索斯创作中的一个重要因素。但他回国以后很快就改变了自己的政治倾向,把目光转向当时的社会斗争,并以最大的热情投入了这场运动。

1922 至 1923 年,多斯·帕索斯出版了诗集《路边的小推车》(1922)和小说《夜晚的街》(1923)。下一部有影响的作品是反映 20 世纪 20 年代纽约社会面貌的长篇小说《曼哈顿中转站》(1925),作品以快速式镜头截取了这个大都市各个阶层的生活画面,描写了形形色色的人物,被称为"群像小说"。这部作品对作者几年后创作《美国》三部曲起到了艺术先导的作用。

1926 年,多斯·帕索斯作为美国共产党的同情者,参与了高尔德发起的《新群众》杂志的创办,并担任该刊编委。1927 年他支持营救萨科和万塞蒂的工作,并因此被捕入狱。1927 至 1928 年间,他与尤金·奥尼尔一起发起了"新戏剧运动",并连续写了《垃圾人》(1926)等若干个剧本。1928 年,他访问了苏联。上述这些材料可以证明多斯·帕索斯在 20 世纪 30 年代"左翼文学"形成过程中的贡献。1932 年,他公开支持美国共产党候选人威廉·福斯特和亨利·福特竞选总统和副总统,反映出他的政治立场,但他从未正式参加过美国共产党。在这一期间,多斯·帕索斯最重要的作品就是后来成为他一生代表作的《美国》三部曲。

1926 至 1929 年,多斯·帕索斯担任了由高尔德等人创建的"新戏剧作家剧院"的导演,排演以苏联戏剧为样板的左翼戏剧,并在《新群众》上发表《朝着革命戏剧的方向》一文,表示要与传统戏剧决裂,创作出具有新时代气息和反映民众生活的作品。但鉴于他在创作观点上与其他左翼作家逐渐产生了分歧,遂于 1929 年脱离了这支队伍。

1929 年,多斯·帕索斯与凯瑟琳·史密斯结婚后便潜心创作日后为他带来巨大声誉的《美国》三部曲。小说以全景式的画面,将 12 个人物形象的描写和 26 个美国当代新闻人物的真实经历的传记撰述,结合成一部史诗般的历史小说,被评论界认为是具有列夫·托尔斯泰气质的美国小说。

由于《美国》三部曲的极大成功,多斯·帕索斯成了 20 世纪 30 年代最有影响的作家之一,小说也被誉为"一部伟大的民族史诗",三部曲的第三部《赚大钱》被评为 30 年代的经典作品之一。但也就在这时,多斯·帕索斯从一名美国共产党的同情者逐渐向右转,而后成为一名资产阶级自由主义者。1934 年,多斯·帕索斯成为好莱坞电影剧本作家。1936 年去西班牙采访内战,并写了以此为题材的散文随笔集《战争中的旅程》(1938),以后还写了《一个年轻人的冒险经历》(1939)。后者是一部描述青年共产党员的小说。格伦·斯波兹华特是一个天真的信仰共产主义的理想主义者,但后来因为他拒绝继续执行党的章程而被开除了。在这部作品中,作者歪曲了美国革命者的形象,它与以后出版的《头等的》(1943)、《宏伟的蓝图》(1949)构成了内容有联系的三部曲,1952 年首次以《哥伦比亚特区》为书名出版。

第二次世界大战期间,多斯·帕索斯以战地记者身份来到欧洲战场,并参加了战后纽伦堡法庭审判纳粹战犯的报道工作。1947年,他受纽约《生活》杂志的委托前往南美洲采访。20世纪50年代定居纽约,1957年获全国文学艺术协会金质奖章。1960年被选为美国文学艺术院院士。晚年著有多部作品,小说代表作有《伟大的日子》(1958)和他死后出版的《世纪的末日》(1975)等。1970年9月28日病故。

多斯·帕索斯一生创作丰富,尽管他在后期思想退化,但从一个小说家的角度衡量,他的作品大都以深刻而透彻的观察反映了20世纪美国社会广阔的生活画面,在20世纪的美国文坛上有着不可低估的影响。法国作家让-保罗·萨特①认为他是"我们时代最优秀的小说家",可见他在西方世界文学上的地位。

《美国》三部曲包括《北纬四十二度线》(1930)、《一九一九》(1932)和《赚大钱》(1936),1938年又以《美国》为总标题重新出版。小说以20世纪最初30年的美国社会现实为背景,通过对12个人物的描写,反映出这一时期广阔、真实、复杂的生活场景。作品规模宏大、视角多变、形象丰富、语言凝练,表现出作者成熟的艺术技巧。整个作品由若干个故事组成,各个故事之间有情节上的联系,又可独立成篇。在一些重点人物形象中,有穷苦出身而爬上资产阶级地位最后葬身车祸的查理·安徒生,有共产党员班·康普顿,有追求进步的女知识分子玛丽·法兰奇,有鼓吹资本家与工人互相协作的政客约·华德·摩尔豪斯,有歌女玛戈,有反战主义者乔·威廉姆斯,有出卖灵魂和肉体的中产阶级妇女莉诺·斯托达德,有理想主义者麦克,有乔的姐姐简·威廉姆斯,有牧师的女儿伊夫琳·赫特钦斯,其中安徒生、法兰奇和摩尔豪斯这几个人物更具有典型意义。

查理·安徒生出身北达科他州一个贫苦的家庭,年轻时当过流浪汉,也参加过"世界产联"活动,一度同情社会主义,但后来产生了发财思想;在大战期间加入了法国救护队,在欧洲战场成了"英雄"返回美国,与一家飞机工厂资本家的独养女儿格拉迪斯结婚,做股票投机生意,因与别的女人私通而离婚,最后在一次车祸中死于非命。玛丽·法兰奇出身科罗拉多州一个医生家庭,在匹兹堡一家报社任记者,因报道一家钢铁工厂罢工事件而接触劳工运动,逐渐同情社会主义,并与班·康普顿相爱,后来康普顿在"萨科-万塞蒂"一案中受牵连被捕入狱,但她仍坚持投入进步的劳工斗争。约·华德·摩尔豪斯是俄亥俄州一个公司代理商的儿子,为人精明机灵,后成为一个冷酷无情的商人,与原妻离婚后,同一个钢铁业巨头的嗣女结婚,在匹兹堡从事广告新闻业,第一次世界大战爆发时,提倡资本家与工人合作,制订了"共同协作"计划进行宣传,并勾结政府设立了"公共关系办公室"从事政客活动,生活上腐败靡烂,以勾引年轻女人为乐事。在这几个人物身上,作者艺术地概括了20世纪30年代以前美国社会的特点,以他们

---

① 让-保罗·萨特(1905—1980),法国著名作家,存在主义创始人之一。

的出身、经历和结局为线索,力图对人物的思想、言行和品格做出准确的分析,以表现出不同阶级、不同立场的人物的不同命运。显然,摩尔豪斯是一切资产阶级政客的代表,而安徒生则是那些投机取巧、企图爬进上流社会的市侩典型,只有玛丽·法兰奇是作者同情的正面人物,她的经历代表了美国觉醒的一代。正是玛丽·法兰奇、班·康普顿和乔·威廉姆斯这些正直的人坚持斗争才在美国形成一股强大的进步力量。这一点也恰恰是《美国》三部曲重大社会意义之所在。

除了重点描写的 12 个人物之外,作者还以"新闻短片""人物小传""摄影机镜头"3 种新颖的手法来加强这部小说的时代气氛。"新闻短片"共 68 篇,有报纸标题、新闻剪辑、商业广告、流行歌曲、官方文件等,内容穿插于各个章节之间,反映出当时的真实历史面貌;"人物小传"共 25 篇,也是放在各个章节之间,其中有总统威尔逊、进步记者兼作家约翰·里德、汽车大王福特、大财阀摩根、发明家爱迪生、工人运动领袖戴布斯、前总统西奥多·罗斯福等 20 世纪 30 年代前后的各界著名人物,作者以富有文学色彩的笔调勾勒出这些人物的面目,字里行间流露出褒贬扬抑;"摄影机镜头"共 51 篇,分散于各个人物描写或"新闻短片"之后,多以意识流的手法表达出作者的立场观点和生活经历。

《美国》三部曲人物众多、线索复杂,从情节描写上来看,全书并无一个贯穿始终的核心人物,但小说繁简得当、剪辑高明、结构严谨,以"美国"为题涵盖三部看似各不相干的内容,却贯穿着一个明确的主题,即以各类代表人物的思想演变、生活经历、人生观念,反映了 20 世纪前 30 年整个美国社会的面貌,也从一个侧面揭示了美国人民对寡头统治的斗争历史。它是一部反映美国社会本质的百科全书,许多文学史家认为,《美国》三部曲是多斯·帕索斯最优秀的作品,也是30 年代的一部美国"民族史诗"。作品着眼于研究这一特定时代的历史,它将一个垄断资本控制的美国与另一个被剥削压迫的广大劳动阶级的美国艺术地结合在一起,并运用阶级斗争阶级矛盾的观点去分析、去表现,反映了作者在创作当时正确的社会立场。

二 沃尔夫及其《天使望家乡》(1929)

托马斯·沃尔夫(1900—1938)是一位生命短暂而又以优秀作品在文坛上赢得一定地位的小说家。沃尔夫于 1900 年 10 月 3 日出生在北卡罗来纳州阿什维尔城,父亲是一个性格坚强的石匠。他 11 岁入当地橘树街小学读书,1912—1916 年在中学求学,1916 年考进北卡罗来纳州大学文学系,在校期间担任过校刊编辑,1920 年毕业,获文学学士学位,创作有独幕剧《巴克·戈文的归来》和《第三个夜晚》等。1920—1922 年在哈佛大学贝克教授主持的戏剧研究班深造,获文学硕士学位。1924—1930 年在纽约大学任英文教员。1930 年之后成为职业作家,后去欧洲旅行,在伦敦做过短暂的停留,1938 年去太平洋西北部做过航海旅行。1930 年成为全国文学艺术协会成员。1938 年 9 月 15 日因患脑炎死于马里兰州巴尔的摩。

沃尔夫能成为一个有名望的小说家,是由于他 29 岁那年出版的长篇小说《天使望家乡》(1929)获得了极大的成功。沃尔夫从 1925 年开始练习小说创作,经过 4 年努力,写成这部风格清新、笔调细腻、形象感人、富有乡土气息的作品,在美国小说界崭露头角。作品含有明显的自传色彩,主人公的经历和故事发生的环境、地点及其他人物的原型,几乎都取材于沃尔夫自己的生活、他的家乡阿什维尔小城和他的父母亲友。尤金·根特,是一个石匠的幼子,排行第六。他父亲奥立弗·根特说话风趣,对人热情,富有口才,手艺又好,在当地颇有影响。尤金对父亲十分崇拜,但对母亲伊丽莎白却没有好感,因为她吝啬、狡猾,还老跟父亲吵架。尤金的五个兄姐个性各异:老大史蒂夫懒散、自私、庸俗;老二戴西温柔、缄默;老三海伦是父亲最钟爱的女儿;老四聪明文静,与尤金关系最亲密,但不幸夭亡,使尤金悲痛不已;还有一个老五卢克,热情而讨人喜欢,在家里是最活跃的一个。尤金生活在这样一个人口众多的家庭里,却还是感到孤单,特别是他母亲离家出走之后,情况就更为严重了。他被迫从父亲那里跑到母亲身边。母亲开了个供膳宿的寄宿舍,尤金在那里见到的尽是些杂乱不堪、人情淡薄的事。于是,他在读小学的时候就利用课余时间做报童送报,在小镇上穿梭来去,似乎也成了个"知名人士"。尤金从小喜爱文学,有空就学习英语,阅读古典作品,从一所私立中学毕业后又考上了州立大学,然而他内向、孤独的个性仍没有完全矫正过来。大学毕业后他踏上社会,成了一家文学杂志的编辑,不久又交上了女朋友,而他与家里人的关系却渐渐地淡漠了。尤金还得在人生历程中进行不断的探索,他希望"在道路末端进入天国的地方能看到一座里程碑,一个窗户,或是一道虚掩的门"。

小说以浓郁的抒情风格向人们展现出北卡罗来纳州乡村小镇的社会风貌。作者以一种松散的编年史方式,通过主人公 20 年的生活经历,反映出他的思想与他的家庭,以及小镇上人们的冲突。作品中的一群人都具有鲜明的个性,尤其令人难忘的是尤金那种执着的叛逆精神,读者可以从中体会到 20 世纪最初 30 年在美国乡村社会中生活的年轻一代的精神面貌。尤金的内心世界充满了沃尔夫自身的体验,他 6 岁的时候母亲就在与父亲吵架后离家出走,使年幼的沃尔夫尝到了孤独和流浪的苦味。他曾说过:"我没有家——7 岁之后就成了流浪汉……我从小就认识了孤独,而此后就更深知那种滋味。"因此,沃尔夫产生了创作的欲念后,首先想到的题材就是把他自己的生活经历艺术地再现出来。在这部小说中,沃尔夫明显地受到了德莱塞和刘易斯的影响,而在某些技巧上则又有模仿乔伊斯的痕迹。他还从惠特曼诗歌中吸取了大量的词汇,并以诗人般的热烈感情来抒发他对家乡、土地、自然和从小生活在一起的乡亲的眷念。在那里他曾有过苦恼和不幸,但也赢得了丰富的回忆。

《天使望家乡》出版后,它的价值并没有立即得到社会的承认。除了评论家马尔科姆·考利之外,那些知名的评论界人士大都表示出不屑一顾的态度。他们大部分是"学院派"人物,认为只有詹姆斯、康拉德的作品才是正统的,连马克·吐温的小说他们都要加以排斥。但是真正的文学必定能在历史的考验中赢得声誉,从20世纪40年代开始,美国文坛上的有识之士已经认识到这部小说的意义,例如福克纳,他甚至认为在当代美国小说家中沃尔夫应该列为第一。1957年,弗林斯把《天使望家乡》改编成剧本,并获得第二年的普利策戏剧奖。

1935年,《天使望家乡》的续集《时间与河流》出版。小说描写了尤金在大学毕业后的经历:他从南方来到波士顿的哈佛大学,进了哈彻教授主办的戏剧研究班深造,取得了一定的成就。两年后,他来到纽约大学任英语教员,不久爱上邂逅的波士顿姑娘安妮,但安妮爱的却不是他,而是哈彻教授的助手斯塔华克,在失望中尤金只身出国去欧洲,但最后由于经济窘困又回到美国。

《时间与河流》完成了尤金·根特走向社会的第二个历程,可惜由于作者过早病逝,尤金后半生的道路无法展现在读者面前了,否则沃尔夫是一定会完成这项使命的。

沃尔夫其他的主要作品还有短篇小说集《从死亡到早晨》(1935)及由爱德华·阿斯韦尔整理出版的长篇小说《罗网与磐石》(1939)和《你不能再回家》(1940)。这两部长篇小说的主人公虽然已不是尤金·根特了,但情节上仍与前两部小说有联系。此外,短篇集《远方的山丘》(1941)、《短篇小说集》(1961)、《书信集》(1943)、《笔记》(1970)和散文集《群山》(1971)等,都由后人从沃尔夫大量的遗稿中整理出版。

第八章　20 世纪南方小说

第一节　南方小说产生的历史背景与创作成就

一　南方小说的起源与它的历史背景

美国南方小说的起源最早可以追溯到 19 世纪中期南北战争前后。历史原因造成的文化观念和传统势力的控制,使美国南方在此之前没有形成真正意义上的文学,战前出现的多是一些以律师、医生、庄园主身份从事创作的业余作家,稍有影响的有威廉·卡拉瑟斯(1802—1846)、菲利普·彭德尔顿·库克(1816—1850)、约翰·埃斯顿·库克(1830—1886)和后来成为南方小说领袖人物的威廉·福克纳的曾祖父威廉·克拉克·法克纳(1825—1889)等。战后,在外来文化的冲击下,南方的文学有了较大的发展,开始涌现出以创作为职业的小说家,其中比较著名的有托马斯·纳尔逊·佩奇(1853—1922)、乔尔·钱德勒·哈里斯(1848—1908)和乔治·华盛顿·凯布尔(1844—1925)等。他们大多出身富裕家庭,受过正规的高等教育,有良好的文学素养,成为早期南方文学的杰出代表。佩奇的短篇小说集《往日的弗吉尼亚,马尔斯·钱及其他故事》(1887)是 19 世纪后期最具影响的小说,但在佩奇的笔下,南方被描绘成一个理想的人间乐园,黑奴与白人庄园主和睦相处,在那里没有种族矛盾也没有反抗斗争。这是站在庄园主立场上的小说家心目中神话般的南方,是南北战争失败后奴隶主阶级的一首挽歌。

南北战争之前的美国南方是在奴隶主统治下的庄园主农业经济,南北战争最终以由资本主义工业经济主导的北方获得胜利而结束,这给南方的政治、经济和文化都带来了巨大的冲击,然而怀旧心理始终没有从庄园主的后裔以及依附于这一阶级的文化人心中消失过。战争的失败一方面使他们不得不从政治、经济、文化和历史等方面去寻找原因,但同时他们也坚持认为南方固有的农业文化、庄园经济和悠久的历史情结不可能为北方所同化。他们怀念过去的田园风光、白人庄园主与黑人奴隶之间的种族关系,企图以此来抵御北方工业文化的侵入。这种复杂的心态造就了一代南方作家的创作动力,也成为以小说创作为主体的南方文学崛起的土壤,正如艾伦·泰特在《南方文学的职业》(1935)一文中所指出的,20世纪的南方小说家普遍产生了一种"特殊的历史感",正是这种历史感造成了"我们处在历史十字路口时所出现的奇异的文化爆发,它多少类似于16世纪末商业英格兰开始摧毁封建英格兰之际的诗歌天才爆发,只不过规模小得多而已"①。

被艾伦·泰特称为"奇异的文化爆发"的这场南方文艺复兴,就是在美国南方经历了一段深刻的历史变革时期的产物,它是从封闭的、落后的奴隶制农业社会土壤里在短短的10年时间中爆发出的一股巨大的文学热流,一大批作家通过他们以小说为主体的文学创作,深刻地反映出在社会巨大变革冲击下人们在旧的意识形态解体过程中的痛苦和思考,所涉及的不仅是生活方式、社会环境,更重要的是价值观念、精神面貌。南方社会顽固的保守主义势力,在20世纪一二十年代尤其是第一次世界大战后美国实现高度资本主义现代化的猛烈进攻下,所产生的震撼超过美国任何别的区域。现代化在深刻地改变着南方人的心灵和生活,一批作家正是在这场变革中接受历史的使命,就这点而论,南方文艺复兴可以看作是文化上的保守主义被现代资本主义文明冲击后的直接反应。艾伦·泰特说:"南方在第一次世界大战中重新进入了世界,它环视四周,自1830年以来第一次发现北方佬不应对所有的事负责。""重新进入了世界"表明南方社会与整个美国生活融会的历史过程,也就在这稍后的十几年里,福克纳、约翰·克劳·兰塞姆、托马斯·沃尔夫、罗伯特·佩恩·沃伦和艾伦·泰特等人走出南方狭隘的地域,先后进入美国各地或赴欧洲,开始接受新思想、接受新文化,并用批判的目光重新去认识南方故乡的人文历史,用文学创作手段艺术地再现这一深刻的历史性变革。

二　南方小说的文学成就

南方小说属于怀旧式的文学流派,它具有鲜明的地方色彩,经过南方小说家们几十年的努力,在这类作品中已经呈现出美国南方社会一幅兴亡盛衰的通俗历史画卷。尽管是描写过去的时代,尽管不无神秘、虚幻、痛苦的感情色彩,但南方小说自从20世纪20年代末由福克纳创建以来一直拥有广泛的社会影响。它成功的秘诀在于写出了一个时代。1922年《逃亡者》杂志的创刊可以视为南方文学兴起的标志。《逃亡者》以约翰·克劳·兰塞姆(1888—1974)、艾伦·泰特(1899—1979)、罗伯特·佩恩·沃伦(1905—1989)等一批青年作家为中坚力量,

---

① 转引自丹尼尔·霍夫曼:《哈佛美国当代文学导论》,哈佛大学出版社,1979年,第153页。

他们提倡地方主义,通过文学创作和评论,企图揭示出南方经济政治与文学之间的关系,他们多以批判的眼光去分析南方特有的历史背景,抵制北方工业文明对南方传统文化价值的侵袭和破坏,竭力维护南方农业经济留给人们的传统观念,认为只有南方才是显示西方文化传统价值的最后堡垒。鉴于《逃亡者》作家群对于南方农业社会的执着情感,文学史家也将他们称为"重农学派"。他们先后出版了《我要表明我的立场》(1930)、《南方的文化》(1934)和《谁占有了美国?》(1936)等专集表明立场。作为"重农学派"的领袖人物,沃伦既是诗人、评论家、大学教授,又是小说家,他一生学术活动丰富,著作繁多,在整个南方文学的形成和发展过程中,起到了重要作用。艾伦·泰特既是诗人、评论家,也是小说家,他的长篇小说《父亲们》(1938)描写了具有传统意识的弗吉尼亚贵族后裔刘易斯·巴肯一家破产的故事,巴肯被新兴的资产阶级市侩人物乔治·波西击败,表明了旧南方必然衰落的历史命运。兰塞姆是《逃亡者》的主编和"逃亡者派"的核心,也是"重农学派"的领导人,在第一次世界大战后开始的南方文艺复兴中起到过重要作用,他的文学理论著作《新批评》(1941)影响广泛,形成了20世纪40年代美国文学批评的重要流派。戴维森作为《逃亡者》创始人之一,他的诗歌和文学理论一直坚持为南方的现状辩护,是论文集《我要表明我的立场》的重要参与者。

20世纪20年代,南方文艺复兴中还涌现出一批具有浪漫倾向的小说家,他们不但注重描绘南方生活的多种风采,还积极反映社会现实,力图写出南方人民对改变现状的要求和对未来生活的希望。他们中间的重要作家及作品有杜博斯·海沃德(1885—1940)的长篇小说《波奇》(1925)和《马姆巴的女儿》(1929),伊丽莎白·马多克斯·罗伯茨(1886—1941)的长篇小说《男人的时代》(1926)和《大牧场》(1930),杰西·斯图尔特(1907—1984)的长篇小说《天堂里的树》(1940)等。《波奇》以流浪的残疾黑人波奇与少女贝斯之间的爱情为主线,描写了衣衫褴褛又跛足丑陋的主人公的美好心灵。小说于1933年被改编成歌剧上演,产生了轰动效应。

20世纪20年代末,威廉·福克纳"约克纳帕塔法世系小说"中的代表作《喧嚣与疯狂》(1929)的出版,标志着南方小说的最终形成。此后的30年代,一批有才华的女小说家活跃在南方文坛,出版了为数惊人的小说作品,达到了南方小说创作的高潮,这中间包括凯瑟琳·安妮·波特(1890—1980)、玛格丽特·米切尔(1900—1949)、尤多拉·韦尔蒂(1909—2001)、卡森·麦卡勒斯(1917—1967)和弗兰纳里·奥康纳(1925—1964)。

此外,以长篇小说《土生子》(1940)闻名的黑人小说家理查德·赖特(1908—1960),出生于密西西比州,也可以划入南方小说家范畴,本书将在第十章第三节对他进行具体评述。

三　南方小说的思想价值与艺术特色

如果说"迷惘的一代"是一个年代的文学创作表现,那么,南方小说可以说是一个区域的文学创作表现。

因此,它的思想价值在于:第一,将一个区域历年来的演变过程以文学创作的手段记录下来,历史地揭示了美国南方在工业化的北方的资本主义经济冲击下必然走向衰落的命运。

第二,作为怀旧式的文学,南方小说在表现人物心态和形象中,大多采用了批判与同情的矛盾主题,将人物置身于一个历史演变的大时代环境中,使他们在怀念旧南方庄园主农业社会和无法回避时代进步的矛盾中发生痛苦的思考,这种复杂的人物典型成为南方小说的一大特色。

第三,摒弃或基本摒弃了传统的现实主义创作方法,代之以各个流派独特的艺术手法,或是带有各种成分的综合性描写。

从20世纪20年代末期开始,福克纳便有意识地吸收了爱尔兰小说家乔伊斯的"意识流"技巧,后来在他一生最杰出的艺术成就——"约克纳帕塔法世系小说"——中,他把这一描写方法作为主要手段用来表达南方小说晦涩、深奥的主题,因此他成了公认的美国"意识流"的代表作家。在他最优秀的小说《喧嚣与疯狂》(1929)里,福克纳以四分之三的篇幅用"意识流"手法来进行描述,分别以三个主人公"意识"上的跳跃、内心活动和时序的颠倒等方法具体地刻画出南方社会一个家族的衰落过程。福克纳无意于忠实地再现生活,他在作品中大量羼入未来主义、超现实主义等因素,并把弗洛伊德①的精神分析学说作为创作的依据。他的这些非现实主义创作方法给以后美国文学的发展和演变带来了极大的影响,可以毫不夸张地说,正是福克纳开创了美国小说非现实主义化的时代。

第四,作为以旧时代生活为主要题材的创作体系,南方小说为我们提供了一幅几乎是完整的美国南方历史的艺术画卷。当北方的作家们正在努力揭示从资本主义演变为垄断资本主义即帝国主义历史阶段的本质内容时,一大批南方作家则致力于挖掘他们的前辈曾经经历过的辉煌和辉煌消失时的不幸。麦卡勒斯的《伤心咖啡馆之歌》(1943)把一个家族的内部矛盾斗争放置在一个小小的乡村咖啡馆里进行,当年的辉煌和如今陈旧的房屋成了鲜明的对照,人物的特殊心态几乎是同时代人所难以理解的。

第五,南方小说自19世纪末期产生以来,一直兴旺了大半个世纪,南方文艺复兴的发展势头甚至在一个时期里压倒美国的其他小说创作,除了它的题材具有历史的丰富内涵以外,与南方作家对故乡、故土、故人的深厚情感有关,他们都

---

①　弗洛伊德(1856—1936),奥地利精神病专家,首创精神分析学说。

是带有强烈的乡土人文色彩去创作的,一个区域、一个时代、一个群体、一个难以忘怀的历史过程,造就了南方小说的艺术魅力。

第二节 威廉·福克纳

一 辉煌的一生

作为一个区域性的文学流派——南方文学的代表作家,福克纳的声誉虽然来得比较缓慢,但当他最优秀的作品问世之后,尤其是在他获得诺贝尔文学奖之后的一段时间里,他的卓越才华和杰出贡献就得到了美国和世界的公认而与欧内斯特·海明威齐名,并同时被称为美国 20 世纪的"天才小说家"。

威廉·卡思伯特·福克纳(1897—1962),原姓法克纳(成年后自己改为福克纳),1897 年 9 月 25 日生于美国南方密西西比州新奥尔巴尼。他的祖上原先居住在田纳西州,但他的曾祖父威廉·克拉克·法克纳(1825—1889)把家迁到了密西西比州,并成为一名庄园主、铁路建筑商和联邦军的上校军官。威廉·法克纳还是一位稍有名气的小说家,他的代表作——一部富有戏剧性情节的通俗小说《孟菲斯苍白的玫瑰花》(1880)在当时曾受到过社会的欢迎。但至福克纳出生前后,家道中落,只能依靠曾祖父传下来的一点铁路股票过日子。1898 年,即福克纳出世后的第二年,父亲默雷·卡思伯特·法克纳(1870—1932)被任命为铁路公司的司库,全家搬到了里普莱。但到福克纳 5 岁时,祖父约翰·汤普森·法克纳(1848—1922)将铁路股票转让给别人,于是父亲失去了铁路公司的职务,又将家搬到了奥克斯福特镇(又译"牛津镇"),经营一家规模不大的店铺来维持生计,后来还当过一段时间的银行职员。

1905 年 9 月,这位未来的伟大小说家进了奥克斯福特小学读一年级,在以后的 9 年中,他读完了小学和中学的 11 年半的课程,至 17 周岁的那一年,即 1914 年底,距离高中毕业还差一个学期,福克纳便离开了学校,原因据说是他不愿意读书。接着,在 2 年多的失学期间里,福克纳以写诗、画画度日,也在当地一家小银行当过半年小职员。此时正值欧洲大地上第一次世界大战炮声隆隆,年届 20 的福克纳要求参加美国军队上前线,但因个子太矮小而遭到拒绝,直至 1918 年,方被加拿大皇家空军学校吸收为学员。同年 7 月 9 日,福克纳前往加拿大的多伦多报到,旋即进入空军学校受训,11 月第一次世界大战结束,年底他便退伍回老家,2 年后被授予二级荣誉中尉军衔。

生性散漫的福克纳,在享受了半年的军旅生活之后又勾起了入学的愿望。1919 年 9 月,他作为一个超龄的特殊学生进入密西西比大学,但一年后即退学。在此后若干年里,福克纳干过多种职业。1924 年 10 月,他因饮酒和工作差错先后被解除了密西西比大学邮政所长和童子军教练职务。此时,福克纳已经27岁,但还没有一个固定的职业,还没有一个明确的生活方向,也还未建立自己的家庭。同年秋天,福克纳到新奥尔良去拜访他昔日的雇主伊丽莎白·泼拉尔,并结识了她的丈夫——当时已十分有名的小说家舍伍德·安德森。安德森通过交谈和接触,认识到这位比自己年轻二十几岁的青年身上存在着一股敏锐、深邃和宏大的气魄。半年前,虽然福克纳刚出版了一本诗集《大理石雕像》(1924),但安德森却劝他写小说,而且以他最熟悉的南方社会的历史和现实生活为题材去进行写作。

倘若没有这件事,也许福克纳至多只能成为一个平庸的诗人,在安德森的指导和鼓励下,福克纳很快在1925年旅行欧洲期间写成了他的第一部长篇小说《士兵的报酬》。说来也巧,这部以第一次世界大战中一个重返故里的士兵遭到战争折磨和家庭变故之后的痛苦心情为题材的小说,无论是作品的主题、人物的精神世界还是创作的地点,都与海明威的小说《太阳照样升起》极为相似,连出版的时间也同在1926年。小说情绪低沉,其中也包含着"迷惘的一代"的悲观色彩对作者的感染。讽刺小说《蚊群》(1927)出版之后,特别是在1927年他的第三部长篇小说《萨托利斯》写完以后,他的头脑里逐渐形成了一个庞大的创作体系,这个体系就是几年前安德森向他建议的以美国南方社会的历史和现实生活为题材,通过对爱尔兰作家乔伊斯意识流创作技巧的模仿,用若干部相互关联的长篇小说和中短篇小说组成一个规模宏大的系列小说群,这个小说群的核心是几个南方家族的兴衰历史,它所反映的实质就是美国南方社会将近一个世纪以来各个阶级之间的矛盾、斗争和演变。

对福克纳来说,这无疑是一个伟大的发现,他找到了最能表现自己思想意识的艺术形式,用来最充分地叙述和描绘出他的祖先们赖以生存和发展的区域的一幅完整的、真实的、形象的、历史的画卷。一部类似《人间喜剧》的伟大巨著即将诞生!美国南方社会一幅激动人心的历史画卷即将出现!年过三十的福克纳是到了应该为自己谋求立足之地的时候了,他要以自己强有力的创作来证明他是一个将要为祖国和人民赢得巨大荣誉的小说家,一个生活和艺术的强者。这种情绪上跌宕起伏的程度绝不低于巴尔扎克在确定《人间喜剧》创作体系时的心情——当年巴尔扎克曾跑到巴黎鱼市街向他的妹妹罗拉大声嚷道:"向我致敬吧,我将要成为一个伟大的人!"福克纳虽然没有做出这样的举动,但他的心情是豪迈和自负的。在这满怀信心向伟大的创作目标进发的时刻,在刻意追求美国文坛桂冠的崇高荣誉之时,他对安德森的感激之情是不言而喻的。他把这位前辈作家看成是恩师和领路人,在1929年首次出版的《萨托利斯》的扉页上,他以诚挚的和不无骄傲的感情写道:

　　献给舍伍德·安德森,他的友谊使本书得以出版,我相信此书将不会造成使他感到遗憾的事实。

　　在福克纳的一生中,1929 年是一个十分重要的年份。这一年至少有三件事值得他永远记忆:一是 1 月 31 日《萨托利斯》出版,这部小说开创了福克纳伟大小说家的历史,是作家头脑中一个巨大的小说世界的第一部,其价值与地位几乎可以同 1829 年巴尔扎克出版《朱安党人》相比;二是 6 月 20 日与艾斯德尔·富兰克林(1896—1972)结婚,艾斯德尔原姓奥特霍姆,年长福克纳 1 岁,他俩青梅竹马,从小相识,但艾斯德尔却因父母之命于 1918 年嫁给了康奈尔·富兰克林,福克纳曾送诗给她,一直不忘旧情,直到 1929 年 4 月艾斯德尔与丈夫离婚后才与福克纳结合;三是 10 月 7 日《喧嚣与疯狂》出版,这部小说由于集中表现了福克纳出众的艺术才华和对南方社会历史无与伦比的描绘而成为轰动一时的畅销书,此后它一直被公认为是这位天才小说家的杰作。与艾斯德尔的结合,使福克纳完成了一个成年男子应该完成的任务——建立了自己的家庭。第二年,他们在奥克斯福特附近购置了房屋和田产,命名为"罗温橡树田庄"。虽然大女儿阿拉巴玛生下来只活了九天,但两年后出世的第二个女儿吉尔成了福克纳日后生活中不可缺少的部分,而那两部小说的诞生则无疑为福克纳精心设计的神话王国的蓝图描上了最为光彩夺目的两种颜色,这个神话王国的名字就叫"约克纳帕塔法"。

　　约瑟夫·布洛特纳在《20 世纪美国文学》中对福克纳的"约克纳帕塔法世系小说"给予了极高的评价,认为"他的创作和开拓的题材自从巴尔扎克之后还没有一个人这样做过"[①]。在福克纳开列的自己所喜爱的作家名单中,巴尔扎克居于显著的地位(他 10 岁就开始阅读包括这位大师的作品在内的世界文学名著),并认为巴尔扎克在《人间喜剧》中"完整地创造了一个自己的世界"。然而,我们不能不看到这一点:福克纳在很大程度上是不同于巴尔扎克的,他所开拓的不是对现实生活的评论,而是对已经消逝的年代的沉重怀恋,他所向往的不是未来而是过去。

　　我祖父有一个不大的家庭图书室,但可以说是兼收并蓄,科目齐全。我现在认识到我的大部分早年教育就是在这儿接受的。祖父只爱读司各特或大仲马的一类简单明了、富于纯浪漫气息、有刺激性的作品,因而这个图书室在小说藏书方面颇有点局限性。不过,其中也不乏其他五花八门的书籍。这些书显然是我祖母随手购来的,图书的扉页

---

① 《20 世纪美国文学》,麦克米伦出版公司,1980 年,第 202 页。

上都写有她的名字以及 1880 年某月某日、1890 年某月某日的字样。

……　……

这段见诸《福克纳文集·前言》的自白可以证明这位小说家早年所受的启蒙教育并不是在学校里完成的,而是在他祖父的图书室里完成的。除了书籍这个不会说话的启蒙老师之外,福克纳还有一个用讲故事的形式对他进行早期教育的老师——他的黑人保姆卡洛琳·巴尔妈妈。从躺在摇篮里听她唱儿歌开始,到坐在板凳上听她讲故事,这位黑人妇女向美国未来的大作家灌输了大量的文学养料。福克纳对巴尔妈妈是怀着十分敬爱的感情的,在巴尔去世(1940 年)两年后,福克纳在新出版的短篇小说集《去吧,摩西》(1942)的扉页上写道:

献给妈妈

卡洛琳·巴尔,密西西比人(1840—1940),出身奴隶,她对我的家庭是忠诚的,从不计较对她的酬劳,她给了我的童年时代的生活以无法估量的母爱。

上述这两件事完全能够证实:在这位小说家长达二十几年的创作生涯中,除了有几年去好莱坞为电影公司编写电影脚本外,他几乎长年居住在奥克斯福特,埋头在“家乡那块邮票般小小的地方”编织着他心目中古老而美丽的图案,描绘出使人留恋又令人痛苦的生活悲剧,这与他早年所受的教育是直接联系在一起的。如果没有家庭对他的影响,就没有他的创作;没有他的创作,也就没有南方小说。

1949 年冬,瑞典皇家科学院宣布将该年度的诺贝尔文学奖授予福克纳,以表彰“他对当代美国小说所做出的强有力的和艺术上无与伦比的贡献”,使他成为自辛克莱·刘易斯 1930 年获奖以来的第四位享受这份特殊荣誉的美国作家。因为得知消息太迟,福克纳于第二年的 12 月才由女儿吉尔陪同前往斯德哥尔摩领奖。在授奖典礼上他发表了一个著名的演说,指出这一奖项不是授予他个人,而是授予他的劳动——“一辈子处于人类精神的痛苦和烦恼中的劳动。这劳动并非为了荣誉,更非为了金钱,而是想从人类精神原料里创造出前所未有的某种东西”。同时,他还强调了“人是不朽的”和“人有灵魂”的观点,认为诗人和作家在创作上的职责应该是“振奋人心,提醒人们记住勇气、荣誉、希望、自豪、同情、怜悯之心和牺牲精神,这些是人类昔日的荣耀”。

获得诺贝尔文学奖之后,福克纳声名大振,他多次出国去欧洲和南美访问,代表美国政府参加国际文化交流,也到日本讲过学,还先后担任过弗吉尼亚大学驻校作家和他母校密西西比大学名誉教授等职务,并于 1956 年 9 月在华盛顿就任全国“人与人之间计划”作家集会主席。尽管社交活动繁多,但福克纳一直没有停止过创作的笔,在生命的最后 10 年里,他写完了《斯诺普斯》三部曲之二《小镇》(1957)、之三《大宅》(1959)和"约克纳帕塔法世系小说"的最后一部《掠夺者》(1962),以及自 1929 年之后唯一不属于这个世系小说范围的长篇小说《寓言》(1954,获 1955 年普利策小说奖)。《寓言》以虚构的宗教故事为题材,影射了第二次世界大战的灾难。书中的主人公为了维护和平而遭杀害,但后来又像基督一样"复活"了,他的精神在继续鼓舞着人们为争取和平而斗争。作品的反战主题表明了福克纳晚年在政治上的进步立场。

1962 年 1 月和 6 月,福克纳两度从马背上坠下受伤;7 月 6 日在医院里心脏病突发,深夜逝世;翌日安葬在故乡的圣彼得公墓。

福克纳是一个要强的人,他在 6 月 17 日还对友人开玩笑说,他要征服自己的心脏病,"我不愿意死"①。是的,他只活了 65 岁,对这样一位作家来说确实死得太早了,他还未能完成自己确定的最后目标:写完"约克纳帕塔法世系"的《末日记》和《宝鉴录》,他还没有来得及折断手中的铅笔,就这样永远地"歇手了"。

二 "约克纳帕塔法"神话王国

所谓"约克纳帕塔法",就是福克纳以他家乡的风土人情、地理环境为依据,为他的小说创作虚构出来的一个典型的美国南方县份。这个县的原型便是法克纳家族近百年来赖以生存和发展的拉菲特地区,而县城杰弗逊镇则显然是以奥克斯福特为样板的。福克纳将 15 部以上小说故事的发生地点安排在这个实际上并不存在的地方,形成了后来为文学评论家们定名的"约克纳帕塔法世系"以及由此而产生的"约克纳帕塔法世系小说"②。

按照福克纳的说法,这个以他为唯一拥有者和产业主的神话王国,位于密西西比州北部,北与田纳西州交界,在约克纳帕塔法河与特拉哈彻河(实际上就是田纳西河)之间。它的东面是松树丘陵,西面是河床泛出的黑土,除了杰弗逊镇上的商人、技工之外,居民大都是农民和庄园主,还有一部分伐木工,当然更多的是处于悲惨境地的黑人。约克纳帕塔法县的面积为 2400 平方英里,人口为 15611 人(其中白人 6298 人,黑人 9313 人)。他们中的多数人是佃农,住在低矮的茅屋里,并不比内战前的黑奴生活好多少;只有少数庄园主住在大宅子里,他们是这块土地的主人。这些分散生活在 2400 平方英里土地上的各种各样的人——白人、黑人、城里人、乡下人、佃户、店主、家庭妇女、孩子——都是威廉·福克纳陛下的臣民,都在一个大故事里——这个大故事又分为若干个相互关联

---

① 戴维·明达:《威廉·福克纳:他的生平和创作》,约翰·霍普金斯大学出版社,1980 年,第 249 页。

② 这个提法最早由评论家马尔科姆·考利在他所编的《袖珍本福克纳文集》(1946)一书的序言中提出,为人们所普遍接受。

的小故事——扮演各自的角色。从福克纳精心绘制的约克纳帕塔法县的地图中我们可以想见这位陶醉于子虚乌有的神话王国中的国王是何等的认真与专一，这不禁使人联想起 19 世纪法国幻想小说家凡尔纳所创造出来的"神秘岛"。

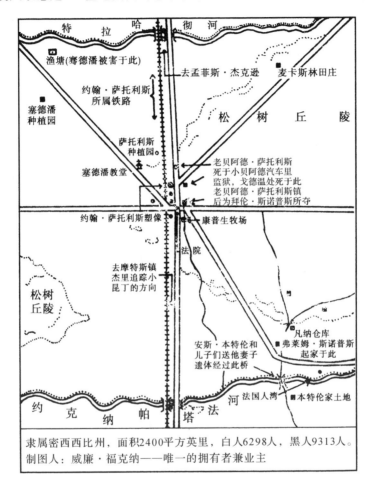

约克纳帕塔法县地图

从出版《萨托利斯》起，直至 1962 年 6 月《掠夺者》问世为止，福克纳为创造这个神话王国整整写作了 33 年。也像巴尔扎克把《人间喜剧》分为"三个研究""六个场景"一样，福克纳把他的"约克纳帕塔法世系小说"分为几个部分。从内容的性质来说，它包括了庄园主以及他们后裔的故事、穷白人的故事、杰弗逊镇上的故事、印第安人的故事、黑人的故事。按家族姓氏来划分，则有下列几组：

A. 以萨托利斯家族为描写对象的《萨托利斯》(1929)、《不可征服的人》(1938)；

B. 以康普生家族为描写对象的《喧嚣与疯狂》(1929)；

C. 以塞德潘和麦卡斯林家族为描写对象的《押沙龙,押沙龙!》(1936)、《去吧,摩西》(1942)和《坟墓的闯入者》(1948);

D. 以本特伦家族为描写对象的《我弥留之际》(1930);

E. 以斯诺普斯家族为描写对象的《斯诺普斯》三部曲:《村子》(1940)、《小镇》(1957)和《大宅》(1959)。

此外,属于这个世系小说的还有《圣殿》(1931)、《八月之光》(1932)、《野棕榈》(1939)以及福克纳唯一的剧作——三幕剧《修女安魂曲》(1951)和中、短篇小说《老人》(1939)、《熊》(1942)等。

"福克纳完成了我们时代还没有别的例子的精神劳动。这是一个双重意义的劳动:第一,创造了密西西比州的一个县,它像神话中的王国,然而包括所有细节在内都是样样齐全的,栩栩如生的;第二,使他的约克纳帕塔法县的故事成为最边远的南方的寓言和传奇,活在人们的心中。"①马尔科姆·考利的这段评价固然有夸张的成分,但他所说的关于福克纳创作的双重意义则是正确的。实际上,我们完全可以把这个神话王国看成是作者整个内心世界的直观反映,他的世界就是约克纳帕塔法王国的神话和他周围最直接的事物。这个远离新奥尔良和孟菲斯等大城市的边远地区是 19 世纪初期一批冒险家从印第安人手里半买半抢得来的。这个区域由一代意志坚强的庄园主贵族(萨托利斯、康普生和塞德潘等)进行管理和统治,直到南北战争他们的势力失败为止。他们的后代除了少数几个之外,大都由于精神错乱、腐化和癫狂而堕落,最后这些南北战争中破落的贵族残余势力逐渐被斯诺普斯——一个掠夺成性、没有任何道德可言、从穷白人暴发起家的人物——击败和取代。福克纳在这里所写的实质上就是没有硝烟的却血肉横飞、你死我活的一场厮杀:萨托利斯们和康普生们(世袭的贵族)与塞德潘们(无名的开拓者)通过野蛮的手段从土著手里抢夺了土地,用奴隶的劳动来建立他们的乐园和社会秩序,但这一美梦被南北战争之后崛起的斯诺普斯们(白手起家的新剥削阶级)与来自北方的投机家们的联合势力所击碎。腐败和僵死的旧贵族意识无情地吞噬了他们的后代,往昔贵族的时代已经被资产阶级所取代了,他们的美景已是一去不复返了……

从上述介绍中可以了解到,福克纳花了 30 余年创造的"约克纳帕塔法世系",是以约克纳帕塔法县为地理环境,通过对五六百个人物交错、反复而复杂的一系列故事的描绘,反映出南北战争至第二次世界大战之间美国南方社会广阔的生活场景,表达了作者对整个人类、历史、生活、环境、遗传、进化等一系列重大问题的观点,每部小说都是一个独立完整的故事,同时又是整个"世系"的有机组

---

① 中国社会科学院外国文学研究所外国文学研究资料丛刊编辑委员会:《福克纳评论集》,中国社会科学出版社,1980 年,第 22 页。

成部分。呈现在人们面前的是一个巨大的悲剧,因为人的正常精神状态在那些可怕的搏斗中(包括社会上的和家庭内部的搏斗)被扭曲了;然而它又是历史,"是一部编年史,它几乎是一个地区的缩影,只要堆积在一起的,综合起来,也就成了整个南方"①。福克纳这段总结已经使我们对这个"世系"的全部作品的价值和意义无须再做多余的讨论和评价了。

"约克纳帕塔法"神话王国的一切都属于它的伟大的创造者——威廉·福克纳。

三 南方宗族小说:《喧嚣与疯狂》(1929)

早在1928年春天,福克纳就开始写关于康普生的三个短篇,他给它们取的标题是:《清晨》《黄昏的太阳》和《公正》。这是对写康普生家族发展史的一次探索性的尝试,但后来完成的时候,它们却成了一个整体。这就是福克纳最伟大的小说《喧嚣与疯狂》(又译《喧哗与骚动》《声音与疯狂》)的来历。这是一部大胆而宏伟的、成就斐然的小说,作品以杰弗逊镇上的律师康普生一家三代人的生活经历为主线,描写了存在于他们中间的混乱的思想、沉沦的道德与必然没落的阶级命运。康普生早年曾有过显赫的经历,但内战时家道中落,以变卖土地度日。康普生夫妇共有四个孩子:昆丁、凯蒂、杰生和班吉。凯蒂美丽、热情、开朗,却被一个偶然相识的纨绔子弟玩弄,有了身孕之后,她被迫匆促地嫁给银行老板的儿子黑德,不久又遭黑德遗弃而沦为妓女。康普生因女儿的不幸忧郁而死,昆丁也因无法为妹妹报仇和分担家庭责任,还因他与妹妹之间变态的、乱伦的爱情关系而自杀了。班吉是一个白痴,从小受姐姐的保护,凯蒂出走之后,他也失去了依靠。小说中的强者,只有那个代表"新南方"思想观念的杰生。他从小懂得如何做生意,在他眼里金钱比什么都重要。为了买股票,他可以克扣凯蒂当妓女挣来的抚养女儿的卖身钱,凯蒂想要看一看女儿也得付给他一百元钱,还只允许她坐在马车里向女儿张望一眼。杰生冷酷成性,对白痴弟弟班吉百般虐待,后来甚至以班吉侮辱女学生为借口对他施以阉割的酷刑。凯蒂来参加父亲的葬礼,杰生却认为她是来争夺遗产的;为了摆脱班吉,他时刻想把这个弟弟送进疯人院。他们家的黑人老仆迪尔西最后气愤地骂他道:"如果你还算是个人的话,你也只是个冷酷无情的人,杰生!"这个被他母亲称为"唯一的希望"的宝贝,尽管取的是他父亲的名字,但走的已是另一条路了。

让-保罗·萨特在《福克纳小说中的时间:〈喧嚣与疯狂〉》一文中,把福克纳作品中提出的时间观念作为它的核心来探讨,萨特引用了小说第二章昆丁的一

---

① 中国社会科学院外国文学研究所外国文学研究资料丛刊编辑委员会:《福克纳评论集》,中国社会科学出版社,1980年,第49页。

段自白："……一个人是他的不幸的总和。有一天你会觉得不幸是会厌倦的,然而时间是你的不幸……"并断言:"这是这部小说的真正的主题。"①昆丁的这段意识流本身就是一种十分玄妙的见解,要从这句话中悟出小说的真谛是有困难的。其实,作者一开始写这部作品就已经明确了它的思想,那就是小说标题的含义。"喧嚣与疯狂"这个词组来源于莎士比亚的悲剧《麦克白》第五幕第五场麦克白的一段台词:

> 人生只是一个行走的影子,
> 一个在舞台上装腔作势的拙劣的戏子,
> 登场片刻便悄然退下;
> 它像一个白痴所讲的故事,
> 充满着喧嚣与疯狂,
> 却无丝毫意义。

从福克纳有意引用莎士比亚这句话作为小说的标题这一点便可以看出他创作的主题思想:"人生如演戏,世界是荒漠。"小说的结尾是凯蒂的私生女儿小昆丁长大后对舅舅杰生的卑劣行径进行了报复,她席卷了杰生的全部存款同一个过路的艺人私奔了。这是资本主义金钱世界的一首哀歌,旧贵族精神的没落和资产阶级道德的沉沦带来了无法克服的厄运,在那里金钱关系取代了家庭内部人与人之间的感情,使家庭这个原本应该是充满幸福和体现温暖的场所也变成了一片"荒原"。1928年5月初,福克纳在写给友人利弗莱特的信中提到了他正在写一部小说的事,他说他打算用8个星期的时间写完它,这部小说就是《清晨》;但直到10月份在写给梅伦的信中才提到完成了这部小说,实际耗时近半年之久,但此时它已不再是原先打算写的一个简单的短篇,而是成为有20余万字的长篇小说《喧嚣与疯狂》了。

1956年初,福克纳在接受吉恩·斯泰因的采访时,对这部作品构思的过程有一个详细的说明:

> 开始,我脑海里只是有个画面。当时我并不懂得这个画面是很有些象征意味的。画面上是梨树枝叶中的一个小姑娘的裤子,裤子的屁股部位上尽是泥;小姑娘是爬在树上,往窗子里偷看她奶奶的丧礼,把看到的情形讲给树下的几个弟弟听。我先交代明白他们是些什么人,

---

① 中国社会科学院外国文学研究所外国文学研究资料丛刊编辑委员会:《福克纳评论集》,中国社会科学出版社,1980年,第159页。

在那里做些什么事,小姑娘的裤子又是怎么沾上泥的。等到把这些交代清楚了,我一看,一个短篇可绝对容不下那么多内容,非要写成一部书不可。后来我又意识到弄脏裤子倒很有象征意味,于是便把那个人物形象改成一个没爹没娘的小姑娘。因为家里从来没人疼爱她、体贴她、同情她,她就攀着落水管往下爬,逃出了她唯一的栖身之所。

我先从一个白痴孩子的角度来讲这个故事,因为我觉得这个故事由一个只知其然不知其所以然的人讲出来可以更加动人。可是写完以后,我觉得我还没有把故事说明清楚。于是我又写了一遍,从另外一个兄弟的角度来讲,讲的还是同一个故事。还是不能满意。我就再写第三遍,从第三个兄弟的角度来写。还是不理想。我就把这三部分串在一起,还有什么欠缺之处就索性用我自己的口吻来加以补充。然而总还觉得不够完美。一直到书出版了15年之后,我还把这个故事最后写了一遍,作为附录附在另一本书的后边,这样才算了却了一件心事,不再搁在心上。我对这本书最有感情。总是撇不开,忘不了,尽管用足了功夫写,总是写不好。我真想重新再写一遍,不过恐怕也还是写不好。①

如作者自述,《喧嚣与疯狂》共有四章,第一、二、三章分别是班吉、昆丁和杰生的思想意识流,它们标的日期分别是"1928年4月7日""1910年6月2日""1928年4月6日",但到第四章"1928年4月8日"这一天,则是作者假借黑人女仆迪尔西的口吻来进行总结了。作者为什么选择一个白痴作为故事的第一个讲述人?"可以更加动人"是一层意思,还有一层用意就是莎士比亚写的"人生……像一个白痴所讲的故事",进而点出了它的主题:"充满着喧嚣与疯狂。"福克纳认为康普生一家悲剧的主人公是凯蒂及她的私生女儿小昆丁,因为她们"是两个迷途彷徨的妇女",迪尔西是作者"最喜爱的人物之一","因为她大胆、勇敢、豪爽、温厚、诚实",昆丁是性变态的受害者,而杰生则是一个"新南方"的代表人物,他是康普生家族和萨托利斯家族演变到斯诺普斯家族的一个过渡性人物,在他身上体现了福克纳这样的观点:南方社会的权力必然会从旧庄园主贵族手中转移到投机起家的新垄断资产阶级手中。至于班吉,福克纳说"他是一头动物","理智不健全","连自私也不懂",在"塑造班吉这个人物时,我只能对人类感到悲哀,感到可怜","他不过是个做开场白的演员,好比伊丽莎白时代戏剧里的掘墓人一样。他完成了任务就下场了"。班吉是掘墓人,他挖掘了人类的肮脏和黑暗,他

---

① 中国社会科学院外国文学研究所外国文学研究资料丛刊编辑委员会:《福克纳评论集》,中国社会科学出版社,1980年,第261—262页。

挖掘了那个社会里最受人崇拜的金钱的罪恶和人性的沦丧,他3岁时死了奶奶,5岁时改了名,15岁时凯蒂出嫁,接着哥哥昆丁自杀,父亲病故,18岁时第一次去墓地祭扫父兄,当他把这些写下来时(即小说的第一章)已经是33岁了。

> 透过篱笆,在蜿蜒的花草地中间,我看到他们正在打球。他们朝着插旗子的地方走来,而我则沿着篱笆走去。勒斯特①正在鲜花盛开的树旁的草丛中寻找东西,接着他们把旗子取下来放到桌子边上,他们又打球了,然后他们把小旗插回去……又继续前进,我也沿着篱笆走去……

小说一开始就反映出班吉混乱的意识,他只能辨别气味和颜色,但无法区别时间,时间对他来说是一种莫名其妙的、无意识的"流"。"流"到第一章结束时,班吉还在回想他父亲和唯一的保护者——姐姐凯蒂:

> 房间渐渐黑下来了,除那扇门以外。然后门外也黑了。凯蒂说:"安静吧,莫利。"她用手臂按住我。于是我安静下来。我们能听到我们自己的心跳。我们能听到黑暗的声音。
>
> 屋子亮起来了,父亲看到我们。他看到了昆丁和杰生,然后他走到凯蒂跟前吻了她,又用手摸摸我的头。
>
> "妈的病还重吗?"凯蒂问。
>
> "不,"父亲说,"你要小心照顾莫利。"
>
> "好的。"凯蒂说。
>
> 父亲向门走去,又回头来看看我们。屋子重新黑下来了,然后他在黑黝黝的门口又把门关上。凯蒂搂住我,我又听见我们的心跳和黑暗的声音,还嗅到一些气味。那时我看得见窗子,外面有树在发出摇曳的声音。黑暗平静地过去了,光明又像往常一样回来了,凯蒂却说她困极了,想睡觉。

某些专门研究福克纳的学者——譬如美国研究福克纳的权威约瑟夫·布洛特纳——认为,他的《喧嚣与疯狂》几乎是在模仿爱尔兰作家乔伊斯的小说《尤利西斯》(1922)的基础上写成的,他的作品中对意识流的阐发和运用可以与这位意识流大师媲美。一个家族的悲剧故事,四段各不相关的思维,犹如四道光谱复合成光怪陆离的色彩,而这四个不同的观察点则又建立在人物与人物之间复杂的

---

① 勒斯特是指黑人女仆迪尔西的儿子。

关系之中。乍一看,似乎使人无法理解,但透过这些表面零乱的因素,却能使人明确地认识到:这是一幅象征性的图像,它的每一个光点都闪烁着各自的颜色,组成它的线条便是意识流。理查德·休斯在《喧嚣与疯狂·序言》中指出:

> 这是一部重要的作品,因为它对艺术上的晦涩做了有效的理解。
> 这种方法的本身就包含有明显的晦涩,这是无疑的,尤其是在它代表着
> 作家最清晰的、最简明的和最充分的言论的时候。

对福克纳这部代表作抱有怀疑和迷惘的读者,可以从中悟出一点艰深然而又明确的道理。康普生家族是一个缩影,它的历史代表着南方,代表着时代,代表着作者的千言万语。

四　南方庄园小说:《押沙龙,押沙龙!》(1936)

这是记载庄园主塞德潘一家兴盛衰败历史过程的一部世家小说。主人公托马斯·塞德潘小时候受到过庄园主的侮辱,他发誓也要成为一个有钱有势、有奴隶的财主。十几年后他来到杰弗逊镇,依靠投机起家,终于如愿以偿。他买了二十几个黑奴开荒垦殖,建造房屋,俨然成了当地一富。但他的精神也从此变得疯狂、偏执和顽固,他把前妻和儿子查尔斯赶出家门,因为他在前妻身上发现了黑人血统;后来他又娶了妻子,生下儿子亨利与女儿裘迪丝,加上事业发达,经营有方,成为约克纳帕塔法县最大的棉花种植园主。然而几十年混乱荒唐的生活终于结出了恶果,塞德潘前妻生的大儿子查尔斯长大后成了小儿子亨利的好朋友,并要与同父异母的妹妹裘迪丝结婚。托马斯怕隐情暴露而竭力反对,亨利在父亲的唆使下杀死查尔斯后外逃,不知去向。接着,托马斯家业败了,妻子也死了,不久与穷白人琼斯的外孙女朱莉同居而被琼斯所杀。亨利在外流浪多年,于重病缠身之时悄然归家,但一场大火烧光了塞德潘家的房屋,全家人葬身火海,最后只剩下查尔斯的孙子吉姆·邦德——一个黄褐色皮肤的混血儿白痴——在废墟中嗷嗷直叫……

押沙龙原为《圣经·旧约》中的人物,他是以色列大卫王的第三子,与太子埃农不和,后因埃农奸污他的同胞妹妹而杀害埃农外逃,后来又兴兵叛乱谋篡父王之位。在这里,作者显然是以传说中的这一人物来比喻亨利·塞德潘,至于埃农的化身则无疑是查尔斯。亨利和查尔斯在小说中扮演了各自规定的角色:前者在奇异怪诞的环境中企图杀死同父异母的兄长,后者所追求的是永远得不到的生父的承认。他们的互相残杀和彻底毁灭表明了这一家族的必然命运。这一情节的安排乃是福克纳"原罪说"和"报应说"的产物,它似乎是再现了《圣经·旧约》中"因果报应"以及上帝的惩罚将落在第三代、第四代身上的神话传说。

　　这部小说是作者在创作上的一大试验,它的结尾安排也是十分奇特的。在哈佛大学读书的昆丁·康普生有一个原籍加拿大的同学,名叫施里夫·麦康农,施里夫知道昆丁来自美国南方,就很希望听他讲讲有关家乡的事。"那儿是怎么样的?"施里夫问,"他们在那儿干了些什么? 他们为什么住在那儿? 他们活着有什么意义?"于是,昆丁就讲了托马斯·塞德潘这个穷白人暴发和毁灭的故事,竟使施里夫着了迷! ——

　　　　"现在你知道我在想些什么吗?"施里夫在昆丁讲完故事之后问他。
　　　　"不知道。"昆丁说。
　　　　"……那么你能不能告诉我,你为什么要憎恨南方?"
　　　　"我并不恨它!"昆丁说。他马上又重复一句:"我并不恨它。"他说。"我并不恨他。"他想,渴望能吸进一股新鲜的冷空气,新英格兰①的黑夜来了:"我不,我不,我不恨它! 我并不恨它!"

　　沃尔特·艾伦说:"这部小说是福克纳作品中最深刻、最完整的一部,他讲述的是关于南方社会和人类环境最有意义的故事。"假如说这一评价可以成立的话,那么它的意义首先体现在塞德潘这个典型身上。他突然登上舞台,像个"头发、衣服、胡子上仍然留有刺鼻的硫黄味"的魔鬼,形状"如凶神恶煞";他的脸"像希腊悲剧里的假面具",但他是舞台上的主角,"当幕后的舞台监督——劫数、命运、报应、因果的嘲弄……已在钉敲布景,并把下一幕要用的人造遮光屏和戏装拖上场之际,他还在向观众演出这一幕"。当地舆论为他唱赞歌:"……如古希腊合唱队不停地始而向左继而向右地舞动着唱出:塞德潘、塞德潘、塞德潘、塞德潘。"赞歌后面却是塞德潘大宅里的荒芜的野草。

　　塞德潘的悲剧是一个社会的悲剧,他不肯承认有黑人血统的大儿子的身份,却挑唆有白人血统的小儿子去杀同胞手足。有人评论说这是作者用来比喻南北战争,因为它是一场由于不承认黑人的权利而爆发的手足之间的残杀,看来不无道理。小说宏大的悲剧主题、编年史般的结构气魄和精巧讲究的修辞风格,使它在"约克纳帕塔法世系小说"中占了一席重要的位子。

五　南方斗争小说:《村子》(1940)

　　这是《斯诺普斯》三部曲的第一部,描写了斯诺普斯家族的势力如何依靠掠夺和欺骗在杰弗逊镇崛起的过程。故事发生的地点是离杰弗逊镇东南面 20 英里的法国人湾,它位于约克纳帕塔法县境内的约克纳帕塔法河的下游,是个富庶

---

　　①　哈佛大学地处新英格兰地区。

之地,读者可以在福克纳绘制的地图中找到这个地方。那里有凡纳家的一座仓库,图上注明这就是弗莱姆·斯诺普斯发家之处。《村子》即围绕着威尔·凡纳、乔迪·凡纳父子俩与弗莱姆·斯诺普斯之间的较量而展开。

威尔·凡纳是法国人湾的一霸,"一个农民,一个高利贷者,一个兽医",他与儿子乔迪经营着家族农场。后来从外地来了个流浪的穷白人,他就是弗莱姆·斯诺普斯。威尔雇用了弗莱姆,让他当儿子乔迪的助手。弗莱姆依靠狡猾的手段,逐渐取得了凡纳老头的信任。虽然村子里的一些人,像理性主义的回乡商人拉迪克勒菲,对弗莱姆抱有怀疑和敌意,但弗莱姆自有一套对付的手段,后来弗莱姆居然成了凡纳老头的女婿。原来凡纳有一个风流、放荡的女儿尤拉,在村里名声不好,她未婚先孕的丑闻更使凡纳一家难以立足,乔迪嚷着要杀死妹妹的情夫,老太婆气得骂街,但为了息事宁人,凡纳老头只得将女儿嫁给弗莱姆了事。尤拉号称"丰饶女神",弗莱姆十分得意。但尤拉对他本没有感情,加上后来翁婿反目,仇恨顿生,弗莱姆终于抓住尤拉的奸情,提出离婚。此时,凡纳家的产业已被弗莱姆这个白手起家的新剥削分子攫取得差不多了,南北战争前建造的大宅也在一次偶然事故中倒塌,这象征着老一代庄园主(以凡纳为代表)的消亡和新一代掠夺者(以弗莱姆为代表)的兴起。小说的后半部描写了弗莱姆与另一个庄园主豪斯顿之间你死我活的搏斗。为了争夺一个女人和本地统治权,这两个残酷的家伙明争暗斗,最后豪斯顿还是死在弗莱姆手里。后者利用堂兄弟明克的私仇,唆使他杀了豪斯顿,弗莱姆本人终于成了法国人湾不可动摇的统治者。于是,整个杰弗逊镇都被弗莱姆们收买和腐蚀了。

《村子》共分四部:(1)《弗莱姆》;(2)《尤拉》;(3)《漫长的夏天》;(4)《农民们》。小说的开场描写用的是一种冷静的、客观的现实主义笔法:

> 位于杰弗逊镇东南面20英里的法国人湾是约克纳帕塔法县里这条富庶的河流下游的一部分,它是松树丘陵的发源地。位置显得偏僻些。这个地方并没有明显的分界线,它位于两个邻近县的中间,既不忠于这边,也不忠于那边。想当年在南北战争中,那些大种植园就曾经毁于惊人的炮火之中……

这一段似乎可以证明,福克纳并没有抛弃传统的创作基础,在小说中作者也不乏喜剧色彩的描绘,例如在第二部第二章第一节中,当写到尤拉怀孕的消息被家里人得知以后,凡纳的屋子里出现了一个极有讽刺意味的场面:乔迪大声嚷着要妹妹交代情夫的名字,尤拉却说:"别使劲推我,我不舒服。"凡纳太太气喘吁吁地叫着:"我来收拾他,我要用烧火棍子一起收拾他们俩,那个挺着大肚子回来,这个又在家里叫啊骂啊,我正要睡一点午觉!"冷静的凡纳老头则在心里想主意:要尽快为女儿肚子里的孩子找到一个合法的爸爸。

当然,整个作品虽然充满荒诞、幻想、幽默的气氛,但情节发展中也穿插了形形色色的描述,例如白痴依克·斯诺普斯对母牛的一往情深,似乎是表明他比弗莱姆更有人性。还写到斯诺普斯下地狱的古怪的寓言,以及明克·斯诺普斯在20世纪40年代的神奇旅行(从时间上来说这个情节已属于《斯诺普斯》第三部《大宅》),等等。《星期六评论》认为这部作品"从第一页到最后一页都保持着对读者强大的吸引力",可见这部小说的艺术魅力之大。

福克纳在这部小说中是把弗莱姆·斯诺普斯作为一个穷白人的代表来进行塑造的。他的长辈在南北战争中打过仗,战后南方失败了,种植园毁了,他们被摒弃于社会之外,成为堕落、邪恶的产物,所谓"斯诺普斯主义"无疑是指这种特殊的罪恶的化身。当然,斯诺普斯家族不等于整个穷白人群体,例如《喧嚣与疯狂》中的杰生也可以纳入这个阶层,他们是南方社会的畸形儿,是一个时代的象征,从这一点来说,斯诺普斯这个典型形象正是小说的意义所在。

六 人类命运的缩影:《熊》(1942)

这部中篇小说是福克纳最重要的作品之一,原先是一个短篇小说,名叫《狮子》,发表在1935年《哈珀》杂志12月号上;不久,作者把它改写后题名为《熊》,发表在1942年5月9日的《星期六晚邮报》上;在同一年福克纳又把《熊》扩写成一个中篇小说,收录在当年出版的《去吧,摩西》中,成为这部以麦卡斯林家族为描写对象的中篇小说集的核心作品。

《熊》的主人公是麦卡斯林家族的第三代艾克·麦卡斯林,小说从1880年12月的某一天开始,以16岁的艾克最尊重和敬畏的对手——一头名叫"老贝"的黑熊被打死的情节为起点,来叙述这个麦卡斯林后代的经历。艾克是南北战争之后在密西西比河流域长大的,从10岁起便跟随麦克卡斯·爱德蒙兹到杰弗逊镇北部未开发的丛林荒野中去猎熊,学会了狩猎的本领。"老贝"是他早就听说过的一头庞大无比、神奇古怪的熊,它在方圆一百多里的地区名声很大。在艾克看来,"老贝"既非敌人,也非猎物,而好像是一个活生生的人。他虽然还没见过"老贝",但从心底里敬畏它,还几次梦见它。他感到"老贝"在他心目中奔驰,就像梦里所见的一样:它瞪着双眼,巍然屹立,毛茸茸,红眼睛,硕大但并不凶恶。现在"老贝"被杀死了,它是猎户布恩·霍根贝克和一条名叫"狮子"的杂交种猎狗弄死的,艾克感到心中若有所失。过了2年,他18岁了,回到荒野上来,发现一切都变了:猎户临时居住的小屋不见了,打猎人也各奔东西,伐木公司开着大机器侵入丛林,改变了那里的面貌。艾克遇到了布恩,布恩却对新"文明"时代的到来感到迷惘、困惑、无所适从,甚至有点神经错乱。又过了3年,艾克21岁,他该继承父亲巴克的财产了,但当他知道这些财产是祖父传给父亲的以后,他拒绝接受。因为艾克早就发现祖父卡洛瑟斯·麦卡斯林是一个乱伦的淫棍,他的遗产都是不义之财,当年他诱奸了一个女黑奴托玛西娜并生下一个孩子,而托玛西娜则是祖父与另一个女奴所生的女儿。这种罪恶的乱伦反映了南方社会道德的毁灭。艾克从印第安人山姆(一个印第安人酋长与一女黑奴所生的混血儿)身上学到了不少做人的道理,并体会到原始森林是最可爱、最洁白的,而"老贝"才是高贵可敬的;它们象征着人类的自由、勇敢和纯洁,而他祖父留下来的庄园遗产及文明社会的一切则充满邪恶的荒唐,浸透了奴隶的血泪。艾克决心拒绝这笔不道德的遗产,以保持自己良心的安宁;他娶了合伙人的女儿为妻,以当木匠谋生,做一个自食其力的人。

在小说中,福克纳把人物划分成两类:一类是邪恶的化身,以艾克的祖父为代表;另一类是完美的原始精神的体现,如山姆、"老贝"和"狮子"。布恩是一个有印第安血统的人,但他受到人类罪恶的感染,是个受害者。他所喜爱的生活即将消逝,他便抓住目前的瞬间,把一切据为己有。小说一开头,山姆带着"狮子"去追踪"老贝",遇到了布恩,然后评论说:"只有山姆和'老贝'还有那只杂交狗'狮子'才没有被人类邪恶所腐蚀。"接着才以主人公艾克的出场——"他16岁了。六年以前他已经可以与大人一起去打猎了"——引出故事本身。

路易斯认为:"《熊》是一部重要的作品,是了解福克纳全部作品的关键……因为我们发现,《熊》以后的作品表现了同样的获得新生的人的意志和同样的受启发开化了的人的思想,而在《熊》以前的作品里却没有这样的主题。福克纳的作品自《熊》开始,都描写了天性及道德世界中正面积极的力量包围并吞没了邪恶,而且《熊》本身比其他任何作品都更强调这一思想。"[①]对照小说本身和《去吧,摩西》中的其他小说对艾克的描写,我们可以理解到这段评论的确切含义。

七　旧世界的英雄

福克纳是一位创造美国南方社会的伟大英雄。然而,他只能是一位旧世界的英雄。

让-保罗·萨特在《福克纳小说中的时间:〈喧嚣与疯狂〉》一文中指出:"我们生活在一个惊人的革命的时代,而福克纳运用他出众的艺术来描写一个老年垂死的世界,描写我们这些人在那里喘气和窒息。"[②]

在福克纳的笔下,我们所能见到的还有:

一群衣衫褴褛、精神颓唐的山民抬着农民安斯·本特伦的妻子的遗体,历尽艰难,越过约克纳帕塔法河上的桥向杰弗逊墓地进发,尸体的臭气和苍蝇的嗡嗡

---

①②　中国社会科学院外国文学研究所外国文学研究资料丛刊编辑委员会:《福克纳评论集》,中国社会科学出版社,1980年,第207页,第166页。

声使人感到恶心。本特伦名义上是遵照妻子的遗嘱,前去送葬,实际上却是乘机进城配副假牙好去与新欢相会;女儿送葬进城为的是打掉肚子里的私生子;三个儿子也各怀鬼胎、行为荒谬:一个想放火烧掉母亲的棺材,一个为了不让棺材掉进水里而被大车轧断一条腿。(《我弥留之际》)

堕落而尚未被玷污的"南方女性"谭波儿落到工贼的儿子——代表"现代精神"的"金鱼眼"手中,"金鱼眼"患有父亲遗传下来的性病,但在帮手"红人"的协助下强奸了谭波儿,并使她完全堕落,成为他的同盟。"穷白人"戈德温受冤枉将被私刑处决,谭波儿见死不救,却跟着"财富"屈莱克法官去欧洲寻欢作乐。"现代精神"注定要遭到毁灭,"金鱼眼"最后因谋杀一名警官而被处以死刑。(《圣殿》)

裘·克里斯默斯是个孤儿,从小被送进育婴堂。他 5 岁时,偶然窥见一个女保育员的隐私,这个女人怕他说出去,便对院长说他是黑白混血儿,于是他被赶出育婴堂。长大后,克里斯默斯受到社会的责难,白人拒绝接纳他,认为他是黑人;黑人也猜疑他,怕他是白人派来的奸细。他失去了栖身之地,最后他被迫杀死心爱的白种女人,并于耶稣受难日(星期五)去自首,让白种人用私刑处死他。(《八月之光》)

…… ……

安德烈·纪德在《美国新小说家》一文中认为"福克纳笔下的人物没有一个是有灵魂的"[1];马尔科姆·考利虽然后来竭力否定自己原先赞同这个观点,但他无法改变福克纳作品的本来面貌:在那里,人们看不到希望,看不到光明,也看不到信任与忠诚,有的只是仇恨、紊乱和变态。无论是康普生一家的悲剧还是塞德潘的最后灭亡,无论是本特伦家族被扭曲了的神经还是麦卡斯林祖上的罪恶给后代带来的刺激,都只能证明纪德观点的正确性。行将灭亡的时代(或者已经灭亡的时代)只能产生没有灵魂的人;反过来说,由那些没有灵魂的人组成的时代只能促进它早日灭亡。

福克纳好像一名有特殊嗜好的编织工,他编织出来的图案永远是过去了的时代,在这个幻想的神话王国里,他沉迷于自己创造出来的人物、环境、社会、历史。下面这段文字可以作为一个极妙的注脚,它让人们清楚地了解这位小说家的创作动力及"约克纳帕塔法王国"形成的原委:

> 我写了《士兵的报酬》一书,觉得写作是个乐趣。……打从写《萨托利斯》开始,我发现我家乡那块邮票般小小的地方倒也值得一写,只怕

---

[1]　安德烈·纪德(1869—1951),法国小说家、诗人,1947 年诺贝尔文学奖获得者,引文见《福克纳评论集》第 40 页。

我一辈子也写不完,我只要化实为虚,我就可放手充分发挥我那点小小的才华。这块地虽然打开的是别人的财源,我自己至少可以创造一个自己的天地吧。……我总感到,我们创造的那个天地在整个宇宙中等于是一块拱顶石,拱顶石虽小,万一抽掉,整个宇宙就要垮下。

这又令人联想到安德森当年的一番话:

> 福克纳,你是一个农村的小伙子。你所知道的就是你的故乡密西西比河畔的那一个地方。但是这也就足够了。

是的,对福克纳来说,这已经足够了。他的伟大之处就在于能够利用人类原生的激情,把那些社会环境下纷纭繁杂、荒唐可怕的矛盾纠纷交织在一起,形成美国文学上史无前例的艺术画卷。多数人认为福克纳的作品充满着怪诞、晦涩和冷酷,他对人类的描写往往是没落的、不幸的、没有灵魂的。前面提到的纪德的观点曾为人们广泛接受,然而,福克纳自己却并不同意这种评论,他在那次著名的获奖演说中所提出的"人是不朽的"和"人有灵魂"的观点即是证明。作家的创作思想与作品本身的这种矛盾,在世界上一些著名的文学家中间并不罕见。福克纳无意于把人们引向一个过去了的恐怖、怪诞的旧世界,他的内心也许是想让人们清楚地认识美国南方社会过去 100 年间的生活实际,但在具体创作过程中,作家却并不能完全把握自己的笔力;恰恰相反,感情的引力会使作家无法驾驭作品中的人物,而只能按照他们的规律去发展,去开拓。我们应该承认福克纳是一位思想复杂的作家,比他的前辈霍桑、马克·吐温、安德森、德莱塞都要复杂得多。他一方面把马克·吐温看作是自己的祖辈,把安德森看作是父亲,把德莱塞看作是伯父;但另一方面他并没有按照他所承认的美国文学的"传统"去做,却把乔伊斯的《尤利西斯》看得像《圣经》一样神圣,说读这本书时"要心怀一片至诚"。

艺术是没有时代界线也没有地理界线的,谁也不能否认福克纳在整个创作过程中是有意识地大量吸收欧洲现代派的手法技巧,特别是乔伊斯的"意识流",所以有人把他归于"意识流"作家行列;但我们也同样不能否认,福克纳的所有作品都植根于他的祖国、他的家乡和他的同胞,没有这样的"根"也就没有他的一切。他的"约克纳帕塔法世系"是一个有生命力的整体,这个整体共有十六七部长篇小说和 70 余篇中短篇小说,每部作品都是这个整体的组成部分。在他之前,还没有一个美国作家能够像他那样运用自己的才华去精心编制这样的生活神话。马尔科姆·考利把他与巴尔扎克相比,马丁·S.戴则认为他的"约克纳帕塔法世系小说"可以与托马斯·哈代的"威塞克斯小说"相提并论,而有的评论家却又强调了他"是一个现实主义者"。任何比较都只能是相对的、局部的,严格地说来,福克纳既具有非凡的创造能力,又带着浓重的怀旧心理;既具有对美国文学现实主义传统的虔诚,又竭力吸收现代派技巧;既写出了美国南方社会长期形成的特有的环境意识,又强调了新时代中人道主义和自然主义之间的尖锐冲突。总之,福克纳就是福克纳,他是任何人所不能替代的;他是一位天才,一位为南部贵族奴隶主们唱挽歌的天才,一位描写死亡、失败和堕落的天才。

第三节　伊丽莎白·马多克斯·罗伯茨
与罗伯特·佩恩·沃伦

一　罗伯茨及其小说创作

伊丽莎白·马多克斯·罗伯茨(1881—1941),是 20 世纪 20 年代有较大影响的南方小说女作家、诗人,早年以写诗为主,但她的创作才华和丰富的想象力主要表现在长篇小说方面。

1881 年 10 月 30 日,罗伯茨出生在肯塔基州佩里维尔,家境优越,早年受父亲影响,阅读了大量的古典哲学和文学经典书籍,培养了她对美国南方历史的兴趣和理解能力。罗伯茨由于自小体质羸弱,又受到家庭的呵护,至 1917 年方完成在芝加哥大学的全部学业,此后即以诗歌创作开始她的文学生涯,先后出版诗集《在陡峭的大花园里》(1951)和《树下》(1922;增订本,1930),后期诗作收集在《牧场之歌》(1940)一书中。20 世纪 20 年代中期起罗伯茨转向小说创作,第一部长篇小说《男人的时代》出版于 1926 年,它以肯塔基乡村为背景,描写了一群穷困的白人为了生存辗转各地拓荒谋生企图开创新生活的经历。小说具有浓郁的南方风情,使作者一举成名。第二部小说《我的心灵和肉体》(1927)同样以作者的肯塔基故乡为背景,描写了青年女子艾伦·切塞的悲惨命运。艾伦从小家境贫寒,缺吃少穿,跟随父母流浪于南方各州,定居后与青年男子贾斯帕·肯特相爱成婚,正当他们憧憬未来,想通过劳动获得幸福的时候,邻居的谷仓失火,贾斯帕被怀疑为纵火者而遭人殴打,无奈之下,他们只得带着生下不久的孩子再次流浪他乡。

罗伯茨最成功的小说是 1930 年出版的《大牧场》,它以 18 世纪 70 年代独立战争前后为背景,描写了南方拓荒者的不幸和苦难。故事发生在弗吉尼亚州的一个农场里,女主人公迪奥尼·霍尔在 17 岁那年与具有冒险精神的伯克·贾维斯成婚,婚后他们便与已经守寡但意志坚强的伯克的母亲一起西行来到肯塔基哈罗兹要塞开荒造屋,并迅速建起了自己的家园。正当获得成功时,他们与当地的印第安人发生了冲突,伯克的母亲为印第安人所杀。愤怒的伯克为报杀母之仇而离家出走,迪奥尼苦等三年毫无消息,后与当地猎人成婚,但就在此时伯克却突然回到了迪奥尼身边,他们终于重新生活在一起。小说以拓荒者们向西迁徙创业过程中的艰难历程为主线,充分描写了肯塔基州的美丽和具有顽强精神的西行者的美好心灵。有评论认为,《大牧场》的最动人之处在于塑造了一个白人劳动妇女在精神上的返璞归真,也许,这正是自幼生长在南方的女作家罗伯茨内心世界的真实披露。

此外,罗伯茨还创作了长篇小说《地下宝藏》(1931)、《他放出一只乌鸦》(1935)、《我情人的头发是黑色的》(1938),以及短篇小说集《魔镜》(1932)、《不是由于奇异的上帝》(1941)等,写出了类似的背景和主题,重现了肯塔基州山区居民特别是妇女的生活。

罗伯茨的声誉在 20 世纪 30 年代有所下降,她的小说题材也多数局限于肯塔基狭小的范围内,但由于叙事的细腻、人物的生动,尤其是对于拓荒者内心世界的透视和他们遭受的苦难的描绘,写出了一代南方白人的心声,具有明显的时代价值。

1941 年 3 月 13 日,罗伯茨病逝于佛罗里达州的奥兰多。

二 沃伦及其小说创作

罗伯特·佩恩·沃伦(1905—1989),是美国文学史上具有重要影响的诗人、评论家、学者、大学教授,也是继福克纳之后崛起的南方小说代表人物之一。沃伦于 1905 年 4 月 24 日出生在肯塔基州加斯里,他的少年时代是在加斯里和田纳西州克拉克斯维尔度过的,中学毕业后考入田纳西州范德比尔特大学,在此期间受到"新批评派"代表兰塞姆的影响,并与泰特成为挚友,投入《逃亡者》杂志阵营,成为自称"亡命者"诗派的重要成员;1925 年从范德比尔特大学毕业,1927 年取得加利福尼亚大学的文学硕士学位,以罗德斯学者的身份赴英国牛津大学深造,1930 年至 1950 年在母校和孟菲斯大学、路易斯安那州立大学、明尼苏达大学任教,1935 年至 1942 年创办并主持了《南方评论》杂志,1951 年至 1973 年在耶鲁大学任教,1973 年获耶鲁大学名誉教授称号,1986 年成为美国第一任桂冠诗人。1989 年 9 月 15 日,沃伦病逝于佛蒙特州斯特拉顿。

沃伦一生著作丰富,在评论、诗歌和小说方面颇有建树,1930 年他与其他南方作家合写的论文选集《我要表明我的立场》,主张在南方实行农业生活方式,被视为"重农学派"的宣言。沃伦对美国文学界的重要贡献之一是与克林思·布鲁克斯合编的一套系列丛书,其中《诗歌鉴赏》(1938)和《小说鉴赏》(1943)最为著名,对于传播"新批评派"理论起到重要作用。沃伦的第一部作品是《诗歌 36 首》(1953),此后还出版了《同一主题的 11 首诗》(1942)、《1923 至 1943 年诗歌集》(1944)、《龙的兄弟》(1953)、《诺言:1954 至 1956 年诗歌集》(1957,获美国国家图书奖和普利策文学奖)、《你,皇帝及其他》(1960)、《化身》(1968)、《1925 至

1975 年诗歌选》(1977)、《此时与彼时》(1978)和《在这里:1977 至 1980 年诗歌集》(1980)等。此外,他还有《文学入门》(1936)、《当代修辞学》(1949)、《小说天地》(1960)、《向西奥多·德莱塞致敬》(1971)等多部理论著作。

沃伦的第一部长篇小说是出版于 1939 年的《黑夜骑士》,这是作者根据中篇小说《新叶》改写而成的。小说以 1905 年至 1908 年肯塔基州烟草种植户和大烟草公司之间的矛盾纠纷为素材,描绘了以主人公珀西·蒙恩为首的个体烟农为了正义和人道与邪恶的大公司老板开展斗争的过程,充满了暴力和人物的深刻内省,并以讽刺的笔调刻画了处于困境中的人物形象,蒙恩最后以妥协导致了自己的毁灭。作品主题深刻,具有激动人心的艺术魅力。1943 年,沃伦出版了他的第二部长篇小说《在天堂之门》,描写了少女默克多反抗家庭的制约,企图通过恋爱来表现自我价值的过程。但由于她的用情不专,始终不满足自己在爱情上的表现,并且总想在与对方的较量中炫耀自己,所以在一场又一场的恋爱中屡遭"自我失败",最后一个爱恋她的青年男子卡尔霍恩也遭她抛弃。这是作者对那些只顾自我满足而放弃情感本质的年轻一代美国人的批判。

沃伦最有影响的小说是 1946 年出版的《都是国王的臣民》,小说描写了一个企图以理想主义观念在政治上获得成功的政客的故事。杰克·帕登怀有远大的政治理想,他希望通过自身的努力把分裂的人群团结起来,并为自己能担当如此重任而自豪。然而,他在内心深处却只是一个懦弱的理想主义者。随着他思想的不断成熟,弱点也日益暴露,他不敢反抗暴力和邪恶势力的公然挑衅,企图以书本上学来的理想主义教条战胜斯坦顿医生的不良行为,但在事实面前他终于认识到这样做是注定要失败的。小说竭力表现人类善与恶的两面性,通过帕登的行为和思维,提出了人与原则是对立的观点,人类要达到友好相处,必须充实自己。《都是国王的臣民》获 1946 年普利策小说奖,改编成电影后获 1949 年最佳电影学院奖。

20 世纪 50 年代后,沃伦还创作了《世界与时代》(1950)、《天使乐队》(1955)、《山洞》(1959)、《荒漠》(1961)、《洪水》(1964)、《在绿色幽谷与我相会》(1971)及带有自传色彩的《应去的地方》(1977)等多部小说。

第四节　尤多拉·韦尔蒂、卡森·麦卡勒斯 与弗兰纳里·奥康纳

一　韦尔蒂及其小说创作

作为"南方文学"的重要一员,尤多拉·韦尔蒂(1909—2001)的小说创作在这一流派的后期曾产生过重大的影响,她被公认为"南方文学"中除福克纳之外

最出色的小说家,也是福克纳出色的继承者。

韦尔蒂是福克纳的同乡,1909 年 4 月 13 日出生在密西西比州中部杰克逊城的一个中产阶级家庭,从小接受资产阶级的正规教育。1926 年至 1927 年就读于密西西比州哥伦比亚女子学院;1929 年毕业于威斯康星大学,获文学学士学位;1930 年至 1931 年进入纽约哥伦比亚大学广告学校研读广告学,离校后返回家乡定居;曾在当地电台担任专栏作家和广告编辑,与各阶层人士广为接触,谙熟家乡的风土人情,足迹几乎遍及密西西比全州。这些经历成了她日后创作具有浓郁南方风味和性格特征的小说的基础。

1936 年,韦尔蒂在家乡的《原稿》杂志上发表了短篇小说《一个旅行推销员之死》,立即引起文学界的注意,安妮·波特及其他许多著名作家发表评论,高度赞扬了这位"南方文学"新人的处女作,认为它是一篇表现南方社会畸零人生活和心理状态的佳作。小说的主人公是一个名叫鲍曼的制鞋公司旅行推销员,14年间他冒着风风雨雨走遍了整个密西西比州,驾着福特牌汽车去为老板推销鞋子。这次是他大病后第一趟出门,结果在山沟里翻了车,幸好遇到一家农户,在农民索尼的帮助下将车吊了上来;可是他感到心脏跳得厉害,浑身没有力气,索尼让他在家里过了夜。这是荒凉山区中的一户贫苦人家,屋子里冷冰冰的,用石头当家具,连点火都得到财主家里去讨。索尼还穿着南北战争时留下来的南方联邦军的制服。他的妻子苍老不堪,三十来岁看上去却有五十几岁,挺着大肚子要生孩子了。这一晚,鲍曼躺在炉灶边,天没亮就起身,把钱包里所有的钱掏出来悄悄压在主人家里煤油灯座底下,浑身颤抖着踏着月光朝大路走去。他的汽车仍像一艘船似的停在月光下,然而,他的心却发出步枪射击时的"砰砰"声。他一屁股跌坐在大路上,用双手捂着胸口,但已经来不及了——他死了,没有一个人知道。这部小说描写了 20 世纪 30 年代美国南方穷白人的贫困生活和荒凉的社会环境,对鲍曼的性格和内心世界的刻画细致而生动,他的悲惨命运揭示了一切劳动者的痛苦。

由于《一个旅行推销员之死》的成功,韦尔蒂遂致力于小说创作,除了第二次世界大战期间担任过短时间的《纽约时报书评》的特约评论员之外,长期索居家乡。20 世纪 30 年代末,她的短篇小说已经赢得了《南方评论》《草原之帆》等南方主要文学杂志广大读者的好评。1941 年她以短篇小说《旧路》首次获得欧·亨利小说奖,此后她又连续五次获得这一荣誉。同年,出版了她的第一部短篇小说集《绿色的窗帘及其他》,波特亲自写了序言,赞扬这位年轻的女小说家是"一位有才华的南方作家"。

《绿色的窗帘及其他》共包括 17 个短篇,其中除了《一个旅行推销员之死》《绿色的窗帘》之外,主要还有描写一对老年聋哑夫妇与世隔绝的孤独心情的《钥匙》,反映一个南方家庭的冷漠和紧张关系的《我为什么住在邮局》,表现生活在养老院的老人们由于受精神折磨而心理失常的《亲善访问》，等等。所有这些作品的故事背景都是美国南方的小村镇，人物大都是一些心理变态者、鳏夫、寡妇、智力迟钝者、盲人、聋哑人、怪僻的杀人犯、自杀者、流浪儿、老年孤独者等畸零人。作者以南方生活为基本特征，再现了社会的真实画面，揭示了这些被社会唾弃的人的内心世界。《绿色的窗帘及其他》问世之后韦尔蒂声名大振，评论界把她与爱伦·坡相提并论，又把她看作福克纳风格的直接继承者，认为她的作品具有古老的哥特式与奇异风格相结合的艺术特色，成为南方小说中的中兴之作。

韦尔蒂创作的精华是那些被称为"南方小说珍品"的短篇，1941 年以后她还出版了 3 部短篇小说集：《大网》(1943)、《金苹果》(1949)和《甜蜜的倾注及其他》(1955)。1980 年底出版的《短篇小说集》包括了韦尔蒂自 1936 年以来发表的全部 41 个短篇，是作者创作上收获的主要结晶。这些作品中最具特色的是《金苹果》，它由 7 个在情节上相互关联的短篇组成，分开看它是若干各自独立的短篇，合起来又可当作一个完整的长篇。小说故事发生的地点是一个典型的南方小镇，人物是那些充满奇异色彩的南方乡民，其中交叉出现的主人公是 2 个年龄和性别不同的漂泊者：垂暮之年的金·麦克莱恩老头和年过 40 的处女弗吉·雷尼小姐。作者以象征主义的手法展开情节并使其互相衔接成一个环状的整体，探索人类同时存在的欢乐与绝望、美好与恐怖、团聚与分离的复杂感情。小说的高潮是最后一篇《漂泊者》：弗吉·雷尼的母亲去世了，有许多多年不走动的亲戚前来吊唁，他们的到来勾起了弗吉对往事的回忆。在葬礼上以前出现过的不少人物，包括金·麦克莱恩在内都纷纷重新出场。葬礼结束了，只剩下弗吉·雷尼孤单一人，她驾车来到 7 英里外的麦克莱恩镇，雨中坐在法院大楼外面的台阶上，望着对面埋葬故人的家族墓地，回想她往日的漂泊生活，回想金·麦克莱恩的漂泊生活，意识到自己的命运只能是永远过着动荡不安的日子——

> 她笑了笑，因为她在想象中就好像看到金·麦克莱恩先生在丧礼时对她扮的那个丑恶而又令人情绪激奋的怪相，尽管当时大家都知道下一个就要轮到他了——连他也免不掉。这时，法院大楼外面就只剩下她和那个老乞婆、老偷鸡贼在这棵公共的大树下躲雨；她们既是单独一人，又是相互为伴，听着神秘的雨点的敲击声，听着整个世界在耳边打拍。透过落下的雨滴，她们听到马奔熊跑，豹子挥掌猛击，巨龙披着鳞甲在泥污中爬行，以及天鹅的嘹亮的鸣声。

这段含蓄的结尾，表示了主人公精神和心理状态的复杂性，也象征着她命运的孤独和坎坷。

从 20 世纪 40 年代开始，韦尔蒂也尝试以长篇形式进行创作。她的第一部长篇小说《强盗新郎》出版于1942年。这是一部充满民间传奇色彩的作品,描写了一个强盗与种植园主女儿之间的复杂关系。强盗是个双重性格的人物,他爱自己的情人却用粗暴的手段奸污她;后来他成了一个体面的商人娶了她,又表现出温柔的感情。这显然是作者受到欧文、霍桑的传奇小说的启发之后而创作的。韦尔蒂的第二部长篇小说《三角洲的婚礼》(1947)是她早期短篇小说主题的一个发展。作品以一个南方种植园主的家庭生活为题材,表现了这个古老家族中人与人之间爱和恨的复杂关系。小说的情节围绕种植园主的女儿和他的监工之间的婚姻而展开,婚礼是其中的高潮。对婚礼上聚集的各式各样的人物以及他们的内心活动的描写,使作品充满了浓郁的南方古老社会的生活气氛。新娘的叔叔乔治是一个令人难忘的人物,作者赞扬了他的博爱主义思想。小说虽然仅仅表现一个古老的家庭自给自足的生活,却使人联想到整个人类存在的美德的缺陷。《沉默的心》(1954)是一部具有喜剧色彩的独白式的中长篇小说,风格粗野、滑稽、幽默可笑,通篇以一个小客栈女主人讲故事的口吻描写了一对夫妻的性格冲突:好心的丈夫与粗俗的妻子在新婚之后不久就产生矛盾,身为女店主的新妇,缺乏教养又无情污操,虽然心地不坏,却在生活中出尽洋相。小说被美国文学艺术院评为1950至1955年间的优秀小说。《乐观者的女儿》(1972)是韦尔蒂长篇小说的代表作,获1973年普利策小说奖;同《沉默的心》一样,这也是以家庭婚姻为题材、以研究妇女心理状态为中心的作品。小说通过一个老法官去世之后他的女儿与继母之间的感情冲突表现了美国南方社会风气的变迁和人与人之间、家庭内部之间的矛盾。老法官生前为人乐观,但他也预料不到家庭内部意外的灾难,即便他还活着也无可奈何。这部小说情节紧凑,描写简练,以简单的故事表现出丰富的含义,以现实描写和大量回忆的交错出现来刻画人物的心理,深受评论界的赞赏。此外,韦尔蒂还写有反映一个家庭30年生活变迁的长篇小说《败局》(1970)。

韦尔蒂小说的成功主要在于她对美国南方社会生活的通晓和对各阶层人物内心世界的洞察能力,她曾声称她的创作"受到了自己居住和熟悉的地方的启发",又说她的作品所反映的是"密西西比州那些不安的、生活含义不明的、悲惨而又绝望的日子"。出色的环境描写,南方俚语的运用自如,各种象征、比喻手法的结合,使韦尔蒂的作品,尤其是她的短篇小说成为出类拔萃的艺术珍品,得到国内外文坛和广大读者的公认。由于杰出的文学成就,她曾获得威斯康星大学、史密斯学院、南方大学、戴纳逊大学等院校所颁发的文学博士学位,还两度获得过古根海姆基金会奖金(1942、1948),并荣获美国文学艺术院奖学金(1944)、布兰得斯大学艺术创作奖(1965)和爱德华特·麦克唐威尔奖(1970)等奖项,1971年被选为美国文学艺术院院士。

韦尔蒂一生未曾婚嫁,晚年蛰居在密西西比州杰克逊城她父亲当年建造的住宅里;她虽然头发花白,但精神矍铄,心情愉快,爱好旅行。1980 年接受美国女作家安娜·泰勒的采访时说:"回顾我的经历,使它们重现在我的眼前,我感到我一直是非常幸运的。"2001 年 7 月 23 日,92 岁高龄的韦尔蒂病逝于密西西比州杰克逊的一所教会医疗中心。

二 麦卡勒斯及其小说创作

卡森·麦卡勒斯(1917—1967)是继韦尔蒂之后又一个以创作南方小说著称的女作家,1917 年 2 月 19 日出生在南方佐治亚州哥伦布地区的一个小村镇上,娘家姓史密斯。她在家乡受完初等和中等教育,1935 年至 1936 年先后在纽约哥伦比亚大学和纽约州立大学学习音乐;1937 年嫁给麦卡勒斯,1940 年离婚;5 年后又复婚,1953 年丈夫去世。她本人因患癌症于 1967 年 9 月 29 日病故。

麦卡勒斯自幼熟悉南方家乡的风土人情和社会环境,但从小多病,成年后数次中风,半身不遂,长年卧病在床,这就形成了她日后小说创作的两种特色:一是浓郁的南方环境的色彩,二是抑郁、孤独、怪诞的人物性格。1940 年麦卡勒斯因发表她的处女作《心灵是个孤独的猎人》而一举成名。小说的主人公是个名叫辛格的半聋半哑的"先知",另有 5 个人物——一个是有民族意识的黑人医生,一个是马克思主义者,一个是咖啡馆老板,一个是聋哑的希腊人,还有一个是十几岁的小姑娘——围绕着他,各人分别按照自己的理解和认识来解释辛格的思想。作者企图通过辛格与这 5 个人物的不同关系来探讨人生的真谛。在这里,辛格是上帝的象征,而那个天真纯洁的小姑娘则成了作者精神的化身。

麦卡勒斯另外写了三部长篇小说:描写性变态者内心孤独的《一只金色眼睛里的映影》(1941),叙述一个失去母亲的 12 岁的小女孩与正在举行婚礼的哥哥之间真挚感情的《婚礼的成员》(1946),表现一个癌症患者绝望心情的《没有指针的钟》(1961),其中《婚礼的成员》最为成功,并由作者于 1950 年改编成剧本搬上舞台,获得该年的纽约戏剧评论奖。作品将小女孩害怕哥哥结婚后抛弃自己的心理描写得细致而真实,她希望自己也能成为婚礼的成员,甚至幻想赖在旅行车上不下来,与新婚夫妇去同度蜜月。这种感情上的描绘为小说增添了浓郁的抒情色彩。

麦卡勒斯被公认的代表作是 1943 年发表于《哈珀市场》杂志的中篇小说《伤心咖啡馆之歌》,1951 年与其他短篇小说合集出版的单行本《伤心咖啡馆之歌:中短篇小说》,成为最受读者欢迎的作品。这是一部充满 18 世纪哥特式小说浪漫、怪诞气氛的作品。作者以一种漫不经心然而又娓娓而谈的抒情笔触,向人们讲述了发生在南方一座沉闷、冷僻的小镇上的一个奇特的三角恋爱的故事。小说的主人公是身强力壮、家道殷实的艾米莉亚小姐——故事发生的小镇上唯一一家咖啡馆的主人。还有 2 个人物是她的前夫马文·马西和她的驼背表兄李蒙。故事开始的时候艾米莉亚已经 30 岁,也继承了父亲的家业,靠着比普通男人还要高大和强壮的身躯,有条不紊地经营着一家酿酒厂和这家既经营土产又捎卖酒的店铺,日子过得挺红火。唯一使艾米莉亚心中不悦的是,她 19 岁时与本镇纺织厂的机修工马文·马西的那段该死的婚姻,结婚 10 天马西便被她赶出家门,因为她不愿意与这个男人睡在一张床上。后来马西在外犯了法被关进监狱,艾米莉亚心里才踏实下来。就在这一年 4 月的一个晚上,艾米莉亚家里来了一个自称是她表兄的驼子李蒙。镇上的人以为她准会把驼子赶走,可是出人意料的是艾米莉亚不仅收留了他,还把他当作心爱的人来伺候,整天带着驼子到处走,唯恐他不高兴。这场奇特的爱情维持了 6 年才被从监狱里回来的马文·马西破坏了。驼子一见马西,像奴才见了主子,把他请回咖啡馆来居住,请他喝酒,整天围着他转。艾米莉亚与马西之间终于爆发了一场恶斗,在两人扭打的关键时刻,深受艾米莉亚物质、金钱和爱情之恩的驼子李蒙却毫不犹豫地站在马西一边。艾米莉亚被打败了,马西与驼子把咖啡馆砸个稀烂,还放火烧了酒厂扬长而去。从此,艾米莉亚变了,她让人把屋子的窗户都钉死,自己独身待在紧闭的房间里,曾经有三年之久她每天眺望着那条路,但始终不见驼子李蒙表兄回来。

显然,这是畸形人物(包括外表上的和内心的)的一场畸形的爱情:早年马西爱艾米莉亚,但她不爱这个魁梧、潇洒的机修工,却在后来爱上其貌不扬的小罗锅——驼子李蒙,而李蒙并不感激艾米莉亚的爱反而恨她,并谦卑地去乞求马西的爱。作者把爱与恨交织在一起,形成了一对不可分离的矛盾。在这里我们所能见到的是三颗孤独的心灵,他们都在追求理想中的爱,但由于被爱的人不理解这种爱,反而造成仇恨,最终使得孤独的心灵更加孤独。小说呈现出来的正是这样一种奇异的"人性",由于这种"人性"成分的存在,人类的感情只能永远处于"孤独"之中。感情是痛苦的产物,它只能带来不幸,带来人与人之间的冲突。用畸零人的命运来反映畸零社会的现实,这是麦卡勒斯在创作上的一大特色。她像一个冷漠镇静的"局外人",用严峻、冷酷、尖刻的口吻讲述着人世间的"荒诞"。艾米莉亚的孤傲、驼子李蒙的自卑感和马西的复仇狂心理都是"荒诞"的产物。不仅如此,整个小镇,包括那些形形色色的爱管闲事、爱搬弄是非的人物在内,都属于"荒诞"的产物。在作者看来,这个小镇便是世界,咖啡馆便是人生表演的舞台。

麦卡勒斯一生创作不多,题材亦局限于南方的小镇一隅,但由于风格独特,她仍属南方小说中颇有影响的一位小说家。她生前几次获奖,并被选为美国文学艺术院院士,她的作品至今还是评论界感兴趣的研究课题。

三 奥康纳及其小说创作

与麦卡勒斯一样,弗兰纳里·奥康纳(1925—1964)也是一位生命短促、作品不多但颇具特色的南方小说家。她于 1925 年 8 月 25 日出生在佐治亚州萨凡纳市一个信仰天主教的家庭里,1945 年毕业于佐治亚州女子学院,获文学士学位,1947 年获艾奥瓦大学艺术硕士学位。奥康纳 1946 年开始发表作品,但因遗传,她长年多病,1964 年 8 月 3 日因患癌症去世,年仅 39 岁。在生命的最后 10 年中她虽残疾,但仍坚持创作,她有限的作品中的大部分都是在病榻上写成的。

奥康纳的一生出版过两部中长篇小说:《慧血》(1952)和《狂暴者反而得逞》(1960)。两部短篇小说集:《好人难找及其他》(1955)和她死后出版的《水到渠成》(1965)。1971 年出版的《短篇小说集》包括作者全部的 31 个短篇小说。

奥康纳从小受到天主教的影响,因此在她的作品中往往掺杂了宗教和南方乡土气息的双重色彩,这在她仅有的两部长篇作品中表现得尤为明显。《慧血》是一部表明作者宗教观念的小说,它以类似《福音书》中所写的先知预言的故事为题材,描述一个名叫海士尔·莫兹的复员军人由于不相信上帝的存在而得到的悲剧下场。莫兹从军队回到家乡,企图以一个“没有基督的教会”来否定上帝,醒悟过来后,用硝酸弄瞎自己的眼睛表示赎罪,最后掉入深沟死于非命。有的评论家认为,这部小说写的几乎是一场新的宗教战争,主人公的死使他成为自我蒙蔽的牺牲品,在这部所谓“严肃的”“庄重的”基督教小说里,宣扬的不外乎是“上帝高于一切”的观念。在《狂暴者反而得逞》一书中,通过塔华特牧师魔鬼附身、纵火自焚最后成为先知的描写,同样反映了作者的意识:只有狂暴的人才能夺得天国。

奥康纳被公认的创作成就是她那些优秀的短篇小说,《好人难找》是其中最有影响的一篇。在这篇小说里,作者以一种使人意外的轻松笔调和含蓄幽默的语言风格向人们叙述了一个乐极生悲、触目惊心的故事:贝雷驾驶汽车带着一家老小六口人外出旅行,途中由于他的母亲想去看一看记忆中的一栋旧房子,于是汽车拐进一条小路,但因路面高低不平而翻了车。不久来了一辆旧的大汽车,从车上下来三个男人,老太太认出其中一个正是当天报上登的自称“不合时宜的人”的越狱逃犯。三个歹徒先把老太太留下,把其余五人枪杀了,同老太太经过一番“谁是好人”“什么叫犯罪”的辩论之后把她也杀了。情节本身固然带着明显的社会认识价值,但作者的立足点在于“不合时宜的人”所发表的种种言论。“不合时宜的人”由于被人诬告杀父而被关进监狱,这使他良心泯灭,自称“不是一个好人”,说“耶稣把一切都搅得乱七八糟”,因此最终认为“除了伤天害理,别无其他乐趣”。为了逃避追捕,他与同伙枪杀了这无辜的一家,在他看来这是对社会和人类的报复。“人生根本没有真正的乐趣”,也许这就是作者对整个社会的概括。

有人评论说,奥康纳的《好人难找》(也包括这本集子里的其他短篇)使人联想到舍伍德·安德森的《俄亥俄州瓦恩斯堡镇》;作者本人则强调了小说的深刻寓意,认为它的主题是严肃的。从宗教影响这个角度来看,这篇小说也不无"原罪说"和"报应说"的成分。

与《好人难找》相比,《水到渠成》的题材具有更大的社会意义。小说通过一对白人母子同一对黑人母子之间的冲突,揭示出南方社会的种族矛盾和几百年来万恶的奴隶制度在人们心灵中所造成的阴影,这两对母子的矛盾是他们在公共汽车上偶然相遇后爆发的,这辆公共汽车也就成了南方社会的缩影。据说,这篇小说的素材是奥康纳的朋友——诗人菲茨杰拉德(1910—1985)提供的。总的来说,以"水到渠成"为标题的这部小说集更加显示出作者炽热的感情,其中那篇《瘸子先进门》被有的评论家说成是作者最具激情的小说。

尽管奥康纳的小说几乎都以哥特式的怪诞风格为特征,但她笔下人物性格的鲜明突出、环境描写的细腻生动和作品结构的巧妙严谨,在当代短篇小说创作领域里是十分有影响的。所以,这位短命的女小说家曾被认为是美国最有前途的青年小说家、福克纳传统的优秀继承者。她生前也常以奥地利作家弗兰兹·卡夫卡的小说做模仿的样板,努力写出能"准确地"反映南方社会背景的作品。奥康纳曾三次获得欧·亨利小说奖(1957、1963、1965),1957 年获美国文学艺术院奖学金,1962 年和 1963 年分别获玛丽学院和史密斯学院的博士学位,她死后出版的《短篇小说集》获 1972 年的美国国家图书奖。

第九章　20世纪犹太小说

第一节　犹太小说产生的历史背景
与创作成就

一　犹太民族与美国犹太文学的兴起

犹太民族是一个具有几千年历史的古老民族,古代犹太民族就是指《圣经·旧约》中所说的希伯来人的后裔,因而全体犹太民族最初被称为希伯来人;自他们进入圣地之日起至公元前538年巴比伦囚虏结束之日①止,被称作以色列人。原先犹太民族主要生活在中东巴勒斯坦地区,后因历史原因失去土地和家园流浪于世界各地,多数居住在欧洲,所以,从广义来说,犹太人是属于世界范围内由血统传宗或信仰改宗而一直继承古代犹太民族传统的群体中的所有成员。

与美利坚合众国的短暂历史一样,美国的犹太民族成员也是在近一两百年从欧洲、中东等地迁居至北美新大陆后逐步形成的。有史家说,美国本身就是一个移民的国家,此话不假,倘若说占美国人口大部分的白人主要是来自英格兰、爱尔兰和欧洲其他国家的移民及他们的后代的话,那么美国犹太民族群体也主要是来自西欧、中东欧和俄国及中东地区的犹太移民。从人数来说,美国的犹太教徒所占比例并不高,但在政治、经济、科学技术乃至文化、艺术、文学等各个领域内,犹太民族的影响和地位却十分突出,涌现出一大批优秀的政治家、企业家、科学家、文学家,这种影响到20世纪中期达到高峰。

据史料记载,早在19世纪上半叶即有相当数量的德国犹太人进入美国,自1870年起,更有大批中东欧的犹太人移民美国,他们将具有悠久传统的犹太文化带入北美大陆这个新兴的资本主义国家,与当时已经基本成型的美国文化产生了积极的碰撞,一批以描写犹太民族的历史、传统和在美国文化影响下犹太人

---

① 指犹太王国先后在公元前598—公元前597年和公元前587—公元前586年被征服,犹太人被大批掳往巴比伦的历史。至公元前538年,波斯居鲁士大帝征服巴比伦,准许犹太人返回巴勒斯坦,此次囚虏乃告结束。

的思想、生活为主要题材的作家涌现文坛,成为美国犹太文学兴起的滥觞。据《美国犹太年鉴》统计,1830 年在美国的犹太人仅 6000 人,1900 年已猛增至 100万人,1920 年又增至 340 万人,第二次世界大战期间虽受美国政府移民政策的限制,但在德国法西斯灭绝犹太民族的恐怖威逼下,大批幸存的犹太人自欧洲涌入美国,使当时的美国犹太人总数达到 500 万,战后移民势头依然不减,至 20 世纪 80 年代,有 600 万以上的犹太人生活在美国,占了全国总人数的 3％左右。①

如上所述,20 世纪上半叶,随着犹太移民的不断涌入,以写实方法表现犹太移民艰苦创业过程和他们进入美国社会后与美国文化冲突的复杂心理为主要题材的犹太文学在美国形成,较早的有亚伯拉罕·卡汉(1860—1951)的小说《戴维·勒文斯基的发迹》(1917),描述了一名贫穷的犹太少年经过自我奋斗成长为广有资产的企业家的故事,表现了年轻一代犹太人在逐渐融入美国社会过程中的精神面貌,但主人公热爱犹太传统文化的立场反映了犹太移民对于本民族文化无法割断的眷恋之情。此后,迈耶·莱文(1905—1981)出版了以犹太民间传说为题材的《金色的山脉》(1932)和以芝加哥为背景,描写一群犹太移民后代生活经历的小说《一帮旧伙伴》(1937)。后者真实地再现了在美国成长的第二代犹太移民的美国化倾向,他们在美国资本化社会倾向的影响下,走上了实利主义的道路,而从祖辈传下来的犹太传统则被认为是发展事业的束缚而遭到他们的抛弃。莱文后期还写有以反犹运动对美国犹太人的影响为题材的《狂热者》(1964)和反映一个移民到巴勒斯坦的俄国犹太家庭命运的《定居者》(1972)等小说,对于美国犹太文学的兴起做出了一定贡献。

20 世纪中后期,还涌现了一批有世界影响的犹太诗人,其中有艾伦·金斯伯格(1926—1997)、约瑟夫·布罗茨基(1940—1996);犹太戏剧家亚瑟·米勒(1915—2005)以《推销员之死》(1949)而闻名西方,先后获纽约戏剧评论奖和普利策文学奖,是 20 世纪美国戏剧界最有成就的大家之一。但从总体来看,美国20 世纪犹太文学中成就最大、名家最多、作品最为丰富的当推小说创作。

二　犹太小说的创作成就

美国犹太小说起步于 20 世纪上半叶,在第二次世界大战之后形成高潮。早期的犹太小说仍停留在移民小说的发展阶段,20 世纪 50 年代以后,犹太小说开始融入美国文学的主流,并随着大批新移民的进入,在 20 世纪 60 年代达到了犹太小说的鼎盛时期,获得了创作上的丰收,一批杰出的犹太小说家崛起,他们中间有诺贝尔文学奖获得者索尔·贝娄、艾萨克·巴什维斯·辛格,有以描写犹太

---

① 　1980 年美国人口约为 226504825 人,犹太人占 3％左右。另据 1999 年出版的《不列颠百科全书(国际中文版)》的资料,犹太教徒占美国人口的 2％。

平民生活形象著称的伯纳德·马拉默德、欧文·肖,有以创作战争小说闻名的赫尔曼·沃克、诺曼·梅勒,有以心理描写见长的亨利·米勒、杰罗姆·戴维·塞林格、菲利普·罗斯,有后现代主义黑色幽默小说代表作家约瑟夫·海勒以及布鲁斯·杰伊·弗里德曼、辛西娅·奥齐克、哈依穆·波克特等。上述这些小说家构成了星光灿烂的犹太小说创作群体,为 20 世纪下半叶美国小说的发展增添了夺目的光彩。

出生于加拿大、成长于美国的贝娄,作为"二战"以后美国犹太小说的领头人物,以他对生活在美国的犹太人心理活动的高超洞察能力和对犹太传统文化与现代美国资本社会本质碰撞过程的深刻理解,塑造了精彩的犹太人物系列典型,正如 1976 年瑞典文学院在授予他该年度诺贝尔文学奖时所做的评价:"他的作品中融合了对人性的理解和对当代文化的精湛分析。"贝娄的《奥吉·马奇历险记》《赫尔索格》《洪堡的礼物》等长篇小说,已经被公认为 20 世纪美国小说的经典。

与贝娄不同,辛格是中年移民美国的犹太作家,所以在他笔下出现的几乎都是过去式的、依然生活在故乡东欧的犹太人形象,他们依然在古老的犹太文化和意第绪语的传统氛围中展现内心世界。辛格在贝娄获奖之后仅仅相隔 2 年的 1978 年,以美国犹太作家的身份获得诺贝尔文学奖,最主要的原因是他从犹太人的文化传统中吸取了滋养,并通过它逼真地反映出人类的普遍环境和心灵。辛格的长篇小说《卢布林的魔术师》《庄园》等以及为数众多的短篇小说,都向人们展示了犹太传统的魅力。

马拉默德和欧文·肖都是来自欧洲的犹太移民的后代,他们生活在美国社会的中下层,熟悉为谋生计而艰苦奋斗的上一辈犹太人和他们的后代在美国社会中的复杂命运,马拉默德的长篇小说《伙计》、欧文·肖的长篇小说《富人,穷人》正是这些人物的真实写照。

亨利·米勒是一位德国犹太移民的后代,他的作品多以自身经历为题材,大胆的自我暴露和对心理活动赤裸裸的演绎构成了他的代表作《北回归线》和《南回归线》的特色。

塞林格和罗斯的小说以心理描写见长,塞林格唯一的长篇小说《麦田里的守望者》被称为"20 世纪流浪儿小说"的经典;罗斯的小说充满幽默荒诞的色彩,带有明显的后现代主义成分。

沃克和梅勒是在"二战"前后出名的作家,他们的战争题材小说广泛而深刻地反映了这场大战对美国各阶层人物的影响。海勒以长篇小说《第二十二条军规》成名,该作被称为"黑色幽默"的经典。鉴于沃克、梅勒、海勒和亨利·米勒作品的影响和特点,本书将分别在战争小说、黑色幽默小说和心理现实主义小说中进行论述。

三　犹太小说的思想价值与艺术特色

随着犹太移民人数的不断增长和犹太人在美国社会各个领域影响的增大,犹太文化与美国本土文化之间的碰撞和矛盾也逐渐演变成犹太移民在融入美国社会过程中的经历和体验,美国犹太文学中的主流小说的创作也正是在这一环境中发展壮大,体现出特有的思想价值和艺术特色的,归纳起来有以下几点。

第一,写出了 19 世纪以来几代犹太移民在美国大陆生存、发展、融入的经历,显示了一个具有悠久文化传统的少数民族群体在这个新兴的资本主义国家环境中的奋斗历史,通过小说这一文学载体描绘了 100 多年来美国犹太人的命运。从这一点来说,我们可以把美国犹太小说的创作整体看成是对美国犹太民族奋斗历史的艺术总结。这中间也应该包括早年犹太人在欧洲生存时的命运和处境,作为多数来自欧洲移民的美国犹太人,不管他们在美国居住的年代长短,也不管他们与美国本土文化融入的程度深浅,总是以保持本民族的文化传统、宗教特征为荣,即使“二战”以后在东西方冷战、麦卡锡主义、越南战争等政治因素下淡化了犹太民族性,并在相当程度上快速融入美国主体社会的生活旋律之中,但这并不意味着犹太人已经被美国社会同化,而是表明美国犹太人如何去适应这一历史时期的复杂演变,以逐渐摆脱犹太文化本质被异化的危险和他们处于社会边缘而产生的孤独感、忧郁感。

第二,塑造了一系列犹太人尤其是中低层犹太人的典型形象,这些包括小店主、流浪儿、中小知识分子乃至乞丐、街头艺人、妓女在内的人物系列,是整个犹太民族在美国社会生存、奋斗过程中磨难的化身。犹太小说家们大多将人物置身于美国社会的各个具体环境中,描绘他们潜在的观念意象、人物品质,尽管在外表上淡化了人物的犹太化生活细节,却也写出了犹太民族深层次的文化本质意义。贝娄对人物行为的随意式描写,辛格和马拉默德将犹太移民的不幸与痛苦作为人类生存悲剧化的象征,都具有时代的典型意义。

第三,以真实动人的细节叙事刻画了作为流浪民族的犹太人在美国丰裕社会强大的物质生活诱惑下面临被同化的危险和强烈的归属意愿。处于千年来流浪于世界各地漫长历史过程之后的犹太民族,即使到了 20 世纪,仍然生活在现代物质文明与本民族流浪特性的矛盾之中,尤其是在高度发达的资本主义社会的美国,犹太人群体这种既想成为西方发达民族的一部分又处于异邦文化边缘的地位,造成了他们特有的自我本质的困惑。贝娄笔下的奥吉·马奇和汉德森,辛格笔下的雅夏,马拉默德笔下的弗兰克·阿尔派恩,以至海勒笔下的高尔德,罗斯笔下的菲利浦,都带有明显的流浪儿色彩,即使已成为大学教授的赫尔索格,也依然摆脱不了心灵和身体的双重流浪形象,只能成为文明社会中可怜的“反英雄”。

第四,体现了古老而有生命力的犹太文化与现代西方文明碰撞与交融的历史价值。贝娄在《洪堡的礼物》中通过西特林之口提出了"生命是什么?"的问题,这涉及人类究竟应该如何生存和如何使生命不断充实以至达到永恒这样的宏观思维。犹太经典文化把对生命本义的探讨列为其中的基本命题,这与某些西方现代人对于生命的认识有相同也有差别,犹太小说也多少受到现代西方"生命的真实也许就是死亡"的观念影响,显示了现代犹太人强烈的死亡意识,赫尔索格认为上帝已经死亡的观点早已是陈词滥调,"死亡就是上帝"才是这一代人的思想精神,在死亡面前任何信仰都显得苍白无力。

第五,显示了世界犹太文学的生命长河在美国本土的艺术魅力。这种魅力不仅表现在犹太小说家的个人创作天赋上,更表现在犹太文学整体的伟大生命力上。自20世纪初出现犹太文学的滥觞至60年代以犹太小说为主流的犹太文学的繁荣壮大,犹太文学既保持了本民族特有的思想意识、内心世界和传统文化,同时也以自己的方式有机地汇入美国文学的长河之中,并成为主流文学不可缺少甚至是其中最光彩夺目的组成部分。犹太小说从早期的纯移民小说发展到后来的犹太式美国小说,再发展到以犹太民族独特视角审视现代西方社会的犹太小说,形成了一个庞大的犹太小说体系,这是一个少数民族在融入移民国家的过程中以艺术描写的手段去表现其中复杂、矛盾而又丰富多彩的内涵,也是犹太小说中最精华的部分所反映的犹太人美国化的问题的本质。

第二节　索尔·贝娄

一　丰硕的一生

第二次世界大战之后崛起于美国的犹太作家集团,以他们创作中丰富而深刻的思想主题和独特的艺术风格成为美国文坛上一支引人瞩目的劲旅,这中间最有威望和最有影响的便是1976年诺贝尔文学奖获得者——当代最优秀的美国小说家索尔·贝娄(1915—2005)。

索尔·贝娄是来自俄国的一个犹太移民家庭的后代。1913年他的父母离开了祖祖辈辈生活的俄罗斯土地,来到新开发的北美加拿大谋生。2年后,即1915年6月10日,小贝娄出生在加拿大魁北克省拉辛城,不久全家移居到蒙特利尔。贝娄的祖上务农,到他父亲一代成为知识分子,但移居北美之后生活仍甚拮据。贝娄的母亲是一位性格坚强的犹太妇女,她对贝娄的童年和少年时代的生活产生过重大影响。贝娄9岁那年,即1924年,随父母迁居到美国中部的大城市芝加哥,在那里的公立学校受完初等和中等教育之后,1933年考入芝加哥大学社会学系深造。2年后他又转学到伊利诺伊州埃文斯顿的西北大学,并于

1937年完成学业,获得该大学的社会学和人类学学士学位,同年前往麦迪逊的威斯康星大学写作人类学硕士论文。

定居美国之后,贝娄的家境逐渐好转,他的少年、青年时代都是在比较安定的环境下度过的。大学毕业后,贝娄回到芝加哥,1937年与安妮塔·戈雪汀结婚,1938年在裴斯太谷西-佛勒贝尔教育学院任教。从此时起,贝娄踏上社会,成为一名社会学教师。他把目光对准社会的各个阶层,把思维集中到如何理解人的思想和感情这一问题上。当然,那时他仅仅是一个初出茅庐的22岁的青年教师,还无法想象若干年后自己将成为闻名美国的小说家;至于写小说的念头,也许有过,但还未付诸行动。早年他曾学习过希伯来文和犹太文,想成为一名继承古老犹太经典的学者,但他当时还年轻,还需要对社会和人类进行细致的观察。贝娄认为只有把人的内心琢磨透了,才能真正理解人、描写人,这是职业敏感性的一种反应。在以后的许多年里,这个观念一直在指导着他的生活和创作。

1939年9月,第二次世界大战爆发;1941年12月珍珠港事件之后,美国宣布参战。当时,贝娄尚在裴斯太谷西-佛勒贝尔教育学院教书,但人类这场空前的浩劫也免不了给这位美国青年教师带来影响。1944年,他作为预备役军官应征入伍,分配到海上运输船队工作。一年后战争结束,贝娄复员到芝加哥的《百科全书》编辑部当编辑,接着重新返回大学教师队伍。1946年受聘于明尼苏达大学,担任英语系讲师,两年后升为副教授;此后,贝娄就再没有脱离过他的教书生涯。

20世纪40年代,贝娄从青年进入中年,思想逐渐成熟,他的小说创作正是从这时开始的。如果把贝娄20世纪40年代以来的写作过程看作一次长跑,那么它的起跑点就在1941年。

1941年5、6月号的《党派评论》①杂志刊登了一篇名为《两个早晨的独白》的小说,这就是索尔·贝娄的处女作。许多评论家并不重视贝娄的这个头生婴儿,甚至连提都不提它,但美国研究贝娄的著名专家——南伊利诺伊大学的欧文·马林教授却是持异议的人。他认为这个短篇是"进入贝娄创作世界一个最好的向导"②,并在他的专著《索尔·贝娄的小说》一书中以第一个章节的位置来评论它。小说主人公之一的曼德尔鲍姆是一个青年失业者,为了寻找工作而四处奔波,却一无所获。他想得到一艘游艇到海上去航行,或者能有机会到图书馆去看看书,但这些对他来说都是可望而不可即的奢望,甚至连想抽一支烟都办不到,因为他没有工作、没有钱。他是来自异乡的移民,受到社会的歧视,被人称为"被

---

① 《党派评论》,创刊于1934年,原为美国共产党主办,1938年脱离该党而成为中产阶级知识分子的自由论坛,以刊登社会评论与文艺批评为主。

② 欧文·马林:《索尔·贝娄的小说》,南伊利诺伊大学出版社,1973年,第1页。

驱赶者"。他跟父亲闹翻了,有家不得归,但又不愿为了几个钱而取悦他人去寻找工作。他这种悖谬的观念为家庭与社会所不容,精神的压抑和生活的动荡使他只能得出一个结论:"周围的一切,从上到下都被颠倒了。"此外,小说还描写了穷困潦倒的失业者、舍命拼搏的赌徒们的景状,他们在生活上对物质的追求比实际来得更少。总之,贝娄在这篇作品中,首次以外来移民的思想感情写出了 20世纪 30 年代经济萧条之后的美国社会,呈现在读者面前的是那些不幸者的困苦遭遇。

《挂起来的人》(又译《摇来晃去的人》)是贝娄的第一部长篇小说,1944 年首次由纽约前卫出版社出版。这一年他 29 岁,但已经是一个思想成熟的人了。作为犹太人知识分子和大学教师,他着眼于当时社会对人的影响,首先是精神上的影响。正是从这一点出发,他对周围的人和事进行了观察和了解。第二次世界大战前后,美国经济很不景气,城市人口恶性膨胀,失业人数直线上升,人们经常处于精神压抑和苦闷之中。这部小说便是这种社会情况的真实写照。

《挂起来的人》由于普遍揭示了战争时期人们的精神状态,因而获得了一定的成功,为作者初步赢得了犹太小说家的声誉。接着,贝娄在第二部长篇小说《受害者》(1947)中继续了他对人生奋斗道路和人类自决能力的研究。小说主要描写了犹太人阿沙·利文塞尔一个星期的生活经历:当他与妻子去纽约探望亲戚时,突然遇到一个名叫柯尔比·阿尔倍的熟人,这次意外相遇使利文塞尔回想起许多往事,它与他现在的生活交织在一起,形成了复杂的思想感情。原来柯尔比·阿尔倍是个反犹太主义者,早先在一次宴会上,由于阿尔倍侮辱了利文塞尔的朋友,他俩便闹翻了;接着利文塞尔得罪了阿尔倍的上司,结果阿尔倍失业了。阿尔倍认为他的失业是利文塞尔造成的,要求赔偿损失;利文塞尔承认阿尔倍是"受害者",同意供养他。后来阿尔倍公开把妓女带到家里来,甚至要开煤气自杀,利文塞尔才把他赶走。这是几年前的事情,现在他们又在一个戏院里碰上了。小说最后用他俩在戏院里找到各自座位的情节来形容社会生活仿佛是舞台,而每个人只是一个观众,大家应该有各自的位置。那么,利文塞尔和阿尔倍究竟谁是"受害者"呢? 结论只能是:他们彼此都成了犹太人与非犹太人之间微妙关系的受害者。"不管怎样,我要充分地享受生活。"这是利文塞尔在与阿尔倍分别之前说的话,也是作者在痛定思痛之后所发出的呼声。《受害者》是贝娄写的一部比较忧郁的作品,反映出作者创作中某些方面的自然主义倾向。小说的开头倒是十分别致的:

在纽约,有几个晚上甚至比曼谷还要热。

这句富有诗意的话,很能使人产生一种神秘的感觉。作者就是以这样的情绪来帮助读者意识到作品的这一主要特征的。

《挂起来的人》和《受害者》是两部严肃的、具有高度成就的作品。它们的问世使索尔·贝娄叩响了文坛的大门,预示着一个具有时代意义的小说家将在美国崛起。

整个 20 世纪 50 年代是贝娄创作的成熟时期。这些年,他先后在纽约大学、普林斯顿大学和明尼苏达大学执教,同时以更大的热忱建立以他特殊的文学元素组成的创作体系。对贝娄这一阶段的创作,《诺顿美国诗文选集》第 2 卷有过一段记载:"……1950 年以后,贝娄开始进入了一个怀有疯狂的抱负和渴望地位的新的创作阶段,并获得了来自评论家们的尊敬与赞美。"①这种努力的直接成果便是长篇小说《奥吉·马奇历险记》的诞生。

《奥吉·马奇历险记》于 1953 年由纽约海盗出版社出版,翌年获得美国国家图书奖。这是使贝娄赢得著名小说家地位的一部作品,它通过来自芝加哥的一个贫苦的犹太青年传奇式的流浪冒险故事,反映了 20 世纪美国的社会面貌和主人公的各种生活感受。在这部作品里,贝娄第一次使用了松散的结构形式,并有意用这种轻松活泼的风格抵制许多作家当时竭力追求艺术上尽善尽美的偏见。

《奥吉·马奇历险记》出版之后,公众对它的反应并不亚于 70 年前人们争购马克·吐温的《哈克贝利·费恩历险记》的热烈程度。它被公认为贝娄的成名之作,在美国 20 世纪 50 年代的小说史上具有重大的意义。美国文学史家马丁·S. 戴教授在《美国文学手册》中评论道:"在世界的小说之林中很少能有这部作品那样具有令人惊奇的活力。"②伊哈布·哈桑教授在《当代美国文学》中认为,《奥吉·马奇历险记》的诞生是贝娄创作事业的转折点,它使作者一举成名。他又说:"这部巨著恢复了小说应有的新奇和多少有点夸耀的特点,给那些使他们的艺术服从于詹姆斯所倡导的精雕细刻或是卡尔·容③的精神神话的作家树立了一个榜样。"④这证明贝娄绝不是一个仰望着前辈作家的面容匍匐前进的平庸之辈,而是一位有巨大创造力的人物,他对小说创作的探索和革新,为 20 世纪 50 年代的美国文坛提供了一笔可贵的财富。

1959 年出版的《降雨大王汉德森》是贝娄这一时期又一部有影响的作品。小说继续以《奥吉·马奇历险记》那种流浪汉冒险生活为题材,描述了一个古怪的美国百万富翁到非洲去探险的故事。尤金·汉德森,是贝娄作品中唯一不属于犹太人的主角,他像一个精灵,又如疯狂的魔术师。他出身名门,拥有几百万的财产,还有称心如意的婚姻——妻子李莉是个温柔的女性。但他却注定是个

---

① 《诺顿美国诗文选集》第 2 卷,诺顿出版公司,1979 年,第 1951—1952 页。
② 马丁·S. 戴:《美国文学手册》,昆士兰大学出版社,1975 年,第 501 页。
③ 卡尔·容(1875—1961),瑞士心理学家。
④ 伊哈布·哈桑:《当代美国文学》,弗雷德里克·安纳格出版公司,1973 年。

不安分的人,耳边仿佛总响着一个巨大的声音:"我要!我要!……"汉德森要什么呢?这声音又是从哪儿来的呢?连他自己也说不清。可是,汉德森心中却有一股强烈的欲望,这欲望便是对新奇的冒险事迹的狂热追求。于是,他走了,离开舒适的家园到遥远的非洲去了:

> 是什么促使我到非洲去远行?对这一点真是一言难尽。事情已经
> 是越来越糟、越来越糟、越来越糟,简直复杂到了无法解释清楚的地步。

汉德森一开始就以自述的形式告诉人们他是如何遇到一个令人难堪的处境的。他说他自从 55 岁那年买好车票打算离家出走失败之后,他周围的一切全乱套了。混乱开始了,各种压力从四面八方向他逼来,他只能大声喊:"不,不,他们统统走开吧,我要一个人单独地存在!"

汉德森的所作所为,使我们不禁联想起塞万提斯笔下的骑士堂吉诃德的形象。他们都是为了实现某种虚无的幻想去进行冒险游历的,所不同的是堂吉诃德先生三次周游天下,直至战败几乎丧命之后才醒悟到自己行动的荒唐;而汉德森则在非洲经历了火烧丛林、炸坍水库等一系列疯狂的行动之后,获得了"雨王"的桂冠,并认识到"爱"才是创造生活现实的力量,应当从"我要,我要"变为"他要,她要,他们要"。假如我们要追究一下贝娄塑造汉德森这一"狂人"形象的本意,是否可以把他看成作者对人性以及人所具有的本质和德行的理解的产物。对此,评论家巴巴拉·吉坦斯汀有一段话说得比较透彻:"汉德森离开美国时是一个灵魂被贪得无厌的声音'我要,我要'所啮啮着的人,当他在非洲遇到蕴藏于狮子和部落酋长中的原始威力之后再回到美国时,已经恢复了人的本性,并显示出人性的所有德行和特征。他的心愿是助人为乐,他爱自己的家庭和妻子,这一切指导着他当前的生活,因而他能够享受生活下去的欢乐。痛苦已不再像过去那样成为他生活受限制的唯一方式。"[①]

进入 20 世纪 60 年代以后,贝娄的创作开始向新的高度和深度发展。1961年,他与苏珊·格拉斯曼结婚,这是贝娄第三次结婚[②]。第二年,贝娄受聘于芝加哥大学,任该大学社会教育委员会教授,这是他时隔 15 年重新回到母校。在20 世纪 60 年代美国动荡的社会局面的影响下,贝娄逐渐从他原先热衷的幻想与冒险精神的狭小圈子中摆脱出来,把热忱与力量投入对社会和人生新的研究中去;但他又没有像诺曼·梅勒、赫尔曼·沃克、约瑟夫·海勒、詹姆斯·鲍德

---

① 《20 世纪美国文学》,麦克米伦出版公司,1980 年,第 69 页。
② 贝娄在与戈雪汀离婚后于 1956 年娶了第二个妻子阿·塔司切克鲍斯夫,三年后离婚。

温①他们那样把目光投向反战运动和黑人斗争。贝娄是一个善于思考的人,他想的是人的价值与资本主义社会之间的矛盾。一方面他承认当代美国社会生活的复杂化和多样化,另一方面他又强调了人的精神的重大作用。他把这个概念明确地写入了他的新作《赫尔索格》之中。该小说出版于 1964 年,作者以深沉而含蓄的笔触写出了一个犹太中产阶级知识分子所经历的精神危机,从一个侧面反映了当时美国社会的道德沦丧。1965 年,小说获得美国国家图书奖,成为轰动一时的畅销书,这说明作品的描绘是成功的,主人公在社会动乱的压抑下所遭受的精神冲击和磨难是得到人们同情的,它也准确地反映了贝娄头脑中的思想与概念。

1970 年,贝娄出版了他的第六部长篇小说《赛姆勒先生的行星》,这部作品使作者第三次荣获美国国家图书奖。这是一部充满苦难、忧郁和宗教主义气氛的小说,作品以亚瑟·赛姆勒——一个旧世界犹太人的典型、法西斯大屠杀的幸存者和基督教的忠实信徒——一生的艰难经历为基本线索,向人们宣扬了作者所赞赏的"对上帝的坚强信念的力量"。"假如我能够了解自己,假如我能够了解世界的一切,为了万能的真理,我们应该去了解它,是的,上帝,我们要了解,要了解,要了解。"小说结束时赛姆勒的内心独白,仿佛把人们引到耶和华的仁爱的祭坛上,它使作品成为人道主义与犹太教义的混合体。

假如我们把《赛姆勒先生的行星》看成是贝娄 20 世纪 70 年代创作上的新起点,那么 1975 年《洪堡的礼物》的出版则表明作者已经完成了对现实主义传统与现代主义艺术素质的结合,并把这一阶段的创作推上了作者从未有过的高度。贝娄在这部作品中,以两代作家的思想与命运为题材,以更为广阔的生活画面为背景,写出了 20 世纪 40 年代到 70 年代美国知识分子的精神、情操和感情。它的主题是带有深刻哲理的一种探讨,即在不断变化的世界中,人应该如何处理他与时代、生活和环境的关系。

《洪堡的礼物》获得了 1976 年度的普利策小说奖,被评为当时最畅销的新书。紧接着,这一年贝娄获得了世界文学的最高荣誉——诺贝尔文学奖。虽说他的获奖并不单单是因为这一部小说,但无可争议的是:他的作品从单纯对人或事物的描写升华到了对人与世界、人与时代的关系的探讨。正如诺贝尔文学奖证书上所评价的,贝娄的主要贡献就在于"他的作品中融合了对于人类的了解,以及对当代文化的精湛分析"。

作为一名犹太作家,索尔·贝娄最根本的贡献就在于,他以独特的思维能力和丰富的艺术技巧写下了一整套以犹太人的思想、生活和社会为背景的小说。在这些作品中,贝娄已经形成了他最有气质、最有特色的创作性格,他作品中的

---

① 以上小说家见本书第十章、第十一章、第十二章。

男女主人公们组成了犹太社会内部独白式的文学系列:它有时光辉灿烂,有时怪僻奇特,有时又从崇高走向荒谬;在他们周围的世界里,那些有着充沛精力又具有恶俗陋习的真实的人,他们的举止行为又受到他们自己思维能力的感化——这就是犹太古老的文明与美洲新大陆的智慧的结合,它构成了贝娄最伟大的创造力。当贝娄获得诺贝尔文学奖的时候,有人评论说:"他的作品是把人道主义的意义与当代文化中难以捉摸的微妙的分析结合在一起的产物。"①这句话如果仅仅就贝娄的作品本身而言,其含义显然还未必深刻;但倘若我们对贝娄三十几年的小说创作做一个纵向的剖析,就能发现人道主义一直是他创作的基本色彩,而当代文化中那些极易感受的艺术素质则是他调色板上五颜六色的配料,它们的结合时紧时松、时疏时密,然而从来没有分开过。自 20 世纪 40 年代创作上的探索,经过五六十年代的更新与发展,至 70 年代便形成了贝娄独特的艺术体系:它既有对 19 世纪末期以来的美国现实主义优秀传统的直接继承,又有对 20 世纪 50 年代以后的现代主义的创造和运用——这就是贝娄式小说风格的最后建立。

至 20 世纪 70 年代末,贝娄共创作了 7 部长篇小说和《只争朝夕》(1956)、《莫斯比的回忆》(1968)两个中短篇小说集,以及《破坏者》(收集在《只争朝夕》一书中,1964 年拍成电视剧)、《最后的分析》(1964)等 5 个剧本;此外,他还出版了论文集《我们走向何处》(1965),主编《犹太最佳短篇小说选》(1963),写过一部非文学类的游记《耶路撒冷往返》(1976)。显然,贝娄 30 余年写作生涯的主要成就是在长篇小说上,这 7 部长篇小说便成为人们对他赞赏的犹太社会杰出的艺术写照的依据,也是贝娄多次获得荣誉的原因。

贝娄于 1962 年获得西北大学文学博士学位,1977 年获美国文学艺术院颁发的金质奖章,20 世纪 80 年代以来任美国文学艺术院院士、芝加哥大学社会思想委员会主席。

20 世纪 80 年代后,贝娄进入创作的暮年,但仍出版了《院长的十二月》(1982)和《越来越多的人死于心碎》(1987)等长篇小说,继续描写了在他视线中的美国社会与人们在其中的心灵冲突,其中《院长的十二月》通过犹太高级知识分子的经历,揭示了当今人类面临的"人道主义危机",成为他晚年较有影响的一部作品。此外,他还在 1989 年出版中篇小说《偷窃》《比拉罗塞内战》,1997 年出版中篇小说《实实在在》,2000 年出版他的第 13 部长篇小说《拉韦尔斯坦》。《拉韦尔斯坦》通过对犹太哲学教授阿贝·拉韦尔斯坦的命运描写,显示了贝娄关注犹太知识分子的一贯立场,同时反映了作家对人类生存环境的深层次思考。

---

① 《诺顿美国诗文选集》第 2 卷,诺顿出版公司,1979 年,第 1951 页。

二　犹太青年小说:《挂起来的人》(1944)

犹太青年约瑟夫已过 27 岁,大学毕业,结婚 5 年,在一家旅行社工作。但他自感与社会格格不入,希望变换环境,于是辞去了工作,等待应征入伍。然而,征兵的正式通知却迟迟不下达,约瑟夫自由自在地,然而又是苦恼地过着日子。他羞于依赖妻子而生活;他同邻居、朋友吵架,对别人都看不顺眼;他想写作,但又一事无成。他对这种"自由"厌透了,最后只得去央求兵役局,希望立即到部队里去……小说以约瑟夫本人的日记形式来进行叙述,从 1942 年 12 月 15 日写起,到第二年 4 月 9 日为止。当时,欧洲炮火连天,美国已投入这场大战,因而作品也反映出一种强烈的战争气氛。

约瑟夫是被社会疏远了的一代青年中的一员,这一代青年同社会、家庭、他人之间存在着很大的隔阂,他们所生活的世界是一个混乱、庞杂、冷淡的世界。他们追求"自由",但这种"自由"反过来又成为他们的精神负担。从约瑟夫这个世界上的"局外人"身上,我们可以明显地看出作者受到以法国作家、哲学家让-保罗·萨特为代表的存在主义哲学的影响,也自然联想到存在主义作家阿尔贝特·加缪的代表作《局外人》(1942)中的"局外人"莫尔索这个典型。

小说着重表现了约瑟夫强烈的自我分析的经历。他从"我必须了解我自己"开始,到后来只得依赖于命运的安排。他坐在古老的屋子里回想起自己童年时代的生活,从一张旧画可以闪出许多古怪的念头;他坐在摇椅上摇啊摇,正好像他这个人也在摇晃着,成了社会上多余的"挂起来的人"。约瑟夫耐心地等待着,不久征兵通知终于来了。他在最后一天(1943 年 4 月 9 日)的日记里记下了这么一段话,从中可以体会到他在当兵前夕的复杂心情:

> 这是我做老百姓的最后一天了,伊雯(按:约瑟夫的妻子)已经把我的东西全收拾好了。她显然把我这次去当兵看成是生活中的一次不幸,由于她的缘故,我也似乎产生了同样的情绪。我是怀着内疚的心情离开她的,但我也不完全是这么想,好像在这中间也包含了一种如释重负的感觉。我不必再对自己负责了,我当然很高兴。以后我将由别人来掌握了,可以从需要自己做出决定的状态之中解放出来,自由取消了。
>
> 为有规则的生活而欢呼!
> 为有精神的监督而欢呼!
> 军队组织万岁!

《挂起来的人》的深刻寓意,反映了作者 20 世纪 40 年代中期对美国社会的思想认识,但含有明显的存在主义哲学思想的影响。约瑟夫的典型意义就在于提出了一个普遍存在的精神危机问题,也是第二次世界大战期间人们对生活厌倦和失望的情绪的表现,小说开创了贝娄塑造"反英雄"人物的历史。

三 犹太流浪小说:《奥吉·马奇历险记》(1953)

这是一部以犹太流浪儿冒险生活为题材的小说。奥吉·马奇是一个犹太私生子,他一出生,这个混乱的、变化无常的世界便威胁到他的生存,还在童年时代他就不得不设法养活自己。小说通过奥吉·马奇的自述进行描写:"我是一个美国人,出生在芝加哥。"——这是小说开头的第一句话。"我的父母从来不过问我的生活,反过来我还得照顾母亲,因为她是一个头脑简单的女人……"——看来,马奇的生活是十分艰难的。"我和我的兄弟爱我们的母亲,我总是在惦记着他们……"——马奇确实是一个忠厚诚实的人。然而生活并不因为马奇诚实而给他好运,他的母亲是个穷苦的劳动妇女,只能在有钱人家里当用人,马奇从小就得靠自己走南闯北过日子。他是自由的,因为他没有任何负担,可是他又受到比任何人都要厉害得多的牵制。社会上那些形形色色的人物,诸如阔佬、店主、流氓,都想把他熏陶成自己中意的人:这个想叫他做驯服的仆人,那个企图把他教唆成小偷,另外一个又希望他成为一个称职的商品推销员。甚至那个根本算不上亲戚的邻居劳希祖母也来指挥他,要他既学会说谎的本领,又要做一个像样的绅士。后来老板娘考布林夫人要招他做女婿,而有钱无后的伦林夫人又要让他当义子……这些众多的打算像一股股巨大的拉力,把奥吉搞得筋疲力尽、无所适从。他因为穷困而不得不去干各种行当:店员、偷书贼、富翁的秘书、走私犯的助手、军校学员等等。经过 10 多年的磨难,他耗尽了青年时代的光阴,想找到一个"自我",却都落空了。在彷徨苦闷之中,他猛然意识到:爱就是人类的核心。他幻想找一个心爱的女子,去创办一个孤儿院,把爱带给人们,以为这才是他真正的"自我"。但奥吉只能空想一阵而已,在第二次世界大战结束前夕,他只能靠贩卖剩余的战争物资来混日子,这不能不说是对他理想的一个莫大讽刺。

无论从形式上还是从体裁上来说,《奥吉·马奇历险记》都是对马克·吐温《哈克贝利·费恩历险记》的直接继承。奥吉·马奇从他的前辈哈克身上汲取了胆识和力量,他要像哈克那样到人世间去冒险、游历,他与哈克具有同样胆大妄为的激情。在这部小说里,贝娄几乎采用了一种随心所欲的笔法去描述这个主人公丰富多彩的经历。"我是东踢一脚西打一拳地信手写来,"贝娄曾经这样坦率地公开他写这一作品的情景,"用随便的、无任何章法可循的手法来写成这部流浪儿冒险小说。"其实在小说中,马奇有他自己的语言,有他自己千变万化的冒险方式,还有他那种独特的犹太人传统的思考方式。贝娄虽戏谑地说他是信手写来,但实质上却表达了他与众不同的艺术观念,它包含着作者自信具有打动读者心弦的巨大力量。如前所述,这是贝娄对那些竭力追求艺术上完美形式的偏见的一种反抗。

贝娄在小说中为人们展现了第二次世界大战期间美国社会一幅真实的画面。奥吉·马奇的冒险经历绝不是 20 世纪的"天方夜谭",也不是作者头脑中幻想的产物,而是对时代的一个生动的总结。把奥吉·马奇与哈克贝利·费恩相比,如果说后者是资本主义上升时期废奴运动的产物,那么前者是帝国主义阶段精神异化的牺牲品。

四　犹太反英雄小说:《赫尔索格》(1964)

小说的主人公摩西·赫尔索格是一个犹太教授,为人正派,崇尚理性,有钻研学问的精神。他立志要写出有关历史学的巨著,但生活却经常跟他开玩笑。他已经离了一次婚,可是第二个妻子马德琳却与他的好朋友盖斯伯勾搭上了,赫尔索格一气之下又离了婚,可这一来却丢了工作、房子和财产,连亲生女儿也见不着了。在这一社会文明的打击下,赫尔索格的精神几乎濒于崩溃的边缘。他是一个落难的"英雄",只是由于婚姻和生活的混乱,他才成了一个可笑可怜的受害者。当然,赫尔索格是一个有智力的学者,一个浪漫的、自我赞美的犹太知识分子,然而在两性关系上他似乎扮演了一个渴求者的角色。他有勇气继续生存下去,但他的错误在于把现代生活文明与现代思想文明的结合理解得过于简单化了,以致他在现实中碰得头破血流。

赫尔索格究竟是一个什么样的典型?他的精神危机的实质是什么?作者在这部小说中需要告诉人们的到底是哪些东西?由于小说充满了大量的意识流,赫尔索格的思想几乎像天空的流星一样大幅度地移动:他刚刚还在吃饭,可一下子又跳跃到对童年时代的回忆;他有时心血来潮地坐飞机去找旧时的情人,刚到她的家却又悄悄地溜了回来;他对写信的嗜好简直到了令人吃惊的地步,从当时在职的艾森豪威尔总统到他死去多年的父亲,赫尔索格都给他们写过信……这一切都使人感到扑朔迷离。但作者这样写绝不是故意使人读不懂,相反,正是通过主人公大量的思想活动以及他的跳跃式的神经意识来加强作品的主题,从而使人们更加明确作品的创作本意。在小说的第三章里,赫尔索格有这样一段内心独白:

我们的文明,是属于一个中产阶级的文明,我并非以马克思的立场来运用这个名词的。(胆小鬼!)在现代艺术和宗教的观念中,把世界看成为我们的庇护的场所,并给我们以享乐、安慰和支持,这种想法从根本上来说便是中产阶级思想。光一秒钟要行走二十五公里,我们因此能照着镜子梳头发,或是看报纸,从那里得到消息说今天的火腿比昨天

> 的便宜。托克威尔①认为人类追求幸福的欲望是民主社会里最强烈的
> 一种欲望,我们不能怪他低估了从这种相同欲望中产生出来的破坏力。

这是赫尔索格给《纽约时报》投稿时写的话。虽然他自己认为把持这种观点的文章寄给报社简直是发疯,但这是他真实内心的披露,它表明了赫尔索格作为中产阶级知识分子所具有的思想认识和政治立场。赫尔索格是一个孤单的人,他希望有一个平安的生活环境,却被意外的力量破坏了;他愿意与周围的人友好相处,却被种种的磨难打乱了。他在人生道路上遭到的奚落和挫折,标志着整个社会对中产阶级的打击。这就是资产阶级人道主义的危机吗? 是的,然而又不全是。说它是,因为赫尔索格遇到的磨难确实是由于他违背了资产阶级人道主义的原则而引起的;说它不全是,因为资产阶级人道主义仅代表一种信念,而赫尔索格生活中的一切是非却是同整个社会紧密联系在一起的。显然,贝娄是把主人公作为整个中产阶级知识分子的代表来进行描写的,像赫尔索格那样的现代西方高级知识分子,他们虽高踞于社会芸芸众生之上,但受到来自不同阶层的意识的冲击;他们虽对资产阶级精神堕落表示极大的厌恶,但生活享受上、物质追求上又离不开这个阶级所拥有的一切,这便是这批"精神贵族"的双重个性和矛盾心理。即使像赫尔索格那样自命正派的规矩人,也离不开女人,为了追求感官上的刺激,他与鲜花店女老板拉梦娜保持着若明若暗的两性关系。不管是道德的危机还是精神的沦丧,或者是世界混乱在人们心中烙下的深痕,总之在 20 世纪 60 年代的美国,赫尔索格终于成为一个"落难的英雄",这是时代对他的赐予。他在乱哄哄的人间找不到一个平安的落脚点,他在社会的打击下成了另一种形式的穷困潦倒的受害者,这一切怪谁? 应该怪社会。在这部小说中,作者所要告诉人们的正是这一点。

为了获得理想的艺术效果,作者巧妙地运用了"现在"和"过去"这两条平行而又交叉的时间线来展开小说的情节。某些地方虽说写得似乎过分艰深,但在艺术上却不失为一种独树一帜的成就。

有的美国评论家把赫尔索格称为"神经过敏的奥德修斯"。当然,传说中3000 年前的这位雅典军师的传奇式经历与本小说主人公的人生旅程并无现象上的共通之处,但按其本质来说则都可以看成是对人类价值的追求。奥德修斯胜利了,他赢得了家庭和个人的幸福;赫尔索格却失败了,他的悲剧是一切美国中产阶级精神空虚、生活飘零的结果。作为这个阶级知识分子的一员,赫尔索格是逃不脱这个命运的。

---

① 阿勒克斯·托克威尔(1805—1859),法国政治家、作家。

五　犹太命运小说:《洪堡的礼物》(1975)

在这部小说中,作者运用了看上去似乎是轻松的,有的地方甚至还带有点儿幽默的艺术手法,写出了美国 20 世纪 30 年代至 70 年代的社会场景,批判了这个表面上繁荣富裕、实质上千疮百孔的畸形社会,含蓄中带有愤怒的深沉。它证明了资产阶级的物质文明并不能消除人们精神上空虚、消沉这一普遍的社会现象。

冯·洪堡·弗莱谢尔,虽然在书中出现的次数并不多,但他是全书的中心人物,作品在介绍他时追述了他的家庭历史:"父亲是匈牙利犹太移民,曾追随潘辛,在他麾下当骑兵,驰骋于奇瓦瓦,在以妓女和马匹闻名于世的墨西哥,追捕过潘乔·比利亚。"[①]他父亲就是这样闯入美国的。他的母亲则出生在美国一个子女众多、吵吵闹闹的家庭里,"年轻时倒是个黝黑的美女子,后来却变得忧郁癫狂、沉默寡言了"。少年时,母亲常叫洪堡去跟踪父亲,并抄下他的银行账号和他姘头的名字,以便她去控告他。"后来,在那次股票猛跌时父亲失掉一切,因心脏病客死于佛罗里达。"洪堡在 23 岁时,即 20 世纪 30 年代,由于出版了轰动一时的《歌谣集》而成名,"他的诗博得了托马斯·艾略特[②]的赏识,连沃·温特斯[③]也不免要替他叫好……"那时的洪堡"漂亮、白皙、身材高大,严肃而诙谐,是一个博学的人",正"满怀激情地奏完了成功的主旋律"。但 10 年之后,国际政治舞台上的阴云把洪堡的一切都打乱了,一度崇拜过马克思主义的洪堡,一下子变成了"反斯大林分子";德国法西斯对犹太人的大屠杀,世界形势的动乱,美国社会所出现的暴动、罢工、混乱,以及三 K 党的恐怖活动等,使他的思想变了,性格变了,意志也变了。发展到最后,他酗酒、纵欲,害怕别人暗害他,成了神经质。

考察洪堡性格的演变过程,可以清楚地看到,美国资本主义社会是如何把一个有正义感、有才华的诗人腐蚀成如此模样的,他一步步堕落,一步步走向死亡,正是这个残酷的社会造成的。小说恰如其分地把洪堡的变化与社会现实结合在一起进行描述,二者的发展既是平行的,又是交叉的。

小说也明显地表现了洪堡性格的软弱面。他并不是社会中流砥柱的基石,而是随着资本主义污泥浊水漂流的一粒泥沙;他没有力量同社会斗争,也没有勇气走向社会的另一面,只能是一个被社会抛弃的庸人。当他被关进疯人院时,他的灵魂已经死了;接着流浪街头,死于小客栈,他的肉体在这个世界上也随之

---

①　潘辛(1860—1948),第一次世界大战时任驻法美军统帅,曾于 1916—1917 年率军至墨西哥追捕该国革命家潘乔·比利亚(1877—1923)。奇瓦瓦为墨西哥北部的城市。

②　托马斯·艾略特(1888—1965),美国象征主义诗人,后加入英国籍,1948 年获诺贝尔文学奖。

③　沃·温特斯(1900—1968),美国诗人、诗歌评论家。

消失。

洪堡的悲剧反映了美国社会20世纪60年代出现的人与人、人与自然、人与社会，以及人与自我之间的新矛盾：世态炎凉，人生孤寂；人与自然之间失去了和谐，人与人之间失去了起码的信任和谅解；物质与金钱主宰一切，人性丧失了，信仰没有了，绝望、混沌、悲观和虚无思想占据了人们的头脑——结果是生命的沉沦、生活的沉沦、社会的沉沦、人性的沉沦。

小说中的另一个主要人物就是"我"——著名的戏剧和传记作家查理·西特林。西特林是洪堡的晚辈，在洪堡红极一时的年月，他还是威斯康星大学的一名学生时，曾慕名前往纽约拜访这位大诗人，聆听了洪堡的教诲。西特林是出身犹太中产阶级的知识分子，祖上是来自俄国的移民。结识洪堡以后，他就沉浸在老师的高谈阔论之中，享受着人生难得的激动。然而，这一切都已经过去了。当洪堡沦落街头正在啃一块椒盐饼充饥时，成名发迹后的西特林坐着高级轿车飞驰而过，却不愿意停下来见他往日的恩师："我怎么能和他谈话呢？太为难了！"而他的成名之作正是以洪堡为模特的剧本《冯·特伦克》。遗憾的是西特林所走的路也几乎同他老师一样：经济上挥霍无度，生活上放荡堕落，加上流氓、无赖和骗子都来向他诈取钱财，使他终于破产，沦落到在小旅馆里靠写导游手册度日。

西特林踏上社会时，也同洪堡一样具有正义感和热忱，因此也可以同老师和谐相处。但随着时代风云的变迁，特别是精神文明的蜕化，他也逐渐走向反面，很快顺从了社会的需要，成了一个势利、放纵的小人。当然，小说并没有把西特林写成一个简单的丑角，心理变态所引起的荒唐、淫乱只是他性格的一个方面；另一方面他还没有完全泯灭善良、正直的品德，还没有忘记做人的起码情感——这正是他自愿抚养被妻子抛弃的儿子，主动重新安葬洪堡遗骸的原因。

小说的结尾几乎是喜剧性的：在西特林山穷水尽之际，得到了洪堡遗赠给他的礼物——两部剧本提纲。这份礼物为西特林换来了一笔钱，他将一部分钱作为重葬老师的费用，其余的则希望能有助于自己过"新的生活"。在洪堡的安葬过程中，西特林感慨："我们沿着棺材，站立在表示敬意的位置上。我握住把手——这是我与洪堡第一次在一起，棺材里没有多少重量。当然，我绝不会相信那堆遗骸会同人的命运联系在一起。人的骨头很可能就是精神力量的标志……洪堡，我的伙计，我的亲人和兄弟，他热爱善与美，他的一件小小发明正在三马路和爱丽舍田园大街娱乐公众，但同时也正搜刮每个人的钱财……"西特林对洪堡的感情是复杂的，过去他有愧于洪堡，如今又从洪堡的下场联想到自己，所以他最后发出这样的叹息：

啊，洪堡，我是多么懊悔呀。洪堡，洪堡——这就是我们的下场。

西特林的绝望情绪和虚无观念正是产生在这块罪恶的土地上,小说明白地告诉读者:洪堡的下场就是西特林的下场,洪堡的命运就是西特林的命运,今日的洪堡就是明日的西特林,这是一切软弱无能的、精神脆弱的知识分子在美国的必然遭遇。

粗看起来,小说似乎采用了极难理解的艺术手段:不分章节,时序颠倒,线索交叉,场景跳跃,同《赫尔索格》一样,给人以扑朔迷离之感。但仔细读来,我们就能发现,作者运用这些手法正是为了真实地展现出当代美国社会一幅光怪陆离的生活画面:强烈的跳跃造成了一种紧迫感,仿佛令人头晕目眩,但也恰如其分地表达出美国社会的节奏。正如西特林常说的"奇特的脚需要奇特的鞋",贝娄在这部作品中所采用的内容实质与艺术形式的关系法则也许正是如此吧。

六 "美国现实主义的主要发言人"

1980年美国麦克米伦出版公司出版的《20世纪美国文学》一书,对贝娄做了这样的评论:

> 自从1976年获得诺贝尔文学奖之后,索尔·贝娄便确立了他在美国文学中的重要地位。这个地位对于这位芝加哥作家来说已不是什么新鲜事情了。在过去的二十年里,至少在他的畅销小说《奥吉·马奇历险记》出版之后,贝娄就被宣布为美国现实主义的主要发言人。在美国最具有人道主义表现力的、最能深奥微妙地打动人心的现代喜剧作家中,……甚至由威廉·福克纳曾经戴过的天才桂冠也已落到了他的头上。不论这些评价有多少夸大的成分,但至少可以肯定这一点:在过去的二十年里,贝娄确实是最重要的美国小说家之一。[①]

的确,在那时的美国小说界,假如离开了索尔·贝娄和他的作品,那是无法想象的。这些发行量高达几千万册的小说,事实上早已超越美国国境,成了全世界人民的共同财富。

从贝娄大半辈子的经历中,我们可以看出他身上存在的两种特殊因素:第一他是犹太人,第二他是移民。假如我们把20世纪40年代之前看作是贝娄创作的孕育时期,那么对社会的观察和分析及由此而产生的把"这一切"都写下来的念头则是他创作的萌芽,而他身上所具有的"犹太人加移民"的特征,便是他创作萌芽的营养剂。犹太人在美国是具有特殊地位的少数民族,他们人数虽不多,能量却很大。随着第二次世界大战的尖锐冲突,越来越多的犹太人逃往美国,这个

---

① 《20世纪美国文学》,麦克米伦出版公司,1980年,第68页。

民族在美国的科学、商业、文教、艺术等领域中便逐渐占据了重要地位,而犹太人同土生土长的美国人之间的种族矛盾也随之尖锐起来,目光敏锐的贝娄清楚地看到了这一点。尽管他从孩提时代起就生活在美国,受的也是全盘美国化的教育,但他的血管里流着犹太人的血液,因而他仍是不折不扣地站在犹太民族的立场上去看待社会的一切,并按照这一立场去认识世界的一位犹太作家。贝娄的这个态度,在他早年也许并不为人所知,但他的文学作品发表以后,他就把这一态度连同自己隐秘的内心世界一起向世人公开了:他,就是"犹太作家贝娄"。

当然,我们记住贝娄出身犹太家庭的同时,不能忘记他长期受的是美国式的教育;同样,我们看到贝娄创作中现代主义和存在主义因素的同时,也不能忘记他对 19 世纪以来的现实主义传统的怀念。他虽没有诞生在美利坚的土地上,却是喝密执安湖的水长大的;他虽不是北美大陆的子孙,却对大陆文化怀有深厚的感情。1965 年 5 月 10 日,在他担任主席的芝加哥大学社会思想委员会大楼五楼的办公室里,贝娄先后数次接待了记者戈顿·劳埃德·哈珀的访问,向来访者阐述了自己对创作问题的各种认识。这是一次充满感情的谈话,贝娄以认真、严肃、热忱的姿态向人们毫无保留地公开了他的小说王国的秘密:

记者:某些评论家把你的作品纳入美国自然主义传统之中,这也许是因为你所说的由于德莱塞的缘故吧。我想知道的是你是否认为自己继承了一种独特的文学传统?

贝娄:噢,我认为 19 世纪现实主义的发展,仍然是现代文学中的最主要事件。德莱塞这个理所当然的现实主义者,很有天分。他看上去样子是笨拙的、累赘的,甚至在某些场合下显得像个贫乏的思想家,然而他所具有的丰富的感情却已成为支配当代许多作家的基础——这类感情的本质如同人类最初的思想一样,可以直觉地感到。与 19 世纪的美国作家相比,德莱塞更加公开地接受了人类的原始感情,这一感情曾使许多人产生不自在的感觉,这是因为德莱塞的感情没有被赋予更合适的文学形式的缘故。不错,他的艺术也许太"真实"了,这种艺术上的真实也就成为人们所说的"自然主义"。他有时使用大量的近似的词语来表达观点,当然也有错的时候,但一般地说来正是属于真理的范围。这就为我们认识德莱塞的创作特征直接开辟了一条途径,正如对生活的认识一样,我们可以说他的小说是把生活的某一个侧面直截了当地解剖开来,因此可以看成不是小说,而是真正的生活。当然,我们不能不去读这些作品,德莱塞以某种方式来传达自己的感情,我们往往可以从这种感情的深刻性联想到巴尔扎克和莎士比亚。

记者:如此说来,你所讲的这个现实主义是一种十分敏感的特殊类型的感情,换句话说它是不是更多地属于一种技巧上的概念?

　　贝娄:现实主义是专指在"外表"上的直接体验,对德莱塞所指出的那种坦率的思想观念,你完全可以从他写的小说中获得直接的感受。他企图以一种天真的态度来改变艺术上的困境。当然,我们无法深入了解这一点,这是由于德莱塞所创造的许多著名的"艺术"形象往往都取材于他日常生活的模特儿。然而他是一个真正的自然主义者,一个风格质朴的艺术家,我对德莱塞的天真和坦率怀着极大的尊敬,我认为他的作品是值得赞扬的,它们使美国小说的艺术提到了一个新的高度。

　　美国20世纪的小说史上,曾有过几个辉煌的时期,但当海明威与福克纳去世之后,美国文坛似乎失去了杰出的统帅,处于一个群龙无首的局面。索尔·贝娄就在此刻站了出来,作为一个犹太移民的后代和第二次世界大战以来描写美国犹太人生活最杰出的小说家,高擎起美国文学的大旗,成了20世纪六七十年代美国文坛上无可争辩的带头人。他对现实主义传统的感情,证明这一代作家即使在艺术上做了某些探索性的尝试,但绝没有背弃现实主义的动机。他的现代主义倾向和意识流手法,正是他用来揭示当代社会的重大问题,表现人在动荡的世界里努力摆脱困境、从异化走向协调的手段和技巧。从时代意义这一角度来讲,贝娄的成名是同美国社会的兴衰紧密地联结在一起的。他从古老的犹太文明开始文学上的远征,到美利坚优秀的文学传统中才找到自己的归宿。诚如他在《我们走向何处》一书中所指出的:19世纪的美国文学——包括爱默生、梭罗、惠特曼和梅尔维尔这些杰出的作家在内——以高度的文明精神教导我们如何努力"去创造一个年轻的、新生的民族"。

　　至20世纪末,贝娄已逾古稀之年,他也许缺乏充沛的精力在创作的道路上继续前进。四十几年来,他为自己创造了独特的风格。他把社会现实写入他盖有特殊标记的作品中,把19世纪欧洲名家,尤其是巴尔扎克、狄更斯和陀思妥耶夫斯基这些作家小说中的强烈色彩渗透到他具有充分自由艺术的创作中去,并建立了以他为首的新一代的犹太小说家队伍——这支队伍曾经是"二战"之后半个世纪美国文学中极为重要的一个方面军。贝娄小说富有变化的力量,确立了他在美国文学中的重要地位。他曾声明反对"犹太作家"这个专用名称,因为他认为他的艺术不是沙文主义和狭隘的艺术;但我们不必因此而产生误解,因为他确确实实是一位从多数犹太人的经历中取得了自己的风格、个性、结构和感情的犹太作家。

　　2005年4月5日,年逾九十的贝娄在马萨诸塞州布鲁克莱恩的家中去世,他集学者、作家于一身,是美国文坛最有影响的人物,他对于欧洲现实主义传统的应用,同时以现代主义的手法和概念,创造了充满矛盾和欲望的反英雄典型,成为美国作家的典范,所以哈佛大学和耶鲁大学曾在同一天授予他名誉学位,在美国很少有人获得这样的荣誉。

第三节　艾萨克·巴什维斯·辛格

一　忠诚的一生

在美国当代犹太小说家中,1978 年诺贝尔文学奖获得者艾萨克·巴什维斯·辛格(1904—1991)是仅次于贝娄的主要人物,他用古老的意第绪语写作的以犹太文明为题材的小说在美国文坛上的成就是独树一帜的。

1904 年 7 月 14 日,辛格出生在波兰境内当时为沙皇俄国统治的拉德兹明,祖父和父亲都是犹太教教区主管宗教和世俗事务的长老(又称法学博士,正式职务叫"拉比")。辛格 4 岁时,全家搬到首都华沙,他在那儿上完了教区办的小学和中学,学习了犹太民族的希伯来语和意第绪语。1920 年中学毕业后,父亲送他进了华沙神学院,想让他将来成为一名称职的"拉比"。然而,辛格的兴趣却在文学方面,早在中学时代就立下了成为一名作家的志向,他偷偷地阅读了俄国作家果戈理的《死魂灵》、陀思妥耶夫斯基的《罪与罚》等小说,以及美国诗人爱伦·坡和德国浪漫主义作家霍夫曼的作品,并开始仿效它们用希伯来语写诗和短篇小说。辛格立下这一志向的另一个重要因素是受他哥哥伊斯雷尔·乔舒正·辛格(1893—1944)的影响。还在他求学时代,伊斯雷尔就走上了作家和新闻记者的道路,成为用意第绪语创作的著名人物。1923 年,辛格大学毕业后,公开违抗父命不去当"拉比",脱下犹太人穿的有穗子的斜纹布上衣,剃去鬓角,进了《伯莱特文学》杂志社当校对员和翻译。

在那里,辛格一干就是 10 年,他为当地的意第绪语犹太人报刊撰稿,翻译了若干部文学名著,其中主要有 1930 年译成意第绪语出版的德国名作家雷马克的长篇小说《西线无战事》和托马斯·曼的长篇小说《魔山》。在工作之余他还勤奋创作,1935 年出版了以模仿《圣经》中魔鬼撒旦的故事为题材的《撒旦在戈莱》(1955 年出版了斯隆翻译的英译本)。小说描述了 1600 年前后在波兰戈莱小镇发生的对犹太人的大屠杀,主角是一个名叫里彻尔的疯狂的女性,她曾经在幻想中经受痛苦,后来终于成了基督复活的象征。1935 年在法西斯排犹浪潮的冲击下,辛格预感到犹太民族将遭到严重的灾难,于是在他哥哥伊斯雷尔的帮助下,他获得了美国政府的旅游签证,挤在一批背井离乡去北美大陆谋生的同胞中,只身乘船离开了他那即将遭受深重苦难的祖国。

到了纽约之后,辛格通过他哥哥朋友的介绍,成了意第绪文报纸《犹太前进日报》的记者,并以"华绍夫斯基"的笔名发表他的书评、散文和小说。在相当长一段时间里,辛格写的作品差不多全在这家报上发表和连载,包括他以后写的那几部受到好评的长篇小说。1940年,辛格与一位名叫阿尔玛·哈曼的美国女子结婚,3年后获得美国国籍,成为正式的美国公民。

从20世纪40年代开始,辛格就致力于以犹太社会的生活为主要题材的小说创作,他哥哥去世之后,他更被认为是美国最有才华的意第绪语犹太小说家。在将近40年的时间里,辛格先后出版了16部以上的长篇小说和短篇小说集,此外还有3个剧本及回忆录、童话、散文集等,成就殊为可观。辛格一般总是先用意第绪语写作,然后由他本人或亲友翻译成英语发表、出版。这些译者中也包括索尔·贝娄,辛格的短篇小说代表作《傻瓜吉姆佩尔》便是由贝娄译成英语的。辛格所写的长篇小说中比较著名的有《莫斯卡特一家》(1950)、《卢布林的魔术师》(1960)、《奴隶》(1962)、《庄园》(1967)、《产业》(1970)、《仇敌:一个爱情故事》(1972)和《萨莎》(1978)等。从题材上划分,这些作品大体有两类:一类是以犹太社会的历史发展和它在现代文明压迫下的解体过程为基本内容的历史小说,另一类则是以犹太人的思想、爱情、生活、命运、宗教信仰为基本内容的社会小说。相比之下,前者写得浑厚、丰富,后者写得深刻、细腻。《莫斯卡特一家》《庄园》和《产业》是前者的代表作,《卢布林的魔术师》是后者的代表作。《庄园》以它广阔、浑厚的历史性叙述被列为辛格同类作品的典范,但从人物命运的典型性和生动性而言,则以《卢布林的魔术师》成就最高。

《莫斯卡特一家》《庄园》和《产业》是内容上相互关联的三部作品,而后两部则构成作者计划中的三部曲的第一、二部。在这些小说中,辛格试图以编年史的方式,通过19世纪下半叶至20世纪30年代末对犹太民族命运变迁的描绘,具体地再现古老的犹太民族的价值,以及它随着法西斯主义、世俗主义和现代科学的产生和发展而遭到逐步毁灭的过程。1863年沙皇政府对波兰民族大起义的血腥镇压成了这段历史的开端,《庄园》的第一章即叙述了这一历史事件;而1939年德国法西斯对华沙的大轰炸,正式揭开第二次世界大战的序幕,是它的结尾。在这毁灭性的过程中,犹太人古老的生活信念遭到破坏,犹太民族成了流浪者,但作品仍然表现了他们对过去社会传统的忠诚。

《莫斯卡特一家》的故事范围十分广阔,主要人物多达数十个,这一家庭的兴衰正是欧洲犹太世界的缩影。小说运用的是传统的现实主义手法,它的结尾又包含了忧郁的悲观主义色彩。作者以莫斯卡特家庭两个人物的对话婉转地反映出整个犹太民族的命运。

　　　　赫兹·耶诺弗突然流下了眼泪。他拿出一块黄手帕擤了一下鼻子。他的脸上露出了羞愧的神情。"我已经没有力量了。"他抱歉地说。

犹豫了片刻之后,他突然用波兰语说:"弥赛亚①就要来了。"

阿瑟·赫肖尔惊讶地望着他:"你这是什么意思?"

"弥赛亚已经死了,这就是确凿的真理。"

但从整部作品来看,辛格并未完全接受这一虚无主义的观念,他心中还存在着另一信念,希望能出现更真实的、真正可以帮助犹太人实现理想的救世主。辛格写这部小说时正是他以冒险的精神奋斗于美国文坛的最初阶段,因而不免抱有某些幻想的成分,但小说的情绪是开放的,正如欧文·马林所说,假如把辛格的小说划分为"开放的"与"关闭的"两类,那么《莫斯卡特一家》应该属于前者最好的例证。

从整个创作来看,辛格短篇小说的成就明显地高于他的长篇小说,到 20 世纪 70 年代末,他共出版了《傻瓜吉姆佩尔及其他》(1957)、《市场街的斯宾诺莎及其他》(1961)、《短暂的星期五及其他》(1964)、《短篇小说选》(1966)、《集会及其他》(1968)、《卡夫卡的朋友和其他故事》(1970)、《羽毛的王冠及其他》(1973)和《纳富特利说书人和他的马》(1976)等 8 部以上短篇集,共包括 200 篇以上的作品。辛格的短篇小说以感情真挚、形象逼真、富有生活气息而著名,美国不少评论家都偏爱这位犹太小说家的短篇小说,认为他的长篇小说远远没有他的短篇小说亲切感人。

作为一个波兰裔的美籍犹太作家,辛格以他独特的生活经历为基础,以濒临死亡的意第绪语为创作语言,描绘出一幅幅生动、形象、细致的犹太社会的现实画面。他通过自己的创作,不仅挽救了古老的犹太文化,而且把 19 世纪末和 20 世纪初波兰犹太社会那种令人怀念的生活方式和思想感情艺术地再现了出来。由于他 31 岁才离开故国,因此,他的创作题材和风格同贝娄有着很大的差别。他身上更多地表现了那个古老的犹太社会给他带来的影响,他把严肃的现实主义与理想的浪漫主义融合在一起,以朴素的白描手法来显示丰富的感情色彩,形成了独具一格的艺术魅力,巧妙地、恰如其分地将古老的意第绪文学和新兴的美国文学的双重传统结合起来,反映了一个特定时代、特定民族的生活色彩。在辛格的作品中,往往是现实与虚幻并存,天真与神秘相间;他笔下有现今的生活,也有天堂、地狱等鬼怪故事。因此有的学者把他看作霍桑一类的传奇作家,但他的讽刺、幽默和含蓄又有欧·亨利的遗风。辛格认为,文学只能激发人的思想而不能指导人的思想;他又认为,文学并不为什么目的,只为让读者感到愉快才写,这正是他思想的局限。由于辛格未能认识到文学创作的真正价值和作家的使命,他作品中出现一些消极的、性感的和混乱的描写也就不足为怪了。

---

① 弥赛亚是犹太人期望中的复国救世主,后成为犹太人的精神象征。

20 世纪 50 年代以来,辛格多次获得美国文学界的各类荣誉和学位,其中包括 1970 年和 1974 年的两次美国国家图书奖,考尔格特大学和波特学院的文学博士学位,美国文学艺术院院士(1969)和犹太社会艺术研究协会会员等;1978年,辛格由于"他的洋溢着激情的叙事艺术,不仅是从波兰犹太人的文化传统中汲取了滋养,而且还将人类的普遍处境逼真地反映出来"而被瑞典文学院授予该年度的诺贝尔文学奖,使他一生的荣誉达到了顶点,成为美国文坛上第八位享有这一殊荣的作家。诺贝尔文学奖是对辛格近 40 年文学创作的最高褒奖和表彰,当时美国内外纷纷发表评论,赞扬他是一位真正的作家,他的作品包含有一种永恒的性质,他写出了有关人类生存的基本问题,他的作品的主题成为人类共同信念的产物,因此有人称他为"意第绪语的萨克雷"。

辛格晚年的主要作品有《旧日的爱情》(1979)、《形象及其他》(1985),1996年发表了自传性回忆录《在我父亲的院子里》,1982 年出版的《辛格短篇小说全集》包括了他一生短篇创作的精华。1991 年 7 月 24 日,辛格病逝于佛罗里达。

二　犹太精神小说:《卢布林的魔术师》(1960)

小说描写的故事发生在 19 世纪末叶,地点是波兰东部那个闭塞的、还保持着犹太社会稳定性的卢布林省,主人公雅夏·梅休尔是一个以变魔术为职业的犹太人。他从小生活在一个虔诚的犹太教徒家里,由于母亲早死,他仅读了几年小学就到外乡谋生。他刻苦学艺,成了"带着一架手风琴,牵着一只猴子的街头艺人";又经过多年走南闯北,好不容易才成了一个著名的魔术师。地位一变,雅夏生性好色的本质也日益暴露,他几次抛弃妻儿与别的女人勾搭,为了达到与教授的寡妻埃米莉亚出国私奔的目的,竟去撬别人家里的保险箱,结果偷窃未成反而摔坏了一条腿。接着,原先的几个情人自杀的自杀、堕落的堕落,他自己也走投无路,最后只得回到家乡,在禁锢的小屋里忏悔自己的罪孽,以求上帝和他妻儿的宽恕。小说的结尾是:雅夏在善良的妻子埃丝苔的感化下,终于以善战胜了恶,成了虔诚的赎罪者,重新以魔术师的身份在当地演出了。

小说的最大成功之处在于雅夏这个人物的真实性,在这个有灵魂、有思想、有热情的人物身上,倾注了作者对犹太民族的深厚感情,在他身上体现了一个遭到种族歧视却无法摆脱陋习而又受到宗教观念束缚的下层犹太人的形象。显然,辛格对雅夏的命运是寄予同情的,通过这个人物我们可以理解作者这段话的含义:

> 事实上,肉体和痛苦是同义词。如果选择了邪恶而得不到惩罚,选择了正义而得不到酬报,那怎么可能还有什么自由选择呢?在所有这一切的苦难的后面,是上帝无限的仁慈。

辛格并没有把雅夏简单地写成人生舞台上的小丑：他从以前不进教堂到后来决心"一定要做一个犹太人"，"跟其他犹太人一样的犹太人"，他从不信上帝（他对那些热心的道德家的规劝总是回答说："你什么时候去过天堂？上帝是什么模样？"）到关在小屋子里忏悔祈祷（不管妻子的哀哭阻止），这都是一个复杂的、具体的人的表现。对这个社会，雅夏并无好感，他感叹坎坷的遭遇：

> 我在这儿有什么呢？二十五年来，我一直在演出，而我仍然是个穷小子。我在绳索上还能走多久呢？顶多十年嘛，人人夸赞我，可是没有人肯出钱。在别的国家，他们欣赏像我这样的人。有一个只懂几套戏法的人变得又出名又有钱。他在皇上面前演出，乘着高级四轮马车跑码头。要是我在西欧出了名，我在这儿，波兰，就会受到不同的待遇。
> ……
>
> （第二章）

当有人说他是个"骗人的高手"时，他的愤怒喷发了：

> 你这个大傻瓜，谁能够骗眼睛呢？你偶然听到"骗"这个字，就像鹦鹉似的学个不停。你懂得这个字是什么意思吗？瞧，剑是吞到喉咙里去的，不是放到背心口袋里去的。
>
> （第一章）

玛格达的自尽使他的良心遭到谴责，他感到"死神才是他的主子，生活已经撇下他不管了"。经过一天一夜的痛苦反省，"他明白他正在起着脱胎换骨的变化，他再也不会是原来的那个雅夏了。过去 24 个钟头同他经历过的哪一天都不同。它们总结了他过去的一生，而在总结的末了，给它贴上了封条"。于是"他看见上帝的手在行动，他走到道路的尽头了"。

对于雅夏思想上善与恶、理智与情欲、科学与宗教、感情与私念方面的斗争，小说的描写是十分细腻而生动的：他对待妻子埃丝苔并非虚情假意，他与助手兼情人玛格达的关系又是那样真诚，他在弃妇泽弗特尔危难之际竭力相助，他与埃米莉亚的热恋虽然荒唐却也不无真实的感情——这些便是构成雅夏·梅休尔这个典型人物的具体因素。在辛格的笔下，这些人物都是世俗和情欲的受害者，他们的遭遇是特定生活环境下的产物。

《卢布林的魔术师》以它深沉、抒情、细腻的风格写出了犹太民族的内心世界，它被公认为美国文坛上的一部杰作，表明了作者创作上的巨大成就。

三　犹太家族小说：《庄园》(1967)

小说是作者计划中的《庄园》三部曲的第一部，它通过对犹太商人卡尔门一家在两个世纪之交数十年里命运变迁的描写,真实地再现了在封建主义衰落和资本主义革命爆发的历史交替时期犹太社会及其相关的整个时代的生活现实。

卡尔门·杰柯贝是一个正统而守旧的犹太人。1863 年波兰民族起义遭到镇压之后,他利用雅姆波尔斯基伯爵被充公的庄园而发财致富。他为人正直,虔信上帝,一心要守住家业。他想把四个女儿培养成模范的犹太女子,嫁出去能成为规规矩矩的犹太妻子。然而,时代发展冲力之大是他始料不及的,他的大女儿约雪贝德嫁给有地位的梅耶·乔尔时一切都还称心如意;但他的二女婿爱兹列尔——一个可敬的拉比的儿子——背叛了犹太人的经典,去读医科大学,后来竟然成为精神病医生;更大的打击是三女儿米列爱姆·列巴在伯爵的独生子鲁西恩的诱惑下与他私奔了;虽然小女儿特西贝尔的丈夫约雪南是一名著名的拉比的后代,而且完全有可能继承这一神圣的职务,但在卡尔门的心中总感到一种难以忍受的侮辱。他更没有想到的是魔鬼竟会捉弄到自己头上来,使他晚年还要经历一场在劫难逃的灾难,精神上受到沉重的打击而几乎发疯。这个魔鬼就是他的续弦妻子克拉拉——一个无耻的放荡女人。

卡尔门的遭遇并不是他所想象的那种对罪孽的报应,而是资本主义社会的物质文明与道德观念对保守、狭隘的犹太社会冲击的结果。一方是古板守旧,一方是放荡不羁;一方是对古老的死亡的怀恋,一方是对未来的新生的追求。矛盾的双方是不可调和的,它是时代发展的产物。卡尔门在妻子病故之后,满心想娶个正派的女人,生个儿子传宗接代,谁知诱惑他的竟是这个可恶的克拉拉。后来连见到儿子沙夏都使老头子感到丢脸,他只有到缅怀祖先的冥冥之中去寻找安慰:

> 卡尔门心里充满了对古代的渴望,那里犹太人住在以色列的土地上。他们每年三次到耶路撒冷去朝圣。他们有自己的土地、森林、葡萄园和无花果树。一个国王统治着犹太人,还有人作预言。卡尔门想到,在那个时候同样也有罪孽。耶罗波姆①把两只金牛放在贝什尔和但恩那里,犹太人都崇拜这两只金牛。这怎么可能呢? 真是不能理解。
>
> （第二十九章）

于是,他只能同古代的拉比们进行谈话,他只能与圣书生活在一起,"在这些放圣书的书架之中,卡尔门觉得受到了保护。圣书作者的灵魂盘旋在每一卷圣书上面。在这个地方,上帝守卫着他"。

卡尔门的精神悲剧是在守旧与革新的时代矛盾的冲突下造成的,但他自己

---

① 耶罗波姆是以色列北部一个古王国的国王。

并没有意识到这一点,所以辛格在他身上寄予了既同情又惋惜、既尊重又嘲弄的双重感情,这种感情真实地表达了作者对卡尔门这样的老一辈犹太人的认识。

如果说在卡尔门的命运中反映出老一辈犹太人不可避免的结局,那么在爱兹列尔的思想里则寄托了作者对新一代犹太青年知识分子的希望。这个拉比的后代违背了父亲的意志,没有去啃《犹太教法典》,而是去浏览达尔文、斯宾塞的著作。他和大学同学共同讨论时事政治,最后走上了科学救国的道路,这虽然在一定程度上表现了作者思想的局限,但对愚昧的宗教迷信不能不是一个愤怒的挑战。他不满于犹太人的处境,怀疑犹太教教义的真实性。他对犹太法典提出的疑问显然是一种新潮流的革命:"有什么真凭实据可以证明全能的上帝在西奈山上向摩西显过灵?基督徒有他们的经典,伊斯兰教徒也有他们的经典,如果我们说他们的经典靠不住,那么我们怎么知道我们自己的经典是靠得住的呢?整个世界在进步,西欧的犹太人也在进步,为什么波兰的犹太人安于落后的现状呢?犹太人的生活是多么贫困,除了《犹太教法典》以外,什么也不学习,这怎么成呢?"

爱兹列尔显然是作者理想中的典型,虽然是一个有明显缺陷的典型,辛格以大量篇幅描写了他的思想发展过程,正是为了突出这个理想人物;甚至连他由于一时的性欲冲动而与贝里科夫夫人发生私情都被作者看作是一个人不可抗拒的激情的反映。

至于爱兹列尔的连襟——雅姆波尔斯基伯爵的次子鲁西恩,作者是将其作为贵族阶级垮了的一代来进行描写的,在他身上体现了这个行将灭亡的阶级道德的沦丧和精神的崩溃。这个人物虽然极其可憎可厌,但也流露出作者对他的一丝哀伤之情。他与克拉拉及克拉拉的情人齐普金同属于资本主义腐朽本质的产物。

四　杰出的犹太民族群像:辛格的短篇小说

辛格在他为数众多的短篇作品中,以令人感动的激情和敏锐的洞察力努力使他的短篇小说成为反映犹太人的命运、智慧和才能的园地。他笔下的人物有作家、学者、艺术家,也有屠夫、面包师和工人,甚至还有妓女、乞丐和小偷。他们大都是犹太社会的下层劳动者,有着善良的心地、纯洁的灵魂、朴实的言行,但都受到生活不公正的捉弄。他们多数经历过痛苦,只有少数从绝望中获得过幸福。《傻瓜吉姆佩尔》和《市场街的斯宾诺莎》这两篇名作便是这两种不同结局的代表。

吉姆佩尔是诚实勤劳的孤儿,却一辈子被人欺侮。他有六个外号,什么"低能儿""蠢驴""呆子"等,最后一个外号"傻瓜"居然成了他终生的别名。人家把一个放荡的、专门养私生子的女人埃尔卡硬嫁给他,他从没有与她同居过,却成了埃尔卡和别的男人生的六个孩子的爸爸。后来,埃尔卡得了乳腺癌,临死前向他做了忏悔,吉姆佩尔便将所有的积蓄分给六个孩子,然后伤心地离开家乡到各地漫游……辛格通过吉姆佩尔的悲剧揭露了世界上到处存在的欺骗和虚伪,最后连这个"傻瓜"也醒悟了:只有坟墓里才是"没有任何纠纷,没有嘲弄,没有欺骗"的世界。与吉姆佩尔不幸的命运相反的是,《市场街的斯宾诺莎》中的老鳏夫——哲学博士菲谢尔森,经过痛苦和哀伤的磨炼之后,在同老处女黑多比的结合中享受到了人生的乐趣:

> 当晚的那一段经历可以称之为奇迹。如果菲谢尔森博士不是深信万事万物无不合乎自然规律,他准会以为黑多比用魔法把他的心窍给迷住了。他身上长期沉睡的力量苏醒了。虽说他才只喝了一小口祝福酒,他仿佛醉醺醺似的。他吻着多比,跟她谈起爱来。早已被他忘得干干净净的克洛普斯托克①、莱辛、歌德的一些名句,现在却都涌到他嘴边来了。那压疼啊,胀痛啊,一齐都消失了。他拥抱着多比,把她紧紧搂在怀里,好像又是小伙子了。多比快活得神魂颠倒,哭起来了,她喊喊喳喳跟他说了许多话……

作者借用老鳏夫新婚前后判若两人的戏剧性变化,赞美了人生美好感情的真正价值,讽刺和嘲弄了中世纪遗留下来的禁欲主义残余的愚昧可笑。

此外,在辛格另外一些短篇小说中,往往采用幻想和传说中的精灵、魔鬼、上帝等作为主人公,通过对"天堂""地狱""鬼屋"的描写来表达作者对人类社会的看法。这类作品中著名的有《魔鬼的婚礼》《泰伯利和魔鬼》等,前者描述了一个拉比的遗孤遭到魔鬼的报复而死的故事。不管是真的魔鬼还是假的魔鬼,作者并不希望人们去相信这些天堂、地狱的谎言,他所要曲折地反映的是人对世界的认识,因而他的作品被看成是"现实主义和幻想、心理学和信仰的混合物"。这一特点几乎集中地体现在他的另一短篇杰作《扫烟囱工人黑雅什》之中。

外号叫黑雅什的扫烟囱工人是镇上最被人瞧不起的,但有一次他扫烟囱时从屋顶上摔下来,"不知是把脑子里的哪颗螺丝震松了,结果变成了预言家"。从此黑雅什成了远近闻名的怪人,他可以猜出谁的手里有多少钱,丢失的东西到哪里去找,还猜得透别人脑子里在想什么,连小偷偷东西也逃不出他的眼睛。这是近乎荒唐的描述,但作者要人们相信这是真的,它完全可能发生。这件事传开以后,那些背地里干尽坏事的官员心惊肉跳,县里连忙派人来找黑雅什,接着省长大人派助理来调查,这个消息迅速传到华沙,首都也专门派了一个调查团前来调查,但就在调查团到达的这一天,黑雅什去扫烟囱时又摔了下来,他脑袋里的那颗螺丝给拧紧了,他的预言本领消失了,气得"官老爷们大发雷霆",可是,"雅什

---

① 克洛普斯托克(1724—1803),德国诗人,也是德国启蒙运动的重要代表。《救世主》是他的代表作。

一味傻笑,只回答说:'我不知道'"。

幽默大师的本领常常在于以出人意料的构思写出人间共通的感情,黑雅什的经历不是可以使人有所醒悟吗?

第四节　伯纳德·马拉默德、欧文·肖、杰罗姆·戴维·塞林格与菲利普·罗斯

一　马拉默德及其犹太道德小说

在美国当代犹太小说家中,伯纳德·马拉默德(1914—1986)的作品犹太味最浓,他的小说对犹太人的道德信念做了最细致、最真实的描绘,他与贝娄、罗斯被公认为是犹太文学的三大作家。

马拉默德于 1914 年 4 月 26 日出生在纽约市东部布鲁克林区一个犹太人家庭,双亲都是不久前迁来新大陆的俄国移民,父亲开一家小商店以维持全家生计。马拉默德自幼显示出对文学的爱好,早在公立学校接受初等和中等教育时就大量阅读了各类名著,陀思妥耶夫斯基、契诃夫、乔伊斯、海明威、安德森等文学名家以及俄国犹太作家肖洛姆·阿莱赫德的作品都对他产生过重大影响,甚至卓别林的电影也曾引起过他的极大兴趣,加上周围犹太社会的环境和生活的熏陶,这就奠定了这位犹太小说家日后创作的基本倾向:真实、丰富的感情色彩和对人类(尤其是犹太人)心灵的探索。

1932 年,马拉默德进入纽约市立学院文学系读书,1936 年毕业,获文学学士学位。1937 年至 1938 年在哥伦比亚大学英文系深造,1942 年获该校文学硕士学位。1939 年起在纽约高级中学任英语教员。1945 年与安纳·德·蔡勒结婚;1949 年至 1961 年任俄勒冈州立大学英语系副教授,1961 年以后又先后在佛蒙特州本宁顿学院和哈佛大学任英国文学教授。从 20 世纪 50 年代起,马拉默德开始在课余进行小说创作,1952 年出版的处女作《呆头呆脑的人》是他在文坛上迈出的第一步。小说描写了一个名叫罗伊·霍布斯的棒球运动员的奇迹般经历。早年他在比赛中失败之后,发誓要重新挽回荣誉;过了几年,他的志向终于得以实现。作者试图通过主人公的精神演变过程表现出人人都存在的一种英雄主义本能,但评论界认为这部小说包含有一定程度的超现实主义和神秘主义倾向。为马拉默德在文坛上获得声誉的是他的第二部长篇小说《伙计》(1957)。《伙计》所描写的是作者最熟悉的生活和最熟悉的人物,因而作品真实感人,具有朴素、诚挚的艺术魅力。小说通过对犹太小店主莫里斯·波贝尔一家的艰难生涯,以及对他和他女儿与意大利流民弗兰克·阿尔派恩之间的关系戏剧性发展的描述,反映了犹太社会一个角落的生活画面,塑造了一个为人类赎罪而受苦一

生的犹太人典型,同时也写出了邪恶的非犹太人如何在圣者的净化下脱胎再生为犹太人的经过,从而应验了作者所说的"人人都是犹太人"的名言。

小说一开始,呈现在人们面前的是莫里斯·波贝尔为维持一家人的生活而惨淡经营那家不景气的小杂货店的情景。莫里斯早年逃脱了沙皇政府对犹太人的迫害来到新大陆谋生,好不容易开了这家店铺,挣扎了20年,如今却又面临破产的境地。他一天干活16小时以上,还难以养活妻儿。他为儿子的夭亡而伤心掉泪,为女儿上不了大学而感到惭愧,但他对待比他更穷的人却有一副仁慈的好心肠。他把食品赊给孤儿寡妇,明知钱讨不回来也不忍心看见孩子饿得直哭。在他走投无路之际,还把身上仅有的一点钱给了一个小贩可怜的儿子。总之,莫里斯是个勤劳、正派、老实、善良的犹太劳动者,他的生活信条是"做老实人,觉才睡得安稳","做个犹太人,就得有副好心肠"。正是莫里斯身上这些可贵的品质感动了弗兰克·阿尔派恩的心灵,净化了他的灵魂,使他从一个邪恶的流窜抢劫犯再生为一个正派人。作者强调这一精神力量的巨大感染力固然有夸大的成分,但也绝不是凭空臆造的,它的生活和社会基础是:一切在社会底层受压迫的善良而正直的人最终必将成为精神的强者,他们灵魂的净化过程也就是摆脱世界上一切罪恶的过程。

小说中最有生活气息的情节是弗兰克与莫里斯的女儿海伦之间的爱情描写。起初弗兰克伙同沃德去抢莫里斯的店铺时,以为这个犹太老头很有钱,结果看到的是莫里斯的苦难生涯和高贵品质。为了赎罪,他来到小杂货铺替莫里斯照料生意,全心全意地、辛辛苦苦地干。在与海伦的接触中,他不知不觉地坠入了难以自拔的情网,这使他的生活更加有了目标,干起活来更有劲头。莫里斯的妻子问他为什么要卖力地为他们家干活时,虽然他只是说"为了还莫里斯的情",但实际他心里明白,主要是为了海伦。老头儿病倒之后,他千方百计做工赚钱,为的是好让海伦继续去读夜大;老头儿死后,他自觉地挑起了照料海伦和她母亲的责任,也主要是为了海伦。弗兰克的爱固然不无自私和对肉欲的追求——他因此错误地欺骗了这个姑娘——但他内心的爱是真挚的。他一再向海伦坦白自己的罪恶,诚挚地表示忏悔和赎罪,并付诸行动;他偷了莫里斯的钱,又悄悄地还回去;在老头儿的葬礼上,他忙得几乎掉到墓穴里。以上这些表明弗兰克在善与恶的斗争中迂回曲折地前进的过程,它的终点是弗兰克在自我牺牲中获得再生。他去医院里割掉包皮,疼痛难忍,然而"这痛楚激怒了他,却也激励了他,逾越节①后,他成了犹太人"。在作者的笔下,弗兰克竟成了小杂货铺里方济各②型的

---

①　逾越节,犹太民族的主要节日。

②　方济各(约1182—1226),意大利宗教家,创立方济各会,以强调个人赎罪苦修为宗旨。

"亚圣",一个新生的莫里斯。

《伙计》写出了美国犹太移民的内心世界,体现了作者的人道主义精神,也表明了作者对 19 世纪以来现实主义传统的继承。显然,小说中的人物、环境、情节都不无作者自身的体验和经历,正如马拉默德在 1981 年回答美国批评家兼诗人卡·波利特采访提出的问题时所说的那样:"有一件事对我很有帮助,我在伊拉斯莫斯中学毕业那一年曾在《学术杂志》所举办的征文比赛中获了奖,我的作文题目就是《柜台后面的生活》。可以看出,我早已深入店铺,深入到《伙计》的天地中去了。我从小就断断续续地在我父亲开的杂货铺里干活。"[①]

马拉默德成名之后又连续出版了 4 部长篇小说:《新生活》(1961)、《装配工》(1966)、《菲德尔曼的写照》(1969) 和《房客》(1971)。其中《新生活》描写了一个名叫萨姆·利文的犹太人大学教师坎坷的生涯,他在茫然中离开了执教的学校,寄希望于未来的新生活,从而反映出犹太知识分子的苦难心境。《菲德尔曼的写照》是一部以意大利为背景的作品,由 6 篇情节上有连贯性的小说组成,塑造了正直的犹太艺术家菲德尔曼的形象。《房客》则通过一个黑人作家和一个犹太作家在一幢大楼里固执的、闭塞的自我表现,反映了 20 世纪 60 年代美国知识分子普遍存在的孤寂心理状态和正在变化的种族关系。获得 1967 年普利策小说奖的《装配工》是一部具有现实意义的犹太民族的苦难史,作者以极大的同情描述了生活在 19 世纪帝俄时代的犹太人雅可夫·波克的不幸遭遇。雅可夫为人正派,但生活总是不断地捉弄他,他没有孩子,老婆又跟别人走了。他先当房屋装配工,而后又在一家砖厂干活,却无端地遭人诬陷,说他杀死了一个孩子;在排犹主义的迫害下,他进而被说成是耍弄犹太巫术的"妖人"。小说以雅可夫走在被押往法院的路上结束,此时许多犹太同胞向他呼喊和招手,人们为他哭泣,为他哀伤。

在创作长篇小说的同时,马拉默德还致力于短篇小说的写作,其中最享盛誉的是 1958 年出版的短篇小说集《魔桶》(获 1959 年美国国家图书奖)。作为集子名称的这个短篇被公认为美国现代短篇小说的珍品,成为美国文学教材的必读篇目。《魔桶》通过以介绍婚姻为职业的犹太老头宾尼·沙兹曼与犹太青年大学生列奥·芬克尔之间戏剧性的描写,塑造了两个性格鲜明的人物:前者诙谐、狡黠而心地善良,后者诚实、文雅而生性软弱。沙兹曼故意将自己女儿的照片夹在信封中交给芬克尔,从而引起了这个未来拉比的激情,为作品情节的突起描上了最精彩的一笔:名为介绍对象,实则替自己寻找女婿,犹太老头可爱而滑稽的个性呼之欲出,令人捧腹。马拉默德还出版有短篇小说集《白痴第一》(1963)、《伦布兰特的帽子》(1973)。他的晚期作品《杜宾的传记》(1979)以一个 50 多岁的传记作家变态的性爱经历为题材,写出主人公精神上的幻灭,强调了人应该如何创

---

① 《星期六评论》1981 年第 2 期。

造新生活的主题。

马拉默德曾于20世纪50年代出访欧洲,到过意大利、英国、法国、西班牙和苏联等国,进一步扩大了他的见识,更丰富了他的创作素材。1969年和1973年他两度获得欧·亨利小说奖,1964年当选为美国全国文学艺术学会会员,1967年当选为美国文学艺术院院士,后又任美国作协常务理事和国际笔会美国分会主席。1986年3月17日病逝。

马拉默德以精通犹太-美国人语言而著称,他的作品表现出来的幽默感和忧郁感达到令人难忘的境地,形成了独特的风格,这一特点尤其反映在他的短篇小说创作中。马拉默德向来以传统的现实主义手法而著名,但在晚期创作中他开始探索新的艺术手法,在《杜宾的传记》中已经显示出对人物内心矛盾的象征主义描写,在长篇小说《上帝的慈悲》(1982)中则更糅合了幻想主义和浪漫主义的色彩。小说通过对古生物学家卡尔文·科恩在核灾难之后与另一个幸存者——装有人工喉的黑猩猩——在印度洋一个孤岛上共同生活的描写,提出了"一个人怎样才能为自己创造新生活"的问题。评论界认为科恩的形象是复杂的,既像摩西又像普罗斯佩罗,既像鲁滨孙又像拉尔夫。① 这意味着马拉默德创作上的转折,然而他一贯主张的"作品应该使读者激动,摧毁并改换他们的心灵"②的创作原则,无疑是贯穿马拉默德一切作品的基本思想。

二　肖及其小说创作

欧文·肖(1913—1984)是另一位以广阔的社会题材和对犹太人命运的细致描绘而闻名的犹太作家。肖于1913年2月27日出生在纽约市布鲁克林区一个犹太人家庭,少年时代在当地学校受教育,中学毕业后进入布鲁克林学院,1934年学习期满获文学学士学位。在此后两年里,肖充当了广播电台的连续节目作者,把当时的一些流行小说改编成系列性的喜剧作品演播。1936年肖创作了他的处女作——剧本《埋葬死者》,接着他离开广播电台前往好莱坞,受聘为电影剧本作家。

《埋葬死者》是一部以反战为主题的进步戏剧作品,描写了士兵们拒绝埋葬战争中的遇难者的情节。在以后的几年内,肖还成功地创作了《文雅的人》(1939)、《儿子和士兵》(1943)、《刺客》(1945)等剧本,同时在《纽约客》等杂志上发表短篇小说。1948年出版的长篇小说《幼狮》标志着小说家肖的正式诞生。

《幼狮》是一部以第二次世界大战为背景的小说。作者本人曾在大战中加入美

---

① 摩西为犹太人先知和祖先,《圣经·旧约》中的人物;普罗斯佩罗为莎士比亚剧本《暴风雨》中的人物;拉尔夫系英国当代小说家威廉·戈尔丁的小说《蝇王》中的人物。

② 《中国大百科全书·外国文学》第1卷,中国大百科全书出版社,1982年,第656页。

国陆军通讯部队,先后到过中东、北非、西欧等地,对这场战争有亲身体验。小说以两个士兵在大战中的命运为题材,写出了普通美国青年的精神和勇气。这两个士兵分别是下层犹太人和上层阶级两种不同的出身,但他们在战争中结成了共同的整体,后来纳粹德国侵略军杀害了那个犹太士兵,后者就奋勇反击为牺牲者报了仇。《幼狮》虽然在结构上显得有些粗糙,也含有感伤主义情绪,但由于作者严肃的现实主义手法和赞美人类进步力量伟大精神的主题,出版后颇受好评。

肖以后出版的长篇小说中,《烦恼的空气》(1951)描写了一个广播电台的男演员,在被冠以莫须有罪名的打击下精神受到严重挫伤的悲剧遭遇,从而揭露了20世纪50年代初期"麦卡锡主义"的罪恶行径;《露西·克罗温》(1956)描写了一个中年妇女的罗曼史,她因为不信宗教而遭到社会邪恶势力的迫害,使她与丈夫、儿子的生活深受其苦,表现了作者对美国社会的不满和失望情绪。此外,还有《夏天的歌声》(1965)、《另一个小镇上的两星期》(1960)、《拜占庭的黄昏》(1973)、《乞丐和贼》(1977)等。1970年出版的《富人,穷人》被公认为肖最优秀的长篇小说,成为20世纪70年代美国畅销书之一。

《富人,穷人》以第二次世界大战结束前夕的1945年至20世纪60年代中期的美国社会为背景,通过对德裔美国人乔达林一家命运的描写,展现了这一时期广阔的生活现实,反映了美国形形色色的社会矛盾。小说的中心人物是乔达林家姐弟三人:出生于德国的面包师阿克塞尔·乔达林的大女儿格莱卿本是美丽、温柔的姑娘,在大战中她细心照料伤员,在医院里辛辛苦苦地工作,但从19岁那年遭到有钱的博伊兰奸污后,她就消沉忧郁,只身来到纽约谋生,先后嫁过两个丈夫,生活一直不顺心,在偌大的浮华世界里饱尝了人间的辛酸,儿子长大后又不争气,因为与女学生同居而被大学开除,她的希望破灭了。乔达林的大儿子鲁道夫是所谓"正派人"的典型,少时发奋读书,进入商界后大获成功,从一个小市民的儿子成为百万富翁,进而青云直上当了市长,成为当地首屈一指的重要人物,但因镇压学生运动而丢了官职,妻子又酗酒成性,造成家庭破裂,使他从一个刚强有为的汉子跌进了忧郁的泥淖。乔达林的小儿子托马斯自小野蛮好斗,流落街头,长大后成了拳击师,但行为不检,劣迹斑斑,改邪归正后似有光明的前途,却在与歹徒的搏斗中为了保护嫂嫂免遭污辱而被杀害。

小说的意义在于不仅写出了一代美国人的经历,而且通过这几个典型人物揭示了美国社会的实质:在那里,光有金钱、地位和物质享受并不能真正使人幸福,更需要的是人的理想、精神和追求。托马斯的儿子威斯利似乎是作者寄予希望的新一代,也许美国能在他们身上重新恢复文明和尊严。

除长篇小说外,肖还写有大量的短篇小说,早年出版的集子有《欢迎到城里来》(1942)、《言不失信》(1946)和《混乱的信念》(1950),1965年出版的《达克街的爱》收集了作者1954年至1964年的短篇佳作,1978年出版的《短篇小说集:

五十年》是肖自创作以来半个世纪里最优秀的短篇总汇。

肖的创作接近于多斯·帕索斯和斯坦贝克的风格,他的作品以主题深邃、文笔细腻、形象生动而著称;肖以社会作家为己任,强调创作要关心社会、描写人生,主张为人生而艺术;他遵循朴素、严肃的现实主义手法,真实地描写细节,力求从各个侧面反映出美国当代生活的面貌;这些正是他成为受人欢迎的小说家的基本原因。

1984年5月16日,欧文·肖因心力衰竭病逝于瑞士。

三 塞林格及其《麦田里的守望者》(1951)

杰罗姆·戴维·塞林格(1919—2010)以他唯一的长篇小说《麦田里的守望者》(1951)闻名于美国文坛,他属于像流星般发了瞬间的光芒却难以持久的作家类型。塞林格于1919年1月1日出生在纽约一个富裕的犹太商人家庭,少年时代在当地公立学校受教育。15岁进入宾夕法尼亚的凡利·福格军官学校,两年后考入纽约大学,不久辍学随父去欧洲经商,后来又返回美国进哥伦比亚大学读书。1942年他离开学校参加了美国陆军,1946年复员。从1948年起他在《纽约客》杂志当了11年编辑,1959年后成为自由撰稿人,以写作为生,定居于新罕布什尔州;2010年1月27日病故于家中,享年91岁。有舆论称,塞林格的死,意味着一个美国文学伟大时代的结束。

塞林格的创作生涯开始于大学时代的1940年,他的第一部作品是短篇小说《年轻的人们》,发表于这一年的《故事》杂志上,后又写过若干短篇分别发表在《纽约客》和《考勒斯绅士》等杂志上。此外,1947年发表的《覆盖的森林》和1948年发表的《香蕉船上美好的一天》也是塞林格早期的主要作品。然而他在美国文坛上真正引起人们注意则是在1951年他出版了《麦田里的守望者》之后。

这部被称为"20世纪流浪儿小说"的作品,以类似马克·吐温笔下的《哈克贝利·费恩历险记》的风格受到社会的广泛好评。小说的主人公霍尔顿·考尔菲尔德是大学预科学校一个浪荡成性的学生。他只有16岁却学会了喝酒、玩女人,他曾被学校开除过两次,现在是第三次被开除了。霍尔顿本来就对这所学校不感兴趣,校方却标榜要把学生培养成"优秀的、有头脑的年轻人",在他看来这些全是鬼话。学校毕业出去的学生几乎都是势利鬼和马屁精,就以校友奥森贝格为例,他靠做殡仪馆生意发财后,向学校捐了一笔钱,盖了一座以他的名字命名的大楼,因此,每次他到学校里来都神气活现,还让全体学生向他欢呼致敬。其实这家伙是个卑鄙的人,他大讲耶稣的好话,无非是想靠耶稣为他多赚点钱。总而言之,霍尔顿对学校里的一切都腻透了。他不愿听历史老师斯宾塞老头对他喋喋不休地讲人生的道理;因五门功课四门不及格而被学校第三次开除,他也毫不惋惜;与同寝室的花花公子斯特拉德莱特干了一架后,他又难受又沮丧地连夜离开学校到纽约街头消磨时光去了。然而霍尔顿遇到的依然是虚伪和欺骗：他想玩妓女反被骗了钱，他的女朋友对他假仁假义，他想喝酒麻醉自己却被冷水冻住了头发。于是霍尔顿对一切都失望了，觉得自己马上要死了。他偷偷回家与妹妹菲比诀别，但又想到西部去谋生，甚至梦想能挣钱盖座房子，娶个漂亮的老婆。他不愿与人说话，他想装聋作哑，最好老婆也是又聋又哑，一辈子不说话，有事就写在纸上……

显然，霍尔顿是当时美国青年中失望一代的典型，他看不惯一切又丢不掉坏习惯，他想靠劳动养活自己又找不到出路。流浪、徘徊、苦闷，终于导致精神崩溃，被送进精神病院，躺在床上回想他那乱七八糟的经历。当初，也不能说霍尔顿没有一点理想，当他妹妹问他将来想干什么时，他联想起罗伯特·彭斯①诗歌中的头一句"你要是在麦田里找到了我"，就对妹妹说他想当一个"麦田里的守望者"：

> 我老是幻想，想到有几百、几千个孩子在一大块麦田里做游戏，除了我
> 没有一个大人。于是我呢，我就站在那麦田边上那可怕的悬崖旁，不让孩
> 子们掉下去……我整天就干这件事，我只想当一个麦田里的守望者。

这是孤独和苦闷的一种爆发，包含了这一代青年掩藏不住的悲哀和失望。在小说中，塞林格显示了幽默、含蓄、诙谐的写作才能，看上去满纸荒唐言，实则深刻地揭示了一个时代的真实画面。在作者看来霍尔顿尽管劣迹斑斑，却不失纯洁的天性，可恶的是那个虚伪、自私、冷酷的社会。

此后，塞林格的主要作品有讽刺美国生活虚伪本质的《九个故事》(1953)，在这部短篇小说集中作者以日常生活中爱与恨、美与丑的对照来嘲笑现代社会中的种种现象。中篇小说集《弗兰妮与卓埃》(1961)和《木匠们，把屋梁升高；西摩：一个介绍》(1963)包括四部内容上有联系的中篇小说，描写犹太商人格拉斯一家的命运，表现了新一代犹太青年内心的矛盾和痛苦，也涉及对中产阶级的生活方式和思想意识的评价；但作品过分琐碎杂乱的艺术形式影响了它的地位和价值。

四 罗斯及其犹太心理小说

20世纪50年代末成名的菲利普·罗斯(1933—2018)是新一代犹太小说家的代表，他的那些引起争议的作品使他成为美国当代文坛上引人注目的人物之一。罗斯于1933年3月19日出生在新泽西州纽瓦克市一个犹太家庭，祖上是来自东欧的移民，父亲在一个保险公司当职员。罗斯的童年和少年时代在纽瓦克的犹太区度过，青年时代先后在纽瓦克学校、拉戈斯大学接受正规教育。1954

---

① 罗伯特·彭斯(1759—1796)，18世纪著名的苏格兰诗人，多以乡村生活为创作题材。

年毕业于宾夕法尼亚州巴克内尔大学,次年在芝加哥大学获硕士学位,并在美国陆军中服役一年。1956 年至 1958 年任芝加哥大学英语系讲师,1958 年后成为职业作家,并在 20 世纪六七十年代兼任过艾奥瓦大学、纽约州立大学、普林斯顿大学、宾夕法尼亚大学的访问作家和驻校作家。

罗斯在文坛上出名是从 1959 年他的第一部短篇小说集《再见吧,哥伦布及五个短篇小说》(简称《再见吧,哥伦布》)出版后开始的。作品以犹太人的思想和生活为题材,用有时怪诞有时辛辣的艺术手法塑造出犹太社会中的"反英雄"形象,这类"英雄"并不同于事实上的英雄,他们是具有某种时代特征的产物。《再见吧,哥伦布》中的主人公尼尔·克路曼便是这种"英雄"之一,他伪造身份去欺骗情人,宁可过孤独和绝望的生活也不愿同人间的温暖相联系。他的这种变态心理正是当代美国青年对生活失去信心的结果,而他对犹太教的背叛又表明新一辈犹太人在宗教信仰上的危机。

《再见吧,哥伦布》获得 1960 年的美国国家图书奖,还同时获得美国犹太书籍委员会颁发的达洛夫奖、美国文学艺术院奖学金和欧·亨利小说奖,成为一时争相传诵的畅销书。美国文学艺术院在颁奖词中称赞罗斯的作品"具有趣味性和人情味","他的《再见吧,哥伦布》标志着一个青年文学家的成熟,他才华焕发,技艺深湛,具有奋斗不息的勇气"。

他的第一部长篇小说《放任》出版于 1962 年,描写了一个名叫盖勃·华莱奇的犹太知识分子由于对人生的冷淡,从一个极端走向另一个极端,在矛盾心理下无法得到生活的和谐,剩下的只有茫然的自我意识,无论是在芝加哥大学还是在纽约或是在别处,他所得到的都是冷酷的回应。

此后,罗斯又相继出版了长篇小说《当她称心如意的时候》(1967)、《波特诺的怨诉》(1969)、《我们这一伙》(1971)、《乳房》(1972)、《伟大的美国小说》(1973)、《我的男人生涯》(1974)和《情欲教授》(1977)。在这些作品中,只有《当她称心如意的时候》是唯一不以犹太人为主人公的小说,它描写一名叫露西·纳尔逊的女人立意要改造她那软弱无能的丈夫,最后变得神经质;她想当个好女人,结果却将家里人都折磨死了,自己也葬身于暴风雪之中。露西是人生舞台上的失败者,她荒谬可悲,近乎疯狂,罗斯企图以她来比喻世界的疯狂性。《波特诺的怨诉》是一部引起争议的作品,由于罗斯把那个名叫亚历山大·波特诺的犹太青年写成以手淫和纵欲发泄内心苦闷的畸形者,小说成了描写变态心理的典型。波特诺也如同克路曼一样,是一个不按传统形象出现的、失去人类之爱的"反英雄",他的那段自白正是对危机中的犹太信仰的讽刺:"这就是我的生活,我的唯一的生活,然而我却在一个犹太笑话里度过。我是犹太笑话里的儿子——只是它并不是什么笑话!"《乳房》以荒诞的构思描写一个犹太教授在一夜之间变成了一只 100 多磅重的女性乳房,它与《情欲教授》在内容上互相联系,后者叙述了这个教授在变形前受到性欲折磨的情景。

1979 年出版的长篇小说《鬼作家》是罗斯 20 世纪 70 年代的主要作品。它以犹太小说家内森·苏克曼对 20 年前的往事回忆为线索,写出了上一辈著名犹太作家伊·艾·朗诺夫的创作和生活经历。作品中另一个重要人物是朗诺夫的弟子、崇拜者兼情人——犹太女子艾梅·伯蕾特。小说通过对艾梅·伯蕾特一家在第二次世界大战中的悲惨遭遇的描写,揭露了世界反动势力对犹太民族的迫害和歧视。艾梅的母亲和姐姐都遭纳粹杀害,父亲杳无音讯;而她父亲以为她已死去,1955 年将她早年所写的日记以"故宅"为书名出版,后又改编成剧本搬上舞台,因此人们都把这部作品看成是一个惨遭迫害的犹太姑娘的遗作。为了避免意外的麻烦,艾梅不敢去找父亲,甚至在看了自己写的作品之后也不敢公开出来承认,因而她成了活着的"鬼作家"。小说还通过朗诺夫因家庭关系和个人道德而拒绝与艾梅正式结婚的描写,以及苏克曼幻想与艾梅结婚的虚构情节,反映了犹太社会的婚姻、家庭和道德观念。苏克曼揭露犹太家庭内部丑闻的做法,无疑代表了新一代犹太青年的反叛精神,而苏克曼与父亲的矛盾则反映了两代犹太人之间的裂痕。80 年代以后,罗斯又出版了《解放了的朱克曼》(1981)、《被俘的朱克曼》(1985)、《副生活》(1986)、《事实》(1988)等小说,此外,罗斯写的剧本和诗歌也甚受推崇。

20 世纪 90 年代以后,年届 60 岁的罗斯进入了又一个创作高潮,连续出版了《祖上家产》(1991)、《夏洛克行动》(1993)、《萨巴斯的戏院》(1995)、《美国牧歌》(1997)、《我嫁给了一个共产党人》(1998)和《人性污点》(2000)等多部小说,显示了他作为美国 20 世纪下半叶重要小说家的实力和地位。《萨巴斯的戏院》塑造了一名放纵、淫乱的犹太人的形象,作品通过对萨巴斯最后陷入自我毁灭的泥淖的描写,表明了罗斯的立场;小说刻画深入、描写细腻,尤以人物心理刻画见长,1995 年获美国国家图书奖。《美国牧歌》是罗斯的又一部力作,甚至有学者认为是罗斯所有作品中最具有思想深度的小说,1997 年获普利策小说奖。《美国牧歌》分为"乐园追忆""堕落"和"失乐园"三卷,小说以 60 年代约翰逊总统当政时期的越南战争和尼克松总统的水门事件为历史背景,描绘了一个传说中的犹太商人西摩·莱沃夫"美国梦"的破灭过程。西摩是一个殷实的犹太中产阶级人士,但他的女儿梅里却在 60 年代社会环境的影响下,成了一个激进的叛逆者,她用炸弹轰炸邮局来表示反对越南战争的立场,她对社会、家庭和父母充满了仇恨,成为当时社会的偏执狂和杀人犯。梅里的结局反映了作者对犹太人年轻一代的忧虑和对两代人之间鸿沟的思考。

罗斯的小说注重对新一代犹太人心理状态的刻画,他往往采用幽默、讽刺甚至荒诞不经的手法来产生艺术效果;他对人的内心世界的揭示是赤裸裸的,而过分的色情描写却又使他作品的严肃性受到了损害。从总的倾向来说,罗斯以冷眼旁观的态度和细致描写的手法来表现当代犹太人的思想冲突和矛盾性格,特别是对那些出身寒微的新兴中产阶级的真实面目反映得尤为深刻。他是一个从传统的犹太文学向美国式的现代派文学过渡的作家,是一个矛盾的统一体,正如他在接受记者采访时所说的那样:"十足的幽默和绝对的认识是我最亲密的朋友,我也同样喜欢严肃的幽默、严肃的认识。然而,到最后我什么也没有得到,它们都把我的心折磨碎了,使我无法用语言来表达。"①罗斯于1998年获得国家艺术奖章,他是犹太作家中最具有后现代主义色彩的作家之一。

进入21世纪以后,罗斯虽已年近七旬,依然努力笔耕,2004年出版的长篇小说《反美阴谋》,是一部具有特殊意义(纪念"9·11"事件三周年)的犹太小说。小说以一名犹太青年的视角进行讲述,当时是第二次世界大战发生的20世纪40年代,作者虚构了导致第二次世界大战的一系列事件,叙述了当年查尔斯·林德伯格的另一种历史版本,说1940年赢得美国总统大选胜利的不是富兰克林·罗斯福,而是林德伯格。后者在1927年成功飞越大西洋而成为时代英雄,实际上却是希特勒的坚定支持者,他企图让美国犹太家庭迁移到美国中部以隔离与犹太社会的文化联系,并且制止美国参与第二次世界大战。现实生活中没有的历史事件,却被作者描写得如此真实,使读者不得不提醒自己:小说所讲的只是一个虚构的"历史",它只是证明:一个邪恶的领导人是可以把国家轻而易举地拖入毁灭性局面的。

罗斯最新的一部犹太小说《普通人》(2006),又从虚无的"历史"回到社会现实。小说叙述了一名新泽西州犹太老人的生活及死亡的故事。小说没有主人公的姓名,情节开始就是一场葬礼,结尾则是在医院的手术台上。作品的故事线索就是人物对于童年时代以来的回忆,他具体介绍了自己的三次婚姻和他的孩子们,他经常想到死亡的恐惧,想到离开他所爱的人后的孤独。小说后来写到主人公去了犹太公墓,遇到一个掘墓老人,老人告诉他掘墓与安葬死人是一份如何平静的工作,可以认真地思考人生;当年正是他安葬了自己的父亲,而且很快他也将为自己挖掘坟墓了。小说以真实的手法写出了一部充满压抑和悲剧气氛的犹太人生戏剧,但罗斯清新直白的语言手法和幽默的情感调侃,把犹太人的内心世界分析得细致入微,小说的主题就是如何面对死亡。《普通人》使罗斯第三次获得福克纳小说奖,在获奖时,他发表演说称:"自己每周工作五六天,甚至七天,每天十来个小时,写作起来很费劲,有时令人沮丧;但当一部作品完成到一定程度时,写作就不再是艰难和繁重的任务了,这时候写作让人无比快乐!"

---

① 《20世纪美国文学》,麦克米伦出版公司,1980年,第503页。

第十章　20世纪黑人小说

第一节　美国黑人的反种族斗争与
黑人小说的创作成就

一　美国黑人的反种族斗争与哈莱姆文艺复兴的产生

自从 1493 年意大利冒险家克利斯托弗·哥伦布（1451—1506）发现美洲大陆之后，伴随着欧洲白人殖民主义者纷纷涌入这块新大陆掠夺财富、占领土地、建立野蛮的殖民统治，大量来自非洲的黑人被掳掠、贩卖到北美洲，成为那里被奴役和强迫劳动的工具。400 多年来，这一奴隶贸易不断发展，直至 19 世纪 60 年代南北战争结束，才在美利坚合众国的法律中宣布贩卖奴隶为非法行为，在美国土地上的数百万黑人奴隶才在名义上获得自由。

之所以说黑人只是在名义上获得自由，是因为在南北战争后，美国尤其是美国南方，庄园主占统治地位的奴隶主农业经济依然成为社会的主宰，大量黑人依然以出卖劳动力为生，根深蒂固的白人种族主义势力依然在整个美国横行，虽然大规模黑人奴隶的起义斗争已不再出现，但广大黑人依然是美国社会的被压迫者和被剥削者，争取真正自由独立的黑人反种族斗争一直没有停止过。1859 年 10 月，由约翰·布朗领导的黑奴武装起义成为这一反抗的高潮，起义虽然最后失败，布朗被处绞刑，但显示了他为解放奴隶而斗争的高尚品质，这一事件也成为促使南北战争爆发的重要因素。

这场持久的反种族主义斗争，在文学上也有过具体的表现。早在 19 世纪中叶，在美国文坛上出现的废奴小说即是以白人小说家为主体的反种族主义、反蓄奴制文学的先声。[①] 布朗本人就写过诗歌《太阳正在升起》，保罗·邓巴（1872—1906）是 19 世纪末期最有影响的黑人作家，出版过诗集《橡树和常青藤》（1892）和长篇小说《神祇的玩笑》（1902）及四部短篇小说集，被称为"美国黑人现实主义文学的开路人"。与此同时，黑人领袖弗莱德里克·道格拉斯年轻时以《黑人们，

---

① 详见本书第三章第二节。

拿起武器!》(1865)一文名震全美国,成名后成为林肯政府的顾问,1845年起撰写长篇自传小说《弗莱德里克·道格拉斯的生平和时代》,定稿于1882年。在19世纪末期,美国文坛涌现出以查尔斯·切斯纳特和威廉·杜波依斯为代表的黑人作家,他们既是反种族主义的战士,又是出色的政论家、小说家,成为横跨两个世纪、承上启下的美国黑人文学的奠基人。

美国黑人文学的真正形成是在20世纪20年代,当时,聚居在纽约哈莱姆黑人区的年轻一代黑人作家群体,冲破了美国政府和资产阶级舆论鼓吹的"为艺术而艺术"的口号的蛊惑,将亲历的广大黑人的苦难生活和在种族主义压迫下的悲惨命运作为创作主题,以诗歌、小说和戏剧为载体,形成了一场后来被文学史家称为"哈莱姆文艺复兴"的20世纪黑人文学运动。

拉开这场运动序幕的是著名黑人作家阿莱恩·洛克(1885—1954),他在1925年3月为《观察写真》杂志主编了一期哈莱姆特刊,同年又出版了个人文学专集《新黑人:一种阐释》。洛克毕业于哈佛大学哲学系,此后任哥伦比亚特区霍华德大学哲学系主任长达40年,成为这场运动的领袖人物。紧随其后的是杰出的黑人诗人兰斯顿·休斯(1902—1967)、康蒂·卡伦(1903—1946)等人,卡伦还创作了长篇小说《通向天国之路》(1932);至20世纪30年代,又涌现了黑人小说家左拉·尼尔·赫斯顿(1901—1960)、阿纳·邦坦普斯(1902—1973)等人。这场运动是基于19世纪末期美国黑人创作在音乐、舞蹈、戏剧乃至科学技术等诸多领域内的成就,也是黑人在取得有限的自由之后,互助团结、奋发自立,在经济上获得一定地位之后,在人文精神上极大提高的集中表现。它的产生促进了黑人作家自我意识的增强,也引起了美国批评界对黑人文学社会价值的重新认识和尊重。

二　黑人小说的创作成就

自19世纪与20世纪之交以来,黑人文学进入了它的发展期,至20世纪二三十年代在"哈莱姆文艺复兴"运动的推动下,出现黑人小说的创作高潮,1940年,年轻的黑人小说家理查德·赖特以长篇小说《土生子》名震文坛,标志着20世纪美国黑人小说的成熟。如果说,20世纪初期切斯纳特和杜波依斯的小说创作还仅仅停留在以反映黑人单纯的反抗意识为主体的斗争小说、政治小说的水平上,那么《土生子》出版之时的1940年,以赖特为代表的年轻一代黑人小说家已经娴熟地掌握了叙事艺术的技巧,以人物的典型性和环境的典型性,描绘出新一代黑人在美国底层社会的不幸经历,更深刻地揭示了依然在种族主义阴影笼罩下的美国社会中生活的黑人命运的本质。正如评论家欧文·豪所说:"在《土生子》出版的那一天,美国文化被永久地改变了。"①

与赖特同时代的切斯特·海姆斯(1909—1984)和安·佩特里(1908—1997),也是有影响的黑人小说家。海姆斯被称为美国文坛奇人,他在年轻时因盗窃罪被判刑 20 年,在服刑期间开始创作生涯,主要作品有长篇小说《如果他抱怨就让他滚》(1945)和《孤独的事业》(1947),前者以战争期间加州一个造船厂工人内部的白人与黑人之间的矛盾冲突为题材,揭露了存在于基层社会的种族压迫和种族歧视,并从心理角度塑造了黑人工头鲍勃·琼斯矛盾而复杂的形象;后者描述了在美国工会中存在的种族矛盾,描写了一个黑人工会成员戈登·李的复杂经历,揭露了美国社会中白人掌握财富,黑人则被关在铁笼子里的本质。②佩特里以长篇小说《街道》(1946)出名,小说以纽约第七大街第一一六街为背景,描写了黑人妇女露蒂·约翰逊为生存而斗争的故事,她有才有貌也有责任心,但最终丈夫背弃、儿子入狱,依然逃脱不了不幸的命运。她的第二部小说《海峡》(1953)也是以黑人命运和种族关系为题材的,在描写手法上具有更强的传奇色彩。

在 20 世纪 40 年代出现的黑人小说家还有柯蒂斯·卢卡斯、威廉姆·阿塔维、卡尔·奥弗德等人,他们与赖特、海姆斯等人构成了第二次世界大战前后崛起的一代黑人小说家。

拉尔夫·埃利森是 20 世纪 50 年代以长篇小说《隐身人》一举成名的黑人小说家,他与赖特相识于纽约哈莱姆,被认为是这一时期最有影响的黑人作家,也是少数以一部作品闻名文坛的美国作家之一。与赖特不同的是埃利森的《隐身人》在描写黑人命运的过程中,更多的是以象征主义手法表现黑人在遭遇社会不公正的情况下"现代人"的普遍问题,显示了作者对于自我本质的执着追求。

在 20 世纪 60 年代以后的黑人小说创作中,又涌现出一批包括阿历克斯·哈利(1921—1992)、詹姆斯·鲍德温(1924—1987)、约翰·基伦斯(1916—1987)、约翰·威廉斯(1925—2015)、托妮·莫里森(1931—2019)、欧内斯特·盖恩斯(1933—2019)和艾丽丝·沃克(1944—　　)在内的黑人小说家。其中哈利以多卷本长篇寻根传记小说《根:一个美国家庭的历史》(1972)在美国文坛上名噪一时;鲍德温集小说家与政治家于一身,是当时有影响的黑人民权运动领袖人物;托妮·莫里森与艾丽丝·沃克是 20 世纪 70 年代以后最有才华的黑人女作家,她们的创作以深沉、细腻、丰满而著名,莫里森由于她对黑人生活的史诗性描写而于 1993 年获得诺贝尔文学奖,成为美国黑人作家中唯一获此殊荣的人物,

---

① 欧文·豪:《一个更可爱的世界:对现代文学与政治的看法》,纽约地平线出版社,1963 年,第 100 页。

② 参见评论家卡·休士在《黑人小说家》一书中所提出的"铁笼技巧"一说,纽约卡罗出版社,1990 年,第 72 页。

也是世界上第八位获得诺贝尔文学奖的女作家。

三　黑人小说的思想价值与艺术特色

20 世纪的美国黑人小说是在 19 世纪比较单纯地表达反抗意识的黑人文学基础上发展而形成的。

20 世纪 20 年代的"哈莱姆文艺复兴"运动产生了文学的第一个高潮,这个高潮在小说领域中直接导致了 40 年代赖特等人小说创作的丰收。至 60 年代以后又出现了哈利、鲍德温等有影响的作家,紧接着 70 年代又产生了像莫里森这样赢得世界声誉的小说家,形成了近百年美国黑人小说的辉煌成果,成为美国 20 世纪小说的重要组成部分,显示了黑人小说杰出的思想价值与鲜明的艺术特色。它们至少表现在以下几方面。

第一,从 20 世纪初期比较单一的反种族压迫和奴役的反抗主题演变为注重探索黑人在当代美国社会的生存与发展的题材。这是黑人小说家在整个 20 世纪发展过程中对于生在美国、长在美国的黑人后裔生活道路、思想情感的关注,也是他们对数千万黑人总体命运的深层思考。所以这些作品在思想价值上已经不仅仅停留在对种族主义的揭露、对社会不公正的反抗上,而是为黑人民族在未来的美国社会中应有的地位与尊严,设计出一个美好的蓝图。

第二,如果说 20 世纪 40 年代的黑人抗议小说,主要是以自然主义色彩的描写来批判和揭露使他们受到奴役与歧视的社会环境的悲剧本质的话,那么,到了 20 世纪下半叶,小说家们已经摆脱了对于德莱塞式的批判传统的依赖,开始从黑人群体的心理世界中去发掘适应时代发展需要的素质特点,以反映黑人民族在融入美国整体社会中的复杂过程。作为少数民族的黑人,要摆脱几百年来造成的被奴役被歧视的状况,除了反抗和斗争之外,也还需要正视并提高黑人自身的民族素质,在消除种族歧视的过程中逐步提高本民族的社会地位,这些正是严肃的黑人小说家所关注的题材,他们在揭露黑人生活的不幸与悲哀的同时,更为种族的平等呼号,在 40 年代具有强烈社会意识的黑人"问题小说"的基础上,描绘出反映黑人民族优良传统的历史本质。

第三,从 20 世纪 40 年代以经济问题为主体的黑人小说演变成 60 年代以后的心理小说,是 20 世纪黑人小说总体发展的一个趋势。所谓经济小说,主要是对黑人为生存而进行斗争的初级阶段的社会状况的记录,而心理小说则是着重于将黑人民族在 50 年代以后的社会发展过程中的自身表现与整个美国社会的关系进行切实的、具体的比较,并注重写出导致黑人民族遭到歧视与压迫的根本原因。经济问题与心理问题有必然联系,但又有明显差距,从这点来看,我们似乎可以说,经济小说是纪实性的,心理小说是艺术性的。

第四,对于黑人祖先寻根的追求成为 20 世纪 60 年代以后黑人小说的一大特点;到 70 年代以后,不仅仅是简单的寻根,更深化为对美国黑人民族与美洲大陆之间的密切维系的探寻。许多黑人作家孜孜不倦地追索着他们的祖先从非洲来到新大陆的悲惨历史,以及当时令人感伤和悲哀的心路历程。这些小说的创作,反映了黑人小说家对于本民族历史的关注,并企图以此类小说的创作显示出黑人民族丰富的历史渊源,这对于提高黑人在美国社会的文化品位和人文背景也许有一定的裨益。

第五,从朴素的现实主义过渡到以现代派范畴内的意识流、象征主义与魔幻手法来深化对黑人心灵世界的描绘,标志着美国黑人小说在 20 世纪艺术手法的演变。20 世纪 40 年代及以前的黑人小说基本都以现实主义手法进行客观的批判性的描写,50 年代以后,黑人小说家逐步吸收了后现代主义的风格技巧,强化了人物内心的心理演变,并在情节安排、环境设计、语言运用上表现出与现代小说创作技巧逐步融合的趋势,构成了 20 世纪美国黑人小说在风格上的重大演变,这也许是整个 20 世纪西方小说在总体风格上产生重大变革的一种显示。

第二节　查尔斯·切斯纳特与威廉·杜波依斯

一　切斯纳特及其小说创作

在 19 世纪末至 20 世纪上半叶的黑人作家中,查尔斯·韦德尔·切斯纳特(1858—1932)占据着一席重要的地位,他的小说创作,尤其是短篇小说开辟了黑人文学的新天地,发扬和继承了南北战争以来黑人文学的战斗精神,艺术地揭露了美国种族主义的罪恶本质,写出了美国黑人在战后继续遭受悲惨命运的社会现实。

切斯纳特于 1858 年 6 月 20 日出生在美国俄亥俄州克利夫兰县一个自由黑人的家庭。父亲务农,家境贫寒。1865 年随家迁移到北卡罗来纳州,后进入当地小学接受初等教育,小学毕业后即离开学校独自谋生,并依靠自学培养文学才能。1874 年与佩里结婚,1881 年至 1883 年担任该州费耶特维尔市立师范学校校长,1884 年赴纽约从事新闻记者工作,翌年又返回家乡克利夫兰,在法院担任速记员。1905 年放弃作家生涯从事专职律师工作,1928 年获有色人种运动全国促进会①颁发的"斯宾纳奖章",1932 年 11 月 15 日病逝。

切斯纳特凭自学登上文坛。14 岁那年发表了第一篇短篇小说,此后几十年中先后出版了短篇小说集《巫女》(1899)、《他的年轻时代的妻子及其他关于种族

---

①　有色人种运动全国促进会成立于 1910 年。

分界线的故事》(1899)，传记《弗莱德里克·道格拉斯》(1899)，长篇小说《雪松林后面的屋子》(1900)、《一脉相承》(1901)和《上校的梦》(1905)等作品。切斯纳特的短篇小说具有极大的艺术魅力，《巫女》用黑人土语写成，通过一个老黑奴园丁讲故事的形式，采用生活现实与神话传说、古老逸闻相结合的内容，描绘出黑人奴隶的可怜身世，表达了作者的愤怒感情。全书包括七个故事，其中以《可怜的山迪》为最著名。小说以黑奴山迪的经历为线索，讲述了一个怪诞而可信、悲愤而动人的传说：黑奴山迪是马罗博老爷家一个能干而勤快的奴隶，他被派到老爷那些已经成了家的孩子那里去轮流做工，忙得他连老婆都见不着。一次他又被借了出去，等他回来时发现老婆被老爷卖了。老爷向他承认做错了事，又赏给他一元钱算是补偿，并把一个新买来的女人丹妮给他做老婆。两个月之后，山迪已经与丹妮成了恩爱夫妻，想不到老爷又要把他借给住在四十多英里外的叔叔家里去做工。为了不使两口子被拆散，丹妮用魔法把山迪变成了一棵大松树，每天晚上又让他变成人回家来团聚，天亮前再把他变成松树。但好日子没过几天，丹妮被太太派到少爷家去服侍病人。丹妮本来打算这天晚上与山迪一起变成狐狸逃到山林里去过自由生活，这一下计划被打乱了，她只得提心吊胆地去了少爷家。谁知在她走后不久，老爷为了盖个新厨房，竟把山迪变的那棵树砍了，等到丹妮回来时，山迪已被运到锯木厂锯成木板。丹妮赶到锯木厂痛哭哀号，却被人们当作疯子给捆了起来。山迪被锯成了木板，丹妮也疯了、死了，老爷家的那间厨房却整天发出悲苦的呻吟，吓得所有的人都不敢待在那里。这件事逐渐传开了，于是人们都知道这是山迪的幽灵在作祟。《警长的儿女》是作者收集在《他的年轻时代的妻子及其他关于种族分界线的故事》中的又一个短篇名作，小说描写了南北战争结束十年之后发生在美国南方北卡罗来纳州布兰逊县的一个真实的故事：一天夜里，该县的独臂上尉老沃克被杀害了，据说凶手是一个混血种的黑人青年，警长组织人抓获了这名嫌疑犯，将其关在监狱里等待审判。不久这件凶杀案引起了当地一批极端种族主义白人的愤怒，他们认为光是法院审判太便宜了这个"黑鬼"，他们要用私刑烧死这名凶手；但这一要求遭到了忠于职守的警长的拒绝，双方开枪互射，私刑队未能得逞，终于撤退了。警长从窗口回过头来时，发现犯人正用手枪对准他。这支枪是警长刚才给犯人自卫用的，现在自己却遭到了威胁。混血青年历数警长的罪恶，迫使警长打开牢门并要杀死警长报仇时，警长的女儿赶来打伤了他的手臂。父女俩给青年包扎了伤口，又把他关进了牢房。这天晚上警长却百感交集，心绪烦乱。原来人们说的这个杀害上尉的凶手正是自己早年与一个女黑奴的私生子汤姆，刚才汤姆正是在厉声数落警长的罪恶时被打伤的，汤姆与他母亲被这个警长——当年的庄园主卖到了远方，对此警长多年来一直忐忑不安。如今见到儿子，他良心发现了，希望通过调查洗清儿子的罪名，使其被无罪释放，并替儿子的生活做个安排，来赎还自己的罪孽。第二天警长起得很晚,来到牢房时却发现汤姆扯掉了绷带流血过多死去了。

《警长的儿女》是一篇主题明确、揭露性强、人物性格鲜明的佳作,尤其是汤姆与警长相持时的一段对话,尖锐、深刻、犀利、有力,是一篇声讨种族主义的檄文——

> "老天爷!"他气吁吁地说,"你总不会杀死你亲生父亲吧?"
>
> "我的父亲?"混血儿说,"我过去要求承认这种关系是很正当的,但是你现在想借此来要求什么那就是不知羞耻了。你到底为我尽了哪些做父亲的责任? 你是给了我你的姓氏,还是你的保护? 别的白人给他们的黑儿子钱和自由,把他们送到自由州。而你呢,你把我卖到了种水稻的泥沼地!"
>
> "我至少给了你所留恋的生命。"警长嘟嚷着说。
>
> "生命,"犯人冷笑一下,"什么样的生命? 你给了你的血液,你的容貌——我们俩在一起,别人只消看上一眼,就明白我们之间的关系——但你还给了我一个黑母亲。可怜的东西! 她死在皮鞭下,因为她倔强,有胆量。你让我做奴隶,把我的生命摧残了。"
>
> "但是你现在自由了。"警长说。他并不怀疑,也没法怀疑混血儿的话。他知道是谁的怒火在这个青年黝黑的皮肉下面奔腾,在那双与自己对视的黑眼睛里燃烧。他在这个混血儿的身上看到了自己:如果没有父亲的管教和周围舆论的约束,他自己也会是这个样子的。
>
> "自由了可以干什么!"混血儿问,"名义上自由了,实际上还受人歧视,遭人欺侮,被人踢在一边。其实,论起人种血缘,我同这些人比同我母亲倒还接近些。"

在这部小说集中,切斯纳特除了《警长的儿女》一类揭露性强的作品外,还描绘了黑人善良、淳朴的心灵,如《他的年轻时代的妻子》就通过一个自由黑人忠于奴隶身份的妻子的故事来反映他们可贵的内心世界。

与短篇相比,切斯纳特的长篇小说成就显得逊色些。《雪松林后面的屋子》描写了一个混血姑娘在与一个黑人青年相爱时由于受到白人男主人的感情玩弄而遭到不幸的精神悲剧。《上校的梦》写的是一个退伍上校自北方返回南方家乡后在企图进行社会改革时所遭到的挫折。《一脉相承》由于在一定程度上反映了美国南方种族主义的罪恶本质,因而具有较大的现实意义。作品通过南方威林顿地区黑人与穷白人联合赢得了城市的行政权而后又被一群白人种族主义者破坏的故事,揭示了这样一个真相:种族主义彻底消灭之前,在美国是不可能做到黑人与白人真正平等的。《一脉相承》中的几个人物,如前种植园主凯特莱少校、黑人码头工人乔斯·格林和黑人温和主义派代表人物密勒医生等,各有个性特色,反映了美国右、左、中三种思想势力的面貌。但因作者立场的局限,小说以密勒与凯特莱的和解和凯特莱的自我忏悔为结尾,影响了作品的思想价值。

　　作为一个处于中产阶级地位的黑人作家,切斯纳特的思想受到一定限制,布克·华盛顿①的"黑人妥协主义"也多少对他产生过影响;但切斯纳特的主要倾向是进步的,他的切身经历使他深刻地认识到美国社会种族主义的罪恶和恐怖。他长期隐瞒了自己黑人血统的身世,直到 1899 年成名之后才开始公开。他对黑人社会的生活现实,特别是对非洲血统的美国黑人的悲惨命运怀有强烈的同情。在他的作品中这样的题材占据主要地位。这些作品写出了南北战争之后三四十年间美国黑人从喜剧重返悲剧的思想感情,艺术地再现了一代黑人的生活、精神和内心世界。正由于这些成就,切斯纳特被公认为"第一个真正的黑人小说家""美国有色人种文学的先驱"。在他去世之后,他的友人曾概括了他一生的经历,认为"他的杰出贡献主要在于以文学的形式记录了黑人们的生活……记录了我们民族的生活"。

二　杜波依斯及其《黑色的火焰》三部曲(1957—1961)

　　杜波依斯全名威廉·爱德华特·伯利哈特·杜波依斯(1868—1963),是 19世纪末至 20 世纪 60 年代最杰出的美国黑人领袖、政治家、社会活动家,在文学界他又是一位著名的小说家和诗人,同时还是一位出色的教育家和学者。

　　杜波依斯于 1868 年 2 月 23 日出生在马萨诸塞州大巴灵顿一个穷苦的黑人家庭,父亲是混血儿,在杜波依斯出生前即离家出走。杜波依斯从小由黑人母亲抚养长大,少年时代在大巴灵顿公立学校接受初等和中等教育,17 岁那年以优异成绩在中学毕业,并进入菲斯克黑人大学深造,在校期间曾担任《菲斯克先驱报》的编辑。1888 年,在该校毕业时获文学学士学位,旋即考入哈佛大学攻读文学和哲学,1891 年获该校文学硕士学位,1895 年获哲学博士学位。从 1894 年至1910 年先后在俄亥俄州威尔伯福斯大学、费城柏尼塞文那大学和亚特兰大大学担任希腊文、拉丁文、经济学和历史学的助理教授、教授。1905 年,杜波依斯在出版著名的散文报告集《黑人的灵魂》(1903)之后,与一批黑人青年知识分子共同发起了有名的"尼亚加拉运动"②,批判布克·华盛顿的妥协主义路线,开展了一系列为争取黑人的人身独立、自由和平等权利的解放运动。后来在这个运动基础上成立了影响广泛的有色人种运动全国促进会,杜波依斯作为该组织的创

始人之一长期担任它的机关刊物《危机》的主编(1910—1934),20 世纪 40 年代中期起领导该会的特别研究部。杜波依斯同时又是泛非运动的发起者和组织者之一,曾于 1919 年领导了第一届泛非大会的召开,此后几届大会也都是在他的领导下举行的。杜波依斯长期从事新闻报刊的编辑、撰稿工作,早在 20 世纪初,他就担任过《插图周刊》(1906)和《地平线》(1907—1910)的编辑,20 世纪 30 年代起又先后担任了《匹兹堡信使报》(1936—1938)、《阿姆斯特丹新闻》(1939—1944)、《芝加哥论坛报》(1945—1948)和《人民呼声》(1947—1948)的专栏评论作家。1920 年获得“斯宾纳奖章”,1952 年获得“世界和平奖金”。

由于杜波依斯杰出的进步立场,美国统治阶级十分恼怒,取消了他的出国护照,限制了他的人身自由,1955 年又以所谓“外国间谍”罪对他进行审讯,后来在世界和国内进步舆论的抗议下当局才被迫将他无罪释放。1958 年,美国宣布取消限制出国令之后,杜波依斯毅然访问了中华人民共和国,表达了他对中国人民的伟大友情。1961 年,杜波依斯加入了美国共产党。同年应加纳政府邀请去该国定居,1963 年取得加纳国籍,负责指导《非洲大百科全书》的编纂工作。1962 年再次访华。1963 年 8 月 27 日在加纳病逝。

杜波依斯一生著作甚丰,除《黑人的灵魂》之外,重要的还有长篇小说《寻找银羊毛》(1911)、《黑公主:一部罗曼史》(1928)和《黑色的火焰》三部曲(1957—1961),诗集《诗歌选》(1965),散文和学术理论专著《黑人的北方和南方》(1905)、《黑水》(1920)、《美国黑人的重建》(1935)、《世界与非洲》(1946),以及传记文学《约翰·布朗》(1909)等等。1968 年出版了杜波依斯在晚年所写的《自传》。《黑人的灵魂》是杜波依斯早期最有影响的作品,全书包括评论、随笔、杂文和短篇故事共 14 篇,广泛地反映了 19 世纪末 20 世纪初美国黑人的生活现实,揭露了美国种族主义的罪恶本质,批判了以布克·华盛顿为代表的妥协主义路线。《美国黑人的重建》可以视为它的续篇,收集了 1935 年以前作者的重要散文文论 17 篇。《寻找银羊毛》以美国南方棉花种植园为背景,描写了南部种植棉花的黑人小农经济与垄断组织之间的矛盾和冲突,主题类似于诺里斯的《小麦史诗》三部曲。《黑公主:一部罗曼史》以世界性的有色人种解放活动为主要线索,描写了一群革命者在亚洲和非洲的斗争,反映了全世界被压迫民族联合斗争的共同信念。杜波依斯最有代表性的文学作品当推《黑色的火焰》三部曲。

三部曲以 19 世纪下半叶和 20 世纪上半叶的美国南方社会为背景,通过对主人公一生艰难困苦的奋斗经历的描写,集中地显示了近百年来美国黑人受迫害和反迫害的悲壮历史,揭示了黑人们在社会现实教育下逐步觉醒的过程,称得上是具有重大社会意义的现实主义巨著、美国黑人伟大形象的赞歌。第一部《曼萨特的苦难历程》(1957)从 19 世纪 70 年代曼纽尔·曼萨特出生写起,叙述了他苦难的幼年、少年和青年时代的经历。曼萨特于 1870 年出生在美国南方的一个黑人家庭,在他呱呱坠地时,他的父亲就被三 K 党徒在家门口用私刑处死了。曼萨特的祖母用他父亲的鲜血替他行了洗礼,并给他取名为"黑色的火焰",意为黑色的火焰虽烧得不旺,但比蓝色的火焰更为持久、更为坚韧。此后,曼萨特在充满种族主义罪恶气氛的环境中长大,尝到了布克·华盛顿所宣扬的妥协主义的滋味,也目睹了亚特兰大种族主义暴动的场面。作者以宏大的艺术气魄重现了这一时期发生于美国的若干重大事件,反映出从南北战争之后的南方重建时期至第一次世界大战前后近半个世纪的历史。第二部《曼萨特办学校》(1959)描写了主人公 1912 年至 1932 年的生活经历。曼萨特进入中年之后,企图以教育来作为解救黑人受压迫、受歧视状况的主要手段,所以他创办了黑人大学并自任校长。但社会现实打破了他的空想,连他的子女长大后都在商业、军队、宗教和政界受到不可避免的欺侮,这对曼萨特的"教育自救"观点是一个沉重的打击,使他不得不重新考虑:他所选择的这条道路究竟对不对? 在这部小说里,作者广泛地反映了富兰克林·德拉诺·罗斯福总统任职期间的经济危机前夕的各种事件,还出现了布克·华盛顿、汤姆·华生、保尔·罗伯逊、沃斯华尔德·维拉德等历史人物①,但小说并没有偏离描写美国黑人英勇斗争的主线。第三部《肤色的世界》(1961)以第二次世界大战前夕到 20 世纪 50 年代初期的社会为背景,描述了主人公的最后觉醒。曼纽尔·曼萨特终于走出了学校,在社会的斗争实践中认识到解放的必由之路不是光靠办教育,也不是仅仅争取选举权利,而是争取做真正的人的尊严和"争取使用自己所创造的财富的权利"。他后来游历了欧洲和亚洲,并到了中国,使他从内心感觉到世界被压迫人民争取解放的斗争的共同情感。作者以深邃的洞察力和预言家的气魄写出了这一时期美国社会政治生活的激变,并指出殖民主义世界的内部结构已经腐败,它的基础已经动摇,总有一天它将会彻底垮台。

《黑色的火焰》三部曲可以当作美国黑人斗争百年历史的教科书来读,曼萨特的形象显然带有作者的自传成分,但他不是一个单纯的、个别的人物,而是作者综合了许多美国黑人进步知识分子走过的斗争道路之后归纳出来的艺术典型。小说主要通过主人公的行动和思想的发展过程揭示主题,在第三部第十七章的最后一部分里,作者是这样描写曼纽尔·曼萨特临死前的神情的——

　　死亡还没有很快地接近曼纽尔·曼萨特。他感到自己的生命还是有用的。

---

　　①　汤姆·华生(1874—1956),大资本家,曾任计算机和唱片公司董事长。保尔·罗伯逊(1898—1976),著名黑人歌唱家,和平战士。沃斯华尔德·维拉德(1872—1949),著名新闻工作者,曾创办《晚邮报》和《国民》杂志,有著作多种。

······ ······

突然，曼萨特的身子僵硬了，他感觉到一种极大的震动，汗水从额头上沁出来，眼角流下了泪。在这一瞬间，他的头脑里闪过了一个极为痛苦的念头，然后又意外地使出一股劲，扯响沙哑的嗓音尖叫道："我从地狱中来——我见到过天空中丢下来的成批炸弹——我听到过人们临死前的尖叫声。莫斯科在火焰中燃烧，伦敦成了废墟，巴黎的血液在凝固，纽约在海洋中下沉。世界充满了悲哀、仇恨和恐惧——没有希望，没有歌声，也没有欢笑。救救我，救救孩子们，救救世界！"

······ ······

曼萨特睁开双眼低声地说："这是一个噩梦。我知道这就是现实。我刚从一个遥远的旅程回来。我在中国见到了亿万人民在他们民族的土地上站起来了，他们喝着自己挖掘出来的江河的水。我在莫斯科看见了金光闪亮的屋顶，那里的亿万人民在昨天还不识字，可今天却成了掌握世界智慧的主人。我听见过朝鲜、越南、印度尼西亚和马来西亚的鸟鸣。我看见了印度与巴基斯坦的联合和自由；在巴黎，胡志明欢呼人类的和平；然而在纽约——"

······ ······

······他的嗓音像在歌曲的音调上颤抖："我不再要求什么了······是的，我的脚步已经走近了死荫的幽谷——在我的敌人面前——上帝给我以仁慈——"

琼①轻轻地合上了他那双失去生命的眼睛。

曼纽尔·曼萨特就这样死了，在他经历的91年生命中有78年献给了美国黑人的解放斗争。

他的遗体安放在堆满深红色蔷薇花的棺架上，好像国王睡在他的床上。

这就是作者笔下一个黑人进步知识分子生命的终点。

这部小说虽然也不无形象单薄、情节粗糙的弊病，但从整体来说它的史诗价值是毋庸置疑的。

已故的美国共产党领导人威廉·福斯特曾称杜波依斯是美国黑人"一个最伟大的发言人"；毛泽东也曾高度评价杜波依斯，在杜波依斯病逝后发出的唁电中指出："杜波依斯是我们时代的一位伟人。他为黑人和全人类的解放进行英勇斗争的事迹，他学术上的卓越成就和他对中国人民的真挚友谊，将永远留在中国

---

① 曼萨特的女儿。

人民的记忆里。"作为文学家,杜波依斯的小说同诗歌、散文、评论著作一样,将永远是美国文坛上的珍宝。

第三节 理查德·赖特、拉尔夫·埃利森、阿历克斯·哈利、詹姆斯·亚瑟·鲍德温等

一 赖特及其黑人抗议小说《土生子》(1940)

在 20 世纪 20 年代爆发的"哈莱姆文艺复兴"运动中,产生了一批有影响的黑人作家,小说家理查德·赖特(1908—1960)就是其中的杰出代表。

赖特于 1908 年 9 月 4 日出生在密西西比州纳切兹城郊外的一个黑人家庭,祖父是黑奴,父亲是种植园工人,母亲是一所黑人学校的教师。由于父亲弃家出走,他的童年几乎都是在孤儿院里度过的。赖特在当地黑人学校勉强读完初中,15 岁即为谋生而去田纳西州孟菲斯当一名邮递员,1927 年在芝加哥当仆役,20 世纪 30 年代经济萧条时期靠社会救济维持生计。1932 年加入美国共产党,此后赖特努力学习马克思主义,直接在党内担任工作。1937 年被派往纽约任美共机关报《工人日报》哈莱姆区编辑,翌年同米德曼结婚。中篇小说集《汤姆叔叔的孩子们》(1938)和长篇小说《土生子》(1940)出版以后,他成了当时最享盛誉的黑人小说家。1944 年,由于政治观点上的分歧,赖特宣布退出美共,1946 年移居法国,1960 年 11 月 28 日病逝于巴黎。

作为一个自小生长在美国社会底层,身受阶级压迫和种族歧视双重屈辱的黑人作家,赖特从他贫困、流浪、饥饿的童年开始,就对这个社会产生了强烈的反抗情绪。他是家庭的"弃儿",又是受社会欺凌的黑孩子,对白人世界又恨又怕,这种根深蒂固的心理状态在他以后的创作中得到了充分的反映。赖特的创作完全依靠自学,据说在他读中学时曾写过一个短篇小说,并刊登在当地的黑人报纸上,这一成功引起了他日后对文学的兴趣和爱好。在 20 世纪二三十年代生活动荡困难之时,他勤奋自学,阅读了德莱塞、安德森、辛克莱、刘易斯等著名现实主义小说家的作品。在自传《黑孩子》(1945)一书里他说过这样的话:"我这一辈子所过的生活,促使我向往现代小说中的现实主义。"正是这些作家的小说加深了他对社会和生活的认识,也激起了早就埋藏在他心里的反抗精神。

赖特的第一部作品集《汤姆叔叔的孩子们》包括内容连贯的 5 部中篇小说,重点描写一个叫曼的黑孩子成长为一群反抗者的领导人物,最后被白人种族主义者杀害的过程。作者明确指出,曼虽然不能复生,但他伟大的热情将永远成为人们纪念的因素,甚至连与他为敌的白人社会也不例外。小说描写了黑人青少年反抗者们从一群不懂事的孩子成长为政治运动的领导人物的过程,反映了 20

世纪二三十年代美国黑人运动的形势。其中每部作品都表现了生活的一个侧面,连接起来又成为一个整体。这些小说对黑人命运的描写虽然还停留在上一世纪文学的传统上,即把他们的反抗写成以死亡和不幸而告终,但作品所包含的愤怒和仇恨真实地表达了新一代黑人的思想情绪。这些作品虽然是作者现实主义创作的初次探索,但已收到了良好的效果。

赖特的反抗主题到了《土生子》里可以说得到了最充分的表现。

这部小说并没有孤立地去写黑人对白人世界的反抗,也没有过分渲染白人种族主义分子对黑人的野蛮迫害,而是通过对黑人青年别格·托马斯无意中杀害了一个白人姑娘后心理状态的细致描写和分析,指出黑人的"野蛮"和"低贱"并非天生的,他们之所以走上犯罪道路,完全是美国社会造成的。主人公是一个"土生土长"的黑人,他身上的一切都是时代和社会制度对他影响的结果。

别格是一个居住在芝加哥黑人区的青年,尝够了失业和贫困的滋味,在一个慈善机构的帮助下,好不容易才找到了为资本家道尔顿开汽车的差事。上班的当晚他送道尔顿的女儿玛丽去大学听讲演,在归途中玛丽与男朋友——共产党员简在酒店饮酒过量而醉倒。别格好心地把玛丽送回家中,又将她扶回卧室。正在这时,双目失明的道尔顿夫人来到女儿房中,别格担心,若玛丽醒来,自己就会因深夜闯入白种女人的卧室而被处死,于是随手抓起一只枕头盖住了玛丽的脸部,谁知等道尔顿夫人走后,他才发现玛丽已窒息而死。为销毁罪证,别格将玛丽的尸体塞进一只木箱,推入公馆的锅炉灶里焚尸灭迹了。

小说对别格无意中杀人后的心理描写是十分真实的:

> 别格仿佛觉得自己才闭上眼睛却又马上醒来,而且醒得很突然、很猛烈,好像有人抓住了他的双肩在摇他似的。……他看见了房间,也看见了掠过窗户的白雪,但这些东西都未在他脑子里构成形象。它们不过是客观存在,彼此之间没有联系;白雪、阳光、轻微的呼吸声都是施加在他身上的魔法,只等恐惧的魔杖一点,才会变成现实,产生意义。他躺在床上,从梦乡里才出来几秒钟,精神完全在冲动的支配之下,还无法起身面对现实世界。
>
> 随后,他响应从心底里某个角落发出的一声报警的叫喊,于是从床上一跃而起,光着脚站在屋中央。此时他的心跳得极快;他的双唇张开着,他的腿在簌簌地发抖。他挣扎着使自己完全清醒过来。他放松了身上绷紧的肌肉,感到了恐惧,记起自己已经杀死了玛丽,先是活活把她闷死,后又割下她的头,把尸体全塞进了烈火熊熊的炉膛里。
>
> …… ……

　　由于一种天然的反作用力,别格对整个白人社会充满了又恨又怕的情绪,现在他这个"下贱"的黑人居然杀了一个"高贵"的白人小姐,他反而高兴起来,因为他干了白人认为他绝不会干的事(虽然是无意中干的)。事后在警方侦查中,别格制造伪证,写匿名绑票信,把怀疑线索集中到共产党员简身上。不久锅炉灶中玛丽的骨骸被人发现,别格知道隐情败露而潜逃,最后在一座屋顶上被警察抓获。在搜捕过程中,报纸上不断报道新闻:"昨晚和今天,八千名武装人员在黑人地带仔细搜查了地窖、旧楼和一千多个黑人家庭","入夜之前,警察和保安部队即可搜遍整个黑人地带","查抄了全市的共产党总部","逮捕了几百个共产党员","公众受到市长的警告,要防止'内乱'……"。当别格见到白人种族主义分子竖起烧着的十字架高叫"用私刑处死他!"时,他就愤而丢掉牧师给他戴上的十字架;简和共产党派来的辩护律师麦克斯的法庭辩论以及简同别格的狱中详谈,使原先对社会、阶级、种族这些矛盾一无所知的别格,对美国社会中黑人与白人之间、穷人与富人之间的关系有了新的认识。以上这些描述明确地反映了作者对种族矛盾的社会性质的理解,也从一个侧面表现了20世纪30年代的美国政治景状。

　　麦克斯在法庭上的长篇辩护是小说的总结,他在发言中指出了别格犯罪的社会原因,揭露了当局利用这一案件所掀起的迫害黑人的浪潮的阴谋,分析了别格与道尔顿家之间的阶级对立,强调了美国种族问题的历史根源和严重的现状。"把别格·托马斯乘以一千二百万①,除去环境和脾气上的差别,再除去完全受教会影响的那些黑人,你就得到了黑人民族的心理。"——这段话无疑把别格的犯罪案件引向了整个黑人民族的社会心理,阐明了别格性格的普遍性。从这一点出发,麦克斯进一步得出了这样的结论:

　　　　你们难道认为,你们杀死他们中间的一个——哪怕一年里你们每天杀一个,就能使其他人充满恐惧,以后再不会杀人了?不!这样一种愚蠢政策一向行不通,将来也永远行不通。你们杀人越多,你们剥夺权利和进行隔离的做法越厉害,他们就越要寻找另一种生活形式和方式,不管它是如何盲目和无意识。但是他们既然有机地跟我们住在同一个城镇里,在同一个相邻的区域里生活,他们能从什么地方去编织出一种不同的生活,能从什么地方去形成一种新的存在?我问,能从什么地方——除了从我们身上和我们所有的一切?

　　道义和呼吁对美国法律是不起作用的,麦克斯请求保全别格生命的努力失

---

① 当时美国黑人人口约为一千二百万。

败了,法庭判决别格·托马斯死刑。临死前,别格对麦克斯说了一番话来表明他对社会的认识,这也可以看作一个被侮辱与被迫害的黑人的控诉状:

> 我知道我快要就刑。我快要死了。嗯,现在看来,这倒没有什么。可事实上我从来不想伤害什么人。这是实话,麦克斯先生。我伤害人是因为我觉得我非这样做不可;就是这么回事。他们挤得我太厉害了;他们不肯给我一点空隙。许多时候我想要忘掉他们,可是忘不掉。他们不肯让我这么干……我并不想干我已经干出来的事……我认为他们很残酷,我也就装得很残酷。可我并不残酷,麦克斯先生。我甚至一点都不残酷……可是……他们送我上那把椅子①的时候,我……我决不会哭泣。可我内心深处会——会觉得像在哭泣……

《土生子》明显地受到德莱塞的《美国的悲剧》的影响,它们都是以社会上真实的犯罪案件为素材,以主人公的犯罪活动为主要情节,来揭示社会制度对青年犯罪活动②应负的责任,所不同的是赖特从一个黑人作家的地位和心理意识出发,突出了陷于社会最底层的广大黑人的精神痛苦和他们的呼声,从种族矛盾角度来看,另有一番特殊含义。

赖特的其他作品主要还有描写一个黑人厌世者的孤独心理的长篇小说《局外人》(1953),以密西西比州黑人父子两人在商品社会腐蚀下走向堕落为主要情节的长篇小说《漫长的梦》(1958),以及他死后出版的短篇小说集《八个男人》(1961)、长篇小说《今日的主》(1963),后者描述了芝加哥邮政局一个黑人职员在1936年2月12日这一天的不幸遭遇。赖特的非小说类著作包括专论《黑色的权力》(1954)、游记《异教徒的西班牙》(1957)、传记《美国的饥饿》(1977)等。此外,赖特还写过若干部剧本。

由于赖特的《土生子》对美国社会种族问题的尖锐批判,他首创的黑人"抗议小说"在20世纪上半叶产生了重大影响,也涌现出不少继承者,评论界甚至认为形成了一个以他为首的"赖特派"。"抗议小说"一改过去黑人小说的消极情绪,从社会深处去寻找种族矛盾的实质,突出了黑人对不平等待遇的反抗意识,起到了唤醒黑人民族精神的作用,使社会不再认为黑人是可以任意凌辱的"劣等民族"了。别格的个性形象,可以成为黑人的象征;作者在小说出版时曾发表过专题演说,论述这一艺术典型的塑造过程和时代意义。虽然赖特此后再没有写出过比《土生子》更有价值的小说,但仅凭这部作品他也可以进入20世纪美国重要

---

① 这里是指执行死刑的电椅。
② 1938年在芝加哥发生过黑人青年罗伯特·尼克松杀害白人妇女的案件。

小说家的行列。西方评论界甚至认为,美国黑人文学的地位是在《土生子》出版之后才获得的,它的重要性于此可见。

二　埃利森及其《隐身人》(1952)

拉尔夫·埃利森(1913—1994)也是当代一位著名的黑人小说家,长篇小说《隐身人》是他的成名之作,也是他一生中唯一的长篇小说作品。

埃利森于 1913 年 3 月 1 日出生在美国中南部俄克拉何马州的俄克拉何马城,家境贫寒,3 岁丧父,母亲替人帮佣养家。在家乡完成中等教育后,由于获得州奖学金,于 1933 年进入亚拉巴马州杜斯凯基学院,在那里学了三年音乐。1936 年,埃利森离开学院,开始以写作为生,先后为《新群众》《黑人季刊》等杂志写稿,也曾到纽约学过雕塑。第二次世界大战后期应征入伍(1943—1945)。20世纪 40 年代发表过《飞回家乡》(1944)、《赌博大王》(1944)等短篇小说。1946年与玛丽·麦克考伦结婚,不久得到罗森瓦德研究会基金奖金,潜心创作《隐身人》达六七年之久。该书于 1952 年问世,甚获好评,埃利森也一举成名。此后,埃利森活跃于文学界和高等教育界,参与过苏联—美国文学协会的创办,先后在芝加哥大学、纽约长岛大学、哈佛大学、马里兰大学等多所院校任教。1964 年至1967 年获得国家文学艺术协会奖学金,1966 年受聘为耶鲁大学美国文学研究员,1975 年被选为美国文学艺术院院士。1994 年病逝于纽约。

埃利森的文学创作活动是在受到理查德·赖特的启发后开始的。那是1937 年,他认识了赖特,一年后又读到了赖特写的《汤姆叔叔的孩子们》,遂萌发了写小说的欲望,但他真正付诸行动,已是 20 世纪 40 年代的后半期了。《隐身人》一出版就成为轰动一时的畅销书,并获得 1953 年的美国国家图书奖。埃利森这部唯一的长篇小说,究竟有什么重大价值使得人们如此感兴趣呢?它有什么深邃的含义使这位小说家能够仅以一部作品而保持不衰的盛誉呢?毫无疑问,答案应该从作品本身去找。

小说的主人公是一个没有姓名的美国黑人。小说一开始,他就以自我介绍的口吻向读者说明自己是一个"隐身人"(或者译成"看不见的人"),然后又将他为什么会变成这个样子做了详尽的叙述。通过这些叙述人们得以了解,是这个"隐身人"大半辈子的曲折经历把他从一个温顺听话的黑人小伙子逼成见不得世界、见不得阳光、失去了"身份"、失去了"自我本质"的人,以致最后成为只能躲在地下室里的"隐身人"。小说的笔调是近乎荒诞和幽默的:"我"在 20 多年前,本是个规矩的黑孩子,中学毕业时因为做了"谦恭是进步的根本"的演讲而受到奖励,虽然在一次白种女人的脱衣舞会上受到捉弄,但因白人们很欣赏"我"的演讲,于是给了"我"一份上黑人大学的奖学金。在大学里,因为开车送一个白人校董参观黑人区而得罪了黑人校长,"我"被勒令退学,流浪北方。好不容易谋到一份做工的差事,但黑人工头认为"我"是工会派去的密探,两人扭打起来,引起锅炉爆炸,受了重伤。在医院里被当作试验品,差点失去了记忆。后来在纽约哈莱姆区受雇于"兄弟会",成了职业演说家;但"我"发现"兄弟会"头头杰克为人不正,且与某个国际组织有秘密来往,很想退出不干。接着受到黑人种族主义分子的追击,"我"化装了一下,却被人们叫作"莱因哈特先生",兼有流氓、恶棍、情人、牧师等多种身份……

显然,荒诞的描写是为了得出荒诞的结论,主人公历经磨难,最后却成了兼有多种身份的另一个人,这表明了作品的主旨:在美国这样的社会里,要么失去"自我",要么屈从于非法压力,成为另一个虚假的人。小说的结局就是顺着这样的思绪发展而来的:哈莱姆发生了暴乱,到处是枪击、抢劫,黑人种族主义分子的头目拉斯企图全面挑起种族战争,"我"在一群白人暴徒的袭击下,终于躲入地下室,从此成了"隐身人"。

哈桑对这部小说做了如下评论:"《隐身人》中的无名主人公所体现的,正是讽刺性的歹徒小说的任务:从无形发展到幻想。这个主人公经历了种种危险、腐化和等待着他的诱惑,他扼要地重述了自己的种族的历史,向每一个人,包括他自己,发动了一场无休止的混战。他受到一切人——白人共产主义者、非洲民族主义者、南方的宗教迷和北方的自由主义者、女人们和男人们对他同样的剥削……他从天真无邪向着幻想破灭、向着一种新智慧的边缘、向着一种对自己的辩证观念飞快地前进。在他结束生命的那个用 1369 个灯泡照明的超现实的寒冷的地窖里,他发觉了思想的根本混乱,并在一种能够'又谴责、又肯定、又说不、又说是、又说是、又说不'的形式中找到了自由。"从这段分析中我们可以看出,小说以现实主义与超现实主义相结合的方法,用似是而非、既隐又显的色彩,描绘出当时美国社会的种族矛盾、阶级矛盾和贫富矛盾,它的主题是明确的:由于黑人在美国得不到真正的平等、独立和生存的自由,所以他们永远只能成为"看不见的人",失去自我本质,躲在不见阳光的地层底下过着暗无天日的生活。

小说的特色在于出人意料的象征手法,从风格上来说也有点近似于"黑色幽默",所以它的艺术性尤为人们所赞赏,这也许就是《隐身人》使埃利森久享盛名的主要原因。

《隐身人》出版之后,埃利森也有写续集的打算,据说他在 20 世纪 60 年代曾写过一部稿子,但不幸毁于大火之中;70 年代,他试图重新开始执笔,美国文坛曾普遍期待着这部新作的问世,至于它能否超过《隐身人》的成就,对这位曾以一部小说定乾坤的黑人小说家来说,确实是个很重要的未知数,然而终于未成现实。

埃利森的作品还有论文、散文杂集《影子和行动》(1964),共由三部分组成:文学论文和民间故事《预言和观察》、音乐评论《正确和主流》、社会评论《影子和行动》。此外,还出版过文集《作家的经验》(1964)、《危机中的城市》(1968)和《去到领地》(1986)等。后期曾赴各地就黑人文化、民间传说和小说写作发表讲演,并在美国国内多所大学授课。

三　哈利及其《根》(1976)

在 20 世纪六七十年代兴起的描写美国黑人家史小说的热潮中,最引起轰动的是阿历克斯·哈利(1921—1992)的长篇小说《根:一个美国家庭的历史》(以下简称《根》)。

哈利于 1921 年 8 月 11 日出生在纽约州伊萨卡的一个黑人家庭,早年的生活主要在南方田纳西州度过,在那里,哈利从抚养他的老祖母口中听到许多有关这个黑人家族繁衍和发展的传说故事。从 1939 年起,哈利在美国海岸警卫队服役达 20 年之久。其间他自学写作,1959 年退伍后成为职业作家和记者,为《读者文摘》《花花公子》等杂志撰稿。他的第一本有影响的作品是关于黑人穆斯林运动领袖的传记:《马尔科姆·爱克斯自传》(1965)。从 20 世纪 60 年代中期开始,哈利着手研究自己的家庭历史,查阅了大量档案资料,并多次去他祖先的发源地——非洲西海岸的冈比亚进行实地考察,花费了 10 年时间,终于写了长篇家史小说《根》并于 1976 年出版。1977 年 1 月,小说被改编成电视连续剧首播,成为美国电视史上最受欢迎的节目之一,同年获普利策特别奖,成为轰动一时之作。1979 年 2 月,续集《根:以后几代人》首次播出,又获成功。1972 年,哈利建立了金特基金会,用以资助对各种黑人历史资料的储存,有助于人们对黑人家世的查考。1978 年,《根》被控抄袭,作家被判罚款。1992 年 2 月 10 日,哈利在西雅图去世,他的后期作品还有《无人知晓的哈莱姆区》,描写了黑人的斗争经历,力图使黑人民族对本民族的传统产生自信心和自尊感。

《根》从哈利的前六代祖先昆塔·肯特的出生写起,那是 1750 年的早春时节,地点在西非海岸冈比亚河畔的裘弗莱村。小说的第一章再现了当年非洲曼丁哥部落的风土人情。昆塔的父亲奥摩罗在婴儿命名仪式上的庄严神情和母亲宾塔的得意姿态被描写得栩栩如生,仿佛他们的头生儿子将成为整个非洲的主宰似的。可是,昆塔的命运并不比任何一个遭受到白人奴隶贩子残害的非洲黑人更好一点。1767 年,他被贩卖到美洲大陆当了黑奴,从此以后,他就流落遥远的他乡,成了奴隶主的工具。1790 年,昆塔的女儿基兹出世。基兹长大后成了白人奴隶主的玩物,生下了儿子汤姆·默雷,汤姆在南北战争中获得了自由,结婚后生下女儿辛西娅,她便是哈利的祖母。

小说以编年史的形式,详尽地描述了这六代人的曲折经历,浸透了美国黑奴的血和泪,在一定程度上揭露了奴隶制度的罪恶历史和本质。虽然,作品的最后一章(第一一九章)似乎以哈利的父亲在农业大学担任农业系主任期间去世作为结局象征这一家族地位的变化,但实际上美国的种族问题从来没有得到过真正的解决;这是众所周知的事实。

作者的真正创作意图在于,通过对一个黑人家族历史的追溯,使人们了解到美国黑人的来源,从而建立起对这个被奴役民族的信任感。哈利认为黑人要真正获得解放就必须找到自己的"根",他在小说出版后不久发表意见说:"我们是对自己的历史感到耻辱的一个民族。我们很少回顾过去……读了《根》这本书,许多黑人将更关心他们的非洲背景,白人也可能对他们的世系更感兴趣。就人们对家谱、传统和口传历史的共同关切来说,这本书的主题是有普遍意义的,它触到了把我们大家都联在一起的人类本质。"①这里强调的是作品对于包括白人在内的广大读者的"普遍意义",而小说的具体描写同时也揭露出三个多世纪以来黑人在美洲大陆的悲惨遭遇和奴隶制度的野蛮残酷,因而《根》的进步意义自然是值得肯定的。

当然,作者并没有能够按照历史唯物主义的正确观点去描写美国的种族问题,他在《根》的"前言"中说他主要是依靠"回忆和前人的口头传说"来组成这部黑人的早期历史,"因为在今天我们所知道的只能是这一切",所以难免存在局限性。这种局限性的主要表现在于:把奴隶制度的罪恶归咎于不让黑人知道自己的历史,因而反过来把挖掘每户黑人家庭的历史当成了反抗的主要目的和手段;没有正面反映数百年来黑人的多次反抗暴动,相反作者笔下的人物对黑人斗争采取了旁观的态度。

从大的体裁范围来说,可以把《根》看成是对 19 世纪 50 年代废奴文学传统的继承,它的主题与描写手法同《汤姆叔叔的小屋》是基本一致的;虽然有人把它看成是一部非小说类的历史作品,并以此对它进行挑剔,但作品的力量恰恰在于它对一系列黑人艺术形象的刻画,以及作为历史小说的宏大气魄。《根》之所以极受欢迎,主要原因也就在这里。

四　鲍德温及其小说创作

詹姆斯·亚瑟·鲍德温(1924—1987)是当代美国黑人小说家的杰出代表之一。他不仅是有才华的黑人作家,而且是一位有强烈政治见解的著名人物,他的各类作品(包括小说、散文、戏剧)在当代美国黑人阶层中一直保持着重大的影响。

鲍德温于 1924 年 8 月 2 日出生在纽约哈莱姆黑人区的一个牧师家庭,祖上曾为黑奴,弟妹众多,家境十分贫寒,少年时期在纽约第一三九公立学校和卡林顿学校受过几年有限的教育,14 岁服从父命在教堂布道,3 年后背离宗教,当过

---

① 《纽约时报书评》1976 年 9 月 26 日。

饭店侍者和仆役。

鲍德温从 12 岁开始练习创作,进入社会后,仍坚持业余撰写书评和散文,主要有《去亚特兰大的旅行》(1948)、《哈莱姆的犹太人》(1948)等,这些作品同 20世纪 50 年代上半叶写的散文、杂记一起被收集在《土生子的札记》(1955)一书里。

1944 年,20 岁的鲍德温同比他大 16 岁的理查德·赖特相识,这也许是他一生从事创作的一个关键,由于赖特的影响,他走上了一条以反映黑人真实的思想感情为己任的文学道路。1945 年获萨克斯顿奖金。1948 年,追随先期赴欧的赖特,也到巴黎侨居,他的第一部长篇小说《向苍天呼吁》(1953)就是在那里写作并出版的。小说以哈莱姆区的一个教堂为背景,描写了在那里做弥撒的各种各样的黑人的思想活动,然后又用倒叙的形式追述了他们各自的生活经历,表现了这样的主题:黑人们在美国的出路只有两条,一是教堂,二是监狱。小说是在赖特的《土生子》影响下写成的,是一部严肃的现实主义作品,并带有明显的自传色彩。

《向苍天呼吁》使鲍德温一举成名,第二年获得古根海姆基金会奖金。他的下一部主要作品是长篇小说《乔凡尼的房间》(1956),同年获得美国文学艺术院奖学金。这部作品描述了一个白人乔凡尼的变态性爱,他因为爱上一个男人又同时爱上一个女人而精神不安,在同性恋与异性恋之间受着折磨。它的主题和格调显然是低下的。

1957 年,在美国小石城黑人斗争浪潮的冲击下,鲍德温从巴黎回国,因为他认为身为美国黑人作家,"责任就在美国"。此后,他参加了黑人民权运动,并针对美国的种族歧视、黑人自我解放的斗争道路等重大问题发表许多文章,著名的散文杂记集《没有人知道我的名字》(1961)作为《土生子的札记》的续编,收录了这一时期作者的一些主要文章,探讨了美国社会白人与黑人之间的关系。此后还陆续出版了散文集《下一次将是烈火》(1963)、《在街上也没有留名》(1972),评论集《魔鬼发现的工作》(1976)等。鲍德温的散文犀利、热烈、泼辣,具有一种强烈的感情色彩,在美国很有影响,评论界认为他是 20 世纪美国杰出的散文家之一。他其他体裁的作品还有:剧本《祈祷的角落》(1965)、《一天,当我迷失的时候》(1972),自传《小孩,小孩》(1976)等。

从鲍德温小说创作的成就来讲,1962 年出版的长篇小说《另一个国家》使他一跃成为美国著名小说家之一。《另一个国家》延续了《没有人知道我的名字》的主题,小说的主要人物是黑人爵士音乐家鲁弗斯·司各特和他的妹妹——女歌手艾达。鲁弗斯一方面仇恨白人社会,另一方面又与白人妇女利昂娜私通,他还去追求白人小说家理查德的妻子卡斯,最后由于失业和精神痛苦而跳河自杀。艾达在丧兄的悲痛中受白人作家维凡杜·摩尔的摆布与他同居,但因对种族问题的不同看法而陷入矛盾,艾达还在想念她的哥哥,同时觉得维凡杜并没有真正爱自己,后来维凡杜终于抛弃了她去追求卡斯,而艾达又成了另一个白人史蒂夫·埃利斯的情人,并重操她的歌女旧业。小说试图通过几对白人与黑人男女青年之间曲折复杂的两性关系来达到反映当时美国社会种族矛盾的目的,但由于作者夸大了人的所谓性的自然属性,过分渲染了人物之间猛烈的、疯狂的,甚至是兽性的欲念,因而带有明显的自然主义甚至颓废主义的色彩。但作品描写的矛盾冲突真实,社会背景繁复,人物命运的叙述又具有一定的代表性,这也许是它受到欢迎的主要原因。

1965 年,鲍德温出版了他迄今为止唯一的短篇小说集《去见那个人》。他的第四部长篇小说《告诉我火车开了多久》(1968)也以两性关系的描述来反映社会的种族矛盾。1974 年出版的第五部长篇小说《假如比尔街能够说话》描写一对黑人青年男女在遭到白人警察的迫害之后的悲剧,相比之下,这部作品无论在主题的表现上还是人物形象的塑造上都要严肃、深刻一些。

鲍德温的作品以热烈、犀利、明快而著称,表现了一个正直的黑人小说家的进步立场。他笔下的主人公固然性格各异,认识不一,但他们都有一个共同的信念,那就是彻底消灭种族主义的残余,使美国成为黑人能够真正自由、平等生活的地方。他在作品中对宗教问题和种族矛盾的探索,以及反对暴力、支持黑人获得自己的合法权利的立场,使他成为 20 世纪最有影响力的黑人作家之一。

此外,鲍德温还是一个优秀的评论家,他对著名作家赖特、福克纳、梅勒等人的作品曾写过很有见地的评论文章。

鲍德温于 1987 年 12 月 1 日在法国圣保罗病逝。

五 其他黑人小说家:基伦斯、威廉斯、盖恩斯

约翰·基伦斯(1916—1987),出生于纽约哈莱姆区的黑人家庭,第二次世界大战中曾在美军中服役,1955 年发表长篇小说处女作《扬布拉德一家》。小说以一个美国普通黑人家庭两代人的生活遭遇为主线,反映了 20 世纪前 30 年黑人在美国种族主义迫害下的痛苦命运,同时也揭示了黑人的觉醒和反抗意识的到来。作品以丰富的人物形象和深沉的感情色彩受到好评,被誉为"美国黑人进步文学的里程碑"。基伦斯的第二部主要作品是以他本人在美军服役期间的亲身体验为素材的长篇小说《于是我们听到了雷声》(1963),小说揭露了美国军队内部的种族歧视,也反映了黑人士兵的斗争精神。基伦斯长期担任哈莱姆作家协会主席、美国非洲文化协会作家委员会主席等职,他对黑人作家的扶植和作品中对黑人民间传说的运用,以及他在美国黑人抗议作家中的领导地位,使他成为当代美国黑人代表作家之一。他的其他作品还有《黑人的重负》(1965)、《西比》(1967)、《奴隶》(1969)、《交谊舞》(1971)和《生气勃勃的早晨》(1972)等。

约翰·威廉斯(1925—2015),出生于密西西比州杰克逊城的一个穷苦黑人家庭,在贫民窟中长大。第二次世界大战中期参加美国海军,战后退役并先后入高中、大学读书,毕业后从事新闻、出版、教育等工作。处女作《愤怒的人们》(1960)影响甚微,后又出版了《夜歌》(1961)和《老妇人》(1963)两部小说,前者写一个黑人爵士音乐家的毁灭,后者写一个老黑妇的悲惨一生。1967 年出版的长篇小说《大声疾呼的人》以一个患癌症的黑人作家在临死前的一昼夜回忆,真实地记录了现时美国社会的种族矛盾和斗争,主人公无意中发现的美国政府消灭整个黑人民族的所谓"阿尔弗雷德王应急计划"乃是对当时美国统治阶级种族主义政策的一种讽刺,具有象征意味。以黑人暴力斗争为主题的《布莱克曼上尉》(1972)以现实与历史相结合的梦幻方式,描写了一个在越南战场受伤后失去知觉的黑人军人回忆他曾经经历过的独立战争、南北战争、美西战争和两次世界大战及朝鲜战争,从而反映出黑人士兵们在美国历次战争中的巨大作用,以及他们所受到的歧视与迫害和他们的觉醒与反抗。小说最后主张让黑白混血儿打入军队机要部门以掌握核武器的控制权,来发动一场注定可以胜利的种族革命。威廉斯以创作黑人抗议小说而闻名,他认为自己是一个"政治小说家",要使艺术为"政治的目的"服务,但他后来的一些小说如《年轻单身汉协会》(1976),反抗意识显然大大地减弱了。

欧内斯特·盖恩斯(1933—),出生于美国南方路易斯安那州的一个种植园,童工出身。1953 年进入美国军队服役,退伍后就读于纽约州立学院,1957 年毕业。盖恩斯从 20 世纪 60 年代开始写作,处女作《凯瑟琳·卡米拉》(1964)描写了一对黑人男女青年的爱情;代表作《简·皮特曼小姐自传》(1971)通过一个活了 110 岁的黑人老妇的回顾,生动地反映了自南北战争以来直至 20 世纪 50 年代美国黑人的生活道路,小说共分四卷,前两卷《战争岁月》《重建时期》描写了南北战争后美国黑人"重获自由"的真相,后两卷《种植园》《黑人区》描写了黑人们为自由和平等生活所进行的斗争。小说后半部着重描写了种植园黑人的反抗斗争,强调了黑人抗暴斗争爆发的必然性。这部作品当时在社会上影响甚大,后改编为电影。

第四节　托妮·莫里森

一　奋斗的一生

托妮·莫里森(1931—2019),原名 C.A.沃福德,1931 年 2 月 18 日出生于俄亥俄州洛雷恩城一个黑人工人家庭,自幼受到黑人民族传统文化的熏陶,具备了极为强烈的民族感情,这对于她日后从事黑人题材的小说创作无疑产生了重大的影响。

在完成了基础阶段的学习之后,莫里森考入了华盛顿(哥伦比亚特区)的霍华德大学英文系,1953 年获文学学士学位,后入纽约康奈尔大学研究福克纳与沃尔夫的小说,1955 年获文学硕士学位。此后先在得克萨斯州南方大学任教两年,1957 年至 1964 年之间转入母校霍华德大学英文系任讲师,1965 年辞去教职,被兰登出版公司聘为小说编辑。也许是出于职业上的敏感与思考,莫里森在编书之余开始酝酿小说创作,同时作为一名黑人女性,她所努力关注的是本民族女性在种族主义阴魂依然存在的美国社会中的不幸处境,她的长篇小说处女作《最蓝的眼睛》就出版于从事编辑工作 5 年之后的 1970 年。

作品描写了一个名叫佩科拉的黑人女孩,由于对肤色的自卑,她渴望能获得白人姑娘一样的蓝色眼睛,但她却始终得不到社会的爱,最后竟遭到父亲的强奸,使她丧失了生活的基本信念。小说揭露了美国种族主义的顽固性,使佩科拉这样的黑人孩子看不到自身的价值,父亲的暴行更摧残了她的心灵,使她像狂澜中的小舟不知驶向何方,希望拥有一双蓝眼睛的梦想也随之破灭。

《最蓝的眼睛》受到了社会的好评,莫里森也从中发现了自己的创作才华,当时她虽年近不惑却文思泉涌。她在出版公司担任书刊编辑的同时,大量接触了黑人社会中各式各样的人物和事件,尤其是黑人"底部世界"中的矛盾、争斗、冲突等,令她感慨和沉思,于是这位黑人女性决心以文学创作为武器,尽可能深入地揭示出生在当代美国社会的黑人们的心灵世界,以及他们在实际上是白人统治的社会中的命运。自 1970 年以来,莫里森先后出版了《苏拉》(1973)、《所罗门之歌》(1977)、《柏油孩子》(又译《黑婴》,1981)、《宠儿》(又译《心爱的人》,1987)和《爵士乐》(1992)等多部长篇小说,不仅在数量上,而且在质量上也成为当代美国黑人小说家中的佼佼者,成为美国 20 世纪 70 年代以后文坛上陡然升起的一颗明星。

《苏拉》是以同名的黑人少女的命运悲剧为题材的。苏拉似乎天生是个叛逆者,她不甘心于"底部世界"对她的命运安排,更不愿像她的父母及其他黑人那样在毫无价值的生活中耗尽生命,她与同伴耐尔企图反抗,企图走出这个"底部世界",然而"由于她们每人都发现……她们既非白人也非男人,所有的自由与胜利都对她们禁绝,她们开始制造其他的证明存在的东西",这个"存在的东西"也就是作者所竭力显示的心灵中的反抗。苏拉最后以恶的化身为结局,不满足的心灵只有通过自杀才能得到解脱。

如果说,莫里森在头两部作品中还仅仅以黑人女性的个人命运为关注对象,那么她在第三部作品《所罗门之歌》(1977)中,已经提高到对整个黑人民族发展历史的探索,它将黑人家史、民间故事、神话传说穿插在一起,形成了一部史诗性的作品,表现出粗犷的主题、抒情的格调和少数民族作家的力量与文采。《所罗门之歌》可以视为莫里森最有时代价值的作品,标志着她的创作从深度向广度的开拓,小说显示了一个黑人青年寻求自我的成长过程和一个黑人家庭近百年的历史演变,因而也被认为是作者对于整个美国黑人社会的写照,是莫里森最具魅力的作品。小说出版后即获好评,被选为全美 1977 年最佳小说,并获得 1978 年美国文学研究院奖学金和全国图书评论家协会奖,使莫里森一跃成为美国文坛引人注目的黑人女小说家。

莫里森再次赢得美国文坛好评的长篇小说《柏油孩子》出版于 1981 年,通过对一个黑人孩子内心埋藏的种族仇恨与隔阂的描写,探讨了种族、阶级和性的冲突,是一部对黑人民族的前途命运进行深入分析的历史性作品,延续了作家关注黑人的生存与发展的重大主题。在《柏油孩子》中,黑白两种异质文化的对抗得到了更大规模的展现。小说以加勒比海地区一个与世隔绝的海岛为背景,以一对白人夫妇的遭遇为线索,描述了一个自幼受白人教育,忘记了自己黑人身份的黑人姑娘雅丹娜与一个杀人逃犯逊·格林邂逅相爱的故事。这对偶尔相爱的情人企图相互"拯救",但最后以失败而告终,终于成了种族迫害的牺牲品。

数年后,莫里森又发表了以一个逃亡黑人奴隶的真人真事为蓝本的长篇小说《宠儿》,这是她在兰登出版公司工作时期担任《黑人之书》编辑职务的产物。《黑人之书》是一部收集 300 年来美国黑人为争取平等而进行斗争的史料总集,莫里森在工作过程中接触到不少黑人女奴隶英勇反抗的史实,其中有一个名叫玛格丽特·加纳的黑人女奴的经历特别令她感动。玛格丽特在向北方逃亡的过程中,为了免遭奴隶主的追捕,亲手割断了自己孩子的喉咙。莫里森在《宠儿》的描写中,把这一情节作为作品的中心事件展开,刻画了南北战争时期一个名叫赛丝的女奴隶在受到奴隶主追捕时的行动决心。赛丝在面临重新被捕的一刻杀死了自己的女儿,此后一直忍受着内心的痛苦煎熬,但她又确信自己这样做是"出于一种真正的爱",她向往死去的女儿在灵魂复活后能再回到她的身边享受母爱,以赎去心中的负罪感。《宠儿》为莫里森首次赢得了普利策小说奖的荣誉,再次提高了她在 20 世纪 80 年代美国小说界的地位与影响。

如果说《宠儿》是莫里森以历史的回顾抨击阴魂不散的蓄奴制度,那么在《爵士乐》中,作者则以高亢的激情描述了 20 世纪 20 年代"哈莱姆文艺复兴"运动中黑人们的斗争行动。小说以意识流的技巧,通过时空的跳跃,写出了主人公乔和维奥莉特在两个世纪交替前后的命运和经历。乔是个妇女美容品推销商,他与美发师维奥莉特相遇而相爱,但他深感痛苦的是既不知自己的身世也不知自己的父母。原来他是个孤儿,他的母亲是个疯女人,生下他之后就不知去向,小说主要以他追寻亲人为线索,将一个个独立的片段组合起来,形成美国黑人在半个世纪里生活变迁的活动画面。乔自小由罗达夫妇养大,不知父母踪迹,故以Trace("踪迹")为姓,小说采用倒叙手法,把情节从第一章的 20 世纪 20 年代倒退到 1906 年,甚至是 1873 年,在第十章中又回到 1926 年的初夏。小说糅进了爵士音乐的技法,以"传达出黑人文化的底蕴",全书十章但不标明章目,仅以空行分隔,这是作者有意采用爵士乐的章法来讲述"爵士时代"①的故事。

从《柏油孩子》到《宠儿》再到《爵士乐》,可以视为莫里森回顾黑人民族历史的三个乐章,早在《柏油孩子》动笔之初,莫里森就有意识地梳理祖先们百年来在美国社会的奋斗过程,并追根溯源,以写出这段美国舆论有意回避的连黑人们也不愿提及的历史。

莫里森在成名后曾对记者说她"从来没准备要成为一名作家"②。当她在1993 年获得诺贝尔文学奖时,又表达了对于前辈作家的崇敬和向往之情:"他们在写作中所显示的惊人才华对我既是挑战,又是培育。我对他们的感激和我对瑞典文学院把我挑选出来参加到这显赫的行列中来的深切感激正好相似。"③这表明她之所以成为一名杰出的小说家是在社会责任感的推动之下而形成的。早在 1985 年,美国评论界就有人把托妮·莫里森与欧茨、安妮·泰勒、伊丽莎白·哈德威克、琼·迪安等女作家作为一个杰出的女性创作群体加以评论,认为她的《苏拉》探索了复杂的种族问题,《所罗门之歌》将民间故事、地方方言和歌谣交织成对话,表现出粗犷的主题、抒情的文笔和少数民族(黑人)作家的力量和文采。莫里森在美国以善于运用拉丁美洲魔幻现实主义的写作技巧而著名,她以此作为"现代神话"的存在基础,但她更愿意显示的是黑人社会的生命力,她所精心谱写的是当代美国黑人之歌,正是这黑人生命之双翼促使她刻画出这些令人难忘的黑人形象,正如瑞典文学院在她获奖评语中所归纳的,莫里森"在她富有想象力和诗意的小说作品中生动地再现了美国现实的一个极为重要的方面"④。

莫里森以其杰出的文学创作,使美国黑人小说在"哈莱姆文艺复兴"运动之后掀起又一个高潮,成为继理查德·赖特之后的又一座高峰,成为 20 世纪美国文学史上也是世界文学史上第一位获得诺贝尔文学奖的黑人女作家。她以努力的一生,尽显美国黑人文化的光彩,竭力表现出美国黑人民族的坎坷命运和奋斗精神,无论在作品的主题高度,还是在作品的思想性与艺术性上,都达到了完美的结合,成为 20 世纪美国小说界的明星,也是整个 20 世纪世界小说家中一位不可多得的杰出代表。早在近百年前,美国黑人民主运动先驱杜波依斯就指出:

---

① 指 20 世纪 20 年代的美国,因小说家 F.S.菲茨杰拉德的《爵士时代的故事》而得名。

② 王守仁:《走出过去的阴影:读托妮·莫里森的〈心爱的人〉》,《外国文学评论》1994 年第 1 期,第 37 页。

③ 《所罗门之歌》附录"托妮·莫里森在接受诺贝尔文学奖时的答谢词",人民文学出版社,1996 年。

④ 毛信德、蒋跃、韦胜杭:《20 世纪诺贝尔文学奖颁奖演说词全编》,百花洲文艺出版社,2001 年,第 927 页。

"我们要求实行完全的男公民选举权,现在就实行……我们要求停止公共场所的种族歧视……我们要求实施美国宪法……我们要求我们的孩子能上学……我们是人!"①莫里森更进一步地为黑人女性争取民主与幸福而努力奋斗,她对黑人乡土文化的特殊感情和对美国社会中黑人生存困境与种族压迫的深层次思考,达到了20世纪美国黑人作家一个新的高度。

20世纪90年代后,莫里森辞去编辑职务,后被聘为普林斯顿大学英文教授。1992年出版的散文集《黑暗中的游戏:白色与文学意象》有较大影响,1993年荣获诺贝尔文学奖使她在西方文坛上的声誉达到高峰。1997年出版的长篇小说《乐园》描写了1976年发生在俄克拉何马州一个小镇上的故事,被认为是与《宠儿》《爵士乐》相衔接的"黑人三部曲"的压轴之作,小说对鲁比小镇中黑人们企图以自我封闭来保持世外乐园的观念表示担忧,指出白人文化与黑人文化从排斥走向融合是历史的必然趋势。小说被美国评论界视为"莫里森在朝令人惊讶的崭新方向不断变化","诺贝尔奖改变了莫里森的生活,却没有改变她的艺术,她的新小说即是证明"。② 2000年5月,由兰登书屋、现代图书馆发起推出的20世纪百部最佳小说评选揭晓,其中莫里森有4部作品《苏拉》《所罗门之歌》《宠儿》《爵士乐》入围,成为美国当代小说家中的佼佼者。2001年2月17日,纽约公共图书馆为莫里森举行70岁生日庆典;2003年10月,莫里森林的第8部长篇小说《爱》出版,显示她在获得诺奖后的创作生命的延续;2005年5月7日,由小说《宠儿》改编的歌剧《玛格丽特·加纳》在底特律歌剧院首次演出。

二　黑人心理小说:《最蓝的眼睛》(1970)

作为莫里森的长篇小说处女作,《最蓝的眼睛》是以一个黑人少女在美国社会种族歧视背景下矛盾而复杂的多重心理进入读者视线的。小说讲述了12岁的黑人女孩佩科拉在一年中的生活经历,时间是20世纪40年代的一年。一直生活在粗暴的父母、敌视的同学和周围冷漠的成年人之中的佩科拉,发现这一切令人难堪的遭遇全是源于自己是一个容貌丑陋的黑女孩,她突发奇想:假如自己拥有一双与白人女孩一样的蓝眼睛,那么周围的一切便会彻底改变,父母会停止争吵,店主会对她和蔼可亲,同学会与她友好相处,老师也会向她投来亲切的目光。这是一个生活在还带有严重种族歧视色彩的美国的黑人少女发自内心的奇想,她不可能深层次地去认识和剖析她的生活之所以如此不幸的社会原因,也没有人会告诉她这一切到底是因为什么,因此,她只能凭自己稚嫩的心灵去思考,

---

① 　W. E. B. 杜波依斯:《黑人的灵魂》,企鹅图书公司,1996年,第20页。

② 　转引自《性别·种族·文化——托妮·莫里森与20世纪美国黑人文学》,北京大学出版社,1998年,第168页。

她最终认定这一切是由于自己容貌的丑陋,"她久久地坐在镜子面前,想发现自己丑陋的秘密"。在镜子面前,佩科拉否定了自己,因为她太丑陋;在镜子面前,佩科拉盼望获得一双最蓝的眼睛,因为这样就可以完全改变她的生活。"她发现所有白人的眼睛里都潜伏着这种神色。毫无疑问,这厌恶是冲着她而来的,是冲着她的黑皮肤而来的。"在白人文化占着主导地位的美国,佩科拉在生活中直观地感觉到社会对她的冷落、厌恶和否定,周围的人都喜欢白人女孩,至少是浅肤色的女孩,但别人都讨厌她,家人和社区的邻居都不喜欢她,连商店的老板都对她露出厌恶的神色,因为她是一个丑陋的黑女孩。对此,佩科拉是深信不疑的:

> 那丑陋来自一种确信,他们自己的确信。仿佛一个神秘的、无事不晓的主人已给他们每人发放了一件丑陋的外衣穿在身上,他们一个个都毫无异议地接受了下来。那主人说:"你们都是些丑人。"他们四处张望,找不到任何东西能反驳这一说法。事实上,他们从源源不断而来的每一张广告牌上,每一部电影上,每一道目光上看到了支持这一说法的证据。"是的,"他们讲,"您说得对。"他们把丑陋握在手里,把它像件衣服似的穿在身上,走到哪里都寸步不离。　　　　　　　　(第一章:秋)

佩科拉把不幸归咎于自己的丑陋是有依据的,在连环画里她看到爱丽丝和杰里漫游奇境时都有一双"又大又漂亮的蓝色眼睛",当红的美国童星秀兰·邓波儿[①]更是一头金发和一双发蓝的大眼睛。佩科拉由此想到:"如果她的眼睛,那些摄入图像富有视觉的眼睛——如果她的那双眼睛不一样,也就是说是美丽的话,她自己就会不一样了。"对这种奇迹的盼望,表明她在美国白人主流文化的社会中,幼小的心灵已经受到了扭曲,她要用一双白人的眼睛去观察周围社会,她鄙视自己的肤色,更鄙视自己的眼睛,她甚至在绝望中希望自己的肉体在世界上消失:

> "帮帮我,上帝。"她对着自己的手说,"帮我消失吧。"她紧闭上眼睛。她身体的小部分渐渐隐去了。一会儿慢,一会儿快。又慢了下来,她的手指一个接一个地消失了,然后肘关节以下的部位也消失了。现在轮到脚了。对,很好,腿一下子就没了。大腿以上的部分是很难消失的。她得纹丝不动,使劲拉才行。她的腹部不肯离她而去。但最后它也消失了。接着是她的胸部、颈部。脸也难消失。几乎都消失了。差

---

① 　秀兰·邓波儿(1928—2014),20 世纪 30 年代美国著名电影童星,主演电影 20 余部,1934 年获美国电影艺术与科学学院特别奖,20 世纪 60 年代曾任美国驻联合国大使。

不多了。只剩下一双闭得紧紧的眼睛。它们总是迟迟不肯离去。

可是,即使佩科拉的肉体在幻觉中逐渐消失了,但"无论她如何努力,她没法让她的眼睛消失","眼睛是一切,一切都在那里面,在眼睛里面。所有那些电影,所有那些面孔"。有评论家认为,这段描写是莫里森对"种族主义的内在化"的批判,它表明强势文化已经融入佩科拉的意识,她无法企及,也无法摆脱"那些漂亮的脸蛋"。①

小说注定让佩科拉因为没有一双最蓝的眼睛而在疯狂的痛苦中煎熬,她不仅在学校里、社会上遭遇歧视与欺侮,更可怕的是连她家人也成为她悲惨命运的推手:她遭到生父的强奸而怀孕,数月后产下一个死婴,孤独无援的佩科拉终于发疯进入了癫狂状态,在幻觉中自己得到了一双世界上"最蓝的眼睛",天天与其私语叙情。小说以现实与幻觉、生活与理想的极大反差衬托出佩科拉命运的悲惨。当然,从深层次来看,造成她不幸的绝不仅仅是糟蹋她的父亲,应该是整个社会,佩科拉自我鄙视是"对剥夺黑人孩子自尊的白人世界的一种后天习得的反应"②,归根结底,这是整个黑人民族的悲剧,也是美国社会的悲剧。

《最蓝的眼睛》是一部在结构上独具匠心的心理小说,它以"秋、冬、春、夏"四章将一个并不复杂的故事进行了象征性的情节描述,形成了社会与自然、人生与季节合一的框架构造:在第一章以叙事人克劳蒂亚对秋季的回忆开始,在这个季节里,佩科拉步入了这个只爱"蓝眼睛"的美国社会;第二章是佩科拉在严酷的冬天遭父母虐待殴打,又受旁人冷遇蔑视;第三章虽是春天,可是对佩科拉来说却更遭厄运,她被生父强奸后怀了孕,这样的春天对她又有什么美好的感觉;第四章到夏季的末尾,佩科拉产下一个死婴,对她来说一切结束了,她只有在喃喃自语中疯狂起来。显然,作者以一年四季作为小说的结构,表明佩科拉的命运悲剧也和自然界的四季轮回一样不可避免,而且还要一年又一年地延续下去。

> 漂亮眼睛。漂亮眼睛。大大的漂亮的眼睛。跑吧,吉普,跑吧。吉普,爱丽丝跑。爱丽丝有着蓝眼睛。杰里有着蓝眼睛。杰里跑。爱丽丝跑。他们带着他们的蓝眼睛奔跑。四只漂亮的蓝眼睛。四只漂亮的蓝眼睛。天蓝的眼睛。蓝得像福里斯特太太的蓝衬衫一样的眼睛。晨光灿烂的蓝眼睛。爱丽丝——杰里——蓝色——故事书——眼睛。

---

① 参见《性别·种族·文化——托妮·莫里森与美国20世纪黑人文学》,北京大学出版社,1998年,第31页。

② 伯奇:《美国黑人妇女的写作:多彩的被子》,哈维斯特·惠特希夫出版社,1994年,第155页。

一天又一天,佩科拉为蓝眼睛祈祷了整整一年,她虽有泄气的时候但没有绝望,因为她知道,要使一件美妙的事情发生是要花费很长时间的。

这就是佩科拉的命运。

三 黑人命运小说:《所罗门之歌》(1977)

这是一部以情节丰富、艺术完美而著称的作品,评论界认为它的出版标志着莫里森小说创作从深度向广度的开拓。《所罗门之歌》不再像莫里森以往的作品那样局限于对黑人女性人物典型的描绘,而是突出了一个黑人男性青年奶娃寻求自我的成长过程和一个黑人家庭百年来历史演变的记录。

小说从1931年春天北卡罗来纳州互惠人寿保险公司的经纪人罗伯特·史密斯宣布飞越苏必利尔湖的消息写起,在那激动人心的一刻,人们聚集在广场上观看史密斯和他身上那双蓝色的翅膀准备飞翔,一个洪亮的女低音唱了起来:

> 啊!甜大哥飞去了
> 甜大哥走掉了
> 甜大哥掠过天空
> 甜大哥回家了……

当地已故黑人医生的女儿挺着大肚子站在广场上,当她看见史密斯先生按照他的告白、身穿蓝绸制作的一双大翅膀从那圆屋顶后面出现时,她吃了一惊,把带盖的小花篮失手掉在地上,撒了一地红绒做的玫瑰花瓣,花瓣被风吹散,上下飞舞,落在一堆一堆的积雪上。第二天,她在那座叫"不非医院"的慈善医院里生下了个男孩,医院对她格外开恩并非由于她是黑人医生的独女,而是因为前一天史密斯先生从他们头上的圆屋顶跳下来这件事的缘故。史密斯先生听了那首歌,看过玫瑰花瓣,跳进茫茫的大气中去了,一个黑人孩子第一次在慈善医院降生了……

《20世纪美国文学》等书中,称莫里森"善于运用近年流行于拉丁美洲的'魔幻现实主义'笔法来描绘'现代神话'"[①]。《所罗门之歌》的描写,令人想到了马尔克斯、富恩特斯、略萨[②]等人的风格,即便是它的标题也趣味盎然。所罗门以公元前10世纪在以色列国的英明治理载入史册,作为大卫王之子他统治国家达40年之久,他不但善理朝政还善于写诗,据说他所写的1000首《雅歌》乃是爱情

---

① 参见《当代美国文学词典》,江苏人民出版社,1987年,第196页。

② 马尔克斯(1927—2014),哥伦比亚小说家,1982年诺贝尔文学奖获得者。富恩特斯(1928—2012),墨西哥作家、评论家、外交官。略萨(1936—),秘鲁/西班牙小说家。

诗中的精品,于是《旧约全书》中便留下了这位先贤君主的杰作,被称为"歌中之歌"。

那么,莫里森在这部小说里唱的是首什么样的歌呢?应该说是一首表现黑人天性中的歌唱与飞翔的歌,是一首表现年轻一代黑人寻找前辈的足迹、认识世界和追求"黑人之根"的歌。

小说把奶娃(或称奶人)的现实生活与百年来黑人家族的演变交错结合,作品的重点是反映年轻人的成熟和自立,这份关切足以证明莫里森对本民族前途的注目,她笔下的青年男女正是这种意义的象征,正因如此,有评论把这部小说与几乎同时代出版的阿历克斯·哈利的长篇小说《根》(1976)相比较,认为莫里森以其丰富的艺术视野囊括了黑人家族及整个民族的文化传统,所以她的笔法反映了"更为高明的艺术想象"和"文字的优雅"[1],也有人说这部小说在内容上比20世纪50年代黑人小说家拉尔夫·埃利森的小说《隐身人》(1952)更为扎实。

小说赞美黑人天性中的歌唱与飞翔,可是史密斯先生的所谓飞越苏必利尔湖是可笑的悲剧性的举动,在现实生活中没有神话幻想和艺术虚构。你想飞吗?又能飞向何处?作者让奶娃也去学飞翔,那是他追求新奇的冒险冲动,也是他厌倦周围环境的结果。加上他与彼拉特姑妈的外孙女哈格尔之间的感情纠葛,都是促使他决心离家出走的原因。小说最后以奶娃的飞翔而结尾,这也许是为了与开头相衔接,而这种模糊的描写又令人怀疑:奶娃能不能飞向他向往的地方?他真的飞了还是死在别人的枪口之下?他的伙伴吉他[2]开枪打死了他所爱的彼拉多,奶娃默默地掩埋了彼拉多,于是——

> 现在他知道为什么他这么爱她了。不用离开这片土地她就能飞起。"一定还有一个像你一样的人,"他低着头对她说,"应该至少有一个像你一样的女人。"
>
> 甚至在他跪在她身边时,他知道不会再有什么错了:他一站起吉他就会把他的脑袋打掉的。他站了起来。
>
> "吉他!"他喊道。
>
> 他、他、他,群山在说。
>
> "在这儿,哥们伙计!你看见我吗?"奶娃用一只手罩着嘴,用他的另一只手在头上摇着。"我在这儿!"

---

① 《所罗门之歌》附录中对此书的评论摘录。

② 莫里森在小说中所取的人名总是有点怪味,用Guitar(六弦琴)做人名即为一例。奶娃的大名梅肯·戴德(Macon Dead)也是个怪名,梅肯原是地名,戴德是"死了"的意思。

儿、儿、儿,石头在说。

"你要找我吗? 啊? 你要我的命吗?"

命、命、命、命。

吉他蹲在另一块石峰的平顶上,只有夜色掩护着他。他冲着他的步枪枪口笑着。"我的伙伴,"他对自己念叨着,"我的主要伙伴。"他把枪放在地上,站了起来。奶娃停止了摇手,眯起眼,在黑暗中只能看见吉他的头和肩。"你想要我的命吗?"奶娃没有再大声喊叫了。"你需要我的命吗? 就在这儿。"他没有擦干眼泪,深呼吸一下或弯一弯膝——就跳下去了。他像一颗北极星,既敏捷又辉煌,朝吉他飞转而去。至于他俩中谁会把他的魂灵交付到他的哥儿们的凶杀臂膀之中是无关紧要的。因为现在他已知道了沙里玛尔所知道的那道理了:如果你把自己交付给大气,你就能驾驭它。

奶娃成了空中的"飞人",因为黑人们都说所罗门当年就是"非洲飞人",所以奶娃也成了所罗门的后代,正如他在所罗门城里记下来的《所罗门之歌》唱的那样:

> 杰克,所罗门唯一的儿子
> 来呀布巴呀里,来呀布巴汤比
> 转呀转呀摸太阳
> 来呀孔卡呀里,来呀孔卡汤比
> 奶娃也和杰克一样,飞去摸太阳了

四 黑人精神小说:《柏油孩子》(1981)

《柏油孩子》的书名来自莫里森幼年时代多次听到的一则民间故事:从前有一只兔子老是喜欢偷吃一个农夫的卷心菜,主人十分恼怒,有一天便想出一个办法,在菜地里用柏油浇铸了一个孩子人像,如果兔子前来偷吃,只要碰到孩子的身体就无法逃脱。那一次,兔子又来偷吃卷心菜,发现园子里多了一个孩子,就与他客气地打招呼,可是孩子却冷冰冰地不予理睬,于是兔子大怒,一头撞了过去,结果被柏油孩子粘住后动弹不得,终于丧命。据说,这一故事在19世纪美国黑人中间流传甚广,但为了表现黑人们对白人奴隶主的反抗情绪,他们又给故事增添了新的结尾:无法脱身的兔子为了逃生,向白人农场主略施一计。兔子假意恳求主人说:"不管油炸还是活剥我都无话可说,只希望别将我扔到那边的石楠地上去啊,这可是我最害怕的啊。"农场主一听,果然中了兔子之计,在狞笑中将它往石楠地里一扔，于是兔子打了个滚就跳着逃生，还边跳边说："嘿，我就是生长在这里的啊。"

莫里森从这个民间故事中得到启发，并由此构思出一段柏油孩子的现代罗曼史。作者将故事发生的时间安排在1979年秋天到1980年秋天这一年之间，小说开始出场的是一个名叫威廉·格林的黑人青年，他从航行在加勒比海的一艘轮船上跳入海中，当他游得筋疲力尽时，又攀上一只小船，随它来到骑士岛。此岛系富有的白人糖果商人瓦莱里安·斯特里特所有，当时他正与妻子玛格丽特在岛上休养，陪伴他们的是黑人仆人悉尼·查尔兹夫妇及悉尼的侄女雅丹。威廉·格林在骑士岛上的出现打破了岛上平静的生活，斯特里特夫妇盼望的是儿子迈克尔回来共度圣诞节，可是突然出现的却是一个陌生的黑人青年。受到最大震动的则是雅丹。雅丹是在斯特里特夫妇资助下完成大学学业的，由于在巴黎期间遇到了感情上的不快，她来到骑士岛暂住乃是为了调整心理，此刻这个在斯特里特夫妇面前自称"威廉·格林"在她面前又自称"森"的青年的出现，使她虽反感惧怕，却又被他身上的独有气质牢牢吸引。同时，森对这个浅色皮肤、个性乖张的女孩也产生了爱恋。后来，坠入爱河的这对青年离开骑士岛来到纽约，建立属于他们自己的新生活。

从传说中的柏油孩子到小说中的雅丹，似乎可以看出其中的内在联系，莫里森说："传说中白人用柏油孩子来逮住兔子，我记得'柏油孩子'同时也是个外号，如同'黑鬼'一样，白人用它来称呼黑人男孩子和女孩子。"①当年白人用柏油孩子来粘住黑人，小说中的雅丹也是用来影射粘住黑人的柏油孩子，出钱供养雅丹读书的斯特里特就成为类似于传说中浇铸柏油孩子的白人农场主，雅丹不是白人，但她在白人社会的熏陶下已经接受了白人文化观念，她是白人阶层教育的产物。当然，小说绝非传说的翻版，斯特里特不完全是故意制造出雅丹用来粘住这个黑人青年的农场主，当森经不住对雅丹的爱慕企图潜入她的房间却误闯斯特里特的妻子玛格丽特的卧室时，斯特里特没有用过去白人农场主的严厉手段去惩罚这个黑人青年，相反还邀请森与他们夫妻及雅丹共进晚餐，一方面固然缘于他对雅丹的钟爱，但同时也表现出20世纪七八十年代美国资产阶级观念上的转变。在莫里森笔下，斯特里特是一个有财富、有人情味的上等白人，他用巨资买下骑士岛，建造豪华别墅，按他的意志改造河道，消灭岛上的一切野生动物，成为全岛的主宰，他是美国金钱与权力的象征，也是20世纪后期美国白人主义文化的代表。

在小说中，核心人物应该是被柏油孩子——雅丹粘住的兔子——森。莫里森企图把他塑造成牢记非洲传统的黑人文化的守望者，他崇尚自然，体格健壮，

---

① 泰勒·格思里：《托妮·莫里森访谈录》，密西西比大学出版社，1995年，第122页。

皮肤黝黑,身上带有与自然亲近的本质,在他的前额和眼睛里都包含着空间、山峦和热带大草原的气息,他的笑声就像沙沙作响的骤起的风,连他说话的声音都像树林一样,他的名字"森·格林"也好像突出表现与自然相亲的本性。森还对动物、植物的性状有特殊的了解,他对斯特里特说,在花房门口装一面镜子就可以阻止蚂蚁进来,他让斯特里特摇动衰老的树枝,说这样就会开花。动植物们果然如他预料的那样,蚂蚁不进来了,花也开了,斯特里特惊讶地称森有"黑色魔法",悉尼说森有本领可以使"垂死的东西生长"。

但是,森也有无法预计的错误,他带着雅丹想到纽约开辟新的生活,结果却失败了。他敌视现代物质文明,固守黑人的传统文化,而雅丹却向往现代生活,于是两人各站在一极的位置,不可避免地产生了观念上的冲撞,他们之间终于发生了激烈的争吵。他对雅丹吼叫道:

> "在纽约赢得成功。在纽约赢得成功。我讨厌听到这鬼话。它是什么混账东西?要是我在纽约赢得成功,那么我做的一切就是'在纽约赢得成功'。那不是生活,那是在追求成功。我不想追求这个,我想要生活。纽约不艰苦,宝贝儿,不是真的艰苦。它只是忧伤,你在这儿所要争取的是我很久以前放弃的囊中之物。我在全世界生活过,雅丹,我在哪里都能生活。"

可是,雅丹却反唇相讥:

> "你在哪儿也没生活过。"

森反驳说:

> "你呢?你在哪儿生活过?如果有人问你从哪里来,你能说出五个城镇来。你不是任何地方的人,我是埃罗①人。"

对此雅丹又毫不理会:

> "我恨埃罗,埃罗也恨我。从没有比这更为双向的情感呢。"

森与雅丹最后因为相互冲突的志向而分道扬镳,他们之间的矛盾不是男女差别也不是肤色区别而是文化差异,这话是莫里森在接受泰勒·格思里的访谈时说的。假如说在两性关系上他们是平等的话,用雅丹的话来说就是"我们在一起,谁也不控制谁",但文化观念上的冲突决定了他们关系的必然破裂。因为,在本质上,雅丹是白人文化熏陶下的产物,而森则是顽固的黑人文化的产物,森讥笑雅丹没有故乡,有的只是对纽约的情感,而他则可以骄傲地宣称:"我是埃罗人。"

---

① 埃罗,是森的故乡,一个美国南方的小镇。

一场"柏油孩子"与"兔子"之间的感情战争就这样结束了,"一个新型的资本主义美国黑人"与"一个传统的家乡黑人"终于分手了,小说没有对森以后的生活选择做任何交代,这也是莫里森的惯用手法,她希望读者去思考,去参与,然后对主人公的未来生活道路做出决定。作者认为,人物的经历与命运不仅是感情问题,也不仅是职业选择问题,归根到底是美国黑人民族面临的种族与阶级问题。对此,莫里森的一段独白可以作为注解:

> 森被赋予选择的自由,如果森决定加入20世纪,他会去跟随雅丹。如果他决定不加入20世纪,他会把自己封锁在未来之外。他可以完全彻底地与过去认同,但这是一种死亡,因为这意味着你没有未来,只有一个悬浮的地方。①

五　黑人历史小说:《宠儿》(1987)

《宠儿》是莫里森的第五部长篇小说,与前四部小说不同的是,作家已经从对美国当代黑人文化、生活、情爱的关注转向对黑人民族历史渊源的发掘,这也许是受到20世纪70年代黑人作家阿历克斯·哈利等人对远在非洲的美国黑人家族历史的考证的影响,也许是莫里森认为除了描写美国黑人现状之外,更有必要追溯一下他们前辈的悲惨经历。如前所述,《宠儿》一书的创作灵感是莫里森在编辑《黑人之书》过程中接触到大量的美国黑人历史资料时获得的,那个为了不使自己的孩子落入奴隶主的魔爪之中而宁愿将她杀死的女奴隶玛格丽特·加纳的形象成为莫里森的创作动力。

《宠儿》的主人公是一个名叫赛丝的女黑奴,她在19世纪60年代南北战争结束之后的"南部重建时期",从南方奴隶主庄园逃到俄亥俄州,与女儿丹芙生活在孤独封闭的状态之中,然而她所居住的布卢斯通路124号的农舍却整日闹鬼:

> 124号怨气冲天。到处是娃娃们的怨恨。对这一点,屋子里的女人知道,孩子们也知道。好多年来,家里每个人都以自己的方式忍受着这怨恨,可是到了1973年,也只剩下赛丝与她的女儿丹芙两个人继续受它的摆布。奶奶巴比·萨格斯死了,两个儿子霍华德和布格勒在13岁时就离家出走——一个只是往镜子里瞧上一瞧,镜子碎了后(这是霍华德看到的征兆)立刻就跑了;另一个是小手印出现在蛋糕上(布格勒

---

① 泰勒·格思里:《托妮·莫里森访谈录》,密西西比大学出版社,1994年,第112页。

看到的征兆)之后也立刻跑了。他们没有等到更多的怪事发生:一锅鹰嘴豆从地板上的豆角堆里冒起烟来,苏打饼干给弄成了碎片,沿一条线撒在门槛附近。

　　作品以哥特式的恐怖描写,衬托出赛丝虽然逃离了奴隶主的魔爪,但内心依然沉浸在往日的阴影之中,18 年前,她与保罗·D. 一起生活在"甜蜜之家"种植园,曾经有过一段比较平静和谐的日子,但由于开明的主人加纳先生过世,种植园落入被人们称为"学校教师"的加纳太太的弟弟手中,奴隶们开始了遭到虐待的厄运。不堪忍受暴行的奴隶们打算集体逃跑,事情败露后众多奴隶受到残酷的刑罚,只有赛丝侥幸逃脱,其中一个老黑奴被活活打死,保罗·D. 则被戴上镣铐卖到了另一个种植园,后来又因"企图杀人"的罪名被判入狱,发配到佐治亚州服苦役,在皮鞭和铁链中苦熬年头。

　　赛丝与保罗·D. 是被美国野蛮的奴隶制度锁链连接在一起的两只苦瓜,18 年后,保罗·D. 终于来到布卢斯通路 124 号与赛丝重逢,他希望能与她一起开始新的生活,但是往事的阴影沉重地压在他们的心头,他们各自想着自己经历过的苦难,但没有人肯开口讲述这些事情,他们不想谈论,他们不曾记得,他们不愿提及,因为他们害怕。当保罗·D. 来到 124 号时,他已将过去的事件"一件件一桩桩深藏在胸口的烟盒里",赛丝也像得了记忆缺失症,生活在平静的麻木之中,她背上树枝形状的伤疤象征着她的麻木,"没有一点感觉,因为皮肤早已死去",她想以每天忙碌的劳动忘掉过去,但在她心灵深处抛弃不了悲伤、内疚和母爱的折磨,表面的淡漠和内心的煎熬形成强烈的对照,使她无法保持生活的平静,这个隐藏在赛丝心中的痛苦事件就是她在逃脱奴隶主魔爪过程中亲手杀死自己孩子的"罪恶"。

　　那是 18 年前赛丝从"甜蜜之家"逃到 124 号的一个月后,"学校教师"突然带人闯到院子里前来抓捕,情急之中,赛丝奔进棚屋将刚会爬行的幼小女儿扼杀在地上,为的是不让孩子发出的哭叫声使她再度落入魔爪。时间在赛丝的记忆中似乎定格在这一瞬间,这一灾难就像一块黑色的玻璃,"她把这玻璃打碎,然后以互不相连、令人迷惑的现代形式将其重新组合"[1]。小说并未完整地描写这一情节的全过程,而是通过赛丝的回忆和与保罗·D. 的对话断断续续地透露出这一不幸事件的经过,当保罗·D. 向赛丝了解事件真相时,小说写道:

　　　　赛丝明白,她在房间里走动绕的圈子,围着保罗·D. 绕的圈子,以
　　及围着话题绕的圈子将会是同一个圈子。也就是说,她将永远也无法

---

　　① 角谷道子:《评〈宠儿〉》,《纽约时报书评》1987 年 9 月 2 日。

使那圈子圆满,永远也无法向任何询问的人提供确切的描述。如果他
们没能马上得到它——她也永远无法解释清楚。

赛丝的女儿被她亲手杀死了,不是奴隶主杀死她的孩子,而是她,一个身为
母亲的黑人奴隶。依照美国当时的法律,白人奴隶主杀死自己手下的奴隶是无
罪的,而她,一个黑人奴隶,即使是杀自己的孩子也是有罪的。"宠儿"这一鬼魂
的出现是对这一杀婴事件的延伸,赛丝认为她有权利处置自己的孩子,她到底有
没有罪,这是一个特定的历史时期的道德问题。莫里森认为:"唯一有资格能对
赛丝进行评判的是被她杀死的女儿。"

宠儿出现在 124 号院子里,她说自己也是一名女奴隶,被奴隶贩子从非洲卖
到美洲,成为白人奴隶主泄欲的工具,长期被关在没有光亮的小屋子里,主人死
后她逃了出来,沿运河流浪到 124 号门口。可是,赛丝总认为宠儿就是自己 18
年前杀死的大女儿阴魂的复生,连周围人也觉得宠儿是鬼不是人,她的双眼又大
又黑却没有表情。赛丝的女儿丹芙与宠儿一起到棚屋里去取苹果汁,宠儿突然
消失在黑暗之中,而当年赛丝就是在这屋子里杀死自己的孩子的。丹芙害怕地
哭了,宠儿又神秘地出现在她面前,连保罗·D.也觉得宠儿不是一个普通姑娘,
"而是披了伪装的什么东西"。可是,赛丝坚信宠儿就是自己女儿转世投胎的:
"宠儿,她是我的女儿。她是我的。瞧,她自愿回到了我的身边,我用不着向她做
任何解释。"宠儿与赛丝形影不离,亲如母女,她说她流浪到 124 号门口就是为了
来看看赛丝的面孔,她甚至声称:"我要待在这里,我属于这个地方。"

《宠儿》最后以赛丝周围的人们集体驱逐鬼魂为结尾,当邻居们聚集在 124
号门口准备捉拿被视作鬼魂的宠儿时,宠儿突然消失了。她到哪里去了呢? 没
有人知道,正如没有人知道她从哪里来一样,但赛丝从此摆脱了心灵的重压,因
为她在宠儿身上付出的母爱,就是对当年亲手杀死的女儿的补偿。正是在黑人
社区众人的帮助下,她得以调整心态,恢复到现实中来,获得了生活下去的勇气
和力量。有评论家说,莫里森这一象征性的细节安排,表明作者强调了黑人不能
单靠个人力量,只有团结才能获得真正的自由和解放。

第五节　艾丽丝·沃克

一　执着的一生

艾丽丝·沃克(1944—)是 20 世纪 70 年代崛起的又一位黑人女作家,她
出生于美国南方佐治亚州一个黑人佃农家庭,父母以种植棉花为生,家境贫寒。
她从小聪颖好学,在童年时以读书写诗为乐,1965 年毕业于萨拉·劳伦斯学院,

在校期间多喜阅读南方作家作品,尤受弗兰纳里·奥康纳的作品感染,这对沃克独立后致力于以南方黑人生活为题材的诗歌、小说创作产生了重大的影响。沃克大学毕业后先后在美国东部几所大学任教,同时积极参与社会活动,自 20 世纪六七十年代起,投身于争取黑人种族平等的民权运动,活跃在南方密西西比州、佐治亚州地区,还担任过美国女权运动刊物《女士》杂志的编辑。

作为一名黑人女性知识分子,沃克在社会活动中体验到黑人女性不仅要忍受来自白人社会的种族歧视,更要遭受黑人社会中男性对于女性的压迫、凌辱,她认为黑人之间的压迫,尤其是黑人男子对黑人妇女的压迫,比白人的种族歧视所产生的后果尤为严重。因此,在她后期的作品中,大量揭示的是 20 世纪 70 年代女权主义运动提出的关于人工流产、色情文学、家庭性暴力和施虐—受虐狂等社会问题,并从自身的感受出发,致力于描写黑人妇女在社会多重压迫下的不幸命运,使沃克经过不长的一二十年创作和呼吁,成为在美国黑人文学中具有斗争精神的代表作家。

沃克发表的第一部作品是写作于萨拉·劳伦斯学院求学期间的诗集《一度》(1968),这部作品在她大学老师的资助下才得以出版。1970 年出版的小说处女作《格兰奇·柯普兰的第三次生命》,是沃克作为黑人小说家的开始。小说描写了生活在南方的佃农柯普兰一家三代人的生活,在那里,长期的贫穷落后和种族歧视,使黑人男人们成了疯狂的野兽,他们将社会上受到的压迫与侮辱愤怒地发泄到家庭中女性身上,使女人们成为双重压迫的牺牲品。主人公格兰奇的最后获得解放,是以他的妻子女儿的血泪为代价的,她们为了让男人们得到有限的自由,不仅付出了劳动所得的金钱,甚至还包括肉体。在作品中,作者的愤怒溢于言表:在美国,最底层、最可怜的被压迫者不是全部黑人而是黑人妇女。故事的尾声写到了格兰奇的第三代——孙女露西,她在社会力量的鼓动下终于投身于黑人民权运动,在真正的意义上站了起来,然而柯普兰一家三代为此已经付出了沉重的代价,而且对于未来的自由平等生活也只能是一种美好的憧憬。

1973 年,沃克出版了第二部诗集《革命的牵牛花》,同年又出版了短篇小说集《爱与烦恼:黑人妇女的故事》,显示了她在创作上的才华,但使沃克在美国文坛上崭露头角的则是她的第二部小说《梅丽迪安》(1976)。小说描写了 20 世纪 60 年代黑人民权主义积极分子梅丽迪安的坎坷经历,她始遭男友抛弃,后目睹战友惨遭杀害,接着又见证了民权运动内部的矛盾分裂,一系列的打击几乎使她伤心绝望,几乎客死他乡。然而,对黑人民权的渴望和对未来的信心使她重新振作起来,她坚信黑人身上的传统道德力量一定会战胜种族主义暴力,于是她重返故乡在黑人社区寻找新的生活,努力发扬黑人的价值观,表现出黑人民权运动在黑人民族精神和巨大心理支柱影响下的力量。

整个 20 世纪 70 年代,沃克频频出版新作,使美国文坛惊呼又一位出色的黑人女作家的诞生。除《梅丽迪安》外,又先后于1973年出版传记《美国诗人兰斯顿·休斯》,1979年发表诗集《晚安,威利·李,明天再见》和小说《当我大笑时,我爱我自己》,1981年出版短篇小说集《你征服不了好女人》,然而真正为沃克确立在美国文坛地位的则是1982年出版的长篇小说《紫色》。

《紫色》以一对分别生活在美国南方和非洲大陆的黑人姐妹的命运遭遇为题材,写出了黑人妇女在打碎身上锁链争取平等权利过程中的艰辛。小说出版后即获舆论的广泛好评,1983年先后获得美国国家图书奖、普利策小说奖和全国书评家协会奖。1985年又被改编成电影,产生了全国性的轰动效应,被公认为20世纪80年代美国小说创作的一大收获。

在美国黑人女作家中,沃克以创作思想深邃而著称。她的所有作品都致力于描写黑人尤其是黑人妇女自强不息的奋斗精神,塑造出一系列优秀的黑人妇女形象,在她们的身上体现了黑人民族的苦难经历和生生不息的力量;同时力图显示来自非洲大陆的黑人文化的优良传统和社会风俗,表明黑人民族即使在白人占统治地位的美国物质文明社会,也依然具有它不可改变的地位和力量。1983年,沃克出版的论文集《寻找母亲的花园》再次反映了作家的这一观点。1998年出版的长篇小说《由于我父亲的微笑》是沃克20世纪的最后一部力作,抨击了宗教势力对女性的压制,强调了黑人妇女追求性爱的权利。

二　黑人女性斗争小说:《梅丽迪安》(1976)

这是一部描写一个企图通过斗争寻找自我解放的黑人妇女形象的小说。梅丽迪安已经不同于沃克第一部小说《格兰奇·柯普兰的第三次生命》中那些逆来顺受、恪守妇道的黑人妇女了,她是作者刻意塑造的具有自强不息奋斗精神的黑人新女性,20世纪60年代美国南方黑人民权运动中的女性典范。小说中的梅丽迪安已不再是只知道生儿育女、伺候丈夫的家庭奴婢,她已经开始觉醒,决心冲破家庭的牢笼走向社会,为千千万万同样受压迫受侮辱的黑人姐妹获得做人的尊严和人生价值而投身到社会斗争的洪流中去。在这个黑人女性身上,逆来顺受的弱者形象已被觉醒者的姿态替代,她所立志推翻的就是凌驾在黑人女性身上的种族和性别双重压迫,梅丽迪安无法容忍数百年来黑人女性悲惨命运身上的枷锁,到了20世纪60年代在美国社会还存在这种罪恶现象,所以她决心摆脱家庭、丈夫、儿子的牵挂,要为黑人姐妹们闯出一个真正拥有人的尊严的新天地。

如果在《格兰奇·柯普兰的第三次生命》中,沃克还仅仅让露西的出场作为黑人女性的未来前途的一丝光明象征,那么,在梅丽迪安身上,作者已经倾注了全部的理想憧憬,塑造出一个令人信服的黑人新女性典型。小说写到梅丽迪安的觉醒并不是一时冲动,她早在13岁时就对宗教产生怀疑,她无法忍受母亲这一代人逆来顺受不知反抗,把命运交给上帝安排,将教堂视为逃避现实的避难所,还强迫自己成为虔诚的教徒的情景,于是她也失去了母爱,这种爱虽然是她所需要的,但这种爱"要想重新获得是有条件的,而这条件是梅丽迪安永远无法达到的"。

作为黑人新女性,梅丽迪安立志奋斗,意味着她会失去母爱,被宗教视为叛逆者,还要忍受婚姻破裂、骨肉分离的痛苦。她与放荡的丈夫离了婚,将孩子送给别人抚养,在17岁时,只身投入民权运动,她努力读书,努力工作,在大学学习各种理论课程,还主动接触马克思主义书籍,从自己的苦难经历中认识到美国社会贫富不均、种族歧视的矛盾本质,使她更加坚定通过斗争改变现状的决心。在民权运动遭到挫折时,她又返回南方故乡,串镇走户宣传自己的观点,她先后当过小学教员、富人家的厨娘,虽然地位低下、生活艰难,但不改志向,因为她相信自己的事业是正义的,"她虽已体弱不堪,身无分文,更无权力,但她相信可以平静地达到自己的目的,使这个庞大的国家向她下跪"。

也许有人把梅丽迪安看作是20世纪下半叶美国社会的"娜拉",存在着她"出走"以后怎么办的问题。但作者认为梅丽迪安的"出走"并不是为了个人,她是无私的,她是为了所有黑人女性走出宗教、家庭、婚姻的牢笼,她有坚定的信念,要为自己的理想奋斗到底。当然,梅丽迪安还没有达到"为全人类的幸福斗争到底"的崇高境界,事实上,她的内心始终怀有一种沉重的负罪感,她认为自己的出生是一个罪过,正是她的出生"破坏了母亲的宁静,毁灭了母亲的前程,但她不明白这一切怎么会是她的过错"。当后来她为上大学而将自己孩子送交别人抚养时,儿时的负罪感转化成了对孩子的内疚,晚上常为孩子遭到非命的噩梦而惊醒,这就是美国黑人女性在双重压迫下产生内心恐惧的由来。

小说最后将梅丽迪安的思想出路设计在对宗教的理解之中,她在黑人教堂里找到了她的精神所在,这不是白人们信奉的基督教,而是黑人古老的圣歌,她在那里听到了使黑人们团结一致的人民的歌声,在那里的黑人群体中找到了"再生的力量"。她又鼓起了对黑人事业的希望,于是她又整理行装踏上新的旅程走向未来。

无疑,作家在梅丽迪安身上寄托了黑人女性通过自我奋斗达到自由独立境界的理想,但沃克无法判断她笔下的主人公究竟在何时、何地可以实现这一理想,她在再次外出漂泊途中,何时、何地是她思想的真正归宿,在当时的美国,恐怕作家确实无法肯定地回答。

三 黑人女性精神小说:《紫色》(1982)

小说的主人公是一个名叫西莉亚的黑人女性,14岁,当她还是情窦初开的少女时,却遭到了继父的多次强奸,先后生下两个孩子,后来继父又将孩子丢出家门,声称"抱到野外树林里杀了",她的母亲也因此遭受身心的极大折磨,不久病故。可是这个邪恶的继父并未放弃邪恶的本质,玩弄了西莉亚以后,将她嫁给一个有三个孩子的鳏夫,并把淫荡的目光盯上了她的妹妹耐蒂。西莉亚的丈夫娶她为的是获得一头奶牛的陪嫁、一个可以照看他孩子的保姆和一个供他泄欲的女人。西莉亚在极度的恐惧之中只有向上帝写信倾诉内心的痛苦,在她心目中,上帝就是她能够生活下去的最后一块基石,她像"一根木头一样"地活着,对这个丈夫毫无感情可言,却尽着继母和妻子的责任。

假如西莉亚为此浑浑噩噩地生活下去,那么她也就只能是千千万万受压迫受侮辱的黑人女性中的一个,作品充其量也只是在揭露美国社会底层黑人悲惨命运方面产生一些价值。沃克的创作力量并不只是为了表现这些负面的社会面目,她力图塑造的是一个努力奋起以显示自我价值的黑人新女性形象;因此,读者在小说中看到了一个成年以后为争取独立人格而斗争的成熟的黑人妇女。有趣的是,指引西莉亚走上自立道路的却是她的丈夫艾伯特的情人——歌女莎格·艾弗里。莎格拥有美丽、自信、性感、活泼等个人优势,她虽是黑人妇女却不甘心成为男人的性欲奴隶,她自由自在流浪江湖,依靠自己的歌唱才能谋生,而这一切都是西莉亚所没有的。所以,当这两名不同个性色彩和命运遭遇的女人相遇时,必然会产生强烈的碰撞。

也许是情节发展的需要,小说中西莉亚与莎格的第一次相见竟是丈夫将莎格带回家来休养的特殊场景。原来莎格·艾弗里当时正带了一个歌舞班子来镇上演出,但因劳累而病倒,由于她原先名声不佳,无人愿意收留她,艾伯特不顾触犯众怒将莎格接回家中。在善良的西莉亚的悉心照料下莎格转危为安,莎格病愈后又外出唱歌赚了不少钱,还带回了让大家感到意外的一件"礼物"——她的新丈夫格雷迪。

显然,莎格是小说刻意树立的一个黑人新型女性,在她身体有病的时候,是在西莉亚的照料下康复的;同时,莎格的人生观、事业观又治愈了西莉亚精神上的疾病。在接触莎格之前,西莉亚一直生活在软弱、混沌之中,她不知道黑人女人也有自尊,不知道妻子可以反抗丈夫的虐待,不知道她也有争取独立人格和事业成功的权利;如今,在莎格的鼓励和启发下,西莉亚惊讶地认识到了这些。在此之前西莉亚从没有在与异性的性行为中得到过半点愉悦,甚至对女性的身体结构和生育原理都一无所知,莎格成了她精神上和生活上的导师,还成了她免遭丈夫殴打的保护神。在莎格的指点下,西莉亚第一次在镜子面前欣赏了自己的女性魅力,第一次在与莎格的同性爱恋中得到了关怀和快乐,从这一刻起,她似乎才真正体验到作为一个女人的幸福。

《紫色》出版以后,舆论认为这是美国 20 世纪 80 年代又一部关于黑人妇女的力作,更重要的是它是由一位黑人女作家创作的小说,它的主题有别于以前的黑人小说,它使 40 年代《土生子》问世以来的黑人小说中显示的种族矛盾、黑人民权运动的主题有了一个更深层次的发展和挖掘,甚至可以理解成自 20 世纪初杜波依斯倡导争取黑人的民族平等和个性自由的黑人文学以来,在强烈表现黑人个性自由、种族平等和女性尊严等社会问题上的一个大的突破。此外,小说在形式上也别具一格,它是以西莉亚与妹妹耐蒂间的书信体格式为基本模式,通过一名黑人女性委婉、哀伤的笔法描绘了她的生活经历,而她成熟之后直到中年又表现出顽强不屈、自强独立的性格转换。

正是由于《紫色》是一部由黑人女性作家创作的塑造黑人女性形象的小说,它所叙述的是一名软弱的黑人女性成长为争取独立的新女性的艰难历程,因此更具有典型意义。作者在作品中注重将种族意识和女性意识放置在一起加以描述,特别是主人公从黑人—女性—被侮辱者这三重阴影下生活的内涵转换到独立、自强、自信和做一个有理想的真正的女人这一过程,通过人物的内心独白显示出来,更具有感人的魅力。当年嫁给艾伯特时她一心照顾三个可怜的孩子,"人们都说我对待他的孩子真好",但丈夫却毫不领情,反而时时殴打她,而西莉亚只是"我拼命忍着不哭,我把自己变成木头,我对自己说,西莉亚,你是棵树,我就这样知道树是怕人的"。在这样的环境里,西莉亚的唯一信念就是忍耐,妹妹耐蒂劝她反抗、斗争,她却回答说:"我不知道该怎么斗争,我只知道怎么活着不死。"在丈夫"老婆就该听话"的棍棒政策下,连艾伯特的姐姐都说:"你得跟他们斗。"可是西莉亚依然认为:"我不斗,我安分守己,可我活着。"

像这样逆来顺受的黑人女性在美国黑人民族中恐怕不是个别的,小说正是以主人公觉醒前后的强烈反差来揭露这一社会现象的黑暗本质。在莎格的影响下,西莉亚终于认识了人生的价值、人格的珍贵,她不再相信上帝了,她不再屈从于丈夫、家庭的压迫了,在她心中慢慢燃起了自尊自强的火焰,最后她不顾丈夫的恐吓,跟着莎格外出谋生,走上了一条自强自立的新生之路。莎格告诉她:"你眼睛里没有了男人,你才能看到一切!"这话令西莉亚震惊,于是她也终于敢于对艾伯特说:"就是你这个卑鄙的混蛋,我说,我现在该离开你去创造新世界了,你死了我才高兴,我可以拿你的尸体当蹭鞋的垫子……当耐蒂和孩子们回来,我们大家要好好揍你一顿!"

西莉亚的个性解放在小说中的表现是比较彻底的,她在人格上、经济上、宗教信念上、男女关系上都取得了解放和成功。特别是宗教信仰上,这是影响黑人民族千百万人一辈子的意识,但西莉亚却对它做了彻底的批判。在莎格的影响下,她把上帝视为存在于每个人心中的仁爱,或者是存在于大自然之中的造化,任何一个热爱自然、热爱生活、热爱他人的人都会找到上帝。她的宗教观是自然神论在美国黑人女性中的具体表现。在 20 世纪 80 年代重新议论基督教在现实生活中的人们心中的定位,小说所提出的无疑是一个重大的社会问题。

　　小说为主人公设计了一个比较圆满的结局,丈夫艾伯特的忏悔,莎格事业上的成功,耐蒂及其丈夫从国外回来,都使西莉亚的生活增添了光彩,而她的思想人格上的脱胎换骨也呈现了人们盼望的黑人女性的自强自立所带来的光明前途。也许作品这样的结尾过于理想化,但这也可以理解成是沃克的社会立场的表现,在她看来,如果没有种族歧视、男权主义的彻底改变,美国社会不可能获得发展,黑人女性也只有在自强自立之中才能赢得应有的尊严,这正是作者在众多小说中执着地表现的民权运动与妇女运动的主题内涵,也可以说是小说成功的一个重要原因。

第十一章　黑色幽默小说

第一节　西方后现代主义对美国的影响
与黑色幽默的崛起

一　后现代主义的产生及其对美国文学的影响

多数西方文学史家都把 20 世纪五六十年代以后出现的西方非现实主义文学流派视为这个世纪二三十年代繁荣于西方文坛的现代主义的继续和翻版,因此,把这一文学流派称为"后现代主义"。现代主义,或称现代派、先锋派,在文学范围内的表现主要指 20 世纪初期形成,至该世纪 20 年代后发展繁荣的非现实主义文学思潮,是"富有时代特征,深刻而广泛地反映了现代西方社会矛盾和人们心理的一个重要流派"①,它的根源可以追溯到 19 世纪中叶以后的唯美主义、前期象征主义,但其繁荣于西方文坛并成为风行西方主要国家的文学流派,则是在第一次世界大战之后。20 世纪 20 年代开始,包括未来主义、表现主义、存在主义、后期象征主义和意识流等在内的形形色色的非现实主义流派成为西方文坛的主流现象,涌现了一大批为当时人们瞩目并对整个世界文学产生了巨大影响的作家,诸如法国的布勒东、让-保罗·萨特、马塞尔·普鲁斯特,爱尔兰的詹姆斯·乔伊斯、威廉·叶芝,英国的弗吉尼亚·伍尔芙、T. S. 艾略特,奥地利的弗朗兹·卡夫卡,美国的尤金·奥尼尔、埃兹拉·庞德,瑞典的约翰·A. 斯特林堡等,都成为整个 20 世纪文坛的一流人物。

对现代主义的产生、发展、繁荣的原因做出分析,也许是一项十分复杂的工作,但归纳起来可以用一句话来表示:现代主义是人类在 20 世纪空前复杂、空前激荡的社会、政治、经济矛盾斗争中,在无数次大大小小战争形势的威逼和思想心理恐惧与彷徨中,所产生的非理性主义与反传统的文学综合表现。它在思想上受叔本华的唯意志主义、尼采的权力意志论、柏格森的直觉主义、弗洛伊德的精神分析学说和克尔恺郭尔的存在主义的影响,在艺术上强调表现人类内心生活和心理世界

---

① 　袁可嘉:《外国现代派作品选》,上海文艺出版社,1980 年,前言。

的真实,提倡对社会现象、人类本性丑陋的揭露,普遍采用象征、隐喻、夸张、荒诞的手法,以描绘出人类社会异化的本质。

现代主义在20世纪前50年的发展过程中,对整个世界文学尤其是西方文学造成了巨大的冲击,它使18世纪以来的单一的文学表现走向多元,形成了20世纪文学由传统的现实主义、现代主义和无产阶级左翼文学"三足鼎立"的局面,尤其是现代主义以它的反传统面目更令人们瞩目。①

在第二次世界大战之后东西方两大政治军事力量矛盾对立的形势下,20世纪50年代形成了为政治家所公认的"冷战"时代,这使现代主义又获得了发展与继续的社会环境,以法国让-保罗·萨特和阿尔贝·加缪为代表的存在主义文学,以法国萨缪尔·贝克特和欧仁·尤内斯库为代表的"荒诞派戏剧",以法国阿兰·罗布-葛里耶和克洛德·西蒙为代表的"新小说派",以哥伦比亚加西亚·马尔克斯为代表的"拉丁美洲魔幻现实主义",以美国艾伦·金斯伯格为代表的"垮掉的一代"先后涌现于文坛。而就美国小说而言,"黑色幽默"也在20世纪60年代前后成为后现代主义的一支重要力量,并对整个西方文学尤其是小说创作带来重大影响。对后现代主义内涵和范围的界定,评论界一直是有争议的,但有几点可以肯定。第一,后现代主义是特指第二次世界大战之后"冷战"时代形成于西方主要国家的现代主义流派,说它是现代主义的第三次高潮也罢,说它是现代主义的尾声也罢,它与20世纪上半叶风行于西方文坛的现代主义是一脉相承的,在思想上是存在主义的发展,在艺术上是现代主义手法的继续。第二,被纳入后现代主义的"存在主义文学""荒诞派戏剧""新小说派""垮掉的一代""黑色幽默小说"以及稍后形成的"拉丁美洲魔幻现实主义"都是在五六十年代风云变幻的两大政治集团冲突斗争,人们继续对人类命运、世界发展产生内心的困惑和不安的形势下的产物,也可以视为"冷战"心理在文学上的反映。第三,后现代主义在现代主义文学成就的基础上,更加注重于对社会本质、人类思维的思考与探索,并通过与电影、电视、音乐、戏剧、绘画、雕塑、舞蹈等其他艺术载体的结合,创作出大批思想内容深刻、艺术技巧奇特的文学作品,形成了20世纪下半叶文学空前繁荣的局面,萨特的哲学著作《存在主义是一种人道主义》(1946)、加缪的小说《鼠疫》(1947)、贝克特的戏剧《等待戈多》(1952)、尤内斯库的戏剧《秃头歌女》(1950)、布罗-葛里耶的小说《橡皮》(1952)、西蒙的小说《弗兰德公路》(1960)、金斯伯格的诗歌《嚎叫》(1956)、马尔克斯的小说《百年孤独》(1967),都已经成为代表这一文学流派的经典之作,获得了文学史上的应有地位,贝克特、西蒙、马尔克斯都获得了诺贝尔文学奖,这表明后现代主义不仅是现代主义的继续,更是它的发展与深化,也表明后现代主义文学已经成为西方文学重要的组成部分。第四,由于现代主义自身不可避免的思想局限和艺术偏见,也

---

① 关于20世纪文学的"三足鼎立"一说,参见本书第十二章第一节。

传染给后现代主义,并且使它在反传统道路上从激进走向极端,部分后现代主义作家刻意以非艺术的方式去反映作品主题,以致将文学作品等同于文字游戏,失去了大部分读者的认同,这也许是后现代主义在 20 世纪 70 年代走向衰落并与革新后的传统现实主义出现趋同现象的一个原因。[①]

作为西方文学重要组成部分的美国文学,早在 20 世纪 30 年代就已产生奥尼尔、艾略特、庞德等跻身于世界文学之林的现代主义文学大师,同时像福克纳,一方面作为美国南方文学的杰出代表,另一方面也有不少评论家将他视为意识流的重要作家,将他的创作与乔伊斯、伍尔芙等人的作品归为一类;即使是海明威,也常被认为是广泛意义上的现代主义文学的重要一员。50 年代以后,存在主义、荒诞派戏剧在美国也产生了重大的影响,爱德华·阿尔比的荒诞剧《美国梦》(1961)、《谁害怕弗吉尼亚·伍尔芙?》(1962)就是其中的代表,以诗人金斯伯格(1926—1997)和小说家杰克·凯鲁亚克(1922—1969)为代表的"垮掉的一代"在 50 年代的美国文坛出现也并非偶然现象。而从小说创作而言,影响最大的无疑是黑色幽默小说的崛起。

二　黑色幽默小说产生的历史背景及其创作成就

20 世纪五六十年代是美国社会的多事之秋,"雅尔塔体系"[②]的形成导致第二次世界大战后东西方集团对峙的"冷战"局面,接着朝鲜战争[③]、越南战争[④]先后爆发,使美国直接卷入了与中国、越南等东方社会主义国家的军事对抗。与此同时,20 世纪 50 年代在美国本土出现的以反共反社会主义为目的的"麦卡锡主

---

① 对于 20 世纪 80 年代以后的世界文学走向,可参见拙著《20 世纪世界文学:回眸与沉思》,百花洲文艺出版社,1998 年。

② 1945 年 2 月 4 日至 11 日,在苏联克里米亚的雅尔塔举行了苏、美、英三国元首参加的会议,确立了第二次世界大战胜利后对德国的分割占领原则,由此形成了 20 世纪 40 年代后东西方两大政治军事集团对世界利益的分配,即以后为历史学家、政治学家所称的"雅尔塔体系",也由此引发了长达四十几年的"冷战"。

③ 朝鲜战争,指 1950 年 6 月,以美国为首的"联合国军"及韩国军队与朝鲜民主主义人民共和国军队之间在朝鲜半岛上爆发的战争。同年 10 月中国人民志愿军参战支援朝鲜军队。1953 年 7 月双方签订停战协定,此次战争共死亡 300 万人左右。

④ 越南战争,指 1955 年在法国殖民军撤离越南以后,越南社会主义共和国军队与南越军队之间爆发的战争。1965 年美国直接派军队参战支援南越政权,最多时达 38.9 万人,1973 年 1 月 27 日签署停战协定,美军撤离越南,1976 年 7 月 2 日越南统一。此战双方共死亡 120 万人以上。

义"，更造成了国内民众的思想混乱，出现了所谓"怯懦的 50 年代"①，这既是对现实主义的直接打击，也为"黑色幽默"的产生与发展提供了思想基础。在"黑色幽默"的作品中，小说占据了绝大多数，它们反映了年轻一代的美国作家对精神生活的追求和向往，对于"美国生活方式"提出了大胆的否定。看来这确实是美国当代人思考的一个主要问题。在混乱的生活面前他们充满了困惑，战争、种族矛盾、贫困、失业和政治迫害等使他们产生了变态心理，而这种变态心理又成为形形色色流派作家进行创作的重要思想内容。

进入 20 世纪 60 年代以后，美国在"冷战"环境中更是事端频发，先后出现了古巴导弹危机②、肯尼迪遇刺身亡③、马丁·路德·金遇刺身亡④和全国性反对侵越战争浪潮；70 年代初又爆发了震惊国际社会的"水门事件"⑤。这一系列政治事件必然会对千千万万美国人的心理、思想和精神状态产生影响，反映到小说创作中则是黑色幽默小说、荒诞派小说、反现实主义小说、存在主义小说等流派小说的产生，人们一般把它们合称为"后现代主义小说"。所谓"后现代主义小说"大都是用荒诞的、隐喻的、超现实的笔法，以曲折的形式来达到揭露现实、反映人们内心世界的目的，它们的作者几乎都厌恶这个社会，甚至抱着绝望的心情。所以这个流派的小说家不惜用夸张、讽刺乃至歪曲现实的"愤世嫉俗"之笔来揭示世界的本质，而结果往往是以荒谬隐喻现实，以丑陋代替美感，把一切都颠倒了。60 年代以来，在整个文学潮流中以"黑色幽默"派影响最大，其次是"垮掉的一代"。当然，这些流派从总体上来说是建立在资产阶级唯心主义、非理性主义和

---

① 美国共和党参议员 J.K.麦卡锡在 20 世纪 50 年代初期提出迫害美国共产党和左翼分子的反共法案，至 1954 年 12 月参议院谴责他的不当行为为止，全美有数十万进步人士遭到逮捕和审讯，造成了第二次世界大战后美国最黑暗的时代。对这一疯狂的反共反人民的极右政治立场，史称"麦卡锡主义"，这一政治迫害浪潮导致了"怯懦的 50 年代"的产生。

② 1962 年 10 月 22 日，美国总统约翰·F.肯尼迪宣布禁止运载核武器的苏联货船驶往古巴，对古巴海域实行封锁，理由是侦察照片表明苏联在古巴领土上已装置了导弹发射场，对美国领土构成直接威胁。10 月 28 日，苏联领导人尼·谢·赫鲁晓夫表示妥协，下令从古巴撤走全部导弹和携带导弹的飞机，美国承诺永不侵犯古巴。至 11 月底，双方履行诺言，古巴导弹危机结束。

③ 1963 年 11 月 22 日，美国总统约翰·F.肯尼迪在其车队经过得克萨斯州达拉斯市时遇到刺客枪击中弹身亡。

④ 美国黑人民权运动领袖马丁·路德·金(1929—1968)系美国浸礼会的黑人牧师，以雄辩著称，1964 年获诺贝尔和平奖，1968 年 4 月 4 日在田纳西州孟菲斯市遭白人凶手詹姆斯·雷枪击身亡。

⑤ "水门事件"是指 1972 年 6 月 17 日争取总统连任委员会的安全官员麦科德等人携带电子侦察设备潜入华盛顿水门大楼民主党全国委员会总部时遭到逮捕一事。由于涉及共和党在职总统尼克松的责任问题，尼克松因此于 1974 年 8 月被迫辞职。这是美国两党的政治丑闻，对美国人民的精神刺激很大。

虚无主义的基础上的,它们是中、小资产阶级知识分子找不到思想出路时的苦闷和厌世情绪的表露,它们否定人生,否定世界,尽管客观上起到了一定的揭露作用,但消极成分是十分明显的。当然不同的作家常有不同的形式、内容和风格,对他们的作品也需要具体分析。

黑色幽默小说是"黑色幽默"在小说方面的表现。最早提出"黑色幽默"这一观念的是法国超现实主义代表人物布勒东,他在评论英国讽刺小说家斯威夫特的作品《一个谦逊的建议》时,认为"黑色幽默"是超现实主义的一个重要手法,他主张对社会现实的描写要采用幽默可笑的手法,以揭露社会上存在的荒唐面目,表现出作家内心的愤懑、忧郁和痛苦,故以"黑色"称之。布勒东在1940年还编辑了一部《黑色幽默诗选》以宣扬他的观点。但真正使"黑色幽默"在20世纪西方文学中造成巨大影响的却是美国,1965年3月,美国作家弗里德曼编选的当代美国作家小说选集的标题,与布勒东的观点相似,意谓痛苦的、绝望的、荒诞的幽默,因而也被西方评论家称为"病态的幽默""变态的幽默",或是"大难临头的幽默",甚至说成是"绞刑架下的幽默"。黑色幽默严格地说并非一个文学流派,被人称作"黑色幽默派"的作家也并无统一的文学主张,更无明确的宣言。这些作家大抵由于对社会现实的不满和反感形成了他们荒诞、讽喻的艺术特色,他们的反常性格来源于社会的精神压抑和两次世界大战以来人类道德沦丧的消极影响。以作品反映的色彩而论,黑色幽默小说是最具有时代特征的,它与同时期出现于英、法的荒诞派戏剧一样,用一种非常规的方法来揭示生活的实质,它的主题基本上是严肃的,对生活现实的描写也具有一定的艺术魅力,这也就是黑色幽默小说之所以能成为"后现代派"的主要代表并在美国文坛上造成重大影响的原因。

黑色幽默小说的鼻祖,一般公认为是俄裔犹太小说家弗拉基米尔·纳博科夫,此后又涌现出库特·冯尼格特、托马斯·品钦、唐纳德·巴士尔姆、威廉·盖迪斯等一批优秀的小说家,其中约瑟夫·海勒尤以他的小说《第二十二条军规》一跃成为黑色幽默的代表性作家,该小说出版后造成轰动效应,标志着黑色幽默小说已进入美国文坛的主流,成为20世纪60年代最具后现代主义色彩的小说流派。尽管有的作家如冯尼格特并不承认自己属于黑色幽默派,但人们(包括评论家和广大读者)似乎都认为以情节的荒诞、手法的幽默、揭露的尖锐来分析,用"黑色幽默"一词来归纳这批小说家的特征是最准确不过的了。

黑色幽默小说的成就也从一个侧面反映了人们在当时对美国社会的普遍忧虑和批判心情,尽管许多小说中的故事情节、人物形象是生活中并不存在的,但读者读后似乎都认为:这就是我所生活的美国。

三 黑色幽默小说的思想价值与艺术特色

作为后现代主义重要流派的黑色幽默,20世纪上半叶发端于欧洲,却最终在六七十年代以小说创作形式繁荣于美国,成为这一时期绚丽灿烂的美国小说百花园中的一朵奇葩,这一现象可以视作西方后现代主义思潮与当时美国社会现象以及小说家的观念认识结合的成果,也是第二次世界大战以后世界动荡不安、社会矛盾激化的客观现实与作家的复杂心理碰撞后所爆发出来的思想火花。由于黑色幽默小说在美国文学以至整个 20 世纪世界文学中的巨大影响,它成为20 世纪六七十年代美国文学中最重要的流派之一,同时黑色幽默作家通过独特风格的创作模式所显示出来的深邃的思想价值和丰富的艺术特色也已经成为整个 20 世纪世界文学的经典内容。

第一,黑色幽默是在 20 世纪六七十年代特殊历史背景下的产物,它以荒诞的幽默、夸张的嘲讽来揭示西方资本主义国家丑恶、混乱的一面,具有强烈的批判作用,这些批判虽然带有消极的成分,例如对人类命运过分悲观,甚至认为整个世界都是丑陋荒诞的,等等,然而它的主流是积极的,以非现实主义的手法来揭示西方社会的本质现象,给读者以震撼。海勒的《第二十二条军规》为什么会产生轰动效应?因为小说描写的不仅仅是地中海皮亚诺扎小岛上这支美国空军飞行大队的丑恶内幕,它揭示的是整个美国的本质,那个捉弄人、欺骗人的"第二十二条军规"就是笼罩在所有美国人身上的永远摆脱不了的罗网,因此"catch-22"进入了大众词汇之中,成为专横暴虐的官僚机器的代名词,这就是小说的思想价值。同样,冯尼格特的小说《第五号屠场》写的虽是第二次世界大战期间美军轰炸德国德累斯顿时所发生的惊心动魄又离奇荒诞的故事,但它是在美国民众反对越南战争的高潮时刻出版的,小说揭露的战争暴行和作者的人道主义观念,成为推动美国青年反战的精神力量。

第二,黑色幽默小说一反现实主义的叙事手法,以非常的结构、非常的题材塑造出非常的人物,揭示出重大的主题,这对于打破 20 世纪 50 年代以来美国文坛在麦卡锡主义阴影笼罩下万马齐喑的沉闷局面起到了重要作用,甚至可以说黑色幽默的出现使得美国文坛获得了重新振兴的力量,因此将它视为 20 世纪美国文学的中兴之举也不过分。虽然黑色幽默在表现手段上不同于 20 世纪上半叶的新现实主义,而且从内容上、形式上、人物形象上都显示出截然不同的风格,但它们在主题表现上都是一致的,都致力于揭示美国社会深层次的矛盾本质,抨击上层统治集团的战争疯狂症,反映出 20 世纪美国人民尤其是下层民众的不幸和愤懑,所不同的也许是受到后半世纪社会观念意识的影响,黑色幽默在表述艺术上采取了一种更含蓄、更曲折、更耐人寻味的手段,因此可以说它也更具有艺术魅力。如冯尼格特的《猫的摇篮》,虽有虚妄荒诞成分,却写出了当代科学发展与人类道德的重大主题,对 1945 年 8 月美国在日本广岛、长崎投放原子弹的人类首次核灾难进行了深刻的反思;纳博科夫的《洛丽塔》则对人性、性爱与人类道德标准的矛盾做了探索,也许这正是这部小说引起人们广泛注意的一个重要原因。

第三,人物大都个性复杂、思想混乱,受到社会和时代的种种影响,充满着内心的惆怅和痛苦,具有"反英雄"的鲜明特征。如果说贝娄 20 世纪 60 年代的名作《赫尔索格》是一部犹太中产阶级知识分子的精神悲剧,作品的主人公赫尔索格是一个美国社会文明的受害者、一个落难的英雄,他的复杂思想的演变过程和坎坷的生活经历集中代表了当时美国广大知识分子在社会意识的打击下精神濒于崩溃边缘的痛苦,那么,黑色幽默小说中的人物也大都是精神的受害者,时代的被抛弃者,他们都是些畸形儿、传统道德的叛逆者,所谓"反英雄"的含义即是指这个意思。在这些作品中,作者力图探讨人们精神蜕化、演变的根本原因,并希望读者也去思索产生这些现象的社会根源。《普宁》中塑造的那个迂腐可笑的犹太教授普宁,《第二十二条军规》中无法摆脱统治者设下的罗网的尤索林和《猫的摇篮》中因为发明了原子弹而遭受身心摧残的科学家费利克斯·霍尼克博士均属于这类人物,尽管各有各的具体情况,但造成他们这些结局的原因都来自社会的侵蚀、社会的压迫和社会的堕落。人物的命运也是流派小说主题的核心,从这一点来说,它们与现实主义小说并无根本区别,只是随着时代差异的增多,呈现在读者面前的主要是这些人物性格的异化,他们的精神状态恰恰反映了美国社会严重的思想危机和道德危机。

第四,用艺术上夸张、幽默、虚幻的手法来表现作者对世界充满怀疑和绝望的心情,因而作品往往良莠不齐,主题复杂。为了塑造一些乖僻的"反英雄"形象,流派小说家们往往借助于讽刺性的手法,以打破常规的叙述方式,把严肃的与可笑的、现实的与虚幻的糅合在一起,形成混乱、颠倒的情节线索,以此来表达他们抨击社会、讽刺时弊的目的。黑色幽默小说在这方面的特征最具有典型性,海勒的《第二十二条军规》是他的代表作品,作者以非正常性的描写给人造成一种强烈的印象:作品中那些似乎疯疯癫癫、混混沌沌的人物不正是美国现代社会精神实质的象征吗? 显然,作者的心情并不痛快,因为他们认为:在这个光怪陆离的"世界"里,好像"人全疯了"。不仅黑色幽默小说如此,此外,像品钦的《万有引力之虹》都包含有这些倾向。

第二节　弗拉基米尔·纳博科夫

一　勤奋的一生

在黑色幽默流派里,弗拉基米尔·纳博科夫(1899—1977)似乎是一位元老级人物,他自 1940 年来美国定居之后,长年担任大学教授职务,他以自己的创作理论和实践,影响和培养了新的一代,直接熏陶出了像托马斯·品钦这样有成就的作家。

纳博科夫于 1899 年 4 月 23 日出生在俄国圣彼得堡一个贵族官僚家庭。祖父曾任沙皇政府的司法部部长,父亲曾为法官,后因参与自由派立宪民主党的领导,于 1908 年被捕入狱,1917 年二月革命后曾任职于临时政府,十月革命后携家流亡西欧,纳博科夫也随双亲侨居国外。1919 年纳博科夫进入英国剑桥大学攻读俄国文学和法国文学,1922 年毕业,获文学学士学位,随即返回柏林。当时,他父亲在那里办了一份俄国自由派的流亡报纸,但就在这一年,他父亲被右翼的君主主义流亡分子暗杀。1937 年,纳博科夫移居巴黎。1940 年,纳粹军队入侵法国前夕,他到了美国,5 年后取得美国国籍,先后在斯坦福大学、哈佛大学、康奈尔大学等学校讲授俄国文学、欧洲文学和创作理论,并担任过哈佛大学比较动物学博物馆研究员。1951 年获得美国文学艺术院奖学金,1969 年获得美国文学艺术院荣誉奖章,1973 年获得联邦文学奖章。1960 年移居瑞士,1977 年 7 月 2 日,纳博科夫在那里病逝。

早在十月革命前,纳博科夫就是一个稍有名气的青年诗人,20 世纪 20 年代流亡期间,他与伊凡·布宁①同时在流亡作家中享有盛誉。他早期用俄文写的作品包括诗集、剧本和小说,1916 年出版的《诗集》、1923 至 1927 年写成的剧本集(包括《死亡》《旗杆》等 5 个剧本)和 1926 年出版的长篇小说《玛丽》是其中的代表作。纳博科夫创作成就最大的还是他的长篇小说,《王,后,杰克》(1928)、《防御》(1930)、《功勋》(1932)、《失望》(1934)等作品都是在此后短短的 10 余年里写成的,它们在 20 世纪六七十年代先后由作者译成英文。这类作品多以俄国流亡者的生活为素材,显示了作者一定的才华,但因内容狭窄,社会反响不大。此外,纳博科夫还先后将《伊戈尔远征记》《叶甫盖尼·奥涅金》等俄国文学名著译成英文出版。1938 年起,纳博科夫改用英文写作,又先后写成长篇小说《萨巴斯兴·奈特的真实生活》(1941)、《左边的勋带》(1947)、《洛丽塔》(1955)、《普宁》(1957)、《微暗的火》(1962)、《阿达》(1969)和《看小丑去!》(1974),都是引起文坛注目的重要作品。

《洛丽塔》写的是一个男子对妻子与前夫所生的女儿的一种变态的性爱,小说出版后曾遭到许多评论家的非议。有人认为这是一部非道德小说,但纳博科夫一再声称他不是"道德讽刺家",他也"没有什么社会性目的,没有道德信息";马库斯·坎利夫则为之辩护,说《洛丽塔》以错误的原因,被人广泛地认为是一部淫书。其实它写的只是一个少女对于一个中年人可能具有的性感",他觉得同现代某些描写更加露骨的作品相比,这部小说几乎是"古板得有点过时了",因而结论是明确的:"此外这还是一本充满惊人的机智和活力的小说,写美国社会中

_____

①　伊凡·布宁(1870—1953),俄国作家,1920 年起侨居法国,1933 年获诺贝尔文学奖。

的粗俗面,谁都比不上纳博科夫,比如说美国汽车旅馆的肮脏和荒谬,是一个内涵非常丰富的写作题材,最后总算找到了一位诗人兼社会学家的纳博科夫把它写得如此淋漓尽致。"①

《普宁》是纳博科夫在美国受到读者欢迎的第一部作品,它的前四章曾在《纽约客》杂志上刊登过。小说描写了一个流亡于美国的俄国老教授铁莫非·普宁的生活和个性,他为人敦厚而怪僻,孑然一身,与周围同事也格格不入,只好在故纸堆里去寻找安慰,以回忆来消愁。这是一个离开了故国故乡的苦恼人,其中包含有作者本人的影子。小说把古老的俄罗斯文化与现代美国文明糅合在一起,使作品通篇具有抒怀、深情、感伤的气息,但又不乏诙谐和形象的情趣。

《微暗的火》被称为"纳博科夫小说中最富有试验性和最神秘莫测的一部",小说无论从形式上还是从结构上来看都是别出心裁的。它的内容由两部分组成:一是诗人约翰·谢德写的共有 999 行的长诗《微暗的火》,内容反映了诗人在美国一个叫新怀依的小镇生活,也包含了谢德对死亡、艺术、生命等观念的看法;二是一个从"赞伯拉"放逐出来的国王查尔斯·金伯特对该诗所做的评注和索引,金伯特崇拜谢德,但对他的诗毫不理解,所做评注也是想入非非、随意猜测。在小说中,作者以"赞伯拉"影射俄国,以谢德与金伯特的联系来比喻当前多边世界中互相依存的关系,表明了纳博科夫对社会结构现状的一种探索。谢德以诗句来讲述他的故事,金伯特又常常误解或错引谢德的诗句,因而一切似乎乱套了,这一反射与折射的图像构造也遭到了破坏。小说近乎文字游戏,多层次的结构宛如迷宫。评论界中有人称赞它是一部丰富深刻的艺术品,也有人认为小说螺旋形的技巧反映了作者在叙事艺术上新的创举。

纳博科夫的自传《说吧,记忆》出版于 1966 年,被认为是 20 世纪最出色的自传之一。

纳博科夫一生著作甚丰,除了多达 17 部的长篇小说外,还创作了 52 个短篇小说、9 部剧本和 400 余首诗歌,以及论著《文学讲稿》2 卷(1980),自 20 世纪 50 年代后期成为专业作家以来,成为美国文坛上最有影响的人物之一。80 年代以来他的作品的影响并没有因为他的去世而减弱,相反,研究他的热潮在欧美文坛上不断高涨。他对包括"黑色幽默"在内的"后现代派"的发展起到了关键性的作用,除品钦是他的学生之外,其他如巴思、巴士尔姆等人都是崇拜他的后辈。当然,纳博科夫作为一个企图创新的现代作家,加上他的具体身世经历,形成了他在思想上和艺术上不可克服的唯心主义的资产阶级立场。他认为文学不是反映世界而是创造世界,他推崇霍桑、爱伦·坡,却诬称司汤达、巴尔扎克和左拉是"可憎的平庸作家",是"垃圾",而他本人则在"大胆探索技巧和艺术新形式"的口

---

① 马库斯·坎利夫:《美国的文学》,企鹅图书公司,1975 年,第 250 页。

号下企图表达他的资产阶级精神观念。因此,我们可以这样认为:纳博科夫是一个复杂的作家,他是资本主义精神危机和艺术上企图同传统形式诀别的产物,对他的作品需要具体分析和评论,对其当前在西方世界的影响应予以重视和研究。有评论家认为:"他的富有挑战性的、错综复杂的小说,奇迹般地表明艺术不是一面反映大自然的镜子,而是一个将令人眼花缭乱的现实折射成智慧和感觉之棱镜。"①

二　心灵小说:《洛丽塔》(1955)

作为纳博科夫在美国文坛有影响的第一部小说,《洛丽塔》的问世还颇有点曲折的过程。作者完成此书是在1954年之前,但当时却遭到出版商的一致拒绝,翌年不得不先行在英、法等国出版,直至1958年方由美国普特南出版公司出版后在美国国内发行。究其原因,还是由于小说的情节内容,因为有人认为这是一部淫书、一部非道德的小说,小说中主人公对异性的疯狂追求是一种乱伦和堕落。然而,也有人认为这是一部有深刻美学内涵的作品,它不同于低级庸俗的色情小说,有关人物性爱的描写恰恰表现了人类对于两性性行为美的本质追求和思考。那么,这部小说究竟写的是什么内容呢?

小说以主人公汉贝特于生命的最后时刻在狱中回忆的形式写出了他往年的经历:他是一名出生于欧洲的混血儿,母亲不幸早逝,在姨妈的照料下长大成人。生性早熟的他,十几岁时即爱上同年的姑娘阿娜贝尔,但由于阿娜贝尔患伤寒病故,这段疯狂而痛苦的爱情过早地结束了。在相当长的时间里,汉贝特沉浸在对于这场初恋的刻骨铭心的记忆之中,"仍感到她的思想在我的灵魂内浮动"。在他入大学求学后,一方面转入文学中去寻求解脱与自慰,同时却产生了对"性感少女"的强烈追求,即使在成年后与一名医生的女儿瓦莱里亚结了婚,也无法改变内心的企求,终于因妻子另有新欢结束这场婚姻而使汉贝特在心灵上、肉体上重获自由。

孤身一人的汉贝特从欧洲来到美国纽约闯荡生活,他虽投身于编写法国文学比较史的事业之中,但一见到周围活泼嬉闹的十几岁的"性感少女",就立刻产生强烈的躁动不安,以致精神失常多次住入精神病院治疗。为了使自己安静下来,潜心学术研究,汉贝特特地选择到美国东北部生活,在一个名叫拉姆斯代尔的小镇上寄住在寡妇黑兹·戴格瑞特夫人家中,并由此认识了戴格瑞特12岁的女儿洛丽塔。具有少女活泼动人性格的洛丽塔一开始便吸引了汉贝特,她仿佛就是他多年来孜孜追求的"性感少女"的化身,拥有美丽和兽性般疯狂的诱惑力;而洛丽塔则在汉贝特身上发现了成熟中年男子的力量和介于父亲与情人之间的

---

① 　转引自《20世纪外国文学大辞典》,译林出版社,1998年,第966页。

异性魅力。但即使在这时,他们双方的感情也都限制在内心的好感之中,汉贝特竭力压抑心中的情欲,他认为保护这个 12 岁少女的纯洁是他的责任。

然而压抑的火山总有一天要喷发出炽热的岩浆,当有一天黑兹·戴格瑞特向汉贝特提出要么与她结婚要么立即搬出她家的最后通牒时,汉贝特尽管厌恶这名寡妇的要挟,但终究禁不住对洛丽塔的迷恋,同意了这桩违心的婚事。婚后的夫妇生活并不和谐,汉贝特一面在日记中记录了他心中对洛丽塔的爱恋,另一面在寻找结束戴格瑞特生命的方法,企图以旅游中意外溺水和安眠药过量致死等手段来实现杀害妻子、霸占洛丽塔的目的。不久后,戴格瑞特偷看了汉贝特的日记,卑鄙的计划终于暴露,狂怒中的戴格瑞特写了三封告发汉贝特阴谋的信件,但在寄信的途中遇到车祸死亡。侥幸的汉贝特立即毁灭了信件,并以母亲病重住院的理由欺骗洛丽塔前去探望,但他之后的行为却是为少女购买漂亮的服饰,在"魔鬼猎人"旅馆中预订房间,当这对继父继女逗留在一个房间时,兽性的情欲冲破了道德的罗网,他们终于在一场暴风骤雨式的性行为之后,带着美感与罪疚的复杂心情驱车走上一条茫茫的流亡之路。

此后的生活是在颠沛奔波与感情挫折中度过的:汉贝特为了赢得洛丽塔的欢心,带着她从 1947 年 8 月至 1948 年 8 月经历了长达一年的旅行,从东北到西南,从新英格兰到西太平洋,行程长达 2.7 万英里。接着,汉贝特选择了比尔兹利的一所女子学院,将洛丽塔安顿在那里读书,为的是可以一边自己从事研究,一边严密监视洛丽塔的行动。然而汉贝特可以监视洛丽塔的行动却监视不了洛丽塔的心态演变,终于在又一次洛丽塔主动提出的长途旅行中她神秘地失踪了,狂怒的汉贝特寻找了整整三年一无所获,孤独和失眠伴随着他度过一个个夜晚,他再次坠入失恋的苦恼之中。

小说的悲剧高潮发生在三年后的某一天,汉贝特意外地接到了洛丽塔的一封求援信,原来她当时受到了一名叫克莱尔·奎尔蒂的剧作家的诱骗,在被克莱尔带到杜克特场后受到了这个表面斯文、内心肮脏的色狼的虐待,此后被赶出家门,四处流浪,在与现在的丈夫狄克一起生活中"经历了许多悲苦与艰难",她在信中希望汉贝特能寄去几百元钱以解决她眼前的困难。汉贝特立即启程赶到洛丽塔所在的那个小镇,出现在他眼前的洛丽塔已是一个挺着大肚子、脸上布满雀斑,裸露的小腿和双臂已呈现出失去了健康的微黑的肤色,脚上拖着一双脏兮兮拖鞋的小妇人。愤怒的汉贝特在留下 4000 元钱给洛丽塔后,带着枪支终于在克莱尔城堡式的家中把复仇的子弹射向这个夺去他心中爱神的克莱尔……

《洛丽塔》之所以在问世时即引起人们广泛的质疑和抨击,也许就是由于小说情节中对违背道德观念的两性描写和对汉贝特迷恋"性感少女"内心世界美学价值的评判。早在 1938 年,纳博科夫就用俄文写了一篇题为《魅人者》的小说在巴黎发表,写的也是有关一个中年男子为了所爱的少女而与她母亲结婚的故事,对此也有评论家认为,在作者心中有个顽固的"性感少女"情结,甚至还有人说纳博科夫本人就是一个"性感少女"的追求者,《洛丽塔》和《魅人者》就是他自身的写照。

与多数美国小说家不同,纳博科夫是来自俄国的移民,按他自己的说法是"一个俄国人,在德国受教育,用英文写作,(晚年)却住在瑞士",我们可以把他视为一位将欧洲现代主义思想观念引进到美国并试图在那里扎根的作家,在他身上包含了明显的对人类道德文明的怀疑主义成分,美国文学史论家将他与贝克特①、博尔赫斯②相提并论,认为他"也是出生在一个现代主义和反现实主义的怀疑主义的世界上。跟那两位作家一样,他也力求把这种现代主义移植到60年代的美国小说之中。当时的美国小说既重申了早期现代主义的许多见解,又对它们表示了异议。实际上,常常被认为是典型的美国式的后现代主义大大得力于这三位在美国领土外出生的作家的重要影响"③。如果说,贝克特与博尔赫斯还仅仅是从美国之外的文学领域来影响美国社会的话,那么纳博科夫则是以在美国领土内的美国社会生活为内容的文学作品来具体地"把四处流行的怀疑主义意识、极端的荒谬意识和孤芳自赏的自我意识带回到一直处于争议之中的小说传统中来,这种意识引导我们把小说看成是语言的象征,表意力的试验场"④。

从小说的主线情节来看,《洛丽塔》主要描写的是汉贝特—戴格瑞特—洛丽塔之间情爱与性爱的三角关系。汉贝特要获得洛丽塔的情爱与性爱,必须除掉妻子戴格瑞特,虽然他有过杀人的念头,但妻子之死却不是他故意所为。他与洛丽塔的乱伦行为也不能完全归咎于他,他既不是杀人犯也不是强奸犯,他对洛丽塔的追求乃是病态心理和唯美主义爱情倾向使然,是对社会上普遍认定的爱情观的怀疑与反抗。因此,小说引起社会舆论的质疑和评论家的不同评论也不足为怪了。

小说最后以汉贝特在写完自我供状之后,在法庭以杀人罪审判他的前几天——1952年11月16日——因冠状血栓脑出血死于狱中而结束。也许作者认为,他除了这样的死亡形式之外没有更好的解脱方式了。也许纳博科夫当年创作时就已经意识到人们对这部小说会有不同的认识和理解,他在小说"引子"中就通过一个虚构的编辑之口告诉人们,"作为一个病历,《洛丽塔》毫无问在精神病领域会成为一个典型。作为一部艺术品,它超出了它赎罪的方面,而且对我们来说,比科学的意义和文学价值更重要的,是这本书将会对读者所产生的伦

---

①　萨缪尔·贝克特(1906—1989),法国荒诞派戏剧代表作家,生于爱尔兰,代表作有《等待戈多》(1952)等,1969年获得诺贝尔文学奖。

②　博尔赫斯(1899—1986),阿根廷小说家、诗人、文学翻译家,出生于英国血统的律师家庭,20世纪拉美文学的代表人物之一。

③④　埃默里·埃利奥特:《哥伦比亚美国文学史》,四川辞书出版社,1994年,第959页。

理意义上的影响……他们(指小说中的汉贝特、洛丽塔及戴格瑞特)提醒我们注意危险的倾向,他们指出了潜在的罪恶",读者可以从中去领悟小说的意义。随着时间的推移,《洛丽塔》的文学价值和艺术价值已被人们接受,作家的思想和小说中现代主义语言艺术的魅力已越来越得到认可,当我们读到下列这段描写时,恐怕产生的不会是对人物性爱追求的厌恶。

　　让我大吃一惊的是,她已起来了,穿着宽松裤和 T 恤衫坐在床边,望着我,好像无法安置我。她的小乳房坦率、柔软的形状在她薄而软的衬衣下突现出来而不再模糊,这种直露激怒了我。她还没梳洗;她的嘴尽管涂得脏乎乎,还是清爽得很;她的两排牙齿像酒浸过的象牙或一片粉色的水晶闪着熠熠的光。她坐在那儿,两只手合放在膝上,像做梦一样满面洋溢着残酷的红晕,那无论如何和我是没关系的。

　　我扑通一声丢下手中沉重的纸口袋,呆呆地站住,盯着她穿着凉鞋赤裸的脚腕,然后望望她惊呆了的脸,然后又望着她罪孽的脚。"你出去了。"我说(凉鞋上满是沙子)。

　　"我刚起来,"她回答,截住我下垂的眼神,补充道,"出去了一秒钟。想看看你回来了没有。"

　　她注意到了香蕉,就朝桌子方向扭去,以解脱自己。

　　我能有什么特别的怀疑呢?确实一丝没有——但这些泥巴,她恍惚的眼神,她身上散发出的那种独特的温馨呢?我什么也没说。我朝公路望去,公路那么清晰地在窗框里蜿蜒而行……任何想背叛我的信任的人都会发现那是个绝妙的远景。洛胃口大开,专心致力于她的水果。突然间我想起了邻屋那家伙讨好的嬉笑。我飞速冲出去。所有的小汽车都消失了,除了他的旅行车;他怀孕的妻子正在抱着婴儿和另一个本不太想要的孩子上车呢。

　　"怎么啦,你到哪儿去?"洛在走廊上喊着。

　　我什么也没说。我将她柔软的后背推进屋内。我剥下她的衬衣,将其余的衣服统统脱光,我拽掉她的凉鞋。我疯狂地搜寻她不贞的影子;但我探询到的气味却是那么纤弱,实际上很难同一个疯子的幻想加以区别。

(第二部第 16 章)

三　荒诞心理小说:《普宁》(1957)

　　《普宁》是纳博科夫第一部引起美国读者注意和兴趣的小说,全书共 7 章,主人公是流亡于美国的犹太教授铁莫菲·普宁,小说一开始是这样介绍他的:

　　……他头秃得挺像个样儿，皮肤晒得黝黑，脸蛋也刮得蛮干净，首先给人比较深刻印象的是他那个褐色的大脑袋，那副（遮住初期眉毛脱落的）玳瑁边眼镜，猿猴那样厚实的上嘴唇，滚粗的脖颈和那穿着绷得挺紧的花呢上衣的结实的身子骨儿，但是临了叫人多少有点失望的是他那（眼下穿着法兰绒裤子，交叉着的）两条腿却挺瘦，脚也显得纤弱无比，几乎跟娘儿们的脚一模一样。

　　这个看起来外表十分可笑的犹太教授一出场就给人们带来深刻印象，与其说他是一名知识分子，还不如说他是一名马戏团的小丑，瞧，连他的衣着也是与他的身份极不相称的："他那双邋里邋遢的羊毛袜子是猩红色的，带有淡紫色的菱形图案；那双保守的线口黑便鞋让他花费的钱，几乎跟他用在（包括那条花里胡哨的领带在内）全身装束的其他方面的钱一般多。"普宁不仅外表迂腐可笑，连他的为人也是如此。小说是从他应克莱蒙纳妇女俱乐部的邀请，从他所任教的温代尔学院坐火车前往克莱蒙纳这一细节描述开始的，可是就因为普宁自作聪明而坐错了火车的班次，结果本想节省 12 分钟时间却整整耽误了一个晚上，还不包括其间他担惊受怕所遭受的精神折磨。

　　按照作者的介绍，普宁于 1898 年出生在圣彼得堡，1917 年父母双双死于斑疹伤寒，1918 年离开基辅，后参加白军 5 个月，先充当"野战电话接线员"，后调至军事情报处，1919 年红军攻入克里米亚时只身逃至土耳其君士坦丁堡，而后就辗转到西方，最后来到美国成为一名大学历史学教授。这就是普宁的简历，至于他的为人、学问和品行，大体上可以这样评价：为人温厚而怪僻，被妻子抛弃，受同事嘲弄，与周围环境格格不入，整日沉迷于故纸堆里，以钻研欧洲与俄罗斯的古典文化聊以自慰，常常回忆往事，时时怀念故国，是一个失去了祖国、失去了爱情、失去了家乡文化的背井离乡的流浪者。

　　作为一个多民族的移民国家，美国社会中有各种各样的外来民族的人物典型，纳博科夫以其固有的俄罗斯民族情结，通过诙谐、夸张和幽默的描述，塑造了这个诚实聪明却又苦恼可怜的老知识分子形象。普宁在温代尔学院任教的 8 个年头里，几乎每个学期——不管是这个原因还是那个原因——都要换一个住所，说来又十分可笑，主要是声音的缘故。普宁随着年龄的增长，变得爱挑剔了，光有漂亮的摆设已经不够了，还要有清静的环境，可是他觉得住在哪儿都嫌不够静谧，他试过各种类型的住所——私人出租房间、学院的单身宿舍，可哪儿都有令人厌烦的声响，眼下他居住在克莱蒙纳二楼那间有着镶花边的粉红墙的卧室，这是他破例第一遭真正喜欢的一家住宅，他已经住了一年多了，他铲除了前任居住者残存的一切痕迹，可是他还是没有发现床头上面的墙上乱画的一张滑稽的脸，还有自 1940 年起在门的侧壁上擦掉了一半的用来测量身高的铅笔画的杠杠儿。

作为大学教授,普宁似乎并不把学生真正放在心里,他和许多上了年纪的教师一样,只在上课时集中注意一下学生,下课以后在校园里、走廊上、图书馆里仿佛都没有留心到学生的存在。起初当他看到有些学生把可怜的年轻脑袋趴在胳膊上,在知识的废墟中呼呼熟睡,心里就感到不舒服,如今除了有个把女学生秀丽的后脖子还能引起他的注意之外,连在阅览室里也好像谁也没有瞧见。他的记性极差,明明在图书馆借了第 18 卷,他却坚持说自己借的是第 19 卷;他还常将英语单词发错音,"赶快"说成"干块",引得别人暗暗发笑,连"interested"(感兴趣)这个词的正确发音都要查找《韦伯斯特大辞典》来校正。35 年来,普宁居无定所,受尽折磨,晕头转向,缺乏内在精神生活,最后在一幢孤零零的院子里才使他感到无比高兴,没有邻居、没有噪音,似乎他的国家没有发生过革命,他也没有背井离乡,没有移居法国,没有加入美国籍,就像他仍然在俄国的哈尔科夫或是喀山当教授,普宁还是原先的普宁,住在一座郊区的房子里,房间里全是古装书,汽车房里放着他的那辆破汽车……

小说发表之时,人们对作者隐藏在内心深处的创作心理曾有过议论,可以归纳为这样一个问题:纳博科夫写这部小说除了描写了这样一个迂腐可笑的俄裔教授的各种行为之外,还想告诉人们什么深层次的内涵?这个问题的答案也许就在作品之中,全书 7 章情节上不连贯,人物的行为都是通过他人的点滴回忆串联起来的,就像五颜六色的万花筒,到最后才看清图案的真面目。许多美国文学家辞典,包括权威的《不列颠百科全书》,都认为在普宁身上有着作者的影子,纳博科夫在描述美国的社会、文化、环境、思想的同时,凸显了一名企图融入美国社会却又无法摆脱外来移民原有文化烙印的流亡知识分子的真实形象。这个形象体现了 19 世纪以果戈理为首的俄国自然派小说家幽默而不夸张、同情而又暴露的白描手法的艺术本质。

纳博科夫崇拜果戈理,他在 20 世纪 40 年代就完成了一部研究果戈理的专著,因此不少评论家认为,《普宁》从艺术手法上来说,颇有类似于果戈理的手法,而普宁这个人物形象也几乎与果戈理在《外套》中所写的小人物阿尔卡季·巴什马奇金有异曲同工之妙。《普宁》的结尾也是富有戏剧色彩的,在最后一章才透露出讲这个故事的人的身份:"我"原来是一个跟普宁年纪相仿的流亡者,早在 1911 年春天由于一粒煤灰掉进眼里去找眼科大夫巴威尔·普宁治疗,于是认识了他的独生子铁莫菲·普宁。此后几十年里,与普宁几度邂逅相逢,最后又邀请他来温代尔学院任俄文教授。但普宁终于因跟人格格不入而走了,他驾着那辆"寒碜的小轿车"走了,车上堆满了箱笼。"我"快步追赶,希望在十字路口亮起红灯时将普宁截住,但没有成功。普宁的车子"终于自由自在,加足马力冲上那条闪闪发光的公路,我看得清楚那条公路在模糊的晨霭下渐渐窄得像一条金线,远方山峦起伏,景色秀丽,根本说不上那边会出现什么奇迹"。小说最后一小节又回到第一章的情节："我"的朋友考克瑞尔又讲起了关于普宁在克莱蒙纳妇女俱乐部站起来演讲却发现自己带错了讲稿的故事。

我们可以把普宁看作一个特定的历史时代的产物,在那个时代里,知识有时显得与社会格格不入,知识分子往往成为迂腐可笑的"反英雄",何况像普宁那样一个流亡的移民知识分子。

第三节　约瑟夫·海勒

一　奋起的一生

约瑟夫·海勒(1923—1999)是公认的"黑色幽默"的代表作家,他赢得这样的地位,是因为他的成名之作《第二十二条军规》(1961)开创了后来被人们称为"黑色幽默"文学流派的先河,成了当时轰动一时的作品,打破了自20世纪50年代以来"怯懦的十年"中美国文坛万马齐喑的沉闷局面。

海勒于1923年5月1日出生在纽约布鲁克林区的一个犹太人家庭。4岁丧父,由母亲抚养成人,10岁起参加了一个名叫"互忠社"的民间团体,19岁应征入伍,被派驻欧洲地中海服役一年,任美国空军第12大队科西嘉基地的轰炸机投弹手。1945年第二次世界大战结束后复员,与舍尔丽·海尔特成婚,旋即入纽约大学读书,于1948年获该校文学学士学位。此后又进入哥伦比亚大学进修,1949年获该校文学硕士学位,随即获富布赖特奖学金赴牛津大学从事文学研究工作一年。1950年至1952年任宾夕法尼亚州立大学英文讲师,1952年至1958年先后在《时代》杂志、《展望》杂志任广告作家,1958年至1961年任《麦考勒斯》杂志推销部经理,1961年起成为职业作家。

海勒的文学创作开始于20世纪40年代末,当时他曾写过《我不再爱你》和《雪堡》两个短篇,在风格上模仿海明威,但《第二十二条军规》的出版使海勒一跃成为全国瞩目的小说家。小说以第二次世界大战期间美军某飞行大队的生活为背景,叙述了这支部队驻扎在意大利厄尔巴岛以南8英里的地中海皮亚诺扎小岛上所发生的一系列事件,但这并不是一部具体描写双方交战的战争小说。作者声明这个皮亚诺扎岛事实上并不存在,作品中的人物也统统是虚构的。海勒强调"都是虚构的",是为了更自由地发挥他的想象,让人们能彻底地看清楚,在这个疯狂的世界里,人们如何"全变疯了"。小说的意义在于作者以荒诞的夸张和幽默的嘲讽,展现一个千奇百怪但又真实可信的世界,人人在这个世界中疯狂,人人在这个世界中挣扎,读后令人不禁冷汗淋漓:我们真的是这个疯狂世界的一分子吗?

当初,海勒在写作《第二十二条军规》之时,还时时停留在对第二次世界大战期间他任轰炸机投弹手时的生活的恐惧记忆之中,从 1954 年开始,他花了 7 年时间才完成此书,可以说他是在亲身体验的积淀中产生创作冲动的。小说出版后的轰动效应也是他始料不及的,短短几年内 800 万册的印数使这部小说一跃成为全美最风行的畅销书,使他一举成名,同时使此后以"黑色幽默"命名的小说流派成为美国文坛的主流。

海勒的第二部长篇小说《出了毛病》(1974)写一个公司职员的精神苦闷,反映了美国中产阶级的心理状态。作者意在反《第二十二条军规》之道而行之,后者写外部势力对人的压迫和腐蚀,前者则注重写人物的内心精神生活。主人公罗伯特·斯洛克姆虽然生活富裕,却得不到精神上的愉快,觉得到处充满着精神危机。书中以苦恼的笑料来表现真正出了毛病的这个社会,通过荒诞、畸形的描写来达到讽刺现实、影射政治的目的。

《像高尔德一样好》(1979)以犹太教授高尔德为主人公,通过对他的社交、生活、工作等方面的描写,呈现出美国社会的现实画面。书中不乏讽刺的成分,高尔德虽是犹太政治家、前国务卿基辛格的崇拜者,却又表示看不起基辛格,厌恶基辛格,可是在心中则日日夜夜想着自己也能成为基辛格。小说还涉及高尔德本人及周围的人堕落的私生活和空虚的精神世界,是上层阶级绝妙的写照。海勒还写过剧本,主要有《我们轰炸了纽黑文》(1967)和根据他自己的小说改编的电影剧本《第二十二条军规》(1973)。海勒于 1963 年获得美国文学艺术院奖学金,1977 年被选为该院院士。

海勒后期的小说作品有叙述古代以色列大卫王晚年事迹的《上帝知道》(1984),以古代希腊苏格拉底和柏拉图等人生活故事为主要内容的《这幅画》(1988),以晚年的尤索林为主要人物的《终极时光》(1994)。《终极时光》可视为《第二十二条军规》的续篇,小说通过尤索林回国后担任米洛公司顾问的经历,以夸张与讽刺的手法,揭露了上至美国总统下至教区牧师的庸俗与可笑,依然充满了荒诞不经的风格。

海勒的作品以夸张和讽刺为主要手段,揭示了资本主义社会中疯狂和混乱的现实,起到了"醒世"的作用,有一定的进步意义;而海勒成为黑色幽默中崭露头角的代表人物,也说明他对当时美国社会的认识有相当的深度。当然,他的作品也免不了存在某些缺陷,例如,细节描写流于猥琐荒诞,人物内心世界缺乏理性精神。但是,同冯尼格特一样,他的作品比较集中地表现出了黑色幽默流派的特点。

约瑟夫·海勒于 1999 年 12 月 12 日在纽约东汉普敦寓舍因心脏病突发去世,享年 76 岁。

二 黑色幽默小说的里程碑:《第二十二条军规》(1961)

小说的主人公尤索林,是某飞行大队所属一个中队的上尉轰炸手,他既不想升官,也不想发财,只想早点完成规定的 32 架次的飞行任务后可以回家,但他感到周围有人企图暗算他。"不安全感"笼罩着他的内心世界,他怀疑有人在食物中放毒,他断定上级命令他执行任务和敌方高射炮的射击都是想谋杀他,因此他反复说:"他们每个人都想杀害我。"为了保全性命,他要逃离这个疯狂的世界,但他孤立无援,那个该死的"第二十二条军规"紧紧地箍住了他的脖子。

"第二十二条军规"规定:飞满了 32 架次的人可以不再执行任务,但它又规定下级必须服从司令官的命令。飞行大队司令卡恩卡特上校为了当将军,向上级邀功,就把飞行任务提高到 40 次、50 次、60 次,结果使尤索林一次次地失望。他怀疑世界真的疯了,大家也都认为他疯了;按照"第二十二条军规"的规定,疯子可以停止飞行;但停止飞行的申请得由本人提出,而一个人既然有提出请求的意识,那么他并不是疯子。这样尤索林还得不断地执行飞行任务,因此,最后得出的结论只能是:

> 这里面只有一个圈套……它就是第二十二条军规。

对于这个圈套,小说多次做了具体的解释:

> 这里面只有一个圈套,就是第二十二条军规。这条军规规定:面临真正的、迫在眉睫的危险时,对自身安全表示关注,乃是头脑理性活动的结果。奥尔疯了,可以允许他停止飞行。只要他提出请求就行。可是他一提出请求,他就不再是个疯子,就得再去执行飞行任务。倘若奥尔再去执行飞行任务,那他准是疯了;如果他不肯再去,那他就没有疯;可是既然他没有疯,他就得去执行飞行任务。倘若他去执行飞行任务,他准是疯了,不必再去飞行;可是他如果不想再去,那么他就没有疯,他就非去不可。尤索林觉得第二十二条军规订得真是简单明了至极,所以深深受到感动,肃然起敬地吹起了一声口哨。
> "这个第二十二条军规倒真是个很妙的圈套。"他说。
> "没有比这个再妙的了。"丹尼卡医生表示同意。
>
> (第五章)

> "你只要飞四十次就行了。"前一等兵温特格林说。
> 尤索林听了十分高兴:"这么说我可以回国了,对吗?我已经飞了四十八次。"
> "不行,你不可以回国。"前一等兵温特格林纠正他说,"你疯了还是怎么了?"

"为什么不可以回国?"

"因为第二十二条军规嘛。第二十二条军规规定,无论何时,你都得执行司令官命令你所做的事情。"

"可是第二十七空军司令部说,我飞满了四十次就可以回国。"

"可是他们并没有说你一定得回国。而军规却说,你一定得服从命令。圈套就在这里嘛。即使上校违反了第二十七空军司令部的命令,在你飞满规定的次数后还叫你飞行,你还是得去飞嘛,要不然,你就犯下了违抗上校命令的罪行。那样一来,第二十七空军司令部当真要向我问罪啦。"

(第二十章)

第二十二条军规并不存在,这一点他可以肯定,但这也无济于事。问题是每个人都认为它存在。这就更加糟糕,因为这样就没有具体的对象或条文,可以让人对它嘲弄、驳斥、控告、批评、攻击、修正、愤恨、辱骂、唾弃、撕毁、践踏或者烧掉。

(第三十九章)

这条并不存在的所谓"第二十二条军规"却可以把你置于死地,使你不能有半点违抗,这是多么的专横、荒谬、残暴与冷酷。它使人时时处处感到这一条捉弄人、折磨人、压制人的军规的存在,像梦魇般压得你透不过气来,使你无法摆脱,这就是小说所包含的严肃的主题。"第二十二条军规"自问世以来已成为美国社会压迫制度、专制势力的象征,它无孔不入、无处不在,人们痛恨它,企图推翻它、消灭它。在这一点上作者说出了大家的心里话,因此小说受到热烈的欢迎;而"第二十二条军规"这一新词,也已成为人们广泛使用的、含义丰富的专有名词了。

作者在小说中虽然摒弃了传统的现实主义的创作手法,使整个作品没有一条完整的情节发展线索,也没有突出的人物形象,充满着混乱、喧闹、疯狂的气氛,但海勒所强调的是一种"严肃的荒诞"。小说显然以美国军队来比喻整个美国社会,从它内部的肮脏、腐败、堕落可以判断出它的本质,尤其是那些高踞于众人之上的统治者。请看:

第二十七空军司令佩克姆将军与联队司令德里德尔将军之间互相倾轧暗算,只不过为了军队营帐的门应朝哪边开这件小事而闹得不可开交;36岁的飞行大队指挥官卡恩卡特上校,既为自己36岁就成了一名上校而自负,又为自己36岁还不过是一名上校而沮丧,他不管下级死活,不断地增加飞行任务,为的是捞到一个将军的头衔;斯克斯考夫中尉以战争为乐事,以每次能利用机会杀气腾腾地向士兵们高喊而自满,后来居然因发现了使士兵在正步走时手臂的摆动能整齐一致的秘诀而升到中将司令官;最妙的是飞行大队伙食管理员米洛的飞黄腾达,米洛为人左右逢源,他居然可以利用战争中的敌我双方而大做投机生意,他既跟美军当局订立合同如何去炸掉德军防守的桥梁,又跟德军当局订立合同如何用高射炮攻击美军飞机而保卫住桥梁,这样他从双方捞取了巨额的经费,却不必费一兵一弹,他还利用军用飞机搞投机买卖,最后竟成了马耳他的副总督、米洛公司的大老板,他所到之处,人们都要高举他的画像夹道欢迎。这是些什么样的人? 他们都是以部下和百姓的生命作为赌注而发财的赌棍,一批围绕着战争这个怪物而旋转的狂徒! 卡恩卡特之流正是美国寡头政权的化身,而米洛之流则更是操纵整个社会的垄断财团的象征。

所以,小说的特殊艺术形式和内容并非为了卖弄荒诞的技巧,而是为了更好地表达它的主题。正如哈里斯在《美国当代荒诞派小说家》(1971)一书中所指出的:"海勒的小说尽管技巧上有所创新,事实上却在遵循特定的文学传统。《第二十二条军规》归根到底是一部激进的抗议小说,像《愤怒的葡萄》和《美国的悲剧》一样,它的抗议是指向美国的现行权力中心。不过,斯坦贝克和德莱塞所攻击的是托拉斯和企业界巨头,而海勒的矛头已经转移。"在《第二十二条军规》中,作者抨击的对象是 20 世纪六七十年代垄断企业、军方和行政权力相互勾结的官僚体制,它们才是主宰美国一切的核心。

小说的尾声是:尤索林终于明白了第二十二条军规像天罗地网一般罩住了整个世界,他的一切危险都来源于它,于是在丹比少校、随军牧师等同伴的鼓励和帮助下,他终于不顾一切地逃往瑞典去了。

"再见了,尤索林,"牧师招呼说,"祝你好运气。我留在这里,坚持下去。等打完仗后,咱们会再见面的。"

"再会,牧师。谢谢你,丹比。"

"你觉得怎么样,尤索林?"

"挺好,不,我心里挺害怕。"

"害怕倒不坏,"丹比少校说,"这就是说,你还充满了生气。这种事情可不是开玩笑的了。"

尤索林朝室外走去:"这是挺有意思的。"

"我说的是真话,尤索林。你每日每时都得保持警惕。他们是不管到天涯海角也想逮住你的。"

"我一定随时随地都保持警惕。"

"你得赶紧走才行。"

"我这就走。"

…… ……

如前所述,《第二十二条军规》以其丰富的艺术内容、严肃的主题思想和荒诞不经的描写手法赢得人们的欢呼,成为 20 世纪 60 年代初美国文坛上一个重大的突破。这部作品至 1980 年,光是科吉出版社就已经发行了 150 万册以上。"毫无疑问,《第二十二条军规》是 20 世纪最杰出的小说创作。"出版者在扉页上介绍说,"可以肯定,自从第二次世界大战之后,还没有别的小说能像它那样赢得如此热烈的推崇。"评论界高呼"这是一部具有巨大艺术魅力的作品",这是"辉煌之作","这是英语文学的伟大创举",等等。小说的巨大成功说明作品牵动了千百万读者的心灵,表现出了美国当代人普遍的内心世界,也是特定的时代环境反映出来的必然结果。

第四节　库特·冯尼格特

一　悲喜的一生

在黑色幽默这一流派中,库特·冯尼格特(1922—2007)是以他充满幽默感的奇妙艺术风格的长篇小说而著称的小说家。

冯尼格特于 1922 年 11 月 11 日出生在印第安纳州波利斯,18 岁那年考入康奈尔大学,学生物化学,两年后在第二次世界大战的炮火中离开学校应征入伍,不久被派赴欧洲作战,旋即被德军俘虏,关押在德累斯顿战俘营。1944 年德累斯顿遭盟军大轰炸,德国平民死伤无数,冯尼格特因躲入地下冷库幸免于难。战后他被遣送回国。1945 年与考克斯结婚,1945 年至 1947 年在芝加哥大学修完大学课程,1947 年至 1950 年在纽约公共电力公司任职,1950 年起成为职业作家。20 世纪 60 年代中期以后先后在艾奥瓦大学、哈佛大学、纽约威廉·史密斯学院任教。1970 年获美国文学艺术院奖学金,1973 年被选为该院院士。冯尼格特晚年定居于马萨诸塞州西波纳斯推波。

冯尼格特虽然也写过剧本、短篇小说等,但以长篇小说最为著名。他的第一部长篇小说《自动钢琴》出版于 1952 年,带有明显的科学幻想成分,通过人在"第二次工业革命"之后"常规脑力工作的贬值",以致"完全取消他自己继续存在的任何正当理由"局面出现,提出了应该是人掌握机器而不是机器控制人的思想,强调"世界应当归还于人"的主题。第二部小说《泰坦族的海妖》(1959)也是以未来时代为背景,描写了人类对宇宙空间的探索。主人公温斯顿·朗福德是一位太空旅行家,带着他的狗在太空旅行,但他最终发现应该爱的还是自己身边的人,人类生活的目的并不是到遥远的天边去寻找什么。冯尼格特的第三部长篇小说《夜妈妈》(1961)回到现实的题材,描写了第二次世界大战期间一个名叫霍华德·坎贝尔的间谍的复杂心情。坎贝尔公开为纳粹广播做宣传,暗地里又为同盟国递送情报,使他犯了"违背良心的罪行",他的道德观就是要善于伪装,最后他死在战犯监狱里。

20世纪50年代,冯尼格特还不过是一个二三流的科幻小说家,自《夜妈妈》问世以后,他的创作转向了荒诞的形式,以表达人的复杂的思想感情为主,逐渐形成了黑色幽默的独特风格,并成为这一流派的代表人物之一。他的闻名主要是因为60年代出版的3部长篇小说:《猫的摇篮》(1963)、《上帝保佑你,罗斯瓦特先生》(1965)和《第五号屠场》(1969)。

《猫的摇篮》的问世,使作者一跃成为美国最受欢迎的小说家之一,评论界也把他归入黑色幽默的行列之中。虽然他本人并不承认,但他在这部小说中显示出来的艺术特色和创作思想同人们通常所理解的黑色幽默恰恰是十分吻合的。正如哈桑所评论的,"库特·冯尼格特部分是讽刺作家,部分是幻想家",同时又是"一个隐晦的喜剧作家","他写出他生活在一个死亡的世界——可怕的荒芜境界中的愤怒、罪恶和怜悯感"。

《上帝保佑你,罗斯瓦特先生》通过一个名叫埃利奥特·罗斯瓦特的大资本家后裔在临死前的遗言,揭露了资产阶级一切财富的积聚都是对人民敲诈、勒索、骗取的结果。罗斯瓦特没有继承人,他宣布全县的孩子只要给他做孩子,都能继承他的遗产。小说一方面谴责了资产阶级的掠夺罪行,另一方面却又美化了他们,掩盖了资本主义社会的劳资矛盾不可调和的本质。

1973年出版的《胜利者的早餐》是冯尼格特又一部长篇小说力作,小说描写了穷困潦倒的科幻小说家基戈尔·特劳特传奇般的经历。特劳特以替人安装铝窗为生,背地里却写了大量怪诞作品寄给出版商,既不署名也不封口,因而也从来得不到报酬。特劳特的作品引起了百万富翁艾略特·罗斯沃特的兴趣,罗斯沃特费了很多周折才打听到特劳特的下落。他向这位作家写信,并怂恿另一个资本家巴利给特劳特寄上1000元钱,邀请他到中部城来参加艺术节。在中部城,特劳特与汽车推销商德韦恩·胡佛邂逅,德韦恩曾经由于读了特劳特的一部作品精神失常,这次他又从特劳特手中抢去一部名叫《现在可以告知》的小说,贪婪地读了起来。德韦恩在10分钟内吞下了无数奇想和吃语,为了显示自己不同于可恶的机器人的独立意识,他打伤了在酒吧间卖艺为生的独生子邦尼,后又殴打所有阻止他行凶的人,继而冲出旅馆奔回自己的推销办事处,把他的秘书兼情妇弗兰蒂打得死去活来,最后终于被警察制服,与所有被他打伤的11个伤员一起送往医院。在救护车上,德韦恩的神智又趋于正常,暂时返回了地球,他声称要办一所健康俱乐部,但这个计划肯定是实现不了的,因为那些被他打伤的人将向法院起诉,德韦恩的所有财产都会被这场官司弄得一干二净。可怜的特劳特在这场搏斗中也被这个疯子咬去了半截手指头,但这一事件却使他有了意外的发现:原来具有思想或缺乏思想也会导致疾病。此后特劳特就在科幻小说的外衣掩盖下探讨人的精神病学理论,成了有名的医学专家,1970年荣获了诺贝尔医学奖,1981年作为当代一名最伟大的艺术家和科学家去世。

这部小说同样是以混乱、荒诞、讽刺的描写来揭露资本主义社会把科学、思想与人的意志商品化的丑恶行径,此外作者还批判了美国的种族歧视,抨击了资本家对工人们掠夺和剥削的残酷本质。在"作者前言"中,冯尼格特指出:"'胜利者的早餐'是一家综合面粉有限公司供人早餐用的一种谷物的注册商标","他采用这个名称作为这本书的标题,不是想要表示是和这家公司合作的或是由它倡议而写的,也不是想要贬低他们的良好产品"。他又假借本书的叙述者——一个笔名叫菲尔博伊德·斯塔奇的作家的口吻宣称:"这是一篇关于两个孤独而精瘦的、有相当年纪的白种人在一个迅速死亡的星球上相遇的故事。"这两个孤独者便是特劳特和胡佛。

小说的中心思想是批判资本主义社会中科学技术发展的恶果;由于一切为资产阶级的剥削与掠夺服务,因此把人变成机器成为社会堕落的根源。

冯尼格特20世纪70年代的长篇小说作品还有《滑稽剧,又名不再孤独》(1976)和《囚犯》(1979)。这两部小说都表现了人生的荒诞,在包含喜剧意味的结尾中流露出作者对人类命运的悲观和感伤情绪。在技巧和立意上虽然并无新的突破,但还是深受欢迎,尤其是《囚犯》,被认为是冯尼格特70年代的最佳作品。这部小说通过一个名叫华特·斯塔伯克的男子一生中三次入狱的描写,揭示了30年代至70年代末美国社会混乱、黑暗、荒谬的现实,其中穿插了30年代的经济危机、"萨科-万塞蒂"受迫害案、第二次世界大战时纳粹集中营、纽伦堡战犯审判、麦卡锡主义,直至水门事件等几十年来重大的政治事件。在作者看来,这些都是历史的谬误、人类的灾难,对这些无法逃脱的荒谬的现实,人们只有像"黑色幽默"那样苦笑而已。1981年出版的《棕榈树主日》是冯尼格特的一部"自传性文集",包括了作者近年来的讲稿、书信、评论和回忆录等。

由于冯尼格特在作品中反映了美国广大民众普遍存在的对政治、社会、生活的反感态度,尤其是青年一代对各种事物持批判性态度的剖析情绪,所以他的小说在20世纪六七十年代之交甚合读者口味,自《猫的摇篮》以来他的作品一直保持畅销地位,甚至在大学生中间也产生了不少"冯尼格特迷"。这除了证明这位小说家在创作上具有一定的超人技巧之外,还可以说明冯尼格特正是美国时代的产物——他是荒谬的时代中崛起的,以荒谬的小说来吸引人们的一位荒谬的作家。

2007年4月11日,经过30年漫长的等待,这位美国读者心目中的幽默大师,终于在没有获得诺贝尔文学奖的遗憾中离开人世,离开他所热爱的美国人民。

二 道德小说:《猫的摇篮》(1963)

《猫的摇篮》提出了科学如何造福于人类的道德问题,作品以科幻小说的形式、荒诞的手法和幽默可笑的风格来揭示帝国主义利用科学为战争服务的罪恶,因而具有明显的人道主义色彩。小说假托一个名叫乔纳的作家为了写一本《世界的末日》的书,而去寻找关于 1945 年 8 月 6 日第一颗原子弹在日本广岛爆炸时美国一些要人正在干什么的资料,乔纳终于找到了被称为"第一颗原子弹之父"的已故科学家费利克斯·霍尼克博士的儿子牛顿·霍尼克。牛顿回信说:原子弹爆炸那一天他还只有 6 岁,当时他正在父亲位于纽约伊利俄姆的一所住宅中,他在父亲书房外面的一间起居室的地毯上玩耍。这一天,他的父亲正在玩一圈绳子,他走出书房,到起居室来找小牛顿,用那根绳子在自己的两手上翻成了一个"猫的摇篮"。牛顿还说,他父亲跪在地毯上,挨近他,露出牙齿,把手指上绕着的"猫的摇篮"送到他的跟前说:"你看见了么?看见了么?猫的摇篮,看见猫的摇篮了么?看见可爱的小猫咪在那儿睡觉了么?咪呜!咪呜!"牛顿感到父亲的脸是那么丑,他吓得哭起来跑到院子里去,却遭到姐姐安吉拉的一顿痛打,哥哥弗兰克又去打安吉拉,三人打得你叫我喊,可他父亲从窗缝中看了一眼,睬也不睬,因为"人不是他的专业",他不管。

从牛顿的介绍中可以看出,他父亲——这个诺贝尔奖获得者根本不知道科学与人类幸福的关系。他名义上在一个"铸锻公司"的实验室里工作,实则是在研究杀人的原子弹。在他亲手制造的原子弹爆炸的这一天,有一个科学家对霍尼克博士说:"现在科学已经知道犯罪了。"可是他却反问:"什么是犯罪?"霍尼克从来不读书,临死前留给子女的代号叫"九号冰"的凝固剂,它可以把江湖沼泽在常温下冻结起来,成为军事上一种极其有用的武器。可是"九号冰"带给人类的又是什么呢?美国、苏联分别利用男色和女色从安吉拉和牛顿手中骗取了"九号冰",弗兰克以"九号冰"为资本当上了山洛伦左共和国的科学发展部部长和国家元首的接班人,但一阵龙卷风把"九号冰"吹到全岛各地,整个岛上的人都冻死了,只有前去采访的乔纳和牛顿等少数几个人躲在地下室里才幸存下来。

所谓"猫的摇篮",原本是指用绳子翻出花样来哄孩子的游戏,在小说中却成为一切骗人、虚伪的东西的象征,因此读者在书中所见到的尽是欺骗、愚弄、讹诈,把科学作为杀人的工具,把百姓作为可以玩弄的愚民,把宗教作为罪恶的手段,等等。尽管作者在小说的开端声称"这本书中没有一件事是真实的",然而明眼人一看便知这是反其意而用之;虽然小说充满了荒诞、古怪、离奇的情节,但它们的内涵却完全针对着当时世界上两霸争权、科学堕落、人民遭殃的现实。小说集中描写了那个山洛伦左共和国两个独裁者的嘴脸,一个是政治领袖、"暴君"麦克凯布以及继承者蒙扎诺爸爸,另一个是宗教领袖、"博克侬教"的创始人博克侬,他们互相追逐、互相利用,这种政教勾结的势力长期奴役着这个岛国人民。

作为一部政治寓言小说,《猫的摇篮》体现了冯尼格特反霸权、反核战争、反殖民主义的进步思想。他还把讽刺的矛头指向宗教,指出宗教与反动政治的勾结成了愚弄民众的罪恶;而科学如若不造福于人类,则将成为制造人类大灾难的祸根。小说由于对当时的世界特别是西方社会的各种罪恶现象给予了尖锐的讽刺与揭露,因而出版之后深受欢迎,一度成为美国大学生的必读书目。"荒诞离奇都是可信,嬉笑怒骂皆成文章",冯尼格特对帝国主义虚伪的民主和堕落的政治揭露得淋漓尽致;但作者的情绪是悲观的,在科学技术高度发展的资本主义工业社会里,作者看到许多矛盾无法解决,因而发出了绝望的叹息,他借用博克侬写的《博克侬的书》问道:"一个有思想的人能对已经在地球上有过一百万年经验的人类抱什么希望呢?"回答是:"什么也没有。"

反对把人变成机器,这是冯尼格特的一贯创作思想。他嘲笑虚伪愚弄,反对思想的腐蚀。在《猫的摇篮》中,霍尼克博士哄小儿子牛顿时唱了一首歌谣:

> 摇啊摇,小猫咪,在那树梢上,
> 风儿吹过来,摇篮就摇晃;
> 树枝扎断了,摇篮掉下来,
> 摇篮和猫咪,一起落尘埃!

这说明"猫的摇篮"本身就是虚伪的象征,正如牛顿长大后说的"一只猫的摇篮其实什么也不是,只是某人两只手中的一串绳子绕成的十字……"。在《胜利者的早餐》中,德韦恩·胡佛由于接受了作家基戈尔·特劳特书中的"坏思想",竟相信宇宙间只有他本人才是上帝的试验品,才有自由意志,而别人都是为他服务的机器,不懂得什么叫痛苦,所以他可以任意打他们。这些都表明了冯尼格特的小说在荒诞的艺术外衣下所表现出来的进步因素,即对资本主义和剥削阶级本质的斥责,对人(包括所有的人)的尊严的维护。

三 战争小说:《第五号屠场》(1969)

《第五号屠场》的出版使冯尼格特再次成为美国最有影响的小说家。小说以现实世界与幻想世界相结合的手法,揭露和讽刺了战争的荒谬、残酷和不人道。主人公比利生于 1922 年,第二次世界大战中赴欧作战被德军俘虏,在德累斯顿遭到大轰炸时躲入地下冷库才保住了性命;战后回国当了一名配眼镜的技工,娶了一个富人的丑女儿为妻,生下的儿子长大后在 20 世纪 60 年代中期被送到越南特种部队去打仗。1966 年比利 44 岁时,竟被从外星球飞来的特拉尔法马多利亚人的飞碟所抓,被放到那里的动物园去展览,但比利却从这些外星人那里学到了不少知识,尤其是关于时间的概念。小说把现实主义与科学幻想、控诉与祈祷、恐怖与爱情结合起来,组成了一幅看似零乱实则有意的现代派画面。小说没有完整的情节,结构也十分松散,时间随主人公的旅行而跳跃,看起来似乎是一堆乱七八糟的材料摘录,有的描写显然是属于科幻小说的内容,例如比利学会了时间旅行,他睡前是个老年的鳏夫,醒来却正与新婚妻子度蜜月;进门是 1955年,出门便到了 1966 年;等等。荒谬的描写衬托荒谬的世界,作者的文笔尽管冷嘲热讽,却仍然可以见到内中的精神实质。

《第五号屠场》除了后半部比利在德累斯顿遭遇盟军大轰炸一段外,几乎无情节线索可循,也许作者认为只有当年这场使他刻骨铭心又侥幸躲过生命劫难的轰炸才是他心中难以挥去的记忆。至于此后的生存经历呢?犹如万花筒般跳跃变化,既记得住又老是忘记,一会儿是这年这事,一会儿又是那年那事,不仅有地球人乱哄哄的相互争斗,连外星人也到地球来抢劫抓人。这世界怎么如此混乱荒诞?

小说真实而夸张、荒谬而尖锐的笔调,抨击了人类的战争罪恶,从第二次世界大战写到越南战争,从狂轰滥炸到相互杀戮,这一切竟使来自外星的特拉尔法马多利亚人惊叹:"地球人一定是宇宙的恐怖!"小说以"儿童的十字军东征"为副标题,比喻战争犹如孩子之间的暴力游戏,人类还未长大,战争却在不断重复地进行,整个地球竟成了一座黑暗的"屠场"!《第五号屠场》出版时正值越南战争升级之际,作者的反战立场明显可见。

第五节　唐纳德·巴士尔姆、托马斯·品钦等

一　巴士尔姆及其中短篇小说

在黑色幽默的流派中,唐纳德·巴士尔姆(1931—1989)是以他具有讽刺性和象征性特色的中短篇小说而著名的。

巴士尔姆于 1931 年 4 月 7 日出生在宾夕法尼亚州费城一个大学建筑学教授的家庭里,父亲的现代派建筑学艺术对巴士尔姆以后的创作思想产生了一定的影响。巴士尔姆早年曾信奉天主教,大学期间脱离宗教而信仰存在主义;20世纪 50 年代初参加过美国陆军,后与伯盖特·巴士尔姆成婚,不久当了休斯敦博物馆馆长。20 世纪 70 年代先后在波士顿大学、纽约市立学院任教,也曾在《场景》杂志当过编辑;后为职业作家,定居于纽约。

巴士尔姆的创作开始于 20 世纪 60 年代,明显受到法国荒诞派戏剧和阿根廷超现实主义小说家乔治·路易斯·博尔赫斯的影响,尤其是后者。"自从1962 年阿根廷小说家博尔赫斯的两卷集小说选在美国出版之后,"杰克·哈克

斯在《20世纪美国文学》中写道,"一个以自我意识为核心的,以直觉主义哲学为基础的小说热潮开始在美国掀起,而唐纳德·巴士尔姆也许可以说是在这期间涌现出来的最具有小说家气质的典范。"①巴士尔姆的作品几乎全是中短篇小说,尤以短篇为主,他的第一部短篇小说集《回来吧,卡里加利博士》出版于1964年,被评论界认为是属于含义深奥的"探索性"作品。此后,巴士尔姆又出版了中篇小说《白雪公主》(1967)、短篇小说集《不齿的陋习,怪僻的行动》(1968),前者曾获1972年的儿童读物美国国家图书奖。

20世纪70年代,巴士尔姆的主要作品有短篇小说《城市生活》(1970)、《愁苦》(1972)、《罪恶的欢乐》(1974)、《业余爱好者》(1976)和中篇小说《亡父》(1975)。1981年出版的《短篇小说六十篇》集中了作者最优秀的短篇佳作,包括尚未汇集出版过的9篇新作,成为巴士尔姆20年来的创作结晶。

巴士尔姆曾被评论家们归入"新小说派""革新派",他在小说中往往采用象征性的片段、情节不连贯的拼凑,或是结构上的古怪做法来吸引读者。他在1974年表达过这样的主张:"抽象派是把互不相关的事物拼凑在一起,如果效果好,就创造了新现实。"后来他又说过,"零乱是有趣而且有用的","拼贴原则是20世纪所有艺术手段的中心原则","我只相信片段"。这些主张的中心乃是标榜所谓"现代生活的现代写作技巧",所以在他的作品中,往往出现不可理解的东西,如短篇小说《句子》就是一个写了长达10页的句子,没有情节,含义晦涩难懂;在中篇小说《亡父》中,以离奇古怪的手法描写了一个忽而活着、忽而将死、忽而已死的父亲形象,中间再插进一些荒唐、猥琐的叙述,至于小说的主题则由读者自行想象,据说作者的用意是以"亡父"象征传统的文学创作最终会被埋葬掉。

当然,巴士尔姆的小说也不全是无聊的荒诞,他把隐晦和古怪看作是一种特别的艺术,"我就是喜欢别别扭扭,而且别扭得特殊",这一自我表白几乎坦白到家了。巴士尔姆以零乱的描写、图表的编排和看似荒唐的讽刺挖苦而自诩,他也许认为唯其如此才足以表现他的"革新精神"。所以哈桑称他为"严肃的幽默家""具有创造性的幻想家",说他在小说中"都表现出强烈的机智和语言的轻快,以及对我们的集体疯狂的,一种真正的,即是说完全侧面的、道德的理解"。从巴士尔姆获得普遍好评的一些短篇小说,如《城市生活》《罗伯特·肯尼迪落水记》《笨蛋》《儿子们的手册》中,可以认识到美国现代生活的轨迹,并透过眼花缭乱的表象见到它的实质。他的另一部分短篇小说,如《教堂之城》《相信》《瑞典军队的故事》则基本上按照现实主义的传统手法进行描写,含义深远。其他如《道歉》,整篇都是一个弃妇的自言自语,把一个孤独的女性的内心世界写得细致入微,虽无时间、背景、人物、地点,读起来却也亲切感人,另有一番滋味。

---

① 《20世纪美国文学》,麦克米伦出版公司,1980年,第57页。

值得注意的是,巴士尔姆在当时美国文坛上的地位越来越重要,不少评论家称他为"当代美国最伟大的短篇小说家",甚至把他对现代创作的影响与 20 世纪 50 年代的海明威相提并论。这里固然有不少复杂的因素,譬如当时美国文坛对传统现实主义的摒弃,特别是年轻一代读者追求强烈刺激的浪潮及美国文学的不断商业化等;但另一方面也说明巴士尔姆的作品在具体艺术手法和技巧上确有一定的创新精神,他被称为"大胆的文体改革家"是不无道理的。

二　品钦及其长篇小说

托马斯·品钦(1937—　)是黑色幽默流派中的后起之秀,大学期间曾师从纳博科夫。他的作品不多,却往往以神秘而荒诞的文学与当代科学的交叉结构而形成特色。

品钦于 1937 年 5 月 8 日出生在纽约州的格伦科夫,1958 年毕业于考尼尔大学,获文学学士学位,曾入美国海军服役,后在华盛顿波音航空公司任职,20 世纪 60 年代成为职业作家。

品钦的写作开始于 1958 年。他的第一个短篇小说发表于大学毕业前夕。1963 年出版的第一部长篇小说《V》为品钦奠定了文坛上的地位,并获得 1963 年首次颁发的"威廉·福克纳奖"。《V》作为一部小说,本身并没有完整的情节,甚至可以说按"情节"的通常含义来理解的话,它根本没有任何情节。它写的是 3 个学生围绕着"V"字母所展开的探索:第一个学生从他父亲那里发现神奇的"V"的含义,但他收集了许多无结果的迹象,依然找不出可靠的证据;第二个学生扩大了"V"所包含的范围,把它看成是百科全书式的机器人,可以模拟历史,可以模拟地理,这个"V"可以看成是维多利来·列恩 1898 年在埃及、维罗涅克·曼格斯 1919 年在马耳他、维拉·默文 1922 年在南非①,也可以把它看成是委内瑞拉、维苏威火山等一切以"V"开头的地方的化身,总之,你愿意怎么想就怎么想;第三个学生从当代人有意义的生活出发,认为"V"代表着人类毫无意义的生命,就像一种绳子穿过一块小木板抓住绳子两端旋转的游戏②。品钦在这里是隐喻人的生命毫无意义地结束,他认为人把生命消耗在别的物质上,当能量降到零时,生命也将结束,人就从物质转向反物质。所以物质世界如此,人类社会也如此,世界和宇宙就是在混乱中日趋死亡。《V》从现代世界的垃圾写到月球荒凉的陆地,那里才真正是没有生命的不毛之地。

品钦的第二部长篇小说《四十九号地的叫卖》(1966)以一种神秘的幻想色彩的笔法,描写了美国一个代号叫"W. A. S. T. E"的秘密组织,如何通过邮政系统保

---

①　这些人物和事件均不见史书记载,或系作者杜撰。
②　这种游戏被称为 yo-yo。

持联络以最终达到暴动的目的。据说这个组织起源于 1577 年的欧洲,发现这一秘密的奥迪帕夫人,最后在四十九号地大拍卖的叫喊声中提供了这一组织存在的证据。

《万有引力之虹》(1973)是品钦的代表作,获 1974 年的美国国家图书奖。这部长篇小说也没有完整的故事情节,在 800 多页的篇幅中,充满着五花八门、古怪零乱的叙述,以及物理学、导弹工程学、高等数学、心理学、变态性爱的许多描写。小说背景是第二次世界大战,德军的 V-2 导弹袭击伦敦,英、美谍报机关企图搞到导弹的秘密。后来他们发现美国负责心理战术的情报军官斯洛士罗普是一个值得注意的人物,导弹落下的地点也往往是他发生过性行为的地方,于是美、英双方对这一问题开展了专门研究。小说把人的性欲与现代科学技术联系在一起,认为人的死亡是一种心理现象,是天地间普遍存在的物理力量的结果。所谓"万有引力之虹"即指导弹发射后形成的抛物弧线,作者企图用它来象征世界,象征死亡,因此充满着世界末日即将来临的悲观情绪。归根到底,这部作品是对世界的现代和未来的荒谬虚构,同其他黑色幽默作品一样,缺乏真正的时代价值。

进入 21 世纪之后,品钦依然占据美国作家中的领先行列,数度被列入诺贝尔文学奖推荐名单。

三 其他黑色幽默小说家:盖迪斯、伯杰、霍克斯、唐利维

威廉·盖迪斯(1922—1998),生于纽约,毕业于哈佛大学,1963 年曾获美国文学艺术院奖学金。他的第一部小说《承认》(1955)描写了一个以伪造古画为职业的画家的经历,它的色彩是朦胧的,情节上首尾不连贯,感情上悲喜交错,给人的感觉像是一部庞大的喜剧在舞台上没完没了地表演下去。《小大亨》(1975)是盖迪斯的代表作,主人公是居住在纽约长岛的一个 12 岁的孩子,他像成年人那样活动,企图通过商业投机成为一个有钱的大亨,但他的行动往往是可笑的和自欺欺人的。小说的寓意在于讽刺美国社会的混乱和学校教育的荒谬:这个 12 岁的小学生居然以学校走廊里的电话为指挥手段,组织起一个庞大的经营网,实在是对美国时政的绝妙写照。小说获 1976 年的美国国家图书奖。盖迪斯系黑色幽默的早期代表,对后来的一些作家,如品钦、巴思等都产生过影响。

托马斯·伯杰(1924—2014),也是以风格夸张、幽默而著称的小说家,作品有《柏林市内的疯狂》(1958)、《恋爱着的莱因哈特》(1962)、《命门》(1970)、《小巨人》(1964)和《消遣》(1967)等。伯杰创作的特点是以荒诞无稽的可笑和紧张的虚构来讽刺社会,其中如《小巨人》就是讽刺西方社会中看似巨大实则渺小的人物。

约翰·霍克斯(1925—1998),康涅狄格人,被称为"当代最有独创性的小说

家"。年轻时去过阿拉斯加,写诗,也写剧本。在哈佛大学求学期间开始写小说《吃人的人》(1949),以失去理性的野人为题材。此后霍克斯出版过多部长篇,主要有《陷阱》(1961)、《血橘》(1970)、《死亡、睡眠和旅客》(1974)、《漫画》(1976)和《热情的艺术家》(1979)等。霍克斯以写"抽象小说"闻名,特别是描写人对性生活、性意识的觉醒和理解,如《血橘》便是以两对夫妇在一个假想的海岛上过着原始的性爱生活为题材,反映了人的性变过程。霍克斯反对用传统手法创作小说,因而也成了"反小说"的代表人物。

詹姆斯·唐利维(1926—2017),出生于纽约的爱尔兰移民家庭,第二次世界大战后在爱尔兰首都都柏林受高等教育,1967年入爱尔兰籍。代表作《姜人》(1955)模仿了卡夫卡的风格,写一个名叫塞巴迅·丹吉菲德的丑角式人物的生活,充满了黑色幽默的笔调,主人公不择手段追求生活,成为时代的象征。唐利维还写有《孤独的人》(1963)等长篇小说。

第十二章　20 世纪其他流派小说

第一节　美国社会与美国 20 世纪流派小说

一　美国社会对 20 世纪流派小说产生的影响

第一次世界大战前后,美国新一代的青年对社会、世界、人生产生了一种茫然无知的失望情绪,新的社会意识和人们思维的复杂化使传统的现实主义开始动摇,加上欧洲大陆传播过来的"意识流""象征主义""未来主义""超现实主义"等新思潮的直接影响,一股新的文学潮流开始在美国产生了。它的萌芽出现在 20 世纪 20 年代,以海明威为代表的"迷惘的一代"文学和以福克纳为代表的"南方文学"是其中最主要的流派。当然,从 20 年代到 30 年代整个美国文学的表现来看,占主导地位的还是传统的现实主义,小说创作尤其如此——与德莱塞、安德森相比,海明威和福克纳毕竟属于后辈;但这股潮流已经摆出了挑战的姿态,它的出现已经意味着它最终必将取代现实主义,而占据主导地位。

20 世纪世界文学与 19 世纪及之前任何时候的人类文学相比,显示出空前活跃、空前激荡的发展趋向,它已经突破 18 世纪以来单一的启蒙主义—浪漫主义—(批判的)现实主义的发展轨迹而进入了一个多元化的历史时期。笔者在《20 世纪世界文学:回眸与沉思》一书中提出了"20 世纪世界文学:从单一走向多元"的观点:"20 世纪世界文学的最大特点就在于打破了 19 世纪及其以前文学发展的单一性而呈现出多元化的发展趋向,从 19 世纪末期的(批判的)传统现实主义发展到 20 世纪中期以现实主义、现代主义(现代派、先锋派)和无产阶级及左翼文学三足鼎立的局面。"[①]这一三足鼎立的局面并非是稳定的、连续的,对已经过去的百年来的发展状况进行纵向分析,可以发现:在 20 世纪的几个历史阶段中,文学呈现出有时偏向这边,有时偏向那边的"钟摆现象"。这一现象的产生并不奇怪,甚至可以说是一种完全正常的而且是必然会出现的现象,当某一时期某种文学潮流居于主导地位之后,必然出现另一种文学潮流取而代之的逆转效

---

① 毛信德:《20 世纪世界文学:回眸与沉思》,百花洲文艺出版社,1998 年,第 5 页。

应,"三十年河东,三十年河西",也许全世界的人都明白这个道理。

　　20世纪社会变革空前复杂、矛盾斗争空前激烈和文学的多元化发展趋向的加剧,成为美国流派小说产生的背景,也是以后它得以迅速发展的基础。所谓流派小说,是指在创作题材、写作技巧、作品主题和作家身份等方面具有某种特殊风格的小说群体。从广义上来说,它包括了非传统现实主义以外的所有小说创作。从20世纪美国小说的发展来看,自世纪初开始出现的自然主义小说到20年代产生世界性影响的以海明威、菲茨杰拉德为代表的"迷惘的一代"和以福克纳为代表的南方小说派,直至60年代风靡一时的"黑色幽默",都可以被列入这一范畴。西方文学史家大多把"迷惘的一代"和南方小说派列入欧洲现代主义文学范畴,从大的范围划分来说也不无道理;然而,美国不同于西欧,当20世纪二三十年代存在主义、未来主义、象征主义、表现主义和意识流几乎占领欧洲文坛半壁江山之际,只有一部分美国作家受其影响,而在作品的风格、技巧上体现出某些现代主义的倾向,海明威作品中的象征色彩和福克纳作品中的意识流技巧即为一例,但他们并不是纯粹意义上的现代主义作家,而属于受到现代主义影响并建立起特殊流派风格的小说家。

　　如果说20世纪40年代前的美国小说还是以现实主义为主流的话,那么50年代后的美国小说则呈现出斑斓多彩和流派纷呈的局面,形成了流派小说的繁荣。第二次世界大战之后,那些成名的作家,无论是从整体还是从个别来看,都表现出新颖的风格和特征,在50年代和60年代先后形成了"犹太文学""战争文学""心理文学""黑色幽默文学""黑人文学""政治文学""科幻文学""存在主义文学""反现实主义文学""超现实主义文学"等各种流派。这些流派文学的主要表现形式是小说,因此在美国战后文坛上,形成了最有影响的"犹太小说""战争小说""心理小说""黑色幽默小说""黑人小说""亚裔小说""政治小说""科幻小说""反小说""超小说""超现实主义小说""荒诞派小说"等小说类别。

　　美国文坛上流派小说的产生和发展是有其深刻的时代背景的。首先是20世纪40年代末,第二次世界大战对人们精神的摧残,引起了美国人民对现存道德标准和人生观念的怀疑,特别是数百万犹太人在德国法西斯集中营里惨遭屠杀和1945年8月两颗原子弹在日本广岛、长崎爆炸给日本人民带来毁灭性灾难,这两件事对美国社会影响最大。法西斯惨绝人寰的暴行和美国统治集团对敌国平民的肆意屠杀,不能不在广大美国人民尤其是中产阶级知识分子阶层引起一个巨大的疑问:人的道德何在? 人的价值何在? 战争消耗了人们的精力,也形成了他们毫不含糊的明朗态度:对于生存环境的洞察能力和对于未来事态的预见能力。同时,随着科学技术的发达和群体社会的产生,人与人之间的关系日益冷漠,人们只注重自身的精神小天地,于是以描写和刻画个人精神的发展与演变为主要内容的"心理小说"随之兴起。这些作品的主人公往往是受到战后社会风气感染的"反英雄"形象,他们出身中产阶级,具有一定的文化水准,但思想矛盾、精神迷惘、内心复杂,又没有独立的社会根基,只得任由被垄断集团控制的社会摆布。

随后出现的所谓"怯懦的50年代",既是对现实主义的直接打击,也为流派小说的发展提供了思想基础:在麦卡锡主义横行的年代①里,慑于统治集团反共政策的淫威,一部分美国人(包括大多数中产阶级在内)沉默了,循规蹈矩了,不敢有越轨的举动了;但另一部分美国人(主要是年轻一代的工人、知识分子、大学生)由于对虚假的现实的反感,继续发起挑战,用他们认为适当的方式来反抗社会,"垮掉的一代"文学即是其中的一个主要表现。在这些作品中小说占绝大多数,它们反映了年轻一代的美国人对精神生活的追求和向往,对于"美国生活方式"提出了大胆的否定。看来这确实是美国人当时心里考虑的一个主要问题。在混乱的生活面前他们充满着困惑,战争、种族矛盾、贫困、失业和政治迫害等使人们产生变态心理,而这种变态心理又成了流派小说作家创作中的一个重要思想内容。

第二次世界大战结束之后,美国的动乱几乎没有停止过,光是战争就有朝鲜战争、越南战争,20世纪60年代又有古巴导弹危机、肯尼迪被刺、黑人暴动和全国性的反对侵越战争高潮,70年代初又爆发了震惊国际的"水门事件"和随之而来的在职总统尼克松的辞职。这一系列政治事件必然影响到千千万万美国人,导致他们心理、思想和精神状态发生变化,反映到小说创作中则是黑色幽默小说、荒诞小说、反现实主义小说、存在主义小说等流派小说的产生,一般人把它们合称为"后现代主义小说"。所谓"后现代主义小说"大都是用荒诞的、隐喻的、超现实的笔法,以曲折的形式来达到揭露现实、反映人们内心世界的目的,它们的作者几乎都厌恶这个社会,甚至抱着绝望的心情。所以这个流派的小说家们不惜用夸张、讽刺以至歪曲现实的"愤世嫉俗"之笔来揭示世界的本质,而结果往往以荒谬隐喻真理,以丑陋代替美感,把一切都颠倒了。60年代以来,在整个文学潮流中以"黑色幽默"派影响最大。当然,这些流派从总体上来说是建立在存在主义、非理性主义和虚无主义的基础之上的,它们是中小资产阶级知识分子找不到思想出路时的苦闷和厌世情绪的表露,它们否定人生,否定世界,尽管客观上起到了一定的揭露作用,但消极成分也是明显的。当然不同的作家常有不同的形式、内容和风格,对他们的作品也需要具体分析。

20世纪70年代之后,美国的小说创作步入了一个更加繁荣的时期,南方小说东山再起,犹太小说一鸣惊人,心理小说方兴未艾,黑人小说异军突起,加上政

---

① 即20世纪50年代以麦卡锡主义为代表的法西斯势力猖獗时期。参见本书第五章第一节、第十一章第一节。

治小说、暴露小说、科幻小说、灾难小说、社会小说的发展,大有百花争艳之势,各种流派互相竞争、互相渗透,形成了小说创作空前活跃的局面。在这中间,进步的与消极的、严肃的与荒谬的、求实的与唯心的、现实主义的与反现实主义的各种小说相互影响,良莠并存,既有大量充斥书肆的黄色低级小说,更有无愧于当代名著之称的小说佳作,而后者则代表了美国当代小说的主流。这是 20 世纪 60 年代初自海明威、福克纳去世之后美国小说创作的又一个高潮,1976 年和 1978 年的诺贝尔文学奖获得者索尔·贝娄、艾萨克·辛格便是这批优秀小说家的杰出代表。70 年代小说创作的繁荣证明美国文学正在沿着它的历史道路继续前进,这种趋势一直延续到 80 年代。

自 20 世纪 80 年代至世纪末的 20 年里,丰富多彩和流派纷呈再次成为美国小说的创作特征,只要大体罗列一下这段时间美国小说家创作的具有重大影响的作品,人们就不难发现,许多老一辈作家,如贝娄、契弗、厄普代克依然佳作不断,而中年一代的小说家则再次显示了他(她)们的创作魅力,其中有较大影响的数黑人女小说家托妮·莫里森、艾丽丝·沃克,华裔小说家马克辛·洪·金斯顿(中文名汤亭亭)、艾米·谭(中文名谭恩美),而在 70 年代就已经崭露头角的乔伊斯·卡罗尔·欧茨在 80 年代后一直保持着旺盛的创作力,被认为是当代美国最负盛名的一位女小说家,她的多部以心理描写为特征的长篇小说屡屡获奖,在以严肃文学为主导的美国文坛上发挥了重要作用。

若干年前,国内有学者撰文指出,作为一个多元化的国家,当代美国小说呈现出一种纷繁复杂的多元化局面,并认为犹太小说、妇女小说、南方小说、黑人小说和现代主义小说构成了"当代美国小说的五大支柱"①。这一归纳基本符合 20 世纪 50 年代以来美国小说的创作实际,并且在整个 90 年代也大体承袭了这一格局。本章第八节所论述的也基本上属于这一范畴。当然,把所有女小说家的创作归纳到妇女小说之中也未必全然合理:欧茨的创作题材并不限于妇女,她应该是属于以心理现实主义为写作特征,以严肃的社会问题为主要题材的女作家更符合实际;莫里森既是黑人作家又是女性作家,她的小说作品大多以黑人女性为描述对象,但从创作本质而论,她的立场明显是从属于黑人文学范畴。因此,本书仍以创作的主题分类,以突出这些女性作家的作品内涵。

进入 20 世纪 90 年代以后,随着后现代主义的衰落和整个世界文学流派的融合,美国小说的发展也进入以个人创作风格和艺术特征为主要表现形式的文学回归时期,笔者在《20 世纪世界文学:回眸与沉思》一书的第四编第十三章对此做了一个大概的论述:

---

① 张锦:《当代美国小说的五大支柱》,中国人民大学报刊复印资料《外国文学研究》1992 年第 1 期。

　　与 20 世纪 70 年代后世界局势的趋同倾向相对应的是,文学的发展趋势也从原先现实主义、现代主义和无产阶级文学的"三足鼎立"而逐渐变为相互渗透、相互吸收的格局,至 80 年代,这一趋同倾向尤为明显。作家们不再刻意追求政治立场和艺术流派,而是注重于写出符合人类生活本质的,能为最大多数人所接受的作品;同时,经过半个多世纪的实践,各种流派风格也不再是相互对立或忌讳,而是尽可能地吸收、借鉴,作家们之间的区别不再是派别、立场,而是自己对于世界和人类社会的观察能力,以及表现这些能力的艺术水准。①

　　鉴于 20 世纪 80 年代以后美国社会政治的相对稳定、经济实力的持续增长,也由于 80 年代末 90 年代初东欧各国政治体制的改变,1991 年苏联的解体,意味着第二次世界大战之后形成的"冷战"时代的结束,以反映美国民众各种思想、生活、情感为主体的美国小说创作也出现了一个趋同倾向,原先以政治理念为主要特征的色彩文学逐渐消退,取而代之的则是以艺术风格和作品题材为主要特征的创作流派,因此自七八十年代以来,在美国文坛上所出现的各种小说流派,在继承和发扬世纪初期的自然主义小说、现实主义小说和二三十年代至五六十年代以来的左翼小说、"迷惘的一代"小说、南方小说、犹太小说、黑人小说、黑色幽默小说的同时,产生了诸如心理现实主义小说、战争小说、科幻小说、社会小说及以华裔美籍作家为主创作的华裔小说等流派小说,并且呈现繁荣的局面,它们的出色成就成为 20 世纪下半叶美国社会缤纷灿烂色彩不可缺少的组成部分。这些流派小说的产生和繁荣都可以视为美国 20 世纪下半叶社会发展、演变的产物,是一个特定的时代在小说这一文学载体中的具体表现。

　　以上所述几乎包括了 20 世纪百年间美国社会的演变过程,从中也可以看出文学创作尤其是小说创作与社会、政治、历史的密切关系,流派小说的产生、发展和繁荣,在一定程度上反映了美国这个移民国家的文化、政治、思想意识的多元性,可以说,正是这些丰富多彩的流派小说,成为记录、反映、呈现美国 20 世纪社会面貌的多棱镜。

　　上述观点也可以作为对本书第七章以后全部内容的一个小结。

二　其他流派小说的创作成就

　　本书第七章至第十一章分别论述了"迷惘的一代""20 世纪南方小说""20 世纪犹太小说""20 世纪黑人小说""黑色幽默小说"的发展过程和具体表现,应该说它们代表了 20 世纪美国流派小说中最重要的创作成就,但这并不是流派小说

---

　　①　毛信德:《20 世纪世界文学:回眸与沉思》,百花洲文艺出版社,1998 年,第 771 页。

的全部,综观这百年间五彩缤纷的美国流派小说,至少还有"战争小说""心理现实主义小说""垮掉的一代""华裔小说"这四个比较有影响的创作领域,展示出它们丰富多彩的成果。

此外,值得一提的还有美籍俄裔科幻小说家艾萨克·阿西莫夫(1920—1992,代表作《银河帝国》三部曲)、老资格的科幻小说家罗伯特·海因莱恩(1907—1988,代表作《陌生国土的陌生人》)、多产的社会小说家西德尼·谢尔顿(1917—2007,代表作《天使的愤怒》)、社会小说家埃里奇·西格尔(1937—2010,代表作《爱情故事》)等,而马里奥·布佐(1920—1999,代表作《教父》)、威廉·彼得·勃拉提(1928—2017,代表作《驱魔师》)和彼得·本奇利(1940—2006,代表作《鲨鳄》)、艾弗利·科尔曼(1935— ,代表作《克莱默夫妇之争》)等小说家,都以各自的力作成为美国 20 世纪 70 年代以来文坛上最受欢迎的小说家。

战争小说实质上就是社会小说在战争问题上的表现。第二次世界大战之后,战争在美国人民中间引起的思考,形成了描写战争的小说创作高潮,诺曼·梅勒、赫尔曼·沃克和詹姆斯·琼斯等人率先在 20 世纪四五十年代因出版第二次世界大战题材的小说而引起社会的重大反响,梅勒的《裸者与死者》、沃克的《战争风云》和琼斯的《从这里到永恒》都是 50 年代战争小说的扛鼎之作,此外,还有詹姆斯·古尔德·科曾斯(1903—1978)的《荣誉卫队》(1948)、约翰·赫塞(1914—1993)的《广岛》(1946)和欧文·肖(1913—1984)的《幼狮》(1948)等小说,都有较大影响。从反映时代精神的角度来看,战争小说中的大部分作品都有一定的历史价值,它们记录了一场人类浩劫的真实画面。

战争小说在美国小说发展史中最早可以追溯到 19 世纪上半叶,以独立战争为题材的库珀的《间谍》无疑属于战争题材的作品,克莱恩的《红色英勇奖章》以南北战争为背景,成为第一部受到读者欢迎的纯战争小说,它们应该是 20 世纪战争小说的滥觞。因此,可以说战争小说在美国文坛上是具有传统的。至第二次世界大战结束,战争小说尤为兴盛,上述提到的作品都出自"二战"后的若干年中。这也是作为同盟国首领国家的美国人民在取得胜利后的一个情感宣泄。与战前的战争小说相比,"第二次世界大战之后的作品画面更为宽广,且时而在战争题材之中掺入种族冲突或其他社会问题,从而使战争成为人类文明各种冲突和危机的一个微观标本"[1]。20 世纪 60 年代以后,一些具有后现代主义风格的黑色幽默小说家,又将第二次世界大战的战争题材纳入他们的创作实验之中,涌现了海勒的《第二十二条军规》、冯尼格特的《第五号屠场》和托马斯·品钦的《万有引力之虹》等小说,它们既是黑色幽默小说的经典,同时也是反映第二次世界大战对美国人民内心世界深刻刺激的战争小说的代表。

---

① 陆谷孙:《幼狮·译后记》,上海译文出版社,1987 年,第 924 页。

　　心理现实主义小说是 20 世纪美国心理现实主义文学在小说创作上的主要表现,它的特点是注重通过对人物心理的描写来反映人类社会的精神演变过程。自亨利·詹姆斯于 19 世纪末期开创以来,这一流派的发展日益高涨,至 20 世纪六七十年代,厄普代克、契弗等人的创作成果,尤其是女小说家欧茨的崛起和贡献,把这一流派推上了新的高峰。多数文学史家把心理现实主义视作现实主义与现代主义心理描写手法结合的产物,从现实主义角度来讲,可以把它看成是对 19 世纪传统的继承;从心理描写的手法来讲,则是创作技巧上的新发展。

　　心理现实主义小说在美国的发展和繁荣,一方面是受到亨利·詹姆斯现代主义小说描写技巧、理论和实践的影响,另一方面也是小说家们在经过创作实践的检验和深层次的理性思考之后,认为这是既尊重客观反映美国社会现实的创作原则,同时又能够深入描绘人们内心世界本质的最佳结合。一个令人信服的事实是:正是 20 世纪五六十年代美国社会矛盾的纷杂和激化,造就了一批有才华的作家选择心理现实主义的创作手段来表现他们的思考和忧虑。也许这就是心理现实主义小说能够取得巨大成功的原因。

　　"垮掉的一代"(the Beat Generation)又译"垮掉派",亦名"避世运动"(the Beat Movement),始于 20 世纪 50 年代,是由一些玩世不恭、衣衫褴褛、举止粗俗的青年人组成的艺术流派,他们从爵士乐师或社会底层那里学来颓废的嬉皮士词语,通过吸毒、性放纵或对佛学禅宗的感觉、模仿来显示与正统社会相决裂的姿态,以达到个性解放、净化和启迪的目的。"Beat"一词可作"厌倦""逃避"解释,亦可理解为"极乐",汉译"垮掉"或"垮了"至少带着一定的贬义,但既已为大家接受,也就成为公众约定的译名。

　　"垮掉的一代"以小说家杰克·凯鲁亚克(1922—1969)、诗人艾伦·金斯伯格(又译艾伦·金斯堡,1926—1997)为代表人物,此外还包括小说家威廉·巴勒斯(1914—1997)、诗人劳伦斯·费林盖蒂(1919—2021)、肯尼思·雷克斯罗思(1905—1982)、格雷戈里·科尔索(1930—2001)和尼尔·卡萨迪(1926—1968)等人,他们聚会在费林盖蒂开设的书店里,喝酒、唱歌、吸毒,朗诵自己写的作品,表现出一种蔑视社会传统、我行我素的行为,他们提出把文学与诗歌"带到街头去"的口号,以一种自由的无确定格式的文体来进行叙事写作,因此有人将它定名为"亚皮士"。1956 年,金斯伯格的诗《嚎叫》在费林盖蒂的"城市之光"书店中朗读获得成功,第二年,凯鲁亚克的小说《在路上》得以出版,使"垮掉派"的创作逐渐得到社会认可。此后巴勒斯出版代表作小说《裸体的午餐》(1959),以梦幻的、拼贴画的手法,描写了吸毒者在吸毒后产生妄想和病态的过程。小说出版后遭到查禁,巴勒斯遂转向科幻小说创作,先后出版了《软机器》(1961)、《爆炸的车票》(1962)、《星星快车》(1964)、《死路之地》(1983)等作品,被认为是仅次于凯鲁亚克的"垮掉的一代"小说家。

作为美国少数民族文学重要组成部分的华裔小说,最初出现于 20 世纪初期。当时美国东西部的几个大城市,如纽约、波士顿、旧金山、洛杉矶等都集中了大批来自中国大陆和亚洲其他地区的华人移民和他们的后代,形成了具有中华民族特色的唐人街。唐人街的华人及其后裔开始通过英语创作反映他们生活的小说作品,在 20 世纪上半叶涌现了一批华裔小说家和他们写的英语小说,其中有被后人称为华裔美国文学始祖的艾迪丝·伊顿(中文笔名水仙花)和她写的短篇小说集《春香夫人》(1912),有知名作家林语堂(1895—1976)和他写的长篇小说《京华烟云》(1939),刘裔昌和他写的长篇小说《父亲和荣耀的后代》(1943),黄玉雪和她写的长篇小说《第五个中国女儿》(1945),等等。

华裔小说从定义上来判断,指的是由在美国生活的华人移民及他们的后代用英语创作的小说作品。以创作题材来划分,主要包括描写在中国本土发生的情节故事和在美国华人社会发生的情节故事两类,其人物主角当然是华人移民及其后裔,所以也可以视为移民文学的一部分。上述作品中,《京华烟云》是前者的代表,《第五个中国女儿》是后者的代表;此后出版的朱路易的长篇小说《吃一碗茶》(1961)则被视为反映唐人街华裔社会变化的典型,也可以看作 20 世纪 70 年代华裔小说真正兴起的标志。70 年代之后,华裔文学创作进入了一个繁荣时期,先后出现了赵健秀的小说、戏剧创作与文学评论,汤亭亭和谭恩美的长篇小说创作,以及黄哲伦(1957—   )的戏剧作品、叶添祥(1948—   )的科幻小说、任碧莲的长短篇小说,构成了一幅绚丽多彩的华裔文学画面。华裔文学虽然在成就和影响上比不上同时期的黑人文学,但已经在美国文坛上独树一帜,尤其是汤亭亭、谭恩美和任碧莲的小说作品,出版后受到社会各界和广大美国读者的好评,先后获得美国国家图书奖等国家级奖项,成为 20 世纪后期美国少数民族小说创作的奇葩。

第二节 战争小说:诺曼·梅勒、赫尔曼·沃克、詹姆斯·琼斯

一 梅勒及其《裸者与死者》(1948)

诺曼·梅勒(1923—2007)也是一位犹太裔的小说家,但他的创作并不着重于对犹太社会的描写。自 20 世纪 40 年代末成名以来,他的作品题材广阔,创作兴趣广泛,虽有不少作品包含明显的消极因素,但他仍是当代美国文坛上有影响的人物之一。

梅勒 1923 年 1 月 31 日出生在新泽西州朗布兰奇的一个犹太人家庭,4 岁那年随父母迁居到纽约布鲁克林区,在那里度过了童年和少年时代。在读高中

时梅勒对航空工程学产生了兴趣,后考入哈佛大学航空工程系,1943 年毕业,获理学学士学位,接着赴巴黎大学读研究生课程,1944 年至 1946 年在美国陆军服役。梅勒对文学的兴趣是从大学一年级开始的,那时他阅读了多斯·帕索斯的《美国》、斯坦贝克的《愤怒的葡萄》和法雷尔的《斯塔兹·朗尼根》三部曲等小说,激发了他要成为"一个有名的作家"的志向。当兵以后,梅勒被派往南派塞菲克岛,产生了写一部"伟大的战争小说"的念头,于是收集生活素材,重点整理了他听到的关于一个步兵侦察排在菲律宾一个小岛上与敌人作战的故事,并在此基础上写出了为他赢得巨大声誉的长篇小说《裸者与死者》(1948)。

小说描写了第二次世界大战期间美军步兵的一个侦察排在太平洋南部作者虚构的安那波帕岛上的遭遇。率领这个排的是罗伯特·赫恩少尉。他原本是师长爱德华特·卡明斯少将的副官,为了发泄他对师长专横的不满,他故意往办公室乱丢烟蒂,结果受到惩罚,被调往作战科,后来又派他带这个排到岛上日本守军的后方去侦察。在这个排里,赫恩的对立面是为人冷酷的萨姆·克劳夫特上士,他对赫恩怀有敌意,认为这个少尉的到来损害了他的权力。侦察排乘小艇绕到岛的南部,登陆后不久就在隘道口遭到日军的伏击。夜间赫恩派士兵马丁内斯去侦察,马丁内斯在森林里发现有不少日军,但克劳夫特却向赫恩谎报没有敌人;赫恩决定继续前进,于是再次遭到伏击,第一梭子弹就把他给打死了。后来,克劳夫特决定改变路线攀越安那卡山峰,但一路上苦不堪言,先遇到一条深涧,后又遭到大黄蜂的袭击,最后只得返回海滩,第二天由前来接应的登陆艇把他们送回驻地。

呈现在读者面前的是美军内部的种种矛盾,突出地反映了权欲使人丧失理性,战争使人变得更加贪婪的现实,这些问题造成了指挥混乱,上下对立,人际关系紧张。在这里,赫恩是一个带着自由主义倾向的人物,他愤世嫉俗,但又不知如何去反抗;他反对卡明斯的独裁,却只能用在办公室地板上丢烟蒂这种可笑的行为来进行发泄。当然,他的死是可惜的,残害他的正是那种破坏力极大的权欲和私心。克劳夫特上士是个极端的个人主义者,他凶狠、残忍,为了个人目的可以不顾一切。相比之下,师长卡明斯是一个既好幻想又急于求成的极权主义者,一个刚愎自用的人。他企图以惩罚手段来约束部下,改变指挥不灵的局面,但他所接到的情报几乎没有一项是确切的。

具有讽刺意味的是卡明斯居然成了出色的指挥员,由于岛上弹尽粮绝,日军不攻自破,人们照样把战争胜利的功劳记在他的头上,电台广播了攻克安那波帕岛的辉煌胜利,而卡明斯的指挥才能也理所当然地载入第二次世界大战的史册。

小说真实地反映了战争中人的精神危机。赫恩、克劳夫特和卡明斯犹如三个中心,他们互相牵制、互相斗争,矛盾的发展达到戏剧化的程度,而最后胜利的是死亡,人类对于命运的追求则失败了。作者把美国军队形容成"在一块草地上角逐和拖曳一堆面包屑的一群蚂蚁",希望把他们从"喧闹的受伤的美国怀抱中"争夺出来并使其恢复人性;他注重人物内心世界的刻画,从一个侧面来反映战争的真实性。

尽管梅勒把自身的许多经历和体验写入这部小说,但他还是一再否认它的针对性。在小说的扉页上,梅勒写道:

> 在这部小说中出现的所有人物和事件都是虚构的,对于任何个人
> 生与死的相似那只是一种纯粹的巧合。

这是"此地无银三百两"吗?也许是,但小说的现实主义基本色彩是无可否认的;当然,在描写中也包含有自然主义的成分。在这里,战争成了人类命运受法西斯主义支配的实验室,它预示着可怕的未来,赫恩的失败和死亡就是例证。作者企图用这一事件来警告美国公众,要警惕法西斯主义在这个国家的蔓延,除非人们能够全力反对它,否则必将带来严重的后果。这种带有刺激性的主题冲破了以往战争小说的创作思想,这也许正是《裸者与死者》格外受到公众欢迎的一个原因。

在小说第一部《波浪》的第一章里,作者写道:

> 没有人再能够睡了。当早晨来到的时候,突击船放慢了速度,避开
> 海浪,停靠在安那波帕岛的海滩上。整只船上,所有被护送的士兵都知
> 道,也许几个小时之后,他们中间的一些人就会死在这个地方。

这只船上乘坐的是克劳夫特上士的侦察排。小说一开始就这样向人们展示出战争的恐怖气氛,但正是战争改变了人的本性,也暴露了人的弱点;在战争中死亡的,不单是人的肉体,还有人的精神。梅勒的这一观点虽然是资产阶级的,并带有唯心主义不可知论的因素,但从揭示美军真实面目这一角度讲,《裸者与死者》正是对它的一次大胆的剖析。

20 世纪五六十年代,梅勒先后担任过几家报刊的编辑,1962 年至 1963 年兼任《老爷》杂志的专栏作家;后来当过电影编剧,1968 年还参加过纽约州州长的竞选。《裸者与死者》虽然使他获得极大的成功,但梅勒并没有按照这条创作道路走下去,在此后的 30 多年中,这位有才华的小说家经历了曲折的道路。在政治上,他一度是强硬的激进派,40 年代末曾支持过进步党和华莱士,赞扬苏联的社会主义,但后来他认为苏联背叛了十月革命的原则,同美国一样成了侵略别国的世界扩张势力的发源地,因此他感到失望,1951 年出版的《巴巴里海滨》就是这种思想的产物。不久后他出版的第三部长篇小说《鹿苑》(1955)也以这种情绪

为背景,描写了好莱坞电影界的精神堕落,在读者面前呈现出一个欺骗、伪善、怯懦、淫邪的世界。

假如把《巴巴里海滨》和《鹿苑》看作是梅勒在政治上动摇、彷徨的结果,那么1959年出版的《为自己做广告》则成了他创作上的一个重大转折。梅勒在一次谈话中曾指出:"我认为《为自己做广告》才是真正具有分水岭意义的作品。它是铸成我个人风格的第一部作品。"这是一部形式特殊的作品,收集了作者过去写的全部短篇小说、散文、评论,加上三部长篇小说的片段摘录,组成了一个自我评论的体系。在第一篇广告中写道:"令人不愉快的事实是,我深深地认识到一定要在我们的时代意识形态中闹革命。"接着又告诫时代:"我仍然对我们时代的怯懦感到愤怒,它把我们所有的人都从曾经是挺立而具有创造力、知识丰富的热情状态,压迫到中庸妥协的状态。"在这里,梅勒企图通过独特的表现方法来反映他内心世界的真实面目,以对未来的幻想风格来反映他的雄心壮志。但他又说:"我可能是错的。假如是这样的话,那么我是一个蠢人,我要为此而付出代价。"

梅勒是一个思想复杂的作家,他在1968年出版的《夜间的军队》一书中承认自己是"激进的知识分子,勤奋的作家,又是一个极猥亵的人";他私生活放荡,到1971年为止先后结了五次婚,还酗酒、吸毒,在20世纪50年代就是"垮掉的一代"的一员。他的政治立场也包含各种因素,在《白色黑人》(1957)中反映了"垮掉的一代"嬉皮士的病态心理,在《我们为什么在越南?》(1967)中宣扬了存在主义的观点,而《夜间的军队》则是1967年10月新左派为反对越南战争而向美国国防部进军的记录(梅勒参加了这次夜间进军,并一度被捕)。

写完《夜间的军队》之后,梅勒就以写"非虚构小说"或"新新闻报道"为主。《迈阿密和芝加哥之围》(1968)是写美国共和党和民主党总统竞选内幕的,《月球上的火光》(1970)是写人类第一次踏上月球的计划对美国公众的心理影响,《性的俘虏》(1971)是写文学、妇女解放运动与色情主义的关系,梅勒以此来回击美国妇女解放运动领袖凯特·米利特说他是"男性的沙文主义者"的批评。此外,梅勒有影响的作品还有具有象征主义色彩的长篇小说《一场美国梦》(1965)、以电影明星玛丽莲·梦露的生平事迹写成的传记《玛丽莲》(1973)。梅勒20世纪70年代写的《刽子手之歌》(1979)是一部根据犹他州杀人犯吉尔摩的犯罪事实写成"生活纪事小说"。据说梅勒为了写这位年仅30余岁却已经进了22次监狱最后被判死刑的囚犯,花费了大量的时间进行采访和了解,还阅读了有关的档案。作者认为写出这个罪犯的真实面目是他的职责,因此"在这部严格的真人真事的书里,展示了真正的美国生活",并获得了1980年的普利策小说奖。在这之前,梅勒在1960年获得过美国文学艺术院奖学金,1969年获得过美国国家图书奖,1976年获得过全国艺术俱乐部文学金质奖章。

梅勒是个复杂的然而又有个性的作家,他的内容丰富的作品在当代美国文坛上有着不可忽略的影响,伊哈布·哈桑在《当代美国文学》一书中甚至认为"诺曼·梅勒可能比任何其他美国作家都更有资格作为时代的主要代表人物。这种论点是基于他的想象力的非凡气魄、他的以独特方式反映时代最重大问题的敏锐性……的能力"①。梅勒曾任国际笔会美国分会主席,是美国文学艺术院院士。2005 年获得美国文学杰出贡献奖,2007 年兰登书屋出版他的最新也是最后一部小说《森林城堡》,此书的中心话题是希特勒的家人及其童年,从源头上探索这个罪大恶极的恶魔的成因。他以创造"硬汉子"人物著名,因此被称为"海明威第二"。2007 年 11 月 10 日死于肾衰竭,享年 84 岁。

二　沃克及其《战争风云》《战争与回忆》(1971、1978)

另一个犹太裔小说家赫尔曼·沃克(1915—2019)也是以他杰出而丰富的战争题材的小说而著名。沃克于 1915 年 5 月 27 日出生在纽约市一个来自俄国的犹太移民的家庭,父亲开着一家规模相当大的洗染作坊,祖父曾当过拉比。沃克从小在这个保持着正统的犹太教规的家庭环境中长大,中学毕业后,考入哥伦比亚大学。1934 年沃克从该校毕业,获文学学士学位,在一家广播电台担任广播剧和广告喜剧作家。在电台和那个娱乐性行业里,沃克虽然获得了一定的金钱和地位,但他对周围世界的沉闷气氛感到不满。不久,这个世界就被炮火连天的第二次世界大战搅乱了,1941 年底珍珠港事件爆发后沃克应征入伍,在海军驻太平洋派塞菲克岛的驱逐舰和扫雷舰分队服役三年。2019 年 5 月 17 日去世,享年 104 岁。

沃克的创作欲望是在大战中萌发的,他当时就想写一部以这场全球战争为题材的小说,但未能成功。战后他出版的第一部小说,是以他当年在广播电台工作的经历为灵感来源,以讽刺纽约商业广告内幕为题材的《破晓》(1947);第二部小说《城市少年》(1948)仍以纽约为背景,作者怀着同情心用幽默的艺术手法描写了 20 世纪 20 年代一个犹太少年在这座大城市里的遭遇;他的第三部小说是《卖国贼》(1949)。真正为沃克赢得声誉并标志着他的战争小说创作开端的是1951 年出版的《该隐号叛变》。小说描写了第二次世界大战期间发生的一件事:驱逐舰"该隐号"的舰长奎格是一个专横的、刚愎自用的人,因为指挥权上的争执,同舰队指挥部闹翻后,在一个叫凯佛的知识分子的挑拨与唆使下终于走上了叛乱的邪路。作者明白地暗示,虽然奎格是一个暴虐而又胆小的人,但他身上仍保持着老牌海军军官的气质,真正的坏人不是他,而是阴险的、极端个人主义的凯佛。尽管凯佛表面上不动声色,避免卷入这场叛乱,但悲剧正是由他一手造成的。小说触及人在特殊环境中的道德和责任心问题,对知识分子个人主义的过

---

① 伊哈布·哈桑:《当代美国文学》,弗雷德里克·安纳格出版公司,1973 年。

分渲染似乎也引起了评论界的非议,但小说的主题是明确的,艺术上是成功的,1952年获得了普利策小说奖。小说最后一段关于奎格和舰上的叛乱者在军事法庭受审的情节,于1954年被纽约百老汇剧院改编成戏剧上演,受到公众的欢迎。

在下一部小说里,沃克又回到以社会为背景来探讨人的道德问题的主题。《马乔里·莫宁斯塔》(1955)以一个犹太女子对生活和理想的追求与幻灭为主要情节,写出了犹太人传统的价值及这种价值最后被资本主义物质文明所破坏的经历。相比之下,小说的手法是含蓄的,女主人公的舞台生涯、她的爱情罗曼史、她对犹太教传统的抛弃和最终成为新泽西州一个中产阶级的家庭主妇的结局,表明了作者对社会生活的观点:人在这个世界上为了存在只能成为思想上贫瘠的一员。小说的风格同刘易斯的《大街》类似。此后,沃克还创作了关于犹太教传统的《这是我的上帝》(1959)和以小说家托马斯·沃尔夫为模特的《青年霍克》(1962)等小说,后者描写一个出身南方肯塔基州的青年作家在商业上获得了成功,可是他的艺术、气质和人格却因此遭到了破坏。

在上述小说中,沃克注重清晰的叙述和生动的描写以及人物形象的塑造,他遵循传统的现实主义的风格和哲学家的道德主义者的观点,在这里可以明显地看出他受到了狄更斯、列夫·托尔斯泰这些先辈作家的影响。道德主题、戏剧性的情节和现实主义的环境描写成了沃克小说创作的基本特色。

沃克描绘第二次世界大战的激情在1962年重新燃起,他下决心要写出忠实于历史真实的小说巨著,在他未来的小说中,第二次世界大战难忘的岁月将得到再现。为此,沃克移居到华盛顿,把自己长时间埋在书籍和文件堆里,在国家档案馆和国会图书馆查阅了大量的文献,抄录了有关大战的许多材料,特别是有关同盟国领导人之间的会晤和文件来往以及纳粹德国的情报。为了查阅苏联的资料,沃克重新开始学习俄语,并专程去苏联访问。经过16年坚持不懈的努力,沃克终于先后出版了两部有历史价值的长篇小说——《战争风云》(1971)和《战争与回忆》(1978)。

这两部作品以编年史的方式,通过对海军军官维克多·亨利一家的悲欢离合和重要战役、事件的史诗性叙述,真实地描绘出了整个第二次世界大战自1939年至1945年的曲折过程。作者站在美国的立场上,企图以小说的艺术形式来重现人类这场空前浩劫的情景,正如沃克在《战争风云》的"前言"中所指明的:

> 《战争风云》是一部小说,书中有关亨利一家的人物和事件纯属虚构。然而小说中有关战争方面的史料是确凿的,统计数字是可靠的;至于书中出现的那些大人物的言行,不是根据史实记载,就是根据有关可

靠的记录。当然,这样范围的工作不可能没有错误,但作者希望读者能够理解,他是在尽极大的努力给一次大规模的世界战争描绘出一幅真实的、宏伟的图景。

作者以宏大的气魄勾勒出了这场战争几个重要方面的历史,其中有1939年上半年第二次世界大战爆发前夕在柏林出现的希特勒的战争狂叫,也有1943年美、苏、英三国首脑的德黑兰会晤,还有美国与日本之间旷日持久的太平洋海战和纳粹德国对欧洲犹太人野蛮的、绝灭性的大屠杀,等等。用真实的历史性人物与虚构的小说形象相结合的方式来反映各个重大的历史事件是作者的主要艺术手段。

《战争风云》从1939年写到1941年12月珍珠港事件爆发,是序幕,"为本书定下了历史骨架";《战争与回忆》则是它的续篇,重点在于描写美国投入第二次世界大战后的情形,"是一部关于美国作战的小说——从珍珠港到广岛"。贯穿这两部小说的中心人物是维克多·亨利,这个人物虽然是作者虚构的,但他身上却集中了许多美国军人、外交家和政府官员的性格和品质,他敏锐的洞察能力、勇敢的战斗精神、干练的外交手段和善于应付各种特殊情况的才智在小说中得到了充分的表现。为了描写出人物的丰富形象,作者有意识地使亨利不断地置身于这场历史风暴最猛烈的旋涡之中:他在战争前夕担任美国驻柏林大使馆中校海军武官,战争爆发后作为美国总统罗斯福派往苏联的特使哈里曼上校的顾问;珍珠港事件之后他重登战舰,先后成为"诺恩安普敦号"巡洋舰上校舰长和"艾奥瓦"战列舰少将舰长兼战列舰第七分舰队司令;到小说结尾时,他又成了罗斯福去世之后继任总统的哈里·杜鲁门的中将海军副官。其中还穿插了他两次访苏、统管全国登陆艇生产等几次直接来自总统派遣的特殊使命。在小说中,他分别与罗斯福、斯大林、丘吉尔及希特勒有过直接接触,作者通过他的观察和经历写出了这些历史人物在大战中的行为和影响,特别是对多次出现的罗斯福总统的描写,表现出作者对这位已经年迈和身残的资产阶级政治家的钦佩之情。

假如把维克多·亨利看作一只编织罗网的蜘蛛,那么其他一些大大小小、虚虚实实、形形色色的人物就成了这张巨大蛛网的众多蛛丝,其中主要的当然是他的一家人——他的妻子罗达、长子华伦、长媳杰妮丝、次子拜伦、次媳娜塔丽、女儿玛德琳和最后成为他正式妻子的情人帕米拉。华伦的英勇捐躯和拜伦的顽强善战表现了年轻一代美国海、空军军官的优秀品质和牺牲精神,娜塔丽的苦难遭遇揭露了纳粹德国消灭犹太人罪恶政策的真面目,罗达复杂的个性以及她在私生活上的多变,证明了这个资产阶级妇女心灵上的脆弱和空虚;至于维克多与帕米拉的关系,小说企图从爱情与道德这两个方面来反映他们之间的感情发展:真正的爱情(诚挚的患难之交)与堕落的道德(非法的私通)是一对不可克服的矛盾。小说以相当多的篇幅描绘了维克多的内心世界,突出了他对帕米拉的感情,最后以罗达要求离婚、他与帕米拉终成眷属这样的大团圆结束,反映出作者对维克多的偏爱和明显的中产阶级爱情观。

小说的主题是明确的,沃克在《战争与回忆》的"前言"中指出:

> 这两部小说的主题是一个。它清楚地表现在维克多·亨利评论莱特湾战役所说的最后一句话中:"要么结束战争,要么我们完蛋。"

作者接着写的这段话进一步说明了他的战争观:

> 这两部连续的小说只能得出一个结论:战争是一种古老的思想习惯,一种古老的心理状态,一种古老的政治手段,就像人的牺牲和对人的奴役已经成为历史陈迹那样,战争今后也一定会成为历史陈迹。我深信人类的精神会证明:它是能胜任结束战争这一漫长而艰巨的任务的。尽管我们这时代充满了悲观情绪,尽管我在本书中写了阴暗的一面,我想,人类的精神在本质上是英勇无畏的。这部小说中所叙述的种种英雄事迹,目的就在于表现这种英雄无畏的本质在行动。
>
> 结束战争的开端就寓于回忆之中。

与这"前言"相呼应的是作者在《战争与回忆》中的几句结束语:

> 也许,这只是对我们这些幸存者而言。所涉及的并不是那些死者,不是那五千多万确实死在世界上最惨烈的灾祸中的人,包括那些胜利者与被征服者,那些战士和平民,那么多国家的人民:男人、女人、儿童,所有死难的人。对那些人来说,他们已经不可能再有什么新的一天的开始了。然而,如果对他们的回忆能把我们从漫长的战争岁月中带到享受和平的日子里,那么,尽管他们的骨骸已经横在墓穴的黑暗中,他们也就没有白死。

虽然这并不能看作对整个大战的归纳,但至少反映了作者自身的立场。

三 琼斯及其三部战争小说(1951、1962、1978)

在描写第二次世界大战的作家中,詹姆斯·琼斯(1921—1977)也是著名的一个,他的三部战争小说——《从这里到永恒》(1951)、《细细的红线》(1962)和《吹哨》(1978)——真实地描绘了第二次世界大战中美国军队的生活现实,揭示了士兵们矛盾和痛苦的内心世界。

琼斯于1921年11月6日出生在伊利诺伊州罗宾逊城,由于20世纪30年代末期美国经济萧条,他高中毕业后未能升学;1939年应征入伍,后被派往珍珠港基地,1941年12月7日日军偷袭该港时琼斯正好在那儿。1942年曾短期入夏威夷大学接受教育,1944年因在战斗中负伤退伍,1945年毕业于纽约大学。因战功获得过铜星奖章和紫心勋章,1957年与玛丽·莫索林奥结婚,1977年5月9日去世。

琼斯的成名之作即为获得1952年美国国家图书奖的《从这里到永恒》。小说出版后受到社会的极大欢迎,先后被译成十几种文字,作者本人也被公认为描写第二次世界大战最优秀的"战争小说家"。作品的主人公罗伯特·李·普雷威特是来自肯塔基州的一个煤矿工人的儿子,1941年应征入伍后被派遣到夏威夷基地斯科菲尔德兵营。他年过三十,曾是一个优秀的拳击运动员,但在军队里他却难以忍受冷酷的心理折磨和恶劣的物质待遇。一次他突然击倒了一个前来干涉他自由行动的军士,于是被关进拘留所。在拘留所里,普雷威特受到军士主管费茨奥·贾德森的野蛮对待,并亲眼看见另一个囚犯被贾德森拷打致死的血腥事实。后来在朋友安吉洛的帮助下,他伪装发疯,用小刀杀死了贾德森,从拘留所里逃出。此后,普雷威特就藏匿在一个妓女家中并和她相爱,日军偷袭珍珠港事件发生时,他企图返回所在部队,路上遭到宪兵队枪杀。

普雷威特所做的一切,是在保卫他应有的人格尊严,作者通过他的遭遇来揭露美军的内幕,起到了振聋发聩的作用。小说所反对的是那种丧失人性的制度对个人感情的压抑,把美军兵营写成一座没有自由、没有民主的牢狱,实际上包含象征意义。作品具有粗犷的力量,也有不少两性关系的自然主义描写,所以评论界有人认为这部小说是继《美国的悲剧》之后的第二部自然主义代表作;但也有人认为它的问世显示了作者驾驭叙事艺术的巨大能力,并树立了语言上、形象上现实主义描写的新典范,是对19世纪梭罗和惠特曼传统的继承。

在《细细的红线》中,琼斯再次对美军的生活做了精湛的描述,把美、日两军在瓜达尔卡纳尔岛上激战的大规模的战斗情景通过美军士兵的行动表现了出来。美军的勇敢精神是为了保全自己的生命,军方的指挥机关是一群官僚主义者,作者这样写不无讽喻之意,也表现了作品反战的主题。此外,对战死的大批日军腐烂尸体的描写,对岛上险恶环境和死亡威胁的叙述,都具有一定的启发性。小说的标题取自英国作家吉卜林的诗句"战鼓一敲响,就变成一根英雄们做成的细细的红线",也具有象征意义。《吹哨》描写了四个受伤的士兵从太平洋战场上回来后的内心演变,他们在国内治好伤即将重返前线之时,由于厌战,三人自杀,一人发疯,就像法国的一句古诗所说的,他们是"吹着口哨奔向墓地"的。显然,作品同样具有强烈的反战倾向。

琼斯的其他作品还有:描写美国侵越战争的"新新闻报道"体长篇报告文学《越南日记》(1974)、以 1968 年法国学生运动为背景的"非虚构性小说"《快乐的五月》(1971),以及中篇小说《手枪》(1959)和《第二次世界大战中一个士兵的叙述》(1975)等。总的来说,琼斯是一个优秀的战争描写者,他的作品表达了"现代战争摧残人类本质"的观念。

第三节　心理现实主义小说:亨利·米勒

一　颇受争议的一生

在美国 20 世纪为数众多的小说家中,亨利·米勒(1891—1980)是一位颇受争议的人物,在成名前流浪于美国各地,从事过多种职业,后至欧洲,在法国巴黎等地流浪,最后以几部令人震惊的小说扬名于欧洲,并自称"流浪无产者的吟游诗人",此后又饱受社会舆论的种种非议,直至离开人世。

亨利·米勒 1891 年 12 月 26 日出生于纽约一个德裔裁缝的家庭。亨利的祖父和外祖父都是因为逃避德国的兵役而来到纽约的,尽管像许多来到美国的德国移民一样,他们很快就被美国社会同化了,但是我们从亨利·米勒的创作与言论中,仍然可以看到德国文化的许多影响。在这方面,亨利·米勒既是一个土生土长的美国人,又和欧洲文化尤其是德国文化有着千丝万缕的联系。他对人生与社会的哲理思考,往往显示出德国思想家的某些特点,有入木三分的洞察力与敏锐而丰富的想象力,后来,在 1930 年至 1939 年这近 10 年中,他又长期生活在法国,对欧洲文化有了进一步的了解。所以,他对西方文化、西方现代文明的批判不仅立足于美国视角,而且立足于欧洲视角,有一定的普遍性。

亨利·米勒的父亲是一个没有多少文化修养的裁缝铺老板,后来又嗜酒成性,亨利·米勒出生后不久,全家从曼哈顿搬到东河对岸的布鲁克林,居住在工厂和小商贩中间。成长中的亨利·米勒所处的家庭条件和社会环境都不优越,亨利·米勒也没有受过很好的正规教育,他于 1909 年进入纽约市立学院学习,两个月后即放弃学业,然后从事过各种各样的职业:水泥公司的店员、陆军部的办事员兼不拿薪水的《华盛顿邮报》见习记者、裁缝铺的小老板、电报公司的人事部经理,以及洗碗工、报童、垃圾清理工、市内电车售票员、旅馆侍者、打字员、酒吧招待、码头工人、体校教师、广告文字撰稿人、编辑、图书管理员、统计员、机械师、慈善工作者、保险费收费员、煤气费收费员、文字校对员、精神分析学家等等。有的工作他干了甚至不到一天。丰富的生活经历为亨利·米勒的创作提供了广泛的素材,他在这些经历中的深入观察和各种深刻的感受又使他的创作不落俗套,既有坚实的生活基础,又有富于哲理的思想内容,并以创新的形式加以表现。

亨利·米勒走上文学创作的道路显然比他同时代的美国作家要晚,而且成名也晚。年纪比他轻的海明威、福克纳、菲茨杰拉德等作家,在 20 世纪 20 年代都已小有名气,或已有了相当的成就,而他那时候却还在为生活奔忙。他发表第一部作品时已经 43 岁,也可谓大器晚成。在文学上成功得晚自有晚的好处,由于作家思想上已比较成熟,又有丰富的阅历,见多识广,所以更容易一上来就形成自己的风格,作品中反映的问题也往往更为尖锐,更能一针见血。

亨利·米勒的第一部作品《北回归线》1934 年出版于巴黎,这是他自 1930 年来到法国之后创作的第一部小说,以一个美国流浪青年的口吻描写大萧条时期的巴黎生活,由于其中包含露骨的性描写,在当时就引起了很大的争议。1936 年,以描写米勒童年时期在纽约的生活为内容的《黑色的春天》出版,这是他的自传三部曲的第二部。三年后,《南回归线》在巴黎出版,完成了自传三部曲的全部内容。

1939 年,米勒前往希腊访问,嗣后出版了《马洛西的大石像》(1941)一书,论述了这个欧洲文明古国的文化传统。1940 年回到美国,两年内在各地旅行,写了一部怒气冲冲的《空气调节器的噩梦》(1945),指责在美国人们为生产的机械化和社会的商品化所付出的沉重代价。此后,米勒定居于加利福尼亚海岸的大瑟尔,写出了《在玫瑰色十字架上受刑》三部曲:《性》《神经》《关系》。米勒的两部"回归线"小说,由于被舆论指责为淫书而被禁止在美国出版,直至 1964 年经联邦最高法院裁决,撤销了法院早先发出的禁令,方使《北回归线》《南回归线》得以公开出版;同样,《在玫瑰色十字架上受刑》三部曲也是在 1965 年才以合集形式在美国公开问世。

米勒多才多艺,除小说创作外,还出版了论文集《宇宙论观点》(1939)和《心的智慧》(1941),举办过个人水彩国际画展,并写过一部绘画专业书籍《绘画是爱的再现》(1961)。

1980 年 6 月 7 日,米勒在加州帕西菲克帕利塞兹寓所病逝。

亨利·米勒生活的时代正是西方文明发生重大危机的时代。西方社会发展到 20 世纪初,已建立了雄厚的物质基础,科学技术和工商业都达到了空前发达的程度,人类战胜贫困与苦难的那一天似乎为期不远。但是,恰恰是在这样的时候,西方社会面临一场重大的危机。高度的物质文明使人们过分追求物质生活的满足,但是社会生产力并未达到使每个人的欲望都得到满足的地步,社会的政治制度更是远没有使社会分配趋向合理。于是,西方帝国主义国家之间因为争夺世界、分赃不均而爆发了世界大战,社会的两极分化使许多国家爆发了革命。西方几个主要的发达国家虽然没有直接爆发革命,但是国内矛盾重重,危机四伏,尤其是精神危机席卷西方各国,这种精神危机从根本上讲是信仰危机,西方人对历来信仰的上帝,对资产阶级兴起以来大力提倡的"自由、平等、博爱",甚至个人和自我都产生了怀疑。如果西方人可以因为现代物质文明而感谢上帝的话，他们却痛苦地发现，上帝无法把他们从灾难和痛苦中拯救出来，上帝的权威地位动摇了。随着上帝地位的动摇，人们比100多年前因发现启蒙思想家的"理性王国"未能真正实现而感到痛苦的浪漫主义者更痛苦地发现，资产阶级当年登上政治舞台时引以为豪的"自由、平等、博爱"的口号不但远未变成事实，反而成为政治家无耻地掩盖尖锐的阶级矛盾、悬殊的贫富差距、野蛮的掠夺与镇压的遮羞布。人与人之间变得疏远、冷漠，甚至互相仇恨，人们在这样的人际关系中深感困惑，从而对自己的地位和处境产生怀疑，甚至无法认识自我。在这样的社会背景下产生的新一代西方人渴望寻回自己的家园，渴望寻回自我，但是以往的文化传统使他们感到窒息，感到绝望，于是他们迷惘彷徨，并成为西方文化传统的强烈反叛者。亨利·米勒就是这样的反叛者之一。

亨利·米勒被人称作自卢梭以来写出了最好的忏悔作品的人。卢梭的《忏悔录》是一部作者敢于进行自我解剖的杰作。由于卢梭在作品中公开谈论当时人们羞于公开的那一部分自我，所以他的这部作品很难为他思想保守的同时代人所接受，但是卢梭追求个性解放的勇气却鼓舞了他身后的许多作家。

一个人如果老是回避自己的这一部分自我，或那一部分自我，尤其对自己那部分丑陋的自我老是躲躲闪闪、讳莫如深，那么他最终将变得十分虚伪，他真正的自我也将开始异化。处于这种状况下的人，不但不会改正自己的错误和过失，反而会扭曲人的自然本性，使人的表里差异越来越大。卢梭希望人的自然本性的回归，是他"回归自然"的主张在个性解放问题上的体现，也是他重建自我的努力。亨利·米勒虽然自称尝试了几次都没有能够"啃完"卢梭的《忏悔录》，但是他自己却写了更大规模的"忏悔录"。他的作品大多是自传式的，他与卢梭一样，通过写自己，尤其通过写自己的过失、不幸、痛苦、迷惘，来揭露和控诉社会对人的腐蚀，文明对人的自然本性的扭曲。他要写出自己真正的经历，记录下自己的真实。他在《北回归线》中引用了19世纪美国超验主义作家爱默生的一段话："这些小说将渐渐让位给日记或自传——富于感染力的书籍，只要一个人懂得如何在他称之为自己经验的东西中选择真正是他经验的东西，懂得如何真实地记录真实。"亨利·米勒十分推崇爱默生，他认为爱默生对他有特殊影响。他曾告诉阿那依斯·宁："我要把瓦尔多·爱默生捧上天去，就是为了向世界证明，曾经有一位伟大的美国人——而且不仅如此，因为我曾受过他很大影响，他同我认为是我更好的一面的一整个侧面的我相联系。"看来，爱默生对亨利·米勒在通过写传记式小说来重建自我方面有很大影响，亨利·米勒在《我一生中的书》中，专门有一段话评论表达个人真实的困难和在不可避免的永恒竞争中揭示各种自我的困难。他说："爱默生预言的会随时间推移而越来越重要的自传式小说，已经取代了伟大的忏悔录。这种文学体裁不是一种真实与虚构的混合物，而是真实的扩展与深化。它比日记更可信,更真实。它不是这些自传式小说的作者提供的事实的无价值的真实,而是情感、反思、理解的真实,经过消化与吸收的真实。一个人揭示自我,都是同时在各个层次上进行的。"亨利·米勒深感揭示这种真实之困难,但他仍不懈地努力,通过揭示在文明社会里受到压抑或被忽视的自我,来重建他真正的自我。尽管亨利·米勒笔下的自我往往显得卑鄙、无耻、下流,但他写这些方面并不是为了宣扬这些事实,而是要表现一种情绪,一种反思,揭示出他在文明社会里所受到的真正压力和他不得不做出反应的那种强烈愿望,所以,亨利·米勒的重建自我,不仅注重于更完整的自我形象,而且更重要的是,他要表现内在的自我,表现渴望回归自然的内在的自我。

亨利·米勒在作品中重建自我的努力使他形成了一种独特的风格,也产生了一种独特的体裁,这就是他的自传式小说。这种自传式小说不同于其他作家的自传小说,因为亨利·米勒不仅像其他作家那样写了外在的自我和内在的自我,还写了处于理性状态中的自我,即梦境、幻觉、遐想等中的自我;他不仅写了社会关系中的自我,也写了自然状态中的自我,即处于最简单的生命运动中,排除了一切伦理道德、宗教等文化因素和社会因素的自我。另外,还有一个显著的不同是,其他作家写自传体小说一般主要采取现实主义手法,而亨利·米勒却自由地大量运用了各种现代派的手法,并将它们有机地结合在一起,使他的自传小说成为探索综合使用现代派手法来表现作为现代人代表的亨利·米勒的生存状况,重建一个亨利·米勒的完整自我的革新尝试。一位亨利·米勒的研究者指出:"米勒从小就显然是一个废寝忘食而又敏感的读者,他在书本中寻求超越凡俗的体验。因为如他经常承认的那样,他在大大小小的行动中都无甚英雄举动,所以文学形象就成为个人颂扬的代用品。他把大多数文学都视为严格意义上的个人宣传。他完全不加区分地从冒险故事、浪漫化的历史、传记推而广之,一直到异国情调、神话色彩浓厚的历史(克里特、中国、亚特兰蒂斯),到通俗的浪漫传奇(哈格德、显克微支、贝拉米),到叛逆的美国人(瓦尔特·惠特曼、舍伍德·安德森、爱玛·戈德曼),最后到更极端、更与社会格格不入的欧洲现代派(陀思妥耶夫斯基、尼采、斯特林堡)。富有灵感的著作和启示文学作品——尼采的著作以及施本格勒的《西方的没落》在 20 世纪 30 年代初的米勒看来尤其是自我辩解式的——同先锋派的表现主义、达达主义、超现实主义(以及乔伊斯、桑德拉尔、塞利纳等)相混合,所有这些点点滴滴、不同方式的修辞手法与风格,都混合出现在他的'自传'中。"①

从由亨利·米勒开创的这种新型的独特体裁看来,他不仅是一位极力推行

---

① 金斯利·维德默:《亨利·米勒》(修订版),G. K. 霍尔出版公司,1990 年,第 100—101 页。

先锋派文学主张的革新者,也是各种现代主义手法的集大成者。他有丰厚的文学基础,在对他有深刻影响的作家中,既有巴尔扎克等一大批传统作家,又有韩波、劳伦斯等一大批反传统的现代派作家,他甚至还受到东方文化的影响。所以,他虽然是一位反传统的作家,但他既继承了古老的文化传统,又继承了19世纪以来西方文学中反传统的传统,在此基础上他创立了自己的独特风格,并以此影响了诺曼·梅勒等一大批重要作家。正因为如此,他得以在世界文学史上占有一席独特的地位。

二　反叛小说:《北回归线》(1934)、《南回归线》(1939)

亨利·米勒被认为是一位有争议的作家,是从他的自传性三部曲《北回归线》(1934)、《黑色的春天》(1936)、《南回归线》(1939)的出版开始的。由于他的作品中存在着露骨的性描写,被英语国家长期拒绝,所以他最初在英语国家默默无闻。这三部小说都是先在法国面世,英语国家的广大读者能读到亨利·米勒的上述三部作品,首先还要感谢盟军在1944年以后来到巴黎。英美军队的军人及随军人员在巴黎市场上发现了亨利·米勒的书,争相传阅,并把它们偷偷带回英美等国。亨利·米勒的作品意外地比那些流行的文学精英获得了更广泛的读者,但是,由于许多人仍然把亨利·米勒看作专写"淫秽作品"的作家,他的主要作品都无法在美国公开发表。经过长期努力之后,美国终于于1961年对《北回归线》解禁,允许它在国内公开发表。两年以后,它又得以在英国公开发表。随着对他其余作品的解禁,亨利·米勒的名字在美国乃至全世界变得家喻户晓,他被20世纪60年代反正统文化运动的参加者们奉为自由与性解放的预言家。

《北回归线》以回忆录的形式写作,从"A"到"O"共15章,描述了米勒与几位作家、艺术家朋友在巴黎的具体生活,企图通过这些流浪艺人的工作、言论、交际乃至嫖妓、争斗等细节的讲述,运用一定程度的夸张手法,揭示出20世纪30年代生活在欧洲巴黎等地的美国青年一代艺术家的内心世界,探索他们如何在特定环境下实现艺术奋斗目标的道路。

《荒原》的作者T.S.艾略特把《北回归线》称为"一本十分卓越的书","一部相当辉煌的作品","在洞察力的深度上,当然也在实际的创作上,都比《查泰莱夫人的情人》好得多"。① 艾略特的一些朋友,包括英国著名诗人、学者、艺术评论家赫伯特·里德和美国著名诗人、意象派代表人物埃兹拉·庞德,也都很赞赏亨利·米勒。里德声称,正是因为亨利·米勒违背了人们在审美、道德、宗教、哲学等方面的传统期待,所以他才有可能做出"对我们时代的文学最有意义的贡献之一"。里德承认,亨利·米勒也许是"文学史上最淫秽的作家",但是他把这看作

---

① 杰·马丁:《总是兴高采烈》,加利福尼亚巴巴拉卡普拉出版社,1978年,第317页。

是对亨利·米勒的绝对诚实的一种称赞,认为这是他的活力的关键性标志。里德认为:"使米勒在现代作家中鹤立鸡群的,是他毫不含糊地把审美功用和预言功用结合在一起的能力。"①庞德则认为《北回归线》"大概是一个人可以从中求得快感的唯一一本书","即使不能赛过乔伊斯的《尤利西斯》",至少也比"弱智的女性伍尔芙"写的"那种只有二分之一才气的黏糊作品更加是永久性文学的一部分"。②英国诗人、小说家劳伦斯·达雷尔曾经说过:"今日之美国文学以他(米勒)所做之事的意义而开始,也以此而告终结。"美国评论家卡尔·夏皮罗把亨利·米勒称为"现在活着的世界上最伟大的作家",诺曼·梅勒在20世纪70年代中期热情地为亨利·米勒编纂文集,并称《北回归线》是20世纪一二十本最重要的美国书籍之一。③

亨利·米勒在作品中表现渴望回归自然的内在自我,特别注重两个方面。

其一,他十分怀念他在布鲁克林的儿童时代与青少年时代,把对儿童时代、青少年时代种种经历和体验的回忆同梦境和幻觉结合在一起。亨利·米勒似乎在儿童的天真烂漫中看到了未受扭曲的人性,所以他笔下的儿童,尤其是他儿童时代的自我,都显得顽皮、粗野、好奇心强,喜欢探究自然与人生的秘密。身在世界性大都市,却仍然带着许多自然的倾向。纽约是受资本主义现代文明带来的种种弊病影响最严重的城市之一,在纽约市及其周围生活,即便是儿童也难免受到影响。

其二,他突出了性的问题,以大量性描写来表现人性受到文明的压抑而爆发出来的发泄式的反映人性从机器文明中逃回自然、逃回原始世界的强烈愿望。

亨利·米勒因为大量性描写的问题曾不断受到指责。当然,他确实有在这个问题上津津乐道的地方,但是我们绝不能将他等同于一个色情作家,认为他趣味低级,淫秽下流,而应该联系他的思想倾向和全部创作加以客观全面的分析。

亨利·米勒从小对异性抱着一种提防的态度,对她们存有戒心。这是他母亲造成的,因为她对他要么过于冷淡,要么过分关心。如果他不严格地照她的话去做,她就一句好话也不会对他说;但是如果他的表现表明他是妈妈的宝贝儿子,她就把他捧到天上去。她是一个要求尽善尽美的人,要取悦她极其困难;在他尽了最大努力去取悦她,而她还是把他从身边推开的时候,她就使他对他自己产生怀疑,并躲避她;他也不可能轻易求得父亲的感情,不可能指望父亲成为他的典范,因为他受母亲影响,看不起父亲。他知道,他的父亲和他自己都不能使母亲满意,所以他从小就害怕在女性面前的失败,同时又很想探究女性的秘密。

---

①② 罗纳德·戈特斯曼编:《亨利·米勒评论集》,G. K. 霍尔出版公司,1992 年,第 8 页,第 5 页。

③ 金斯利·维德默:《亨利·米勒》(修订版),G. K. 霍尔出版公司,1990 年,第 18 页。

长大以后,便总是想试一试自己在女性身上获得成功的能力。于是他在性的方面采取了竭力想打破拘束的态度,继而发展成在性爱问题上的十分随便。他结过五次婚,还同许多女人发生过性关系,并在作品中做了大量与此有关的性描写。他试图以自由的性爱观念找回自己从小在女性面前失去的自我,同时,由于他深感人性在现代文明社会中受到压抑,便试图以原始的性爱方式寻回人在现代文明社会中失去的自由。至少,他认为性爱可以使人的想象力获得自由。"我们可以从爱中期待任何东西……我们内心的贫富是同我们的想象力成比例的。爱将镜子擦洗干净,没有相应的爱的飞跃,就不可能拓展我们的想象力。"①

总之,亨利·米勒希望在作品中重新建立一个完整的、真正的自我形象,这个自我善良正直,疾恶如仇,富于同情心,有追求,有独特见解,但同时也卑鄙无耻,轻率鲁莽,放荡不羁,悲观失望。正像亨利·米勒在一部有关他的电影中所说:"我的书就是我所是的那个人,我所是的那个困惑的人,那个随随便便的人,那个无所顾忌的人,那个精力充沛、污秽下流、爱吵爱闹、细心体贴、一丝不苟、说谎骗人、诚实得可怕的人。"② 亨利·米勒在作品中重建的自我有助于我们更好、更完整地了解西方现代社会中人的真实的精神面貌和多面性。

从艺术形式上看,米勒的"回归线"小说同斯泰因的《商第传》和乔伊斯的《尤利西斯》一样,创造了一种新的小说形式——用揶揄、夸张的笔触即兴描写自己一段时间内的全部经历,不论是美还是丑,同时掺进一段段怪诞、冷峻、出人意料的议论。《北回归线》没有连贯的或贯彻始终的情节,也不标明章节,作者想到哪里便写到哪里,对他的素材从不做任何选择和梳理。如书中一开始提到作者住在波勒兹别墅,作者的朋友鲍里斯发现自己身上生了虱子,作者便"剃光了他的腋毛"。接着作者评论道:"住在这么漂亮的地方居然还会生虱子? 不过没关系。我俩,我和鲍里斯也许永远不会彼此这样了解,若不是靠那些虱子。"此后他又根据鲍里斯对天气的预测联想到"时光之癌症正在吞噬我们",点明书名的另一层含义。③ 一事一议、触景生情,这是米勒在《北回归线》及其他几部作品中的习惯写法,有时兴之所至的大段议论反倒比漫不经心、娓娓道来的一则则逸闻趣事占去更多篇幅。作者的想象力异常丰富,往往由一件日常小事引出许多跳跃式的、不符合逻辑的、匪夷所思的联想,发出令人莫名其妙,甚至目瞪口呆的感慨。

沿着香榭丽舍大街走着,我不断想到自己真正极佳的健康状况。

---

① ② 转引自杰·马丁:《总是兴高采烈》。译文见杨恒达:《北回归线·总译序》,时代文艺出版社,1997年,第5、11页。

③ 原书名为"*Tropic of Cancer*",Cancer既作一星座名解又作"癌肿"解,暗示现代工业社会弊病丛生,已到穷途末路。书中另一处说:"世界是一个毒瘤,正在一口一口地吞噬自己……"

老实说，我说的"健康"是指乐观，不可救药的乐观！我的一只脚仍滞留在 19 世纪，跟多数美国人一样，我也有点儿迟钝。卡尔却觉得这种乐观情绪令人厌恶，他说："我只要说起要吃饭，你便马上容光焕发！"这是实话，只要想到一顿饭——另一顿饭，我就会活跃起来。一顿饭！那意味着吃下去可以踏踏实实继续干几个钟头，或许还能叫我勃起一回呢。我并不否认我健康，结结实实，牲口般的健康。在我与未来之间形成障碍的唯一东西就是一餐饭，另一餐饭。

米勒想到自己"极佳的健康状况"，又将它等同于乐观。19 世纪是西方社会蒸蒸日上、西方文明锐不可当的时代，因此人们洋溢着乐观情绪。"一只脚仍滞留在 19 世纪"即暗示他同前人一样乐观。接着米勒又想到卡尔的话，随即将"乐观"与"一顿饭"——一顿几乎是万能的饭等量齐观。

米勒的无逻辑性或非理性还表现在他喜欢把彼此间毫无联系的事物杂乱无章地任意罗列在一起。这类罗列在其作品中俯拾皆是：

> 塔尼亚也是一个狂热的人，她喜欢小便的声音、自由大街的咖啡馆、孚日广场、从蒙帕纳斯林荫大道上买的颜色鲜艳的领带、昏昏暗暗的浴室、波尔图葡萄酒、阿卜杜拉香烟、感人的慢节奏奏鸣曲、扩音机、同朋友聚在一起谈论的一些趣闻逸事。

米勒的另一文体特点是连篇累牍、不厌其烦地写幻觉和梦幻，于是现实与幻觉、现实与梦境、现实与虚构往往不留痕迹地浑然结合为一体，使读者产生非理性的直观感、直觉感。

看到几个裸体女人在未铺地毯的地板上翻滚，米勒由她们"光滑、结实的"屁股联想到"台球"和"麻风病人的脑袋"以后，"突然我看到眼前一个鲜艳、光亮的台球上出现了一道黑洞洞、毛茸茸的缝……瞧一眼这个黑洞洞的、未缝合的伤口，我的脑袋上便裂开一道深深的缝：所有以前费力或心不在焉地分门别类、贴标签、引证、归档、密封并且打上印戳的印象和记忆乱纷纷一拥而出，就像一群蚂蚁从人行道的一个蚁穴中涌出。这时地球停转了，时间停滞了……我听到一阵放荡的歇斯底里的大笑……这笑声使那个台球鲜艳、光滑的表面起了皱褶……"

《南回归线》发表于 1939 年，是亨利·米勒最初在法国发表的自传性三部曲中的最后一部。三部作品的书名有一定的对应关系。"北回归线"和"南回归线"又分别叫作"夏至线"和"冬至线"，在"冬至"和"夏至"之间，是"黑色的春天"。

《南回归线》虽然在亨利·米勒第一个自传性三部曲中是最晚发表的，但它却被人称为包括《殉色三部曲》在内的亨利·米勒六卷自传式罗曼史的第一部。

因为它主要叙述和描写了亨利·米勒早年在纽约的生活经历,以及与此有关的种种感想、联想、遐想与幻想。亨利·米勒写此书时身在欧洲,离开美国已经多年,思乡之情溢于言表,很显然,他是一个怀旧的人,但是他从文化批判的立场出发,认为美国的文化已经开始走向没落,全部美国生活像是"杨梅大疮","简直比虫子四处爬的奶酪还要腐烂不堪","美国的所有街道都合起来形成了一个巨大的藏污纳垢之地,一个精神的污水池,在其中,一切都被吮毕排尽,只剩下一堆永久的臭屎巴巴。在这个污水池之上,劳作的精灵挥舞着魔杖;宫殿与工厂鳞次栉比地涌现,什么火药厂、化工厂、钢铁厂、疗养院、监狱、疯人院等等。整个大陆便是一个梦魇,正产生着最大多数人的最大不幸"。所以,亨利·米勒"要看到美国被摧毁,从上到下,被彻底铲除"。他"要目睹这一切的发生,纯粹是出于报复",作为对施于他和像他一样的其他人的罪行的"一种补偿"。

米勒的"回归线"三部曲从一开始就引起许多争论,绝不是没有原因的。虽然在现代西方性开放的社会里,已经没有人再来指责亨利·米勒作品中过多的性描写了,但是,一部讲究艺术技巧的好作品总是要尽量避免对任何事物,包括性,做赤裸裸的描写。一部曲径通幽的作品读起来才更有味道,更令人回味无穷。亨利·米勒虽然将作品中大量的性描写主要作为他重建自我和向现代西方文明提出挑战的手段,但是他也确实在艺术性方面付出了代价。另外,他的作品还有不少涉及占星术等的神秘主义内容,使人感到晦涩难懂;他使用的污言秽语太多,有损于文学的高雅性;作品结构太散,人物性格刻画不足,也削弱了作品的艺术性。

第四节　心理现实主义小说:赖特·莫里斯、约翰·契弗、杜鲁门·卡波特、约翰·巴思、唐·德立罗、苏珊·桑塔格、理查德·耶茨

一　莫里斯及其小说创作

作为第二次世界大战之后的第一代小说家,赖特·莫里斯(1910—1998)的创作起到了承上启下的作用,在他身上可以看到从上一辈现实主义小说家——例如安德森和刘易斯——过渡到新一代具有更深奥、更富有心理描写特色的现实主义小说家的痕迹。

莫里斯于 1910 年 1 月 6 日出生在内布拉斯加州塞特拉尔城,后在芝加哥接受中等教育;中学毕业后进入加利福尼亚州南部的波莫纳学院读书,1933 年离

开该校;第二年与埃伦·芬弗伦克结婚后去欧洲①,在巴黎受到法国艺术流派的重大影响;20 世纪 40 年代初返回美国,定居于加利福尼亚州,并开始从事小说创作。

莫里斯于 1942 年第一部小说《我的达得利叔叔》出版后步入文坛。这部作品带有一定程度的自传色彩,它以美国广大中西部平原为背景,通过对家庭与个人所经历的那些容易引起波动的关系的诙谐描写,反映了 20 世纪三四十年代小村镇和大城市之间、城里人与乡下佬之间的微妙关系,显示出美国生活中敏感的基本因素。小说表现出莫里斯对人物性格的敏锐洞察和对社会生活的精细理解,无论是家庭关系的纠葛还是小镇生活的各种事件,无论是对爱情成败的描写还是对乡里人内心世界的叙述,都反映出他充分的创造力和对美国小说传统的继承。作品的主题正是为了表现作者心中的美好形象,特别是他曾经生活过的那些广阔的乡间村镇。

在处女作成功的基础上,莫里斯继续他的创作探索,从他以后问世的《在这里的是谁》(1945)、《男人与孩子》(1951)、《爱情的作品》(1952)、《沉睡》(1953)、《丰收季节》(1954)、《视野》(1956)和《在孤树村举行的葬礼》(1960)等小说中,人们仍然可以发现他的小说主题的连贯性。其中,《沉睡》勾勒出一个家庭的变迁,《丰收季节》描写了 20 世纪 20 年代一代人的幻灭。《在孤树村举行的葬礼》则通过生活在内布拉斯加州草原上的斯克龙一家四代人的矛盾,写出了往昔与现实的对比,新老几代人之间的思想隔阂,原子弹的试爆和青年一代的堕落对旧的生活秩序的冲击,犯罪和欺骗打破了草原上的平静,罪恶开始潜入孩子们的心灵,连女人们也为了生存而相互欺骗⋯⋯当 90 岁的老汤姆·斯克龙在生日前夕去世之后,这些矛盾并没有结束,那个地方古老的乡风和与世隔绝的状态只有在时代的发展中才能产生根本的变化。

20 世纪 50 年代,莫里斯先后在宾夕法尼亚州哈佛学院、斯华斯摩学院任英语讲师,1957 年获得美国国家图书奖,1960 年获得美国文学艺术院奖学金,1962年至 1975 年任加利福尼亚州立大学英语教授,同时获得内布拉斯加大学等校授予的名誉学位,1970 年被选为美国文学艺术院院士。他的后期作品包括《走什么路》(1962)、《一天》(1965)、《在轨道上》(1967)、《战争游戏》(1972)、《生活》(1973)、《实际的损失,幻想的获得》(1976)和《河汉在空间的计划中》(1977)等长篇小说,以及短篇小说集《青青的草地,蓝蓝的天空,白色的房子》(1970)和《这里是英勃姆》(1973)。此外,莫里斯还著有美国文学批评专著《未来的领域》(1958)、散文集和摄影学著作多种,他在摄影上也颇有成就,从 40 年代起他就是美国著名的摄影师之一。

---

① 1961 年,莫里斯与埃伦离婚,同年与约瑟芬·凯特结婚。

莫里斯当时被认为是"美国最重要的年轻一代小说家",在风格上他仿效海明威,在艺术上则用"最简明的词汇来表达最丰富的含义"。他所有作品的特征是显著的美国色彩:语言诙谐风趣,甚至有点滑稽可笑;人物具有鲜明的个性,包括那些畸形的变态心理病患者(例如《男人和孩子》中的奥姆斯勃先生、《爱情的作品》中的威尔·布拉戴);环境描写则富有地方特色(例如《沉睡》中费城郊外那些穷苦的搬运工人的破旧住房几乎成了美国的象征)。莫里斯小说的核心表达了人们敢于同现代世界的争端与纠纷进行斗争的信念。莫里斯小说创作的动机在于,探求过去的时代对现代生活的影响,以维护美国人性格上的连续性,从而判断出人的创造力和自然界的生命力的实质,这就是他作品的内涵和社会意义。

二　契弗及其小说创作

约翰·契弗(1912—1982)在当代美国文坛上以描写城市中产阶级内心世界的长篇小说而著名,他的作品从一个侧面揭露了美国社会的本质,反映了生活在这个阶层里的人们物质富裕与精神贫乏之间的矛盾。

契弗于 1912 年 5 月 27 日出生在马萨诸塞州昆西市一个小职员的家庭,初中毕业后,进本州南布兰特里的塞耶预科学校读书。1929 年据说因功课不好和吸烟而被校方开除,此时他父亲因经济危机爆发而失业,家庭生计依靠他母亲经营一家小礼品店来维持。17 岁的契弗从心底恨透了学校那些保守而机械的教育方法,不久就写出了他的第一篇小说《开除》,发表在 1930 年 10 月 1 日出版的《新共和》杂志上。在这个短篇处女作中,作者描述了学校里的苦闷生活、毫无趣味的教学、主人公被开除的经过及他对学校教育制度的失望。此后他迁居波士顿和纽约,以撰写电影故事脚本为生,1934 年起开始在《纽约客》杂志上发表短篇小说。1941 年,他与耶鲁大学医学院院长的女儿玛丽·温特尼茨结婚,随后应征入伍,在美军中服役至第二次世界大战结束。

1957 年之前,契弗的创作几乎都是短篇小说,他一生成就最大的也是短篇小说。从 20 世纪 30 年代以来他的努力一直没有停止过,即使在四年军人生活时期也不例外。他的第一部短篇小说集《某些人的生活道路》出版于 1943 年,战后他定居纽约市郊奥辛宁,1953 年出版第二部短篇小说集《巨大的收音机和其他故事》,此后出版的短篇小说集还有《荫山村强盗及其他故事》(1958)、《在我的小说中仅仅出现一次的人物、地方和事件》(1961)、《旅长和高尔夫球迷的寡妇》(1964)和《苹果世界》(1973)等,1978 年出版的《约翰·契弗短篇小说集》包括第二次世界大战末期到 1978 年他的全部短篇作品,获 1979 年普利策小说奖。

契弗的短篇小说经常以新英格兰地区的小镇和城市郊区为背景,以上层资产阶级和中产阶级的生活为描写对象,从而显示出这些富人在人生道路上的微妙变化。他虚构了大城市郊外一个名叫"荫山村"的小镇作为人物生活的场所,这个地方看起来是远离尘嚣的世外桃源,实则充满阴暗的色彩。在那里居住的人表面上一本正经,背地里却干着不可告人的勾当。契弗描写的人物通常都是有身份的中产阶级男子,他们有固定的职业,有丰厚的收入,有和谐的家庭,有活跃的社交;他们在妻子面前是多情的丈夫,在孩子面前是称职的父亲;每天下班从纽约坐火车到荫山村,然后由仆人接回家去,在柔和的灯光下与妻子儿女共进晚餐,同享天伦之乐;在周末假日,他们带领家人,或探亲访友,或旅行游玩,或参加舞会消闲……一切都显示出中产阶级完美的生活方式。然而,在这种生活方式的背后却隐藏着明显的危机:为了维持表面排场而使经济上入不敷出,为了满足自身感官的刺激而去私通调情,为了逃避生活日益衰竭的冲击而幻想探索一条"新路",但结果是处处虚伪、处处碰壁,只能在一场美国式的梦中寻找安慰。《再见吧,我的弟弟》(1951)、《乡村丈夫》(1954)和《茫茫大海》(1964)是这些短篇中的名作,此外还有《游泳者》(1964)、《贾斯廷之死》(1961)等也写得十分成功。

《再见吧,我的弟弟》(收集在《巨大的收音机和其他故事》中)描述了一个中产阶级家庭的成员在别墅中团聚时发生的冲突。小说的主人公劳伦斯是波默济侬家的小儿子,由于社会经济萧条,他从中产阶级子弟降为下层民众,因而愤世嫉俗,反对时政,心情忧郁,对社会现实悲观失望。他蔑视母亲的酗酒、兄长的庸俗、嫂子的轻佻;他从海堤不断受到海潮的拍打和侵蚀预见到这座海滨别墅已经处于危险之中,碰上台风,防波堤倒塌,房子就会完蛋。但是劳伦斯没有寻到新的出路,他到处说"再见",到处碰壁,因此感到迷茫而不知所措。他是一个孤独的厌世者,他集中了20世纪30年代末所有失去希望和理想的美国青年的特征。小说中的"我"——劳伦斯的哥哥回想劳伦斯每次告别的情景时写道:

　　父亲淹死的时候,他到教堂去向父亲告别。仅仅三年之后,他断定母亲为人轻浮,于是向母亲告别。大学一年级的时候,他和同宿舍的人是非常要好的朋友,但是这人喝酒太多,于是春季学期一开始他就换了个房间,向他的朋友告别。上了两年大学后,他断定那里环境太闭塞,于是向耶鲁大学告别。他进了哥伦比亚大学,在那里得到了法学学位,但是他发现他的第一个雇主不诚实,于是在六个月终了的时候向一个美差事告别。他在市政厅同露丝结了婚,于是向主教派教会告别;1938年他去华盛顿当政府律师,于是向私营企业告别;他们到塔克霍的一条后街上去居住,于是向中产阶级告别;但在华盛顿工作了八个月以后,他断定罗斯福政府感情用事,于是又向它告别。他离开华盛顿来到芝加哥的一个郊区,在那里他向他的邻居逐个告别,原因是他们酗酒,粗鲁,愚蠢。他向芝加哥告别,到堪萨斯去;他向堪萨斯告别,到克利夫兰去。现在,他向克利夫兰告了别,又一次来到了东部,在劳德岬停留的

　　时间够久了,可以又向大海告别了。

　　这一连串的"告别"反映了劳伦斯内心的痛苦和忧愤。在挨了哥哥的一顿棒打之后,他带着妻子和孩子向家里的人说了一声"再见",最后终于走了。

　　《乡村丈夫》(收集在《荫山村强盗及其他故事》中)通过一个富有的商人喜剧性的遭遇,也揭示了类似的主题:中产阶级生活和物质的富裕掩盖不了精神的贫乏。弗朗西斯·威德在一次飞机坠毁事件中幸免于难,回家以后他向妻子儿女和邻居朋友大讲他的惊险遭遇,希望以此来吸引他们的注意,改变孩子争吵、妻子忧郁的状态。但他本人却通过这场非凡的经历,唤醒了感官的需要而陷入了绝望的性爱之中,他荒唐地追求一个看管孩子的保姆,以致到了精神崩溃的边缘而不得不去求治于精神病医生。威德正是这个阶级的化身。

　　1957年出版的《华普肖特纪事》是契弗的第一部长篇小说,它与1964年出版的《华普肖特丑闻》构成了内容上相互关联的姐妹篇,前者获1958年的美国国家图书奖,后者获1965年的美国文学艺术院霍威尔斯奖章。小说以马萨诸塞州波士顿附近一个名叫"波托利菲斯街"的海滨小镇为背景,描写了华普肖特一家在现代社会的变革和文明冲击下不断瓦解的过程。利姆特·华普肖特曾是当地一个杰出的人物,他与妻子萨拉在新英格兰的这个小镇上是远近闻名的正派人,但到了他们儿子摩斯和科弗莱的时代,情况变了,为了寻找出路,哥儿俩双双离开了古老的小镇,到华盛顿和纽约去探索新的生活。在这前后,霍姆拉姑妈又使这个家庭多年来隐藏的丑闻败露了,于是他们陷入了空前的困境。小说通过对一个所谓"好家庭"历史性变迁的叙述,显示了20世纪初到60年代这一时期美国社会变动的一个侧面,反映出社会的发展对古老保守的生活传统日甚一日的打击和这种生活传统最终必然崩溃的命运。作者对小镇充满传奇色彩的航行历史的描写和古老风俗的叙述使作品包含了浓郁的抒情色彩。小说出版后受到社会和评论界的称赞,《纽约时报》认为这两部作品是"丰富的、复杂的和充满奇异风味的小说",从而证明了"契弗先生是一位真正出色的作家"。

　　契弗于20世纪60年代成为美国文学艺术院院士,早年曾沾染吸毒恶习,70年代戒除毒瘾以后转而信仰宗教。除1956年至1957年和1974年至1975年曾先后在布伦埃达学院和波士顿大学当过短时间的大学教师外,契弗一生主要从事职业写作。他后期的主要作品是长篇小说《弹丸公园》(1969)、《猎鹰者》(1977)和《啊,好一个天堂》(1982)。后者是契弗1979年获得了普利策小说奖之后,临近古稀之年以最后冲力写出来的最后一部作品。小说通过世故的老年绅士莱米尔·西尔斯所遇到的种种怪事(包括他两度丧偶,生活环境遭到污染,爱犬被人打死,在路边看到弃婴,情不自禁地与一个年轻女郎私通)反映出现代生活对那些"规矩"的中产阶级心灵的刺激,因而西尔斯发牢骚说:过去情况还不错,可现在却越来越坏了……

1981 年,契弗得了肾癌,开刀后发现癌细胞已经扩散,于第二年 6 月 19 日去世。临死前他获得了 1982 年度的美国文学奖章。

作为一个以描写城市中产阶级心理状态为主要特色的小说家,契弗的作品几乎被誉为"敏感的美国现代社会的编年史"①。他笔下的"世界"范围狭窄,大都以新英格兰地区、纽约或华盛顿为背景,写的人物也比较集中,不外乎那些坐出租汽车或自备汽车到办公楼里去上班的白领阶层,但是他写出了他们内心的矛盾,写出了这些不愁衣食者在酒后的孤独和哀愁,写出了他们在时代冲击下的彷徨和幻灭。同时,契弗的笔调往往是幽默、诙谐的,在轻松之余留下了一层淡淡的哀愁,因而有"美国的契诃夫"之称。在 1982 年初接受采访时,契弗强调:"……小说不是写事物的表象,而是写生活中某些震撼人心的事;小说的目的是要发人深思。"②他和莫里斯虽然在风格上各有所长,但他们的作品都是传统的现实主义和现代描写艺术的结合体,有的学者把契弗归入"都市现实主义"作者之列,那是从他作品描写的基本特色得出来的结论。

三　卡波特及其小说创作

在 20 世纪美国文坛上,杜鲁门·卡波特(1924—1984)是以早熟而闻名的,他从 17 岁起就在《纽约客》和《大西洋月刊》等著名的杂志上发表小说,1946 年首次获欧·亨利小说奖,成为 20 世纪四五十年代的后起之秀。

卡波特于 1924 年 9 月 30 日出生在路易斯安那州新奥尔良市,少年时随家迁至纽约,并在那里上中学和大学预科,后又至康涅狄格州的格林威奇高级中学读书,毕业后曾在美国政府艺术部门工作,同时在《纽约客》杂志上以《小镇谈话录》为题发表短篇小说,并在该刊担任过一段时间编辑,20 世纪 40 年代末开始成为职业作家。

卡波特的第一部作品集《黑夜之树及其他故事》出版于 1949 年,收集了他早期创作的短篇小说。这些作品大都以现实与梦幻相结合的手法写出了生活在城市底层或南方社会的小人物的哀愁,带有哥特式的浪漫气息和超现实主义色彩,几乎都是属于"黑夜情调"的"隐晦小说",例如《黑夜之树》《灾星》和《米亚姆》;当然也有轻松一点的,如《孩子们在这里过生日的时候》。

1948 年出版的《别的声音,别的房间》是卡波特的第一部长篇小说,它的主人公是一个早熟的、迷恋于同性恋的 13 岁少年乔·诺克斯,为了在这个晦涩的世界中探索精神出路,他经历了一个痛苦的过程。诺克斯是个富人的儿子,自幼

---

① 《20 世纪美国文学》,麦克米伦出版公司,1980 年,第 137 页。
② 《星期六评论》1982 年第 3 期。

寄养在亲戚家中,后来意外收到生父来信,他长途跋涉前去寻找,发现父亲瘫痪在床,使他父亲残疾的是继母的表哥——一个同性恋者。环境的变迁使他早熟而处于一种可怕的反常状态之中。他希望自己成为一个"英雄",因而他的活动导致了一系列神秘事件的发生。他甚至到了一个叫"云雾旅社"的神奇之处,那里除了自身以外的"他人"都存在于幻觉之中,包括上帝、父亲和镜子中的影子。最后他失去了对爱情的追求,在孤独和性格反复无常中结束了自己的幻觉。

1951 年出版的中篇小说《草竖琴》继续了那种梦呓式的和潜意识的描写手法。小说以抒情的笔调描写了主人公年轻时代的一段遭遇:考利·弗威克为了逃脱社会的管束,离开严峻的世界后,宁愿到树丛中的巢屋去生活;在流浪中还同他的表姐有过一段"罗曼史",只有歌声和怀旧才能消除他爱情冲动所带来的烦恼。这部作品探讨了邪恶和离奇的事物,富有强烈的社会意识。1952 年卡波特本人曾把它改编成剧本搬上舞台。

1958 年出版的《蒂法尼的早餐》是一部充满幽默和荒唐的作品,描写放荡的霍利·戈莱特利在纽约对名誉、性欲和个人刺激的追求。作者抱着局外人的态度来观察现实社会,因此,戈莱特利表现出来的滑稽可笑,有时甚至是疯狂的神情,似乎是塞林格笔下的霍尔顿·考尔菲尔德的再现,那种堂吉诃德式的冲动使小说充满了传奇色彩。

这一时期,卡波特还写了几部非小说类的文学作品:《地方色彩》(1950)是到中美洲海地等国旅行的记录,《缪斯们受人倾听》(1956)叙述了美国黑人艺术家波吉和贝斯在 1955 年去苏联演出的欢乐场景。后者是作者在创作形式上的一种尝试,他以生活实际为素材写出类似于小说的作品,因而又被称为"非虚构性小说"或"非故事小说"。20 世纪 60 年代以后,在卡波特和梅勒等人的倡导下,这一创作形式风行美国文坛,卡波特本人也在 1966 年以又一部"非虚构性小说"《在冷血中》(或译《凶杀案》)引起社会的极大震动。作品的副标题是"关于一件复杂的凶杀案及其结果的真实报道",表明了作品的真实性。作者企图站在纯客观的公正立场,对发生在堪萨斯郊区的这一特大案件经过大量的录音访问、现场调查和法庭旁听之后做出确凿的、真实的记录。作者描写了杀人者、被杀的一家及其他人物,给人们留下了深刻的印象(包括卡波特同两个杀人犯在被处决前夕的戏剧性关系),提出了美国严重的社会问题。

此外,卡波特还在这一时期出版了童年时代生活的回忆录《圣诞节回忆》(1966)以及剧本《花房》(1958)、《感恩节的来访者》(1968)等。

1959 年,卡波特由于《蒂法尼的早餐》而获得美国文学艺术院奖学金,1964 年被推选为该院院士。他的后期作品包括以社交界和艺术界著名人士的生活报道为内容的"非虚构性小说"《狗叫:著名人士和禁地》(1973)、讨论犯罪问题的《它已经败落》(1976)、以日记和亲友来信为素材的真人真事报道《祈祷者的回音》(1975—1976)和短篇小说与非小说类新作合集《给变色龙听的音乐》(1980)。1984 年 8 月 25 日卡波特病逝于洛杉矶。

　　卡波特生于美国南方,早期创作曾受福克纳的重大影响,作品中流露出明显的南方色彩,但他不承认自己是南方作家,也就是说他并不认为自己的创作仅仅是对 20 世纪 30 年代南方文学的模仿。事实上卡波特的创作形式是多变的,创作风格也做过各种尝试,他的各种作品给当时的美国文坛都带来了一定的影响。虽然他的地位和作用不能与梅勒相提并论,但他因想象力的丰富、语言表达的精细和情节构思的奇妙而受到评论界的广泛重视。

四　巴思及其小说创作

　　在战后新一代的小说家中,约翰·巴思(1930—　　)以独特的艺术技巧和丰富的创作思想而著名,他的作品对后一辈作家,例如托马斯·品钦等产生过一定的影响。

　　巴思于 1930 年 5 月 27 日出生在马里兰州坎布里奇,早年曾在纽约市朱丽安德音乐学校受过教育;1951 年毕业于巴尔的摩的约翰·霍普金斯大学,获文学学士学位,第二年获文学硕士学位;1951 年至 1953 年在该校任英语教员,嗣后受聘于宾夕法尼亚州立大学任英语系讲师、副教授,至 1965 年改任纽约州立大学英语系教授;1973 年后又返回母校约翰·霍普金斯大学任英语系教授兼驻校作家。巴思在 1951 年和 1970 年先后两次结婚,晚年定居于巴尔的摩。

　　巴思是属于学院型的作家,自大学毕业后一直工作在讲台上,他的创作始于 20 世纪 50 年代初,1956 年出版了第一部小说《流动的歌剧》。作品通过托德·安德鲁斯的自述,显示了巴思所信奉的存在主义观点:世界上只有精神是自由的,一切肉体的存在都是令人厌恶的。托德在第一次世界大战中曾杀过一个德国士兵,20 世纪 30 年代又想自杀;他在生活中见不到爱和热情,觉得自己像镜子里演戏的丑角,有损于人类的尊严;他认为,人只有两性间的爱情和死亡才是庄严的,其余都荒谬可笑。小说充满了喜剧色彩,也含有虚无主义的倾向。1967 年,巴思将这部小说的结尾做了修改,使主人公在狂欢节时无端地成了杀人犯,从而证明他的"生活的特性是荒谬的"这一观点的正确性。

　　与这部小说构成姐妹篇的是巴思的第二部小说《路的末端》(1958)。小说以传统的现实主义内容为基础,描写了杰克·霍纳与乔·摩根同一个名叫雷妮的女子之间的三角恋爱,后来雷妮成了乔的妻子,但与杰克依然保持了情人关系。杰克犹豫不决的个性和乔坚强果决的性格形成对照,但乔为了生活一再欺骗自己,成为外强中干的人。这一矛盾的牺牲者是雷妮,她只有在茫然的自我安慰中寻求精神出路。作为故事的讲述者,巴思虽然缺乏丰富、连贯的情节线索,但他在这部小说中却创造了独特的艺术个性,以喜剧与悲剧混合的诙谐的风格表达了美国当时流行的哲学观念,写出了年轻一代的内心世界;因而《路的末端》在20世纪50年代末成为受人欢迎的作品,甚至被认为是"黑色幽默"的开山之作。《20世纪美国文学》把《流动的歌剧》与《路的末端》看成作者在探索"虚无主义哲学方面"的两部"孪生的悲喜剧","在它们的内部却充满着现实主义的传统观念"[1];《20世纪世界文学百科全书》认为前者揭露了"生活的荒谬性",而后者则是"心理现实主义的完美表达"[2]。

《烟草代理商》(1960)是一部带着冒险色彩的流浪儿小说,在内容上模仿美国18世纪上半叶的讽刺诗人埃比尼泽·库克出版于1708年的同名讽刺诗。所谓"烟草代理商",是指18世纪经营烟草的美国商人。小说以殖民地时期的马里兰州为背景,描写了那个自吹自擂的,认为自己是"一个'完整的追求者''天地万物的丈夫''宇宙的情人'"的亨利·伯林格姆可笑的形象。他是埃比尼泽的老师,教埃比尼泽如何在尘世间做人,如何去探索一个"无缝的宇宙"。在这场生活的闹剧中出现的有英国人、美国人、西班牙人、印第安人,还有天主教徒、基督教徒、男人、女人、骗子和英雄等等,因而是一部具有史诗性质的、充满狂欢戏谑的滑稽剧。小说以情节见长,技巧熟练,被认为是对库克诗作的再创造。

在《牧羊童贾尔斯》(1966)中,巴思继续以喜剧性的风格,打破描写英雄的常规方法(实际上是"反英雄"),表现了20世纪五六十年代"冷战世界"人性的存在。小说以童话形式虚构了一所大学,由于政治观点不同,分裂成东校园和西校园两部分。有一个名叫贾尔斯的学生分别受到莫尔斯·斯托克和哈罗德·布雷这两个恶魔的迫害,他们企图用两性关系和精神诱感来腐蚀他。贾尔斯努力反抗,试图从人类天真无知的动物心理中挣扎出来以拯救人类,但他在人类意识悲剧的迷宫中迷失了方向,成了一个"不幸的英雄",在筋疲力尽之后他只能叫喊:"我不管了,我什么也不管了!"显然,这是影射20世纪五六十年代国际政治形势的一部讽刺小说,所谓分裂成东、西两部分无非是指世界上东、西两大集团,小说中具体写到的"西校园"——"新坦慕尼学院"——实际上便是美国和西方世界的化身。小说用轻松的散文形式穿插令人眼花缭乱的神话插曲,给人以幽默、丰富之感,但有人认为这本书只是乱哄哄的一部闹剧,没有多大意思。

《消失在娱乐场中》(1968)和《怪物》(1972)是巴思后期出版的两部短篇小说集。前者是一种新的近乎狂热的艺术表现形式,副标题写着"用印刷、录音磁带和生活中的声音所写成的小说",因此它是以活人的声音、印刷的文字和录音磁带混合创造而成的一种有声的综合物,其中的《阿诺尼梅尔德》《标题》《梅尼赖亚

---

① 《20世纪美国文学》,麦克米伦出版公司,1980年,第56页。

② 费雷希曼:《20世纪世界文学百科全书》第4卷,弗雷德里克·安纳格出版公司,1975年,第36页。

得》等篇不无怪诞的味道;后者则以神话形式来表现人类的历史,以传说的英雄故事来反映现实,如《梅勒洛丰的英雄行为》便是以古希腊射死喷火怪物哈迈拉的英雄梅勒洛丰为描写对象,表达了人类理想中的精神境界。巴思在《怪物》的"前言"中解释了他的创作动机:"自从神话产生以来,它就同其他事物一样进入了我们普通的精神领域,因此它始终面对每天的现实生活;用现实主义的创作观点去写神话,将永远创造神话的基础……"他的长篇小说《信件》(1979)是一部回顾性的小说,以作者旧作中主人公的信件为主要叙述形式,但冗长难懂,反映了作者头脑中现实主义艺术的消极因素。

哈桑认为巴思"明显地属于美国作家中那种为数不多的人,这些人把写作小说的试验做到了极限"[①],这段评论点出了这位古怪的小说家的特点。巴思在创作中曾受到爱尔兰小说家乔伊斯和意大利作家伯吉斯(1882—1952)的影响,也曾迷恋俄裔美籍小说家纳博科夫的作品。他在创作上的企图是对美国文学传统进行前所未有的改革,他强调题材的新颖和技巧的独特,正是基于这一目标。对巴思的文学成就争议颇多,但有一条是明确的,即他的努力使神话小说的创作在美国文坛上复活了,而他作品中表现出来的博学的知识、幽默的语言以及难以捉摸的主题思想则对年轻一代的美国小说家产生了重要影响。此外,巴思对两性关系的过分描写,表明了自然主义对他的影响。

五 唐·德立罗及其小说创作

被认为当代美国最富有创意的小说家之一的唐·德立罗(1936—)出生于纽约一个意大利移民家庭,以作品中对人物的心理描写见长,他自20世纪70年代起开始创作长篇小说,先后出版了《美国轶事》(1971)、《球门区》(1972)、《琼斯大街》(1973)、《拉特纳之星》(1976)、《走狗》(1978)、《名字》(1982)、《白噪音》(1985)等,1984年获美国文学艺术院奖学金,1985年获美国国家图书奖,确立了他在当代美国小说界的重要地位。

《白噪音》探讨了人死亡的主题,因此作者曾将其取名为"美国死亡之书"。小说的主人公杰克·葛雷德尼,是某学院的希特勒研究系主任,曾有过四次失败的婚姻。其中一个前妻是从事间谍工作的中央情报局雇员,使他感到恐慌不安;现任妻子巴贝特为人温柔体贴,让他过上了安全舒适的中产阶级生活。然而死亡的阴影还是笼罩在他的身上,杰克常与妻子讨论谁先死的问题。在一次毒气泄漏事件中,杰克根据计算机的计算结果,发现自己不久即将死去,而妻子巴贝特却背着他与医生搞色情交易,从中获得了解毒的新药。愤怒的杰克向医生开枪,但谋杀并未成功,他被送到了教会医院,修女告诉他:世界上本没有什么信

---

① 伊哈布·哈桑:《当代美国文学》,弗雷德里克·安纳格出版公司,1973年。

仰,教会里的人也根本不信上帝,他们的信仰是假装的,否则世界就会崩溃。小说通过杰克的叙述记录了相关人物的外表、言论和动作,其中来自纽约的客座讲师莫瑞·西斯肯德代表了先进思想意识的先锋派知识分子,他熟悉知识界的心态,一语道破杰克的心思:"希特勒比死亡还大⋯⋯你想在他那里得到帮助和庇护","一方面在希特勒那个压倒一切的可怕中没有你个人死亡存在的余地","另一方面你想利用他增大自己的重要性和力量","你发明了这学科,希特勒现在是你的了"。作者把莫瑞作为杰克的搭档,成为作者精心设计的后现代理论的代言人。《白噪音》在小说中的含义是指可以掩盖其他噪音的死亡之音。小说通过对传统家庭的解体、电视文化快餐的侵蚀、现代科学技术对人类肌体的影响和当代信仰的危机等社会现象的描写,表现了美国社会的现状与美国人焦虑和迷茫的心理。《白噪音》的成功,表明德立罗的创作思想比较切合美国读者的阅读心理,也可以说他写的内容击中了广大美国民众内心世界的脆弱的本质,许多评论家把他视为 20 世纪 80 年代后现代主义在美国的代表作家,但也有人把他的小说归入 20 世纪下半叶的新现实主义范畴。80 年代后期德立罗出版了以 1963 年肯尼迪总统遇刺事件为基本情节的长篇小说《天秤星座》(1988)。

1997 年出版的《地下世界》长达 827 页,描写了 20 世纪 50 年代至 90 年代美国社会的广阔场景,被公认为德立罗的力作,甚至被评为"20 世纪最佳小说"之一。《地下世界》从 1951 年 10 月 3 日时任美国联邦调查局局长胡佛在观看垒球比赛时接到苏联进行原子弹大爆炸试验的情报写起,直至 90 年代"冷战"结束后美国的核专家尼克前往哈萨克斯坦监督独联体销毁核废料为止,中间涉及美苏两大国的"冷战"冲突、1963 年的古巴导弹危机、1964 年的美国黑人民权运动、1966 年的纽约反战示威等等这半个世纪来与美国有关的国际国内大事,其中作品着意刻画了胡佛,核废料处理公司经理尼克和他的弟弟、核武器专家马特,以及画家克拉拉等人的内心世界。小说取名《地下世界》(也有人译为《地狱》),意指小说揭示的内幕都存在于文明世界背后的"地下世界",其实质是将 20 世纪后期人类社会激动纷乱的生活放置在核威胁的阴影下进行,写出了在这样的环境下人们精神恐惧、道德真空的悲剧本质。

德立罗以 19 部长篇小说和为数众多的其他作品成为 20 世纪 80 年代有影响的小说家,其作品题材广泛、形式多样、风格新颖,在他的作品中可以看到多种流派的影响,但又具有其独特色彩,被评为美国当代最富有创意的小说家之一。

六 苏珊·桑塔格及其小说创作

苏珊·桑塔格(1933—2004)1933 年 1 月 16 日出生于曼哈顿,在美国当代文坛上被认为是近代西方最引人注目、最有争议性的女作家及评论家。她的写作领域广泛,以其出色的才华、敏锐的洞察力和广博的知识著称。她 15 岁就读加州大学伯克利分校,1950年17岁的她与年长她11岁的社会学家菲利普·里夫闪电结婚,后同时考入芝加哥大学和哈佛大学,接着又转学到英国牛津大学学习文学与哲学,1958年回国与丈夫离婚,独自抚养儿子,先后在康涅狄格大学、纽约市立大学、哥伦比亚大学、拉特格斯大学教授哲学、宗教学、英语和写作。其间还担任过杂志主编、电影导演,但她在美国的出名主要是作为小说家、评论家。桑塔格因急性骨髓性白血病于2004年12月27日在纽约逝世。

1960年前后,她开始活跃于纽约文坛。1963年,她出版首部小说《恩人》,赢得著名哲学家汉娜·阿伦特的激赏。桑塔格的早期创作并非只是小说,1966年出版的论文集《反对阐释》令她名噪一时。1976年被发现患有乳腺癌,她接受切除手术,不妥协于这种命运,还发表了作品《疾病的隐喻》。1977年出版《论摄影》,获国家书评人评论组首奖。1992年出版的长篇小说《火山情人》进入畅销书排行榜,成为雅俗共赏的作品,同年当选为美国文学艺术研究院院士。她的最后一部长篇小说《在美国》(1999),获得2000年美国国家图书奖。2001年桑塔格又获得耶路撒冷国际文学奖,2003年获德国书业和平奖。在美国,苏珊·桑塔格是以一名反战人士、女权主义者闻名的,被誉为"美国公众的良心"。"9·11"事件以后,美国发动对伊拉克的战争,桑塔格发表《真正的战争与空洞的隐喻》反对出兵伊拉克,称:"'9·11'事件之后的口号——我们站在一起——在我看来,这意味着:要爱国,不要思考,让你做什么就做什么!"苏珊·桑塔格在美国享有盛誉,甚至被称为"大西洋两岸第一批评家"和"美国最有智慧的女人"。

桑塔格的成名小说《在美国》是以19世纪波兰著名女演员海伦娜·莫杰斯卡的生活经历为原型进行创作的,描写了当年她从波兰移民到美国加利福尼亚州,在那里试图建立一个乌托邦式庄园的故事。在波兰,海伦娜不仅与父权制进行斗争,还与入侵者沙俄政府进行斗争。为了能得到真正的平等与自由,成为自己命运的主宰者,她携家人及其追随者一起移居美国。可到了美国才发现,她们作为少数族裔同样没有话语权。于是她又继续斗争,最终她以自己的才智取得了斗争的胜利,不仅颠覆了主流话语对边缘话语权的控制,而且重建并行使了自己的话语权。请看引自由廖七一、李小均译,译林出版社于2008年5月出版的摘文:

　　　　我犹豫不决,不,我战战兢兢地闯进一家宾馆的私人餐厅,里面正在聚会。室内同样是寒气逼人,充满严冬的气息。然而,在狭长而昏暗的房间里,身着晚礼服的男男女女往来如梭,似乎并不在意室内的寒气,我便独自享用角落里的火炉;火炉镶有花砖,胖乎乎的,一直升到天花板。我抱住火炉,把些许温暖糅进我的面颊和双手。我倒更喜欢燃烧着熊熊火焰的壁炉;但在这个地方,房间里都用火炉取暖。等我感到暖和了一些,或者说镇静了一些,便壮着胆子从房间中我待的这一头走过去。窗外,雪花像厚厚的棉絮悄无声息地飘落下来,背后是月亮的光环。俯身眺望,下面是一排雪橇和马车,马车夫裹着粗毛毯在座位上打盹,马儿耷拉着脑袋,僵硬的身体上飘落着星星点点的雪花。我听见附近教堂的钟声敲响了十点。一些客人聚集在窗户旁那只巨大的栎木餐具柜周围。我半转过身,开始留心他们的谈话。他们的语言我大多听不懂(我只来到这个国家过一次,那还是十三年前的事),但是从他们的谈话中我多少琢磨出一些意思,是什么原因我也不想知道。人们似乎在热烈地议论一个女人和一个男人,根据片言只语我立刻推测这两个人是夫妇。随后他们又议论起一个女人和两个男人,情绪同样热烈,所以我毫不怀疑女人还是原来的那个女人。我想,如果第一个男人是她的丈夫,那么,第二个男人必定是她的情人。我责备自己的想象太俗气。但是,不管是一个女人和一个男人还是一个女人和两个男人,我弄不明白这有什么值得议论的。既然事情已经家喻户晓,就没有必要再做议论。不过,说不定客人的目的就是要含糊其词,因为与之有关的女人和男人,或两个男人,如果真是两个男人的话,眼下都在场内。这使我不由得想到要逐一观察屋里的每个女人,看看有没有谁与众不同。女人都戴着鲜艳的帽子,据我对当时服饰的判断,个个都穿着新颖时髦。一旦我怀着这样的念头来观察,我立刻找到了她;我感到奇怪起初我为什么竟然会对她视而不见。在那个年代,漂亮的女人一过 30 岁,人们就会说她已经不再是如花似玉;她也是如此。中等个子,腰背挺直,一头浅亚麻色的头发,我看见她紧张不安地将几缕飘散的头发塞入发中。她长得并不特别漂亮,但是,我越看就越发现她的魅力。她可能就是,她肯定就是大家议论的女人。不论她走到哪里,人们都簇拥着她;不论她讲什么,人们总是侧耳倾听。我似乎听见有人叫她的名字,不是海伦娜就是玛琳娜。我想,如果能发现这两个,或这三个人,而且给他们都取个名字,这会有助于揭开这个谜,我决定权且称她玛琳娜吧。接着我开始寻找那两个男人。一个看起来像她丈夫的男子首先进入我的视线。如果这个男子是个溺爱妻子的丈夫,我想象海伦娜,我的意思是玛琳娜应该有个钟爱她的丈夫,那么我会在她的身旁发现他,他决不会因其他女人而心猿意马。我的目光一直跟随着玛琳娜,可以肯定,她就是晚会的东道主,要不晚宴就是以她的名义举办的。我看见玛琳娜身后老是跟着一位留着胡须的瘦削男子,一头漂亮的栗发往后梳着,显露出线条有力、宽阔而高贵的前额;他和蔼可亲,对玛琳娜言听计从。我想他一定是她的丈夫。现在我得找到另外那位男子,如果是她的情人,他或许要比那位相貌和蔼的贵族年轻一些。如果说他不是她的情人,这同样很有意思。如果她的丈夫三十五六岁,比妻子大一两岁,当然他看上去要大得多;我猜想她的情人可能二十五六岁,潇洒英俊。因为他还年轻,没有安全感,再加上可能社会地位低微,他穿戴有些过分考究。让我猜猜看,他可能是记者或律师,事业正蒸蒸日上。在晚会上,有好几位男子符合这些特征,我认为最有可能的是一位强壮的年轻人,戴着眼镜。此刻他正和一个女佣套近乎,女佣在房间的另一头,在宽大的桌子上——摆开宾馆收藏的银器和水晶精品。我看见他冲着她的耳朵喃喃低语,抚摩她的肩头和辫子。我在想,如果他就是那个浅亚麻色头发的美人的情人,那真是太有意思了:他可不是个羞涩的单身汉,而是个厚颜无耻的登徒子。就是他,肯定是他;我十分确信地认为,感到一阵轻松。然而,如果我认为一位道德更加高尚,或者说更加谨慎周到的求爱者更符合那对夫妇的身份,我决定再找一个年轻人作为候补,这是一个身着黄色背心,身材修长的男子,看起来有些像少年维特。随后我将注意力转向另一群客人,他们也在议论;我静静地偷听了几分钟,还是没法弄清楚议论的内容。到这个时候,你会想我已经听说两个男子的名字了。至少是听说她丈夫的名字了。离我不远的那个男子如今加入人群当中,紧紧地跟在那个女人身旁,我想他肯定是她的丈夫;但是,与她丈夫交谈的人谁也没有提到过他的名字。既然我在无意之中已经听见了她的名字,是的,我想可能是海伦娜,但我认定她应该是,或者说必须是玛琳娜,不管能不能从谈话中听出一些蛛丝马迹,我决心弄清她丈夫的姓名。他,我是指那位丈夫,可能叫什么呢?亚当·简? 还是西格蒙特? 我尽力想象一个适合他的名字。因为人人都有一个那样的名字,通常是人们给他或她取的。最后,我听见有人叫他卡罗尔。我没法解释为什么这个名字不能让我满意:也许是因为我不清楚他们议论的内容而感到气恼,我只好向这位脸型略长、端正而苍白的人发泄心中的失意,他的父母竟给他选了这样一个悦耳动听的名字。所以,我对自己的听觉深信不疑,虽不能说自己没听真切,正如我听见他妻子的名字叫玛琳娜或海伦娜一样,我还是认定他不叫卡罗尔,认定我肯定没听清楚。

桑塔格正是通过女主角玛琳娜的生活来告诉大家,选择起来为自己的权利而战,才能不受男权话语和美国主流话语的压制。主人公不仅重塑自己和波兰的历史,而且可以随心所欲地引领美国潮流。苏珊·桑塔格通过话语权的颠覆,用主人公话语权的重建来表达自己对美好社会的主张。作品《在美国》,能让读者清楚桑塔格的观点:鼓励人们为自己的权利而战,希望不分民族、国籍、肤色与性别,在这个地球上享受同样的话语权,这才是真正的平等与自由。

七　理查德·耶茨及其小说创作

理查德·耶茨(1926—1992),被誉为"美国最不出名的著名作家","焦虑时代的伟大作家",20世纪中叶美国主流生活的忠实记录者。耶茨1926年出生于纽约州扬克斯市。3岁时,父母离婚。在大萧条时代,母亲带着他和姐姐在曼哈顿艰难度日。饥饿难耐或在住的地方被人再一次轰走是经常的事。1944年从埃文中学毕业后,耶茨参了军,被派到法国,经历过战争,在军队里患上了肺结核,短期疗养后康复。在德国服役后,他回到纽约。1948年,22岁的耶茨与希拉·布莱恩特结婚。1951年,他用部队因他的肺结核病而发放的补偿金,举家移居欧洲。这几年里,他坐在租来的房间里,不停地抽烟、不停地咳嗽、不停地写作,一篇又一篇地投稿,但都遭到《纽约客》的拒绝。1952年他终于在《大西洋月刊》发表了一篇小说,那仅仅是他旅欧一年里写下的15篇文稿中的一篇。但不管怎样,这对耶茨来说具有特别的意义。几年后回国,他先后在合众国际社、雷明顿-兰德公司工作过。为付账单,他代人写作。他走上菲茨杰拉德不成功的老路,去好莱坞写剧本。1963年,他为时任司法部部长的罗伯特·F.肯尼迪撰写发言稿,在约翰·肯尼迪遇刺后,他接受了艾奥瓦大学作家创作班的教职,但那一段经历并不愉快。1959年,他与妻子离婚,他的妻子得到了两个女儿的监护权。1968年再婚,1974年再次离婚,孩子仍然由妻子抚养。1961年,其极负盛名的处女作《革命之路》发表,引起轰动,与《第二十二条军规》《看电影的人》一同入围美国国家图书奖提名。1962年,首部短篇小说集《十一种孤独》出版,被评论界誉为"纽约的《都柏林人》"。他后来接连创作了长篇小说《天意》(1969)、《扰乱平静》(1975)、《复活节游行》(1976)、《好学校》(1978)、《恋爱中的骗子》(1981)、《年轻的心在哭泣》(1984)、《冷泉港》(1986)等。生前最后一部小说《不定时代》至今未能出版。耶茨生命最后10年健康状况很差,肺结核病使他呼吸困难,1992年秋,因为一次小手术所引起的并发症,66岁的耶茨去世于亚拉巴马州塔斯卡卢萨。

理查德·耶茨长期以来被文学界不公正对待,去世后,他名下的9本书更是在美国悄悄下架,短时间完全绝版。这是为什么?理查德·福特回答得好:"明白这位作家价值的人太少了。"他是被遗忘的、最优秀的、大师级的美国作家,也是美国20个世纪30年代至60年代的代言人。他的艺术风格影响了雷蒙德·卡佛、安德烈·杜波依斯、尼克·霍恩比、戴维·黑尔、琼·狄迪恩和理查德·福特等文学大家,故被誉为"作家中的作家"。美国很多作家都对耶茨赞誉有加,如著名黑色幽默作家科尔特·冯内古特,将他与契诃夫、菲茨杰拉德、约翰·契弗相提并论。剧作家戴维·黑尔曾说:"耶茨与菲茨杰拉德和海明威堪称20世纪美国三位无可争议的伟大小说家。我所能给予耶茨的最高赞誉,就是他的作品更像是出自剧作家之手,而非小说家:他想让你亲眼见到他描述的一切。"

2001年,在耶茨去世9年后,《纽约客》终于发表了一篇他的小说《运河》。也是这年,在作品绝版多年后,他的短篇小说集再版。可惜太晚了,9年过去了,作者再也无法享受到成功的喜悦及分享的快乐。

《革命之路》系耶茨最广为人知的作品,出版当年即获美国国家图书奖提名,2005年又被《时代》周刊评为百年文学经典之一,还被拍成电影,男女主角由《泰坦尼克号》的男女主角担任,于2008年12月26日在美国上映。2009年1月,根据原著改编的同名电影摘得金球奖剧情片最佳女主角桂冠。

这部作品发表于1961年,故事发生在1955年的美国康涅狄格州。一个名叫革命之路的郊外住宅区,住着自视与邻居不一样的惠勒夫妇。他们在一次酒会上一见钟情,有两个孩子和一座大房子,生活看起来很美满。妻子阿普丽尔是个美丽的演员,但表演事业不利,十分沮丧,且不甘心成为家庭主妇,并因此脾气暴躁,闷闷不乐。她一心要迁居巴黎,过一种充满希望和激情的,与庸俗现实完全不同的生活。丈夫弗兰克也曾雄心勃勃,但为无聊乏味的职员工作所困,又因经常与妻子吵架而开始在外找女人,他对自己的生活也不满意,听了妻子的建议决定搬往法国,重新找到自己的爱好。但这时,弗兰克被意外升职,开始犹豫不决,阿普丽尔则意外怀孕,两人因要不要孩子,是否还继续法国梦开始陷入争吵、指责的恶性循环,一个完整的家庭逐渐支离破碎。

请阅摘文(侯小翊译,重庆出版社2009年4月出版):

　　"谢普,"她冰凉纤细的手伸了过来,抓起他的一只手,秀美的脸渐渐靠了过来,露出一种带着恶作剧意味的微笑,"谢普,我们去吧。"

　　谢普以为自己会马上晕倒:"我们去干什么?"

　　"跳吉特巴,快,走吧。"

　　史蒂夫·科维克的演奏快达到高潮了。差不多到了酒吧打烊的时间,绝大部分客人都已经回家,老板正在柜台后面数钱。史蒂夫就像好莱坞爵士电影里的主角一样,知道这应该是演出最辉煌的时间。

　　谢普从来没有真正学会跳舞,更别说这种摇摆爵士舞了。但地球上再也没有任何力量能让他停下来。他转身,笨拙地蹦跳,在光彩夺目的舞台中间拖沓着脚步,允许噪声、烟雾和灯光在身边环绕一圈又一圈,因为他已经拿得住她了。在他有生之年从未看过这么美的舞姿,在他的掌握中她轻巧地荡开,一个转身又荡了回来。噢,看看她吧。他心里一阵骚动。看看她,看看她。他知道音乐停止的时候,她就会跌进他的怀抱里放声大笑,结果她果然这么做了。他知道,当他温柔地领着她走向吧台,两人再喝一杯饮料时,她会让他的手臂贴近她的身躯。而她果然这么做了。当他们轻声细语时谢普不再在意自己说些什么——这又有什么关系呢,语言又能起到什么作用呢?他的心里已经装满了兴奋狂乱的想法。他的脑海里浮现出一家汽车旅馆,他看到她坐在外面的车里等他,然后他来到前台填表入住。他听到了接待员跟他说:"谢谢您,先生。一共是60美元,12号房间……"他想象到一个完全私密的小房间,里面有枫木桌椅,有一张宽大的双人床,想到这些他有点担忧:我真能把像阿普丽尔这样的女人带到汽车旅馆去吗?但为什么不呢?而且汽车旅馆并不是唯一的选择,周围有好几英里的荒凉地带,今晚那么暖和而他车里有一张行军用的防水布,他们可以把车开到一个僻静的高处然后以星空为被。

不用去汽车旅馆,也不用到山上去,因为在停车场事情就发生了。在距离酒吧阶梯不到十码远的黑暗中,他停下脚步把她搂进怀里,在他嘴巴的袭击下她张开了双唇,然后他把她按在一个车子上时她勾住了他的脖子。两人分开一阵,然后又贴在一起;他领着她磕磕绊绊地越过空荡荡的停车场,走向他的车。这辆车孤零零停放在黑色的树影下,闪动着炫目的星光。他找到了右侧车门,把她扶上车,然后他以不躁不急的脚步绕到司机座。当车门在他身后闭上,她的手臂和嘴唇又纠缠上来了。这是她的触感,她的味道,他的手指在穷尽办法解开她身上的衣裳,然后她高耸的乳房就被他握在掌中。"哦,阿普丽尔,我的上帝啊,我,阿普丽尔……"

昆虫发出巨大的鸣声,十二号高速公路车辆飞驰尖啸,酒吧传来女人尖锐的笑声。钢琴和鼓,一切一切别的声响,他们全都听不见了。他们只听见自己的呼吸声。

"亲爱的,等等。让我带你找个地方——我们先出去——"

"不,求求你,"她低声呢喃,"就在这里,就现在。我们到后座上。"

于是一切都在后座发生了。就在这里,在这个狭小的黑暗空间,在汽油味、孩子酸臭的鞋子和汽车后座的罩布里,他们缠绵、挣扎,听着一阵阵溜进车里来的史蒂夫·科维克最后的鼓声;在这里,谢普·坎贝尔终于满足了爱的欲望。

《革命之路》基本上是一部现实主义作品。现实主义作品靠人物刻画、靠让观众产生共鸣吸引人。在这一点上耶茨尤为擅长。作者代言了一种对程式化美国梦的叛逆和对美国20世纪50年代反叛精神消亡的强烈不满。惠勒夫妇由于两人个性都太强,且不能宽容对方,发生多次激烈的争吵,在双方心理上造成很大伤害,于是都选择从心灵到肉体上的背叛,这看似是一种心灰意冷后冲动的结果,其实是从内心向对方的对抗和报复。矛盾尖锐化,就造成悲剧的发生。而这些悲剧有时并不因为男方的暴力行为,也有的因女方冲动而起,最后自己成为感情用事的牺牲品。阿普丽尔并没有被塑造成一个可怜的受害者,她与弗兰克一样不完美,有外遇,吸烟,暴躁且不切实际,故造成她最终悲剧的也包括她自己。她所处的时代有特定的局限,如果故事搬到现代美国,堕胎合法,或者离婚像在街边买苹果一样平常,独自旅行更是时髦,那么恐怕悲剧就不会是唯一的结果了。耶茨诠释着婚姻的绝望,甚至强调了沟通的无用性。无奈绝望的现实和美好期待的理想间有着无法跨越的山脉,不由让人滋生出路之尽头的无望。故事告诉我们,有了爱情不一定等于有了幸福的婚姻生活,因为爱情的力量似乎并不是万能的,婚姻需要的不只是爱情,还有包容和理解,还有人的个性、环境、追求等很多因素。阿普丽尔最终抵达了梦幻岛,弗兰克却留在了凡间,个中滋味,需要时间体会。男女主人公所居住的革命之路富有很强的寓意,挣扎、妥协、反叛、幻灭是此部小说的发展主线。

第五节 心理现实主义小说:约翰·厄普代克

一 探索的一生

约翰·厄普代克(1932—2009)是当代美国文坛上最享有盛誉的小说家之一,他以丰富的创作和深邃的主题及刻意求新的艺术风格而成为一名杰出的心理现实主义小说家。

厄普代克于1932年3月18日出生在宾夕法尼亚州一个名叫希林顿的小城镇里,祖上为荷兰人后裔,父亲是一位高级中学教员,厄普代克是这一家的独生子。1950年,厄普代克在希林顿高中毕业后考入马萨诸塞州的哈佛大学,1954年以优异成绩毕业,获文学学士学位,随即赴英国牛津拉斯金绘画艺术研究院深造;第二年回国,被聘为《纽约客》杂志的编辑,1957年成为职业作家。1953年与玛丽·彭托结婚,有两个儿子、两个女儿,20世纪80年代后定居于马萨诸塞州的伊普斯威奇。2009年1月27日因患肺癌去世,他的第23部小说《东镇寡妇》成为绝笔之作。

厄普代克少时聪颖,在中学期间即显示出超人的才气;他离开并不富裕的家庭和偏僻的家乡,带着父母极大的期望来到著名的哈佛大学时,就有了远大的志向。在大学期间做校刊编辑时和在英国留学的日子里,他也没有忘掉他的家乡小镇和那些可亲的乡民,希望能把他心中的怀念写出来。厄普代克的创作是在担任《纽约客》编辑期间正式开始的,在这份杂志上他开辟了"小镇通讯"专栏,刊登他的以家乡希林顿为背景的小说、诗歌和散文。1959 年以后连续出版了短篇小说集《同一扇门》(1959)、《鸽羽》(1962)和长篇小说《贫民院的交易会》(1959),《兔子,跑吧》(1960)与以后出版的另外三部长篇小说《兔子,回家》(1971)和《兔子富了》(1981)、《兔子歇了》(1990)构成了厄普代克著名的"兔子四部曲"。

作为一个青年作家,厄普代克步入文坛一开始就是幸运的,他的丰富而成功的创作很快引起了社会的注意,先后获得过古根海姆基金会奖金、罗孙塞尔奖和全国自治学校协会奖。1963 年厄普代克出版了又一部长篇小说《半人半马》,立即受到一致的好评,并获第二年的美国国家图书奖,这使他作为著名小说家的地位在全国范围内得到了确认。这部小说是借古代希腊神话中半人半马怪物的故事来比喻主人公——乡村中学教师乔治·凯德威尔的悲剧命运。凯德威尔早年曾当过兵,后又干过司机、跑堂、推销员等各种职业,并依靠自修学完了大学专业的课程,得以进入全国有名望的一家大公司工作,但 20 世纪 30 年代的经济危机使他不得不到一个叫奥林格的小地方当乡村中学教员。小说集中描写了他自杀前三天的情景。凯德威尔的形象颇有几分作者父亲的影子,小镇奥林格的环境也恰似厄普代克记忆中的家乡。《半人半马》出版时曾引起过评论界的争议,但小说对生活真实的探索价值最终得到了人们的公认。

如果说把《半人半马》看作是 20 世纪三四十年代乡镇社会生活的记录,那么后一部作品《农庄》(1965)则成了探讨五六十年代中产阶级内心世界的缩影。35 岁的纽约广告商乔治·罗宾孙带着第二个新婚妻子佩吉及佩吉同前夫生的儿子理查德前往宾夕法尼亚乡下的农庄去探望他年迈的寡母,小说以此为主要情节,反映出在大都市扎根谋生的新一代已不可能继承乡村父业的变化,这两代人已经属于两个世界。乔治是一个从农村去大城市并跻身于中产阶级的人物,有人认为他就是作者在《半人半马》中寄予希望的下一代彼德,因此从内容上来看,这两部作品有一定的内在联系。乔治最终离别故土、老母和抚育他长大的农庄,依然回到纽约去过他的中产阶级生活,表明凯德威尔的期望是不可能实现的。

厄普代克其他的主要作品还有短篇小说集《音乐学校》(1966,获该年欧·亨利小说奖)、《比彻:一本书》(1970)、《博物馆和女人及其他故事》(1972),长篇小说《夫妇们》(1968)、《跟我结婚:一桩罗曼史》(1976)、《政变》(1978)、《半途分手》(1979)等,上述这些作品主要反映了在美国这样的高科技社会中生活的人们由于无法把握自己命运而产生的苦闷和不安。作为一个"纽约派"都市作家,厄普代克善于描绘美国都市中产阶级的日常生活以及他们的思想、情欲、烦恼,特别是这些中产阶级失去旧日精神支柱后的彷徨和迷惘,写得尤为真实。

厄普代克也同其他擅长描写心理的小说家一样,将人物的性行为、性追求放在重要的位置上进行描述,其中《夫妇们》和"兔子四部曲"尤为突出。在这些作品中,作者大多把女性放在从属的地位,她们只是男性的妻室、主妇或性伴侣而已,因此也招来美国女权主义者的批评。1984年,厄普代克出版了长篇小说《东方女巫》,小说一反作者的往常写法,以三个漂亮的职业女性为主人公,写她们如何在社会上交际、办事、获得大的成就,然而令读者目瞪口呆的是,这三名美貌能干的女性的原来职业却是巫师,她们都成了作者心目中的妖艳歹毒的"东方女巫"。

出版于1988年的长篇小说《S》也许可以看作是厄普代克对于美国现代女性形象的再思考。这是一部书信体小说,描写一个名叫莎拉·沃思的上层妇女的家庭、爱情和生活,从中揭示出当前美国社会的种种矛盾。莎拉年已42岁,拥有高贵的地位、温馨的家庭,但在短短的时间里一切却变了样、垮了台:丈夫外科大夫查理表面上循规蹈矩,暗地里与女护士勾搭成奸;女儿珍珍本是她的私生女,长大了却又不守妇道,与荷兰的一名天主教徒私通而怀孕。莎拉恼羞成怒,离开了丈夫、女儿和老母亲来到亚利桑那州荒漠中的一个印度教隐避处,企图摆脱世俗情欲的烦恼,然而最终发现,她所崇拜的精神主教原来只是一名失意而中途辍学的大学生。作者自己承认,《S》在写法和构思上模仿了19世纪浪漫主义小说家纳撒尼尔·霍桑的名著《红字》(1850),这"S"既代表当年为爱情而忍受屈辱的《红字》中女主人公海丝特·白兰,又代表了当代女性莎拉的命运,因为"红字"(Scarlet Letter)和莎拉的第一个字母都是"S"。这不仅是一种巧合,也表明了作者的刻意安排,《红字》中的三名主人公形象在《S》中都一一予以对应,所不同的是厄普代克赋予了他们以全新的含义:《红字》中的恶魔罗杰成了《S》中具有全新概念的罗杰教授,白兰的情人丁梅斯代尔牧师也以身着20世纪现代服饰和崭新面目出现。不过,《S》最重要的是作者刻画的莎拉的形象,厄普代克实际上是希望人们从莎拉与白兰的比较中得到启示。

厄普代克在20世纪后半叶的美国文坛上占据着重要的地位,1964年他被选为美国文学艺术院院士,1981年获得麦克道尔奖章,特别是"兔子三部曲"以其丰富的内涵,被誉为"具有美国中产阶级风尚的经典性史诗作品"①。90年代的厄普代克依然笔耕不辍,以福特代替尼克松担任美国总统时期的20世纪70年代为背景的《福特执政时期纪事》(1992)和取材于莎士比亚的《哈姆莱特》剧情的《乔特鲁德与克劳迪斯》(1999)成为这一时期的长篇小说佳作。前者把历史与现实结合成主人公阿尔弗雷德的人生演变轨迹,将这个历史学教授正在撰写的美国第十五任总统布坎南的传记内容与他自身的婚变作为两条既分又合的情节线索,写出了当时美国中产阶级知识分子的心态;后者将《哈姆莱特》中的人物形象反其意而写之,突出了乔特鲁德因为丈夫粗鲁寡情而与小叔子克劳迪斯产生

---

① 转引自《世界文学》1986年第5期,第233页。当时第四部尚未出版,故称"三部曲"。

爱情以至于私通的复杂心情。小说对历史名著的调侃与反笔,显示了作者对中年女性婚姻、家庭、爱情问题的关注,也使读者对这对无法抗拒爱情力量的中年男女产生同情。

二 人生小说:"兔子四部曲"(1960—1990)

马库斯·坎利夫称厄普代克"具有无穷无尽的才华"[①],《诺顿美国诗文选集》在介绍厄普代克的著名回忆散文《山茱萸树》(选自《散文分类》,1965)时指出:"约翰·厄普代克的长篇小说和短篇小说都对他在回忆中所提出的问题——做了明确的回答。"[②]因此,我们可以认为,厄普代克是一位具有过人才华的作家,他艺术上的刻意追求,在于他对人物心理的透彻剖析、对小镇风土人情的细腻描绘和对社会动荡的深入观察;同时,他对政治与经济冲击下的大城市市民的生活也迅速地做出敏感的反应。厄普代克的创作已成为当代美国文坛注意的中心之一,他作品的声誉仍在日益高涨,他的小说《比彻的重现》(1982)一出版便立即受到评论界的赞扬,他是当今最具有创作生命力的杰出小说家之一。

"兔子四部曲"是厄普代克最有影响的作品,其中第三部《兔子富了》在1982年连续获得美国国家图书奖、普利策小说奖和全国图书评论家协会奖三项大奖,成为美国文坛上的一段佳话。这部系列小说的主人公是一个外号叫"兔子"的男人哈利·安斯特洛姆,在第一部《兔子,跑吧》中,他还是一个26岁的青年,身高190厘米,在一家家庭用品商店当推销员,有一个儿子叫纳尔逊,妻子贾妮丝嗜酒成性。春天的一个下午,哈利下班回家,"一群孩子在电线杆上临时搭成的土篮球架四周玩篮球"。小说就从这里开始,写他在这群孩子的欢笑声中不禁停下来观看热闹,仿佛又回到了学生时代。接着作者介绍了他的外貌和"兔子"这一外号的来历:

> 他看上去那样高,一点也不像兔子的模样,然而从他那副宽阔的白面孔,眼睛中蓝色的瞳仁又带着一点灰白来看,特别是当他嘴里含上一根烟,那只短鼻子下边的这部分肌肉就会神经质般地微微颤动,也许这些就是他之所以得到"兔子"这一外号的原因吧。

"兔子"从外表看来是普普通通的人,他对生活的要求也不高,希望有工作,有家庭,有生活的温暖;然而,他发现社会上到处是陷阱,总使他提心吊胆。先是与妻子吵架,后来又同曾经当过妓女的路丝私通,接着妻子因醉酒而溺死了刚出

---

① 马库斯·坎利夫:《美国的文学》,企鹅图书公司,1975年,第345页。
② 《诺顿美国诗文选集》第2卷,诺顿出版公司,1979年,第2173页。

生的女儿,他一气之下再次离家,而路丝却把他拒之门外,使他有家无处归,空虚、苦闷,不知该往哪儿去……

第二部《兔子,回家》是写10年后"兔子"与他妻子贾妮丝的经历。"兔子"回家之后与妻子又生活了10年,他开始胖了,在一家印刷厂当排字工,日子总算还安定。他为美国宇航员登上月球感到兴奋,认为美国了不起,它将会给全世界带来自由和幸福。但就在此时,他的家庭又起波澜。原来贾妮丝有了外遇,跟汽车推销员查理私通,"兔子"动手打了妻子,妻子索性公开与查理同居,"兔子"自己也把一个18岁的"嬉皮女"吉尔带回家来同居。不久,吉尔又与一个黑人虚无主义者斯吉特同居,并在放火烧了"兔子"的家后自焚而死。在"兔子"的妹妹米姆的调停下,"兔子"与贾妮丝重归于好,又带着13岁的儿子纳尔逊去另租房子,并打算重找工作。他对妻子说:"我感到自己有罪。"妻子回答说:"算了吧,哪能什么都怨你呢?"

《兔子富了》的背景是又过了10年的20世纪70年代。此时"兔子"在他岳父生前创立的斯普林杰汽车公司当推销员,已上升为中产阶级,收入丰富,生活安定,人也发福了。于是,他陶醉于物质享受,也不再去想什么社会、政治、道德等等。但不久他安定的生活又遭到时代的冲击:70年代中期,石油价格暴涨,经济恶化,又使他产生"信仰危机";同时,他与23岁的大学生儿子纳尔逊两代人之间的鸿沟也越来越深,纳尔逊不仅把怀有身孕的女朋友带回家来,还公然说要放弃学业。在精神苦闷之中,"兔子"与妻子去加勒比海度假。为了寻求刺激,他在半路上与另外两对夫妇相互交换妻子。作者为了重点描述"兔子"的内心变化,大量使用意识流手法来表现主人公的心理活动。"兔子"的精神沦丧,反映了70年代下半期美国社会的动荡和中产阶级所受到的打击。最后"兔子"悲观了,他认为:"世界在衰亡,但人们愚蠢得都不予理会,新的人照样出现,好像乐趣才刚刚开始。"他似乎把自己看作是一个"混沌世界"的清醒者,其实这种"清醒"也是一种极端心理的反作用。

儿子的女朋友在医院里生出了个7磅重的女孩,为此"兔子"与贾妮丝提前从加勒比海赶了回来,一路上他们两人都还在回想着那一晚"换伴侣"的事,但回家之后,"兔子"又把一切心思集中在刚出生的孙女身上,"她就这样出现在他的膝下,他的手上,这是真正显示出来的生命而不仅仅只是重量而已。这是随时会失去的宝贝,是心灵的期望,是他的孙女儿。他的又一颗棺材钉"。这是生命的延续,人类就是这样繁衍发展的,也许厄普代克要表达的正是这一点。

"兔子三部曲"以哈利·安斯特洛姆20年的经历,集中地揭示了20世纪50年代到70年代美国的社会现实,诸如种族问题、失业问题、越南战争、石油危机、"嬉皮士"、美国宇航员登月等重大的事件在书中都得到不同程度的反映。厄普代克同哈利这只"兔子"在思想感情上是相通的,《兔子富了》出版后不久,他在接受《纽约时报》记者采访时说,他觉得"钻进这个人物的内心世界是件非常有趣的事",并强调:"他与我年龄相仿,比我年轻一岁,他非常富有人性,这表现出他是一个肉体冲动和精神幻想的结合体。在这一点上,他不仅与我本人相似,我认为也代表了其他许多人。"他认为"兔子"的性格"没有损人之心,也不愿意吃大亏……心肠比较硬,有时也显得迟钝、麻木。但是他渴望学习,和我一样,不仅从一个个具体指导者那里学习许多东西,而且从整个时代得到教诲"①。

"兔子三部曲"的创作基本上采用严肃健康的心理现实主义手法,对时代和社会的描写能做到忠于真实;然而,其中也不乏虚幻的成分,尤其是对两性关系的描写流露出自然主义倾向,给作品带来了一定的损害。类似的缺陷在厄普代克的其他作品中也经常出现,这说明美国社会的精神沉沦,对厄普代克这样的小说家也免不了产生这样或那样的影响。

也许厄普代克在《兔子富了》的情节中已经考虑到如何安排"兔子"的最后结局了。1990年,作者终于抛出了作为三部曲的补充和尾声部分的第四部《兔子歇了》。它的故事情节与前一部又相隔10年,小说在第一章中先写哈利的岳母死后妻子贾妮丝继承了老太太开设的汽车行,她让儿子纳尔逊任业务主管,哈利则在佛罗里达州迪利昂市的公寓内过着半隐居的生活,于是人更胖了,体重达230磅。一次带孙女儿朱迪乘帆船出海,不慎翻了船落水,为救孙女,哈利心脏病发作差点死去。接着在第二章中,写哈利出院后回到宾夕法尼亚州布鲁尔,旧地重游引出他的许多回忆和感慨。儿子纳尔逊因为吸毒而贪污汽车行的资金,事情败露后被送到戒毒康复中心接受治疗,汽车行由哈利负责,贾妮丝则参与了房地产投资并逐渐成了事业型妇女。作品把哈利之死安排在第三章的结尾中,正当一切走上正轨时,哈利又重演30年前离家出走的老戏,一人驾车跑到佛罗里达州利昂市,在那儿尽情地吃、玩、打篮球,结果因心肌梗塞而猝死。

厄普代克将哈利之死安排在他56岁这一年似乎是过早了一点,但在作者的心目中,哈利只是一个凡夫俗子,他根本算不上什么英雄,充其量是"反英雄"一类角色。也许厄普代克感到让这么一个再普通不过的小人物过多地占用读者的时间实在有点浪费,加上小说中对哈利的描写也算是淋漓尽致了,因此他决定让哈利在与他最心爱的篮球的再次拥抱中离开人世。《兔子歇了》有一句话也许揭示了小说的主题:"我们每个人体内的死亡种子如何开花结果。""兔子"死了,不少评论家认为作者过于残忍,纷纷发表评论,但厄普代克则认为故事已经写到第四部,已是极限了,该把所有的脉络线索汇集拢来,让"兔子"有一个恰当的归宿,因此他在题为《兔子为什么非去不可?》的文章中为自己的安排做了解释:"把所有的脉络汇集拢来,写成四部曲这是小说发展的极限了……在系列小说的续集

---

① 《星期六评论》1981年第10期。

中,松散的线索和作者创造使用过的角色都不断积累发展,因此,小说各组成部分的篇幅呈几何增长,超过四部的系列将会变成一团乱麻。"①

"兔子"的故事是美国千万个社会故事中的一个,"兔子"的四段人生经历折射出20世纪50年代以来美国社会不断衰老的演变过程,作品的意义也就在这里,正如J.奥兹所说的,对哈利衰老和死亡的过程的描述,不失为一种"对美国社会的批评"②。

第六节　心理现实主义小说:乔伊斯·卡罗尔·欧茨

一　奉献文学的一生

在美国当代作家中,乔伊斯·卡罗尔·欧茨(1938—　)是以勤奋多产而闻名的,截至20世纪末,她已经先后出版了长篇小说23部、短篇小说集11部、诗集5部、剧本4部,此外还有论文及其他作品集4部。在30多年的创作中竟有如此丰硕的收获,这不能不引起人们的惊讶和佩服。

欧茨出生于1938年6月16日,她的家乡是纽约州北部的洛克波特,父亲是机械工具技师。欧茨家境贫寒,少年时代在洛克波特乡间度过,20世纪50年代考入锡拉丘兹大学,1960年毕业;次年在威斯康星大学获文学硕士学位,不久与雷蒙德结婚,后来在底特律大学教英美文学,1967年与丈夫一起应聘去加拿大温莎大学任英美文学教授,并创办《安大略评论》。1978年欧茨回到美国,任普林斯顿大学教授,并被选为美国文学艺术院院士。

欧茨的第一部作品是出版于1963年的短篇小说集《北门边》,3年后出版了第二部小说集《扫荡一切的洪水》(1966)。作者以现实生活为题材,描写社会上频繁出现的暴力和死亡事件,情节具有一定的刺激性。这种题材上的特征被人们看成是欧茨小说的标志。这位年轻的女作家一举成名是由于她的长篇小说《人间乐园》(1967)的问世。这部小说通过三代人的经历再现了20世纪20年代到60年代一个小镇的变迁和人们的命运,在对人物精神崩溃的描写中揭示了社会本质,具有一定的认识价值。

欧茨成名之后,创作热情更高,她每年都要出版一至两部新作,于是有人惊叹说:"欧茨所写的短篇小说、长篇小说和诗歌简直像一条川流不息的大江,不断

---

① J.厄普代克:《兔子为什么非去不可?》,《纽约时报书评》1990年8月5日。
② J.奥兹:《如此年轻!》,《纽约时报书评》1990年9月30日。

地奔流而来……"①自《人间乐园》之后她的主要作品有：长篇小说《阔佬》(1968)、《他们》(1969)、《奇境》(1971)、《任你摆布》(1973)，短篇小说集《恋爱的回旋》(1970)、《婚姻与失节》(1972)、《女神及其他女人》(1973)、《饿鬼》(1974)等。上述作品的绝大多数受到公众的好评，其中《他们》获1970年美国国家图书奖，是欧茨长篇小说中的佳作；《奇境》也以它史诗般的描写和震撼人心的主题而著名；《任你摆布》是一部探索人物内心世界的作品，描写一个从小受到心灵创伤的女子艾丽娜，成人后嫁给一个律师，但又与另一个律师关系暧昧，她在矛盾和彷徨中去寻找已经失去的童年以求解脱，但这一切只是枉然；《恋家的回旋》是作者短篇集中最享盛誉的一部，以城市里各种女性人物的爱情遭遇为题材，揭示了她们在爱情中心灵上所受到的折磨，其中以一个天主教修女出身的大学教授同一个犹太大学生之间的感情纠葛为题材的《在冰山里》，获1967年欧·亨利小说奖第一名。

欧茨前期的作品基本遵循现实主义创作原则，着重刻画人物在现实中的命运；似乎从20世纪70年代中期开始，她改变了原先的传统手法，企图以各种流行的艺术手段对作品主人公的"非理性意识"进行剖析和试验，她用的主要方法是意识流，当然也包括一些怪诞的、象征的描写手法。1975年出版的长篇小说《刺客们》以婴儿在母胎里的感觉来反映人的内心世界，1978年出版的长篇小说《黎明女神的儿子》以私生子长大成为牧师的经历来表达人的无意识的精神境界，这两部小说都是用的这类手法。此外，在长篇小说《查尔德伍德》(1976)和《不神圣的爱情》(1979)中都有不同程度的现代派成分，前者以一个富人与一个英国诗人来美国某大学讲学为素材，揭露了知识界奉承、拍马屁、私通的腐败风气。欧茨在她的新作——短篇小说集《贝尔菲勒》(1980)中，以严肃的现实主义同神秘、恐惧的哥特式相结合的方法，对描写手法做了新的尝试。

欧茨的其他主要作品还包括短篇小说集《诱奸及其他故事》(1975)、《毒吻及其他故事》(1975)、《超越边界》(1976)，诗集《爱情和它的混乱》(1970)、《天使激动了》(1973)，剧本《甜蜜的仇敌》(1965)、《星期日正餐》(1970)和散文集《新的天空，新的大地》(1974)等。

到了20世纪80年代，欧茨的创作热忱仍不减当年，依然注重于社会生活的演变和人际社会。1987年发表长篇小说《你必须记住这一点》，描写了20世纪40年代至50年代在纽约的一家人的生活，显示了充斥于那个时代的动荡不安和暴力的社会环境；1988年发表的短篇小说《分配》故事中仍充斥着邪恶和暴力，但主题中竭力显示了爱的必要性和为寻求爱所遭遇的痛苦。

---

① 费雷希曼：《20世纪世界文学百科全书》第4卷，弗雷德里克·安纳格出版公司，1974年，第271页。

欧茨曾说过:"我从不相信一个作家能有多少独创性。我看出自己的创作中有很深的文学传统,其他作家对我的影响十分明显。没有他们,我就不可能存在。"她又说:"我有个可笑的巴尔扎克式野心,想把整个世界放进一本书里。"这段自白说明了这位女作家同世界和美国传统文学之间的密切关系及她宏大的创作目标。应该说,欧茨的"野心"已基本实现,她在作品中对美国社会各个历史时期的各个侧面进行了一定深度的探索,揭示了资本主义制度下人们精神蜕变的原因,也表现了作者对弱小人物命运的同情和关切。2010年3月29日欧茨发表在《纽约客》上的《身份》,再次证明这一点。警察把读中学的小丽莎带去指认一具惨不忍睹的女尸,死者是她的母亲,而心情复杂的她却矢口否认。残酷的现实面前小丽莎命运又会如何?欧茨的创作触及美国最底层社会,揭示了繁华都市外表下隐藏着罪恶与堕落,势必导致弱小人物的可悲命运。当然,欧茨在艺术尝试中暴露出来的局限和偏向也证明了当时美国文学艺术中的消极倾向对她的感染。

二　反抗小说:《人间乐园》(1967)

小说的主角是农业工人卡尔顿·沃波尔的女儿克拉拉,她出生在20世纪20年代美国经济萧条时期,生她时,她父母正在乘坐卡车颠簸流浪。母亲珀尔几年后因难产去世,她就同父亲和父亲的情妇南希一起,在新泽西州以摘西红柿为生。克拉拉成人后同一个名叫劳里的男人发生关系生下孩子,取名史蒂文,小名斯旺,但克拉拉不愿跟劳里出走,便成了地主里维尔老头的情妇,里维尔的妻子死后又正式嫁给了他。里维尔老头前妻生的三个儿子死的死、走的走,斯旺长大后成了继父唯一的继承人。他有钱有势了,却内心空虚,专同有夫之妇私通以寻求刺激;他痛恨自己的私生子地位,痛恨母亲的不贞,也痛恨继父,最后竟在枪杀继父之后自尽。

克拉拉的大半辈子一直生活在悲剧之中。斯旺的死给她打击很大,她虽然只有45岁,但已半身不遂,终年在疗养院里以看电视中的暴力、凶杀节目来消磨光阴。斯旺的精神崩溃可以说是克拉拉悲剧的继续,他在社会上因私生子的地位有苦无处诉,加上长期的精神压抑和苦闷,终于酿成变态心理以致杀人自戕。小说第三卷第十章后半部分的描写是全书的高潮,当斯旺拿着手枪从外边走进屋来,叫嚷着要找继父说话时,克拉拉头发蓬乱地走过来:

> "怎么啦?你喝醉了吗?出了什么事儿?"
> "他醒了吗?叫他下楼来!"斯旺说。
> "他还以为是强盗呢,他要去拿枪。"克拉拉后退些,向楼上喊道,
> "是史蒂文!"楼上没有回音。接着,斯旺听见里维尔缓缓而沉重的脚步

声。"不要紧,没事!"克拉拉说。

"不,让他下来。我要跟他说话。"

克拉拉睁眼望着他:"你要怎样?"

"我要跟他谈谈。你和他。"他止不住直抖,"我们就坐在厨房里谈。去,坐下。"

"你疯了吗?"

"去坐下,请吧。"

"你爸爸要——"

"闭嘴!"

"什么,你在跟谁讲话?"

"闭嘴!"

当里维尔从楼上下来以后,这两代人的冲突就更加激化了,斯旺摸出手枪放在柜台上,可他的手却抖得厉害。他口口声声要跟里维尔"说清楚","可是他站在那儿,等着,却说不出话来。他脑子里塞满了什么热烘烘、黏糊糊的东西。他的嘴唇好像肿了起来,大得不能动弹了。最后,他拿起手枪"——

他妈妈做了个脸色,仿佛要啐唾沫。

"你以为你能扣扳机——哼,你不能! 你办不到!"

在最后一刹那,斯旺猛地把枪口转向一边,扣动扳机,他打的是那个老人。里维尔在椅子里从侧面被击中——他一定倒下了,可是斯旺没有看见他倒下。他已经举起枪,对准自己的脑袋。

悲剧的高潮在枪声中结束,但悲剧还在继续。

斯旺杀人的动机是什么? 从正常人的心理状态来说这一点无法解释,答案只能从他的内心世界去寻找。小说的意义就在于,通过这种非常的矛盾来揭示社会本质:物质和金钱并不能代替精神,在精神荒漠中生活的人们,最后只有在死亡中求得安慰。小说的风格是严肃的,通过这部作品可以看出,欧茨受到过前辈作家的明显影响,例如第一卷第一章对农业工人流浪途中苦难生活的描写,就令人想起斯坦贝克的《愤怒的葡萄》。

三　社会小说:《他们》(1969)

《他们》也是一部以20世纪30年代到60年代美国社会的变迁为主要内容的社会小说,作品中的温德尔一家,尤其是女主人公洛雷塔和她的几个儿女的经历,再次表明美国下层人民的苦难:即使到了60年代,尽管他们有了汽车、冰箱,可他们精神空虚、无聊,生活仍然是一场无法了结的噩梦;他们挣扎、奋斗,但幸福可望而不可即,一切还是茫然;他们在社会阶梯上不断地跌落、再跌落,最后只能成为不幸的牺牲者。

欧茨在"作者的话"中强调了小说的历史价值,她说:

> 这是以一部以小说形式出现的历史,换句话说,它是一种以个人的想象产生出来的唯一的历史。1962年至1967年,我在底特律大学教英语,这是一所耶稣教会办的学校,学生有数千名,包括很多走读生。就在此期间,我遇到了在这部记叙体作品中被称作"莫琳·温德尔"的女子。她是夜读部的学生,几年后她写信给我,我们成了朋友。她的复杂经历和遭遇深深地吸引了我,使我意识到她的生活本身就是一部小说,而且完全有可能成为一部小说。正如她在一封来信中所说的那样,可能因为我和她的身世有某些相似之处,我们便接近起来。对于她过去的生活,我起先的感觉是:"这一定是虚构出来的,不会完全是真的!"后来我又倾向于认为"只有小说才会是这样的"。所以,这部以真实的手法来描述"他们"的小说《他们》并非全是文学技巧运用的产物,主要是以"莫琳"的大量回忆为基础写作而成的。……

由此可见,作者并不把这部作品看成纯粹的小说,相反,她认为真实性正是小说生命的价值所在。可以补充的是,《他们》在扉页中摘录了欧茨的又一段话,她说:"我所关心的只有一件事,那就是我们这一代人的道德和社会环境。"道德与环境构成了这部作品的基本内容,也是作品反映主题的基础,从整部小说来分析,欧茨正是这样写的。

洛雷塔的遭遇代表了老一辈人的命运。她在青春妙龄时与伯尼相爱,谁知一个晚上伯尼竟死于她的流氓哥哥布洛克的枪口之下;后来她嫁给了当警察的霍华德·温德尔,第二次世界大战中霍华德应征入伍,洛雷塔带着三个孩子生活无着落,竟到街头卖淫;战后霍华德回家当汽车工人却又无端地死于事故之中,她改嫁给汽车司机弗朗;为了大女儿莫琳的事,他们闹翻了,弗朗抛弃她远走高飞,洛雷塔只有靠社会救济过日子。洛雷塔虽然为人浅薄,但她本性不坏;她渴望幸福,追求幸福。可是30年来生活带给她的又是什么呢? 除了痛苦还是痛苦。一再的打击使这个女人的心麻木了,沉沦了,她从1937年一个憧憬美好未来的16岁的少女变成了60年代社会最底层的一个老妇人。

相比之下,在洛雷塔的大儿子朱尔斯和大女儿莫琳身上,多少体现出一点为个人的幸福和生存而奋斗的精神。但他们只是为了自己不甘心于命运的摆布,一旦挣扎失败,就成为玩世不恭、放浪形骸的人物,因而他们最终还是逃脱不了洛雷塔那样"沉沦"的命运。朱尔斯几经生活和爱情的打击,心灵的创伤无法愈合,于 1967 年 6 月参加了"新左派"青年发动的底特律大暴动。他开枪打死警察,还到处宣传暴动的意义,说:"火已经烧起来了,绝不会再被扑灭。"朱尔斯参加的是什么样的"革命"呢?连他自己也搞不清。他只是为了混饭吃,脑子里想的却是设法做生意多赚钱,以便与高贵的资产阶级小姐娜旦结婚。小说结尾写到朱尔斯要到洛杉矶去开展"革命",他找到莫琳,于是这对兄妹之间出现了个含蓄的告别场面:

> 他站在那里,低下头凝望着她。她却用手捂住耳朵。她已经结了婚,挺着大肚子快要生孩子了,不过仍然漂亮、干净,脚步稳当。她没有朝他看。
>
> "噢,我不想把生活变得比它原来的样子还要糟糕。"朱尔斯说。
>
> 他把她的手抓过来吻了一下,说了句再见,带有讥讽而亲昵的神情向她鞠了一躬:这就是她一直喜爱的朱尔斯的形象,如今她爱他,因为他要走了,跟她再见了,要永远地离开她了。

请记住,它的发生时间正是整个美国动乱不安的 1966 年 8 月。

小说探索的重点在于"我们这一代人",因此无论是朱尔斯、莫琳,还是为了表达疯狂的爱企图拿手枪杀死朱尔斯后自尽的娜旦,都包含了一种可悲的心理因素,正像莫琳在写给她的老师欧茨女士的信中所发出的痛苦的呼声:"……我一直坐在这里想着时间,现在是 1966 年 3 月 11 日 10 点 15 分,我知道这是一个神圣的时刻,因为它将一去不复返了。但我对此并没有什么感觉,我已经麻木不仁了。将来还会发生什么事情呢?我感到害怕,不仅仅是为自己的前途而担忧,我还为整个世界的前途而担忧。当我阅读报纸时,我感到自己——莫琳•温德尔正在消失,就像世界本身一样,不知道明天将发生什么事,并且毫无应付的准备……"

"哀莫大于心死",作品的警世之义也就在于提醒人们别忘记这一点。

四　悲剧小说:《奇境》(1971)

欧茨把《奇境》的背景从《他们》中的美国西北部汽车工业城市底特律搬到了东部的纽约州。小说以发生在 1939 年的一次令人触目惊心的"四重凶杀——自杀案"开始:威拉德•哈特经营的加油站由于受到经济危机的冲击而破产倒闭,这一年圣诞节的前一天,威拉德枪杀了怀孕的妻子和三个儿女后自杀身亡,唯一逃脱死神威胁的是 14 岁的儿子杰西•哈特。此后,小说的情节就沿着杰西的命运展开:他先在外祖父经营的农场里生活了几年,后因争吵而出走,在姨父家中也难以与人共处,不久幸运地成了名医彼德森的养子,改名为杰西·彼德森,但养父养母之间的冲突,使杰西成了牺牲品,他脱离彼德森家进了密执安大学医学院,开始半工半读的大学生活,并再次改名为杰克·沃格尔;4年之后,他以最优异的成绩毕了业,与诺贝尔奖获得者卡迪博士的女儿海伦结了婚,并经过几年的努力成了著名的脑外科医师;1956年冬,他31岁的时候又意外地获得外祖父的60万元遗产,终于成了有金钱、有地位、有妻子儿女和家庭温暖的幸福者。

小说的意义并不在于重现20世纪30年代的生活悲剧,也不在于表现杰西个人奋斗的经历,而在于揭示60年代动荡时期美国两代人的精神痛苦,它同物质的富裕和社会的"文明"形成了强烈的对照。

1963年11月肯尼迪被刺身亡,使杰西大为震惊。他无法入睡,一直坐到天明思念已故的年轻总统。此时杰西只有38岁,生活刚刚开始,但"他已经莫名其妙地感到疲倦了,他的灵魂疲乏了,仿佛他已经历了几个人生"。他把希望寄托在儿女身上,但事与愿违:他最疼爱的小女儿谢莉竟堕落成了"嬉皮女",1969年14岁时离家出走,找回后又逃离家门;最后杰西几经周折终于在加拿大多伦多一幢破旧不堪的房子里找到她,此时她由于大量吸毒和荒唐的群居生活的糟蹋已经气息奄奄,但她还反复对父亲说:"你是魔鬼。""我是魔鬼?"杰西反问自己。小说至此戛然而止。这答案是既在其中又在其外,作者的意图是让人们自己去思考:究竟谁是魔鬼?

显然,杰西是小说竭力塑造的正面形象,他从死亡的边缘幸存下来,经过坎坷的历程而成为名医,表现出一个知识分子自我奋斗的成功之路。他的人生三部曲——从杰西·哈特到杰西·彼德森再到杰西·沃格尔——正分别代表了20世纪30、40和50年代的社会现实。然而到了60年代,生活带给他的又是什么呢?政治的动荡、精神的苦闷、女儿的堕落,这些严酷的社会现实和家庭变故迫使他意志消沉、内心痛苦。在这样的环境中,他已无法找到慰藉和寄托,连他自己也难以解释:精神的出路在哪里?

《奇境》所描写的时间跨度大,场景复杂,对各个时期的社会现状做了深刻的揭示,人物形象具有时代的典型意义,显示了作者严肃的创作态度和作品的时代价值。小说的批判倾向是明显的,它可以被称作"家庭悲剧小说";但这一悲剧决不仅仅发生在某一个家庭,它带有强烈的社会性。作者在第三卷"混沌的美国"中以大量的篇幅来叙述20世纪60年代"嬉皮活动"的泛滥和美国人民反对越南战争的示威游行,正说明了这一点。

"奇境"何在?它就在生活的本身。

五　命运小说《大瀑布》(2004)

故事发生在尼亚加拉大瀑布下,讲述了主人公老寡妇阿莉亚两次婚姻的生活。当她还沉浸在新婚初夜的甜蜜中时,神秘的大瀑布夺走了她的丈夫,使她成为可怜的"大瀑布的新娘"。在寻找新婚丈夫尸体期间,她遇到了律师德克,一个年轻潇洒、富有魅力的男人,且事业有成、家境富裕,命运之神为她再次开启了爱情之门,还让她幸福地做了三个孩子的母亲。然而正如她自己预言的那样,她是被大瀑布诅咒了的人,丈夫德克为公众的利益为人所害离她而去,命运再次捉弄她,阿莉亚再次成为寡妇。最后她举家搬迁,远离瀑布,独自抚养着三个孩子。生活将继续……

以下是《大瀑布》第十章的摘文(郭英剑译,长江文艺出版社 2006 年 6 月出版):

她就站在那里。

截至目前——时间是午后,这时的彩虹大酒店要比平日更繁忙,因为教堂运营的许多赞助人都为了参加人气很旺的礼拜日早午餐而来到这里——红发女人头上那凋败的粉色玫瑰花蕾已经掉了下来,零乱的法国结式上的一缕缕一束束稀薄头发都变得松散不堪。她戴过的白手套也不翼而飞了。这位红发女人一定精疲力竭了,但她还是像商场里的人体模特一样一动不动地站着——"她甚至眼都不眨一下"——目不转睛地盯着旋转门。如果最后服务员没有走过去的话,这位形影相吊的女人不知道还要在那里站多久啊,这一点服务员可没想过。

"夫人? 对不起,您是彩虹大酒店的客人吗?"

这位红发女人开始好像没有听到服务员的声音,就在他走进她的视线时,她向旁边迈出一步好继续盯着旋转门看。看起来"她好像是被催眠了——也不想被吵醒"。他又问了一遍,礼貌中带着强制,这次红发女人扫了他一眼,点了点头,只是表明她还能看清楚别人,是的。

"您需要我的帮助吗?"

"'帮助。'"她用沙哑的嗓子缓缓地重复了一下,几乎听不到,好像这个词是一种令人困惑的外语似的。

"帮忙? 我能帮您的忙吗?"

红发女人慢慢地抬起眼看着服务员的脸,眼睛转得那么慢,好像玩具娃娃脸上向上转动的玻璃眼。眼窝那里有点褪色,蓝蓝的。女人细长的下巴下面有一条红印,好像是被打伤的痕迹。("看上去很像男人的手指印。就是手指的形状,好像他曾猛地抓住她要把她掐死似的。但也可能不是,也许只是我的想象,以后这个印记也会淡去的。")这个女人眯起眼睛,调整一下戒指,抱歉地摇了摇头:"不用。"

"不用吗,夫人? 我不能帮您吗?"

"谢谢你,但是没人能帮助我,我相信这是上帝对我的诅咒。"

服务员大为惊讶。就在这一刻,喜气洋洋的一家人从旋转门冲出来,像鞭炮一般,他也就无法确定他是否听到了他要听到的内容,或者也不确定他是否想听到这一切。

"夫人? 抱歉,您说什么?"

"诅咒。"

她的嘴唇冷漠地动了动,像是在说铁定的事实一样。……

"夫人,我希望您能告诉我您到底有什么问题? 这样我就可以尽力地帮助您。"

红发女人急切地问道:"到底是我有问题? 还是他有问题啊?"

"他是谁?"

"我丈夫。"

"噢! 您丈夫是……?"

"厄尔斯金牧师。"

"厄尔斯金牧师? 我知道了。"因为他要把此事报告给考博恩,服务员忽然想起来,昨天他见过这个女人,当时一位面相年轻的男人陪着她,他们在办理入住手续。但他没有和这对夫妇说话,也不知道他们的名字。"他出什么事了吗?"

(服务员猛然感到一阵恐惧。当然啦,事情可能比你想象的更坏。打开楼上的一扇房门,发现一个男人在顶灯上吊着;一个躺在浴室的男人割断了手腕。这不是彩虹大酒店的第一位男士——无论他有妻子或是没妻子——自杀的案例了,虽然这种事都是绝对保密的。)

红发女人低语着,转动着手指上的戒指,"我不知道。你看……我找不到他了。"

"'找不到他了'……怎么回事?"

"都找不着了。走失了。"

"就那么……走失了? 去哪儿了?"

红发女人伤心地笑着。"我怎么会知道在哪里? 他又没有告诉我。"

"厄尔斯金牧师走失多长时间了?"

女人盯着她消瘦的手腕上的表,好像看不懂时间似的。过了一会儿,她说:"他可能开车走了,车是他的,我感觉他是黎明前的什么时候离开房间的。或者可能……"她的声音渐弱了。

"他离开? 没说一句话?"

"除非是对我说。因为我呢,我睡着了,因为我睡着了,你看,我……没听见他说什么。"她好像马上要哭起来了,但是很快又恢复了常态。她用戴着手套的手指擦了擦眼睛。"我对他不是很了解,我不了解他的……习惯。"

"不过,厄尔斯金夫人您在外面找过您丈夫了吗？他也可能只是出去走走而已。"

"外面。"厄尔斯金夫人缓缓地摇摇头,好像这个广阔的概念把她淹没了。"我不知道去哪里找,不知道从哪里开始,车是他的,世界这么大。"

"他也许就在外面的游廊上等您？我们去看看吧。"服务员真诚地说道,言语中充满希望。他正要领着厄尔斯金夫人走过旋转门,她却突然间向后退缩了,眼中带着恐惧,他松开了她的手臂。

"我……我不敢肯定他会那么做,会在外面,在游廊上,你明白吗。"

"可是,为什么不会呢？"

"因为他已经离开我了。"

"但是,厄尔斯金夫人,为什么您会觉得您的丈夫离开你了,他怎么会不说一句话就离开呢？他可能就是在外面而已吧？现在您下的结论是不是有点极端了？他可能就是出去看风景,去峡谷那边罢了。"

"哦,不会。"厄尔斯金夫人急速地说,"吉尔伯特不会在度蜜月的时候丢下我一个人去看风景,他已经标记好了我们的旅行路线,他对这种事情总是一丝不苟,安排得井井有条。他是个收藏家,或者曾经是。化石！他做事从来都不会半途而废。如果他要走了,那他就是走了。"

蜜月。这个事实让服务员感到一种不祥的预兆。

"可厄尔斯金先生走时没有留下纸条,是吗？他走时什么话也没说？"

"什么话也没说。"

她说这话时带着禁欲主义者听天由命的超然态度。

"你们房间里没有留言吗,您看仔细了吗？没有留在前台吗？"

"我觉得不会有。"

"您确信检查前台了吗,厄尔斯金夫人？"

"没有。"

"没有？"

这是一部关于生死考验的命运故事,小说提出关于爱、关于家庭、关于生活、关于生命的思考。由于两任丈夫死因扑朔迷离,在"爱的运河"历史背景下,人们感受到一种与他人、与现实、与自然相抗争所产生的无奈和痛苦,这种痛苦有时是有形的,有时是无形的。作者素以揭露美国社会的暴力行径和罪恶现象而闻名,擅长营造神秘恐怖气氛。在《大瀑布》中一改现实主义的手法,在情景和人物命运发展过程中加入了许多悬念和哥特式描写情节,增加了读者对于作品的阅读兴趣;又由于欧茨深刻的洞察能力和评论社会的敏锐力,因此小说被认为是作者新世纪创作的最出色的作品。欧茨有"出色女文人"及"女福克纳"之称,并两度进入为数极少的诺贝尔文学奖最后提名。只是在诺贝尔文学奖一事上,盼望欧茨获奖,美国读者认为等待得太久了。

第七节 "垮掉的一代":杰克·凯鲁亚克

一 反叛的一生

作为"垮掉的一代"代表作家之一的杰克·凯鲁亚克(1922—1969),一直以来是一位在文坛内外颇受非议的人物,直至他因酗酒失血过量去世,依然谤誉纷纭,但他的代表作《在路上》却被多数评论家认为是一部不可多得的美国小说经典作品。

凯鲁亚克于1922年3月12日出生在美国马萨诸塞州洛厄尔市一个刚从加拿大迁居美国不久的法语移民家庭,父亲是一名信奉天主教的工人,后成为一名印刷厂主,家境中等。凯鲁亚克小时候喜爱体育运动和文学写作,前者为他构造了一个成为美式足球明星的梦想,后者为他在大学时代成为一名作家打下了基础。也许命运提弄,在一次足球赛上凯鲁亚克的腿部骨折,使这名年轻人断送了人生的第一个理想,因此成为一名作家成了他的唯一目标。凯鲁亚克从小生活在社会底层,经历过各种事态变故,又具有强烈的反叛性格,于是他将杰克·伦敦奉为楷模,希望能像这位前辈作家那样,写下自己的坎坷命运,写下社会的形形色色,用自己的作品打动读者。

1940年,凯鲁亚克获得了奖学金,得以进入哥伦比亚大学英文系深造,并在那里结识了志同道合的艾伦·金斯伯格、格雷戈里·科尔索、威廉·巴勒斯,逐渐形成了以他们为核心的"垮掉的一代",当时凯鲁亚克与金斯伯格、巴勒斯居住的公寓被人称为"垮掉沙龙"。所谓"垮掉的一代",指的是"始于20世纪50年代,盛行于旧金山的北海滩、加利福尼亚州的威尼斯韦斯特和纽约格林尼治村的一些玩世不恭的艺术团体。该运动的追随者自称为'避世'(原意是'厌倦',后又解释为'极乐'),但被谑称为避世派。他们一律衣衫褴褛,模仿下流举止,并采用从爵士乐师那里学来的颓废的'嬉皮派'词汇,以示他们与传统的和'古板的'社会相决裂。他们一般对政治和社会问题漠不关心,提倡通过吸毒、爵士乐、性放纵和佛教禅宗教规来引起感觉意识的提高,以期达到个性解放、净化和启迪的目的"①。这段话可以看作是美国社会对"垮掉的一代"的总体评价。

凯鲁亚克被认为是这一派的领袖和发言人。他离开哥伦比亚大学之后,先是在第二次世界大战期间进入海军服役,不久因患精神分裂症而遭解职,接着在商船上充当水手,从事过铁路工人、看林人等各种职业,还漫游了美国和墨西哥各地,其间他又因牵涉一宗杀人案件而被捕,加上父亲去世的打击,以致形成了一种激烈的、反叛的、追求个性自我表现的性格,成为"垮掉的一代"的代表。1950年,凯鲁亚克出版了第一部小说《小镇与城市》,作者打破了传统小说创作的常规,以自发的、心血来潮的手法,描写作品中人物的心理活动。小说带有自传性质,以作者家庭的变迁为线索,以他的垮掉派同伴为原型,描写了小镇上的平民的温馨生活和迁居到大城市后的孤独、失落。小说出版后褒贬不一,销路平平。

1950年11月凯鲁亚克回到丹佛居住,并与第一任妻子埃迪·帕克离婚,与琼·哈维蒂结婚,不久来到纽约为20世纪福克斯公司写电影脚本。1951年2月收到尼尔·卡萨迪一封2万多字的长信,此信自由联想、天马行空,记录了卡萨迪本人复杂的性爱关系,这使凯鲁亚克深受启发,于是在短短的3个星期里,在打印机上打出了长达120英尺的小说手稿,这就是直至1957年才得以问世的《在路上》。

1952年至1953年,凯鲁亚克写完了两部小说《玛吉·卡萨迪》和《地下人》,前者描述了作者青年时代的爱情经历,以及他与第一任妻子埃迪·帕克的婚变;后者以一名黑人姑娘玛尔杜·法克斯的爱情为主线,揭露了"地下人"(即来自"下层社会"的黑人)的不幸遭遇。以后的几年是凯鲁亚克创作的高潮时期,一方面他大量阅读佛教及禅宗经典,还写了许多感悟性的文章,同时出版了诗集《墨西哥城布鲁斯》(1959),小说《特丽斯特莎》(1957)、《达摩流浪汉》(1958)、《孤独的天使》(1965),这些作品都带有自传性质,并且大多以垮掉派人物为角色,"所有这些作品无不贯穿生命无常,因而须纵情享受这一凯鲁亚克式的佛教—禅宗感悟"②。

1966年,凯鲁亚克又经历了第三次婚变,与幼年的朋友桑帕斯的妹妹斯特拉结婚,1965年写完的家族史小说《萨托里在巴黎》也于这一年出版。1968年出版了他的最后一部小说《杜鲁厄兹的虚荣》,具体地回忆了作者从少年时代踢足球到进大学读书、追求文学、谈情说爱……直至1966年父亲病故,也许这是凯鲁亚克生命结束前对自己的一生的全面梳理。所谓"虚荣"一词也大体是指过去一切的虚无与幻想,如雾如烟,稍纵即逝。凯鲁亚克生命的最后一年的确是在酗

---

①② 文楚安:《在路上》,漓江出版社,1997年,译序。

酒、听音乐、看电视的孤独中度过，1969 年 10 月 21 日，因酗酒失血过度死于佛罗里达州彼德斯堡医院。

凯鲁亚克只活了 47 岁，生前已颇遭非议，死得也不太光彩，他的同派友人霍尔姆斯在葬礼上说"要了解他并不是件容易的事"①，也许不无道理。美国文学史家马库斯·坎利夫在《美国的文学》一书中评论凯鲁亚克时写道："他不只是陈述，而是传达，是闲谈而非写作。一如过去像他们那样过流浪生活的人，他们在创作上的努力都消耗在努力冒充创作上。这就像烹调术一样，做出来的东西当天就吃掉了，剩下来的只是一股淡淡的香味。"②

二 流浪小说：《在路上》(1957)

在 1951 年以 20 天时间一口气在打字机上打下 120 英尺的书稿，这恐怕也只有像凯鲁亚克这样的"垮掉的一代"作家才做得出来。《在路上》的书稿一直未能获得书商的青睐，4 年后才显露转机，小说的前两部分分别在《新世界写作》和《巴黎评论》上发表，同年金斯伯格在旧金山朗读《嚎叫》一诗引起轰动，标志着"垮掉的一代"在美国文坛上崭露头角；1957 年 10 月，在著名评论家马尔科姆·考利的力荐下，《在路上》全书由企鹅出版社出版，这一年凯鲁亚克 35 岁。

《在路上》共分五章。前四章按顺序分别写萨尔与狄恩他们在一起的四次远游，横穿美国大陆的经历，第五章为全书的收尾与总结。

在第一章中，萨尔·帕拉迪斯还是一个未经世面的青年学子，爱好写作却苦于无题材，又缺乏对生活的感受。一个偶然的机会他遇上了素有反叛意识、大名鼎鼎的西部青年狄恩·莫里亚蒂，两人一见如故，倾心畅谈，十分契合。其时狄恩刚从西部的波恩维亚教养院出来，第一次来到纽约，还带了新婚的妻子玛丽露。萨尔在此之前一直向往西部"自然而粗犷的生活"，在狄恩身上，他证实了西部人火一样的热情和狂放不羁的性格。于是，不出数天，萨尔已经成为这个"发狂的怪人"的忠实信徒，愿意抛弃自己平静舒适的生活跟他去冒险。他们在纽约聚集了一些志同道合的朋友，常常在一起高谈阔论，放言无忌。在一阵又一阵的激情冲动下，他们走上大街要去寻找、"探究那些当时颇感兴趣的东西"。这些垮掉派青年渴望一种燃烧的生活，他们对平凡的事物不屑一顾，一心向往轰轰烈烈的大动作，"像神话中巨型的黄色马蜡烛那样燃烧，渴望爆炸，像行星撞击那样在爆炸声中发出蓝色的光"。

不久，狄恩与妻子玛丽露闹翻，只身回西部去了。萨尔决心沿着他走的道路追踪而去，因为他不仅需要为自己的文学创作补充新的经验，还想更进一步地了

---

① 转引自文楚安：《垮掉的一代及其他》，四川大学出版社，2002 年，第 58 页。
② 马库斯·坎利夫：《美国的文学》，企鹅图书公司，1975 年，第 224 页。

解狄恩这个"真正的西部男子汉"。当他狼狈不堪地来到狄恩的故乡——科罗拉多的丹佛城时,已身无分文。旅程的艰难并没有使萨尔却步,因为他心中充满了希望与憧憬。一路上他风餐露宿,几乎过着像乞丐一样颠沛流离的生活,正如他晚上蜷缩在一间木头吱嘎作响的屋子里所想到的那样:"这是一生中一个很奇特的时刻,一个最怪诞的时刻,我甚至不知道自己是谁,我远远地离开了家,被旅行折磨得筋疲力尽,心神不宁,我住在那样一间简陋得难以想象的房间里……我好像变成了另一个人,一个陌生人,我的整个灵魂似乎出窍了,我变成了一个鬼魂。"

在丹佛——他想象中的乐土,他见到了那些久久思念并互相鼓励、思路相近的朋友,他希望能与他们共同创造一种色彩缤纷的新生活,共度美好的时光。但现实却太残酷了,残酷得几乎令他吃惊,伊甸园式的生活场景和情真意切的朋友氛围并没有出现,取而代之的是他明显地感到"周围存在着某些阴谋,而阴谋的双方竟是他们圈子中的两派,而他正被这场'有趣的战争'推到中界线上"。他的理想破灭了,第一次遭到精神上的打击。在丹佛,他不仅了解到狄恩是一个窃贼的过去,还得知他正和两个女人——旧妻玛丽露和新欢凯米尔周旋,并被搞得晕头转向的现实。于是,在丹佛勉强地混了一段日子,失望之余,萨尔决心继续他西去的旅程,他想去旧金山寻找另外一些朋友。

小说第二章写萨尔在初次出游一年多后再一次见到了狄恩并重新踏上了西去的路程。萨尔与他的姨妈一起到弗吉尼亚州他哥哥家中做客,狄恩与他的妻子,还有一个叫埃迪·邓克尔的朋友开了一辆49型的哈得孙汽车突然从旧金山赶来。他们犹如从天而降,在尘土飞扬的大路上疾驶而来。令萨尔他们惊讶不已的是,狄恩等人竟然只用了几天的时间行驶了6000千米,而且一路上冒了特大的暴风雪,翻山越岭,不吃不睡,风驰电掣般地来到这里,其艰难困苦可以想见。而此时的狄恩毫无倦色。"他的疯狂已经登峰造极","接下来便是一片混乱"。他们在纽约一起度过了一个狂欢的圣诞节。萨尔不听姨妈的劝告,又一次向往去西部海岸做奇妙的探险,而这一次旅行,除了想进一步弄清狄恩他们的行为外,萨尔还想乘机与玛丽露勾搭。他们做了一些简单的准备便出发再次穿越"这块呻吟的大陆"。萨尔情不自禁地陷入狄恩他们疯狂的泥潭里,他们在蒙蒙细雨中向加州进发。这次旅行从一开始就笼罩着一种神秘的气氛。狄恩一路上精神抖擞地开着飞车,自认为把混乱与烦恼丢在了身后,离开了那个"冰冷的充斥着垃圾的城市"。一路上,他们因超速被警察拦下罚款,成了真正的瘪三,余下的十几块钱无论如何也支撑不了一两天。尽管如此,他们还是兴奋异常,热情高涨,在震耳欲聋的爵士音乐和小偷小摸的冒险中向南飞驶。他们打算先去新奥尔良会一会老朋友布尔·李,此人曾是一个教师,有着丰富的人生阅历,他成了垮掉派青年崇拜的偶像,谁都愿意拜倒在他的脚下,连狄恩与马克斯也不例外。

但布尔·李又是一个"可怜的家伙",他吸毒成瘾,每天的大部分时间得瘫在椅子上度过。他们的相会曾带来短暂的快乐,但不久布尔·李就对这一群不速之客产生了厌烦,希望他们早早离去。于是,在一个残阳如血、萧瑟沉重的黄昏,狄恩、萨尔与玛丽露他们不得不重新上路,继续他们西去的旅程。

　　小说的第三章开始于萨尔在家中又一次耐不住寂寞,又经历了艰苦的跋涉再一次来到丹佛时,却发现这儿的一切都已时过境迁,几乎所有的朋友都离开了这里,萨尔心中一片惆怅,"在黄昏的血色中踽踽而行,感到自己不过是这个忧郁的黄昏大地上一粒微不足道的尘埃"。幸亏他碰巧遇到一个旧时相识的姑娘,从她那儿弄到一百元钱。这样,他才能重新穿越大陆去旧金山。他在那儿找到了狄恩,而狄恩却正处于穷愁潦倒之际。他还是老样子,同时与几个女人厮混,又为她们所缠,终日惶惶不安。萨尔见状向他提议索性撇开这些烦人的包袱,先去纽约,再去意大利,"闯一闯外面的世界,做一切没有做过的事情"。狄恩听了,欣然跃起,和往常一样,他不需要多少时间便决定离开这些"爱得要命"的女人。两个衣冠不整的"英雄"在西部沉沉的黑夜中踉踉跄跄地奔向汽车站。这次旅行的结果,是狄恩到了纽约之后马上又爱上了一个叫伊尼兹的姑娘。他们相识仅一个小时,就"在乌烟瘴气的晚会中,他跪在地上,脸颊贴在她的胸脯,喃喃地答应了她的一切要求"。他要和凯米尔离婚,因为只有这样他才能与伊尼兹合法地结合。而几个月后,凯米尔给狄恩生下了第二个孩子,再过几个月,伊尼兹也将生孩子了,连同在西部某地的一个私生子,狄恩现在有四个孩子却没有一分钱。他像从前一样,到处惹是生非,及时行乐,来去无踪,而幻想中的意大利之行也只能作罢。

　　《在路上》第四章写萨尔因为"实在无法忍受从新泽西吹来的大陆性干燥的冷空气,决心离开这里"。与以往不同的是,这是他第一次在纽约与狄恩告别只身西去。他先到了丹佛,在那儿迷人的酒吧里度过愉快的一个星期。突然,一个消息传来,狄恩倾其所有买了一辆新车正急忙赶来。一刹那萨尔似乎看到了狄恩正玩命似的飞车而来,这是一个既令人兴奋又令人恐惧的消息,他那张执着坚毅的面孔和炯炯有神的双眼以及他那辆喷射着熊熊烈焰的汽车好像就在眼前。此时他在路上穿田畴、跨城市、越桥梁、过河流,疯狂地燃烧般地向西袭来。狄恩此番赶来,目的是准备开车带萨尔他们一起去墨西哥探险。对他们来说,那里是一个神秘的世界,虽然那里又热又脏但和他们一样具有发光发热的情怀。他们一行三人穿过边境,"嗅到了墨西哥煎玉米饼的味道"。在哥端极里亚城,他们遇上了一个墨西哥青年维克多。在他的带领下他们一起到一家妓院里狂饮吸毒,和妓女们纵情跳舞胡闹作乐,这是一种疯狂的日子,酒精、性事、大麻等使他们飘飘欲仙,待一切结束之后,他们感到非常满足,恋恋不舍地离开了这个地方,还自以为把温情都留了下来,接着,他们又穿越了成千上万只昆虫乱舞的丛林沼泽,在万分疲累之中来到了这次旅程的终点墨西哥城。萨尔因过度劳累而病倒了，他在痛苦的高烧中得知狄恩已经搞到一张廉价的与凯米尔的离婚证书，独自一人赶回纽约去了，而萨尔在愤怒之余还是理解了狄恩此时的心境，原谅了他的"弃友"之举。

小说的最后部分即第五章是一个短短的结尾。写萨尔在纽约曼哈顿的一个朋友家里与一个漂亮的姑娘邂逅。她有一双纯洁、天真而又温柔的眼睛，正是萨尔梦寐以求的理想情人，他们彼此开始发疯似的相爱。到了这一年的冬天，他们决定移居旧金山。狄恩听到这一消息后，专程坐了几天几夜的硬座火车赶了过来，他是"一路上吹着长笛，吃着甘薯来的"。他来此向萨尔祝福。几天以后，狄恩又将走过5000千米的路程横穿那可怕的大陆回西部去。萨尔在纽约与他告别，此时狄恩穿着一件被虫蛀过的大衣——这是他特意带来御寒的，孤独地走了。萨尔看着他徘徊在第七大道的转角处，眼望前方，突然消失的身影，心中升起了一种怅然若失的感觉，他想到"除了无可奈何地走向衰老，没有人知道前面将会发生什么，没有人！"他想念狄恩·莫里亚蒂，想念着孤独地走在路上的他……

从上述内容介绍中可以判断：《在路上》是一部典型的流浪汉小说，是一部以20世纪50年代美国嬉皮士的亚文化与主流文化激烈碰撞的记录，小说中的这帮嬉皮士都是当时愤世嫉俗的叛逆者、主流社会的挑战者和社会反叛动乱意识的制造者。从小说中人物的举止行动、外貌特征的描写中可以看出，他们都是作者自身和他周围那些垮掉派人物的化身，首先主人公即小说的叙述者萨尔·帕拉迪斯便是作者本人，书中写到的各种事件几乎都是当年凯鲁亚克经历过的；其次是被萨尔奉为宗师的狄恩·莫里亚蒂，即与凯鲁亚克关系密切甚至具有同性恋人身份的尼尔·卡萨迪——垮掉派中被认为具有"天使"和"魔鬼"双重本质的人物，正是卡萨迪执着刚毅的个性和玩世不恭的疯狂使凯鲁亚克认为他最能体现"垮掉的一代"的本质特征，所以以卡萨迪作为《在路上》的核心人物也就不奇怪了；其余如布尔·李就是威廉·巴勒斯，卡尔·马克斯就是艾伦·金斯伯格：这都表明《在路上》几乎就是垮掉派思想行为的记录。

鉴于"垮掉的一代"离经叛道的思想意识和小说本身荒诞不经的情节，《在路上》一开始问世时理所当然受到评论界的质疑，加上作者在短短20天之内以急就章的形式写下也许只是头脑里意识流般的思维过程，所以有人认为这本小说只是一个神经质的作者在神经质的时刻写下的神经质的内容，但是凯鲁亚克自称自己的小说是一种"立体的散文"，是一种像子弹一样射出来的文字[1]，因此它具有强大的冲击力和与普通小说按部就班的描写完全不同的手段，是一部充分

---

① 参见黄铁池：《当代美国小说研究》，学林出版社，2000年，第196页。

体现"垮掉的一代"艺术风格的作品。经过几十年的历史积淀,到了20世纪50年代之后,人们才正式认识到《在路上》的时代价值与艺术风尚,正是小说粗犷有力、荒诞不经和令人惊讶的描写,使人们看到了"垮掉的一代"的真正面目。因此,有人认为《在路上》"创造了一种真正的、纯粹的和感人的艺术手法",这也是今天我们需要了解凯鲁亚克和这部小说的原因。

第八节　华裔小说:黄玉雪、朱路易、赵健秀、汤亭亭、谭恩美、任碧莲、李健孙、哈金

一　黄玉雪、朱路易、赵健秀及其小说创作

如果把20世纪初期看作是华裔小说创作萌芽期的话,那么,40年代就是它的第一个生长期,其标志性的作品则是黄玉雪(J.S.黄,1922—2006)的长篇小说《第五个中国女儿》(1945)。这是一部典型的自传体小说,在风格上与此前出版的刘裔昌(帕迪·刘)的自传体小说《父亲和荣耀的后代》(1943)相近,但与前者颂扬美国社会、贬低华人文化主题有很大不同的是:《第五个中国女儿》以怀念和赞美的情感,描写了生活在旧金山华人街的华裔群体的思想理念、民俗风貌,显示了在他们身上保存下来的中华民族的灿烂文化和传统美德。小说着重讲述了作者在华人街的生活经历:主人公玉雪在高中毕业后一心想进入大学深造,但由于父亲根深蒂固的重男轻女的思想作祟而未能如愿;此后,玉雪坚持边工作边上学,以顽强的毅力完成高等教育学业,并在一家造船厂获得了一份技术工作。

应该说,这是一部弘扬华裔民族精神的小说,玉雪在美国社会西方文化和父亲重男轻女思想的双重压迫下,坚持自身的努力,以顽强的精神完成一个知识女性的奋斗道路,显示了华裔年轻一代女性的完美形象。小说此后写道,玉雪在一次旧金山一家报社的征文比赛中获了奖,又受邀参加一艘新船的命名仪式,令她从内心产生了一种光宗耀祖、为华裔群体争得荣誉的感觉。小说最后以黄玉雪在华人街成功地经营了一家China Shop(瓷器店)为结局,显示了作者既赞美美国主流文化的价值和美国社会对少数民族的包容性,同时又弘扬了华裔群体坚持中华民族文化中长幼有序、勤劳俭朴优良传统的美德,从正面反映了中华儿女的人格风貌,塑造了一个可信可亲的华裔女性形象。

《第五个中国女儿》一改过去美国小说中猥琐庸俗的中国人模样,塑造了一个既为美国白人主流社会接受与认可,又保持了中华民族传统风格的女性形象,而且小说的主题又体现了让两种截然不同的民族文化相互沟通的初衷,还涉及中医中药、中国菜谱以及中国人的婚丧喜庆等各种习俗,因此出版后受到广泛欢

迎,印数达 20 万册以上,作者也由此获得了"美国华裔文学之母"的称号,为 20 世纪 70 年代华裔文学的繁荣奠定了基础,诚如后起之秀汤亭亭在该小说出版十几年后首次阅读时所说的:"我惊奇万分,备受鼓舞,受益匪浅,这使我的作家之梦成为可能——我有生以来第一次发现有一个像我一样肤色的人成为故事的女主人公,成了故事的作者。"①

《第五个中国女儿》无疑成为引导美国华裔小说发展的先河,至 20 世纪五六十年代,虽受麦卡锡主义、朝鲜战争和美国政府对华政策的影响,华裔小说一度消沉,但还时有优秀作品出现,如林语堂的《唐人街家庭》(1948)、黎锦扬的《花鼓歌》(1957)和朱路易(路易斯·朱,1915—1970)的《吃一碗茶》(1961),尤以后者影响最大,比较真实而充分地反映了唐人街的生活风貌。

《吃一碗茶》描写了一个名叫宾来的华裔男子的故事。宾来在年轻时回到祖籍广东新会娶美爱姑娘为妻,但在返回纽约唐人街后发现自己缺乏性行为能力,无法过正常的夫妻生活。对丈夫不满的新娘美爱与另一名华裔青年阿松偷情并怀上了孩子,对媳妇玷辱门风的行为感到愤怒的宾来父亲王华基用尖刀割掉奸夫阿松的一只耳朵后逃至新泽西州。在社区舆论压迫下,宾来夫妇也离开纽约来到旧金山重新创业,宾来经当地华人街一名中医的悉心诊治,服用中药茶汤后终于恢复了性能力,成为一个真正的男人,夫妻和谐地过上了正常的家庭生活。小说以写实的手法再现了美国华裔社会的生活真实面貌,以中药的茶汤为引子,以主人公宾来夫妇的情感纠葛为主线,揭示了唐人街社区的人际关系、风俗特征,具体描绘了华人社区男女比例失调造成的不正常的单身汉社会所带来的混乱局面,也比较深刻地触及残留在华裔社区内部的封建家长制的影响,同时也在客观上起到了宣传中药治疗功能的作用。

黄玉雪和朱路易都是以一部小说成名的作家,在华裔文学形成过程中起到了一定的作用,但真正为华裔文学奠定坚实基础的则是 20 世纪 70 年代以后活跃于美国文坛的华裔作家赵健秀(法兰克·秦,1940—   )。

赵健秀出生于加利福尼亚州伯克利一个典型的华裔家庭,父亲是来自中国的第一代移民,母亲是在美国土生土长的第四代移民。他 1958 年考入加州大学伯克利分校英文系,1965 年毕业于加州大学圣塔巴巴拉分校,获文学学士学位,其间曾参加过艾奥瓦大学作家讲习班学习,还一度当过南太平洋铁路公司职员。大学毕业后,先后在西雅图电视台拍过纪录片,写过电视脚本,也在加州大学和旧金山学院任过教职。

赵健秀的文学创作始于大学求学期间,最早为他带来文坛声誉的是两部剧

---

① 转引自刘海平、王守仁:《新编美国文学史》第 4 卷,上海外语教育出版社,2002 年,第 346—347 页。

本《鸡笼中国佬》(1971)和《龙年》(1974)。前者是第一部以华裔社会为题材进入美国戏剧主流创作的剧本,发表当年即获"东西方剧作家奖",翌年在纽约百老汇剧场上演,产生重大影响;后者于 1975 年由公共广播公司拍摄成电视剧在全国播放,引起全美国华裔社会的好评。1974 年,赵健秀选编出版了《哎咿! 亚裔美国作家选集》一书,发掘并收集了 20 世纪初期以来自水仙花至朱路易等人的创作成果,首次向美国读者展示了几十年来以华裔作家为主的亚裔文学发展轨迹,并在该书导言中提出了一种"既非美国白人又非中国人的""华裔美国感性"的概念,作为界定华裔美国文学的依据和整理弘扬华裔美国文学传统的基础。

作为小说家的赵健秀,曾在 20 世纪 70 年代发表过《献祭》(1972)等短篇小说,反映了生活在美国的华人后代对中国文化历史传统的困惑和身上的中国血统与美国教育之间的矛盾。90 年代是赵健秀创作评论的又一个高潮:1991 年出版的《大哎咿! 华裔和日裔美国文学选集》是《哎咿! 亚裔美国作家选集》一书的续编,显示了作者对亚裔文学研究推广的执着;长篇小说《唐老亚》(1991)和《甘加丁之路》(1994),以描写华裔后代的人物命运、内心世界为主要情节,具有比较深刻的内涵,可以视为赵健秀小说创作的代表性成果。

《唐老亚》描写了在白人为主流的一所私立学校上学的华人后代唐老亚,为匡正美国社会歧视中国文化和华裔的传统品质所做的艰辛努力。唐老亚为了批驳历史教师在课堂上公然歪曲历史、贬低华裔劳工当年在美国修筑铁路所做出贡献的谬论,查找大量的历史资料,终于证实了 100 多年前华人劳工打败爱尔兰人的事实,为华人祖先的功绩正名立传,在当年关押过华人劳工的天使岛上燃放了象征《水浒》108 条好汉的 108 盏飞机灯,以此度过了他的 12 岁生日。

从情节来看,《甘加丁之路》比《唐老亚》复杂些,据说此书虽出版在后,却已由作者构思写作多年,反映了赵健秀对华裔社会思想文化的深入思考。小说以四个主要人物的第一人称交叉叙述为描写手法,着重讲述了华裔关姓家族在 20 世纪 40 年代至 90 年代半个世纪之间的命运变迁:朗曼·关曾是粤剧明星,移民美国后进入好莱坞演戏,在多部电影中扮演了"必死的中国佬"角色,以华裔先驱陈查理为榜样,一心想在电影中扮演这位伟大的开拓者的形象,但终于未能如愿,他只能以扮演陈查理的第四个儿子而结束戏剧生涯;朗曼·关的儿子尤里西斯自小由白人家庭养大,仇恨美国主流社会对华裔的歧视,对许多华裔甘做二等公民的行为十分反感,同样他也鄙视父亲的所谓"理想",成人后,尤里西斯干过铁路职员、司闸等工作,当过新闻记者和影评作家,后以文学创作为业,成为职业作家;迪戈和本尼迪克特都是朗曼·关的外甥、尤里西斯的姨表兄弟,他们三人自小在一起长大,还模仿《三国演义》中刘备、关羽、张飞的"桃园三结义"结拜为三兄弟,在中学期间还一起仿效"黑豹党"组织了华人街黑虎队,也一起组织过戏剧演出,曾被封为黑虎队司令的迪戈逃离民权活动的是非旋涡,来到夏威夷以木匠为业,后来通过戏剧演出在当地谋到一个研究亚美关系的差事,但最终一事无成,还因为婚外恋而声名狼藉;颇有戏剧创作才华的本尼迪克特,后与当红华裔女作家潘多拉结婚,但相形见绌之下,他只能为妻子操持家务,在大学里充当一名亚美课程教师混沌度日。

《甘加丁之路》一书的标题取自英国作家约瑟夫·吉卜林的一首诗歌[①],赞美印度民夫甘加丁在英军与当地起义者的战斗中背叛祖国救助英军"舍身成仁"的"英雄业绩",赵健秀借用这一题目,意在讽刺以朗曼·关为代表的华裔以迎合白人主流社会为荣的背叛行为,而对他的儿子尤里西斯的奋斗精神做了一定程度的肯定,后者也成为赵健秀笔下第一个正面的华裔美国人形象。

二 汤亭亭及其小说创作

进入 20 世纪 70 年代以后,华裔文学,特别是华裔小说进入了一个新的繁荣与发展阶段,涌现了一批优秀的华裔作家,尤以三名女性小说家影响最大,她们就是:汤亭亭、谭恩美和任碧莲。

汤亭亭(马克辛·洪·金斯顿,1940—   )是 20 世纪 70 年代以后在美国影响最大的华裔女作家,出生于一个 20 年代移民美国的乡村塾师的家庭。母亲亦曾受过中等教育,于 1939 年自广东来美国与父亲团聚,翌年汤亭亭即出生于加利福尼亚州斯托克顿镇。早在小学、中学时代,汤亭亭即以成绩优秀、擅长写作而展露才华,18 岁时,因一篇描述中国大陆旧历过年的散文获当地的新闻奖学金,进入加州大学的伯克利分校英文系,1962 年毕业获学士学位。

汤亭亭的第一部小说是 1976 年出版的《女勇士》,刚一问世即获广泛好评,甚至被称为是华裔美国文学的里程碑:"(由于)有了这一本书,亚(华)裔作品进入了主流,既吸引了普遍读者又吸引了学术界的注意,在流行出版物、星期日副刊以及专业文学刊物中都引起了反响。"[②]此段评论表明汤亭亭的这部处女作获得主流社会普遍接受的盛况。《女勇士》通过第一人称叙述形式以一个女孩子的视角叙述了包括自身在内的五位女性的命运故事:姑妈无名氏与人私通后不甘屈辱投井自尽的悲剧故事(第一章"无名女子");女英雄花木兰代父从军,杀敌雪耻的传奇故事(第二章"白虎山学道");母亲勇兰在父亲赴美后独撑家门,以高超医术救助乡民的艰辛故事(第三章"乡村医生");姨妈月兰遭到丈夫抛弃后因妄想而发疯,最终死于疯人院的不幸故事(第四章"西宫门外");"我"自小因不喜欢用英语表达而保持沉默,直到后来终于成为全校出类拔萃的优秀学生的成长故

---

① 约瑟夫·吉卜林,英国小说家、诗人,1907 年获诺贝尔文学奖。他曾创作《甘加丁》一诗,这首诗后来被改编为同名电影。

② E. D. 亨特利:《马克辛·洪·金斯顿评论指南》,绿林出版社,2001 年,第 75 页。

事(第五章"羌笛野曲")。

小说冠以"女勇士"的书名,意在强调中国(华裔)女性在多重压迫下勇敢的反抗精神、坚韧的奋斗精神和自强自立的牺牲精神,即使是以投井自杀和发疯而死为结局的无名氏姑妈和月兰姨妈,小说也是在显示这两位女性在父权、夫权、族权、种族歧视的多重压迫下命运的悲壮和不屈,以女性主义角度对中国的传统封建文化进行了批判,也从华裔作家的立场揭露了美国社会种族歧视的本质。在描述了两名女性牺牲者的不幸的同时,小说注重于宣扬母亲的坚毅精神和花木兰的勇敢精神,母亲敢于一个人住在"闹鬼"的屋子里并赶走了"鬼魂",助人为乐,以高明的医术治好多名乡亲的疾病,还为很多婴儿接生,在女孩的心目中她是一名眼前看得见摸得着的真正的女勇士;相对而言,花木兰则是一位传说中的女勇士,小说通过情节的虚构,在听了母亲讲述的花木兰的故事后,演绎出这位古代奇女子惊心动魄的传奇经历,并以幻觉的手段,使自己也仿佛成了一个现代的花木兰,决心成长为一名女勇士。在最后一章中,作者在描述了"我"终于在白人主流社会中出人头地之后,却以东汉末年蔡琰(文姬)在匈奴写出《胡笳十八拍》的历史为结局。当年蔡琰的经历仿佛与今天的"我"相似,因此"我"也要以她为榜样,写出内心的新声。

《女勇士》的出版,使汤亭亭一跃成为华裔文学中的佼佼者,但在美国主流社会的好评如潮中,也不乏以猎奇的心态来看待东方文化的酸腐与落后的人。因此也有评论家认为,作者是以曲解中国传统文化和丑化中国男人来达到讨好主流社会和美国读者的目的。对此,汤亭亭声称她所写的不是一部关于中国的书,而是"一部美国书",并指责这些批评家"把你们的无知当作我们的费解"①。

仿佛是为了摆脱《女勇士》的纯女性主义题材,汤亭亭于1980年出版的长篇小说《中国佬》完全以华裔男性为主人公,描写了100年前中国男性移民从中国来到夏威夷和加利福尼亚之后历尽磨难、艰辛创业的血泪史,批判了歧视中国劳工的美国法律,揭示了中国劳工在美国所受到的虐待和剥削,歌颂了第一代中国移民的奋斗精神和杰出成就,描绘了100多年来几代华裔人的奋斗经历,可以看作是一部以小说形式表现的美国华裔移民史。

《中国佬》共18章,其中正章6章,从第一章"中国来的父亲"到第五章"生在美国的父亲"分别讲述了叙述者了解的或想象的父辈移民美国的辛酸经历。对于父亲在中国的生活一无所知的女儿,只能凭一点生活上的线索推测父亲的过去,并以虚拟的形式设想了父亲当年移民美国的三种途径:通过取道古巴来到美国的合法移民途径、躲在箱子里冒险来到美国和作为偷渡者被当局关押审查多

---

① 马克辛·洪·金斯顿:《美国批评家的文化偏见》,《亚裔作家与西方作家的对话:新文化观念的同一性》,麦克米伦出版公司,1982年,第56页。

日后获准移民美国。但是女儿认为父亲不应该是从中国来的移民,所以她又想象父亲本来就是在美国出生的,于是第五章就按照这一推论描述了父亲在美国经营赌场和洗衣店的生活经历,在当局的歧视和华裔同胞的欺骗中,艰难维持一家人的生计。

作者将想象中的两种身份的父亲分别放置在小说的前后进行描述,实际上是对父亲两段身世的前后衔接,可以理解成是一名华裔男子(即 China Men,中国佬)的全部经历。因此,在这中间的第二章、第三章分别补叙了叙述者的曾祖父和祖父先后在夏威夷甘蔗园垦荒和在内华达州修筑铁路的艰辛历程,反映了早年来自中国的华工为开发美国所做出的杰出贡献。通过这一历史事实的描写,批判了某些主流社会势力将华裔视为"永远的外国人"的错误认识。

如果说,《女勇士》和《中国佬》带有比较明显的纪实成分[1],那么,汤亭亭于1989 年出版的第三部作品《孙行者》则是一部真正意义上的长篇小说。小说以20 世纪 60 年代的旧金山唐人街为背景,描写了一个自命为"孙行者"(Tripmaster Monkey)的华裔青年在两个月内的生活经历。23 岁的惠特曼·阿新是一个生于斯长于斯的嬉皮士,他最崇拜的是美国 19 世纪浪漫主义诗人瓦尔特·惠特曼,故以此取名,60 年代末毕业于加州大学,自命为诗人兼戏剧家,具有一腔愤世嫉俗的激情,还自以为与《西游记》中的孙悟空一样,天马行空、独来独往地生活。故事以阿新毕业后因看不到生活出路而企图到金门大桥自杀开始,但他很快打消了这一念头,又闪电般地与晚会上认识不久的白人姑娘唐娜结婚,此后他经历过失业后的流浪生活,带着妻子回家探望父母和亲戚,参加了一个马拉松晚会,写诗、看电影、朗读奥地利诗人里尔克的诗歌⋯⋯然后他创作了一部规模宏大的历史剧,为他熟悉的亲友确定角色,将他熟悉的故事写进剧情,并自导自演将这个剧本搬上舞台,小说最后以阿新的长篇独白结束。

显然,作者在《孙行者》里,一改书写华裔奋斗历史的思路,而将视线转移到在美国土生土长、受到美国文化重要影响的华裔年轻一代。他们既有中国血统,但又生于美国社会,所以他们是外表黄皮肤、内心充满白人文化根本的"香蕉人",正如小说中阿新所说的,他不是中国人,而是具有中国血统的美国人。阿新成为嬉皮士,是美国 20 世纪 60 年代社会现实所致;阿新为什么又自诩为"孙行者",那又是中国传统文化中浪漫激情与他内心情感结合的产物。因此,作者所塑造的正是一个具有双重文化影响的新一代华裔青年的典型,他在最后的独白中大谈生活、社会、战争、种族歧视、文化传承和华裔美国人的特殊心态,正是 60年代越南战争、东西方集团冲突之际这一代人的典型写照。

---

① 《女勇士》和《中国佬》均以非小说类获奖,后者被美国图书馆归为加利福尼亚州历史书籍。

至今,汤亭亭已获得美国国家图书奖、美国学院和艺术与人文研究院大奖、美国国家人文勋章等荣誉。进入21世纪后,汤亭亭又先后出版了《第五和平书》(2004)、《战争的老兵,和平的老兵》(2006)。她用了10年时间完成了以反战为题材的《第五和平书》,这是一部虚构与非虚构、诗歌等多种体裁混合在一起的作品,显示出作为华裔作家领军人物的风采。

三　谭恩美及其小说创作

谭恩美(艾米·谭,1952—　)是继汤亭亭之后又一位崭露头角的华裔女小说家。她出生于加利福尼亚州奥克兰市一个中国移民的家庭,父亲谭约翰是电器工程师兼浸礼会牧师,于1947年移民美国,后与先其移民美国的母亲戴茜成婚。16岁那年在父亲与大弟弟一年内相继死于脑瘤后,谭恩美与小弟弟由母亲带领至瑞士旅居。高中毕业后,谭恩美回美国先后就读于林菲尔德学院和圣荷塞州立大学,1973年获英语与语言学双学士学位,翌年获语言学硕士学位,从事为语言弱智人服务的工作,一度开办商业文书写作公司,20世纪80年代后期成为职业小说家。

1989年,谭恩美的处女作——长篇小说《喜福会》出版,好评如潮,在当年即高居纽约《时代周刊》畅销书排行榜首位达8个月之久,作者也因此一举成名。小说女主人公吴晶妹的母亲吴凤愿早年生活在中国时曾与三名相熟的太太组成麻将搭子,取名"喜福会"。当时吴凤愿嫁给一国民党军官,生了一对双胞胎女儿,但在抗日战争动乱中,一双女儿被迫抛弃在逃往重庆的途中,不久又得知丈夫阵亡的噩耗。悲痛过度的吴凤愿被美国教会医院收留,在医院里与病友吴昌宁相恋,两人辗转来到美国旧金山定居,生下了女儿吴晶妹。尽管吴凤愿十分思念留在中国的双胞胎女儿,但想尽办法还是未能找到她们。为了排遣愁绪,她又与他人重组麻将组合"喜福会"以消磨时光。

按时间顺序,以上是《喜福会》第一部的内容,也可以看作是整部小说的引子,但小说却是以吴晶妹在母亲去世之后与"喜福会"的另外三个麻将牌友钟林冬、苏安梅和顾映映相遇作为开头的。在牌友的劝说下,吴晶妹替代了母亲的位置,并与她们一起按打麻将的顺序轮流讲述四户人家里四个母亲和四个女儿共八个女人过去的故事。

作为"喜福会"创始人的女儿,吴晶妹被推为麻将桌的东方,并由她来代述母亲吴凤愿的往事,于是读者看到了前面介绍的有关抗战时期吴凤愿与前后两个男人结为夫妻的经过。但母亲有许多事做女儿的并不完全清楚,倒是三个牌友向吴晶妹透露了她母亲由于找不到早年在中国失散的一双女儿,内心愧疚忧郁而病逝的内情。当年,这四名牌友曾约定将赢得的钱购买股票大家共享盈利,如今她们又把吴凤愿的凤愿告诉了吴晶妹,并将股份所得的红利作为吴晶妹赴中国寻找一双失散姐妹的经费,这使吴晶妹备受感动。

《喜福会》的意义不仅在于讲述吴凤愿的坎坷经历,也不仅在于通过对她们母女在美国生活的描写反映华人社区的现实,从众多文学史家、美国白人批评家和华裔批评家的评论中,比较一致肯定的是小说细腻的描述手法,时序颠倒的现代主义技巧,以自述形式,通过对四个华裔妇女和她们的女儿 20 世纪前后在中国和美国的不同生存经历的描绘,折射出时代变迁的历史烙印、两代人之间的思想冲突和中美文化的巨大差异。如学者所言:"《喜福会》……详尽地讲述了四位母亲移居美国之前在旧中国的种种苦难经历,以及她们各自的、在美国长大而学有所成的女儿在现代化社会生活中遇到的烦恼。通过这八个人物的故事,小说探讨了由中美两个不同世界造成的母女两代人之间的关系,以及由此产生的中美两种文学的冲突和差异。"[1]

谭恩美的第二部长篇小说《灶神娘娘》(1991)据说是作者以她母亲的生活经历为素材而写成的。小说也类似《喜福会》的思路,从母女俩的思想情感冲突写起,描述了一个名叫珍珍的华裔少女,虽身患重症,却因为内心与母亲存在芥蒂隔阂而不愿让母亲知道秘密的故事,她不希望母亲干涉自己的生活,也不想因为受母亲的影响而使自己丧失生活信心,但是使珍珍最终改变对母亲看法的是母亲自己,在母亲的好朋友海伦姊姊的启发下,母亲决定向女儿叙述心酸的往事。原来母亲早年在中国曾有过不幸的婚姻,第一个丈夫文富是一个出身富商家庭的无赖,在两人分手之后还强奸了母亲,使母亲怀上孩子,母亲后来到美国与第二个丈夫路易成婚,生下这个由于偶然原因来到世界上的孩子,她就是珍珍。

显然,存在于母女之间的思想隔阂,原因是在两代人之间的不同文化基础的影响,正如作者所言:"我认为冲突既是文化意义上的又是两代人之间的。"[2]小说最后以女儿与母亲之间实现心灵沟通为结局,表明作者希望因东西方文化影响而产生分歧的两代人能最终相互理解的愿望。珍珍从母亲的坦诚中看到了上一代人的勇气,于是她也将患病的事实告知母亲,母亲在震动之余也看到了自己今后的生活目标,她要在女儿身上倾注全部母爱,以减轻女儿的痛苦。母亲来到唐人街为女儿请了一座灶神娘娘,并将她命名为"莫愁女",母亲希望这位女神能成为所有像女儿那样内心经受着痛苦和孤独感煎熬的女性的保护神。

谭恩美的第三部长篇小说《通灵女孩》(1995)也是以女性之间的心灵矛盾隔阂为题材的,只是这次矛盾的双方是分别出生于中国和美国的两姐妹。出生于美国的奥莉维亚在见到刚从中国移民来美的比她大 12 岁的同父异母姐姐李宽

---

① 董衡巽:《美国文学简史》(修订本),人民文学出版社,2003 年,第 695 页。

② 转引自刘海平、王守仁:《新编美国文学史》第 4 卷,上海外语教育出版社,2002 年,第 379 页。

之后,文化的差异、性格的区别、生活遭遇的不同,致使两人之间不断产生矛盾冲突。李宽对妹妹满怀手足之情,但又因为讲不好英语而常常闹出笑话,尤其使奥莉维亚惊讶的是:李宽居然说她的眼睛能看见阴间的事和人。小说的情节发展似乎是荒唐的,奥莉维亚在李宽的帮助下,得到了阴间人的帮助,如愿以偿地与她所爱的西蒙结了婚,但在17年之后,他们的婚姻却出现了挫折;最后,又是李宽说服他们暂时放弃离婚的念头,带着这对夫妻来到中国当年她生活过的小村子,并以自己前世经历过的爱情故事,促使这对夫妻重归于好。就在奥莉维亚生下女儿之际,李宽神秘地消失了,他们认为,女儿就是李宽的化身,是李宽送给他们的最好礼物。

2005年10月由美国兰登书屋出版的《沉没之鱼》是谭恩美新世纪的代表作品。此书一问世便登上了《纽约时报》畅销书排行榜。美国评论界把该书定义为"幽灵小说",因为小说叙述者在故事开头即已神秘死亡,她以死人开口说话的方式叙述美国旅行者们的遭遇。故该书也可归为典型的旅行小说。

四 任碧莲、李健孙及其小说创作

任碧莲(吉西·任,1955—)是20世纪90年代涌现出来的华裔女作家之一,她是在美国出生的第二代华裔,毕业于哈佛大学,曾赴中国任英语教员,后入艾奥瓦大学作家进修班研读。早年喜爱文学,从阅读欧洲文学名著中汲取文学养料,大学毕业后开始文学创作,1984年发表短篇小说《水龙头初影》,当年被选入《美国最佳小说选》。1991年出版长篇小说处女作《典型的美国佬》一举成名。小说描写了来自中国的移民留学生拉尔夫·张从鄙视缺乏传统的"典型的美国佬"到最后自己也逐渐被同化成"典型的美国佬"(typical American)的过程。拉尔夫·张在获得工程学博士学位之后,与姐姐的女友海伦结婚成家,又得到了助理教授的职位,但在美国社会金钱至上的诱惑下,他放弃学术去经营餐馆,结果亏本倒闭,妻子又被冒充他好朋友的格罗弗强奸,还气走了姐姐特雷莎。通过拉尔夫·张的经历,作者试图塑造一个从抵制美国文化价值观到最后接受、认同美国文化的新一代华人移民形象,反映出两种文化融合的必然性。小说总的基调是乐观向上的,最后拉尔夫·张与妻子合力打造美国式的资本经济,将受伤的姐姐送进医院接受治疗,他们一家期望着"美国梦"的实现。

在《典型的美国佬》中,作者以来自中国的新一代知识分子移民为对象,写出他们成为"典型的美国佬"的过程。在第二部长篇小说《希望之乡的莫娜》(1996)中,作者进一步描写了他们的第二代在美国社会环境里企图实现理想的心理转变的过程。小说以拉尔夫·张和海伦夫妇的女儿莫娜的第一人称自述形式,描绘了她8岁以后的生活经历:由于父母在生意上的成功,他们一家成了当地富裕一族,成了"新的犹太人""模范的少数民族一员""希望之乡的人",这些说法竟使莫娜认为自己就是犹太人,她皈依了犹太教,还爱上了一个犹太青年塞斯。她认为在美国一切都可以随心所欲,她虽是华人后裔但照样可以选择做犹太人,她终于与当上大学教授的塞斯结了婚,生了一个女儿,她最终成了一个"真正"的犹太人。小说中与莫娜相对比的是她的姐姐凯丽。凯丽一直认为自己是中国人的女儿,她刻意将自己打扮成一个中国女孩,穿上中式的棉袄布鞋,还改了一个中国名字,她认为作为一个华人的后代是值得骄傲的。

有评论认为,这部小说体现了作者对多元文化的思考,尽管不同民族之间存在着较大的文化差异,不同习俗之间也有着明显的冲突,但是民族间的相互流动、渗透,是可以形成一个广泛的多元民族文化的。在小说中,莫娜与凯丽显然是一对矛盾,然而当莫娜穿着姐姐的衣服冒充姐姐到学校去上学时,同学们竟也完全把她当作凯丽,连她妈妈在电话里也听不出她们姐妹之间的声音差别,最终还是一个原先的犹太教拉比对她说了一番话,使她对自己的身份问题有了一个明确的认识:"这就是真理:摆脱掉原来的你是不容易的。另一方面,任何东西都不是一成不变的。所有的成长都包含着变化,所有的变化又都包含着有所失去。"

2004年发表的《俏太太》描述一个从中国大陆来的年轻保姆,在一个多种族的华裔王家所引发的故事,从王氏家族的反应,大胆探讨了家庭、个人认同、种族及美国梦等问题。

2010年出版了《世界与小镇》,描述移民生活。这是她出版的第四部长篇小说。

在20世纪90年代华裔作家新秀中,还有以自传体小说《中国仔》(1991)成名的李健孙(盖斯·李,1946—   )。李健孙出生于30年代末移民美国的国民党军人家庭,1976年获法学博士学位,曾从事过律师工作。《中国仔》描写了一个来自中国的华裔青年丁凯在美国生活中所受到的种种磨难与不幸,他的美国继母企图在家庭中完全抹杀中国文化的痕迹,但年轻的丁凯则以顽强反抗来保留属于他自己的那份文化的根基。李健孙后来又连续出版了长篇小说《光荣与责任》(1994)、《老虎尾巴》(1996)和《缺少物证》(1998)。《光荣与责任》是《中国仔》的续集,描写了丁凯继承父亲在中国从军的历史,在美国西点军校的生活经历;《老虎尾巴》描写了一个名叫康胡清的美国华裔青年进入西点军校读书,曾参与越南战争,后来担任检察官时将一名作恶多端的白人军官绳之以法的故事;《缺乏物证》描写了华裔检察官乔舒亚·金侦破发生在唐人街的一起强奸案的过程。以上这些作品大都反映了作者的生活经历和思想探求,表现了一名华裔作家的创作个性。

五　哈金及其小说创作

在20世纪90年代后期的美国小说创作中,出现了一位定居美国不久的华人作家,并以他的多部作品先后获得小说大奖,引起美国文坛的广泛注意。这位80年代末自费留学美国的中国小说家和诗人,几乎拿遍美国大大小小的文学奖项。2014年3月,获选美国艺术与文学学院的终身院士,他就是哈金。

哈金(1956—　),原名金雪飞,出生于中国辽宁一个乡村小镇,14岁参加中国人民解放军,从事宣传工作,在部队里勤奋自学,表现积极。6年之后,离开军队去上大学,不久"文化大革命"开始,大学没读完,他来到一个偏远地区当了3年铁路话务员。1977年恢复高考,考入黑龙江大学英语系,毕业后又进入山东大学攻读美国文学硕士学位。1985年移民美国,定居马萨诸塞州,并在波士顿大学任教。

哈金首先引起美国文坛注意的是1996年出版的第一部短篇小说集《词海》,并于当年获海明威文学奖。他的第一部长篇小说《在池塘里》,主要描写了一个业余画家和书法家邵宾的艰难生活。邵宾在一家装潢店上班。单位为了取悦某些领导,擅自将邵宾申请的住房转让给领导的亲戚。邵宾非常不满,开始画漫画讽刺当地领导的腐败,这些漫画最后在《北京日报》刊出。邵宾于是成了大家争论的中心。哈金小说中有一种寓言的格调,清新、迷人,就这部小说来说,它很像英国小说家奥威尔的作品。紧接着在1999年,他又出版长篇小说《等待》,并获当年美国国家图书奖及2000年美国笔会/福克纳小说奖两大文学奖项,该文学奖评审团赞誉哈金是"在疏离的后现代时期,仍然坚持写实派路线的伟大作家之一"。小说以一个名叫孔林的部队医生的个人情感经历为主线,讲述了当年发生在中国的婚姻悲剧。年轻时,由于家庭安排,孔林与一名没有文化但十分贤惠的小脚女人淑玉结为夫妻,在他十余年的部队医生生活中,他与妻子两地分居,感情平淡,后来他与护士吴曼娜相爱,决心向妻子提出离婚,但遭到对方的拒绝。根据部队有关规定,夫妻双方需要分居18年以上,才可以解除婚姻关系。于是离婚不成,爱情就在眼前却无法得到,孔林只有一年又一年地在痛苦中度日,在等待中继续等待。

窗外,雨滴从房檐上落下来,溅出叮叮咚咚的响声。孔林紧闭双眼,还是睡不着。他的耳边好像有个声音在说:你真的不想同吴曼娜发生关系?

他吃了一惊,连忙回答:现在不想。根本就不能考虑性关系,那会把我们俩毁了。

你真的不想同她睡觉?那个声音又来了。

不,真的不想。我喜欢她,依恋她,但是这和性行为没有关系,我们的爱情不是建立在肉体上。

真的?你对她就不动一点邪念?

我能控制自己的欲望。在这个节骨眼上,我只能把她当成同志看待。

这话鬼才信。你咋不另外找一个同志每天散步聊天呢?你和她已经建立一种特殊的关系,对吗?

就算是吧。这种关系不是性关系。我们彼此相爱这就够了。

你说什么?你太理智了。

你拒绝了人家的好意,难道就不怕伤了她的心?

我不知道。如果伤了她也是没办法的事。我不是有意要伤害她。她会原谅我,对吧?她难道看不出来,我说不能干这事,不也是为了她好?

那个声音消灭了。睡意很快笼罩了他。他的思绪飘到了一个遥远的地方,景色很像是他从小生长的乡下。他做了一个异乎寻常的梦,一个后来让他几个星期都感到困扰不安的梦……

在一个晴朗的夏日,他走进一片望不到边的麦田,麦田深处升起一个甜腻的呼唤:"林,林啊,到这儿来。"他转过身扒开麦穗,地上躺着一个年轻妇女,她的头上蒙着一块红色的纱巾……正挥手叫他过去……他大口喘着气……直到筋疲力尽……他头一次做这样的梦,深深地感到羞耻。[①]

作者用前面清醒后面梦幻的手法,出色地运用了自我内心对白与梦中的性爱场景,做了细致的心理和动作描写,来展示人物内心世界的矛盾、压抑和无奈,使得人物形象生动、真实。小说虽然是以美国读者并不十分熟悉的中国 1980 年代前后的社会生活为背景,但在展示人物内心世界的同时,显示了小说主题的深刻性。此外,作者生动流畅的叙述风格,也成为打动美国读者的一个原因。

几乎与 1935 年 30 岁的辛格离开家乡来到美国追求新的生活一样,哈金在日后的创作中只有依靠对于过去生活的回忆,作为作品素材的来源。从哈金的笔名中也可以看出这一点:"哈"代表他曾经读书度过美好年月的中国东北大城市哈尔滨,"金"则是他的本姓。因此,在哈金的小说受到美国主流文化社会认同以后,他的作品依然是以他曾经生活过的中国为背景,向美国读者讲述他心目中的故事。

为哈金赢得第二次福克纳小说奖荣誉的是 2004 年出版的长篇小说《战争垃圾》,又译《炮灰》。小说以回忆录形式,描述了 20 世纪 50 年代朝鲜战争中中国战俘的悲惨命运。主要讲述主人公于远,1951 年随志愿军入朝参战,腿部受伤

---

① 哈金:《等待》,湖南文艺出版社,2002 年。

被俘。美军与台湾当局合谋,在战俘营内挑动反共情绪,鼓动志愿军战俘通过"甄别"前往"自由中国"。于远选择回到祖国,却被强行文身,刺下反共标语,使他无论当时还是日后,均饱受折磨。小说通过主人公晚年的回忆,真实细腻地刻画出了他受难的灵魂。据作者称,为了写作这部小说,他阅读了多达23部的有关这场战争的中英语著作,并在作者题记中写道:"这是一部虚构的作品,其中主要人物都是虚构的;然而,许多事件和细节都是真实的。"对于第二次世界大战后发生的这场战争,即使在今天,参加战争的各方,依然有不同的说法,连战争的名称提法都不一样。在如此复杂的国际历史背景下,哈金以战争中的中国人民志愿军的战俘为描写对象,以虚构的人物回忆为主要形式,写出一部尘封多年的人物群体悲剧命运,是需要一定勇气的。小说以真实细致的笔触刻画了主人公灵魂的受难过程,在经受身心煎熬的同时,从天真的幻想到心灵的觉醒,真实地显示了心路历程。有评论家认为:"《战争垃圾》首先是一部动人心弦的小说,同时也是一部触目惊心的历史。"

2007年他出版《自由生活》,呈现出移民生涯的沧桑代价。2011年出版《南京安魂曲》,是一部震撼灵魂的史诗作品,是哈金三年沥血之作,以南京大屠杀为背景,展现人性的温暖和无奈,写出了悲剧面前的众生万象和复杂人性,书中展现了侵华日军的战争暴行,人性的怯懦夹杂着亲情与民族大义之间的挣扎,真实全景地再现,被誉为"以文学之质、小说之文、安魂之意,诉诸正道人心"。

此外,哈金还出版三部诗歌集《沉默的间歇》(1990)、《面对阴影》(1996)、《残骸》(2001),四部短篇小说集《词海》(1997)、《在红旗下》(1997)、《新郎》(2000)、《落地》(2009),一部散文评论集《在他乡写作》(2008)。

索　引

　　一、本索引供读者查检本书内容之用,包括书中论述或涉及的作家及其主要作品、重要的文学流派、报纸杂志、社会团体等。美国以外的一般不收。

　　二、本索引条目按汉语拼音字母音序排列,条目第一个字音相同的,则按第二个字拼音的音序排列。依此类推。

　　三、本索引条目中的黑体汉字,表示本条为书中专节或专段论述的作家的人名。

　　四、本索引条目后的阿拉伯数字是本条内容在书中的页码。

B

D

数字及字母

附　　录

I　美国文学大事年表（1776—2010）

1776　7月4日,以杰斐逊为主要起草人的《独立宣言》在费拉德尔斐亚举行的第二届北美大陆会议上宣读通过,标志着北美殖民地十三州从此独立,美洲大陆诞生了第一个资产阶级共和国——美利坚合众国。潘恩的成名作《常识》出版,同时他的政论性启蒙读物《美国危机》第一期出版。布雷肯里奇无韵诗剧《高地堡垒上的战斗》发表。科利克编写了美国第一部编年史剧《不列颠暴政记》。

1777　独立战争胜利,英军纷纷向美军投降。

1778　霍普金森的长诗《木桶战》出版。剧作家保尔丁诞生(1778—1860)。

1779　弗瑞诺的诗歌《黑夜的屋子》在《美国杂志》上发表。

1780　北美民歌《扬基小调》问世。

1781　10月19日,英国殖民军将领康华理斯在约克镇向美军投降。美国组成邦联政府,成立邦联国会。弗瑞诺的诗集《英国囚船》出版。

1782　特朗布尔的长诗《马芬戈尔》完成。

1783　9月3日,美、英两国在巴黎签订"英美凡尔赛和约";英国承认北美独立,"独立战争"宣告结束。《美国危机》出刊完毕,共16期。作家欧文出生(1783—1859)。

1784　富兰克林的《自传》增补版发行。艾伦的理论著作《启示于人类的动机》出版。戏剧家哈拉姆改组"美洲剧团"。辞典编纂者渥斯特出生(1784—1865)。剧作家巴娄出生(1784—1868)。

1785　美元确定为美国官方货币。戴维特(1752—1817)的诗集《迦南的征服》发表。韦伯斯特(1758—1843)的论著《美国政治概论》出版。

1786　马萨诸塞州农民谢司领导农民起义(1786—1787)。弗瑞诺的《诗集》和《混乱》出版。《哥伦比亚杂志》创刊(1786—1792)。

1787　美国召开"立宪会议",制定三权分立的"联邦宪法"。富兰克林被推选为美国废奴协会主席。剧作家泰勒(1757—1826)的世态喜剧《对比》首次在纽约上演。杰弗逊(1743—1826)出版《弗吉尼亚笔记》。亚当斯(1735—1826)出版《法律的保护》。

1788　弗瑞诺出版《杂记集》。

1789　2月4日,乔治·华盛顿(1732—1799)当选为美国第一任总统(1789—1797在职)。剧作家邓拉普的剧本《父亲》在纽约公演。韦伯斯特辞典创始人、语言学家韦伯斯特的《英语论文集》出版。《联邦政府公报》创刊(1789—1851)。布朗的小说《同情的力量》出版。小说家库珀出生(1789—1851)。

1790　美国第一次人口普查,总人数约为4000000人。韦伯斯特的《随笔集》出版。启蒙思想家、作家富兰克林逝世。

1791　潘恩的论著《人权论》第一部出版。弗瑞诺创办费拉德尔斐亚的《国民报》。汉密尔顿(1755—1804)的报告文集《关于产业研究的报告》出版。诗人霍普金森逝世。富兰克林的《自传》出版。剧作家佩恩出生(1791—1852)。

1792　12月5日,华盛顿再度当选总统。潘恩的《人权论》第二部出版。布雷肯里奇的长篇小说《现代骑士》第一、二部出版。

1793　托马斯(1766—1846)创办《农民年鉴》。《现代骑士》第三部出版。

1794　富兰克林的《文集》出版。潘恩的《理性的时代》第一部出版。诗人布莱恩特出生(1794—1878)。

1795　弗瑞诺的《诗集》出版。《理性的时代》第二部出版。

1796　9月19日,华盛顿发表卸任告别演说。历史作家普雷斯科特出生(1796—1859)。

1797　3月4日,约翰·亚当斯(1735—1826)就任美国第二任总统(1797—1801在职)。泰勒发表剧本《阿尔及利亚俘虏》。《现代骑士》第四部出版。汉娜·福斯特的《风尘女子》出版。

1798　布朗发表神怪小说《威兰》。邓拉普的剧本《安德烈》问世。

1799　布朗继续出版小说《埃德加·亨特利》和《奥蒙德》《亚瑟·默文》。演说家亨利逝世。思想家、作家阿尔柯特出生(1799—1889)。剧作家斯密司出生(1799—1854)。乔治·华盛顿逝世。

1800　美国人口为5308483人。美国国会图书馆建立。《国民信使报》创刊(1800—1870)。费拉德尔斐亚"星期二俱乐部"建立。

1801　3月4日,托马斯·杰弗逊(1743—1826)就任美国第三任总统(1801—1809在职)。布朗的小说《克拉拉·霍华德》出版。纽约《晚邮报》创刊。

1802　弗瑞诺的散文《致美国公民》发表。

1803　美国从法国赎回路易斯安那地区。诗人、散文家爱默生出生(1803—

1883)。

1804 "编辑俱乐部"创办(1804—1811)。小说家霍桑出生(1804—1864)。

1805 3月4日,杰斐逊连任总统。波士顿的"雅典娜神庙"建立。

1806 韦伯斯特出版《简明辞典》。剧作家伯德出生(1806—1854)。小说家西姆斯出生(1806—1892)。

1807 欧文和友人创办《杂拌》杂志(1807—1808)。诗人朗费罗出生(1807—1882)。黑人作家海尔德烈斯出生(1807—1865)。诗人惠蒂埃出生(1807—1892)。

1808 散文作家约翰·狄更生(1732—1808)逝世。

1809 3月4日,詹姆斯·麦迪逊(1751—1836)就任美国第四任总统(1809—1817在职)。启蒙作家潘恩逝世。欧文以尼柯勃克尔的笔名出版长篇小说《纽约外史》。诗人、小说家坡出生(1809—1849)。

1810 美国政府占领西班牙殖民地西佛罗里达。托马斯(1749—1831)出版论著《美国印刷史》。小说家布朗逝世。评论家芙勒出生(1810—1850)。

1811 女作家斯托夫人出生(1811—1896)。作家、哲学家老詹姆斯出生(1811—1882)。

1812 美国第二次反英"独立战争"爆发。保尔丁发表剧本《约翰·比尔和杰森兄弟》。《美国文物天地》创刊。

1813 3月4日,麦迪逊连任总统。《波士顿每日广告》创刊(1813—1929)。诗人弗利出生(1813—1880)。

1814 第二次"独立战争"胜利。历史作家莫特利出生(1814—1877)。

1815 弗瑞诺出版《诗集》。《北方美国评论》创刊(1815—1939)。布雷肯里奇的《现代骑士》增订本出版。

1816 诗人、小说家布雷肯里奇逝世。作家戈德温出生(1816—1904)。黑人小说家威廉·布朗出生(1816—1884)。

1817 3月4日,詹姆斯·门罗(1758—1831)就任美国第五任总统(1817—1825在职)。布莱恩特发表长诗《死的随想》。作家梭罗出生(1817—1862)。黑人小说家道格拉斯出生(1817—1895)。

1818 美国占领原西班牙殖民地东佛罗里达。布莱恩特发表诗作《致水鸟》。佩恩发表剧本《布鲁特斯》。

1819 欧文开始发表《见闻札记》。诗人惠特曼出生(1819—1892)。小说家梅尔维尔出生(1819—1891)。

1820 美国参众两院通过限制蓄奴州与非蓄奴州的《密苏里协定》。库珀发表第一部长篇小说《警戒》。欧文的《见闻札记》出版。英国评论家史密斯在《爱丁堡评论》上发表文章《谁能读到一本美国人写的书?》。

1821　3月5日,门罗连任总统。库珀的第二部小说《间谍》出版。布莱恩特的《诗集》出版。《星期六晚邮报》创刊(1821—1869)。

1822　欧文出版游记散文集《布雷斯布里奇田庄》。库珀等人发起建立"面包与乳酪俱乐部"(1822—1827)。

1823　美国总统门罗发表"门罗宣言",宣布拉丁美洲为美国的势力范围。库珀出版长篇小说《拓荒者》和《舵手》。《纽约镜》杂志创刊(1823—1860)。黑人诗人惠特菲尔德出生(1823—1878)。剧作家博克出生(1823—1890)。

1824　欧文出版散文故事集《旅客谈》。《春田共和主义者》创刊。

1825　2月9日,约翰·昆西·亚当斯(1767—1848)当选为美国第六任总统(1825—1829在职)。空想社会主义思想家欧文在印第安纳州创建"新和睦村"(1825—1828)。诗人斯托达德出生(1825—1903)。黑人女诗人哈珀出生(1825—1911)。作家泰勒出生(1825—1878)。

1826　库珀的长篇小说《最后一个莫希干人》("皮袜子故事集"之二)问世。巴科尔的剧本《迷信,或盲从的父亲》发表。《克鲁赫麦斯杂志》创刊(1826—1864)。启蒙思想家、第三任总统杰斐逊逝世。剧作家泰勒逝世。诗人福斯特出生(1826—1864)。

1827　坡的诗集《帖木儿及其他》出版。库珀的长篇小说《草原》("皮袜子故事集"之五)出版。坡的诗集《艾尔·阿拉夫,帖木儿及其他》出版。布莱恩特出任《纽约晚邮报》编辑。《青年指南》创刊(1827—1929)。《象征》杂志创刊(1827—1842)。

1828　韦伯斯特主编的《美国英语大辞典》出版。霍桑的处女作《范肖》匿名出版。库珀的小说《红海盗》出版。欧文的《哥伦布传》问世。

1829　3月4日,安德鲁·杰克逊(1767—1845)就任美国第七任总统(1829—1837在职)。欧文的《柯兰那达征服史》出版。库珀的小说《悲哀的希望》出版。凯纳帕(1783—1838)的文学研究论文集《美国文学演讲集》出版。黑人诗人霍顿(1817—1895)的诗集《自由的希望》出版。医生兼心理小说作家S.威尔·米切尔出生(1829—1914)。

1830　波士顿《晚邮报副刊》创刊(1830—1941)。女诗人狄金森出生(1830—1886)。诗人哈纳出生(1830—1886)。

1831　奈特·特纳领导的弗吉尼亚奴隶起义爆发。坡的第三部《诗集》出版。惠蒂埃的《新英格兰传说》一书出版。《解放者》创刊(1831—1865)。《时代精神》创刊(1831—1858)。

1832　欧文的小说《阿尔罕伯拉》出版。布莱恩特的《诗集》出版。女小说家阿尔柯特出生(1832—1888)。诗人弗瑞诺逝世。坡的第一部小说《皮瓶子里发现的手稿》发表。

1833 3月4日,杰克逊连任总统。"美国反对蓄奴协会"成立。朗费罗的诗集《怪物》出版。诗人惠蒂埃参加费拉德尔斐亚的废奴大会,同时发表文章《正义与权宜论》。《克聂勃克克杂志》创刊(1833—1865)。纽约《太阳》杂志创刊。

1834 《南方文学使者》创刊(1834—1864)。作家阿尔杰出生(1834—1899)。

1835 欧文的散文集《草原漫游记》出版。纽约《先驱报》创刊。《西部信使》杂志创刊(1835—1841)。小说家马克·吐温出生(1835—1910)。

1836 爱默生第一篇重要论文《自然》发表。赫姆士的《诗集》出版。海尔德烈斯的长篇小说《奴隶,或阿尔琪·摩尔的回忆》出版(1852年改名《白奴》,修订再版)。"超验主义俱乐部"创建(1836—1844)。小说家哈特出生(1836—1902)。小说家阿尔德里奇出生(1836—1907)。

1837 3月4日,马丁·范布伦(1782—1862)就任美国第八任总统(1837—1841在职)。霍桑的短篇小说集《重讲一遍的故事》出版。库珀开始发表散文《欧洲拾零》(1837—1838)。巴尔的摩《太阳报》创刊。《新奥尔良小人物》杂志创刊。《合众国杂志及民主评论》创刊。小说家豪威尔斯出生(1837—1920)。

1838 爱默生的《神学院献辞》一文发表。库珀的《美国的民主》一文发表。坡的《莉盖娅》《沉默》等短篇小说发表,并出版小说集《阿瑟·戈登·皮姆的故事》。朗费罗写作抒情长诗《生命赞》。惠蒂埃的诗集《在废奴问题发展过程中所写的诗》出版。惠特曼开始创作《我们未来的生命》等诗作。诗人史密斯出生(1838—1915)。

1839 朗费罗的诗集《夜吟》出版。坡的短篇小说集《述异集》出版。汤普森(1795—1868)的儿童小说《青山上的孩子们》出版。《自由钟声》杂志创刊(1839—1858)。剧作家邓拉普逝世。

1840 库珀的长篇小说《探路者》("皮袜子故事集"之三)出版。惠特曼写作《哥伦比亚人之歌》等诗作。

1841 3月4日,威廉·亨利·哈利森(1773—1841)就任美国第九任总统(同年4月4日因患肺炎死于任上),副总统约翰·泰勒(1790—1862)继任美国第十任总统(1841—1845在职)。爱默生的《散文选》第一部出版。库珀的长篇小说《猎鹿者》("皮袜子故事集"之一)出版。洛威尔的诗集《一年的生活》出版,朗费罗的诗集《民谣及其他》出版。《纽约论坛》杂志创刊。

1842 霍桑的《重讲一遍的故事》增订再版。坡发表《红色死亡假面舞会》等短篇小说及论文《评霍桑的〈重讲一遍的故事〉》。朗费罗的诗集《论奴隶制诗集》出版。英国小说家狄更斯出版《美国札记》一书。理论家威廉·詹姆斯出生(1842—1910)。

1843　坡的短篇小说集《莫格街谋杀案》出版。汤普森的长篇小说《梅乔·琼尼的求爱》出版。语言学家韦伯斯特逝世。小说家亨利·詹姆斯出生（1843—1916）。

1844　爱默生的《散文选》第二集出版。库珀的长篇小说《在水上和在岸上》出版。罗威尔的《诗集》出版。小说家凯布尔出生（1844—1925）。

1845　3月4日，詹姆斯·波尔克（1795—1849）就任美国第十一任总统（1845—1849在职）。坡的诗集《强盗及其他》出版。库珀的长篇小说《塞他斯陀》（"利特尔倍齐手稿"三部曲之一）和《戴铐的人》（"利特尔倍齐手稿"三部曲之二）出版。道格拉斯的自传小说《弗莱德里克·道格拉斯生活的自述》出版。

1846　美国—墨西哥战争爆发（1846—1848）。梅尔维尔的长篇小说《泰比》出版。霍桑的第二部短篇小说集《古屋青苔》出版。惠蒂埃的诗集《自由的声音》出版。坡发表短篇小说《酒桶的故事》。库珀的长篇小说《印第安佬》（"利特尔倍齐手稿"三部曲之三）出版。罗威尔的《比格罗诗稿》第一集出版。惠特曼任《布鲁克林每日鹰报》编辑。

1847　爱默生出版《诗集》。朗费罗发表叙事长诗《伊凡吉林》。梅尔维尔的长篇小说《欧穆》出版。库珀的长篇小说《陷阱》出版。道格拉斯创办《北极星报》。坡发表诗作《钟声》。

1848　美国—墨西哥战争结束。坡发表散文《我找到了》。罗威尔发表讽刺长诗《写给批评家的寓言》。惠特曼写作长诗《欧罗巴》。小说家哈里斯出生（1848—1908）。

1849　3月5日，托卡里·泰勒（1784—1850）就任美国第十二任总统（1849—1850在职）。朗费罗发表长诗《格瓦诺》。索罗发表游记《在梅里马克河上的一周》。梅尔维尔的小说《玛蒂》和《雷德本》出版。坡发作诗作《安娜贝尔·李》等。惠蒂埃唯一的长篇小说《玛葛莉特·史密丝的日记》出版。坡逝世。女小说家裘维特出生（1849—1909）。

1850　美国人口为23191876人。7月9日，泰勒病逝。副总统米勒德·菲尔莫尔（1800—1874）继任美国第十三任总统（1850—1853在职）。美国国会通过《逃亡奴隶追捕法》。霍桑的代表作《红字》出版。梅尔维尔的小说《白夹克》出版。爱默生的评论《人物典型》《历史人物论》等发表。惠蒂埃的诗集《劳动之歌》出版。惠特曼发表《血腥的金钱》《反抗之歌》等诗作。朗费罗的诗集《海边与炉边》出版，诗人菲尔德出生（1850—1902）。

1851　霍桑的长篇小说《带有七个尖角阁的房子》出版。梅尔维尔的代表作《白鲸》出版。斯托夫人的长篇小说《汤姆叔叔的小屋》开始在《民族时代》杂志上连载（1851—1852）。朗费罗的诗剧《基督》三部曲开始发表（1851—

1872)。库珀逝世。

1852 约瑟夫·魏德曼在纽约建立"无产者同盟"。斯托夫人的小说《汤姆叔叔的小屋》出版。霍桑的长篇小说《福谷传奇》出版。梅尔维尔出版小说《皮埃尔》。剧作家佩恩逝世。

1853 3月4日，富兰克林·皮尔斯(1804—1869)就任美国第十四任总统(1853—1857在职)。美国政府从墨西哥"购买"亚利桑那州希拉河流域。斯托夫人发表《关于〈汤姆叔叔的小屋〉的答辩》。布朗发表长篇小说《克洛泰尔，或总统的女儿》。季渥乌斯的诗集《我的夏夜之歌》出版。作家佩奇出生(1853—1922)。

1854 索罗的散文集《华尔腾湖，或林中的生活》出版。朗费罗发表长诗《海华沙之歌》。

1855 惠特曼的诗集《草叶集》第一版问世。梅尔维尔出版小说《伊斯雷尔·波特》。欧文的历史传记《华盛顿传》开始分卷出版(1855—1859)。"波士顿星期六俱乐部"创办。

1856 《版权法》颁布。斯托夫人的长篇小说《德雷德，阴暗的大沼地的故事》出版。爱默生发表《英国人的性格》一文。《草叶集》第2版问世。惠特曼创作《大斧之歌》《大路之歌》等诗作。诗人里斯出生(1856—1939)。黑人作家、社会活动家布克·华盛顿出生(1856—1915)。

1857 3月4日，詹姆斯·布坎南(1791—1868)就任美国第十五任总统(1857—1861在职)。文学、艺术、哲学综合性杂志《大西洋月刊》创刊。《哈珀斯》杂志创刊(1857—1916)。

1858 8月至10月，林肯与道格拉斯就奴隶制问题进行了七次大辩论。10月，"共产主义俱乐部"建立。朗费罗的长诗《迈尔斯·斯坦狄斯的求婚》出版。赫姆士的长诗《早餐桌上的霸主》发表。阿莱旁(1816—1889)开始出版三卷本的专著《英美作家辞典》(1858—1871)。黑人小说家切斯纳特出生(1858—1932)。

1859 10月，约翰·布朗起义于马里兰州。斯托夫人发表小说《教长的求爱》。剧作家邓拉普逝世。欧文的五卷本《华盛顿传》出版。欧文逝世。学者杜威出生(1859—1952)。

1860 内华达州发现金矿。霍桑发表小说《大理石雕像》。赫姆士发表长诗《早餐桌上的教授》。惠特曼的《草叶集》第3版在波士顿出版。惠蒂埃的诗集《故乡歌谣》出版。豪威尔斯与派特出版《二友诗集》。小说家加兰出生(1860—1940)。

1861 3月4日，亚伯拉罕·林肯(1809—1865)就任美国第十六任总统(1861—1865在职)。4月15日"南北战争"爆发。朗费罗发表长诗《保尔·罗维尔的漂流》。

1862　5月,林肯颁布《宅地法》;8月,颁布《解放黑奴宣言》。斯托夫人发表小说《奥尔岛上的明珠》。作家梭罗逝世。女作家沃顿出生(1862—1937)。小说家欧·亨利出生(1862—1910)。

1863　林肯总统在葛底斯堡发表演讲,提出"民有,民治,民享"的政策。朗费罗的长篇组诗《路畔旅舍的故事》出版。霍桑的散文集《我们的老家》出版。

1864　惠蒂埃的诗集《内战时期及其他》出版。博克的《战时诗集》出版。马克·吐温任旧金山的《黄金时代》和《加利福尼亚》报记者。布朗的长篇小说《克洛泰利:南方联盟的故事》出版。霍桑逝世。福斯特逝世。作家戴维斯出生(1864—1916)。

1865　3月4日,林肯宣誓连任总统。4月9日,南军投降,"南北战争"结束。4月14日,林肯遇刺,翌日逝世,副总统安德鲁·约翰逊(1808—1875)继任美国第十七任总统(1865—1869在职)。废除黑奴制的宪法第十三条修正案通过。惠特曼创作《林肯总统纪念集》。马克·吐温发表第一个短篇小说《卡拉维拉斯县著名的跳蛙》。《民族》杂志创刊。海尔德烈斯逝世。

1866　惠埃蒂发表长诗《大雪封门》。豪威尔斯的散文集《威尼斯生活》出版。爱默生发表《目标》一文。霍顿的诗集《赤裸裸的上帝》出版。纽约《世界》杂志创刊(1866—1931)。

1867　美国从俄国赎回阿拉斯加地区。种族主义反动组织"三K党"成立。第一国际美国支部建立。朗费罗翻译的但丁的《神曲》出版。罗威尔的《比格罗诗稿》第二集出版。马克·吐温的第一部短篇小说集《卡拉维拉斯县著名的跳蛙及其他》出版。爱默生的诗集《五月一日及其他》出版。惠蒂埃的诗《海滨营帐》发表。惠特曼创作《我歌唱我自己》等诗作。

1868　小说家哈特创办《大陆月刊》(1868—1933)。哈特发表短篇小说《咆哮营的幸运儿》。赫姆士的《天使的保护者》出版。惠特曼发表长诗《通向印度之路》。阿尔柯特的长篇小说《小妇人》出版。《家庭与炉前》杂志创刊(1868—1875)。黑人作家杜波依斯出生(1868—1963)。

1869　3月4日,尤利塞斯·格兰特(1822—1885)就任美国第十八任总统(1869—1877在职)。马克·吐温的《傻子出国旅行记》出版。罗威尔的无韵长诗《大教堂》发表。哈特的小说《田纳西的伙伴》发表。斯托夫人的小说《古镇上的人们》出版。哈珀的诗集《摩西尼罗河的故事》出版。诗人罗宾逊出生(1869—1953)。作家塔金顿出生(1869—1946)。诗人摩笛出生(1869—1910)。

1870　爱默生的《社会与隐居》一文发表。马克·吐温发表《竞选州长》《高尔斯密士的朋友再度出洋》等短篇小说。哈特的短篇小说集《咆哮营的幸运儿及其他》出版。小说家诺里斯出生(1870—1902)。

1871　詹姆斯发表小说《一个热情的旅行者》。惠特曼发表诗作《神秘的号手》，他的《草叶集》第 5 版问世。豪威尔斯的长篇小说《他们的蜜月旅行》出版。小说家克莱恩出生(1871—1900)。小说家德莱塞出生(1871—1945)。

1872　马克·吐温的回忆录《艰苦岁月》出版。赫姆士的散文集《早餐桌上的诗人》出版。哈纳的诗集《传奇与抒情》出版。哈珀的诗集《南方生活素描》出版。

1873　格兰特连任总统。马克·吐温与华纳合作的长篇小说《镀金时代》出版。《素描》杂志创刊(1873—1957)。《妇女家庭指导》杂志创刊(1873—1957)。女小说家凯瑟出生(1873—1947)。

1874　马克·吐温发表《一个真实的故事》等短篇小说。女小说家斯泰因出生(1874—1946)。女诗人罗威尔出生(1874—1925)。诗人弗罗斯特出生(1874—1963)。

1875　马克·吐温发表《麦克威廉斯夫妇对膜性喉炎的经验》等短篇小说。"羔羊俱乐部"成立。

1876　美国社会劳动党成立。惠特曼的《草叶集》第 6 版出版。马克·吐温的长篇小说《汤姆·索亚历险记》出版。小说家杰克·伦敦出生(1876—1916)。小说家舍伍德·安德森出生(1876—1941)。

1877　3 月 2 日,拉瑟福德·海斯(1822—1893)当选美国第十九任总统(1877—1881 在职)。重建南方各州工作结束。美国社会劳动党改名为社会主义工党。亨利·詹姆斯的长篇小说《美国人》出版。裘维特的短篇小说集《深深的港湾》出版。

1878　亨利·詹姆斯发表中篇小说《黛西·密勒》。评论家泰勒(1835—1900)的两卷集文学专著《美国文学,1607—1765》出版。布莱恩特逝世。作家辛克莱出生(1878—1968)。

1879　豪威尔斯的长篇小说《阿罗斯托克家的小姐》出版。诗人林赛出生(1879—1931)。

1880　凯布尔的小说《老克里奥尔人的生活》出版。批评家门肯出生(1880—1956)。小说家阿斯切出生(1880—1957)。

1881　美国劳动联盟成立。詹姆斯·艾布拉姆·加菲尔德(1831—1881)就任美国第二十任总统,7 月 2 日遇刺,9 月 19 日死于任上。副总统切斯特·艾伦·亚瑟(1830—1886)继任美国第二十一任总统(1881—1885 在职)。亨利·詹姆斯出版长篇小说《贵妇人的肖像》。马克·吐温的长篇小说《王子与贫儿》出版。哈里斯的小说《雷麦斯叔叔》出版。《草叶集》第 7 版印行。《世纪》杂志创刊(1881—1930)。

1882　豪威尔斯的长篇小说《现代婚姻》出版。惠特曼的散文集《典型的日子与搜集》出版。朗费罗逝世。

1883　马克·吐温的小说《密西西比河上的生活》出版。豪威尔斯的小说《县城小镇的故事》出版。爱默生逝世。评论家、诗人埃斯特曼出生(1883—1969)。

1884　马克·吐温的长篇小说《哈克贝利·费恩历险记》出版。裘维特的长篇小说《家乡的医生》出版。罗威尔《在民主道路上》一文发表。威廉·布朗逝世。

1885　3月4日,格罗弗·克利夫兰(1837—1908)就任美国第二十二任总统(1885—1889在职)。豪威尔斯长篇小说《赛拉斯·拉帕姆的发迹》出版。小说家刘易斯出生(1885—1951)。诗人、评论家庞德出生(1885—1973)。女记者兼左翼作家安娜·路易斯·斯特朗出生(1885—1970)。

1886　5月1日至4日美国工人争取八小时工作制的罢工斗争取得胜利。亨利·詹姆斯的小说《波士顿人》和《卡萨玛西玛公主》出版。裘维特的小说集《白色的苍鹭》出版。豪威尔斯的小说《印第安之夏》出版。汤普生的小说《古老的家宅》出版。马克·吐温发表《劳动骑士团——新的朝代》的演说。批评家勃鲁克斯出生(1886—1963)。女诗人罗伯茨出生(1886—1941)。

1887　佩奇的小说《在奥尔的弗吉尼亚》发表。豪威尔斯的专著《现代意大利诗人传》出版。罗宾森(1833—1900)的小说《利萨大叔的店铺》出版。法利德立克(1856—1898)的小说《塞恩的兄弟妻子》出版。记者、政论家里德出生(1887—1920)。

1888　惠特曼的诗作《十一月的树木》和回忆录《过去的回顾》发表,《完整的诗歌和散文集》出版。罗威尔的政论集《政治随笔》出版。《考勒斯》杂志创刊(1888—1957)。剧作家奥尼尔出生(1888—1953)。诗人艾略特出生(1888—1965)。剧作家麦克斯威尔·安德森出生(1888—1959)。

1889　3月4日,本杰明·哈里森(1833—1910)就任美国第二十三任总统(1889—1893在职)。第一届美洲大会举行,成立美洲国际联盟。马克·吐温的长篇小说《亚瑟王朝廷上的康涅狄格州美国人》出版。《草叶集》第8版印行。豪威尔斯长篇小说《安妮·基尔勃姆》出版。

1890　豪威尔斯长篇小说《新财富的危害》出版。狄金森的《诗集》出版。哈特开始发表《克拉莱斯·布兰特》三部曲(1890—1895)。女小说家波特出生(1890—1980)。女作家史沫特莱出生(1890—1950)。

1891　加兰的短篇小说集《大路》出版。豪威尔斯的论文《批评与小说》发表。国际版权法签订。小说家亨利·米勒出生(1891—1980)。梅尔维尔逝世。罗威尔逝世。

1892　诺里斯出版长诗《伊弗奈尔：一个法国世仇的传说》。《西沃尼评论》创刊(1892—1973)。惠蒂埃逝世。惠特曼逝世。《草叶集》第9版印行。女小说家珀尔·布克(中文笔名赛珍珠)出生(1892—1973)。女诗人米拉出生(1892—1950)。

1893　3月4日，格罗弗·克利夫兰就任美国第二十四任总统(1893—1897在职)，这是他第二次就任总统职务。马克·吐温出版短篇小说集《百万英镑及其他新作》。克莱恩自费印刷中篇小说《街头女郎玛吉》。《麦克吕尔》杂志创刊(1893—1929)。

1894　美国发生严重经济危机，失业工人组成"工人军"进发华盛顿，旋遭镇压。马克·吐温的小说《傻瓜威尔逊》和《汤姆·索亚在国外》出版。豪威尔斯长篇小说《从阿特鲁利亚来的旅行家》出版。赫姆士逝世。诗人卡明斯出生(1894—1962)。作家、编辑瑟伯出生(1894—1961)。小说家、评论家高尔德出生(1894—1967)。

1895　克莱恩长篇小说《红色英勇奖章》(旧译《铁血雄师》)出版。加兰小说《荷兰人山谷里的玫瑰》发表。裴维特的长篇小说《针枞树之乡》出版。霍顿逝世。道格拉斯逝世。菲尔德逝世。小说家、诗人费雪出生(1895—1968)。诗人威尔逊出生(1895—1972)。

1896　阿拉斯加发现金矿。马克·吐温的小说《贞德传》出版。狄金森的《诗集》出版。斯托夫人逝世。小说家菲茨杰拉德出生(1896—1940)。小说家多斯·帕索斯出生(1896—1970)。

1897　3月4日，威廉·麦金利(1834—1901)就任美国第二十五任总统(1897—1901在职)。亨利·詹姆斯的长篇小说《波音顿的珍藏品》出版。狄金森的诗集《孩子们的夜晚》出版。马克·吐温的《赤道旅行记》出版。泰勒的《美国革命文学史》出版。小说家福克纳出生(1897—1962)。剧作家魏尔德出生(1897—1975)。

1898　美国—西班牙战争爆发。诺里斯的小说《"莱蒂夫人号"船上的莫兰》出版。小说家本奈特出生(1898—1943)。小说家海明威出生(1898—1961)。评论家考利出生(1898—1989)。

1899　马克·吐温中篇小说《败坏了赫德莱堡的人》发表。诺里斯的长篇小说《麦克梯格》出版。克莱恩的小说集《怪妖及其他》发表。乔宾的长篇小说《觉醒》出版。塔金顿的小说《来自印度的绅士》发表。切斯纳特的短篇小说集《巫女》和《他的年轻时代的妻子及其他关于种族分界线的故事》出版。《人人》杂志创刊(1899—1928)。诗人克里恩出生(1899—1932)。小说家纳博科夫出生(1899—1977)。

1900 美国人口为75994575人。美国参加八国联军侵略中国。伦敦的中短篇小说集《狼的儿子》出版。德莱塞的第一部长篇小说《嘉莉妹妹》出版。马克·吐温的小说集《败坏了赫德莱堡的人及其他》出版。诺里斯的小说《一个男人的女人》出版。切斯纳特的长篇小说《雪松林后面的屋子》出版。斯蒂达曼编的《美国作品选》出版。豪威尔斯的《文学的友谊和了解》一文发表。政治家罗斯福出版《奋发的生活》一书。温德尔的专著《美国文学史》出版。《世界作品》创刊(1900—1932)。《美国代表作家》创刊。克莱恩逝世。小说家沃尔夫出生(1900—1938)。女小说家玛格丽特·米切尔出生(1900—1949)。

1901 连任总统麦金利于9月6日遇刺,14日因伤重逝世,同日,副总统西奥多·罗斯福(1858—1919)继任美国第二十六任总统(1901—1909在职)。6月,美国社会党成立。诺里斯的长篇小说《章鱼》(《小麦史诗》三部曲之一)出版。切斯纳特的长篇小说《一脉相承》出版。

1902 马克·吐温政论文《为范斯顿将军辩护》发表。亨利·詹姆斯的长篇小说《鸽翼》出版。沃顿小说《坚定的山谷》出版。诺里斯逝世。哈特逝世。小说家斯坦贝克出生(1902—1968)。黑人诗人、散文家休斯出生(1902—1967)。

1903 亨利·詹姆斯的长篇小说《专使》出版。杰克·伦敦中篇小说《荒野的呼唤》和长篇报告文学《深渊下的人们》出版。诺里斯的长篇小说《深渊》(《小麦史诗》三部曲之二)出版。伍德倍莱的论著《美国的文学》出版。特伦特的论著《美国文学史》出版。黑人诗人卡伦出生(1903—1946)。小说家考德威尔出生(1903—1987)。

1904 欧·亨利的长篇小说《白菜与皇帝》出版。杰克·伦敦的长篇小说《海狼》出版。马克·吐温的《自传》前半部发表。亨利·詹姆斯的长篇小说《金碗》出版。美国文学艺术研究院创立。作家法雷尔出生(1904—1979)。犹太小说家辛格出生(1904—1991)

1905 西奥多·罗斯福连任总统。工人领袖伍德发起组织"美国世界产业工人联盟"。杜波依斯发起为争取黑人权利而斗争的"尼亚拉加运动"。杰克·伦敦的政论集《阶级的战争》出版,同时论文《我如何变成社会党人》发表。马克·吐温政论文《利奥波德国王的独白》和短篇小说《战争祈祷》发表。华顿小说《快乐之家》出版。

1906 旧金山发生地震和火灾。欧·亨利的短篇小说集《四百万》出版。杰克·伦敦长篇小说《白色的獠牙》出版。索罗的《文集》出版。马克·吐温的中短篇小说集《三万元遗产及其他》出版。马克·吐温的《自传》第二部出版。辛克莱的长篇小说《屠场》出版。辛克莱创办"赫利孔村社"。

1907 豪威尔斯的长篇小说《穿过针眼》出版。杰克·伦敦的短篇小说集《热爱生命及其他》和自传小说《大路》出版。欧·亨利的短篇小说集《剪亮的灯》出版。阿尔德里奇逝世。

1908 杰克·伦敦的长篇小说《铁蹄》出版。辛克莱的长篇小说《大都会》出版。亨利克的长篇小说《旅店主》出版。哈里斯逝世。小说家、剧作家马尔兹出生(1908—1985)。小说家萨罗扬出生(1908—1981)。黑人小说家赖特出生(1908—1960)。

1909 3月4日,威廉·霍华德·塔夫脱(1857—1930)就任美国第二十七任总统(1909—1913在职)。豪威尔斯出任美国文学艺术研究院第一任主席。杰克·伦敦的长篇小说《马丁·伊登》出版。斯泰因的长篇小说《三个人生:安娜、梅兰克塔和丽娜的故事》出版。庞德的诗集《狂喜》和《人物》出版。裘维特逝世。女小说家韦尔蒂出生(1909—2001)。

1910 罗宾逊的诗集《河边上的小镇》出版。杰克·伦敦的小说《天大亮》出版。欧·亨利逝世。马克·吐温逝世。小说家莫里斯出生(1910—1998)。

1911 德莱塞的长篇小说《珍妮姑娘》出版。杰克·伦敦的短篇小说集《上帝笑了及其他》和《南海故事》出版。华顿的长篇小说《伊坦·弗洛美》出版。杜波依斯的长篇小说《寻找银羊毛》出版。哈珀逝世。

1912 德莱塞的长篇小说《金融家》(《欲望三部曲》之一)出版。凯瑟的长篇小说《亚历山大桥》出版。罗威尔的作品《彩色玻璃大厦》问世。伊顿的小说《春香夫人》出版。《诗歌杂志》创刊。小说家契弗出生(1912—1982)。

1913 3月4日,伍德罗·威尔逊(1856—1924)就任美国第二十八任总统(1913—1921在职)。杰克·伦敦的长篇小说《月谷》出版。凯瑟的长篇小说《啊,拓荒者!》出版。弗罗斯特的诗集《一个孩子的未来》出版。麦克的论著《美国文学批评》出版。德莱塞的《四十岁的旅行者》一书出版。林赛诗集《威廉·布斯将军进天堂》出版。诗人夏皮罗出生(1913—2000)。小说家肖出生(1913—1984)。黑人小说家埃利森出生(1913—1994)。

1914 第一次世界大战爆发。德莱塞的长篇小说《巨人》(《欲望三部曲》之二)出版。庞德的《意象派诗选》出版。罗威尔的诗集《军刀和罂粟花种子》出版。诺里斯的遗著《范多弗与兽性》出版。刘易斯的长篇小说《我们的瑞恩先生》出版。狄金森的遗著《独一无二的猎犬》出版。里德的散文《墨西哥起义》发表。弗罗斯特的小说《波士顿的南方》出版。小说家法斯特出生(1914—2003)。小说家马拉默德出生(1914—1986)。

1915 德莱塞的长篇小说《"天才"》出版。伦敦的长篇小说《星游人》出版。凯瑟的长篇小说《云雀之歌》出版。帕蒂的专著《美国文学史》出版。勃鲁克斯的专著《美国的时代来到了》出版。庞德出版中国古诗英译本《中国》。艾略特的长诗《普鲁弗洛克的情歌》出版。犹太小说家贝娄出生（1915—2005）。剧作家亚瑟·米勒出生（1915—2005）。

1916 马克·吐温的遗著《神秘的来客》发表、出版。奥尼尔的剧本《东航卡迪夫》发表并上演。罗威尔的诗集《男人、女人和鬼魂》出版。塔金顿的长篇小说《十七岁》出版。安德森的长篇小说《吹牛大王麦克弗森的儿子》出版。弗罗斯特的诗集《山谷》出版。《戏剧艺术杂志》创刊。亨利·詹姆斯逝世。杰克·伦敦逝世。

1917 伍德罗·威尔逊连任总统。美国放弃中立，对德宣战。普利策奖金创立。加兰自传小说《中部边境农家子》发表。林赛的诗集《中国的夜莺》出版。罗宾森的叙事诗《梅林》出版。艾略特论文《传统与个人才能》发表。庞德开始发表包括 10 首诗章的长诗（1917—1967）。诗人罗威尔出生（1917—1977）。

1918 第一次世界大战结束。奥尼尔的剧本《加勒比海的月亮》发表。凯瑟的长篇小说《我的安东妮娅》出版。德莱塞的剧本《陶工的手》发表。伯莱的《文学中的美国精神》一书出版。波尔的《他的家》获首届普利策小说奖。

1919 9 月，美国共产党成立。安德森的短篇小说集《俄亥俄州瓦恩斯堡镇》出版。里德的报告文集《震撼世界的十日》问世。门肯的论著《美国语言》发表，同时 6 卷集论文《偏见集》（1919—1927）开始出版。厄特姆耶编选的《现代美国诗选》出版。塔金顿的《神圣的阿勃逊斯》获普利策小说奖。小说家塞林格出生（1919—2010）。

1920 刘易斯的长篇小说《大街》出版。华顿的长篇小说《纯真年代》出版（翌年获普利策小说奖）。奥尼尔的剧本《琼斯皇帝》《天边外》发表。安德森的长篇小说《穷白人》出版。艾略特的《诗集》出版。菲茨杰拉德的长篇小说《人间天堂》出版。罗宾森的诗集《拉克罗特》出版。庞德发表长诗《休·赛尔温·仓伯利》。德莱塞的政论集《嘿，鼓声咚咚》出版。俄裔科幻小说家阿西莫夫出生（1920—1992）。豪威尔斯逝世。

1921 3 月 4 日，沃伦·G. 哈定（1865—1923）就任美国第二十九任总统（1921—1923 在职）。多斯·帕索斯的长篇小说《三个士兵》出版。安德森的短篇小说集《鸡蛋的胜利》出版。塔金顿的小说《艾莉丝·亚当斯》出版（翌年获普利策小说奖）。道伦的《美国小说》一书出版。小说家琼斯出生（1921—1977）。黑人小说家哈利出生（1921—1992）。

1922 凯瑟的长篇小说《我们中间的一个》出版（翌年获普利策小说奖）。刘易斯的长篇小说《巴比特》出版。奥尼尔的剧本《毛猿》发表。艾略特的长诗《荒原》发表。卡明斯的长篇《巨大的房间》出版。罗威尔诗评《虚构的批评》出版。《读者文摘》创刊。《逃亡者》杂志创刊(1922—1925)。小说家冯尼格特出生(1922—2007)。小说家凯鲁亚克出生(1922—1969)。

1923　8月2日,哈定病逝,副总统卡尔文·柯立芝(1872—1933)翌日继任美国第三十任总统(1923—1929在职)。美国共产党取得合法地位。弗罗斯特的诗集《新罕布什尔》出版。凯瑟的小说《一个迷途的女人》出版。安德森的长篇小说《数次结婚》出版。劳伦斯的《美国文学传统的研究》出版。奎因的《美国戏剧史》出版。《时代》杂志创刊。犹太小说家梅勒出生(1923—2007)。

1924　马克·吐温的遗著《自传》两卷本由其遗嘱执行人培恩出版。奥尼尔的剧本《上帝的儿女都有翅膀》发表,同时剧作《榆树下的心愿》发表。拉德奈尔的评论集《谁写的短篇小说》出版。狄金森的《完整的诗集》出版。梅尔维尔的遗著《比利·勃德》出版。海明威短篇小说集《在我们的时代里》出版。小说家卡波特出生(1924—1984)。黑人小说家、剧作家鲍德温出生(1924—1987)。

1925　柯立芝连任总统。多斯·帕索斯的长篇小说《曼哈顿中转站》出版。德莱塞的长篇小说《美国的悲剧》出版。凯瑟的长篇小说《教授的屋子》出版。刘易斯的长篇小说《阿罗史密斯》出版(翌年获普利策小说奖)。菲茨杰拉德的长篇小说《了不起的盖茨比》出版。艾略特的诗集《空心人》出版。卡伦的诗集《肤色》出版。《纽约客》杂志创刊。罗威尔逝世。小说家霍克斯出生(1925—1998)。女小说家奥康纳出生(1925—1964)。

1926　海明威的长篇小说《太阳照样升起》出版。奥尼尔剧作《天神笑了》发表。福克纳长篇小说《士兵的报酬》出版。休斯的诗集《萎靡的布鲁斯》出版。高尔德与格勒特创办《新群众》月刊。"每月书评"俱乐部建立。

1927　凯瑟的长篇小说《大主教迎接死亡》出版。海明威的短篇小说集《没有女人的男人》出版。辛克莱的长篇小说《石油》出版。罗宾森的诗集《忧伤者》出版。桑德伯格《美国的歌手》一书出版。柏林顿的两卷集专著《美国文学主潮》出版(翌年获普利策历史奖)。德莱塞访问苏联。

1928　奥尼尔的剧本《奇异的插曲》发表并上演(同年获普利策戏剧奖)。德莱塞的《苏联见闻录》出版。辛克莱的长篇小说《波士顿》出版。弗罗斯特的诗集《西去的溪流》出版。桑德柏格的《早安,美国》一书发表。惠柏尔主编的《美国传记词典》开始分卷出版(1928—1936)。《美国文学》杂志创刊。剧作家阿尔比出生(1928—2016)。

1929　3月4日,赫伯特·克拉克·胡佛(1974—1964)就任美国第三十一任总统(1929—1933在职)。海明威长篇小说《永别了,武器》出版。福克纳的长篇小说《喧嚣与骚动》出版。刘易斯的小说《多兹沃斯》发表。德莱塞的短篇小说集《女性群像》出版。沃尔夫的长篇小说《天使望家乡》出版。史沫特莱的长篇小说《大地的女儿》出版。

1930　刘易斯"由于他描述的刚健有力、栩栩如生和以机智幽默创造新型性格的才能"而成为美国第一个获得诺贝尔文学奖的作家。福克纳的长篇小说《我弥留之际》出版。艾略特的诗集《星期三圣灰节》发表。多斯·帕索斯的长篇小说《北纬四十二度线》(《美国》三部曲之一)出版。克莱恩的长诗《桥》发表。麦克留申的长诗《新大陆的发现》发表。《命运》杂志创刊。高尔德的长篇小说《没有钱的犹太人》出版。波特的短篇小说集《开花的紫荆树》出版。

1931　奥尼尔的剧本《来自厄勒克特拉的哀悼》发表。凯瑟的长篇小说《岩石上的阴影》出版。珀尔·布克的长篇小说《大地》(《大地上的房子》三部曲之一)出版(翌年获普利策小说奖)。福克纳的长篇小说《圣殿》出版。德莱塞的政论集《悲惨的美国》出版。诗人林塞逝世。小说家巴士尔姆出生(1931—1989)。

1932　多斯·帕索斯的长篇小说《1919》(《美国》三部曲之二)出版。福克纳的长篇小说《八月之光》出版。珀尔·布克的长篇小说《儿子们》(《大地上的房子》三部曲之二)出版。考德威尔的长篇小说《烟草路》出版。海明威的散文集《死在午后》出版。斯坦贝克的长篇小说《天堂牧场》出版。卡尔弗登的专著《美国文学的解放》出版。切斯纳特逝世。小说家厄普代克出生(1932—2009)。

1933　3月4日,富兰克林·罗斯福(1882—1945)就任美国第三十二任总统(1933—1945在职)。罗斯福政府宣布实行"新政"。美国与苏联建交。海明威的短篇小说集《胜者无所得》和《上帝并不保佑绅士》出版。法斯特的长篇小说《两个溪谷》出版。考德威尔的小说《上帝的小块土地》出版。奥尼尔的剧本《啊,荒原!》发表。艾略特的论文《诗歌的用途和批评的用途》发表。小说家罗斯出生(1933—2018)。

1934　奥尼尔的剧本《无止境的日子》发表并演出。萨洛扬的短篇小说集《秋千架上勇敢的青年》出版。菲茨杰拉德的长篇小说《夜色温柔:一部罗曼史》出版。马尔兹的剧本《和平降临大地》发表。亨利·米勒的小说《北回归线》出版。

1935　美国作家代表大会举行。斯坦贝克的小说《玉米饼坪》出版。刘易斯的长篇小说《不会在这里发生》出版。沃尔夫的小说《时间与河流》出版。海明威的旅游札记《非洲的青山》出版。麦·安德森的剧本《冬景》发表。珀尔·布克的长篇小说《分家》(《大地上的房子》三部曲之三)出版。

1936　奥尼尔"由于他那体现了传统悲剧概念的剧作所具有魅力、真挚和深沉的激情"而获得诺贝尔文学奖。多斯·帕索斯的长篇小说《赚大钱》(《美国》三部曲之三)出版。福克纳的长篇小说《押沙龙,押沙龙!》出版。斯坦贝克的小说《胜败未定》出版。米切尔的长篇小说《飘》出版(翌年获普利策小说奖)。艾略特的《诗选》出版。弗罗斯特的长诗《又一片牧场》发表(翌年获普利策诗歌奖)。新《生活》杂志创刊。

1937 3月4日,富兰克林·罗斯福连任总统。海明威的长篇小说《有钱的和没钱的》出版。斯坦贝克的中篇小说《鼠与人》发表。高尔德的政论集《改造世界》出版。法斯特的中篇小说《孩子们》发表。麦克留申的小说《城市的陷落》出版。沃顿逝世。小说家品钦出生(1937—)。

1938 非美活动调查委员会成立。珀尔·布克"由于她对中国农民生活的丰富和真正史诗般气概的描述,以及她在传记作品方面的杰作"获得诺贝尔文学奖。马尔兹短篇小说集《世道》出版。海明威剧本《第五纵队》发表,同时作品集《第五纵队与四十九个短篇小说》出版。魏尔德的剧本《我们的小镇》发表。刘易斯当选为美国文学艺术院院士。女小说家欧茨出生(1938—)。

1939 第二次世界大战爆发。美国政府宣布中立。斯坦贝克的长篇小说《愤怒的葡萄》出版(翌年获普利策小说奖)。波特的小说集《灰色骑手灰色马》出版。亨利·米勒的长篇小说《南回归线》出版。多斯·帕索斯的小说《一个年轻人的冒险经过》出版。弗罗斯的《诗集》出版。瑟伯的短篇小说集《最后的花朵》出版。

1940 海明威的长篇小说《丧钟为谁而鸣》出版。福克纳的长篇小说《村子》(《斯诺普斯》三部曲之一)出版。辛克莱的系列长篇小说《世界的终点》开始分部出版。凯瑟的小说《莎菲拉与女奴》出版。马尔兹的长篇小说《潜流》出版。赖特的长篇小说《土生子》出版。萨罗扬的小说《我叫艾拉姆》出版。《美国历史辞典》出版。加兰逝世。菲茨杰拉德逝世。

1941 富兰克林·罗斯福再次连任总统。12月,日军偷袭珍珠港,美国对日宣战。德莱塞当选为美国作家联盟主席。法斯特的长篇小说《最后的边疆》出版。辛克莱的长篇小说《两个世界之间》出版。韦尔蒂的短篇小说集《绿色的窗帘及其他》出版。贝娄的处女作《两个早晨的独白》发表。米勒的小说《马洛西的大石像》发表。菲茨杰拉德的遗著《最后一个巨头》出版。舍伍德·安德森逝世。

1942 福克纳的短篇小说集《去吧,摩西》出版。安德森的《回忆录》出版。斯坦贝克的长篇小说《月落》出版。珀尔·布克的小说《龙的种子》出版。莫里斯的小说《我的达得利叔叔》出版。魏尔德的剧本《我们牙齿的外表》发表。

1943　萨罗扬的长篇小说《人间喜剧》出版。法斯特的长篇小说《公民汤姆·潘恩》出版。多斯·帕索斯的小说《头等的》出版。艾略特的长诗《四个四重奏》发表。本奈特的诗集《西方的星星》出版。麦卡勒斯的中篇小说《伤心咖啡馆之歌》发表。本奈特逝世。

1944　5月，美共举行第十二次代表大会，通过遣散美国共产党提案。11月7日，富兰克林·罗斯福第四次当选美国总统。贝娄的长篇小说《挂起来的人》出版。马尔兹的长篇小说《十字奖章与箭矢》出版。法斯特的长篇小说《自由之路》出版。勃鲁克斯的文艺专著《华盛顿·欧文在世界》出版。

1945　第二次世界大战结束。4月12日，富兰克林·罗斯福病逝，哈里·S.杜鲁门（1884—1972）继任美国第三十三任总统（1945—1953在职）。斯坦贝克的长篇小说《罐头工厂街》出版。赖特的自传《黑孩子》出版。门肯的专著《美国人的语言：我的补充》发表。弗罗斯特的诗集《理性的假面舞会》出版。黄玉雪的长篇小说《第五个中国女儿》出版。《评论》杂志创刊。德莱塞逝世。

1946　沃伦的小说《国王的全班人马》出版。赫塞的小说《广岛》出版。德莱塞的遗著《堡垒》出版。法斯特的长篇小说《美国人》出版。奥尼尔的剧本《送冰人来了》在纽约上演。考德威尔的小说《高地上的房子》出版。塔金顿逝世。斯坦因逝世。

1947　美国颁布《塔夫脱—哈特莱法》。好莱坞10名电影工作者因不与非美活动调查委员会合作而遭逮捕。德莱塞的遗著《禁欲者》（《欲望三部曲》之三）出版。刘易斯的长篇小说《王孙梦》出版。斯坦贝克的中篇小说《珍珠》和《任性的公共汽车》发表。贝娄的长篇小说《受害者》出版。亚瑟·米勒的剧本《全是我的儿子》发表。威廉斯的剧本《欲望号街车》发表。珀尔·布克的小说《发怒的妻子》出版。韦尔蒂的长篇小说《三角洲的婚礼》出版。凯瑟逝世。

1948　已入英国籍的诗人T.S.艾略特获诺贝尔文学奖。福克纳的长篇小说《坟墓的闯入者》出版。梅勒的长篇小说《裸者与死者》出版。肖的长篇小说《幼狮》出版。卡波特的小说《别的声者，别的房间》发表。桑德伯格的长篇小说《回忆的震动》出版。泰特的诗集《1922—1947》出版。

1949　杜鲁门连任总统。2月，麦卡锡发表演说，麦卡锡主义随之出笼。1950年9月，美参众两院通过《国内安全法》。福克纳"因为他对现代美国小说做出了强有力的艺术上无与伦比的贡献"而获得诺贝尔文学奖。亚瑟·米勒的剧本《推销员之死》发表。韦尔蒂的短篇小说集《金苹果》出版。弗罗斯特的《诗歌总集》出版。米切尔遇车祸逝世。

1950　美国人口为150509361人。海明威的中篇小说《过河入林》发表。辛格的长篇小说《莫斯卡特一家》出版。史沫特莱逝世。

1951 赫尔曼·沃克的长篇小说《该隐号叛变》出版。福克纳的剧本《修女安魂曲》出版。麦卡勒斯的中短篇小说集《伤心咖啡馆之歌；中短篇小说》出版。梅勒的长篇小说《巴巴里海滨》出版。塞林格的长篇小说《麦田里的守望者》出版。法斯特的长篇小说《斯巴达克思》出版。卡波特的小说《草竖琴》发表。

1952 海明威的中篇小说《老人与海》发表（翌年获普利策小说奖）。斯坦贝克的长篇小说《伊甸园的东方》出版。奥康纳的长篇小说《慧血》出版。埃利森的长篇小说《隐身人》出版（翌年获美国国家图书奖）。麦克留申的《诗选》出版。冯尼格特的长篇小说《自动钢琴》出版。马拉默德的长篇小说《呆头呆脑的人》出版。琼斯的长篇小说《从这里到永恒》出版（翌年获美国国家图书奖）。美国国家图书奖建立。

1953 3月4日，德怀特·戴维·艾森豪威尔（1890—1969）就任美国第三十四任总统（1953—1961在职）。贝娄的长篇小说《奥吉·马奇历险记》出版（翌年获美国国家图书奖）。赖特的长篇小说《局外人》出版。鲍德温的长篇小说《向苍天呼吁》出版。亚瑟·米勒的剧本《严峻的考验》发表。契弗的短篇小说集《巨大的收音机和其他故事》出版。

1954 12月，参议院通过谴责麦卡锡的决议案。海明威"因为他精通现代叙事艺术，突出地表现在其近作《老人与海》之中。同时也由于他对当代文风的影响"而获得诺贝尔文学奖。福克纳的长篇小说《寓言》出版（翌年获普利策小说奖和美国国家图书奖）。韦尔蒂的小说《沉默的心》出版。格拉斯哥的小说《和女人在一起》出版。卡明斯的《诗选：1922—1954》出版。

1955 美国劳联、产联合并。纳博科夫的长篇小说《洛丽塔》出版。辛格的长篇小说《撒旦在戈莱》英译本出版。奥康纳的短篇小说集《好人难找及其他》出版。梅勒的长篇小说《鹿苑》出版。亚瑟·米勒的剧本《两个星期一的回忆》发表。金斯伯格的诗集《嚎叫》出版。

1956 贝娄的中短篇小说集《只争朝夕》出版。马尔兹的长篇小说《短促生命中漫长的一天》出版。纳博科夫的长篇小说《普宁》出版。奥尼尔的剧本《直到夜晚的漫长的一天》发表，并在瑞典皇家剧院上演。约翰·奥哈拉的小说《北弗里德里克街十号》获本年度美国国家图书奖。

1957 艾森豪威尔连任总统。福克纳的小说《小镇》（《斯诺普斯》三部曲之二）出版。辛格的短篇小说集《傻瓜吉姆佩尔及其他》出版。马拉默德的长篇小说《伙计》出版。契弗的长篇小说《华普肖特纪事》出版（翌年获美国国家图书奖）。斯坦贝克的长篇小说《苹果王四世的短命统治》出版。法斯特声明脱离美共，并出版《赤裸裸的上帝》一书。珀尔·布克的小说《北京来信》出版。杜波依斯的《黑色的火焰》三部曲开始发表(1957—1961)。威尔勃的《诗集》出版(翌年获普利策诗歌奖)。沃伦的诗集《承诺:1954—1956诗集》出版(翌年获普利策诗歌奖)。赖特·莫里斯的小说《幻象之地》获本年度美国国家图书奖。

1958 马拉默德的短篇小说集《魔桶》出版(翌年获美国国家图书奖)。卡波特的长篇小说《蒂法尼的早餐》出版。契弗出版短篇小说集《荫山村强盗及其他故事》。纳博科夫的《洛丽塔》修订本出版。凯鲁亚克的小说《达摩流浪汉》《地下人》出版。厄普代克的小说《贫民院的交易会》出版。库涅茨的《诗选》出版(翌年获普利策诗歌奖)。

1959 福克纳的长篇小说《大宅》(《斯诺普斯》三部曲之三)出版。贝娄的长篇小说《降雨大王汉德森》出版。梅勒的作品集《为自己做广告》出版。罗斯的短篇小说集《再见吧,哥伦布及五个短篇小说》出版(翌年获美国国家图书奖)。冯尼格特的小说《泰坦族的海沃》出版。罗威尔的诗集《生命的研究》出版。麦克斯威尔·安德森逝世。

1960 美国人口为170323175人。厄普代克的长篇小说《兔子,跑吧》("兔子四部曲"之一)出版。莫里斯的长篇小说《在孤树村举行的葬礼》出版。辛格的长篇小说《卢布林的魔术师》出版。巴恩的长篇小说《烟草代理商》出版。奥康纳的长篇小说《狂暴者反而得逞》出版。赖特逝世。

1961 3月4日,约翰·F.肯尼迪(1917—1963)就任美国第三十五任总统(1961—1963在职)。辛格的短篇小说集《市场街的斯宾诺莎及其他》出版。斯坦贝克的长篇小说《令人烦恼的冬天》出版。麦卡勒斯的长篇小说《没有指针的钟》出版。鲍德温的散文集《没有人知道我的名字》出版。海勒的长篇小说《第二十二条军规》出版。塞林格的中篇小说集《弗兰妮与卓埃》出版。马拉默德的长篇小说《新生活》出版。阿尔比的剧本《美国梦》发表。泰特的《诗集》出版。里希特的小说《克里诺莎河》获本年度美国国家图书奖。海明威自杀身亡。

1962 斯坦贝克"由于他那现实主义的、富于想象力的写作,把蕴含同情的幽默和对社会的敏感结合起来"而获得诺贝尔文学奖。斯坦贝克的游记集《探索中的美国》出版。福克纳的长篇小说《掠夺者》出版(翌年获普利策小说奖)。琼斯的长篇小说《细细的红线》出版。罗斯的小说《放任》出版。纳博科夫的长篇小说《微暗的火》出版。波特的长篇小说《愚人船》出版。鲍德温的长篇小说《另一个国》出版。厄普代克的短篇小说集《鸽羽》出版。阿尔比的剧本《谁害怕弗吉尼亚·伍尔芙?》发表。沃克·珀西的小说《看电影的人》获本年度美国国家图书奖。福克纳逝世。

1963 11月22日,肯尼迪遇刺身亡;副总统林登·约翰逊(1908—1973)就任美国第三十六任总统(1963—1969在职)。厄普代克的长篇小说《马人》出版(翌年获美国国家图书奖)。马拉默德的短篇小说集《白痴第一》出版。品钦的长篇小说《V》出版。欧茨的短篇小说集《北门边》出版。冯尼格特的长篇小说《猫的摇篮》出版。塞林格的中篇小说集《木匠们,把屋梁升高;西摩:一个介绍》出版。鲍尔斯的小说《神甫之死》获本年度美国国家图书奖。女诗人普拉斯自杀身亡。

1964 贝娄的长篇小说《赫尔索格》出版(翌年获美国国家图书奖)。辛格的短篇小说集《短暂的星期五及其他》出版。海明威的遗著《流动的盛宴》出版。《萨罗扬最佳短篇小说选》出版。珀尔·布克建立"珀尔·布克基金会"。契弗的长篇小说《华普肖特工丑闻》出版。奥尼尔的遗著《十个未被湮没的剧本》出版。亚瑟·米勒的剧本《堕落之后》发表。贝里曼的诗集《七十七首梦歌》出版(翌年获普利策诗歌奖)。奥康纳逝世。

1965 约翰逊连任总统。厄普代克的长篇小说《农庄》出版。冯尼格特的长篇小说《上帝保佑你,罗斯瓦特先生》出版。奥康纳的短篇小说集《水到渠成》出版。梅勒的长篇小说《一场美国梦》出版。阿尔比的剧本《小艾莉斯》发表。波特的《凯瑟琳·安·波特小说集》出版(翌年获普利策小说奖和美国国家图书奖)。休斯的《诗选》出版。艾略特逝世。

1966 马拉默德的长篇小说《修配工》出版(翌年获普利策小说奖和美国国家图书奖)。阿西莫夫的科幻小说《基地三部曲》获雨果·根斯巴克特别奖。厄普代克的短篇小说集《音乐学校》出版。欧茨的短篇小说集《扫荡一切的洪水》出版。沃伦的《1923—1966诗选》出版。卡波特的小说《在冷血中》发表。冯尼格特的小说《夜妈妈》的修改本出版。品钦的长篇小说《第八十九号地的叫卖》出版。巴思的小说《牧羊童贾尔斯》出版。

1967 辛格的长篇小说《庄园》出版。梅勒的长篇小说《我们为什么在越南?》出版。莫里斯的长篇小说《在轨道上》出版。欧茨的长篇小说《人间乐园》出版。巴士尔姆的小说《白雪公主》出版(翌年获美国国家图书奖)。艾略特的诗集《青年时代诗歌集》出版。罗威尔的诗剧《被缚的普罗米修斯》发表。斯泰伦的小说《奈特·特纳的自白》出版(翌年获普利策小说奖)。高尔德逝世。麦卡勒斯逝世。休斯逝世。

1968 4月23日,黑人民权运动领袖马丁·路德·金遇刺身亡。亚瑟·米勒发表剧本《代价》。厄普代克的长篇小说《夫妇们》出版。梅勒的报告文集《夜间的军队》出版。鲍德温的长篇小说《告诉我,火车开了多久》出版。巴思的短篇小说集《消失在娱乐场中》出版。欧茨的长篇小说《阔佬》出版。珀尔·布克的小说《新年》出版。贝娄的短篇小说集《莫斯比的回忆》出版。赫利的长篇小说《航空港》出版。杜波依斯的《自传》出版。辛克莱逝世。魏尔德的小说《第八天》获本年度美国国家图书奖。斯坦贝克逝世。

1969 3月4日,理查德·尼克松(1913—1994)就任美国第三十七任总统(1969—1974在职)。珀尔·布克的长篇小说《梁太太的三个女儿》出版。欧茨的长篇小说《他们》出版(翌年获美国国家图书奖)。冯尼格特的长篇小说《第五号屠场》出版。契弗的长篇小说《弹丸公园》出版。马拉默德的长篇小说《菲德尔曼的写照》出版。罗斯的长篇小说《波特诺的怨诉》出版。纳博科夫的小说《阿达》出版。科辛斯基的小说《步子》获本年度美国国家图书奖。

1970 肖的长篇小说《富人,穷人》出版。辛格的长篇小说《产业》(《庄园》三部曲之二)出版。韦尔蒂的长篇小说《败局》出版。贝娄的长篇小说《赛姆勒先生的行星》出版(翌年获美国国家图书奖)。海明威的遗著长篇小说《海流中的岛屿》出版。欧茨的短篇小说集《比彻:一本书》出版。莫里森的处女作长篇小说《最蓝的眼睛》出版。多斯·帕索斯逝世。安娜·路易斯·斯特朗逝世。巴士尔姆的短篇小说集《城市生活》出版。

1971 赫尔曼·沃克的长篇小说《战争风云》出版。厄普代克的长篇小说《兔子,回家》("兔子四部曲"之二)出版。梅勒的小说《性的俘虏》出版。欧茨的长篇小说《奇境》出版。奥康纳的《短篇小说集》出版(翌年获美国国家图书奖)。马拉默德的长篇小说《房客》出版。盖恩斯的长篇小说《简·艾特曼小姐自传》出版。

1972 2月,尼克松总统访华,中美发表"上海公报"。罗斯的长篇小说《乳房》出版,韦尔蒂的长篇小说《乐观者的女儿》出版(翌年获普利策小说奖)。欧茨的短篇小说集《婚姻与失节》出版。辛格的长篇小说《仇敌:一个爱情故事》出版。鲍德温的剧本《一天,当我迷失的时候》发表。佩泼编的《海明威选集》出版。厄普代克的短篇小说集《博物馆和女人及其他故事》出版。奥尼尔的遗著《海的孩子及其他三个未发表的剧本》出版。

1973 尼克松连任总统。辛格的短篇小说集《羽毛的王冠》出版(翌年获美国国家图书奖)。品钦的长篇小说《万有引力之虹》出版(翌年获美国国家图书奖)。马拉默德的长篇小说《伦布兰特的帽子》出版。欧茨的长篇小说集《任你摆布》、短篇小说集《女神及其他女人》出版。莫里斯的短篇小说集《这里是英勃姆》出版。契弗的短篇小说集《苹果世界》出版。冯尼格特的长篇小说《胜利者的早餐》出版。马林编辑的《现代美国犹太文学》出版。欧茨的诗集《天使激动了》出版。珀尔·布克逝世。莫里森的长篇小说《苏拉》出版。约翰·威廉斯的小说《奥古斯都》和约翰·巴思的长篇小说《客迈拉》获本年度美国国家图书奖。

1974 美国民主、共和两党之间爆发"水门事件"。8月9日,尼克松辞去总统职务,副总统杰拉尔德·R.福特(1913—2006)就任美国第三十八任总统(1974—1977在职)。鲍德温的长篇小说《假如比尔街能够说话》出版。欧茨的短篇小说集《饿鬼》出版。海勒的长篇小说《出了毛病》出版。纳博科夫的小说《看小丑去》出版。罗斯的长篇小说《我的成人生活》出版。巴士尔姆的短篇小说集《罪恶的欢乐》出版。

1975 贝娄的长篇小说《洪堡的礼物》出版(翌年获普利策小说奖)。巴士尔姆的中篇小说《亡父》发表。多斯·帕索斯的遗著《世纪的末日》出版。欧茨的长篇小说《刺客们》出版。托马斯·威廉斯的小说《哈罗德·鲁的假发》和罗伯特·斯通的长篇小说《亡命之徒》获本年度美国国家图书奖。

1976 贝娄由于"他的作品中融合了对人性的理解和对当代文化的精湛分析"而获得诺贝尔文学奖。冯尼格特的小说《滑稽剧,又名不再孤独》出版。哈利的长篇小说《根:一个美国家庭的历史》出版(翌年获普利策历史奖)。欧茨的长篇小说《查尔德伍德》出版。贝娄的游记集《耶路撒冷往返》出版。汤亭亭的长篇小说《女勇士》出版。盖迪斯的小说《小大亨》获本年度美国国家图书奖。

1977 3月4日,詹姆斯·卡特(1924—　)就任美国第三十九任总统(1977—1981)。罗斯的长篇小说《情欲教授》出版。波特的长篇小说《千古奇冤》出版。肖的长篇小说《乞丐和贼》出版。契弗的长篇小说《猎鹰者》出版。法斯特的长篇小说《移民》(《移民》三部曲之一)出版。莫里森的长篇小说《所罗门之歌》出版。华莱士·斯特格纳的小说《旁观鸟》获本年度美国国家图书奖。纳博科夫逝世。琼斯逝世。

1978 12月,中美发表建立外交关系的《联合公报》。辛格由于"他的热情洋溢的叙事艺术,不仅从波兰犹太人的文化传统中汲取了滋养,而且将人类的普遍处境逼真地反映出来"而获得诺贝尔文学奖。辛格的长篇小说《萨沙》出版。冯尼格特的长篇小说《黎明女神的儿子》出版。赫尔曼·沃克的长篇小说《战争与回忆》出版。冯尼格特的长篇小说《囚犯》出版。琼斯的遗著《吹哨》出版。厄普代克的长篇小说《政变》出版。法斯特的长篇小说《第二代》(《移民》三部曲之二)出版。《约翰·契弗短篇小说集》出版(翌年获普利策小说奖)。玛丽·李·萨特尔的小说《血结》获本年度美国国家图书奖。

1979 1月1日,中美正式建交。"全国图书奖"因出版商停止资助而宣布从1980年起停办。法斯特的长篇小说《企业》(《移民》三部曲之三)出版。海勒的长篇小说《像高尔德一样好》出版。马拉默德的长篇小说《杜宾的传记》出版。巴思的长篇小说《信件》出版。鲍德温的长篇小说《就在我头顶上》出版。梅勒的长篇"非虚构小说"《刽子手之歌》出版（翌年获普利策小说奖）。谢尔顿的长篇小说《天使的愤怒》出版。罗斯的长篇小说《鬼作家》出版。斯泰伦的长篇小说《苏菲的选择》出版（翌年获美国国家图书奖）。厄普代克的长篇小说《半途分手》出版。冯尼格特的长篇小说《囚犯》出版。蒂姆·奥布赖恩的小说《追寻卡奇亚托》获本年度美国国家图书奖。

1980　美国全国人口为 226545805 人。美籍波兰裔诗人切斯拉夫·米沃什（1911—2004）由于"他以不妥协的、敏锐的洞察力，淋漓尽致地描述了人类在激烈冲突的世界中所暴露的种种现象，以及他的著作的丰富多样、引人入胜和富有戏剧性"而获得诺贝尔文学奖。韦尔蒂的《短篇小说集》出版。米勒的剧本《美国时钟》发表。卡波特的小说《给变色龙听的音乐》出版。欧茨的短篇小说集《贝尔菲勒》出版。约翰·欧文的小说《盖普眼中的世界》获本年度美国国家图书奖。汤亭亭的长篇小说《中国佬》出版。小说家波特逝世。

1981　3 月 4 日，罗纳尔德·里根（1911—2004）就任美国第四十任总统（1981—1989 在职）。厄普代克的长篇小说《兔子富了》（"兔子四部曲"之三）出版（翌年获普利策小说奖、美国国家图书奖）。莫里森的长篇小说《柏油孩子》出版。罗思的长篇小说《解放了的朱克曼》出版。巴士尔姆的短篇小说集《短篇小说六十篇》出版。约翰·契弗的《约翰·契弗的短篇小说集》获本年度美国国家图书奖。

1982　贝娄的长篇小说《院长的十二月》出版。艾丽丝·沃克的长篇小说处女作《紫色》出版（翌年获普利策小说奖、美国国家图书奖）。威廉·马克斯韦尔的小说《再见，明天见》获本年度美国国家图书奖。契弗逝世。

1983　罗斯的小说《解剖课》出版。田纳西·威廉斯逝世。

1984　厄马梅特的剧本《格伦加里幽谷树林花园》发表（获普利策戏剧奖）。卢里的小说《异国情调》出版（翌年获普利策小说奖）。埃伦·吉尔克里斯特的小说《打败日本》获本年度美国国家图书奖。肖逝世。

1985　威尔逊的剧本《栅栏》发表（翌年获普利策戏剧奖）。里根连任总统。德立罗的长篇小说《白噪音》获美国国家图书奖。多克托罗的小说《世界博览会》出版（翌年获美国国家图书奖）。

1986　沃伦被授予"桂冠诗人"称号。巴士尔姆的小说《天堂》出版。达夫的诗集《托马斯与比拉》出版（翌年获普利策诗歌奖）。宾夕法尼亚大学出版社策划重新出版《德莱塞全集》。

1987　美籍俄裔诗人约瑟夫·布罗茨基"由于对作为一名作家的身份责任的全身心领悟，以清澈的思想和强烈的诗意感受于人"而获得诺贝尔文学奖。

威尔伯被授予"桂冠诗人"称号。贝娄的长篇小说《越来越多的人死于心碎》出版。莫里森的长篇小说《宠儿》出版(翌年获普利策小说奖)。威尔逊的长篇小说《钢琴课》出版。欧茨的长篇小说《你必须记住这一点》出版。拉里·海涅曼的小说《帕科的故事》获本年度美国国家图书奖。

1988 内莫洛夫被授予"桂冠诗人"称号。德立罗的长篇小说《天秤星座》出版。威尔伯的诗集《新诗合集》出版(翌年获普利策诗歌奖)。詹森·爱泼斯坦获美国国家图书基金会终生成就奖。皮特·德克斯特的小说《帕里斯·特劳特》获本年度美国国家图书奖。

1989 3月4日,乔治·布什(1924—2018)就任美国第四十一任总统(1989—1993在职)。汤亭亭的长篇小说《孙行者》出版。谭恩美的长篇小说《喜福会》出版。沃瑟斯坦的剧本《海蒂纪事》发表(翌年获普利策戏剧奖)。西密克的诗集《世界并不结束:散文诗》出版(翌年获普利策诗歌奖)。丹尼尔·布尔斯廷获美国国家图书基金终生成就奖。约翰·凯西的小说《斯巴泰纳》获本年度美国国家图书奖。巴士尔姆逝世。

1990 美国全国人口为248709873人。9月,布什正式提出建立"世界新秩序"计划。11月,布什与戈尔巴乔夫在巴黎宣布"冷战"结束。厄普代克的长篇小说《兔子歇了》("兔子四部曲"之四)出版(翌年获普利策小说奖)。斯特兰德被授予"桂冠诗人"称号。贝娄获美国国家图书基金会终生成就奖。查尔斯·约翰逊的小说《中途》获本年度美国国家图书奖。

1991 1月,以美国为首的多国部队开始"沙漠风暴"军事行动,海湾战争爆发,数周后伊拉克宣布从科威特撤军,战争结束。布罗茨基被授予"桂冠诗人"称号。莱文《工作是什么》出版。赵健秀的小说《唐老亚》出版。谭恩美的小说《灶神娘娘》出版。任碧莲的小说《典型的美国佬》出版。西蒙的剧本《失守扬克斯》出版(翌年获普利策戏剧奖)。阿尔比的剧本《三个高个子女人》发表。韦尔蒂获美国国家图书基金会终生成就奖。诺曼·拉什的小说《交融》获本年度美国国家图书奖。辛格逝世。

1992 莫娜·凡·杜因被授予"桂冠诗人"称号。莫里森的长篇小说《爵士乐》出版。厄普代克的长篇小说《福特执政时期纪事》出版。斯通出版《外桥地带》。科马克·麦卡锡的小说《骏马》获本年度美国国家图书奖。阿西莫夫逝世。

1993 3月4日,威廉·克林顿(1946—)就任美国第四十二任总统(1993—2001在职)。莫里森由于"在她富有想象力和诗意的小说作品中,生动地再现了美国现实的一个极为重要的方面"而获得诺贝尔文学奖。黑人女诗人丽塔·达夫被授予"桂冠诗人"称号。安妮·普洛克斯的小说《船讯》获本年度美国国家图书奖。

1994 莱文的诗集《简单的真理》出版(翌年获普利策诗歌奖)。巴思的小说《曾经沧海》出版。赵健秀的小说《甘加丁之路》出版。欧茨的小说《我生活的目的》出版。海勒的小说《终极时光》出版。盖迪斯的小说《诉讼游戏》获本年度美国国家图书奖。埃利森逝世。

1995 哈斯被授予"桂冠诗人"称号。菲利普·罗斯的小说《萨巴斯剧院》获本年度美国国家图书奖。

1996 厄普代克的小说《圣洁百合》出版。欧茨的小说《我们是马尔瓦尼家的人》出版。9 月,拥有 1000 余名会员的文学学者与批评家协会(Association of Literary Scholars and Critics,简称 ALSC)在明尼阿波利斯举行第一届学会,宣布成立,宣称维持文学研究与批评的最高水准,不依附于某一种意识形态或政治机构,欢迎任何文学爱好者,对古典派和现代派一视同仁。安德烈西·巴雷特的小说《船热及其他故事》获本年度美国国家图书奖。

1997 克林顿连任总统。平斯基被授予"桂冠诗人"称号。莫里森获美国国家图书基金会终生成就奖。德立罗的小说《地下世界》出版。罗斯的小说《美国牧歌》出版(翌年获普利策小说奖)。欧茨的小说《人疯了》出版。赖特的诗集《黑色黄海带》出版(翌年获普利策诗歌奖)。品钦的小说《梅森和狄克森》出版。莫里森的小说《乐园》出版。查尔斯·弗雷泽的小说《冷山》获本年度美国国家图书奖。金斯伯格逝世。巴勒斯逝世。

1998 罗斯获该年度国家艺术奖章。斯特兰德的诗集《一场大风雪》出版(翌年获普利策诗歌奖)。艾丽丝·沃克的小说《由于我父亲的微笑》出版。艾丽丝·麦克德莫特的小说《迷人的比利》获本年度美国国家图书奖。莫里斯逝世。

1999 厄普代克获美国国家图书基金会终生成就奖。露斯·斯通的诗集《平淡无奇的文字》获全国图书评论家协会奖。欧茨的小说《伤心布鲁斯》出版。海勒逝世。哈金的长篇小说《等待》获本年度美国国家图书奖。

2000 美国全国人口约为 281420000 人。库涅茨被授予"桂冠诗人"称号。雷·布拉德伯里获美国国家图书基金会终生成就奖。厄普代克的小说《乔特鲁德与克劳迪斯》出版。贝娄的第十三部长篇小说《拉韦尔斯坦》出版。哈金获福克纳奖。苏珊·桑塔格的长篇小说《在美国》获本年度美国国家图书奖。

2001 1 月 20 日,乔治·沃克·布什就任美国第四十三任总统(2001—2009 在职)。乔纳森·佛伦琴的长篇小说《纠正》获本年度美国国家图书奖。

2002 朱丽亚·格拉斯的长篇小说《三个六月》获本年度美国国家图书奖。

2003 雪莉·赫扎德的长篇小说《大火》获本年度美国国家图书奖。

2004 小布什连任总统。欧茨获法国费米娜文学奖。罗斯的长篇小说《反美阴谋》被《纽约时报书评》评为年度十佳图书之一。莉莉·塔克的长篇小说《巴拉圭消息》获本年度美国国家图书奖。

2005 哈金第二次获国际笔会/福克纳奖。威廉姆·T·沃尔曼的长篇小说《欧洲中心》获本年度美国国家图书奖。贝娄逝世。亚瑟·米勒逝世。

2006 厄普代克出版长篇小说《恐怖分子》。理查德·鲍尔斯的长篇小说《回声制造者》获本年度美国国家图书奖。

2007 丹尼斯·约翰逊的长篇小说《烟树》获本年度美国国家图书奖。梅勒逝世。冯尼格特逝世。

2008 莫里森出版她的第九部长篇小说《慈悲心肠》。彼得·马西森的长篇小说《暗乡》获本年度美国国家图书奖。

2009 1月20日,贝拉克·侯赛因·奥巴马就任美国第四十四任总统(2009—2017在职)。科伦·麦凯恩的长篇小说《转吧,这伟大的世界》获本年度美国国家图书奖。厄普代克逝世。

2010 美国全国人口普查,人口总数为3087455538人。欧茨获美国国家人文奖章。贾米·戈登的长篇小说《暴政之王》获本年度美国全国图书奖。塞林格逝世。

Ⅱ 参考书目

A·a

AARON D. Writers on the left[M]. New York:Columbia University Press,1992.

ALDRIDGE J W. After the lost generation:a critical study of two wars[M]. New York:McGraw-Hill,1951.

ALLEN W. The modern novel in britain and the United States[M]. London and New York,1963.

BAECHLER L, LITZ A W. African American writers[M]. New York:Charles Scribner's Sons, 1991.

BAECHLER L, et al. Modern American women writers[M]. New York:Charles Scribner's Sons, 1991.

BARNES D. Collected stories[M]. Los Angeles:Sun & Moon Press, 1996.

BEACH J W. American fiction, 1920—1940[M]. New York:Atheneum,

1972.

BELL B W. The Afro-American novel and its tradition[M]. Amherst: The University of Massachusetts, 1987.

BERCOVITCH S. Reconstructing American literary history[M]. Cambridge, Mass: Harvard University Press, 1986.

BILLINGTON M. The American South: a brief history[M]. New York: Charles Scribner's Sons, 1971.

BIRCH E. Black American women's writing: a quilt of many colours[M]. London: Harvester Wheatsheaf, 1994.

BLAIR W. American literature: a brief history[M]. Chicago Scott: Foresman, 1964.

BLOOM H. Twentieth century american literature[M]. New York: Chelsea House Publishers, 1986.

BONE R A. The negro novel in America[M]. New Haven and London: Yale University Press, 1965.

BRADBURY M. The novel today: contemporary writers on modern fiction[M]. Manchester: Manchester University Press, 1977.

The Modern American novel [M]. New York: Oxford University Press, 1992.

BROOKS V W. The World of washington Irving[M]. New York: Penguin Book, 1972.

BYERMAN KEITH E. Fingering the jagged grain: tradition and form in recent Black fiction[M]. Philadelphia: University of Georgia Press, 1985.

CAMPBELL J. The hero with a thousand faces[M]. Princeton: Princeton University Press, 1949.

CHAMETZKY J, et al. Jewish American literature: a Norton anthology [M]. New York and London: W. W. Norton, 2001

CONN P. Literature in America: an illustrated history[M]. Cambridge (England): Cambridge University Press, 1989.

COWLEY M. Exile's return[M]. New York: The Viking Press, 1964.

The dream of the Golden Mountains: remembering the 1930s[M]. New York: Viking Press, 1980.

CUNLIFFE M. The literature of United States[M]. New York: Penguin Books, 1980.

DONALDSON S. The Cambridge companion to Hemingway[M]. Cambridge and New York: Cambridge University Press, 1996.

DAY M S. A handbook of American literature[M]. Brisbane: University of Queensland Press, 1975.

ELLIOTT E, et al. Columbia literary history of the United States[M]. New York: Columbia University Press, 1987.

The Columbia history of the American novel[M]. Now York: Columbia University Press, 1991.

GIBERT S M, GUBAR S. The madwoman in the attic: the woman writer and the Nineteenth-Century literary imagination[M]. New Haven: Yale University Press, 1979.

HARTMAN G H. Criticism in the wilderness: the study of literature today[M]. New Haven: Yale University Press, 1980.

HART J D. The literature of United States[M]. New York: Oxford Vniversity Press, 1970.

The Oxford companion to American literature[M]. New York:Oxford University Press, 1990.

HASSAN I. Contemporary American literature: 1945—1972[M]. New York: Frederick Ungar Publishing Co. , 1976.

HOFFMAN D. Harvard guide to contemporary American writing[M]. Cambridge, Mass:Harvard University Press, 1988.

HSU K, PALUBINSKAS H. Asian-american Authors[M]. Boston: Houghton Mifflin Company, 1972.

HUGHES G. A history of the American theatre: 1700—1950[M]. New York: Samuel French, 1951.

JONES H M. Guide to American literature and its backgrounds since 1890 [M]. New York: Penguin Book, 1972.

KIERNAN R F. American writing since 1945: a critical survey[M]. New York: Frederick Ungar Publishing Co. , 1983.

LODGE D. 20th Century literary criticism [M]. Hongkong: Longman, 1972.

LEITCH V B. American literary criticism from the Thirties to the Eighties[M]. New York: Columbia University Press, 1988.

LEVENSON M. The Cambridge companion to Modernism[M]. Cambridge: Cambridge University Press, 1999.

LINTON C D, et al. The Bicentennial almanac[M]. Thomas Nelson Publishers，1975.

MAROWSKI D G，MATUZ R. Contemporary literary criticism［M］. Vol. 48. Detroit：Gale Research Company，1998.

MCHALE B. Postmodernism fiction［M］. London：Routledge，1999.

MCMICHAEL G. Anthology of American literature［M］. New York： Macmillan Publishing Company，1985.

MOERS E. Literary women［M］. Garden City，New York：Doubleday，1976.

PELLS R H. Radical vision and American dreams［M］. New Hampshire： New England University Press，1984.

PERKINS G. PERKINS B. Contemporary American literature［M］. New York：Random House，1988.

PERKINS G，PERKINS B，LEININGER P. Reader's encyclopedia of A-merican literature［M］. New York：Harper Collins Publishers，1991.

PERKINS G，et al. The American tradition in literature［M］. 6th ED. New York：Random House，1985.

RAY L. The world of science fiction 1926—1976：the history of a subcul-ture［M］. New York：Ballatine，1979.

RUBINSTEIN A T. American literature root and flower［M］. 北京：外语教育与研究出版社，1998.

RUBIN L D. A biographical guide to the study of Southern literature［M］. New York：Penguin Books，1979

SALZMAN J. The Cambridge handbook of American literature［M］. Cambridge：Cambridge University Press，1986.

SERAFIN S R. Encyclopedia of American literature［M］. New York：The Continuum Publishing Company，1999.

SINGH A. The novels of the Harlem Renaissance：twelve Black writers 1923—1933［M］. University Park：The Pennsylvania State University Press，1976.

SMITH H N. Virgin land. ［M］. Combridge：Harvard University Press，1978.

SUSMAN W，CHAMBERS J. American history. ［M］. New York：M. Wiener Pub. ，1990.

SPILLER R E. Literary history of the United States［M］. New York： Macmillan，1974.

The cycle of American literature：an essay in historical criticism［M］. New

York：Macmillam，1967.

TOMING A. History of American literature[M]. 南京：译林出版社，2002.

VERSLUYS K. Neo-Realism in contemporary American fiction[M]. Amsterdam：Rodopi，1992.

VOTTELER T. Contemporary literary criticism[M]. Vol. 74，Detroit：Gale Research Inc.，1993.

VINSON J. Novelists and prose writers[M]. London：The Macmillan Press Ltd.，1979.

Contemporary novelists[M]. New York：St. Martin's Press，1982.

WAKEMAN J. World authors：1950—1970[M]. New York：The H. W. Wilson Company，1982.

WALSH J. American war literature：1914 to Vietnam[M]. London：Macmillan，1982.

WELLEK R，WARREN A. Theory of literature [M]. Penguin Books，1986.

WHITE H. Metahistory：the historical imagination in Nineteenth-Century europe[M]. Baltimore：Johns Hopkins University Press，1973.

WHITLOW R. Black American literature[M]. New Jersey：Littlefield，Adams & Co.，1974.

WILLIAMSON J. William Faulkner and Southern history[M]. New York：Oxford University Press，1993.

ZIA H，GALL S B. Notable Asian Americans[M]. New York：Gale Research Inc.，1995.

A·b

GOTTESMAN R，et al. The Norton anthology of American literature [M]. Volume 1—4. New York and London：W. W. Norton & Company，1979.

The American tradition in literature[M]. New York，1981.

PICKERING J H. Fiction 100，an anthology of short stories[M]. New York，1974.

The Norton Anthology of World Masterpieces[M]. New York and London：W. W. Norton & Company，1979.

李宜燮，常耀信. 美国文学选读：上、下[M]. 英文版. 天津：南开大学出版社，1991.

万培德. An anthology of 20th century American fiction：Vol. 1，Vol. 2 [M]. 上海：华东师范大学出版社，1982.

B·a

常耀信. 美国文学简史[M]. 英文版. 天津：南开大学出版社，1990.

董衡巽. 美国文学简史[M]. 修订本. 北京：人民文学出版社，2003.

董衡巽. 美国现代小说风格[M]. 北京：中国社会科学出版社，1997.

黄禄善. 美国通俗小说史[M]. 南京：译林出版社，2003.

黄铁池. 当代美国小说研究[M]. 上海：学林出版社，2000.

中国大百科全书总编辑委员会《外国文学》编辑委员会. 中国大百科全书·外国文学：Ⅰ，Ⅱ[M]. 北京：中国大百科全书出版社，1982.

李维屏. 英美意识流小说[M]. 上海：上海外语教育出版社，1996.

刘海平，王守仁. 新编美国文学史：1—4 卷[M]. 上海：上海外语教育出版社，2000—2002.

毛信德. 美国 20 世纪文坛之魂：十大著名作家史论[M]. 北京：航空工业出版社，1995.

毛信德. 20 世纪世界文学：回眸与沉思[M]. 南昌：百花洲文艺出版社，1998.

盛宁. 二十世纪美国文论[M]. 北京：北京大学出版社，1993.

王逢振，李景端，严永兴，等. 新编二十世纪外国文学大词典[M]. 南京：译林出版社，1998.

王长荣. 现代美国小说史[M]. 上海：上海外语教育出版社，1992.

杨仁敬. 20 世纪美国文学史[M]. 青岛：青岛出版社，1999.

虞建华，等. 美国文学的第二次繁荣[M]. 上海：上海外语教育出版社，2004.

张玉书，李明滨. 20 世纪欧美文学史：1—4[M]. 北京：北京大学出版社，1995—1999.

郭继德，王文彬，欧阳基. 当代美国文学词典[M]. 南京：江苏人民出版社，1987.

B·b

埃利奥特. 哥伦比亚美国文学史[M]. 朱通伯，李毅，肖安溥等，译. 成都：四川辞书出版社，1994.

霍夫曼. 美国当代文学：上、下[M]. 北京：中国文联出版公司，1984.

坎利夫. 美国的文学[M]. 张芳杰，译. 香港：今日世界出版社，1963.

林顿.美国两百年大事记[M].谢延光,储复耘,容再光等,译.上海:上海译文出版社,1984.

刘绪贻,杨生茂.美国通史:1—6 卷[M].北京:人民出版社,2002.

20 世纪诺贝尔文学奖颁奖演说词全编[M].毛信德,蒋跃,韦胜杭,译.南昌:百花洲文艺出版社,2001.

中国大百科全书出版社不列颠百科全书编辑部.不列颠百科全书(国际中文版)[M].北京:中国大百科全书出版社,1999.

20 世纪美国文学[M].纽约:麦克米伦出版公司,1980.

费雷希曼:20 世纪世界文学百科全书[M].纽约:弗雷德里克·安纳格出版公司,1975.

董衡巽.海明威研究[M].北京:中国社会科学出版社,1980.

李文俊.福克纳评论集[M].北京:中国社会科学出版社,1980.

刘国屏,于心文.世界文学名著导读:上、下[M].南昌:百花洲文艺出版社,1996.

柳鸣九.二十世纪现实主义[M].北京:中国社会科学出版社,1992.

龙文佩,庄海骅.德莱塞评论集[M].上海:上海译文出版社,1989.

吕同六.20 世纪世界小说理论经典:上、下[M].北京:华夏出版社,1996.

陶德臻,张朝柯.20 世纪百部外国小说名著赏读[M].沈阳:辽宁大学出版社,2000.

斯皮勒.美国文学的周期:历史评论专著[M].王长荣,译.上海:上海外语教育出版社,1990.

索普.二十世纪美国文学[M].濮阳翔,李秀成,译.北京:北京师范大学出版社,1984.

BROOKS.华盛顿·欧文的世界[M].林晓帆,译.上海:上海外语教育出版社,1993.

COWLEY.流放者的归来:二十年代的文学流浪生涯[M].张承谟,译.上海:上海外语教育出版社,1986.

PELLS.激进的理想与美国之梦:大萧条岁月中的文化和社会思想[M].卢允中,严撷芸,吕佩英,译.上海:上海外语教育出版社,1992.

SMITH.处女地:作为象征和神话的美国西部[M].薛蕃康,费翰章,译.上海:上海外语教育出版社,1991.

ZIFF.一八九〇年代的美国:迷惘的一代人的岁月[M].夏平,嘉彤,董翔晓,译.上海:上海外语教育出版社,1988.